中华对联

（双色版）

常江　李文郑　刘太品　编著

四川辞书出版社

图书在版编目(CIP)数据

中华对联：双色版 / 常江，李文郑，刘太品编著.
2版. —— 成都：四川辞书出版社，2024. 9. —— ISBN
978—7—5579—1642—8

Ⅰ. I269

中国国家版本馆 CIP 数据核字第 2024PF0492 号

中华对联(双色版)

ZHONGHUA DUILIAN SHUANGSEBAN

常　江　李文郑　刘太品　编著

责任编辑 / 游晓辉
责任印制 / 肖　鹏
封面设计 / 成都编悦文化传播有限公司
出版发行 / 四川辞书出版社
地　　址 / 成都市锦江区三色路 238 号
邮政编码 / 610023
印　　刷 / 成都市川侨印务有限公司
开　　本 / 880 mm×1230 mm　1/32
版　　次 / 2024 年 9 月第 2 版
印　　次 / 2024 年 9 月第 1 次印刷
印　　张 / 23.5
书　　号 / ISBN 978-7-5579-1642-8
定　　价 / 49.80 元

· 制作部电话：(028)86361826

未来的风景(代序)

常　江

这部作品的主要读者,是学生,是孩子们。当然,也有学生家长、老师和对联爱好者们。

捧读这部作品的孩子们,是高山上流下的一条条小溪。小溪是必然要变大的,吸收地下水、地表水、天上的水……变成小河,变成大江,浩荡,澎湃。

捧读这部作品的孩子们,是田野上栽下的一棵棵小树。小树是注定要长大的,依靠空气、水、阳光、养分……长成木材,长成栋梁,长成绿色,长成风景。

这风景便是未来的风景,小溪和小树要长成未来的风景。

成年人总要想着为构建未来的风景增加一些色彩,增加一些动感,增加一些亮点。也就是说,一定要为孩子们做些什么。于是,我们接受出版社的约请,十分情愿又很负责任地送上了这份礼物。

我们非常"情愿"与文化媒体进行有创意的合作。说"十分情愿",是来自对对联文化的长期思考。我们三人分别处于60、50、40岁年龄段,创作与研究对联都有二三十年了。我们都与中央电视台和地方电视台有过多次成功的合作,每个人出版的各种对联著述,也差不多有近千万字了,其中也有为孩子们写的。随着与对联"交往"的日渐加深,我们惊异地发现,对联绝不是文字游戏的薄池浅沼,而是民族文化的一潭深碧。它与政治、经济、军事、科学、外交，无不息息相关；与哲学、历史、地理、文学、艺术，广结远缘；与建筑、书法、报刊、影视、网络媒体，同步发展。试想，在我国的各类文体中，有哪一种具备如此广泛而深刻的社会性、群众性与文学性呢？

要“将对联进行到底”，希望在于今天的小溪和小树们；打造未来的风景，离不开新闻宣传、出版部门的极大关注。当然，更少不了对联工作者们自己不懈的努力。

我们非常明白自己身上的责任。说“很负责任”，依然是来自对对联文化的长期思考。我和文郑长期在高校从事对联教学、对联研究和与对联有关的社团工作；太品执掌一家对联文化研究出版机构，我们不觉得自己水平有多“高”，但从不敢把自己的使命看得太“轻”。我们把继承和发扬优秀传统文化，看成是构建祖国文明大厦的条基和础石。我们强烈地意识到，发展市场经济和现代文明，决不能以抛弃文化传统为代价。当代对联工作者最大的责任，是千方百计把对联这种优秀的文化传承下去，在理论和实践中精心设计未来的风景。而能接受并发扬下去的，正是今天的小溪和小树们。给他们送上没有污染的水吧，给他们送上光合作用的催化剂吧，让满足孩子们的需要成为大人们奋进的动力吧！为此，我们从本书的主要读者对象学生的年龄、知识、环境特点出发，对本作品进行了认真布局、选联、注解和简析，力求做到有用和好用。

我们三个好朋友，第一次合作，为正在成长的学生们，做了这样一件很有意义的事。

这部作品，是一本文化读物，读者们（学生、老师、学生家长和所有的大人们）能从中学习对联，学习汉语，学习知识。它还是一本生活读物，读者们（学生、老师、学生家长和所有的大人们）能从中懂得礼仪，懂得民俗，懂得社会。它更是一本思想读物，青少年们能从中感受传统、感受文化，学会处事、学会做人，热爱祖国，服务人民，加强修养，立志成才。在平淡中获得永恒；在风霜雨雪中长成大树，长成栋梁。

我们可以做各种各样的关于未来的梦，因为那是我们的权利；但是，未来的风景，最终一定是属于孩子们的。

在未来的风景中，对联一定会有自己应有的位置；至于对联的地位是什么样的，我们有责任，但要由孩子们来安排。

2017年10月于北京

目　录

凡　例

一、**读者对象**　本书以学生及具有中等文化程度的广大读者为主要对象。

二、**收条**　精选经典对联和常见常用对联约 1400 副。

三、**编排**　本书根据所收对联的意义和广大读者的使用习惯进行分类编排。全书共分 10 个大类，每类之下酌情分为若干个小类。同类之中的对联大致据联语的字数由少到多编排。

四、**栏目设置**　每个条目中，先出联语，联语之下一般酌设“出处”、“简介”、“注解”、“简析”、“提示”栏，故事类条目中增设“故事”栏。

联语　先出联语。联语后尽量标明撰联的时间（时代或朝代）、作者。在联语的文中断句，句尾不出标点。只出上下联，不出横批。

出处　用“【出处】”标示。对对联的出处、撰写背景等进行简要说明。

简介　用“【简介】”标示。对对联作者或条目所涉及的人物、景物等进行简要介绍。

注解　用“【注解】”标示。主要是对联语中出现的生难字、词、句子、典故、人物、景物等注音和简要解释。酌情对简介等引文中出现的个别生难字、词、句子、典故等随文进行简要解释，用“（　）”标示。

简析　用“【简析】”标示。简要介绍、分析上下联的意思并对联语的思想内容、写作特色、适用范围等进行简要的赏析点拨。

故事　用“【故事】”标示。对与联语有关的传说、故事等以故事的形式进行简要介绍。

提示　用“【提示】”标示。对联语中容易读错、写错、用错的字、词、用法等进行简要提示。

五、为便于学习和理解，联语中和释文中酌情使用繁体字或异体字。

六、**检索**　书中附有“分类索引”、“笔画索引”及“音序索引”供检索。

分类索引

音序索引

注：此索引为正文所收对联前2～5字的音序索引。

E

F

H

Y

述怀题赠联

我们把有关述怀自勉、修身养性、读书治学等内容的对联，排在这部书的最前面，是考虑到这部分内容，对于本书的学生读者们有更为实际的意义。

这些内容，属于格言类对联的范畴。

格言，自古有之，是能够成为人们生活准则的言论。古代能成为格言的，只能是圣人贤哲的话。因此，最早的格言类对联，都是集四书五经里的句子。本书收录的则主要是明清至今的作品。无论是名人的，还是普通人的作品，无不闪烁着睿智的光芒，无不充满着理性的思维。那种震撼力和穿透力，那种警示性和深刻性，又在和谐的对仗中创造出优美的节奏和奇妙的韵味来。

可以毫不夸张地说，格言类对联，是对联中的精品。它在治国警世、励志修身、提高国民综合素质方面的作用值得我们重视。

我们认真体会格言类对联的思想性，努力学习格言类对联的艺术性，将受益匪浅。在各级各类学校中，格言类对联在继承发扬优秀传统文化，加强青少年思想道德教育方面将发挥极大的作用。

述怀自勉联

联语 独持偏见[1]
一意孤行[2]

徐悲鸿

【简介】徐悲鸿：中国现代美术事业的奠基者，中国画家和美术教育家。江苏宜兴人。先后任上海南国艺术学院美术系主任、中央大学艺术系教授、北京大学艺术学院院长。中华人民共和国建立后，曾任中华全国美术工作者协会(现中国美术家协会)主席、中央美术学院院长等职。

【注解】❶偏见：片面不公正的见解。❷一意孤行：本谓谢绝请托，按照自己的意思行事。后指固执己见，独断独行。

简析 作者以两句在平常人看来似乎具有负面意义的词语相对成联。在对仗上采用了被称为“交股对”的特殊方法，以“一意”对“偏见”，以“孤行”对“独持”。上联中所谓的“偏见”其实是作者对艺术和对人生独到的真知灼见。作者不仅已经拥有了这些见解，而且还要冲破世俗的阻力，义无反顾地去实践和贯彻，这就是下联所说的“一意孤行”。

此对联表现了作者特立独行的个性。

联语 浮舟沧海[1]
立马昆仑[2]

周恩来

【出处】这是周恩来留学日本前赠给友人王朴山的一副对联。上联语出唐储光羲《贻刘高士别》:“舍辔函关道,浮舟沧海畔。”

【简介】周恩来:马克思列宁主义者,中国无产阶级革命家、政治家、军事家、外交家,中国共产党和中华人民共和国的主要领导人,中国人民解放军的主要创建人和领导人。字翔宇,曾用名伍豪等,浙江绍兴人,生于江苏淮安。1976 年 1 月 8 日在北京逝世。主要著作编为《周恩来选集》。

【注解】❶浮舟沧海:在大海上行舟。沧海,我国古代对东海的别称。❷昆仑:此指我国的昆仑山。

简析 对联寄语志同道合的好友:今日“浮舟”东渡,来年学成归来,抗御外敌,振兴中华。

联语

白眼[1]观天下
丹心[2]报国家

宋教仁

【简介】宋教仁:中国民主革命家,中国国民党早期领导人。字遯初,号渔父,湖南桃源人。1912 年 8 月任中国国民党代理理事长,领导中国国民党参加国会竞选活动。拟成立政党内阁,以限制袁世凯专权,为袁所不容。1913 年 3 月被袁世凯指使赵秉钧派人刺死于上海。有《宋教仁集》。

【注解】❶白眼:眼睛斜视时则现出眼白,是对人轻视或憎恶的表示。《晋书·阮籍传》:“籍又能为青白眼。见礼俗之士,以白眼对之。”此处是“冷眼”的意思。❷丹心:赤诚的心。宋文天祥《过零丁洋》诗:“人生自古谁无死,留取丹心照汗青。”

简析 上联所说的“白眼观天下”,表达了作者以冷静和理性的眼光观察天下形势,把握住了民主共和乃是世界潮流;同时也暗示了作者以“白眼”相对的是逆历史潮流而动、满脑子专制独裁思想的袁世凯之流。下联表达了作者愿以自己的赤胆忠心来报效国家的共和大业的决心。作者后来的确以鲜血与生命践行了自己的誓言。

联语 有容德乃大[1] 无私心自安[2]

【出处】上联语出《尚书·君陈》:“有容,德乃大。”

【注解】❶有容德乃大:拥有宽广胸襟的人必然有较高的道德修养。容,容纳。德,个人的道德修养。❷安:指内心坦然。

简析 上联强调了一个“容”字。认为有宽广胸襟的人自然拥有较高的道德修养。因为只有通过换位思考理解了别人的立场才会有容人之量,只有在对事物的本质和规律有了明晰的把握之后才会有容物之量。若是陷入了狭隘的个人中心,既不能容物又不能容人,便不会有什么修养可言了。下联讲了一个“私”字,认为事事只考虑个人利益的人心里会背上沉重的负担,反之若是出于公心的话,心底便会坦然。

联语 知耻近乎勇[1] 博爱之谓仁[2]

清·王闿运

【出处】上联语出《礼记·中庸》:“子曰:‘好学近乎知,力行近乎仁,知耻近乎勇。’”。下联语出唐韩愈《原道》:“博爱之谓仁,行而宜之之谓义。”

【简介】王闿(Kǎi)运:清经学家、教育家、文学家,被人尊为“国学大师”。字壬秋。署其所居为“湘绮楼”,自号湘绮老人,湖南湘潭人。咸丰举人。太平军起义时,曾入曾国藩幕。后讲学于四川、湖南、江西等地。清末授翰林院检讨,加侍讲衔。辛亥革命后,任清史馆馆长。学识渊博,著述甚丰。所著除经子笺注外,有《湘军志》《湘绮楼日记》《湘绮楼诗文集》,编有《八代诗选》。门人辑其著作为《湘绮楼全书》。

【注解】❶知耻近乎勇：有了羞耻之心便已经接近勇敢了。❷博爱之谓仁：指泛爱一切人就叫“仁”。博爱，兼爱、广泛的爱。

简析 人只有在存在羞耻之心的前提下，才可能激发自己的勇气。比如为自己的成绩不佳而感到羞耻的学生才会鼓足勇气发愤读书；为自己的落后感到羞耻的民族才可能鼓足勇气，发愤图强，以求自立于世界民族之林。下联所说的“仁”原是儒家学说的核心。孔子曾说过“仁者爱人”。这里继续引申出“博爱”的概念，不仅要爱自己，也要爱他人，最后还要爱大自然，只有这样才达到“仁”的境界。

联语

岂能尽如人意[1]
但[2]求无愧我心

【注解】❶尽如人意：完全符合心意。❷但：只。

简析 上下联语气连贯，一气呵成，这在对联中称为“流水对”。联语明白如话，但内涵却十分深刻：自己所做的事情不可能让每个人全都满意。但只要是尽到了自己的心、尽到了自己的努力，也就没什么可惭愧和遗憾的了。

联语

满[1]招损，谦受益
勤补拙[2]，俭养廉[3]

【出处】上联语出《尚书·大禹谟》：“满招损，谦受益，时乃天道。”

【注解】❶满：骄傲。❷拙：笨拙。❸廉：廉洁。不损公肥私，不贪污。

简析 自满常常会招致损失，谦虚却会使人受益。笨拙可以用勤奋来弥补。俗话说:“笨鸟先飞早投林。”节俭可以培养人廉洁的品格,因为如果不去过分追求奢华的话,也就不会贪得无厌。

联语　**力田[1]岁积千仓粟**
教子家藏万卷书

宋·王禹偁

【简介】王禹偁(chēng):宋文学家。字元之,济州巨野(今属山东)人。太平兴国进士。历官右拾遗、左司谏、翰林学士、知制诰。有《小畜集》、《小畜外集》、《五代史阙文》等。

【注解】❶力田:致力于农耕。《战国策·秦策》:“今力田疾作,不得暖衣余食。”

简析　通过辛勤耕种,一年可以积存下千仓的粮食,家中收藏有万卷诗书,是为了让儿女努力攻读。联中描绘的这种一边耕田一边读书的所谓“耕读生活”,是处在自然经济条件下的中国古代人民十分推崇的生活方式。

联语　**才能济世[1]何须位[2]**
学不宜民枉为官

清·朱经畲

【简介】朱经畲:清人。一生为官正直清廉,嫉贪如仇。职位一直不得升迁。俸禄微薄不足以养家,最后贫病交加而死。

【注解】❶济世:匡时救世。❷位:身份,地位。《易·艮》:“君子以思不出其位。”

简析　上联说如果真正具备匡时救世的才能,那又何必非得有一定的职位?下联讲如果不能把学到的知识服务于民众,那么就是当了官也是徒有虚名。

联语

与有肝胆人[1]共事
从无字句处[2]读书

周恩来

【注解】❶有肝胆人：即有远大理想、抱负的人。❷无字句处：这里指社会实践。

简析　联语将怎样交友、如何学习的道理讲得精辟而透彻，富有哲理性。本联为“一四二”节奏，颇有创意。

联语

无欲常教心似水
有言自觉气如霜

明·刘宗周

【简介】**刘宗周**：明末哲学家。字起东，号念台，浙江山阴（今绍兴）人。万历进士。曾任礼部主事、吏部左侍郎，官至南京左都御史。因讲学蕺（Jí）山，学者称“蕺山先生”。有《刘子全书》。

简析　没有私欲，就会心如止水，古井无波。此时说出话来也会带有一种秋霜般的凛然之气。该联立论的基础在于“无欲”，摈弃私欲当然有其合理的一面，也是个人道德修养的一个标志。但宋以来的理学家们往往把“存天理、灭人欲”提到一个极端的高度，以至于否定人类生活的正常需求。此点，需要我们辩证地看待。

联语

无瑕[1]人品清于玉
不俗文章淡似仙

清·陈希曾

【简介】**陈希曾**：字集正、一字雪香，号钟溪，江西新城（今黎川）人。乾隆进士。官至工部右侍郎。

【注解】❶无瑕：没有缺点。瑕，玉上面的斑点。比喻缺点。这里指人品纯洁。

简析 如美玉般温润且无瑕的人品，像神仙般飘逸隽永的文章。作者通过联语向我们展示了他心目中理想的人生境界。

联语

文如秋水尘埃净
诗似春云态度[1]妍

清·刘墉

【简介】刘墉：清书法家。字崇如，号石庵，山东诸城人。乾隆进士。官至体仁阁大学士。工书，尤长小楷。能诗。有《石庵诗集》。

【注解】❶态度：人的举止神情。这里指对事情的看法和采取的行动。

简析 上联说文章如澄澈的秋水，一尘不染，喻学养精纯。下联说诗歌像绚丽的春云，形态妍丽，喻人才华横溢。

联语

文章真处性情见[1]
谈笑深时风雨来

清·翁同龢

【简介】翁同龢(hé)：清末维新派。字声甫，号叔平，别署瓶庵居士等，江苏常熟人。光绪皇帝师傅。咸丰状元。历任刑部、工部、户部尚书。两入军机处，兼总理衙门大臣。戊戌政变后被革职。以书法名于时，有《翁文恭公日记》、《瓶庐诗文稿》等。

【注解】❶见：同“现”。

简析 上联说真诚的文章可以看出作者的性情；下联说与朋友高谈阔论到精彩之处，天地会为之感动，风雨会为之骤起。

联语

为人竖起脊梁铁[1]
把卷[2]撑开眼海银[3]

谭嗣同

【简介】**谭嗣同**：中国维新派政治家、思想家。字复生，号壮飞，湖南浏阳人。曾任四品卿衔军机章京，曾协助湖南巡抚陈宝箴、按察使黄遵宪等行设立时务学堂、筹办内河轮船、开矿、修筑铁路等新政。倡设南学会，办《湘报》，宣传变法。参与戊戌变法，后被捕遇害，为“戊戌六君子”之一。能诗。所作富于爱国精神，风格雄健。著作编入《谭嗣同全集》。

【注解】❶脊梁铁：脊梁像铁一样硬。宋道原《景德传灯录》：“德山老人一条脊梁骨硬似铁，拗不折。”❷把卷：手持书本。❸眼海银：眼睛。道家以目为银海。海银，银海。

简析 上联说要挺起胸膛做人，下联说要睁大眼睛读书。作者巧用典故和倒装句式，使得联语读来极有力度。“脊梁铁”、“眼海银”的用法，当为联语中的经典。

联语

功名待寄凌烟阁[1]
忧乐[2]常存报国心

清·魏源

【简介】**魏源**：清末思想家、史学家、文学家。原名远达，字默深，湖南邵阳人。道光进士。历官内阁中书，江苏东台、兴化知县，两淮盐运司海州分司运判，高邮知州。从刘逢禄学《公羊春秋》，与龚自珍同属主张“通经致用”的今文经学派。讲求经世致用之学，主1张改革内政，抵御侵略，善诗文。有《圣武记》、《古微堂诗集》等，今人辑有《魏源集》。

【注解】❶凌烟阁：封建王朝为表彰功臣而建的高阁。其上绘有功臣图像。❷忧乐：担心、忧虑与安乐。

简析 想把功名绘上凌烟阁，表明了作者以天下为己任，志向远大。以苍生社稷为念，所以才能做到先天下之忧而忧，后天下之乐而乐。

联语 世事洞明①皆学问
人情练达②即文章

清·曹雪芹

【简介】**曹雪芹**：清小说家，名霑（Zhān），字梦阮，号雪芹，满洲正白旗包衣（奴仆）。晚年移居北京西郊，以十年时间写成《石头记》（即《红楼梦》）八十回。今流行本一百二十回的后四十回一般认为是高鹗所续。

【注解】❶洞明：谓融会贯通。❷练达：阅历多而通晓人情世故。宋苏东坡《祭任钤辖文》："更尝世故，练达物情。"

简析 此联出自《红楼楼》第五回，是被广泛传诵的一副名联。对联站在人生的高度来诠释"学问"与"文章"的概念，认为能把纷繁的世事看清楚，其中全是学问；能通晓人之常情，这其实就如同一篇大文章。这里需要指出的是，"世事"主要指传统上所说的社会生活方面。

联语 古人却向书中见
男子要为天下奇

黄　兴

【简介】**黄兴**：中国民主革命家。原名轸（Zhěn），字廑午，改名兴，又字克强，湖南善化（今长沙）人。留学日本，与宋教仁等建立华兴会，任会长，与孙中山创立同盟会。武昌起义后，赴鄂指挥军民与清军作战。南京"临时政府"成立后，任陆军总长兼参谋总长。1913 年，由上海至南京任讨袁军总司令。1916 年病逝。有《黄兴集》。

简析 上联说古人的高风亮节，现在只有从书本中才能见到了；下联说作为一个好男儿，一定要敢为天下奇。

联语 **立定脚跟树起脊**
展开眼界放平心

清·姚元之

【简介】姚元之：字伯昂，号竹叶亭生，安徽桐城人。嘉庆进士。官至左都御史。有《竹叶亭杂诗稿》等。

简析 立定脚跟，一是指要脚踏实地；二是说做人和做学问要根基牢固。“树起脊”即挺直脊梁，代表坚定与自信。“展开眼界”指放宽视野，不要目光狭隘。放平心，“平”可理解为“公平”，即平心而论；也可理解为“平静”，即平心静气。

联语 **当以天下为己任①**
自期韶岁②有明时③

清·郑开禧

【简介】郑开禧：字迪卿，号太乙，又号云麓，福建龙溪人。嘉庆进士。官至广东粮储道。有《知足斋集禊序楹帖》、《知足斋集》。

【注解】❶以天下为己任：把国家的兴衰治乱作为自己的责任。语出《南史·孔休源传》：“休源风范强正，明练政体，常以天下为己任。”❷韶岁：美好的年华，这里指作者的有生之年。❸明时：指政治清明的时代。

简析 要学习古人把国家的兴衰治乱作为自己的责任。坚信在自己的有生之年里，会遇到清明的政治环境来施展自己的抱负。

联语 **岂有蛟龙愁失水**
只磨古剑问青天

徐悲鸿

【出处】上联语出唐李商隐《重有感》："岂有蛟龙愁失水？更无鹰隼与高秋。"

简析 上联的问句，是说已经失水的蛟龙并不为自己身处困境而发愁，喻品格优秀的人不为逆境所屈服，而是抱着坚定的信念努力奋斗。"只磨古剑"，暗喻刻苦磨炼自己。"问青天"，则化用屈原"天问"与李白"把酒问青天"的意象，含有一种英雄末路的悲壮情怀。

联语

自古雄才多磨难
从来纨绔[1]少伟男

【注解】❶纨绔（wánkù）：细绢做的裤子，泛指富家子弟穿的华美衣着，这里指富家子弟。

简析 这是一副许多人耳熟能详的励志联。对联从正反两个方面来论证了这样一个人生哲理：逆境出人才。英才总是被重重的磨难所造就，而追求浮华的富家子弟很难成为真正的人才。

联语

两手不将天地放
一肩直把古今担

清·刘韫良

【简介】**刘韫良**，字璞卿，一字丽珊，又字玉山，贵州普定（今安顺）人。同治进士。曾官贵州知县。有《刘玉山先生全集》。

简析 此联把一己的"小我"与整个自然和社会相融合。上联的"天地"是空间的概念，下联"古今"是时间的概念。用"两手"和"一肩"把宇宙万物与自我的生命紧紧联系起来。这便是一种最高的责任感与使命感。

联语 苟[1]利国家生死以
岂因祸福避趋[2]之

清·林则徐

【简介】林则徐：清末政治家。字元抚，一字少穆，福建侯官（治今福州）人。嘉庆进士。曾任两江总督等。在湖广总督任内，受命为钦差大臣，赴广东查禁鸦片，后与总督邓廷桢协力查办，严令英美烟贩缴出鸦片二百三十七万多斤，在虎门海滩当众销毁。后被革职充军新疆。后任陕西巡抚，擢云贵总督。有《林则徐集》等。

【注解】❶苟：假若；如果。❷避趋：逃避；躲藏。《论语·微子》："孔子下，欲与之言，趋而避之，不得与之言。"

简析 如果能够有利于国家民族，个人的生死又算得了什么？岂能因为对个人有好处便去追求，对自己不利便竭力逃避？作者从民族的利益出发，坚决主张禁止鸦片贸易，并以钦差大臣的身份主持了著名的"虎门销烟"，但后来又被当成替罪羊而遭革职发配。在国家衰败、民族危亡之际，作者面对自己命运的沉浮，发出了这样一掷地有声的誓言。此联亦可看作古今官场正直有为之人的箴言。

联语 诗堪入画方为妙
官到能贫乃是清

清·戴远山

【出处】戴远山在送一位友人到云南做官时书赠此联。

【简介】戴远山：清学者。

简析 上联说诗要形象思维，要有如画的意境才算好诗。下联认为做官的人不贪心、不受贿，坚守清贫，为百姓造福，乃是最难能可贵的品德。

联语 莫放春秋佳日[1]过 最难风雨故人来

清·孙星衍

【简介】孙星衍：清经学家。字渊如，又字季仇。江苏阳湖(今武进)人。乾隆进士。历官编修、刑部主事、山东督粮道。后主杭州诂经精舍。有《尚书今古文疏》、《周易集解》等。

【注解】❶佳日：天色晴朗、气候宜人的日子。晋陶渊明《移居》诗："春秋多佳日，登高赋新诗。"

简析 要珍惜好年华，莫让时光虚度，尤其不要把春光明媚或秋高气爽的晴好日子轻易放过去，应该做一些有意义的事情。在一个孤独的风雨之夜，忽有老朋友冒雨来访，这给你心理上所带来的快慰甚至惊喜是难以言表的。人生中像这样令你感动的时刻，实在是太难得了。气候上的两种反差，不妨看成人对世事的不同感悟。

联语 凌霄羽毛原无力 坠地金石[1]自有声

臧克家

【简介】臧克家：山东诸城人。1930 年开始新诗创作。曾任人民出版社编审、《诗刊》主编等。有《臧克家文集》。

【注解】❶金石：古代称钟鼎为金，碑碣为石，多用来铭功或记事，有时也用以喻情操坚贞。

简析 羽毛是轻浮和华而不实的象征。纵然有时鸡毛飞上了天，但一旦风住了它便会落下来。因为它毕竟只是羽毛，不是有力的翅膀。金石是内涵充实的象征。它即便是掉到了地上，也会发出铿锵有力的声音。此联形象鲜明，对比强烈，含义深刻。

联语

虚心[1]竹有低头叶
傲骨[2]梅无仰面花

清·郑燮

【简介】郑燮(Xiè)：清书画家、文学家。“扬州八怪”之一。字克柔，号板桥，江苏兴化人。乾隆进士。曾任山东范县、潍县知县，因请赈饥民为上所斥而罢归。能诗擅画，尤工书法。其诗不为世风所囿，多反映社会现实，风格质朴。有《板桥全集》。

【注解】❶虚心：不自满，不自以为是，能够接受别人的意见。《庄子·渔父》：“丘少而修学，以至于今。六十九岁矣。无所得闻至教，敢不虚心。”❷傲骨：傲世之风骨，比喻不向恶势力低头的气节。

简析 此联以拟人化的笔法写竹与梅。竹子的主干中空，而竹叶一般是向下垂的。以竹喻人，便是指因为虚心而始终低着头。梅花的枝干色泽如铁，但梅花开放时一般不是仰面朝天。以梅喻人，便是指“有傲骨而无傲气”。

联语

惟有真才能血性[1]
须从本色[2]见英雄

黄 兴

【注解】❶血性：谓刚强正直的性格。清李玉清《忠谱·书闹》：“淋漓血性，颇知忠勇三分。”❷本色：本来的颜色。南朝梁刘勰《文心雕龙·通變(xiè)》：“夫青生于蓝，绛生于茜，虽逾本色，不能复化。”

简析 真正有才能的人，总是有着刚正的性格。能保持自我的本色，不受世俗的污染，这才是真正的英雄。

联语

假作真时真亦假
无为有处有还无

清·曹雪芹

【出处】联语出曹雪芹《红楼梦》。

简析 这是《红楼梦》一书里颇为有名的一副哲理联，它悬挂在“太虚幻境”牌坊上。此联以绕口令似的浅白语言揭示了一个玄妙而复杂的道理：当虚假或者虚无被当成了真实的时候，真实反而成了虚假或是虚无。

联语

献身甘作万矢的[1]
著论[2]求为百世师

康有为

【简介】**康有为**：中国近代维新派领袖，后为保皇会首领。原名祖诒，字广厦，号长素，又号更生，广东南海人。光绪进士。曾先后七次上书光绪皇帝请求变法维新，组织过“公车上书”、“百日维新”等运动。辛亥革命后，他反对共和制。著有《新学伪经考》、《孔子改制考》、《戊戌奏稿》、《大同书》、《康南海先生诗集》等。

【注解】❶万矢的：万支利箭的靶子。比喻甘冒众多人的攻击。❷著论：著书立论。

简析 为自己所追求的真理而献身，甘愿成为众矢之的。为了自己的理想而著书立说，力求成为一代又一代人行为的指针。

联语

潦草[1]由来成事少
聪明毕竟误人多

【注解】❶潦草：粗率，做事不仔细、不认真。宋朱熹《训门人》：“今人事无大小，皆潦草过了。”

简析 世界上怕就怕“认真”二字，做事粗率的人从来难以成就大的事业。聪明的人往往会自以为是，但这种自以为是又往往与客观现实相违背而招致失败，所以古人说“聪明常被聪明误”。

联语 大处着眼，小处着手
群居守口[1]，独居守心[2]

清·曾国藩

【简介】曾国藩：清洋务派和湘军首领。原名子城，字伯涵，号涤生，湖南湘乡人。道光进士。咸丰初帮办团练，后扩编为湘军，攻太平天国。破天京（今南京）后，奉命镇压捻军。与李鸿章、左宗棠创办上海江南制造局。官至两江总督，卒谥文正，封毅勇侯。有《曾文正公全集》。

【注解】❶守口：比喻说话谨慎。❷守心：谨守内心，不生杂念。

简析 上联讲方法论：观察问题时要从宏观上着眼，解决问题时要从微观处着手。下联说生活观：在大庭广众之中，要十分注意自己的语言，要出言谨慎；而到了没有众目睽睽的地方，要注意自我约束心理上的各种杂念。

联语 身无半文，心忧天下
书破万卷，神交[1]古人

清·左宗棠

【简介】左宗棠：清末洋务派和湘军首领。字季高，湖南湘阴人。道光举人。官至两江总督兼通商事务大臣。中法战争时，督办福建军务。卒谥文襄。有《左文襄公全集》。

【注解】❶神交：精神之交。指以道义相交，推心置腹。

简析 古人说："天下兴亡，匹夫有责。"对于一个有着远大志向的人来说，虽然他穷到身无分文的地步，但并不妨碍他对国计民生的关注。对一个在困境中依然发愤读破万卷书的人来说，书中的古人便是他的知己和朋友。

联语 **海纳百川①，有容乃大**
壁立千仞②，无欲则刚

清·林则徐

【注解】❶百川：泛指众川，《庄子·秋水》："秋水时至，百川灌河。"❷千仞：古以八尺为仞，千仞极言其高或深。晋左思《咏史》诗："振衣千仞冈，濯足万里流。"

简析 这是林则徐所写的影响最大的一副对联。联语的立意与"有容德乃大，无私品自高"这类的联语有异曲同工之妙。但这副对联之所以脍炙人口，是因为作者不是用一些空洞的概念来说教，而是用两个极为鲜明的形象来说明深刻的哲理。大海能容纳百川，正是这个"容"字才成就了海的"大"。人内心的欲望可以用奔涌、波动这样的形象来表现。与此相反，大山以其沉稳和持重而成了"无欲"的象征，山崖挺立万丈，正是这种"无欲"才使它获得了这种"至大至刚之气"。

联语 **敬以持己，恕以接物①**
勤能补拙，俭能养廉②

清·张裕钊

【出处】上联语出宋朱熹《朱子语类》："敬以持己，恕以及物。"

【简介】**张裕钊**：散文家、书法家。字廉卿，湖北武昌人。咸丰举人。官至内阁中书，曾赴各地书院讲学。所作散文宣扬儒家思想，善书法。有《今文尚书考证》等。

【注解】❶敬以持己，恕以接物：始终用恭敬、敬畏的心态来要求自己，用宽宏的态度来对待他人。接物：与人交际，接待人物。《汉书·司马迁传》："教以慎于接物，推贤进士为务。"❷廉：廉洁。不损公肥私，不贪污。

简析 上联突出了"敬"与"恕"两个字。说到"敬"，孔子有"出门如见大宾"的话，意思是说要让自己保持一种谦恭敬畏的精神状态；说到"恕"，有"推己及物谓之恕"的说法，就是通过换位思考理解和容纳别人的言行、思想等。下联指要通过勤奋来弥补自己的笨拙，通过节俭来培养自己廉洁的品格。

联语

天下断无易处之境遇
人间哪有空闲的光阴

清·曾国藩

简析 此联用白话般的语言轻轻道来，但表达的却是一个十分紧迫的话题：人生的意义在于拼搏奋斗，不存在那种不劳而获的生活境遇；生命短暂，不存在让人无所事事的空闲时光。整个联语充满了催人奋进的精神。

联语

是七尺男儿，生能舍己
作千秋雄鬼❶，死不还家

【注解】❶雄鬼：堪称雄杰的鬼。用于称颂壮烈死去的人。

简析 身为一个弱女子的李清照都说过："生当作人杰，死亦为鬼雄。"作为一个血性的男儿，为了崇高的目标，又何惧牺牲自己的生命？死了也要做个鬼雄而不是把心思放在如何返回故乡上。正所谓："青山处处埋忠骨，何必马革裹尸还？"

联语 喜有两眼明[1]，多交益友[2]
恨无十年暇[3]，尽读奇书

清·包世臣

【简介】包世臣：清学者、书法家、书学理论家。字慎伯，号倦翁，安徽泾县人。嘉庆举人，曾任江西新喻知县。工诗文书画，能篆刻。有《艺舟双楫》等。

【注解】❶眼明：眼力好，眼光正确，对事物现象看得清。❷益友：有益的朋友。见《论语·季氏》："子曰：'益者三友……友直，友谅，友多闻，益矣。'"❸暇：闲暇。

简析 "两眼明"的字面意思是眼神尚好，实指眼光正确，能够选择一些有益的朋友，所以感到可喜。作者为事务所牵扯，无法找到十年的闲暇光阴来多多读书，所以深感遗憾。

联语 莫对失意[1]人而谈得意事
从来有名士不取无名钱

【出处】下联语出宋陈与义《王应仲欲附张恭甫舟过湖南不决今日忽闻遂》诗："从来有名士，不用无名钱。"

【注解】❶失意：不得志；不如意。

简析 对失意的人大谈自己得意的事，一来给别人的心理造成刺激，有失厚道；二来徒使自己受到妒忌，有失明智。已经有名望的人，当然要有相应的行为准则，所以对来路不正的"无名钱"分文也不会取。"失意"与"得意"、"有名"与"无名"两组反义词，有很强的表现力。

联语 硬着肩，为世界担几分事
站住脚，在学校做一个人

吴恭亨

【简介】**吴恭亨**：字悔晦，号岩村，湖南慈利人。南社社员。以教读为业。辛亥革命后，曾任进步党慈利县干事、《慈利县志》总纂。有《对联话》、《悔晦堂对联》、《悔晦堂丛书》。

简析 作者生活在清末民初，正是我们整个民族的多事之秋。他身为一个平民百姓，真切地理解了“天下兴亡，匹夫有责”的含义，于是才希望大家用自己微薄的力量，承担属于自己的那份责任。在下联中作者更是为这种希望设定了一个切实可行的目标——“做一个人”。这个“人”不一定是英雄或者圣贤，但必须是一个德才兼备的合格的人。如果每个人都能达到这一目标，那么拥有了合格公民的国家一定是个强大的国家，这个民族也会是一个伟大的民族。

联语
丈夫当死中图生、祸中求福
古人有困而修德[①]、穷而著书[②]

清·曾国藩

【注解】❶困而修德：陷入困境时先提高自己的道德修养，即反求诸己，从自己身上找原因。❷穷而著书：在不得志的状态下发愤著书立说。

简析 大丈夫处在惊涛骇浪般的人生舞台上，要有一种破釜沉舟的拼搏精神，以求置之死地而后生。但也有很多人身陷逆境之中，一生不得志，找不到施展自己才能的舞台。在这种情况下，要学习古人在困境中努力提高自身修养的做法，或者是在穷愁潦倒中发愤著书立说。成功的方式本来是多种多样的，此联基本概括了古人常说的“立德”、“立功”、“立言”三种方式。

联语
何物动人，二月杏花八月桂
有谁催我，三更灯火五更鸡

清·彭元瑞

【简介】**彭元瑞**：字芸楣，江西南昌人。乾隆进士。官至吏部尚书，卒谥文勤。有《恩馀堂稿》等。

简析 二月杏花正艳，八月桂子飘香。有如此良辰美景，足以让人流连忘返，但某种紧迫感却时时在警醒着我。“三更灯火五更鸡，正是男儿读书时。”灯花鸡鸣，催人勤学苦练、催人奋发上进。“二月”、“八月”，又有指当时的春试、秋试的意思。

联语

苟有恒，何必三更眠五更起[1]
最无益，莫过一日曝[2]**十日寒**

明·胡居仁

【简介】**胡居仁**：学者。明程朱学派主要代表人物之一。字叔心，号敬斋，江西余干人。以讲学授徒为业，曾主白鹿书院。有《居业录》。

【注解】❶何必三更眠五更起：化自唐颜真卿《劝学》：“三更灯火五更鸡，正是男儿读书时。”❷曝（pù）：晒。

简析 此联指出恒心对于学习的重要性。读书学习要经过一个长期不懈的过程，学习成绩很难通过三五个时辰的突击苦读而获得提高，所以真正有恒心的人并不刻意追求“三更眠五更起”的形式。学习上缺乏恒心的另一种表现，便是短时间突击学习，热情一过便是长时间的松懈，这种间歇式用功的方法对学习来说没有什么益处。毛泽东当年在长沙求学时，曾书此联以自勉。

联语

佩鄂国[1]**至言，不爱钱，不惜命**
与文山[2]**比烈，曰取义**[3]**，曰成仁**[4]

清·陈宏谋

【简介】**陈宏谋**：原名弘谋，以避乾隆帝讳改，字汝咨，号榕门，广西临桂（今桂林)人。雍正进士,官至东阁大学士兼工部尚书。有《培远堂全集》。

【注解】❶鄂国:即岳飞,宁宗时追封为鄂王。❷文山:即文天祥,号文山,字宋瑞,一字履善,吉州吉水(今属江西)人,宋宝祐状元,官至江西安抚使。元兵至,受命使元军谈判,被扣留,后脱险返回真州。端宗即位于福州,拜为右丞相,封信国公。募兵抗战,力图恢复。兵败被俘,不屈,作《正气歌》以见志。❸取义:就义而死。《孟子·告子》:"生亦我所欲也,义亦我所欲也。二者不可得兼,舍生而取义者也。"❹成仁:成就仁德。为正义事业而牺牲生命曰"成仁"。

简析 此联论述了作者所推崇的两位古人——岳飞和文天祥。岳飞曾说过"文官不爱钱,武官不惜死,天下太平矣"。作者感佩岳飞所说的"文官不爱钱,武官不惜死"这样的话。所以他愿意效法文天祥的忠烈,宁可舍生而取义、杀身以成仁。

联语

宠辱不惊[1],看庭前花开花落
去留无意,望天上云卷云舒

【注解】❶宠辱不惊:不计较受宠或受辱。《老子》:"得之若惊,安之若惊,是谓宠辱若惊。"

简析 庭前栽种的花儿,并不因为你的喜爱而绽开,也不为你的忽视而落去,一切全凭自然。我们做人也要像花儿,不为了得宠于别人便洋洋得意,也不为了受辱于别人便惶惶不安。天边飘浮的白云,并不在意什么去与留,它只是随着风的方向或卷或舒。这里以云喻人,"去"和"卷"都指从现有职位上退出,"留"与"舒"都指继续被任用,无论是去是留,心里都不会在意。

联语 破釜沉舟[1]，百二秦关终属楚
卧薪尝胆[2]，三千越甲定吞吴

明·金声

【简介】金声：明末抗清义军首领。初名成光，字正希，号赤壁，休宁（今属安徽）人。崇祯进士。官至右都御史、兵部右侍郎。清军破绩溪与江天一等被俘，不屈，在南京被杀。有《金正希集》。

【注解】❶破釜沉舟：比喻下定决心，义无反顾。《孙子·九地》："焚舟破釜，若驱群羊而往，驱而来，莫知所之。"《史记·项羽本纪》："项羽乃悉引兵渡河，皆沉船，破釜甑，烧庐舍，持三日粮，以示士卒必死，无一还心。"❷卧薪尝胆：春秋时越王勾践战败，为吴所执。既放还，欲报吴仇，苦身焦思，置胆于座，饮食尝之，欲以不忘会稽败辱之耻。卧薪事不知所出。后通用为刻苦自励，不敢安逸之意。

简析 明代金声的这副励志联曾被附会成蒲松龄的作品而广泛流传，近代也曾传有章太炎等人的仿作。对联以越王勾践及西楚霸王项羽的两则典故相对应，斩钉截铁，掷地有声，表现了作者在抗清斗争中坚忍不拔的意志及对最后胜利的信心。

联语 爱惜精神，留此身担当[1]宇宙
扩充见识，高着眼[2]看透古今

【注解】❶担当：承受；负责。❷高着眼：从很高的层面上观察、考虑。

简析 上联的意思是要对自己有一个很高的期许，要准备着以后担当天下大任，所以从现在起就要爱惜自己的精神。下联指出为担当大任而必须做的准备工作，即努力学习以增长见识，达到"究天人之际，通古今之变”的境界。

联语
从故乡而来，两地疮痍[1]同满目
当兵事[2]之后，万家疾苦早关心

明·李贽

【简介】**李贽**：思想家、文学家。原姓林，名载贽，后改姓名。号卓吾，又号宏甫，别号温陵居士。泉州晋江（今属福建）人。嘉靖进士。官至姚安知府，后辞官。万历年间被逮捕下狱，自刎死。有《李氏焚书》、《续焚书》、《藏书》、《李温陵集》。

【注解】❶疮痍（chuāngyí）：创伤，也比喻人民疾苦。唐杜甫《雷》：“故老仰面啼，疮痍向谁诉！”❷兵事：战争。

简析 李贽是福建人。他从故乡出发到云南姚安做官时，沿途看到民间疾苦，所以写了这副对联挂在厅堂，以警示自己多关心民间疾苦。身为封建官吏，能有这种思想，难能可贵。

联语
壮志难磨[1]，尚欲乘长风破万里浪[2]
闲情自遣[3]，不妨处南海弄月明珠

清·黄遵宪

【简介】**黄遵宪**：诗人。字公度，别号人境庐主人，广东嘉应州（治今梅州）人。光绪举人，曾任驻日、英参赞及旧金山、新加坡总领事。曾倡导诗歌改革。有《人境庐诗草》、《日本国志》等。

【注解】❶磨：灭。❷乘长风破万里浪：指志向远大，气概豪迈。南朝宋宗悫少时对其叔父表其志：“愿乘长风破万里浪。”❸遣：排遣。

简析 “戊戌变法”失败后，作者罢职返乡，隐居梅州东山周溪旁的人境庐。他曾制一艘小艇，泛于周溪上，为小艇命名为“安乐行窝”并撰此联，以表达百折不挠的精神。上联写虽遭挫折，壮志犹在。下联写隐居乡里，以读书自娱。“弄月明珠”，即“嘲风弄月”之意。上联的壮烈与下联的闲适形成强烈的反差。

联语 慕大海之苍茫，欲化长鲸搏浪去
驾孤舟兮上下，但凭豪气弄潮来

康永恒

简析 上联踞山观海，展开想象的翅膀，抒发了宏大的志向。下联承接上联的语气，驾舟入海，击风搏浪，表现了昂扬向上的豪情。

联语 大丈夫不食唾余[1]，时把海涛清肺腑
士君子[2]岂依篱下，敢将台阁占山巅

唐·林嵩

【简介】林嵩：字神降，福建霞浦人。乾符进士，官至金州刺史。有诗集、赋集各一卷。据清代的《福鼎县志》记载，林嵩未第时曾在山中结茅屋，并自题了这副楹联。

【注解】❶唾余：唾液之余，比喻别人的无足轻重的言论或意见。❷士君子：旧指有操守和学问的人。《荀子·修身》：“士君子不为贫穷怠乎道。”

简析 联语气魄雄伟，想象瑰奇。“不食唾余”是不沿袭前人的见解，“岂依篱下”是不甘做别人的附庸。不仅如此，作者想象时时以天风海涛来清洗自己的肺腑，还把自己依山结庐称为“敢将台阁占山巅”，喻示自己有“达则兼济天下”的志向。

联语 天下太平，文官不爱钱，武官不惜死
乾坤正气，下则为河岳，上则为日星

清·王苹

【出处】上联出自岳飞名言，下联出自文天祥《正气歌》。

【简介】王荦(Luò)：字耕南，号稼亭，江苏吴县(今苏州)人。

简析 此联以宋的岳飞和文天祥并提，将岳飞与文天祥的名句略加剪裁用于联中，如双璧相互辉映。

联语 **平居寡欲养身，临大节则达生[1]委命[2]**
治家量入为出，干好事则仗义疏财

【注解】❶达生：以放达的态度对待自己的生命。南朝宋谢灵运《斋中读书》诗："万事难并欢，达生幸可托。"❷委命：寄托性命，听任命运支配。

简析 联语以对比的手法讲述了在两种不同的情况之下，对待自己生命及财产的方式：在日常生活中要注意养生，但在面临大是大非考验的关键时刻，却要不惜献出自己的生命。在居家过日子时要注意理财，但到了做善事的时候却可以毅然捐出自己的财产。

联语 **虽富贵不易其心，虽贫贱不移其性**
以通经[1]学古[2]为高，以救世行道[3]为贤

清·张之洞

【出处】上联语出《孟子·滕文公下》："富贵不能淫，贫贱不能移，威武不能屈，此之谓大丈夫。"

【简介】张之洞：清末洋务派首领。字孝达，号香涛，直隶南皮(今属河北)人。同治进士，曾任内阁学士、军机大臣。卒谥文襄。有《张文襄公全集》。

【注解】❶通经：通晓经学。《后汉书·质帝纪》："能通经者，各令随家法。"❷学古：学习古人。❸行道：推行自己的主张。

简析 上联是孟子关于"大丈夫"的标准，即坚守自己的心性，不因富贵或贫贱而有丝毫改变。下联分为两个层次。首先，经过通经学古而拥有了满腹经纶，这样就可以称为“高”。但这只是个人素养的层面。只有在此基础上积极入世并推行符合“道”的政治主张，才有益于世道，方可以称为“贤”。

联语

柴米油盐酱醋茶烟，除却神仙少不得

孝悌忠信礼义廉耻[1]，没有铜钱可做来

清·袁枚

【简介】袁枚：清诗人。字子才，号简斋、随园老人，浙江钱塘(今杭州)人。乾隆进士。曾任溧水、江浦、沭阳、江宁等地知县，辞官后侨居江宁，筑园林于小仓山，号随园，从事著述。有《随园诗话》、《子不语》、《楹联新句》(《小仓山房尺牍》附)、《小仓山房集》。

【注解】❶孝悌忠信礼义廉耻：指宋儒所推崇的“君子八德”，即为人处世的八种道德准则。

简析 此联诙谐幽默而寓意深刻。上联罗列的是八种生活必需品，在现实生活中都是不可或缺的东西。要想不理会这些，除非你是神仙。下联中的八种道德准则，是成为一个大写的“人”所必备的品格。但这些品格必须脚踏实地去修炼和践行，并不会因为拥有大量金钱而自动获得。

修身养性联

联语 知足常乐[1] 能忍[2]自安

清·彭世昌

【出处】上联语出《老子》:“祸莫大于不知足,咎莫大于欲得,故知足之足常足矣。”

【简介】彭世昌:字二匆,号香九,江西庐陵(今吉安)人。咸丰进士。有《圣学入门》、《座右铭赘语》。

【注解】❶知足常乐:知道满足,就总会感到快乐。形容安于已经得到的利益、地位。❷忍:忍耐;忍受。

简析 知足就是要根据客观实际灵活调整自己的心理预期。因为易于被满足,所以总是快乐的,而贪得无厌之徒便难以获得这种快乐。“忍”,是心性陶冶修炼的过程,也是逐步适应社会和生活的过程。做到了这个“忍”字,人与社会之间、人与人之间自然也就相安无事了。

联语 曾三[1]颜四[2] 禹寸[3]陶分[4]

清·郑燮

【注解】❶曾三:孔子弟子曾参说过:“吾日三省吾身,为人谋而不忠乎?与朋友交而不信乎?传不习乎?”意思是每日反省自己的忠心、守信、复习三个方面。❷颜四:孔子弟子颜回有四勿,即“非礼勿视、非礼勿听、非礼勿言、非礼勿动”。❸禹寸：指大禹珍惜每一寸光阴。《淮南子》：“大圣不贵尺之璧而重寸之阴。”❹陶分：指学者陶侃珍惜每一分时光。《晋书·陶侃传》：“大禹圣者，乃惜寸阴。至于众人，当惜分阴。”

简析 作者化用古人名言，以最简练的语句，蕴含深邃的内容，劝导人们注重品德修养，珍惜时间，研究学问，对社会有所贡献。全联用当句对结构写成，极有特色。

联语 **世事静①方见**
人情淡②始长

清·杨生吾

【出处】下联语意出自《庄子·山木》：“且君子之交淡若水，小人之交甘若醴。”

【注解】❶静：指内心的清静。❷淡：清淡。

简析 在观察世界时，只有内心清静，才能看清世事的真相。在与人交往时，只有那种清淡如水的交情，才能做到天长地久。

联语 **达人知止足①**
志士多苦心②

清·赵藩

【简介】**赵藩**：字樾邨，一字介庵，号蝯仙，云南剑川人，白族。光绪举人，官四川川南道按察使，代表唐继尧任广州护法军政府交通部部长。20世纪20年代初返滇，任云南省图书馆馆长。曾主持编纂《云南丛书》。善联语，精书法。有《向湖村舍诗初集》、《向湖村舍诗二集》、《介庵楹句正续合钞》。

【注解】❶知止足：即知止知足，不求名利。《老子》：“知足不辱，知止不殆。”❷苦心：良苦的用心。

简析 对世事通达的人，知道什么时候应该停止，知道怎么样才是满足。欲成就一番事业的仁人志士，必须要有良苦的用心。

联语

各勉日新[1]志
共证岁寒[2]心

蔡元培

【简介】**蔡元培**：教育家。字鹤卿，号孑民，浙江绍兴人。光绪进士。选庶吉士，补编修。光复会发起人，同盟会会员。曾赴德国从事学术研究，1912年任南京临时政府教育总长，1917年任北京大学校长。1927年后，任国民政府大学院院长，后任中央研究院院长。“九一八”事变后，与宋庆龄等组织中国民权保障同盟。著作编为《蔡元培文集》。

【注解】❶日新：日日更新。语出商汤《盘铭》：“苟日新，日日新，又日新。”❷岁寒：一年的寒冬。比喻暮境、困境。《论语·子罕》：“子曰：‘岁寒，然后知松柏之后凋也。’”

简析 作者在北京大学校长任上时，积极支持新文化运动，主张对各种学术思想“兼容并包”。他在赠送毕业生的铜尺上，刻有这副对联。希望大家走上社会，踊跃投身于改造旧世界、创造新生活的火热斗争中。勉励大家在艰苦的环境中意志坚定，勇往直前。

联语

求其真善美
养我精气神[1]

马萧萧

【简介】**马萧萧**：诗人、书画家。1921年生，名振，山东安丘人。西北农学院、延安大学毕业。任中国民间文艺出版社总编辑，中国楹联学会会长、名誉会长。有长篇叙事诗《石牌坊的传说》、对联集《马萧萧联稿》等。

【注解】❶精气神：古人认为，天有三宝“日”、“月”、“星”，地有三宝“水”、“火”、“风”，人有三宝“精”、“气”、“神”。养“精”、“气”、“神”也即养生的真谛。

简析 毕生追求真、善、美的事物，努力涵养自己的精、气、神。联作者的精神追求、道德修养，我们都不难从此联中感受到。

联语

养性[1]聊听水
怡情[2]好看山

清·林则徐

【注解】❶养性：陶冶本性；修养心性。《孟子·尽心上》：“存其心，养其性，所以事天也。”❷怡情：使心情愉快。

简析 在青山绿水间怡养性情。联语表现了作者热爱自然的情感，以及那种“天人合一”的修养境界。

联语

格[1]超梅以上
品[2]在竹之间

清·郑燮

【注解】❶格：风格；风度。南朝宋鲍明远《芜城赋》：“格高五岳，袤广三坟。”❷品：品格。

简析 梅花以耐寒而被认为格调高雅，修竹因有劲节而被认为品格高超。作者描绘了一种他所追求的在“梅以上”、“竹之间”的理想人格。

联语

铁肩[1]担道义[2]
辣手[3]著文章

明·杨继盛

【简介】**杨继盛**：字仲芳，号椒山，保定容城(今属河北)人。嘉靖进士。官刑部员外郎，后任兵部武选司员外郎。因上疏劾严嵩十大罪，被杖下狱，后被处死。有《杨忠愍集》。

【注解】❶铁肩：喻勇于承担重任。❷道义：道德和正义。❸辣手：犹能手、老手。

简析 要做勇于承担重任的强者，担当起人间的道德与正义，要做技艺高超的人，写出有益于世道人心的文章。作者是明代著名的直臣，所撰对联同样也犀利酣畅，气势高迈。后来，中国共产党的早期领导人李大钊曾把下联的“辣手”改为“妙手”，重新书写以赠人。

联语

乾坤容我静
名利任人忙

苏曼殊

【简介】**苏曼殊**：文学家。原名玄瑛，字子穀(gǔ)，生于日本，广东香山(今中山)籍。母为日本人。12岁剃发为僧，法名博经，号曼殊。能诗文，善绘画，通英、法、日、梵诸文。有《苏曼殊全集》。

简析 立于天地之间，心中宁静，与世无争。回头望芸芸众生，却在日夜不停地为名为利而奔忙。作者借对联的形式阐发了超脱尘世的思想。

联语

德从宽[1]处积[2]
福向俭中求

清·王时敏

【简介】**王时敏**：清初画家。初名赞虞，字逊之，号烟客、西庐老人等，太仓(今属江苏)人。以父荫入仕。南明福王立，起升太常寺少卿，入清不仕。有《西田集》、《西庐画跋》。

【注解】❶宽：度量宏大；宽容。❷积：积累；积聚。

简析 道德修养从宽以待人上来积累，生活幸福从节俭省用上来追求。突出了作者关于“德”与“福”的体会。

联语 立身先求正己
涉世[1]岂尚多言

吴小如

【简介】吴小如：1922年生，原名同宝，以字行，生于哈尔滨，安徽泾县籍。北京大学教授。有《读书丛札》、《古典小说漫稿》等。

【注解】❶涉世：经历世事。

简析 上联从正面论述立身之本在于心术端正、行为正派。下联用反问句式，说明经历世事时，崇尚的是多做而不是多说。

联语 交以道，接以礼[1]
坐而言，起而行[2]

清·曾国藩

【出处】上联语出《孟子》：“其交也以道，其接也以礼。”下联语出《荀子》：“故坐而言之，起而可设，张而可施行。”

【注解】❶交以道，接以礼：指在待人接物方面能以道相交、以礼相接。❷坐而言，起而行：指坐下可以说出道理，站起来便可以付诸实践。

简析 行为与道德相符合，理论与实践相结合。

三三句式的六言联，短促、明快，却又不失平稳。

联语 守[1]有道，节[2]有理
尊所闻，行所知[3]

清·左宗棠

【注解】❶守：操守。❷节：气节。❸尊所闻，行所知：尊重自己所听到的，做

自己所知道的。宋程颐语。程颐，字正叔，人称伊川先生，曾做过宋哲宗的老师。宋徽宗时曾查禁他的著作。他只好迁居，并且停止讲学。他对学生说："尊所闻，行所知，可矣！不必及吾门也！"

简析 上联指人的操守与气节均符合道德与情理；下联指尊重自己所听到的，去做自己所知道的。

联语

忍嗜欲[1]，苦筋力
节饮食，慎语言

清·曾国藩

【注解】❶忍嗜欲：克制欲望。语出《史记·货殖列传》："能薄饮食，忍嗜欲，节衣服。"嗜欲，指耳目口鼻等方面贪图享受的要求。

简析 克制自己的欲望，劳顿自己的筋骨；不过分讲究饮食方面的精美，也不暴饮暴食；出言要谨慎，说话要注意场合。今天读来，联语仍有其借鉴意义。

联语

厚性情[1]，薄嗜欲[2]
直心思，曲文章[3]

清·朱克敏

【简介】**朱克敏**：字时轩，兰州人。道光优贡生。曾从军至酒泉，不久归里，被聘为蓝田玉山书院、靖远乌兰书院山长。书画俱佳，尤长于诗文。

【注解】❶厚性情：使性情宽厚。语出南朝宋范晔《后汉书·卓茂传》："厚性宽中近于仁。"❷薄嗜欲：轻视欲望，即节制欲望。语出《战国策·楚三·苏子谓楚王》："用民之所善，节身之嗜欲以与百姓。"嗜欲，指耳目口鼻等方面贪图享受的要求。❸直心思，曲文章：使心地善良、耿直，使文章曲折多变。此句由清袁枚《随园诗话》"做人贵直，而作诗文贵曲"化用而来。

简析 性情要忠厚宽容，节制自己的嗜欲。做人贵在耿直，诚实守信，心地善良；写诗文贵在曲折有致，鸿篇巨制讲究起伏跌宕，短篇佳作应曲径通幽、尺水兴波。

联语 律己宜带秋气[1]
处世须挟[2]春风

李叔同

【简介】**李叔同**：中国戏剧家、艺术教育家、文学家、书画家。名文涛，字息霜，以号行，浙江平湖人。留学日本，改号叔同，与欧阳予倩等创立春柳社，为中国话剧运动之先声。宣统初归国，任职教育及新闻界。1918年出家为僧，法名演音，号弘一。有《华严集联三百》、《南山律在家备览略篇》等。

【注解】❶秋气：秋日肃杀之气。❷挟：拥有；怀有。

简析 生活上严格要求自己，改正自己的缺点错误要像秋风扫落叶一样毫不留情。处世待人要一团和气，使人有如沐春风之感。

联语 慎交游[1]，勤耕读[2]
笃[3]根本，去浮华[4]

清·左宗棠

【注解】❶交游：结交朋友。《颜氏家训·慕贤第七》："君子必慎交游焉。"❷耕读：指既从事农业劳动又读书或教学。❸笃：忠实；真诚。❹浮华：虚浮不实。汉王充《论衡·自纪》："其文盛，其辩争，浮华虚伪之语，莫不澄定。"

简析 要谨慎地选择朋友，因为近朱者赤，近墨者黑；要勤奋地耕田和读书，这样物质食粮与精神食粮都能很充足。要紧紧把握质朴、本色的人生，不去追求那些浮华与虚荣。如今的年轻人，交朋友多，有的又往往追求表面的奢华，读这副对联当有所启示。

联语

一失脚[1]成千古笑
再回头是百年人

明·唐寅

【简介】**唐寅**：画家、文学家。字伯虎，一字子畏，晚号六如居士。筑室桃花坞，号桃花庵主。江苏吴县（今苏州）人。弘治乡试第一，世称“唐解元”。擅画。有《六如居士全集》。

【注解】❶失脚：即失足，行走时不小心跌倒。比喻人堕落或犯严重错误。

简析 要万分谨慎地把握自己的行为和操守。因为一旦不小心犯了错误，就会形成永远抹不掉的污点，成为千古笑柄。人生只是个短暂的过程，如果误入了歧途，即便想回头的话，也已错过了大好年华。

联语

人到万难须放胆
事当两可[1]要平心[2]

【注解】❶两可：可此可彼，两者均可。❷平心：心情平和。

简析 人到了极度困难的境地，须放开胆量去做。放开胆量去做，说不定会有转机。面临的事情在两可之间时，一定要平心静气，不要因为自己的私利或私念而有失公允。

联语

为有才华翻蕴藉[1]
每从朴实见风流

清·汤金钊

【简介】**汤金钊**：字敦甫，浙江萧山人。嘉庆进士，官至吏部尚书、协办大学士。有《寸心知室存稿》。

【注解】❶蕴藉(yùnjiè):含蓄而不显露。

简析 有满腹才华的人会自然流露出一种含蓄而不显露的气度,真正的风流人物都会保持其朴实的本色。

联语 书有未曾经我读
事无不可对人言

邵飘萍

【简介】邵飘萍:中国新闻记者、新闻学者。原名镜清、振青,浙江东阳人。主编《汉民日报》,创办新闻编译社、《京报》。因同情革命被捕遇害。著有《实际应用新闻学》,所撰新闻通讯和评论编为《邵飘萍选集》。

简析 学海无涯,总会有我不曾读过的书籍;心地坦诚,从不做不可告人的坏事。求学上的虚心,做人上的坦荡,应该是我们毕生所追求的。

联语 处己何妨真面目
待人总要大肚皮

清·乾隆

【出处】这是乾隆帝题峨眉山洪椿坪弥勒堂的一副对联。

【简介】乾隆:清高宗,即爱新觉罗·弘历。世宗第四子,清代皇帝,年号“乾隆”。1735—1796 年在位。有《乐善堂全集》等。

简析 出于生活的需要,人总是要在不同的场合戴上面具去扮演不同的角色,但在自我审视时,不妨现出自己的本来面目。对待别人总要怀着宽心,要有容得下别人的度量。

联语 立足不随流俗转
留心学到古人难

简析 站稳脚跟，不随着世俗的观点打转。要留心学到古人最难得的长处，也即古人真正下功夫的地方。

联语 充海阔天高[1]之量
养先忧后乐[2]之心

明·任环

【简介】**任环**：字应乾，号复庵，明山西长治人。嘉靖进士。曾任苏州府同知，受命指挥闽浙沿海的抗倭斗争，功勋卓著，升右参政。著有《山海漫谈》。

【注解】❶海阔天高：比喻天地广阔。语出唐刘氏瑶《暗别离》："青鸾脉脉西飞去，海阔天高不知处。"❷先忧后乐：先深谋远虑，然后才享安乐。语出宋范仲淹《岳阳楼记》："先天下之忧而忧，后天下之乐而乐。"

简析 人要不断拓展自己的胸襟，只要拥有了海阔天高般的心胸，自会有"海阔凭鱼跃，天高任鸟飞"的远大前程。除了有宽广的胸怀之外，还要有高度的社会责任感，要培养自己"先天下之忧而忧，后天下之乐而乐"的高尚情操。

联语 扪心[1]只有天堪恃[2]
知足当为世所容

林 纾

【简介】**林纾**：文学家。原名群玉，字琴南，号畏庐，别署冷红生，福建闽县（今福州）人。光绪举人。寓居北京，任教于京师大学堂等校，以古文翻译外国小说170余部，为中国最早的西方小说翻译家。能诗画。有《畏庐文集》、《畏庐诗存》及传奇、小说、笔记等多种。

【注解】❶扪(mén)心：手摸胸口，表示反省。唐白居易《和梦游春诗》："扪心无愧畏，腾口有谤讟(dú，怨言)。”❷恃：依赖；凭借。

简析 一个坚定的信念支撑着我的心理和行为，应该相信“上苍”的公平。能知足常乐，便能做到与世无争，这样肯定易于被这个世界所接受。

联语 **忍片时风平浪静**
退一步海阔天空

清·彭世昌

简析 人都会有生气的时候，不要急于作出任何极端的结论或过激的反应。要谨守一个“忍”字，要等情绪平静下来后以理性的方式解决问题。这样，你才会拥有一个风平浪静的生活环境与精神状态。当你与外界的矛盾激化到了无法化解时，不妨退后一步来想。这种“以退为进”的做法会使你占有更为主动的地位、拥有更多的选择空间。做人当然要有原则性，但要冷静，要注意方式方法。

联语 **事以利人皆德业**[1]
言能益世即文章

清·魏源

【注解】❶德业：德行和事业。《后汉书·杨震传》：“自震至彪，四世太尉，德业相继。”

简析 一个人的德行和事业，要体现在“利人”二字上，能够对世事有所裨益的言论，都是天地间的大文章。联语体现了作者经世致用的主张。

联语 **事能知足心常惬**[1]
人到无求品[2]**自高**

清·陈锷

【简介】陈锷：字养愚，号白崖，浙江钱塘(今杭州)人。乾隆进士。

【注解】❶惬(qiè):快乐;满意。❷品:品性;品格。

简析 凡事能够知足,心中就会常常感到快乐。人能做到无所欲求,品格自然会高尚起来。

联语 持身[1]岂为名传世
做事唯思利及人

【注解】❶持身:对待自己;要求自己。《列子·说符》:"子列子学于壶丘子林。壶丘子林曰:'子知持后,则可言持身矣。'"

简析 要求自己岂可为了所谓的后世留名?否则,求到的也只能是虚名。而那些做事只求利国利民的人,在建立了杰出的功勋之后,自然会名传千古。同样,人做事千万不能总想对自己有利,更应该时刻想到是否对别人、对众人有利。

联语 品[1]若梅花香在骨
人如秋水玉为神

【注解】❶品:品性;品格。

简析 品格似坚贞的梅花,其香可透筋骨;为人如澄澈的秋水,以玉为精神。如梅花的香醇,如宝玉的晶莹——如此人品,当作为我们追求的目标。

联语 除却[1]诗书何所癖[2]
独于山水不能廉

清·鄂尔泰

【简介】鄂尔泰:西林觉罗氏,字毅庵,满洲镶蓝旗人。康熙举人。曾任保和殿大学士，兼兵部尚书、军机大臣。有《西林遗稿》。

【注解】❶除却：除去；去掉。❷癖：癖好；嗜好。

简析 除了诗书以外，便没有了其他任何的嗜好；为人清廉，唯独对山水"贪得无厌"。联语表达了作者高雅不俗的志趣。

联语

能受苦方为志士
肯吃亏不是痴人

清·梁同书

【简介】梁同书：清书法家。字元颖，号山舟，浙江钱塘（今杭州）人。乾隆特赐进士，官至翰林院侍讲，加学士衔。工书，与翁方纲、刘墉、王文治齐名。能诗，有《频罗庵遗集》。

简析 能够承受生活的磨难，才能算得上有志之士；愿意在与人交往中吃一些亏，能这样做的人并不是傻子。作者以辩证的观点来看待人生：身处困苦的境地是一种不幸，但同时也是磨砺；愿意吃亏的人看似不聪明，但生活最终会给他更多的补偿。

联语

欲除烦恼须无我
历尽艰难好做人

清·俞樾

【简介】俞樾（Yuè）：清学者。字荫甫，号曲园，浙江德清人。道光进士。任翰林院编修、河南学政，晚年讲学杭州诂经精舍。治经、子、小学，能诗词。有《春在堂全书》、《楹联录存》。

简析 总计较个人得失的人会有无尽的烦恼。想除去这些烦恼的话，必须抛开个人的患得患失，达到无我的境地。始终在顺境中成长的人，其实体会不到人生的真谛。只有在经历了无数人生历练之后，才能真正明白如何做人。

联语

发上等愿[1]，享下等福
从高处立，向宽处行

清·左宗棠

【注解】❶愿：心愿。

简析 胸怀最远大的抱负，但只享受最普通的物质生活；看问题要高瞻远瞩，做事则要争取留有余地。联语饱含着中国传统文化的生活智慧。

联语

要大[1]门闾[2]，积德累善
是好子弟，耕田读书

清·左宗棠

【注解】❶大：光大，在此作动词用。❷门闾（lǘ）：家族门第。

简析 要想光大门楣，只有积累美德与善行；想做本家族的优秀子弟，只有在努力种田的同时，刻苦读书。

联语

读古人书，求修身道
友天下士，谋救时方

清·魏源

简析 苦读古人的书籍，是为了寻找修身养性的道理；广交天下的人士，是为了谋求救世济民的良方。

联语

第一等人，忠臣孝子
只两种事，耕田读书

简析 世上最高尚的人，就是国家的忠臣和家庭的孝子；世人最正经的事，就是努力耕田和认真读书。

联语 **浅狭[1]一心，到处便招尤悔[2]**
因循[3]二字，从来误尽英雄

明·吕坤

【简介】吕坤：明学者。字叔简，号心吾，宁陵（今属河南）人。万历进士，官至刑部左、右侍郎。有《去伪斋文集》、《呻吟语》。

【注解】❶浅狭：见识浅，心胸、气量小。❷尤悔：过失与懊悔。《汉书》："浅为尤悔，深作敦害。"唐白居易《丘中有一士》诗："举动无尤悔，物莫与之争。"❸因循：守旧法而不加变革。《汉书·百官公卿表》："秦兼天下，建皇帝之号，立百官之职，汉因循而不革。"

简析 见识浮浅、心胸狭隘的人，只会处处招致失误与懊悔；多少有才能的人却因为因循守旧、不思变革而耽误了一生。上联说明应该胸怀宽广，下联说明应该与时俱进。

联语 **读书好，耕田好，学好便好**
创业难，守成难，知难不难

清·吴敬梓

【出处】联语出自清吴敬梓《儒林外史》第二十二回。

【简介】吴敬梓：清小说家。字敏轩，号粒民，晚年自称文木老人，安徽全椒人。能文善诗，尤以小说著称。传世之作为长篇小说《儒林外史》，诗文有《文木山房集》。

简析 读书与耕田都很好。但只有在你抱定学好的信念后才谈得上好。创业与守成都很艰难。但当你明白了这种艰难的时候，它就变得不是那么难了。

联语 **孝莫辞[1]劳，转眼便为人父母**
善勿望报[2]，回头但看尔儿孙

清·彭世昌

【注解】❶辞：躲避；推托。❷善勿望报：做了善事不要期望着别人报答。

简析 向父母尽孝要不辞辛劳，因为在转眼之间你也会为人父母。做了善事莫要期望着别人的回报，回头看看你的儿孙们，他们将会因为你所积的善而得到幸福。下联含有了“因果报应”的思想，但其出发点毕竟还是劝人为善。

联语 眼里有余闲，登山临水觞咏[1]
身外无长物，布衣素食琴书

清·杨沂孙

【简介】杨沂孙：字咏春，号子与，晚署濠叟，江苏常熟人。道光举人，官至凤阳知府。有《观濠居士集》。

【注解】❶觞(shāng)咏：饮酒赋诗。晋王羲之《兰亭集序》：“一觞一咏，亦足以畅叙幽情。”

简析 自己有一些闲暇的时候，便去山水之间饮酒赋诗；除了布衣素食以及用以自娱的琴和书之外，身边再没有其他多余的东西。对联表现了清贫但不乏雅趣的文人生活。

联语 心地[1]上无风波，随遇皆青山绿水
性天[2]中有化育[3]，触处见鱼跃鸢飞[4]

明·洪应明

【简介】洪应明：明朝万历年间文人。字自诚，号还初道人。著有《菜根谭》。

【注解】❶心地：内心；心里。❷性天：谓人得之于自然的本性。❸化育：本指自然生成万物，此处指先天善良的德性。据《礼记·中庸》：“能尽物之性，可以赞天地之化育。”❹鱼跃鸢飞：比喻自由自在的乐趣。《诗经·大雅·旱麓》：“鸢飞戾天，鱼跃于渊。”鸢(yuān)，鸟名，形状类鹰，嘴短尾长，

又名“黑耳鸢”。

简析 心湖没有狂风巨浪，到处所见都是一片青山绿水；本性保存着爱心善意，随时都像鱼游水中、鸟飞空中那样自由自在。“青山”与“绿水”、“鱼跃”与“鸢飞”，分别为当句自对。

联语 富贵须自守，虽高不危[1]，虽满不溢[2]
才德无他长，有功勿伐[3]，有能勿矜[4]

清·顾翰

【出处】下联语出《老子》：“不自伐，故有功；不自矜，故长。夫惟不争，故天下莫能与之争。”

【简介】顾翰：字简塘，号木天，又号孟平，江苏金匮（今无锡）人。嘉庆举人。历官宣城知县，主讲东林书院。有《补诗品》、《拜石山房诗钞》。

【注解】❶虽高不危：语见《管子》：“天下所持，虽高不危。”意为与天下人同利，天下人爱自己拥护的人，地位虽高却不会招致什么危险。❷虽满不溢：古人认为月圆则亏，器满则举，事物发展到了极致便会开始走向它的反面。❸伐：这里指夸耀。❹矜（jīn）：自夸；自恃。

简析 对已得到的成就要善于把握。这样才能做到虽然地位高，但处境并不危险；虽然发展到了顶点，但并不走向下坡路。才能与道德并没有其他特别的长处，只要做到有功劳不夸耀、有才干不自恃就好。

读书治学联

联语 干国家事
读圣贤书

明·海瑞

【简介】海瑞：字汝贤，号刚峰，广东琼山（今属海南）人，回族。嘉靖举人，官至南京右佥都御史，卒谥忠介。有《海瑞集》。

简析 努力干国家的事，刻苦读圣贤之书。海瑞平生以刚直闻名，其联语亦言简意赅。

联语 友天下士[1]
读古人书

清·包世臣

【注解】❶士：这里指才德非凡之士。

简析 以才德非凡之士为友，认真攻读古人的著作。

联语 为善[1]最乐
读书便[2]佳

宋·朱熹

【简介】朱熹：宋哲学家、教育家。字元晦，号晦庵，晚年号晦翁、晦庵，别称紫阳，徽州婺源（今属江西）人，侨居建阳（今属福建）。绍兴进士。历事高宗、孝宗、光宗、宁宗四朝。追谥文，不久赠太师，封信国公，改徽国公。主持白鹿书院、岳麓书院五十余年。博览群书，广注典籍，对经学、史学、文学、乐律以至自然科学都有不同程度的贡献。著作有《四书章句集注》、《周易本义》、《诗集传》、《楚辞集注》，后人编其遗文为《朱子语类》、《晦庵先生朱文公文集》。

【注解】❶为善：做善事。❷便：或作“更”。

简析 做善事最令人感到快乐，读书是最好的事情。联语虽然只有八个字，却有很深的意蕴。

联语 风云三尺剑
花鸟一床书

明·左光斗

【简介】左光斗：字遗直，号浮丘，安庆桐城（今属安徽）人。万历进士，官至左佥都御史。办理屯田，兴水利，提倡种稻。被魏忠贤构陷，以酷刑处死，追谥忠毅。有《左忠毅公集》。

简析 在风云变幻的世事中手持三尺利剑，在鸟语花香的环境中坐拥一床诗书。联语表现了作者卓越不凡的胸襟和情趣。剑与书，文武之道并举。

联语 行[1]是知[2]之始
学非问不明

陶行知

【简介】陶行知：教育家。原名文濬，后改知行，又改行知。安徽歙（Shè）县人。毕生从事平民教育运动，创办晓庄学校、生活教育社及山海工学团。有《陶行知全集》（六卷）、《普及教育》（三集）等。

【注解】❶行：实践。❷知：求知；学习。

简析 作者推崇身体力行的实践活动，所以上联把亲身去实践看成是求知学习的开始。下联拆分开“学问”一词，认为只有善于发问、善于怀疑才能学到真正的知识。

联语
奇书手不释①
旧友心相知

清·金农

【简介】金农：清书画家。字寿门，又字司农，号冬心先生，浙江仁和（治今杭州）人。乾隆时曾被荐举博学鸿词科，入京未试而返。好游历。善画，为“扬州八怪”之一。工诗。有《冬心先生集》、《冬心先生杂著》等。

【注解】 ❶释：放开；放下。

简析 手捧奇书便舍不得放下，老朋友之间都是心心相印。对奇书与旧友的态度，反映了一个文人的精神气质。

联语
都无做官意
惟有读书声

蔡元培

简析 大家都是为了强国富民而不是为了“学而优则仕”才来这里读书，所以这儿只有朗朗的读书声，没有其他任何杂音。

联语
慷慨谈世事
卓荦①观群书

清·齐彦槐

【简介】齐彦槐：字梦树，号梅麓，安徽婺源（今属江西）人。嘉庆进士，官至苏州同知。工诗，擅书法，精于鉴藏。有《双溪草堂诗文集》、《梅麓联存》、《天球浅说》。

【注解】❶卓荦(luò):超出寻常。《后汉书·班固传》:"卓荦乎方州,羡溢乎要荒。"

简析 以慷慨激昂的态度谈论世事,以卓绝超众的方式博览群书。作者经世救国的情怀跃然纸上。

联语

于书无所不读
凡物皆有可观[1]

清·翁方纲

【简介】翁方纲:书法家、文学家、金石学家。字正三,号覃溪,直隶大兴(今属北京)人。乾隆进士,官至内阁学士。有《两汉金石记》、《复初斋文集》、《复初斋诗集》、《石洲诗话》等。

【注解】❶可观:值得看;达到的程度比较高。语出《论语·子张》:"虽小道,必有可观者焉。"

简析 任何书籍都可以阅览,只要取其精华去其糟粕就行了;任何事物都有值得看的地方,只要分清其长短优劣之处就行了。话说得似乎很轻松,但我们知道实际做起来并不容易。

联语

未能一日寡过[1]
恨不十年读书

清·向渭川

【注解】❶寡过:少过失、过错。宋陆游《官居戏咏》:"爱书习气嗟犹在,寡过功夫愧未能。"

简析 扪心自问,很难做到一天不犯过错;检点学识,恨不能再用十年的功夫来读书学习。"未"字与"恨"字,是很能表达作者情感世界的关键词。

联语

竖起脊梁立行[1]
放开眼孔观书

清·陈昌齐

【简介】**陈昌齐**：字宾臣，号观楼，又号啖荔居士，广东海康（今雷州）人。乾隆进士，官至浙江温州兵备道。学识渊博，著作等身。参加过校勘《永乐大典》，编校过《四库全书》。有《赐书堂集》。

【注解】❶行（xíng）：操行；德行。

简析 “竖起脊梁”即挺起胸膛，堂堂正正地做人；“放开眼孔”（放宽视野），兼收并蓄地读书。

联语

养心莫善寡欲
至乐无如读书

明·郑成功

【出处】上联出自《孟子·尽心下》：“养心莫善于寡欲。”

【简介】**郑成功**：明末清初收复台湾的名将。初名森，字大木，福建南安人。隆武帝赐姓朱，号国姓爷，更名成功。

简析 想修身养性的话，最好莫过于节制自己的欲望；想寻找最为快乐的事情，算来算去只有看书学习了。

联语

万卷古今消永日[1]
一窗昏晓[2]送流年

宋·陆游

【简介】**陆游**：宋文学家。字务观，号放翁，越州山阴（今浙江绍兴）人。孝宗时，特赐进士出身。范成大驻军四川，他以参议官佐幕成都。后官至宝章阁待制。晚年退居家乡，但收复中原的信念始终不渝。以诗名最著。有

《剑南诗稿》、《渭南文集》。

【注解】❶永日：尽日；整天。❷昏晓：犹朝夕，也指明暗。唐杜甫《望岳》诗："造化钟神秀，阴阳割昏晓。"

简析 陆游将自己的书房命名为"书巢"并题写了这副对联。"万卷古今"喻书数量之多，内容涉猎之广。"一窗昏晓"喻读书神情专注、从早到晚。联语精练准确地概括了作者终生与书为伴，以书启迪人生的读书生涯。

联语

门前莫约频来客
座上同观未见书

宋·楼钥

【简介】**楼钥**：宋文学家。字大防，号攻媿主人，明州鄞县（今属浙江宁波）人。隆兴进士，官至参知政事。散文不事雕琢，又能诗。有《攻媿集》。

简析 上联谓闭门谢客，下联说同观奇书。二者在"同观"上产生了联系。

联语

无情岁月增中减
有味诗书苦后甜

简析 随着岁月的流逝，生命中剩余的时间在不断减少，所以说岁月无情。读书虽是一个艰苦的过程，但总体上看肯定会先苦后甜，所以说诗书有味。"增"与"减"，"苦"与"甜"，是对立的统一。

联语

不因果报[1]方为善
岂为功名始读书

【注解】❶果报：因果报应。是起源于佛教的一种宿命论。

简析 人之初，性本善。做善事本来是发乎人的天性。不能因为所谓的“善有善报”才去做善事。读书是为了认识客观世界，也为了丰富、完善自己的精神世界而不是为了攫取功名。

联语

日月两轮天地眼
诗书万卷圣贤心

宋·朱熹

简析 太阳和月亮是天地的两只眼睛，他们在日夜不停地注视着世间万物；万卷诗书是古今圣贤们的一片苦心，用意在于为我们指引生活的方向。

联语

书山有路勤为径
学海无涯苦作舟

【出处】联语出《增广贤文》。

简析 这是一副流传很广的劝学联。联语强调“勤学”和“苦读”是到达书山顶峰与学海彼岸的必由之路。

联语

书从疑处翻成悟
文到穷时自有神

清·郑燮

简析 上联是说读书要经过一个从产生疑问到解决疑问的过程，才能悟到书中最精微的内涵。下联意谓文人越困穷不得志，写出的诗文越好。如同欧阳修为梅圣俞的诗集所写的序中所说：“盖世所传诗者，多出于古穷人之辞也……盖愈穷则愈工。然则非诗之能穷人,殆穷者而后工也。"

联语 **书到用时方恨少**
事非经过不知难

简析 只有到了用的时候,才发觉自己读的书太少了。事情不亲身去经历,不会知道其中的难处。联语倡导学以致用,对不合实用的书本知识和不切实际的空谈持否定态度。

联语 **世间唯有读书好**
天下无如吃饭难

清·包世臣

简析 知识就是力量,知识改变命运。世间最好的、最重要的事情莫过于读书学习。这里的"吃饭",应该理解为生活,即立足于世上,为人处世。这对谁来说,都是个难题。

联语 **旧书不厌百回读**
嘉[1]树新成十亩荫

清·王懿荣

【简介】王懿荣:清金石学家。甲骨文的发现者。字正儒,山东福山人。光绪进士,官至祭酒。有《汉石存目》、《南北朝存石目》。

【注解】❶嘉:善;美好。

简析 俗话说:"读书百遍,其义自见。"虽是旧书,读上百回也不会生厌。茁壮成长的树苗,已经初现荫凉。下联暗含"十年树木,百年树人"之意。

联语 **立节[1]可为千载道**
成文自足一家言[2]

黄 兴

【注解】❶立节：抱定节操。❷一家言：一家之言，指自成体系的一套学说。汉代司马迁《报任安书》："亦欲以究天人之际，通古今之变，成一家之言。"

简析 抱定自己光明坦荡的节操，可以成为千秋正道；著书立说的话，也足以成为自成体系的独特见解。上联是"千载道"，下联只是"一家言"，是否矛盾呢？其实，为文能有"一家言"，有独特见解和标新立异的思维方式，一家之言也能成为千载之道的。

联语 有关世教[1]书多读
怕对人言事莫为

清·杨芳

【简介】杨芳：字诚斋，贵州松桃人。行伍出身。曾任总兵、提督。封果勇侯。有《果勇侯年谱》、《征西笔记》。

【注解】❶世教：世风及教化。

简析 与世风与教化有关的书，一定会有益于身心，所以要多读；怕对别人说起的事，必非正大光明之事，所以绝对不能去做。这里提出了读书和做事的标准，应该对我们有一定启示。

联语 壮士腰间三尺剑
男儿腹内五车书[1]

清·李渔

【简介】李渔：清戏曲理论家、作家。字笠鸿、谪凡，号笠翁，浙江兰溪人。能为小说，尤精谱曲，世称"李十郎"。有《闲情偶记》、《笠翁十种曲》、《笠翁一家言》等。今人合编为《李渔全集》行世。

【注解】❶五车书：极言书多。语出《庄子·天下》："惠施多方，其书五车。"

简析 腰间悬有三尺剑，气度雄健；腹中装有五车书，风姿儒雅。联语描绘了一个文武兼备，内外双修的大丈夫形象。这应是作者心目中理想的男人形象。

联语　**好书悟后三更月**
良友来时四座春

清·邓石如

【简介】**邓石如**：清书法家、篆刻家。初名琰，又字顽伯，又号完白山人，安徽怀宁人。有《完白山人篆刻偶存》。

简析　上联是说读书遇到有不明白之处时，犹如晚上忽然行走在漆黑一团的路上，茫然不知方向。但经过仔细思考后猛然开悟，疑点顿释。就像一轮明月从东方升起，天宇澄明，刚才的茫然一扫而光。下联是说好朋友相互间一团和气，一见之下顿觉身心温暖，四座如有春风荡漾。

联语　**每闻善事心先喜**
得见奇书手自抄

明·祝允明

【简介】**祝允明**：明书法家、文学家。字希哲，号枝山，江苏长洲(今苏州)人。弘治举人，官至应天通判。与唐寅、文徵明、徐祯卿并称为“吴中四子”。能诗文，工书法。与文徵明、王宠为当时书家代表。有《怀星堂集》。

简析　每当听到关于行善的事，心中总是感到很愉快。每当看到未曾读过的好书，总会想办法借来抄写一部，以便自己阅读、收藏。从中可见作者为人处世之一斑。

联语　**板凳要坐十年冷**
文章不写一句空

范文澜

【简介】范文澜：历史学家。字仲澐(yún)，浙江绍兴人。曾任延安马列学院历史研究室主任、北方大学校长、华北大学副校长。中华人民共和国成立后，任中国科学院哲学社会科学部委员、近代史研究所所长、中国史学会副会长。主编《中国通史简编》，著有《中国近代史》(上编)、《正史考略》等。

简析 上联是说读书学习或做学问时要耐得住寂寞，要能沉下心来长期坐冷板凳。下联是说写文章要有的放矢，言之有物，不说空话。此联在当代影响甚大，很多人从中受到教益。

联语

学似为山勤积累
理于观水悟循环

清·杨芝春

【简介】杨芝春：浙江湖州人。官至盐运使。著有《楹帖新裁》(未印行)。

简析 上联说读书学习是一个积累知识的过程，要持之以恒，像堆土山一样越堆越高，不可半途而废。就像“为山九仞，功亏一篑”这个成语所说的，堆九仞高的山，却只差一筐土没能完成。下联从哲学的角度对事物发展的规律——“理”进行了总结。作者从对流水的观察中悟出了“天道循环”的道理：首先事物是发展、变化着的，其次这种发展变化如同一个圆圈，常常是由终点又回到了起点。作者只是很粗略地看到了事物螺旋式发展这一现象，但因为时代的局限而未能认识到“否定之否定”的规律。

联语

种德[①]如培佳子弟
拥书权拜小诸侯[②]

清·沈德潜

【简介】沈德潜：清诗人。字确士，号归愚，江苏长洲(今吴县)人。乾隆进士，官至礼部侍郎。有《沈归愚诗文全集》。又编选《古诗源》、《唐诗别裁》、《明诗别裁》、《清诗别裁》等。

【注解】❶种(zhòng)德:积德,指布行德惠,施恩德于人。《书·大禹谟》:“皋陶迈种德,德乃降,黎民怀之。”《传》:“皋陶布行其德,下治于民,民归服之。”种,布。❷小诸侯:意谓在书房中拥书自乐,俨然一个小独立王国的主宰。

简析 种下美德来惠及他人,就像培养一个好孩子,总有一天他会长大成人并有所作为。在书房中拥书而坐,想读哪本读哪本。自己感觉好像当上了一个诸侯王一样。作者的追求,就在于为善和读书,并从中获得无穷的乐趣。

联语

真学问自五伦[1]起
大文章从六经[2]来

【注解】❶五伦:中国社会的五种传统伦理关系。《孟子·滕文公上》:“(孟子)使契为司徒,教以人伦:父子有亲,君臣有义,夫妇有别,长幼有序,朋友有信。”❷六经:六种儒家经典,指《诗》、《书》、《礼》、《乐》、《易》、《春秋》。

简析 儒家学说主要局限在社会伦理方面,即所谓“君君、臣臣、父父、子子”,所以得出的结论是真正的学问都要从分析父子、君臣、夫妇、长幼及朋友这五种人际关系开始,天下的大文章全部都是从儒家的六部经典《诗》、《书》、《礼》、《乐》、《易》、《春秋》里发展衍生而来。

联语

读书当诫自欺[1]处
谨身不可有闲时

【注解】❶自欺:自我欺骗,自我蒙蔽。

简析 读书不认真，就会曲解书中的意思，却自以为是。这其实是自我欺骗。所以要戒除这种自欺，真正沉下心领会书中的含意。时刻以勤奋来要求自己，不可让自己有无所事事的时候。联语提示我们，要时刻注意谨慎和勤奋。

联语
读书要见古人意
做事正需年少时

简析 读书要真正领悟古人的意思，不可不求甚解，敷衍了事。自古英雄出少年。要想真正成就一番事业，必须抓紧风华正茂的大好年华。这对今天的年轻人仍有其借鉴意义。

联语
欲高门第须为善
要好儿孙必读书

清·李汝珍

【简介】李汝珍：清小说家。字松石，直隶大兴（今属北京）人。官至河南县丞。有《镜花缘》、《音鉴》。

简析 想要提高家庭在社会中的地位，必须多做善事；想要儿孙有所成就，必须让他们好好读书。此堪称金玉良言。

联语
黑发不知勤学早
白头方悔读书迟

简析 青春年少时若不知道及早发愤读书，等到年老体衰时想学习就已太晚了。“黑”与“白”、“早”与“迟”两组反义词用得极为恰当。

联语 **得好友来如对月**
有奇书读胜看花

清·王文治

【简介】**王文治**：清书法家、文学家。字禹卿，号梦楼，晚年受戒，法名达无，江苏丹徒（今镇江）人。乾隆进士，官至翰林院侍读、云南姚安知府。擅书法、能诗文，间亦作画。有《梦楼集》、《赏雨轩题跋》。

简析 遇到好友来访，相对而谈，好像面对着一轮清新高洁的明月。得到一本好书孜孜不倦地攻读，其乐趣胜过了赏花。此联格调十分高雅。

联语 **愿乘风破万里浪**
甘面壁[1]读十年书

孙中山

【出处】上联语出《宋书·宗悫（Què）传》："悫年少时，炳问其志，悫曰：'愿乘长风破万里浪。'"

【简介】**孙中山**：近代伟大的民主革命家。遗著编有《孙中山选集》、《孙中山全集》等。

【注解】❶面壁：原为佛教用语，指面对墙壁静坐默念。南北朝时印度僧达摩来华，据传曾在嵩山少林寺面壁而坐九年，潜心修道。后用以指专心于学业。此处指沉下心来闭门读书。

简析 上联说远大的志向，下联说坚定的决心。面壁读书是为了乘风破浪。而要乘风破浪必须在面壁读书的基础上方能实现。

联语 **精神到处文章老**
学问深时意气[1]平

清·石韫玉

【简介】石韫玉：字执如，号琢堂，又号独学老人，江苏丹阳人。乾隆进士，官至山东按察使，署布政使。晚年主江南诸书院。有《独学庐稿》。

【注解】❶意气：意志与气概。

简析 作品如人品，只有把作者的精神写进文章，这样的文章才能算成熟老到。学问会改变人的气质，一个具有广博知识的人，会改变原来许多极端的看法，实现心态的平和。

联语

言易招尤[1]，少说几句
书能益智，多读数行

清·彭世昌

【注解】❶招尤：引起过错、过失。

简析 轻率的话语很容易给自己招来麻烦，所以最好少说几句。好书能够增长人的智慧，不妨多读几行。没有丰富的阅历，是不可能说出这样的话的。

联语

读书便佳，开卷有益
为善最乐，著手[1]成春

清·杨芝春

【注解】❶著手：着手；动手。

简析 用心读书便是好事，打开书本就会有一定的收获。做些好事最为快乐，一伸手便使人感受到春天般的温暖。

联语

博学深思，笃行[1]远瞩
论书观史，汲古溉今[2]

赵朴初

【简介】赵朴初：安徽太湖人，东吴大学肄业。曾任中国佛教协会会长、中国楹联学会名誉会长、中国书法家协会副主席、中国红十字会副会长。有《滴水集》、《片石集》。

【注解】❶笃行：专心实行。《礼·中庸》："博学之，审问之，慎思之，明辨之，笃行之。"❷汲(jí)古溉今：汲，吸取。溉，灌溉；滋润。意为学习古代文化为今天所用。唐韩愈《秋怀》诗："归愚识夷涂，汲古得修绠。"

简析 广泛地学习，深入地思考，坚定地实行，高远地展望；探讨图书，观察历史，吸收古代的知识为今天所用。语言简练，内涵丰富。

联语

大胆的假设，小心的求证
少说点空话，多读点好书

胡适

【简介】**胡适**：学者。原名洪骍(xīng)，字适之，安徽绩溪人。中国公学肄业，留学美国。曾任北京大学教授、《新青年》杂志编辑、中国公学校长、驻美大使、北京大学校长等职。1948年后，长期居住美国。后去中国台湾。著有《中国哲学史大纲》(上卷)、《白话文学史》(上卷)、《胡适文存》等。

简析 分析问题时可以展开想象的翅膀，对各种可能性进行大胆的猜想，但在解决问题时却要认真理性地找出确凿的证据来对猜想进行证明。上联是胡適所倡导的治学理念，除此之外他还提出过著名的"少谈些主义，多研究些问题"的主张。下联亦可看成作者这种实证主义理念的另一种提法。

联语

学如逆水行舟，不进则退
心似平原走马，易纵①难收

【注解】❶纵：放纵。

简析 学习就像在逆水中撑船。不坚持让它前进的话，肯定会随着水流后退。心性像马儿进了平川。不有意去约束的话，一旦放纵它跑开，便很难再找回它来。

联语

风声雨声读书声，声声入耳
家事国事天下事，事事关心

明·顾宪成

【出处】此为顾宪成为东林书院所题的对联。

【简介】**顾宪成**：字叔时，号泾阳，世称东林先生，无锡（今属江苏）人。万历进士，官至吏部文选司郎中。后因违帝意，削籍归里。与高攀龙等在东林书院讲学，讽议朝政，学者闻风响附，形成集团，被称为“东林党”。卒谥端文。有《小心斋札记》、《顾端文遗书》。

简析 此联以对读书致用的期望及对国家大事的关切而被广泛传诵。上联的风声和雨声既表示自然界中的风雨，同时也暗示了社会生活中的风风雨雨，作者把这些风雨与读书并列起来，表现了作者对于学子们学好知识以经世致用的期望。下联中“家”、“国”、“天下”，层层递进，表现了作者作为这些社会组织的成员所具有的强烈的责任感。

联语

世上几百年旧家，无非积德
天下第一件好事，还是读书

清·姚文田

【简介】**姚文田**：清学者。字秋农，浙江归安（今湖州）人。嘉庆进士，官至礼部尚书。治学宗宋儒，但也兼取汉学之长。有《邃雅堂集》、《易原》、《说文声学》等。

简析 俗话常说“富不过三代”。世上几百年旧家已经坐享人世荣华几十代了。他们守成的秘诀，总结起来也就是“积德”二字。古有“万般皆下品，唯有读书高”的格言。这不仅表现了人们对知识的渴望，事实已经证明唯有认真读书以获得知识，才能真正认识世界进而改造世界，才能把握自己的命运进而改变自己的命运，最终成为对社会、对人类有用的人。

联语 咬定几部有用书，可忘饮食
养成数竿新生竹，直似儿孙

清·郑燮

简析 紧抓住几本好书，读到了废寝忘食的地步。对园中的新竹好好爱惜，像对待自己的儿孙一样。“咬定”二字，体现了郑板桥用语形象、险峻的特点。

联语 读不如行，使废读将何以行
蹶[1]方长智[2]，然屡蹶[3]讵云能知

明·徐渭

【简介】 徐渭：字文清，更字文长，号青藤道士，浙江山阴(今绍兴)人。善诗文书画。有《徐文长全集》等。

【注解】 ❶蹶(jué)：摔倒。比喻失败或挫折。❷长智：增长智慧。❸屡蹶：屡次受挫。

简析 空读书不如去实践。但是若一点书不读的话，单纯的实践也不可能有什么成效。经受了挫折后，应该“吃一堑，长一智”。但若是屡受挫折而不思忖，那还能谈得上什么增长知识？联语充满了关于读书和实践的辩证法，很值得反复咀嚼、品味。

联语 四体不勤，五谷不分，孰为君子
小疑必问，大事必闻，才算学生

陶行知

【出处】上联语出《论语·微子篇》："四体不勤，五谷不分，孰为夫子！"

简析 上联系农夫讽刺孔子的话。是希望学生们成为知识广博且社会实践经验丰富的"君子"。下联"小疑必问"是指认真的学习方法，"大事必闻"是指要关心天下大事。作者认为只有问小疑、闻大事才算个好学生。

联语

台接囊萤[1]，如车武子[2]方称学者
池临洗墨[3]，看范希文[4]何等秀才

清·陶澍

【简介】陶澍：字子霖，号云汀，湖南安化人。嘉庆进士。嘉庆时历任户科、史科给事中。道光时，曾任安徽巡抚、两江总督。著有《印心石屋诗文集、奏议》、《蜀辅(yóu)日记》等。

【注解】❶台接囊(náng)萤：紧挨着囊萤台。《晋书·车胤传》："胤(车胤，字武子)恭勤不倦，博学多通。家贫不常得油，夏月则练囊盛数十萤火以照书，以夜继日焉。"说的是车胤用白绢口袋装上萤火虫用来照明夜读的故事，后人在其故乡建有囊萤台。囊萤，用袋子装萤火虫。囊，文中作动词用，意思是"用袋子装"。❷车武子：车胤，字武子，东晋孝武帝时任吏部尚书。❸池临洗墨：靠近洗墨池。据明《大明一统志》、《直隶澧州志》等史料记载，宋著名政治家、文学家范仲淹幼年时曾在湖南澧州求学。因"工书耽诵"，常洗笔砚于池，则"其池中水石草虫尽为墨、赤之色"，后人名之为"洗墨池"，成为澧州城"内八景"之一。❹范希文：即范仲淹，字希文。宋著名政治家、文学家。

简析 联语举出车胤、范仲淹两位历史名人苦读的故事，用以激励后人以古贤为榜样，发愤读书，以求有所作为。

联语 **图史[1]两间楼，便是老来行乐地**
江湖多暇日，补读平生未见书

清·潘飞声

【简介】**潘飞声**：字兰史，号剑士，又号独立山人，广东番禺人，南社社员。有《说剑堂全集》。

【注解】❶图史：图书和史籍。

简析 两间楼上装满了图书。年老之后，这就是我寻找乐趣的地方了。不为官，正好有闲暇时间细看一下从前未读过的书。

联语 **天地间都是文章，妙处还须自得[1]**
身心外别无道理，静中最好寻思[2]

明·汤显祖

【简介】**汤显祖**：明戏剧家。字义仍，号海若、若士、清远道人，江西临川人。万历进士，历官南京太常博士、礼部主事。不附权贵，遭斥革，隐居故里20年。著有传奇《紫箫记》、《紫钗记》、《还魂记》（一名《牡丹亭》）、《南柯记》、《邯郸记》五种，诗文有《红泉逸草》、《玉茗堂集》等。

【注解】❶自得：自己取得，即自己去体悟。《孟子·离娄下》："君子深造之以道，欲其自得之也。"❷寻思：思考。

简析 天地间的万物都可以说是文章。每一篇文章的妙处都要自己去体会。除了我们的身体与心灵之外，世上便没有其他可供人分析与把握的道理了。这些道理需要我们静下心来细细思考。作者自己的体会，对我们应有所启发。

联语 **人只此人，不入圣便作狂，中间难站脚**
学须就学，昨既过今又待，何日始回头

清·杨昌濬

【简介】**杨昌濬**：字石泉，号镜涵，别号壶天老人，湖南湘乡人。早年追随左宗棠、曾国藩等创办湘军团练，官至陕甘总督。工诗词书画，博学多才，有《平定关陇纪略》。

简析 每个人都只有一个固定的位置。不努力使自己成为圣人的话，便一定会成为狂人。在这两种选择中间不可能站得住脚。学习就要像个学习的样子。昨天已经过去，今天还在等待。到哪天才能回过头来好好读书呢？本联重在说理，讲得精，讲得透，令人猛醒。

联语

读书有神，下得十分功夫，即得十分效应
洗心无垢，去得一种驳杂[1]，便得一种精纯[2]

清·石成金

【简介】**石成金**：字天基，号惺斋，江苏扬州人。有著作百余种，多取居家寻常之事，演以俚俗语，意存激劝，是清初文坛颇有影响力的作家之一。

【注解】❶驳杂：混杂；杂而不纯。❷精纯：精粹纯正。

简析 读书学习的效果非常灵验。只要你下了十分功夫去学习，便肯定会得到十分的成效。所谓修养，就是不断清洗掉自己心灵上的污垢。去掉了一分的杂念，便能成就一分的精纯。

联语

过年苦，年苦过，过苦年，年过苦，年去年来今变古
读书好，书好读，读好书，书读好，书田书舍子而孙

清·钟耘舫

【简介】**钟耘舫**：被誉为“长联圣手”。名祖棻（fēn），字耘舫，自号铁汉、铮铮居士，重庆江津人。事亲至孝，秉性刚直，疾恶如仇，屡遭贪官污吏报复，一生潦倒，曾以设馆授徒为生。对联辑为《振振堂集》。

简析 上下联前半部分各以“过年苦”和“读书好”三字颠倒成文，反复排列组合，意思写尽，平添了许多意趣。上联以“年去年来今变古”结尾，就如同孔子“逝者如斯夫”一样的感慨。结合下联“书田书舍子而孙”的收句，表达了任时光飞逝，我自以读书为乐，更以读书传家的主题。

题赠联

1. 自题联

联语　不矜[1]威[2]益重
　　　无私功自高

赵朴初

【注解】❶矜：自夸。❷威：威严。

简析　一个人不自夸反而能拥有更多的威严。一个人没有私心的话，他会获得更多更大的成功。

联语　佩韦[1]遵考训[2]
　　　晦木谨师传[3]

宋·朱熹

【注解】❶韦：熟牛皮。熟牛皮质软，古时性急者佩之于身以自戒。朱熹之父尝自谓"卞急（性急）害道"，因取古人佩韦之意，号"韦斋"。❷考训：即父亲的训导。朱熹之师刘屏山，为其取字曰"元晦"，谓"木晦于根，春荣华敷；人晦于身，神明内腴"。❸师传：老师的教诲。

简析　这是朱熹当作座右铭的一副自题联。联文以父辈与老师的教诲时刻警醒自己。

联语　千里过师从枕席[1]
　　　一生报国托文章

明·史可法

【出处】上联语出《汉书·赵充国传》。

【简介】**史可法**：字宪之，号道邻，大兴(今北京城西南)人，河南祥符籍。崇祯进士。官至礼部尚书兼东阁大学士。顺治二年(1645年)，清兵围扬州，拒降固守，壮烈就义。乾隆中，赐谥忠正。有《史忠正公集》。

【注解】❶千里过师从枕席：《汉书·赵充国传》："治湟陿中道桥，令可至鲜水，以制西域，信威千里，从枕席上过师。"颜师古注引郑氏曰："桥成军行安易，若于枕席上过也。"后因以"枕席过师"形容行军道路极其平坦安稳。

简析 千里行军，就像在床榻上行走一样自如。一生的报国志向，都抒发在我的文章中。联语中透露出自己对带部队和写文章的自信。

联语

天为补贫[1]偏与健
人因见懒误称高

明·陈继儒

【简介】**陈继儒**：字仲醇，号眉公，华亭(今上海松江)人，诸生。有《眉公十集》。

【注解】❶补贫：弥补贫困。

简析 上联意为苍天为了弥补作者的贫困偏偏给了他健康的身体。下联说他人误把懒散的作者当成了脱俗的世外高人了。全联表达了作者对人生的旷达态度及自得、自信的精神。

联语

水能性淡为吾友
竹解心虚[1]是我师

清·陈元龙

【简介】**陈元龙**：字广陵，号乾斋，浙江海宁人。康熙进士，官大学士入值南书房。有《爱日堂集》。

【注解】❶心虚：即虚心，表面上指竹节的空心状态。

简析 水以其清淡无味的本性，可以做我的朋友。竹以其虚心谨慎的风格，可以当我的老师。可以理解为联中的"师"与"友"是互文，即水与竹都可当我的老师与朋友。

联语

为人总是谦虚好
处事须从切实求

清·李鸿章

【简介】**李鸿章**，字少荃，安徽合肥人。道光进士。咸丰年间组织团练抵抗太平军，同治年间署两江总督，先后镇压了东、西捻军。继曾国藩任直隶总督兼北洋大臣，掌外交、军事、经济大权达25年，发起了旨在"自强"、"求富"的"洋务运动"。

简析 为人要谦虚，做事要切实。这为人与处事上的一"虚"一"实"，是作者对生活经验的深刻总结。

联语

老眼逢书破寂寞
枯肠得酒庆昭苏[1]

吴恭亨

【注解】❶昭苏：苏醒，指重获生机，恢复元气。

简析 老眼昏花，因为没有什么可以关注，所以觉得孤单冷清。忽然之间看到一本好书，于是感到眼前一亮。生活清贫，又因为平日写作搜肠刮肚，所以肠都因此干枯，一旦饮了几杯美酒，顿觉重新获得了无限生机，精神为之 振。联语构思奇特，语言风趣。

联语

过如秋草芟[1]**难尽**
学似春冰积不高

清·纪昀

【简介】**纪昀**：清学者、文学家。字晓岚，一字春帆，晚号石云，直隶献县（今属河北）人。乾隆进士，官至礼部尚书、协办大学士。谥文达。胸怀坦率，性好滑稽。乾隆年间辑修《四库全书》，任总纂官，纂定《四库全书总目提要》200卷。博览群书，工诗及骈文。有《阅微草堂笔记》等。

【注解】❶芟（shān）：删除杂草。《诗经·周颂·载芟》："载芟载柞，其耕泽泽。"毛传："除草曰芟，除木曰柞。"引申为除去。

简析 人生的过错就像秋天的野草，一面铲一面生，怎么也清除不净。学习的成绩如同春天的薄冰，一边结一边化，怎么也积累不厚。作者用两个比喻，生动地说明做人难、做学问也难的道理，令人深思。

联语

自闭桃园[1]称太古[2]
欲栽大木[3]拄长天

杨昌济

【简介】**杨昌济**：字怀中，号华生，晚号枫仓老人，湖南长沙人。留学日、英、德等国，1912年回乡，任教于湖南省立一师、湖南高等师范。1918年应蔡元培之邀，任北京大学伦理学教授。有《达化斋日记》。

【注解】❶桃园：地名，即桃林。晋潘安仁《西征赋》："问休牛之故林，感征名于桃园。"❷太古：远古；上古时代。也作"大古"。《礼·郊特牲》："大古冠布。"《注》："唐虞以上曰太古也。"❸大木：大树。

简析 自我封闭在桃园之中，就当身处洪荒未辟的太古。想培育一棵参天的大树，用它支撑起一片天空。联语表达了作者超脱的处世态度和对培养人才的期望。

联语

两字听人呼不肖[1]
半生误我是聪明

张学良

【简介】**张学良**：字汉卿，辽宁海城人，张作霖长子，东三省陆军讲武堂毕业，任第三方面军团总司令。1936年与杨虎城发动“西安事变”，同年被蒋介石软禁。1946年春转至台湾新竹继续监禁，晚年去美国。有《张学良文集》。

【注解】❶不肖：不才；不正派。

简析 任随别人称我为不肖子吧！我已被自己的“聪明”耽误了半辈子。联语表现了作者对于形势变幻与身世浮沉的种种无奈。

联语

时御天风跨鸾凤
或入碧海掣[1]鲸鱼

康有为

【注解】❶掣(chè)：牵引；拉。

简析 有时乘着天风身跨鸾凤，有时则置身碧海拽住巨大的鲸鱼。对联以浪漫的笔调抒发了作者欲上天入海的昂扬气魄。

联语

苦心未必天终负
辣手[1]须防人不堪[2]

清·汪龙庄

【简介】**汪龙庄**：又字焕曾，晚号归庐，浙江萧山人。乾隆进士，授湖南宁远知县。有《龙庄四六稿》、《史姓韵编》等。

【注解】❶辣手：这里比喻厉害的手段。❷不堪：受不了。《左传·郑伯克段于鄢》：“今京不度，非制也，君将不堪。”

简析 上天未必会永远辜负你的一片苦心，所以一定要坚持下去。别人可能会受不了你过于厉害的手段，所以最好能手下留点情。

联语 直上青云揽日月
欲倾东海洗乾坤

徐悲鸿

简析 志向高比青云，胸怀可容日月。但大地含垢，世人皆浊，所以欲倾东海之水净洗之。对联表现了作者远大的志向及愤世嫉俗的情怀。

联语 直谅[1]喜来三径[2]友
纵横[3]富有百城书[4]

清·侯荫桥

【简介】侯荫桥：清成贤亲王的师傅。

【注解】❶直谅：正直；诚实。语出《论语·季氏》："益者三友，损者三友。友直，友谅，友多闻，益矣。"❷三径：代指家园。典出晋赵岐《三辅决录·逃名》：西汉末，王莽专权，兖(yǎn)州刺史蒋诩告病辞官，隐居乡里。在院中开辟三径，唯与求仲、羊仲等人来往。后人便以三径代指家园，或指隐居之地。晋陶渊明《归去来兮辞》有云："三径就荒，松菊犹存。"❸纵横：这里指奔放，驰骋，无阻碍无拘束。❹百城书：语出《魏书·逸士传》："丈夫拥书万卷，何假南面百城。"后因以"百城"、"百城书"喻指丰富的藏书。

简析 欢迎正直、诚信的朋友到家里来；我常在浩瀚的书海任意遨游。表达了作者交友、读书的原则。

联语 诗成掷[1]笔仰天笑
酒酣拔剑斫[2]地歌

张大千

【简介】张大千：名正权，又名爰，字季爰，以号行，四川内江人，早年拜曾熙、李瑞清为师。曾遍游国内名山大川，由师古人转向师造化，画艺有了长足进步。1952年移居阿根廷，次年迁居巴西，1972年侨居美国。1978年回国，居台北。有《张大千画册》、《张大千画集》等。

【注解】❶掷：投。❷斫(zhuó)：砍。

简析 写成一首好诗，自赏之余，掷笔仰天大笑。喝到酒酣耳热之际，豪情勃发，拔剑砍着地面放声高歌。

作者在十四字中，竟用了八个动词，以表现豪迈、爽朗与激情，颇具感染力。

联语

绝交流俗因耽[1]懒
出卖文章为买书

郁达夫

【简介】**郁达夫**：作家、诗人。名文，以字行，浙江富阳人。青年时代留学日本，与郭沫若等人发起成立创造社。回国后从事新文学创作，主编《创造季刊》、《洪水》等文学刊物，并先后在北京大学、武昌大学、中山大学等校任教。1930年参加中国左翼作家联盟。抗日战争时期在新加坡主编《星洲日报·文艺副刊》，积极从事抗日宣传工作。后在苏门答腊被日本宪兵杀害。有《郁达夫文集》。

【注解】❶耽：沉溺。

简析 不与世俗之人结交，主要是因为性格懒散；出卖自己的文章不是贪财，只是为了多买些书来读。

联语

胸中锦绣三都赋[1]
笔底烟霞五岳云

张伯英

【简介】**张伯英**：字勺圃，晚号东涯老人、老勺、勺叟，祖籍绍兴，出身于徐州望族。光绪进士。长于书法、诗文、金石鉴赏等。主编有《黑龙江志稿》。

【注解】❶三都赋：西晋时，秘书郎左思广泛搜集历史资料，游历三国旧都，历时十年写成《三都赋》，即《魏都赋》、《蜀都赋》、《吴都赋》。一时豪贵人家争相传抄，纸张供不应求，留下“洛阳纸贵”的佳话。

简析 上联说胸中的锦绣，写成了《三都赋》一样的妙文；下联说笔底的烟霞，化作了萦绕五岳的彩云。字里行间充满了对自己文章的自信。

联语 坐到二更合眼即睡
心无一事敲门不惊

清·何绍基

【简介】何绍基：清诗人、书法家。字子贞，号东洲，湖南道州（今道县）人。曾任翰林院编修、提督四川学政等，后主讲济南、长沙等地书院，晚年主持苏州书局、扬州书局。博学多才，对经学、文字学、金石、史地均有造诣，书法擅真、草、隶、篆。有《东洲草堂诗集、文钞》等。

简析 古人认为静坐也是一种修养的功夫。坐到二更时分已是心静如水，所以能合眼马上睡着觉。因为没做过使自己愧疚的事，并且心胸开阔也不把俗事挂在心上，所以即使偶然听到敲门的声音，心里也不会暗暗吃惊。

联语 心术不可得罪于天地
言行要留好样与儿孙

明·袁崇焕

【简介】袁崇焕：字元素，广东东莞人，徙居藤县。万历进士，官至兵部尚书。曾击退皇太极的进攻。金兵西逼京师，他引兵入卫，被冤杀。有《袁督师遗集》。

简析 联语的主旨是讲如何严格地要求自己。心术不正，纵然别人不知，但已得罪了天地，所以不可不警醒自己。出言不慎，行为不端，首先会潜移默化地影响自己的儿孙，所以要给儿孙们树立一个好的榜样。

联语 同是肚皮，饱者不知饥者苦
一般面目，得时休笑失时人

清·朱彝尊

【简介】朱彝尊：字锡鬯(chàng)，号竹垞(chá)，浙江秀水(今嘉兴)人。康熙时举博学宏词科，授检讨，充《明史》纂修官，后以事罢职。通经史，能诗词古文。著有《经义考》、《日下旧闻》、《曝书亭集》等，编有《雕玉集》、《词综》、《明诗综》。

简析 饱者与饥者虽有同样的肚皮，但甘苦有别；得意的人与失意的人有着同样的面目，但苦乐不同。联语以换位思考的方法，主张设身处地从别人的角度看问题，不要因为自己一时的得意而忘形。

联语 贫贱何伤，只要把物与民胞[1]安排下去
精神能固，都须从冰天雪地磨炼过来

叶 瀚

【简介】叶瀚：字浩吾，浙江余杭人。曾任北京大学史学教授兼研究所导师、浙江大学教授。译有《世界通史》。

【注解】 ❶物与民胞：物为同类，民为同胞。泛指爱人和一切物类。宋张载《西铭》："民吾同胞，物吾与也。"

简析 此联的撰写经过是："八年(1919年)一月十二日，北京大学国史编纂处与张君蔚西、童君亦韩、邓君文如商学余俱乐部事。是日大雪，张君约予等偕至什刹海赏雪，并乘冰橇游湖中，头面衣履俱染，六出花意甚张。

归而撰此联，将悬诸部屋，以志胜游。杭县叶瀚撰句，绍兴蔡元培书。”上联的意思是：这时的国家虽很贫穷，但是只要把人民群众组织起来，加以适当安排，贫穷是可以转为富强的。下联的意思是：怎样才能坚定意志呢？只有不怕艰难困苦，在冰天雪地中磨炼意志，才能担当起重大的任务。

2. 赠人联

联语 三绝诗书画
一官归去来[1]

清·李葂

【出处】此为李葂赠郑燮(Xiè)的对联。

【简介】李葂:字啸村,安徽怀宁人,客居江苏扬州。有《啸村近体诗》。

【注解】❶归去来:辞赋篇名。也作《归去来辞》。即晋陶渊明的《归去来兮辞》。为陶渊明辞去彭泽县令后初归家时所作,写归家时的愉快心情和隐居的乐趣。

简析 上联夸赞对方的艺术成就:诗、书、画三个门类均达到了登峰造极的地步。下联颂扬对方的品格:如同“不为五斗米折腰”的陶渊明。郑板桥曾因赈灾而得罪上司,后辞官而去。

联语 万卷编成群玉府[1]
一生修到大罗天[2]

清·梁同书

【出处】此为梁同书赠纪昀的对联。

【注解】❶群玉府:指帝王藏书的处所。❷大罗天:道教中指在三清之上的最高天。唐段成式谓道家列三界诸天数,与释氏同,但名异,三界外曰四人,四人天外曰三清,三清上曰大罗。

简析 该联颂扬了清代才子纪晓岚修《四库全书》的功绩,暗喻他的道德、文章已达到极高的境界。

联语 **天涯怀友月千里**
灯下读书鸡一鸣

清·曾国藩

【出处】此为曾国藩赠左宗棠的对联。

简析 身在天涯怀念昔日的好友，恰好升起一轮明月，不禁使人吟咏起宋苏轼的名句："但愿人长久，千里共婵娟。"深夜在灯下读书，忽然听到一声鸡鸣，不禁使人想起晋代祖逖"闻鸡起舞"的故事以及古人"三更灯火五更鸡"的苦读精神。

联语 **不信美人终薄命**[1]
古来侠女出风尘

蔡锷

【出处】此为蔡锷赠小凤仙的对联。

【简介】**蔡锷**：字松坡，湖南邵阳人。长沙时务学堂肄业。戊戌政变后留日。武昌起义后，在滇响应独立，为都督，后被袁世凯羁縻。袁称帝，他秘密离京，发动反袁战争。1916年9月以喉疾赴日治疗，不效而卒。**小凤仙**：本为浙江杭州一旗人武官之女。父死，流落沪、京，后在北京陕西巷云吉班为妓，为民国初年北京红极一时的名妓。蔡锷在北京做官，为袁世凯所忌，她曾帮助蔡逃出北京。

【注解】❶薄命：天命短促，命运不好。宋苏轼《薄命佳人》："自古佳人多命薄，闭门春尽杨花落。"

简析 上联一反古人"红颜薄命"的说法，表达了对知己的美好祝愿。下联夸赞对方虽出身风尘，但却有古代侠女的性情。

联语 **计利当计天下利**
求名应求万世名

于右任

【出处】此为于右任赠蒋经国的对联。

【简介】**于右任**:原名伯循,陕西三原人。光绪举人。曾留学日本,加入同盟会。回国后在上海创办《神州日报》、《民呼报》、《民立报》等,宣传革命。1918年陕西靖国军起义,受任总司令。参与创办上海大学。历任国民政府审计院长、监察院长等。1949年去台湾。擅长书法、诗词。有《右任诗存》。今人编有《于右任对联集锦》。**蒋经国**:浙江奉化人。蒋介石之子,曾留学苏联。1949年去台湾,后主政。

简析 如果算计利益的话,应该算计天下的利益,而不能只看到个人的私利。如果求名的话,应该求得万世之名,而不是只追求一时的虚名。从联语中可见作者胸襟的博大和开阔。

联语

劝子勿为官所腐
知君欲以诗相磨

清·梁章钜

【出处】此为梁章钜赠余小霞的对联。

【简介】**梁章钜**:清文学家。字闳中、一字茝(chǔ)林,号茝邻,晚号退庵,福建长乐人。嘉庆进士,曾任江苏布政使、广西巡抚兼署学政、江苏巡抚、署理两江总督兼两淮盐政等。平生综览群书,能诗善书,喜为笔记小说,著作颇多。其中《楹联丛话》创立了联话文体,保存了历代联语资料,建立了对联分类体系,开我国楹联史之先河。**余小霞**:余应松,字小霞,广西人。嘉庆进士。官至桂州通判。工诗和联语。有《乙庚笔记》。

简析 劝你不要被官场的习气所腐蚀,养成贪婪虚伪的作风。因为我们多年相知,所以才写了诗准备与你相互切磋。

联语 **有关家国书常读 无益身心事莫为**

徐特立

【出处】此为徐特立赠王汉秋的对联。

【简介】**徐特立**:原名懋恂,字立华,湖南善化(今长沙)人。1919年赴法勤工俭学。参加过南昌起义及长征。曾任中共中央宣传部副部长兼自然科学院院长。1949年后,任全国人大常委会委员。 **王汉秋**:湖南湘潭一店员。

简析 多读与家国有关的书,少做与身心无益的事。联语表现了作者对青年一代的殷切期望。

联语 **安危他日终须仗 甘苦来时要共尝**

孙中山

【出处】此为孙中山赠黄兴的对联。

简析 我们生命的安危与事业的成败,今后要互相仰仗,生活的甘苦也要共同分担与品尝。联语表现了作者与被赠者之间的深情厚谊。

联语 **事若可传都合德[1] 人非有品不能贫**

陈立夫

【出处】此为陈立夫赠陈广沅(yuán)的对联。

【简介】**陈立夫**:浙江吴兴(今湖州)人。曾任中国国民党中央党部秘书长、教育部部长。1949年旅居美国,1968年去中国台湾。有《孟子之政治思想》。

【注解】❶合德：合于道德。

简析 事情若能被人传颂的话，都是合乎道德规范的。孔子说："君子固穷。"人要不是拥有极其高尚的品格，是难于安于贫困的。

联语

秋月春风在怀抱
吉金[1]乐石[2]为文章

清·俞樾

【出处】此为俞樾赠少芗的对联。

【注解】❶吉金：鼎彝等古器物，古以祭祀为吉礼，故称铜铸之祭器为吉金。❷乐石：可做乐器的石料。《古文苑·秦始皇峄山刻石文》："刻此乐石，以著经纪。"后来亦泛指碑碣。

简析 联语从为人和为文两个方面着笔。说怀抱里有高洁的秋月和温馨的春风，文章中有珍贵的吉金和精美的乐石。

联语

菜根滋味[1]知君惯
潭水交情[2]爱我深

清·余小霞

【出处】此为余小霞赠汪西芝的对联。

【简介】汪西芝：曾任巡检。

【注解】❶菜根滋味：蔬菜根部的微苦滋味。语出宋人："布衣暖，菜根香，诗书滋味长。"❷潭水交情：语出唐李白《赠汪伦》："桃花潭水深千尺，不及汪伦送我情"。

简析 古人说："咬得菜根，则百事可做。"对于这种滋味，我知道你已经非常习惯了；李白有诗云："桃花潭水深千尺，不及汪伦送我情。"你对我的感情之深，也赶得上汪伦与李白了。

联语 **淡如秋水闲中味**
和似春风静后功

清·汪士慎

【出处】 此为汪士慎赠友人的对联。

【简介】**汪士慎**：字近人，号巢林，安徽休宁人。“扬州八怪”之一。

简析 清闲无事的日子，况味清淡如同秋水一样；修习了人静的功夫后，心性温和如同春风一般。

联语 **碧海掣鲸望巨擘**[1]
云天张翼仰高鹏

臧克家

【出处】 此为臧克家赠友人的对联。

【简介】**臧克家**：山东诸城人。1930年开始新诗创作。曾任人民出版社编审、中国作协书记处书记、《诗刊》主编。有《臧克家文集》。

【注解】 ❶巨擘：大拇指，比喻在某方面居首位的人物。

简析 在碧海中拽往巨鲸，只寄希望于超世的高人；在云天之上展开翅膀，只能仰仗有志的鲲鹏。联语表达了作者对友人的期望与推重。

联语 **大海有真能容之度**
明月以不常满为心

郭沫若

【出处】此为郭沫若赠唐锋的对联。

【简介】**郭沫若**：作家、诗人、历史学家、考古学家、古文字学家、社会活动家。原名开贞，号尚武，笔名郭鼎堂、林荃等，四川乐山人。有《郭沫若全集》行世。

简析 大海能容纳百川，可知其度量之宽阔；月亮在一个月中仅圆一天，绝大多数日子是不自满的。联语期望对方胸怀宽广，谦虚谨慎。

【提示】与此联大同小异的还有林则徐、陈公博所撰的对联。

联语
读万卷书，行万里路
综一代典，成一家言[1]
清·龚自珍

【出处】此为龚自珍赠魏源的对联。上联为宋学者刘彝语。

【简介】**龚自珍**：字尔玉，号定盦（ān），浙江仁和（今杭州）人。道光进士，官至宗人府及礼部主事。自珍于当时政治、经济诸问题多有看法，开近代维新思想之端。著述宏富，后人辑为《定盦全集》。

【注解】❶成一家言：形成自成体系或派别的一套学问，语出汉司马迁《报任安书》："欲以究天人之际，通古今之变，成一家之言。"

简析 读万卷书，行万里路，则学问可成；然后综合一代的典籍，总结出自成体系的一套学说。这是魏源的至交龚自珍对魏源中肯的评价。

联语
天下得一知己，可以不恨
胸中无万卷书，未必能文
清·梁鼎芬

【出处】此为梁鼎芬赠盛景璇的对联。

【简介】**梁鼎芬**：字星海，号节庵，广东番禺人。光绪进士，官至湖北按察使。主持广雅、钟山等书院，为汪康年聘任的《刍言报》的主笔。有《节庵先生遗诗》。**盛景璇**：篆刻家。又名盛九，号澹逋。藏书甚丰。工诗，擅画梅花和山水。

简析 人海茫茫中，如果能够找到一个知己，此生也算没留下什么遗憾了;胸中若没有万卷诗书,怎么能够下笔写文章呢?上联表达了两人之间的深厚友情,下联是表达对被赠者学识的推崇。

联语

人生惟酒色机关[1],须百炼此身成铁汉
世上有是非门户,要三缄其口[2]学金人

清·钱守璞

【出处】此为钱守璞赠其丈夫张骐的对联。

【简介】钱守璞:原名璞,字寿之,号莲因,浙江钱塘(今杭州)人,夫张骐。工诗,善绘花卉。

【注解】❶机关:周密而巧妙的计谋或是秘密所在。❷三缄其口:在嘴上贴了三张封条。形容说话谨慎。也用来形容不肯或不敢开口。汉刘向《说苑·敬慎》:"孔子之周,观于太庙,右阶之前,有金人焉。三缄其口,而铭其背曰:'古之慎言人也,戒之哉,戒之哉!无多言,多言多败。'"

简析 人生中到处是以美酒或美色为诱饵的陷阱,你要经过千锤百炼,把自己变成不受任何诱惑的钢铁汉。世界上有许多的是是非非,基本上都是言语不慎招来的,你要学习嘴上贴了三张封条的金人,出言谨慎。

联语

世间桃李[1]尽出公门,何须腊尽始芳菲[2],满眼无非春色
天下鱼龙[3]都归学海,不待时来方变化[4],启口便是雷音[5]

清·李渔

【出处】此为李渔赠程文宗的对联。

【简介】程文宗:字蕉鹿,明末文人。

【注解】❶桃李:喻所栽培门生或所荐士之众。见《资治通鉴》:"或谓仁杰曰:'天下桃李,悉在公门矣。'"❷芳菲:花草,也指花草的芳香。《乐府诗集·阳春歌》："春草正芳菲，重楼启曙扉。"❸鱼龙：鱼，喻平庸的人物。龙，喻优秀的人物。❹变化：这里指鱼变化为龙，比喻世事或人的根本性变化。❺雷音：雷鸣般的声音。

简析 先生已经是桃李满天下，并不是冬天去了才散发出芬芳来，因为任何时候都是满眼的春色。天下的鱼龙都在先生学问的海洋中遨游，并不需要等待时机才能鱼化为龙，因为先生一开口便是促使鱼龙变化的雷音。

节庆联

顾名思义，节庆联就是节日喜庆对联，这是对联家族中最早诞生的“宝贝”，因而具有群众性和民俗性。

从远古时代的桃符，到大约汉代以“神荼(Shēnshū)”、“郁垒(lǜ)”文字代替门神画像，到后蜀孟昶(Chǎng)宫廷春联“新年纳余庆，嘉节号长春”，春联的演变与形成，是对联史也是我国文化史上的一件大事。此后，民间不但发展了春联，创造了生肖春联、干支春联、行业春联，而且把这一形式扩展到元宵、清明、端午、中秋等传统节日。时至今日，在三八国际妇女节、五一国际劳动节、六一国际儿童节、八一建军节、教师节、国庆节贴对联的习俗，也正在形成。

学会欣赏并进而创作节庆联，对于学生来说是一项重要的文化实践活动。

在阅读、鉴赏节庆联时，我们一定要好好琢磨那些具有时代特色、行业特色和作者性格特色的作品。由于它们具有特殊性，因而就更有文学价值。一些口语化、生活化的作品，好懂易记，便于流传，值得重视，值得学习。

传统节庆联

1. 春　联

(1)历代春联 ▸▸▸

联语　**一元复始①**
万象②更③新

【出处】上联语出《公羊传》。

【注解】❶一元复始：一年又开始了。语出《公羊传·隐公元年》："元者何？君之始年也。春者何？岁之始也。"后以"一元复始"为新的一年的开始。元，第一，居首位的。❷万象：宇宙间的一切事物或景象。❸更：更换；改变。

简析　联语紧扣新春新气象的主旨和人们辞旧迎新的心态，言简意赅，工整可喜。此联不仅常单独使用，人们还常常把它作为撰写春联的基本"词组"和元素，添加新的内容，组成新的春联，如："一元复始春光美，万象更新喜事多。"

【提示】更，这里不读 gèng。

联语 **三春[1]布德泽[2]**
万物生光辉

【出处】此春联是由乐府诗演化而来的。

【注解】❶三春：春季三个月。农历正月称“孟春”，二月称“仲春”，三月称“季春”。❷德泽：恩德；恩惠。《韩非子·解老》：“有道之君，外无怨雠（chóu，同‘仇’）于邻敌，而内有德泽于人民。”

简析 《乐府诗集·相和歌辞·长歌行三》：“阳春布德泽，万物生光辉。”改“阳”为“三”，以便与“万”字相对。联语用拟人手法，描述了春天到来后万物显露出勃勃生机的景象。

联语 **阳春开物象[1]**
丽日焕天文[2]

【注解】❶物象：景物；风景。唐杜牧《题吴兴消暑楼十二韵》：“晴日登攀好，危楼物象饶。”❷天文：日月星辰等天体在宇宙间分布运行等的现象。古人把风、云、雨、露、霜、雪等现象也列入天文范围。

简析 联语以“阳春”切题，展现了一幅丽日春景图：天、地都焕然一新。

联语 **春为一岁首**
梅占百花魁[1]

【注解】❶魁：首选；第一名。引申为居第一位。

简析 与其说是白描，还不如说是叙述，但却紧紧抓住了春的特点：一岁之首。又以典型环境中的典型形象——梅花来突出其特色，简洁明快。

联语 **爆竹[1]一声除旧[2]**
桃符[3]万户更[4]新

【注解】❶爆竹：古时候在节日或喜庆日，用火烧竹，噼啪发声，以驱除鬼魅瘟神，称为“爆竹”。火药发明后，用多层纸密卷火药，接以引线，点燃使之爆炸发声。也称为“爆仗”、“炮仗”。宋王安石《元旦》：“爆竹声中一岁除，春风送暖入屠苏。”❷除旧：除去旧岁。❸桃符：古代风俗，春节时在大门上挂两块画着神荼（Shēnshū）、郁垒（lǜ）二神像的桃木板，以为能驱邪。大约五代时，在桃木板上书写吉祥的句子，后来又写到纸上，称为“春联”。直到清代，人们还认为“春联者，即桃符也”。❹更：更换；改变。

简析 联语以中国年节中最具代表性的两件物品——爆竹和桃符为描绘对象，有声有色，形象鲜明，生动地渲染了节日气氛，准确地表达了“除旧”、“迎新”的主旨。

【提示】更，这里不读 gèng。

联语 **八表[1]同庥[2]瞻丽日**
四民[3]有庆乐丰年

【注解】❶八表：八方之外，指极远的地方。三国魏明帝《苦寒行》诗：“遗化布四海，八表以肃清。”❷庥（xiū）：庇荫；保护。❸四民：古代指士、农、工、商。

简析 联语从极为广阔的范围着笔，含普天下所有的人共“瞻丽日”、同“乐丰年”之意。传统春联中多有“丰年”一词，也是我国悠久的农业社会生活在春联中的反映。

联语
万户春风礼陶乐淑[1]
三阳[2]景运[3]人寿年丰

【注解】❶礼陶乐淑：即礼乐陶淑。意思是受礼乐陶冶，使人更美好。礼乐，礼节和音乐。古代帝王常用兴礼乐为手段以求达到尊卑有序、远近和合的统治目的。❷三阳：古人称农历十一月冬至一阳生，十二月二阳生，正月三阳生，合称“三阳”。旧时常用来作为岁首的称颂语。❸景运：好时运。

简析 这副春联更带有明显的时代特征，尤其是“礼乐”二字。“春风”和“三阳”则突出了迎春的主旨。

(2)现代通用春联 ▸▸▸

联语
人勤春早
物阜[1]年丰

【注解】❶阜：丰厚；富有。《诗经·小雅·頍弁(頍 kuǐ，形容帽顶尖尖的样子。弁 biàn，一种贵族戴的皮帽子)》：“尔酒既旨(味美)，尔肴既阜。”

简析 这副春联将“人勤”和“春早”联系起来，突出了人的主观能动性和春的善解人意。下联则是对未来生活的美好祝愿。

联语
春风吹大地
旭日[1]耀神州

【注解】❶旭日：初升的太阳。人们常用“旭日初升”比喻充满活力、生气勃勃的景象。

简析 紧扣迎春的主旨，“旭日”又含双关意义(一指正月初一早晨的太阳，一指新的社会)，“神州”一词还充满了一种自豪感。

联语
三春[1]美景来天地
四化[2]宏图壮古今

【注解】❶三春：春季三个月。农历正月称“孟春”，二月称“仲春”，三月称“季春”。❷四化：指农业现代化、工业现代化、国防现代化和科学技术现代化。

简析 这是一副具有20世纪80年代鲜明时代特色的春联。如果说“三春美景”自古就有的话，那么“四化宏图”则唯有在今天的新中国里才能逐步实现。

联语
万里江山铺锦绣
九天[1]日月耀光华[2]

【注解】❶九天：极高的天空。❷光华：光芒；光彩。

简析 上联从横的方面着笔，赞美祖国的大好河山；下联从纵的方向入手，描绘新年的新气象。

联语
千秋古国千秋画
一代天骄[1]一代诗

【注解】❶天骄：汉时匈奴自称为天之骄子，意谓天所娇宠，故极强盛。后用以称强盛的边地民族或其首领。《汉书·匈奴传上》：“单于遣使遗汉书云：‘南有大汉，北有强胡。胡者，天之骄子也。’”常用来比喻有才能、有影响的人。

简析 用重复手法，上联写景，下联写人。

联语 一代英豪，九州[1]生色
八方锦绣，四季呈祥

【出处】此为1984年春节，中央电视台征联获一等奖的作品。上联为出句，下联为翟鸣放的对句。

【注解】❶九州：古代分中国为九州。后用作中国的代称。

简析 联语嵌入“一九八四”，紧切年份，但其所表现的内容却不仅限于当年。出句说的是当代英雄人物为国争光，夸人杰；对句由地理环境着眼，颂扬祖国山河之壮丽，赞地灵，又点出“四季呈祥”的兴盛气象。内涵丰富，气魄宏大。

(3)生肖春联 ▸▸▸

联语 金牛耕福地[1]
紫气[2]兆阳春
唐北海

【注解】❶福地：指神仙居住的地方。道教有“七十二福地”的说法。这里借指幸福安乐的地方。❷紫气：紫色云气。古人以为是祥瑞之气。典出《史记·老子韩非列传》：“于是老子乃著书上下篇，言道德之意五千余言而去，莫知其所终。”唐司马贞索隐引汉刘向《列仙传》：“老子西游，关令尹喜望见有紫气浮关，而老子果乘青牛而过也。”

简析 牛年春联。充满着一种富贵、祥瑞、喜庆的气氛。

联语　牛耕禹甸[1]千家富
　　　虎跃尧天[2]四海[3]春[4]

刘任炳

【注解】❶禹甸:语出《诗经·小雅·信南山》:"信彼南山,维禹甸之。"毛传:"甸,治也。"宋朱熹集传:"言信乎此南山者,本禹之所治。"本指大禹所开垦的地方,后用来称中国。❷尧天:典出《论语·泰伯》:"巍巍乎,唯天为大,唯尧则之。"是说尧能法天而行教化。后用来称颂帝王盛德和太平盛世。❸四海:犹天下,指全国各地。❹春:比喻兴旺发达。

简析　虎年春联。"牛耕禹甸"切上年(牛年),"虎跃尧天"切题,描绘了一幅兴旺繁荣的春景图。

联语　玉兔清辉[1]千里共
　　　金龙重彩九州[2]同

孙德孚

【注解】❶清辉:月亮的光辉。❷九州:古代分中国为九州。后用作中国的代称。

简析　龙年春联。"玉兔"切上年,"金龙"切题。借传说表达了全国人民大团结的主旨。"玉"与"金"之对、"兔"与"龙"之对,都极为工巧。

联语　骏马奔腾春色丽
　　　艳阳照耀岁华[1]新

【注解】❶岁华:时光;年华。

简析　马年春联。联语既切马年,又切春节。喜气洋溢,激情满怀。

联语 得意春风催快马
解人新岁献灵羊①

刘福铸

【注解】❶灵羊：即羚羊。

简析 羊年春联。上联化用唐孟郊《登科后》诗“春风得意马蹄疾”句意，一点明春节，二提示马年刚过，人们都在快马加鞭，乘胜前进。下联巧用“灵羊”一词，表达了喜迎羊年的愉快、喜悦的心情。

联语 鸡唱千门晓
莺歌两岸①春②

徐引生

【注解】❶两岸：指台湾海峡两岸。❷春：比喻兴旺发达。

简析 鸡年春联。联语紧切题旨，短小精悍。尤其是“两岸”一词，准确地描述了海峡两岸同胞共同迎春的传统习俗，提升了联语主旨的高度。

(4)干支春联 ▸▸▸

联语 甲第毗连，风清里巷
子孙蔚起，泽衍箕裘①

【注解】❶箕裘：典出《礼记·学记》：“良冶之子，必学为裘；良弓之子，必学为箕。”意思是世代冶铁之家的子弟，常见父兄修理铁器，便能学会缝补裘袍；善于造弓人家的子弟，常见父兄揉木成型，便能学会编畚箕(běnjī，簸箕)。是说子弟由于耳濡目染，往往能继承父兄之业。后用“箕裘”比喻祖上的事业。

简析 甲子(鼠)年传统春联。用鹤顶格(嵌于上、下联第一字)嵌入“甲”、“子”二字。联语描述了人丁兴旺、且能继承和发扬光大祖业的景象。

联语

丑时[1]春入户
牛岁福临门

【注解】❶丑时:这里指正月初一的凌晨一点至三点。

简析 丑(牛)年传统春联。联中用鹤顶格嵌入“丑”“牛”二字。其特点,一是极为切题,二是表达了人们在新年之际的祝福。

联语

乙夜[1]观书,光分藜杖[2]
亥年纪算,福衍海筹[3]

【注解】❶乙夜:二更时候,约为夜间十点。❷藜杖:晋王嘉《拾遗记·后汉》载,汉时的刘向校书天禄阁,夜间仍在默默读书。有一老父手持藜杖进来,口吹藜杖一端,为他点燃烛光,又取出《洪范五行》一书和天文舆图授予他。刘向问其姓名,老父说自己是“太乙之精”。后用“藜火”、“藜杖”为夜读或勤奋学习的典故。❸海筹:海屋添筹。宋苏轼《东坡志林·三老语》:“尝(曾)有三老人相遇,或问之年(年龄)……一人曰:‘海水变桑田时,吾辄下一筹,尔(迩)来吾筹已满十间屋。’”原指长寿,后用来做祝寿之词。

简析 乙亥(猪)年传统春联。用鹤顶格嵌入“乙”、“亥”二字。上联由“乙”引出典故,说勤奋学习;下联则切题,由又一年的春节引出祝福之语。

联语

白丁[1]有志须求学
黑丑[2]逢春尚着花

【注解】❶白丁：封建社会里指没有功名的人。唐刘禹锡《陋室铭》："谈笑有鸿儒，往来无白丁。"❷黑丑：药名。牵牛子的别名。明李时珍《本草纲目·草七·牵牛子》："近人隐其名为黑丑，白者为白丑，盖以丑属牛也。"

简析 丁丑（牛）年春联。用燕颔格将"丁"、"丑"二字分别嵌入上、下联第二字，紧切年份。上联勉励人们发奋学习；下联设喻，意思是只要勤奋苦读，就会像牵牛花一样，"逢春"就能开花结果。"白丁"与"黑丑"之对，巧妙至极。

联语

甲兵[1]奏凯天河[2]洗
申甫[3]降春崧岳[4]灵

【注解】❶甲兵：盔甲和兵器。❷天河：即银河。唐杜甫《洗兵马》诗："安得壮士挽天河，尽洗甲兵长不用。"❸申甫：周代名臣申伯和仲山甫的并称。《诗经·大雅·崧高》："维申及甫，维周之翰（辅翼）。"后用来指贤能的辅佐大臣。❹崧岳：即嵩山。

简析 甲申（猴）年春联。用鹤顶格嵌入"甲"、"申"二字。上联的意思是天下太平；下联说朝中有名臣辅佐，人民得以尽享春天的温暖。

联语

献岁迎祥，太乙[1]五福[2]
及时修禊[3]，上巳[4]三春

【注解】❶太乙：即太一，天神名。❷五福：旧时所说的五种幸福。《尚书·洪范》："五福：一曰寿，二曰富，三曰康宁，四曰攸好德，五曰考终命。"❸修禊：古代民俗，在农历三月上旬的巳日到水边嬉戏，以祛除不祥。❹上巳：旧时节日名。汉代以前以农历三月上旬巳日为"上巳"；三国魏以后固定为三月初三。

简析 乙巳(蛇)年春联。联中嵌入了“乙”、“巳”二字。联语紧切主旨，由迎春进而表达了对幸福、愉悦生活的祝福。

2. 元宵灯节联

联语 光天[1]满月
火树银花[2]

【出处】下联出自唐苏味道《正月十五夜》诗："火树银花合，星桥铁锁开。"

【注解】❶光天：晴明的天空。❷火树银花：形容灯烛通明，烟火灿烂的夜景。

简析 元宵节在农历正月十五，故以"满月"一词点出时间；"火树银花"则切灯烛和烟火。主旨突出，要言不烦。

联语 三五[1]星桥[2]连月阙[3]
万千灯火彻天衢[4]

【注解】❶三五：十五。这里指农历的正月十五，即元宵节。❷星桥：神话中的鹊桥。❸月阙：月宫。❹天衢：天空。天空广阔无边，任意通行，如人间宽阔的通衢（大道），故称。

简析 上联描写天上景，下联描写地上景。星月和灯火遥相呼应，一片光明。相对的两组数字，"三五"为实指，"万千"则是虚数，极言其多。

联语 万户春灯[1]辉[2]月夜
一天晴雪兆丰年

【注解】❶春灯：特指元宵节的花灯。唐王维《同杨员外十五夜游有怀静者季》诗："由来月明如白日，共道春灯胜百花。"❷辉：交辉。

简析 上联写眼前的景物，"春灯"与"月夜"交辉；下联写未来的丰收，充满着憧憬。

联语

玉宇[1]无尘千顷碧

银花有焰万家春[2]

【注解】❶玉宇：用玉建成的殿宇，传说中天帝或神仙的住所。这里指明净的天空。宋陆游《十月十四夜月终夜如昼》诗："西行到峨眉，玉宇万里宽。"❷春：这里比喻兴旺发达。

简析 上联写天上，下联写人间。天上因"无尘"而碧空万里，一片晴好，满月也分外明亮；人间因"银花"灿烂而万家皆春，喜气洋洋。

联语

灯火千家，良宵美景

笙歌[1]一曲，盛世元音[2]

【注解】❶笙歌：吹笙、唱歌。泛指奏乐、唱歌。❷元音：纯正而完美的声音。

简析 上联以"灯火"写"美景"，下联以"笙歌"写"元音"。有声有色，切题而又生动。

联语

明月一轮，天开清淑[1]

春灯万盏，人乐太平

【注解】❶清淑：即清和。一指天气清明和暖，一指清静和平，形容升平气象。这里当是双关。

简析 上联写“天”，下联写“人”。天因明月而“开清淑”，人因“春灯”而“乐太平”。描绘了一派盛世升平的景象。

联语
月缺月仍圆，佳节每逢都欢喜
花开花易谢，少年相戒莫蹉跎[1]

【注解】❶蹉跎(cuōtuó)：光阴白白地过去。

简析 “月缺”与“月圆”，“花开”与“花谢”，本来都是自然现象，这里用于写元宵节，既十分切题，又蕴涵哲理，有很深的寓意。“少年相戒莫蹉跎”，直接用警句，劝人珍惜光阴。

联语
玉宇[1]**无尘，任买来箫鼓千场、鱼龙百戏**[2]
金吾不禁[3]**，看装出玻璃世界、锦绣山河**

【注解】❶玉宇：用玉建成的殿宇，传说中天帝或神仙的住所。这里指明净的天空。宋陆游《十月十四夜月终夜如昼》诗：“西行到峨眉，玉宇万里宽。”❷鱼龙百戏：古代百戏杂耍节目。鱼龙，指古代杂耍中能变化为鱼和龙的猞猁模型。《汉书·西域传赞》：“……漫衍(汉代杂戏名)鱼龙、角抵之戏以观视之。”唐颜师古注：“鱼龙者，为舍利(猞猁)之兽，先戏于庭极；毕，乃入殿前激水，化成比目鱼，跳跃漱水，作雾障日；毕，化成黄龙八丈，出水敖戏于庭，炫耀日光。”❸金吾不禁：古代由掌管京城警卫的金吾(官名)禁止夜行，唯于正月十五日开放夜禁。唐韦述《西都杂记》：“西都京城街衢，有金吾晓暝传呼，以禁夜行；唯正月十五夜，敕许金吾弛禁，前后各一日。”

简析 联语描述了元宵节之夜的欢乐场面。音乐之声悠扬悦耳，游戏杂要百变无穷，有声有色、有动有静。尤其是皇帝也为了装点升平盛世，特许开禁，让老百姓尽情玩乐。“箫鼓千场”和“鱼龙百戏”、“玻璃世界”和“锦绣山河”，分别为当句自对。

3. 花朝节联

联语　韶华[1]三月远
春色二分饶

【注解】❶韶华：美好的时光。常指春光。唐戴叔伦《暮春感怀》诗：“东皇（司春之神）去后韶华尽，老圃寒香别有秋。”

简析　春色虽渐远，但仍有“二分”。不直接写“花”，句中却含“花”。

联语　育蚕人早至
扑蝶会[1]初开

【注解】❶扑蝶会：旧时以农历二月十五日为百花生日，故又称此日为“花朝节”。届期士女相聚，扑蝶为戏，故又称“扑蝶会”。见南朝梁宗懔《荆楚岁时记》。

简析　一个“早”字，突出了养蚕人的勤劳；加之扑蝶会的盛况，一派升平景象。“蚕”与“蝶”的对仗，自然天成。

联语　二月芳辰多盛景[1]
百花诞日是今朝

【注解】❶盛景：美好的景致。

简析　紧切时间、节日。“芳辰”二字恰当、贴切，写百花盛开、香气袭人的时节。

联语

嫩日晴烘桃叶节

春风暖送卖饧[1]箫

【注解】❶饧：用麦芽或谷芽熬制的糖。

简析 联语写得有声（箫）有色（桃叶）。“晴”、“暖”二字，点明了季节特点。

联语

春色二分，及时延赏[1]

韶华[2]三月，次第来游

【注解】❶延赏：流连赏玩；长时间地观赏。❷韶华：美好的时光。常指春光。唐戴叔伦《暮春感怀》诗：“东皇（司春之神）去后韶华尽，老圃寒香别有秋。”

简析 既写景物，又写人们的春游。动静结合，极有特色。

4. 寒食节联

联语 杏村沽酒
柳苑飞花

【出处】上联出自唐杜牧《清明》诗："清明时节雨纷纷，路上行人欲断魂，借问酒家何处有，牧童遥指杏花村。"下联出自唐韩翃《寒食》诗："春城无处不飞花，寒食东风御柳斜。日暮汉宫传蜡烛，轻烟散入五侯家。"寒食，即寒食节，在清明节前一天。

简析 从古诗中撷取字句，紧切题旨，语言简练，画面鲜明。"杏"与"柳"之对、"村"与"苑"之对，无不工巧贴切。

联语 冷节[①]传榆火[②]
前村闹杏花

【注解】❶冷节：即寒食节，在清明节前一日。汉崔寔《四民月令》："齐人呼寒食为冷节。以曲为蒸饼样，团枣附之，名曰枣糕。"❷榆火：本指春天钻榆、柳木以取火种，后用来表示春景。宋周邦彦《兰陵王·柳》词："又酒趁哀弦，灯照离席，梨花榆火催寒食。"

简析 以"冷节"切题，以"榆火"、"杏花"渲染景物。对仗工整巧妙。

联语 悯介推[①]而禁火
怅崔护[②]之题门

【注解】❶介推：即春秋时晋国贵族介子推。曾随从公子重耳流亡国外十九年。重耳回国做了国君（晋文公），赏赐随从的臣属，介子推与母亲隐居绵上山中。晋文公为了逼他下山，命人放火，他母子一起被焚。国人怜悯，禁火冷食，寒食节就由此而来。❷崔护：唐时诗人。曾有《题都城南庄》诗："去年今日此门中，人面桃花相映红。人面不知何处去，桃花依旧笑春风。"

简析 上联写寒食节的来历，下联切季节，禁火，实写；桃花，虚写。

联语

三月光阴槐火[1]换
二分消息杏花知

【注解】❶槐火：用槐木取火。相传古代往往随季节变换燃烧不同的木柴以防时疫，冬季取槐火。《周礼·夏官·司爟（guàn）》："四时变国火，以救时疾。"汉郑玄注："郑司农说（解说）以（根据）鄹（Zōu）子曰：'春取榆柳之火，夏取枣杏之火，季夏取桑柘（zhè）之火，秋取柞楢（yóu）之火，冬取槐檀之火。'"唐王勃《守岁序》："槐火灭而寒气消，芦灰用而春风起。"

简析 由"槐火"而至"杏花"，再点明"三月"，紧切时节。"三"与"二"为数字对，"槐"与"杏"为植物对，非常工整、巧妙。

联语

百草碧迎寒食[1]雨
千门喜过花信风[2]

【注解】❶寒食：即寒食节，在清明节前一日。❷花信风：应花期而来的风。据南朝梁宗懔《荆楚岁时记》等记载，自小寒至谷雨，四个月，共一百二十天，含八个节气，每五日一候，计二十四候，每候应以一种花的信风，合称

“二十四番花信风”。每一节气三番。三种花开，即小寒：梅花、山茶、水仙；大寒：瑞香、兰花、山矾（fán）；立春：迎春、樱桃、望春；雨水：菜花、杏花、李花；惊蛰：桃花、棠棣（dì）、蔷薇；春分：海棠、梨花、木兰；清明：桐花、麦花、柳花；谷雨：牡丹、酴醾（túmí，今作“荼靡”）、楝（liàn）花。信，信实，无差异。

简析 以极具代表性的“寒食雨”和“花信风”写寒食节，再恰当不过了。

5. 清明节联

联语　烟景[1]催槐叶[2]
　　　风期数楝花[3]

【注解】❶烟景：春天的美景。❷催槐叶：槐树于清明时出叶，故用一个“催”字。❸风期数楝花：“二十四番花信风”之一的楝花风，当在暮春时节到来。蔡有守《清明登镇海楼寄梁七》诗：“远念辽阳还积雪，故乡吹暖楝花风。”风，指随着季节变化应时吹来的风。楝花，楝树的花，清明后开放。

简析　以典型的景物、典型的环境来描写季节。“槐叶”与“楝花”之对，十分工整。

联语　燕子来时春社[1]
　　　梨花落后清明

【注解】❶春社：古代于春耕前（周代用甲日，后多于立春后第五个戊日）祭祀土神，以祈求丰收，称为“春社”。社，古时把土神和祭土神的地方、日子和祭礼都叫“社”。这里指祭土神。

简析　以动物（燕子）的活动和植物（梨树）的花期切时节，简练而准确。

联语　秀野[1]踏青[2]晨出早
　　　芳苗拾翠暮归迟

【注解】❶秀野：秀美的田野。宋张先《木兰花·乙卯吴兴寒食》词：“芳洲拾翠暮忘归，秀野踏青来不定。”❷踏青：清明节前后郊野游览的习俗。唐孟浩然《大堤行》诗：“岁岁春草生，踏青二三月。”

简析 古时候，以清明节为踏青节。此联化用古人成句，描述了踏青时的盛况。全联对仗工整、贴切，又极为讲究。

联语

杏酪榆羹①，当来次第
石泉②槐火③，梦到尝时

【注解】❶杏酪榆羹：古代用为寒食节、清明节的食物。杏酪，杏仁粥。隋杜台卿《玉烛宝典·二月仲春》：“寒食又作醴酪……酪，捣杏子人(仁)煮作粥。”注：“今世悉作大麦粥，研杏仁为酪。”唐崔橹《春日即事》诗：“杏酪渐香邻舍粥，榆烟将变旧炉灰。”榆羹，用榆荚和榆面煮成的羹。唐韦应物《清明日忆诸弟》诗：“杏粥犹堪食，榆羹已稍煎。”❷石泉：山石中的泉流。元刘迎《寒食阻雨招元功会话》诗：“杨柳杏花相对晚，石泉槐火一时新。”❸槐火：用槐木取火。相传古代往往随季节变换燃烧不同的木柴以防时疫，冬季取槐火。《周礼·夏官·司爟(guàn)》：“四时变国火，以救时疾。”汉郑玄注：“郑司农说(解说)以(根据)鄹(Zōu)子曰：‘春取榆柳之火，夏取枣杏之火，季夏取桑柘(zhè)之火，秋取柞楢(yóu)之火，冬取槐檀之火。’”唐王勃《守岁序》：“槐火灭而寒气消，芦灰用而春风起。”

简析 此联选取典型事物来表现典型时节。上下联的前一个分句均为当句自对。

联语

杨柳旌旗①春色晓
海棠时节②曙光新

【注解】❶杨柳旌旗：化用唐岑参诗句“柳拂旌旗露未干”。❷海棠时节：出自宋曹组诗句“海棠时节又清明”。

简析 化用成句，描绘了一幅极为生动的清明时节的春色图。

6. 端午节联

联语 日逢重五[1]
节序[2]天中[3]

【注解】❶重五：二五相逢，农历五月初五端午节。❷节序：节日的顺序。❸天中：天中节，端午节的别称。宋陈元靓《岁时广记·趁天中》："《提要录》：'五月五日，乃符天数也，午时为天中节。'"

简析 用白描手法，直接点明时间和节日。

联语 艾旗[1]招百福
蒲剑[2]斩千邪

【注解】❶艾旗：以艾为旗。艾，植物名，一名冰台，又名艾蒿，菊科。茎、叶可入药。古代习俗，端午节用艾蒿扎草人悬门上，以除邪气。见南朝梁宗懔《荆楚岁时记》。❷蒲剑：以蒲为剑。旧时习俗，端午节将其挂在门上以辟邪。清富察敦崇《燕京岁时记·菖蒲艾子》："端午日用菖蒲、艾子插于门旁，以禳（ráng，除去邪恶或灾异）不祥，亦古者艾虎、蒲剑之遗意。"

简析 以艾旗招福，以蒲剑斩邪，尤其"旗"、"剑"二字，生动地记述了古代（其实一直延续至今）端午节的习俗。

联语 保艾[1]思君子
依蒲[2]祝圣人[3]

【注解】❶保艾：养育。典出《诗经·小雅·南山上台》："乐只君子，保艾尔后（得子）。"❷依蒲：典出《诗经·小雅·鱼藻》："鱼在在藻，依于其蒲。"以鱼依附于香蒲附近来比喻周天子在京城安居。❸祝圣人：《庄子·天地》载，尧观乎华。华封人曰：嘻，圣人，请祝圣人：使圣人寿、使圣人富、使圣人多男子。

简析 由端午节常用的艾和蒲生发联想，而思念"君子"，祝福"圣人"。我们今天读此联，应认识到它的历史局限性。

联语

艾人驱瘴[1]千门福
碧水竞舟[2]十里欢

【注解】❶艾人驱瘴：悬挂艾草扎的人以驱除瘴气。南朝梁宗懔（Lǐn）《荆楚岁时记》："五月五日……采艾以为人，悬门户上，以禳（ráng，除去邪恶或灾异）毒气。"瘴，瘴气。热带或亚热带山林中的温热空气，从前认为是瘴疠的病原。❷碧水竞舟：指在碧绿的水中竞赛划船。五月五日竞赛划船的传说有多种。流传最广的是为纪念屈原。南朝梁宗懔《荆楚岁时记》载，战国时楚屈原于五月五日投汨（Mì）罗江而死，人们"伤其死所，故并命舟楫（拼命划船）以拯之"。

简析 插"艾人"来"驱瘴"，以"竞舟"来纪念诗人屈原。联语通俗而切题。

联语

青粽[1]嘉名称益智
赤符[2]灵术善驱邪

【注解】❶青粽：即粽子。一种用竹叶或苇叶等裹米，扎成三角锥体或其他形状，煮熟后食用的食品。相传屈原投汨(Mì)罗江后，楚人在每年的端午节用竹筒装米投入江中来祭祀他。后来沿其习俗，以粽子为端午节食品。❷赤符：指驱邪的符箓。因用朱砂书写，故有此称。

简析 以典型的习俗来写端午节。“青”与“赤”颜色的对仗，可谓妙手天成。

联语

端午池莲花解语①
夏晨岸柳鸟能言

【注解】❶花解语：典出五代王仁裕《开元天宝遗事·解语花》：“明皇(唐玄宗)秋八月，太液池有千叶白莲数枝盛开，帝与贵戚宴赏焉。左右皆叹羡。久之，帝指贵妃(杨贵妃)示于左右曰：‘争(怎)如我解语花？’”

简析 以端午节时的景物——莲花、柳树、小鸟等来描写端午节，如一幅色彩艳丽的天然图画。

联语

赤帝①当权，处处菖蒲刻玉
黄梅应候，家家角粽②堆金

【注解】❶赤帝：南方之神司夏，属火，色赤，故称“赤帝”。❷角粽：即粽子。

简析 农历的五月，我国大部分地区已进入夏季。联语描述的正是夏季的自然景象和人文习俗，“菖蒲刻玉”、“角粽堆金”，从事物自身特点而产生的比喻，形象生动。

联语

美酒雄黄，正气独能消五毒①
锦标夺紫，遗风犹自说三闾②

【注解】❶五毒：五种毒虫。清富察敦崇《燕京岁时记·天师符》："每至端阳，市肆间用尺幅黄纸，……或绘画五毒（蝎子、蜈蚣、蛇虺、蜂、蜮）符咒之形，悬而售之。"❷三闾：指屈原。《后汉书·孔融传》："忠非三闾，智非晁错，窃位为过，免罪为幸。"唐李贤注："（三闾）即屈原也，掌王族三姓，曰昭、屈、景，故曰'三闾'。"

简析 以败毒驱邪、龙舟竞渡的习俗写端午节，自然非常恰当、贴切。这里所说的"正气"、"遗风"，自然有比风俗更为深刻的社会人文思想范畴的意义。

7. 七夕节联

联语 玉梭停织
银汉[1]横秋

【出处】上联语出隋江总《内殿赋新诗》:“织女今夕渡银河,当见新秋停玉梭。”

【注解】❶银汉:天河;银河。晴天夜晚,天空呈现的银白色光带。由大量恒星构成。古代还称“云汉”、“天汉”、“星河”等。

简析 上联写想象中的织女为了和牛郎相会,停止了手中的织布梭子;下联则切季节。

联语 牛女二星河左右
参商[1]两曜[2]斗西东

【注解】❶参商:参(shēn)星和商星,分别为二十八宿之一。参星在西,商星在东。❷曜:日、月和五星(水、木、金、火、土星)均称“曜”。

简析 以素描手法写天象,又包含了生动的传说。此联堪称无一字不工,其中连读用了四种并列而成的词:“牛女”、“左右”,“参商”、“西东”。

联语 桥[1]飞五夜来乌鹊
河渡双星会女牛

【注解】❶桥:即鹊桥。民间传说:天上的织女七夕(农历七月初七)渡银河与牛郎相会，喜鹊来搭成桥，称“鹊桥”。唐韩鄂《岁华纪丽·七夕》：“七夕鹊桥已成，织女将渡。”原注引《风俗通》：“织女七夕当渡河，使鹊为桥。”

简析 将传说故事化为对联。“五夜”与“双星”，简直是天然佳对。

联语

晨起曝衣凭小阁
宵来设果拜中庭①

【注解】❶拜中庭：旧俗，女孩在七夕（农历七月初七）夜晚摆设时令鲜果，对空祭拜，可令手巧。

简析 夏日曝晒衣物，七夕祭拜织女，充满生活气息。“小阁”与“中庭”为工对。

联语

银汉①碧波，凉生七夕
金钗钿盒②，夜拜双星③

【注解】❶银汉：天河，银河。晴天夜晚，天空呈现的银白色光带。由大量恒星构成。古代还称“云汉”、“天汉”、“星河”等。❷金钗钿盒：泛指女子首饰，也借指妇女。❸双星：此指牵牛、织女二星。因神话中牵牛、织女二星是一对恩爱的夫妻，故称。

简析 七夕（农历七月初七）之时，已初生凉意，天上的银河，想来会更甚。上联是对气候的描述，下联则是对习俗的记叙。

联语

玉露迎凉，金井①梧惊叶落
清风涤暑，银河鹊喜桥连

【注解】❶金井：井栏上有雕饰的井，一般用来指宫廷园林中的井。又指石井。金，喻其坚固。金井梧桐，立秋至则桐叶飘落。唐李贺《河南府试十二月乐词》："鸡人唱罢晓珑璁(cōng)，鸦啼金井下疏桐。"

简析 上联切季节，"玉露"初凉，梧桐叶开始飘落。下联描写七夕日牵牛星和织女星在鹊桥相会的场面。联语形象鲜明生动，尤其"金"与"银"之对，工整且巧妙。

8. 中秋节联

联语 二仪[1]含皎洁
四海[2]尽澄清[3]

【注解】❶二仪：指天、地，也指日、月。❷四海：犹天下，指全国各地。❸澄清：清澈，明洁。

简析 中秋月明，天地一片皎洁，这是描绘自然界。“四海”、“澄清”，则是写社会，政治清明，人民生活富裕、安定。

联语 冰壶[1]含雪魄[2]
银汉[3]荡金波

【注解】❶冰壶：借指月亮或月光。宋杨万里《中秋前二夕钓雪舟中静坐》诗：“人间何处冰壶是，身在冰壶却道非。”借指具有高尚品格的灵魂。❷雪魄：借指具有高尚品格的灵魂。宋范成大《林元复挽诗》：“自从雪魄冰魂散，鲁国今谁更复儒？”❸银汉：天河，银河。晴天夜晚，天空呈现的银白色光带。由大量恒星构成。古代还称“云汉”、“天汉”、“星河”等。

简析 借自然现象抒发情怀。“冰”、“雪”和“银”、“金”四字，巧妙而切题。

联语 皓月含幽意[1]
清风富激情

【注解】❶幽意：幽闲的情趣。

简析 赋予自然界的事物以人的情感，生动而富有感染力。

联语
几处笙歌[1]留朗月
万家箫管[2]乐丰年

【注解】❶笙歌：吹笙、歌唱。泛指奏乐、唱歌。❷箫管：排箫和大管，泛指管乐器。

简析 上联紧切中秋，下联则切季节（正是收获时节），表示祝福。

联语
叶脱疏桐秋正半
花开丛桂树齐香

简析 联语以富有季节特色的景物来表现中秋，有色（叶）有香（花）。

联语
喜得天开清旷[1]域
宛然人在广寒宫[2]

【注解】❶清旷：清朗开阔。❷广寒宫：传说唐玄宗于八月望日游月中，见一大宫府，匾上写着“广寒清虚之府”。后称月中仙宫为“广寒宫”。

简析 联语突出一个“喜”字。喜的是天空的“清旷”，喜的是人好像成了仙。

联语
银汉[1]流光，水天一色
金商[2]应律，风月双清

【注解】❶银汉：天河；银河。晴天夜晚，天空呈现的银白色光带。由大量恒星构成。古代还称“云汉”、“天汉”、“星河”等。❷金商：指秋令；秋声。在五行（金、木、水、火、土）中，秋属于金；在五音（工、商、角、徵、羽）中，秋属于商。商为金音，其声凄厉，于时为秋。

简析 紧紧抓住时令特点，描绘了“水天一色”、“风月双清”的景色。

联语

据床谈咏，庾老[1]登楼光正满

掷杖化桥，罗仙[2]赏月道偏高

【注解】❶庾老：指东晋庾亮。他在镇守武昌时，中秋夜乘月登楼，据胡床（一种可以折叠的轻便坐具，又称“交床”）与诸幕僚谈咏至天亮。❷罗仙：指唐时的罗公远。相传他有道术，中秋夜侍奉唐明皇望月，掷出手杖，化为大桥，直至月宫。

简析 联语借历史名人典故和传说，专指中秋故事，极为确切、生动。

9. 重阳节联

联语 三三令节[1]
九九芳辰[2]

【注解】❶令节：佳节。❷芳辰：美好的日子。

简析 “三三”为九，切九月；“九九”为重九。巧做数字文章，精练，简洁。

联语 东篱开寿菊[1]
南陌[2]献嘉禾[3]

【注解】❶东篱开寿菊：化自晋陶渊明《饮酒二十首》诗：“采菊东篱下，悠然见南山。”❷南陌：南面的道路。❸嘉禾：生长奇异的禾，古人以为吉祥的征兆。

简析 紧切季节、时令，又表达了祝福。“东”与“南”、“菊”与“禾”之对，都极为工整。

联语 三径[1]归时松菊在
满城近日雨风多[2]

【注解】❶三径：晋赵岐《三辅决录・逃名》：“蒋诩（Xǔ）归乡里，荆棘塞门，舍中有三径，不出，惟求仲、羊仲从之游。”后用来指归隐者的家园。晋陶渊明《归去来辞》：“三径就荒，松竹犹存。”❷满城近日雨风多：宋惠洪《冷斋夜话》卷四载潘大临《致谢无逸书》：“黄州潘大临工诗……临川谢无逸以书问有新作否。潘答书曰:'秋来景物,件件是佳句,恨为俗氛所蔽翳。昨日闲卧,闻搅林风雨声,欣然起,题其壁曰:满城风雨近重阳。忽催租人至,遂败意,止(只)此一句奉寄。'"

简析 用典故切重阳,有很丰富的文化含量。

【提示】"风雨"改为"雨风",是为了使平仄谐调。因为上联的"菊"字是仄声字(入声),"雨"也是仄声字。

联语

何处题糕[1]酬锦句[2]
有人送酒[3]对黄花[4]

【注解】❶题糕:指唐刘禹锡重阳题诗不敢用"糕"字的故事。据宋邵博《闻见后录》卷十九:"刘梦得作《九日诗》,欲用'糕'字,以《五经》中无之,辍不复为。宋子京以为不然。故子京《九日食糕》有咏云:'刘郎不敢题糕字,虚负诗中一世豪。'"后用来作为重阳题诗的典故。❷锦句:华美的文句。❸送酒:据南朝宋檀道鸾《续晋阳秋》载:"(晋代)陶潜尝九月九日无酒,于宅边菊丛中摘菊盈把,坐其侧久,望见白衣至,乃王弘送酒也。即便就酌,醉而后归。"❹黄花:菊花。

简析 两个典故,都与重阳有关,恰当、贴切。"糕"与"酒"的对仗,堪称工巧。

联语

话旧他乡曾作客
登高[1]佳节倍思亲

【注解】❶登高:指农历九月九日登高的风俗。南朝梁吴均《续齐谐记·九日登高》:"汝南桓景随费长房游学累年。长房谓曰:'九月九日汝家中当有灾，宜急去。令家人各作绛囊盛茱萸以系臂，登高饮菊花酒，此祸可除。'景如言，齐家登山。夕还，见鸡犬牛羊一时暴死。长房闻之曰：'此可代也。'今世人九日登高饮酒，妇人带茱萸囊，盖始于此。"

简析 唐代王维有名诗《九月九日忆山东兄弟》："独在异乡为异客，每逢佳节倍思亲。遥知兄弟登高处，遍插茱萸少一人。"此联正是由此诗引发而来，写出一个出门在外之人思乡的感情。

联语

高阁滕王[1]，何人赋就
曲江[2]学士，此日齐来

【注解】❶高阁滕王：指唐诗人王勃农历九月九日，路过南昌，写《滕王阁诗序》事。其《滕王阁》诗有句："滕王高阁临江渚，佩玉鸣鸾罢歌舞。"❷曲江：即曲江池。在今陕西西安市东南。秦时为宜春苑，汉时为乐游原，有河水曲折流过，故称。唐时，韦绶为集贤院学士。九月九日，帝宴群臣于曲江。韦绶请众学士来，与大家告别，称曲江别会。

简析 两个典故，既切九月九日，又切文人聚会，都表现了重阳节文化的厚重。

联语

秋光美也，陶令[1]花开彭泽
闲逸乐哉，参军帽落龙山[2]

【注解】❶陶令：晋陶渊明。其《饮酒二十首》诗有名句："采菊东篱下，悠然见南山。"❷参军帽落龙山：指晋时的孟嘉帽落于龙山一事。孟嘉曾任桓温参军。重阳节游龙山，帽子被风吹落而不觉。《晋书·孟嘉传》："九月九日，温（桓温）燕（通'宴'）龙山，僚佐毕集。时佐吏并著戎服。有风至，吹嘉帽堕落，嘉不之觉。温使左右勿言，欲观其举止。嘉良久如（去）厕，温令取还之，命孙盛作文嘲嘉，著（zhuó，放置）嘉坐处。嘉还见，即答之，其文甚美，四坐（座）嗟叹。”后以“孟嘉落帽”形容才子名士的风雅洒脱、才思敏捷。

简析 用历史名人典故，一切秋季，一切重阳节。形象鲜明，故事生动而有趣味。

现代节庆联

1. 元旦节联

联语

节逢元旦[1]
民庆丰年

【注解】❶元旦：新年的第一天。宋吴自牧《梦粱录·正月》："正月朔日(初一)，谓之元旦，俗呼为新年。一年节序，此为之首。"旧时指农历的正月初一，现在指公历的1月1日。

简析 上联点明节日名称"元旦"，下联描述老百姓喜庆丰年的欢悦。

联语

庆一元复始[1]
喜万象[2]维新[3]

【注解】❶一元复始：新的一年开始了。语出《公羊传·隐公元年》："元者何？君之始年也。春者何？岁之始也。"后以"一元复始"为新的一年的开始。元，第一，居首位的。❷万象：宇宙间的一切事物或景象。❸维新：乃始更新。《诗经·大雅·文王》："周虽旧邦，其命维新。"

简析 上联以"庆"字领起，下联以"喜"字领起，紧扣欢庆新年的主旨，语言简练，含意颇深。

联语 惠风[1]和畅一元始
化日[2]舒长万象[3]新

【注解】❶惠风：和风。晋王羲之《兰亭集序》："是日也，天朗气清，惠风和畅。"❷化日：太阳光。金元好问《庆高评事八十之寿》诗："化日舒长留暮景，秋风摇落变春温。"❸万象：宇宙间的一切事物或景象。

简析 以"一元始"扣新年，以"惠风和畅"、"化日舒长"描写新春景物。春意盎然，喜气洋溢。

联语 一元复始[1]，九州[2]励志[3]
万里春回，四海[4]归心[5]

【注解】❶一元复始：新的一年开始了。语出《公羊传·隐公元年》："元者何？君之始年也。春者何？岁之始也。"后以"一元复始"为新的一年的开始。元，第一，居首位的。❷九州：古代分中国为九州。后用作中国的代称。❸励志：奋发志气，把精力集中在某方面。❹四海：犹天下，指全国各地。❺归心：诚心归附。语出《论语·尧曰》："兴灭国，继绝世，举逸民，天下之民归心焉。"

简析 联语既切合新年，更激励人们为新的生活、为伟大的事业而奋斗；同时，还描述了万众一心，空前团结的大好局面。几个数字的运用，起到了提领思绪的作用。

联语 岁序[1]更[2]新，万里长城春不老
光阴难再，千秋伟业志长怀

【注解】❶岁序：岁时的顺序；年月。❷更：更换；改变。

简析 又是一个新年，古老的中国正焕发出青春的光彩，处处充满自豪感。时间不等人，要完成“千秋大业”，应壮志长存，时刻有紧迫感。“万里”是从横向写，“千秋”则是从纵向写。

【提示】更，这里不读 gèng。

2. 三八国际妇女节联

联语 丹心[1]悬日月
巧手绘春秋[2]

【注解】❶丹心：赤诚的心。❷春秋：我国古代编年体的史书，相传鲁国的《春秋》经过孔子修订，后来常用为历史著作的名称。这里指历史。

简析 一颗对人民的赤诚之心，如日月可鉴。一双"巧手"，能翻天覆地，能大写当代历史。"巧手"正切女性。联语一反传统女性柔弱的特点，表现了新时代女性的豪气。

联语 锦添三八节
曲奏九重天[1]

【注解】❶九重天：古人认为天有九层，故泛说天为"九重天"。指极高的天空。

简析 为三八国际妇女节增添锦绣的，正是广大妇女所奏之"曲"。这"曲子"惊天动地，直冲云霄。联语充分肯定了妇女在当代社会生活中的重大作用。

联语 巾帼[1]英雄胆气
中华姐妹心灵

【注解】❶巾帼：古代妇女的头巾和发饰，借指妇女。

简析 如果说上联是在赞美世界妇女的“英雄胆气”的话，那么下联则是直接歌颂中国妇女的美好心灵。“巾帼”、“姐妹”等词语，非妇女莫属，极为切题。

联语
敢做中流砥柱[1]
争当巾帼[2]英雄

【注解】❶中流砥柱：语出《晏子春秋·谏下二四》：“古冶子曰：‘吾尝从君济于河，鼋衔左骖以入砥柱之中流。’”砥柱，山名，在河南三门峡东北，屹立于黄河激流中。后用来比喻坚强而能起支柱作用的人或集体。❷巾帼：古代妇女的头巾和发饰，借指妇女。

简析 新时代的妇女，再也不仅仅是围着灶台转的家庭妇女了，她们已经在社会生活的很多方面担当起大任，英雄辈出。

联语
陋习已除四德[1]废
新风遍拂[2]百花红

【注解】❶四德：封建礼教指妇女应具有的妇德、妇言、妇容、妇功四种德行。《周礼·天官·九嫔》：“掌妇学之法，以教九御妇德、妇言、妇容、妇功。”妇德，指妇女贞顺的德行；妇言，指妇女的言辞；妇容，指妇女端庄柔顺的容态；妇功，指纺织、刺绣、缝纫等事。❷拂：轻轻擦过。

简析 新的时代，新的风气，应该具备新的风尚、新的习俗。旧时代的“四德”，是对广大妇女，尤其是对广大劳动妇女身心的严重束缚。封建社会已一去不复返了，今天的妇女们已扬眉吐气，与男人具有一样的社会地位、经济地位和政治地位。

联语 虽是裙钗[①]，并无娇气
敢称雄杰，同唱大风[②]

【注解】❶裙钗：妇女着裙插钗，故用来作为妇女的代称。❷大风：即汉高祖刘邦的《大风歌》。《史记·高祖本纪》："高祖还归，过沛，留。置酒沛宫，悉召故人父老子弟纵酒，发沛中儿得百二十人，教之歌。酒酣，高祖击筑，自为歌诗曰：'大风起兮云飞扬，威加海内兮归故乡，安得猛士兮守四方！'"后称此歌为《大风歌》。

简析 先以"裙钗"点明女性，紧接着就否定了人们眼中女性的特点——"娇气"。下联切主旨，新时代的妇女敢于和男性一样称"雄杰"，共同高唱《大风歌》。写出了现代女性"无娇气"，却有冲天之豪气。

3. 植树节联

联语
青山四面合[1]
绿树万家生

【注解】❶合：合拢。

简析 四围青山，万家绿树——有山，有树，有人家。这正是我们孜孜以求的人与自然高度和谐的理想境界。

【提示】合，古为入声字，属仄声。

联语
草生三径[1]绿
山簇万峰青

【注解】❶三径：晋赵岐《三辅决录·逃名》："蒋诩（Xǔ）归乡里，荆棘塞门，舍中有三径，不出，惟求仲、羊仲从之游。"后用来指归隐者的家园。晋陶渊明《归去来辞》："三径就荒，松竹犹存。"

简析 归隐者的居处，往往是绿草丛生。我们虽不做归隐者，但也需要草，也需要绿色，来点缀、美化我们的生活环境。满山草木，自然是"万峰"青翠。

联语
造林如造福
树木犹树人[1]

【注解】❶树人：培养造就人才。《管子·权修》："一年之计，莫如树谷；十年之计，莫如树木；终身之计，莫如树人。”

简析 植树造林，就是为子孙后代造福；种树要看成如培养接班人一样的大事来对待。联语由造林而生发出新意，且含一定哲理。由种树到造福，由树木到树人，主旨得到了升华。

联语
勤栽强国摇钱树[1]
广造富民聚宝林[2]

【注解】❶摇钱树：传说中的一种宝树，摇摇它就会落下金钱来。这里是比喻借以生财之物。❷聚宝林：由“聚宝盆”而来。聚宝盆，传说中能聚金银珠宝取之不尽的盆。这里是比喻资源丰富之地。

简析 树可“摇钱”，林可“聚宝”，这绝非虚言；树可强国，林可富民，这也是早已被无数事实所证明了的道理。由树而联想到“摇钱树”、“聚宝林”的一字之改，都极为巧妙。

联语
今日栽苗，明日结果
前人种树，后人乘凉[1]

【注解】❶前人种树，后人乘凉：比喻前人为后人造福。

简析 只有栽了“苗”，才可能有 “结果”；历代的“后人”无不“乘”“前人”之“凉”。我们今天的植树造林，正是为了明天的“结果”，正是为了给我们的后人备下可“乘”之“凉”。如果只知道乱砍滥伐，而不去造林，我们的后人该如何生活？——道理并不难理解，但是，我们做得如何？

联语
植树造林，喜看林如海[1]
养花莳[2]草，还闻花袭人[3]

【注解】❶林如海：小说《红楼梦》中的人物。❷莳（shì）：栽种。❸花袭人：小说《红楼梦》中的人物。

简析 巧借文学名著中的人物名，描绘了森林如海、花香袭人的景象，令人陶醉，令人神往。但从对联艺术的角度来看，此联有点小问题：两个“林”字未和两个“花”字相对，不是同位对仗，但又堪称巧对。

4. 五一国际劳动节联

联语 江山披锦绣

人物倍风流[1]

【注解】❶风流：杰出不凡。

简析 上联描绘山河之壮美，下联歌颂人物之杰出。其中应该有着一定的因果关系：正因为“人物”之“风流”，才使得“江山披锦绣”。

联语 处处庆佳节

行行出状元

【注解】❶行行出状元：指每种职业都可以出杰出人才。

简析 “五一”是国际劳动节，所以这里的“处处”当是指全世界。下联的用意很明显，是勉励人们干一行，爱一行，钻一行，精一行。

联语 十亿风流[1]劳动者

九州[2]艳丽英雄花

【注解】❶风流：杰出不凡。❷九州：古代分中国为九州。后用作中国的代称。

简析 此联应该是专指中国的五一国际劳动节的对联，因为其中有“十亿”、“九州”的限制。中国的劳动者，是世界劳动者队伍中的一支重要力量。中国劳动人民有着勤劳、肯吃苦的悠久传统，各行各业都出现了大批

"风流劳动者",正如遍地开放的英雄之花。

联语

百年树长百年旺
五月花开五月红[1]

【注解】❶五月红:即红五月。

简析　古语说:"十年树木,百年树人。"是说培育人才是百年大计。这里的"树",就是指人。具体一点说,是指各行各业的劳动者,包括体力劳动者和脑力劳动者。一个"旺"字,生动地描述了人才成长之势。下联则紧切五一国际劳动节,洋溢着一派红火、一派喜庆。

联语

劳工[1]**神圣千秋乐**
赤县欢娱五月红[2]

【注解】❶劳工:旧时对工人的称呼。李大钊《上海的童工问题》:"上海的下层劳工(如苦力、人力车夫等)的所得,比中国任何地方算是较高的。"❷五月红:即红五月。

简析　"劳工神圣",在大革命时期是一个非常响亮的口号。"神圣"一词,用来形容崇高、尊贵、庄严而不可亵渎。劳动者创造了世界,当然应该是神圣的,并且应该永远是神圣的。下联描绘的是全国各地欢庆"五一"节的欢快、热烈的场面。

联语

汗洒九州[1]**,创千秋伟业**
花红五月,绘四化[2]**宏图**

【注解】❶九州:古代分中国为九州。后用作中国的代称。❷四化:指农业现代化、工业现代化、国防现代化和科学技术现代化。

简析 “汗洒九州”是全联的核心，描绘了劳动的艰辛的场面，突出了劳动的丰富含义。只有流汗，才有可能“创千秋伟业”，“绘四化宏图”。“花红五月”，则是对“五一”节欢庆场景的描述。几个数字用得非常恰当、贴切，又非常巧妙。

5. 五四青年节联

联语

世盛青春美
时和气象[1]新

【注解】❶气象:这里当是双关。一指景象,景色;一指气概,气魄。

简析 联语中的“青春美”紧切青年,“气象新”是其主旨。人的“青春美”和时代的“气象新”相辅相成:“青春美”既是对青年人的赞美,又是对青年人的期许;要求当代青年具备改天换地的英雄气概和勇于克服各种困难的超人气魄。“气象新”则为青年人提供了展示才华的良好的外部条件。

联语

创千秋伟业
做四有[1]新人

【注解】❶四有:指有理想,有道德,有文化,有纪律。是社会主义中国对青年人基本素质的要求。

简析 青年人历来有着敢打敢拼、敢冲敢斗的特点,新时代的青年,更有着“创千秋伟业”的雄心壮志。为了这个壮志,就必须具备“四有”,做“四有新人”。这是素质要求,也是创大业的必备条件。“千秋”和“四有”之对,工整而又恰当、贴切。

联语

青春红似火
事业灿如霞[1]

【注解】❶霞：彩霞。比喻兴旺、美好。

简析 这是对青年人美好青春的赞美、对事业兴旺发达的祝愿。“青春”与“事业”、“火”与“霞”、“似”与“如”的对仗十分工整。

联语 五四精神昭日月
九州[1]生气恃[2]风雷[3]

【出处】下联出自清龚自珍《己亥杂诗》：“九州生气恃风雷，万马齐喑究可哀。”

【注解】❶九州：古代分中国为九州。后用作中国的代称。❷恃：依赖；依靠。❸风雷：借疾风迅雷比喻剧烈的社会变革。

简析 五四精神如日月一样，影响着一代又一代中国青年。今天的青年人，也在不同程度上受着五四精神的影响。下联的意思是中国要有生气，必须靠剧烈的社会变革，“万马齐喑”的政治局面是令人痛心的。中国要有“生气”，要有活力，要持续发展，就离不开青年人的蓬勃朝气。创业也好，发展也好，都需要这种朝气。暮气沉沉，是干不了大事业的。

联语 五星[1]赤帜凝鲜血
四化[2]蓝图赖俊才[3]

【注解】❶五星：这里指五星红旗。中华人民共和国国旗。❷四化：指农业现代化、工业现代化、国防现代化和科学技术现代化。❸俊才：才智卓越的人。

简析 我们从读小学时就知道：鲜艳的五星红旗是用无数烈士的鲜血染红的。而今天的“四化蓝图”，则要靠我们这一代青年来描绘。但是，必须明白:庸人是不能胜任的,靠的是“俊才”。所以,当代青年都应争取做“俊才”。“五星”与“四化”,可以说是新词语的天然佳对。“赤”与“蓝”的对仗,工整、巧妙。

联语

学海[1]无涯,千舟竞渡
书山有路,万众争攀

【注解】❶学海:比喻广阔无边的学问领域。

简析 这是一副劝勉青年人努力学习的对联。青年人大都有着远大的理想,这是很可贵的。但是,远大理想要靠脚踏实地一步一步去实现。这个基础,就是要利用年轻的优势,利用年轻的黄金时光,发奋苦读,刻苦学习。“千舟竞渡”、“学海”、“万众争攀”、“书山”,形象地描绘了青年人勤奋学习的生动场面。

联语

看茂林新叶接陈叶
喜流水前波让后波

简析 “新叶接陈叶”、“前波让后波”,是自然现象。这里是比喻人类社会一代又一代青年人相继成长起来,接过老一辈的“接力棒”,推动着社会向前发展。一个“喜”字,既是对年轻人成长的欣慰,更是对年轻人的厚望。“新叶”与“陈叶”、“前波”与“后波”,属于当句自对。

联语

继往开来,成才不坠青云志[1]
承先启后,报国恒存赤子心[2]

【注解】❶青云志:喻指远大的志向。❷赤子心:比喻纯洁善良的心地。

简析 “继往开来”、“承先启后”，正是青年人的重任。此联意在勉励青年人要立志成才，立下“青云”之志；要立志报国，永存一颗“赤子”之心。这是老一辈人对接班人的期许。

6. 六一国际儿童节联

联语 满园桃李[1]秀
九畹[2]蕙兰香

【注解】❶桃李：语出《韩诗外传》卷七："夫春树（种）桃李，夏得阴其下，秋得食其实。"后用来比喻栽培的后辈和所教的门生。❷九畹（wǎn）：极言（栽种蕙兰的）田多。语出屈原《离骚》："余既滋兰之九畹兮，又树蕙之百亩。"汉许慎《说文解字》载，田三十亩为畹。滋，栽种。蕙，香草名。

简析 联语以"桃李"、"蕙兰"比喻儿童，赞美祖国的花朵之"秀"、之"香"。今天有满园的"桃李"和"蕙兰"，明天就会有茁壮成长起来的建设祖国的栋梁。"桃李"与"蕙兰"，属于草木类的小类工对。

联语 一代英雄从小育
满园花朵向阳开

简析 "英雄"是未来的英雄，"花朵"则是今天的花朵。只有从小精心培育，使向阳的"花朵"健康盛开，茁壮成长，才有明天的"英雄"辈出。以"花朵"比喻幼儿，恰当、贴切而生动。联语通俗晓畅，明白如话。

联语 今朝桃李株株秀
他日栋梁[1]个个强

【注解】❶栋梁：比喻担负国家重任的人才。

简析 今天的幼苗，将成长为明天的栋梁；今天的儿童，将是国家明天的建设者。但这要保证"桃李"的"秀"。只有在长辈、师长的培育下健康成长，他日的"栋梁"才有可能个个强壮。

联语 **新苗承露株株壮**
修竹迎风节节高

简析 新苗在阳光的照耀和雨露的滋润下茁壮成长，修竹在阵阵暖风中节节拔高。阳光和雨露，比喻国家对少年儿童的关怀；暖风，比喻少年儿童成长的良好环境。这两个方面，对少年儿童的茁壮成长，缺一不可。联语形象生动，道理深入浅出。"苗"与"竹"、"露"与"风"，都是小类工对。

联语 **旭日初生，祖国花朵勤浇灌**
幼苗正嫩，未来主人赖护持

简析 毛泽东说过，青年人好像"早晨八九点钟的太阳"，那么，儿童则应如旭日之初升，如花朵之初放。这初放的花朵，要靠成人的辛勤浇灌，才能健康成长，最终盛开。儿童又如嫩嫩的幼苗，却是未来的主人；但今天的幼苗，要依赖人们的精心护持，才能茁壮成长为参天的大树，成为栋梁之材。

联语 **清丽童声，宛如黄鸟枝头唱**
天真稚脸，恰似白梅雪里香

简析 童声亮丽婉转，清脆甜美，恰如黄鸟在枝头高唱；儿童充满稚气的小脸，又恰似雪中的白梅，透着清香。联语描述生动，有声有色，读来令人情不自禁地生出怜爱之情。

7. 中国共产党建党纪念日联

联语 情深似海
恩重如山

简析 中国共产党对于中国人民的恩，对于中国人民的情，其实比海更深，比山更高。“没有共产党就没有新中国”的歌声，就已用最朴实的语言反映了老百姓的心声。这副对联，用生动的形象表达了中国人民对中国共产党无比爱戴、无比崇敬的心情。

联语 日月光天德[1]
人民颂党恩

【注解】❶天德：天的德性。汉董仲舒《春秋繁露·人副天数》：“天德施，地德化，人德义。”

简析 南朝陈后主《入隋侍宴应诏》诗有这样的句子：“日月光天德，山河壮帝居。”帝居是天子即皇帝所居之处，又指京都。这两句诗，曾作为封建社会中京城所用对联，沿用了许多年，无非是为封建帝王歌功颂德。今天，我们借用一句，以其中的“日月”来比喻中国共产党；下联则直接突出主旨。

联语 玉斧银镰开世界
红心赤手缔神州

简析 “玉斧”、“银镰”是对中国共产党党徽的描绘。正是这闪光的“玉斧”、“银镰”，为全中国的劳苦大众开辟了一个全新的世界，让人民过上了幸福的生活。下联是对中国共产党人的赞美，他们凭着“红心赤手”，为中国的老百姓缔造了一个全新的神州。其中的“玉斧”、“银镰”、“红心”、“赤手”，分别为当句自对，工稳而贴切。

联语
东风吹绿天涯草
党帜[1]映红大地花

【注解】❶党帜：党的旗帜。

简析 这副对联巧用中国诗歌传统的比、兴手法，以“东风”比喻中国共产党及其善政，以“草”比喻中国老百姓，以“绿”比喻中国人民翻身得解放并过上幸福生活。下联突出主旨，赞扬中国共产党为中国大地带来的巨大变化。

联语
花木逢春花灿烂
国家有党国辉煌

简析 这也是一副以比、兴手法所作的歌颂中国共产党的对联。我们的国家有了党，就像“花木逢春”，无比鲜艳灿烂，并逐步走向富强、辉煌。两个“花”对两个“国”，属于有规律的重字对仗。

联语
葵藿[1]托金盘，一心向党
云霓迎赤日，万众朝阳

【注解】❶葵藿(huò)：单指葵花。葵花之性向日，古人多用来比喻下对上的赤心趋向。语出《三国志·魏志·陈思王植传》:“若葵藿之倾叶,太阳虽不为之回光,然向之者诚也。窃自比于葵藿,若降天地之施,垂三光之明者,实在陛下。”

简析 人民群众对中国共产党的赤心、忠心,就像是“葵藿”之向阳,就像是“云霓”之迎日。联语以生动的形象,表达了中国人民对中国共产党无比热爱的心情。

联语

党风正,世风清,云汉[1]有星皆拱北
士气高,民气顺,江河无水不流东

【注解】❶云汉:云霄;高空。

简析 联语应该蕴涵着一定的因果关系:只有“党风正”了,“世风”才会清,才会有“云汉有星皆拱北”的景象;只有“士气高”了,“民气顺”了,才会出现“江河无水不流东”的局面。其中,既包含着老百姓对中国共产党的热爱,又表达了老百姓对端正党风的殷切期望。有一定的现实意义。

8. 八一建军节联

联语
人民卫士
华夏长城[1]

【注解】❶长城：比喻可资倚重的人或坚不可摧的力量。《宋书·檀道济传》："道济见收，脱帻（zé，帽子）投地曰：'乃复坏汝万里长城。'"

简析 中国人民解放军的宗旨和性质决定了这是一支人民的军队，称之为"人民卫士"，再贴切不过了。这又是一支保卫国家安全和领土完整的队伍，以"华夏长城"称之，也极为贴切、恰当。

联语
千秋铁壁[1]
百世威名

【注解】❶铁壁：比喻坚不可摧的事物。宋徐积《和倪敦复》："金城不可破，铁壁不可夺。"

简析 中国人民解放军从建军那时起，就以"铁军"著称。从十四年抗战，到解放战争；从抗美援朝，到自卫反击战，将士们英勇善战，威名扬天下。有了这支队伍，我们的国家就如同有了"千秋铁壁"。

联语
宏谋[1]抒虎啸[2]
士气奋鹰扬[3]

【注解】❶宏谋：宏大深远的谋略。❷虎啸：比喻英杰得时奋起，四方风从，如风虎相感。语本《易·乾》:“云从龙,风从虎。”❸鹰扬:威武的样子。语出《诗经·大雅·大明》:“维师尚父,时维鹰扬。”

简析 中国人民解放军不但以英勇著称,其统帅更以智谋出众名扬海内外。人民解放军的军史上,“智取”的战例数不胜数,就是明证。“虎啸”与“鹰扬”之对,工整而巧妙。

联语
八一军旗昭日月
万千英杰卫河山

简析 军旗代表着军队的灵魂、军队的方向。“八一”军旗则是中国人民解放军的灵魂和方向,像日月一样昭示着人民军队的精神。在这面军旗下,“万千英杰”时刻警惕地守卫着我们伟大的祖国。“八一”与“万千”为数字相对,“日”、“月”为天文名词自对,“河”、“山”为地理名词自对,无不工稳。

联语
玉宇长清升晓日
金瓯[1]永固赖长城

【注解】❶金瓯:指国土。语出《南史·朱异传》:“(武帝)尝夙兴至武德阁口,独言:‘我国家犹若金瓯,无一伤缺。’”

简析 上联以“玉宇长清”形容天下太平,下联说我们伟大祖国的领土完整靠的是人民军队的守卫。

联语
白云丹桂[1]边关色
明月清风[2]将士心

【注解】❶丹桂：传说月中有桂树，故以“丹桂”为月亮的代称。❷明月清风：语出《南史・谢譓(Huì)传》：“有时独醉，曰：‘入吾室者，但有清风；对吾饮者，唯有明月。’”比喻超凡脱俗的生活。

简析 人民子弟兵夜以继日警惕地守卫着边关，只有白云和明月与他们相伴。献身边关，献身国防，将士们全心全意，联语热情歌颂了中国人民解放军将士高尚的品质。“白云”、“丹桂”，“明月”、“清风”，分别为当句自对。全联除“白”、“丹”、“明”、“清”四个颜色词外，都是名词，为此联的一大特色。

联语

壮志凌云班定远[1]
英名盖世马伏波[2]

【注解】❶班定远：汉班超。《后汉书・班超传》：“(班超)家贫，常为官佣书以供养，久劳苦。尝辍业投笔叹曰：‘大丈夫无它志略，犹当效傅介子、张骞立功异域，以取封侯，安能久事笔砚间乎？’”后立功西域，封定远侯。❷马伏波：汉马援，拜伏波将军。《后汉书・马援传》载，马援曾对人说：“男儿要当死于边野，以马革裹尸还葬耳，何能卧床上在儿女子手中邪？”

简析 联语以历史上的两位军旅名人来比人民解放军将士，赞颂他们为保家卫国而不惜献出自己生命的远大志向。其实，我们今天的人民子弟兵，雄心壮志要比古人高远得多。盖世的英名，也远比古人更为伟大。

联语

一片丹心，九州[1]报捷
三军浩气，四海[2]扬威

【注解】❶九州：古代分中国为九州。后用作中国的代称。❷四海：犹天下，指全中国。

简析 上、下联的前后两个分句，有着明显的因果关系：正是因为有了人民子弟兵的“一片丹心”和“三军浩气”，才会有“九州报捷”和“四海扬威”。联语既讴歌人民解放军将士，又充满了自豪感。“一”、“九”、“三”、“四”几个数字的运用，非常恰当、贴切。

联语

铁马金戈[1]，征途千里
寒冬酷暑，热血一腔

【注解】❶铁马金戈：借指威武雄壮的军队。

简析 这副对联偏重于描述人民军队艰苦的军旅生活。他们要行军、要演练、要作战，“征途千里”，历经“寒冬酷暑”，历尽艰难险阻。但是，他们凭着对祖国、对人民的一颗忠心，一腔热血，为了人民的安定幸福，为了祖国的现代化建设，什么样的艰难困苦都可踩在脚下。“铁马”、“金戈”，“寒冬”、“酷暑”，分别为当句自对。

联语

丹心昭日月，国之英魂、民之精粹
碧血[1]染山川，生则伟大、死则光荣[2]

【注解】❶碧血：语出《庄子·外物》：“苌弘死于蜀，藏其血，三年而化为碧。”后用来称忠臣烈士所流的血。❷生则伟大、死则光荣：毛泽东曾为少年烈士刘胡兰题词：“生的伟大，死的光荣。”

简析 中国人民解放军将士对祖国、对人民的一颗丹心，如日月一样，他们是国家的英魂、民众的精粹。“有奋斗就会有牺牲。”革命烈士的死，是比泰山还要重的。他们的生，是伟大的；他们的死，是光荣的。

9. 教师节联

联语 有教无类[1]
无学有蒙[2]

【注解】❶有教无类：不论贵贱都给予教育。语出《论语·卫灵公》："子曰：'有教无类。'"类，类别。这里指等级、地域等。❷蒙：蒙昧；愚昧。宋张君房《云笈(jí)七签》卷十三："不学不知谓之蒙。"

简析 说明教育不分贵贱。不学习就会蒙昧无知，强调学习的重要性。上句中的"有"和"无"、下句中的"无"和"有"，属当句自对；上句中的"有"与下句中的"无"、上句中的"无"与下句中的"有"，属上下句相对。此联反复运用反对，十分巧妙、有趣。

联语 一支粉笔
两袖清风[1]

【注解】❶两袖清风：即清风两袖。原指人迎风潇洒的姿态，后多比喻为官廉洁，除两袖清风外，一无所有。

简析 上联是叙述，记教师工作之实；下联是描写，赞教师精神之高尚。

联语 春蚕丝不断
蜡炬焰长辉

简析 联语源自唐诗人李商隐的《无题》(相见时难别亦难)："春蚕到死

丝方尽，蜡炬成灰泪始干。”原意是表示对爱情的痴心不改，这里是赞颂教师对教学工作、对学生的奉献精神，如春蚕之吐丝，为人类造福；如蜡炬之燃烧，照亮别人，牺牲自己。

联语 **碧血灌桃李**[1]
丹心育栋梁[2]

【注解】❶桃李：比喻栽培的后辈和所教的门生。❷栋梁：比喻能担当国家重任的人。

简析 桃李之浇灌，不仅仅是需要水，更需要“碧血”。用“碧血”浇灌的桃李，一定会枝繁叶茂，硕果累累。栋梁之培育，则需要人的一颗“丹心”。这里是赞美教师用心血来培养祖国建设的接班人的可贵精神。

联语 **三尺讲台传学问**
满园桃李坐春风[1]

【注解】❶坐春风：比喻承良师的教诲，犹如沐于春风之中。宋朱熹《伊洛渊源录》载，朱光庭是理学大师程颢的弟子。他在汝州听程颢讲学，听得如痴如醉，听了一个多月才回家，回家逢人便夸老师讲学的精妙。他说：“光庭在春风中坐了一个月。”

简析 上联写教师，一个“传”字，概括了教师传道、授业、解惑的职业特点。下联写学生，老师的循循善诱，老师的辛勤教导，使学生无不如“坐春风”。“满”也有数字的意思，故可与“三”相对。

【提示】学，古为入声字，属仄声。

联语　且喜满园桃李艳
　　　莫悲两鬓雪霜寒

简析　作为老师，最大的欣慰、最大的成就，莫过于学生成才。所以，以“满园桃李艳”为喜，再恰当不过了。有了这个“喜”，“两鬓雪霜寒”又算得了什么呢？此联可谓准确地抓住了教师的心理。“喜”与“悲”属于反对，对仗极为工切。

联语　沥血呕心才许国
　　　忘食废寝德催春

简析　上联写教师之“才”。他们以“才”“许国”，不惜“沥血呕心”。下联写教师之“德”，他们以“德”“催春”（培育桃李），常常“忘食废寝”。联语从才、德两个方面概括地写教师，用词准确，形象鲜明。

联语　纳百川而成大海
　　　通群艺以育英才

简析　师范院校有一句常用的话：“要交给学生一碗水，教师就要有一桶水。”此联用比兴手法，说教师如涓涓溪流汇合而成的大海，博览群书，广纳博采，精通“群艺”，以培育祖国“英才”。联语用赋体句式，较为平和稳重。“群”有数字的意思，故可与“百”相对。

联语　和风细雨培桃李
　　　巧手匠心育栋梁

简析 这副对联重在描写教师的工作方法。育人的工作是个非常复杂、非常细致的工作，正如桃李喜欢"和风细雨"一样。教师育人，也不能用简单粗暴的方法，而要有耐心、有恒心。小树成长为栋梁，需要园丁的精心护持和修理；教师要培养祖国建设的有用之才，也应具备"巧手匠心"。"和风"、"细雨"和"巧手"、"匠心"，分别为当句自对。

联语 彩笔凌云，腾蛟起凤
春风化雨，绽李开桃

简析 上联以画家比喻教师，凭着手中的"彩笔"，可使蛟龙腾空，可使凤凰起飞。下联以春风比喻教师，携带着丝丝春雨，催开桃李之花，使之茁壮成长。而这蛟龙、凤凰和桃李，正是我们的学生，祖国建设的接班人。化雨，本指时雨，此处借用"化"的动词意义。

联语 引万道清泉，浇神州花朵
倾一腔热血，铸人类灵魂

简析 上联写园丁的辛勤劳动，下联写教师的高尚工作。教师的教书育人，正如园丁的浇灌花朵一样；所不同的是，教师要用自己的"热血"，来铸造"人类灵魂"。

联语 三尺讲台，三寸笔，三寸舌[1]，三千桃李[2]
十年树木，十载风，十载雨，十万栋梁

【注解】 ❶三寸舌：犹"三寸不烂之舌"，形容能说会道，善于应对。语出《史记·留侯世家》："今以三寸舌，为帝者师，封万户，位列侯，此布衣之极，于良(张良)足矣。”❷三千桃李:犹“三千弟子”。据《史记·孔子世家》:“孔子以诗书礼乐教,弟子盖三千焉。”

简析 上联先点教师的工作场地(三尺讲台)和主要工具(三寸笔、三寸舌),最后点出所教授的对象(三千桃李),说如今的教师像古代教育家、思想家孔子一样,培育着众多学子。下联则以“树木”(种植树木)为喻,要经历十年的风雨,才能育出栋梁之材。该联主要用了数字、排比和重字的手法。

10. 国庆节联

联语

江山不老
华夏长春

简析 这是一副祝颂国庆节的短联。“江山”自然不会老，那么，我们古老而伟大的祖国就和江山一样“长春”。

联语

五星①辉日月
四化②壮山河

【注解】❶五星：这里指五星红旗。中华人民共和国国旗。❷四化：指农业现代化、工业现代化、国防现代化和科学技术现代化。

简析 我们伟大祖国的五星红旗，象征着中国各族人民的大团结。她将像日月一样，永远光芒四射，照耀着我们的国土。下联紧承上联，说中国人民在五星红旗的辉映下，建设着日新月异的社会主义现代化国家。“五星”对“四化”，可以说是新词语的天然佳对。

联语

人逢国庆精神爽
月到中秋天地明

简析 上联巧借熟语“人逢喜事精神爽”，而称“人逢国庆精神爽”，可谓点铁成金，极为切题。下联则巧借民俗节日，以中秋节烘托国庆节。中秋是中国传统的团圆的节日，国庆则应是全国人民大团结的节日。而一般说来，国庆与中秋时令在时间上相隔不远，甚至偶有相合的时候。联语寄寓着盼望祖国统一、中华民族伟大复兴的深刻寓意。

联语 九万里舆图[1]焕彩
五千年史册生辉

【注解】❶舆图：疆土；土地。

简析 新中国的成立，使我们有着五千年悠久历史的古老文明的祖国焕发出了前所未有的光彩。“舆图焕彩”，“史册生辉”，与其说是夸张，倒不如说是写实。“九万里舆图”是横向写，“五千年史册”是纵向写，使联语内容十分博大、深厚。

联语 万里江山铺锦绣
九天[1]日月耀光华

【注解】❶九天：极高的天空。

简析 我们伟大祖国的万里江山，处处锦绣——是期望，也是描述。这是写地，写下。上面，高空，则是日月常悬，光华照耀。这些，无不激起中国人民的无限自豪感和深切的爱国热情。

联语 国庆人欢，旗如红日歌如海
时和景泰，酒满金樽月满楼

【出处】此为在“沱牌杯”全国大型征联中获特等奖的作品。上联是出句，下联是许有信的对句。

简析 上联开头以“国庆”切题，由征联要求的“旗”联想到“歌”，又分别以“红日”和“海”来比喻，非常恰当、贴切：“旗”代表着伟大的中华人民共和国，“红日”寓意着蓬勃向上的无比强大的生命力；“歌”则指发自人民群众心中的赞美之歌，“海”形容其声势之浩大。下联从社会的“时和景泰”入手，由征联要求的“酒”联想到“月”，生动地描绘了一幅歌舞升平的太平景象。联语主旨突出，气势宏大。

联语

大典[1]震人寰，时代强音犹悦耳
小康舒岁月，中华特色更扬眉

陈自如

【出处】此为在“富强杯”全国大型征联中获得金奖的作品。

【注解】❶大典：指1949年10月1日中华人民共和国成立时的开国大典。

简析 上联写中华人民共和国的成立震动了全世界，伟人的声音“占人类总数四分之一的中国人民从此站立起来了”，至今好像还在耳畔回响，时时鼓舞着我们。下联写祖国今天的宏伟蓝图，突出“小康”，尤其是“中华特色”一语，有着强烈的时代感。艺术上，“大典”对“小康”，“悦耳”对“扬眉”等，都是妙手天成；“震”字充满气势，“舒”字则畅达和缓，一刚一柔，恰到好处。

联语

四面涌红潮，北战南征，雄鸡一唱白天下
八方翔白鹤，东成西就，古国重光红世间

【出处】上联是出句，下联是吴高奎的对句。

简析 出句写的是中国人民在中国共产党的英明领导下“北战南征”，终于取得了新民主主义革命的伟大胜利，建立了中华人民共和国。

下联写今天取得的巨大成就使文明古国闪耀着夺目的光彩。古汉语中，有三种特殊的词:数目、方位、颜色。它们在诗歌、对联中的作用很独特。本联将这三类巧妙使用,收到了生动而富于变化的效果。

喜联

喜联，也叫“喜庆联”，包括婚庆、寿庆和其他庆贺用的对联。其他庆贺用的对联，限于篇幅，我们只选了婚庆、贺生育、乔迁的。庆贺开张及厂庆、店庆、校庆、会庆等的，这里没有选入，读者可以自行学习与补充。

喜联能很好地体现对联的实用意义，反映文化与人们日常生活的密切关系。婚庆联、寿联，要切合祝贺的对象（男女辈分身份），祝贺的时间（年龄、季节、月令），符合长期形成的民间的传统礼仪。喜联的这个特点，希望读者能细心体会。尤其要了解和运用不同喜联的特殊用语，比如婚联中的“并蒂”、“连理”，寿联中象征长辈男女的“椿”、“萱”，以及某些特指的成语典故。

喜联多用于社会应酬，对于形成良好的人际关系，很有促进作用。20世纪初，有人说过：“联语，小道也。然社会应酬，文人雅士都用之，其声价亦高于一般礼品百倍。”这也使我们对喜联有了更多的认识。

实际上，一些婚联雅而不俗的幽默、寿联入木三分的讽刺、贺生育联的政策宣传、贺乔迁联的生活体察，都增加了喜联的社会意义。

贺结婚、生育联

1. 婚庆联

(1)历代婚庆联

联语
鱼水千年合
芝兰[1]百世荣

【注解】❶芝兰：芝和兰是两种香草名，比喻高尚的德行或美好的友情、环境等。

简析 以“鱼水”的和合、“芝兰”的荣茂，来比喻夫妇恩爱。“千年”与“百世”，则极言其久远。

【提示】合，古为入声字，属仄声。

联语
春融[1]花并蒂
日暖树交柯[2]

【注解】❶融：融化；融合、调和；流通。❷交柯：交错的树枝。

简析 这是一副用于春季的婚联。以“花并蒂”、“树交柯”来比喻新婚夫妇的恩爱、和谐。意境鲜明，主旨突出。

联语 且看淑女[1]成佳妇[2]
从此奇男已丈夫

【注解】❶淑女：贤良的女子，言女德之幽娴贞静。典出《诗经·周南·关雎》："窈窕淑女，君子好逑。"❷佳妇：感情融洽、生活美满、心灵美好的妇人。

简析 男女成婚，表明都已长大成人，要对对方、对家庭承担起一定的责任。"佳妇"已不是小女孩儿，"丈夫"也已不是小男孩儿。已婚男女当切记！

联语 宝马[1]迎来天上客
香车送出月中人[2]

【注解】❶宝马、香车：指华美的车马。❷月中人：月中仙子，比喻中意的美人。

简析 该联通过极力描写迎亲新郎和出嫁新娘的高贵，及其所乘坐的车马的华丽，来表现婚礼场面的浩大与不同寻常。

此联用于贺嫁女。

联语 诗题红叶[1]同心句
酒饮黄花合卺[2]杯

【注解】❶红叶：即唐朝红叶题诗的爱情故事。❷合卺(jǐn)：旧时婚礼饮交杯酒，把瓠(hù)分成两个瓢，叫"卺"，新婚夫妇各执一瓢，斟酒而饮。后因以"合卺"代指成婚。

简析 红叶题诗，是浪漫的故事；交杯饮酒，则是实在的婚礼仪式。婚姻不仅是浪漫，更是实实在在的生活。“红叶”与“黄花”，属于工对。

联语 翠黛[1]画眉才子笔
红梅点额[2]美人妆

【注解】❶翠黛：古代女子用来画眉的颜料。翠，青绿色。黛，青黑色。❷点额：点画头额。

简析 撷取新婚时化妆的一个片段，极为生动，充满了生活气息。“才子”和“美人”，旧时被认为是最佳夫妇。“翠”与“红”，“眉”与“额”，分别为小类工对。

联语 好鸟双栖，嘉鱼[1]比目
仙葩[2]并蒂，瑞木[3]交枝

【注解】❶嘉鱼：美好的鱼。典出《诗经·小雅·南有嘉鱼》：“南有嘉鱼，烝然罩罩。”❷葩（pā）：草木的花。典出汉张衡《思玄赋》：“天地烟煴，百草含葩。”❸瑞木：吉祥的树木。

简析 用一系列的比喻（博喻），来写新婚夫妇，充分表达了对他们的祝愿：吉祥、幸福、美满。

联语 箫彻玉楼[1]，声和凤侣[2]
花盈金屋[3]，香满蟾宫[4]

【注解】❶箫彻玉楼：汉刘向《列仙传·萧史》载，秦穆公时，有个叫萧史的，善于吹箫，能招致孔雀、白鹤到院子里来。秦穆公的女儿弄玉，很喜欢萧史，穆公就把她嫁给了萧史。萧史每天教弄玉学吹箫，能作凤凰鸣。后来，秦穆公为他们建了座凤台。夫妇俩在台上生活，几年后，一起随凤凰飞去。玉楼，相传为仙人住处；装饰华丽的楼房。❷凤侣：如凤凰相偕的伴侣。❸金屋：极言屋之华丽。汉班固《汉武故事》载，汉武帝为太子时，长公主欲以女配帝，问曰："阿娇好否？"帝曰："好！若得阿娇作妇，当作金屋贮之。"❹蟾宫：月宫，这里指华美的洞房。

简析 由箫而起声，由花而生香。如仙家、如帝王的夫妇生活，令人羡慕。"金"与"玉"、"凤"与"蟾"，都是小类工对。

联语
是月下老人[1]，鸾书[2]注定
看云中仙子，凤辇[3]迎来

【注解】❶月下老人：唐人小说记韦固夜经宋城，遇一老人倚囊而坐，向月检书，韦固问所检何书？答曰：天下之婚牍。又问囊中赤绳何用？答曰：以系夫妻之足，虽仇家异域，此绳一系，终不可避。后因称主管男女婚姻之神为"月下老人"、"月下老"或"月老"。❷鸾书：男女定亲的婚帖。❸凤辇（niǎn）：帝王之车；仙人之车。

简析 上联说新婚夫妇是月老的"赤绳"所牵，是"注定"的婚姻，强调、赞美其般配。下联描写新娘的高贵，须用华美的车子来迎，极言婚礼的豪华。"月下"与"云中"，"鸾"与"凤"，都对得非常工整。

联语
两小无猜[1]，一个古泉[2]先下定[3]
四方多难[4]，三杯淡酒便成亲

方尔谦

【出处】此为方尔谦赠女儿方庆根和袁家嘏结婚的对联。袁世凯与方尔谦感情笃甚，并结为儿女姻亲，联语即为此而撰写。

【简介】方尔谦：字地山，号无隅，别号大方，江苏扬州人。曾任京师大学堂(北京大学前身)教授。精于文史，尤善制联，有“联圣”之誉。

【注解】❶两小无猜：指男孩和女孩童年天真，彼此在一起玩耍，没有嫌疑猜忌。❷古泉：古代的钱币。❸下定：旧时指男方给女方下聘礼定(订)婚。❹四方多难：说天下各地多灾多难。

简析 上联写新婚夫妇及两家不同寻常的关系；下联切时事，天下大乱，婚礼就不要太讲究了。巧妙地嵌入“一”、“二”(两)、“三”、“四”几个数字，语言通俗，以写实为主。

联语 **日月同明，报十二时吉祥如意**
天地合德，庆亿万年富贵寿康

【出处】此为英国女王贺光绪结婚的对联。

清末光绪十六年(1890年)，英国维多利亚女王通过英国驻华公使华尔生，将一座精美的自鸣钟送到清朝的“总理各国事务衙门”，作为贺德宗载恬大婚的礼物。自鸣钟上刻着这副对联。

简析 联中以“日”、“月”与“天”、“地”比喻皇帝和皇后，以“十二时”切礼品，以“同明”与“合德”称颂皇帝和皇后婚庆之喜，“吉祥如意”和“富贵寿康”更是用语雍容华贵。联语主旨鲜明，堪称工整、贴切。

(2)现代婚庆联

联语 **花开并蒂**
爱结同心

简析 上联以比兴入手，下联直接点明主旨。祝愿新婚夫妻之爱，如并蒂花一样永远相连，常开不败。对仗工整，且要言不烦。

联语
恋爱自由无三角①
人生幸福有几何②

【注解】❶三角：数学名词；三角恋。❷几何：疑问代词；几何学，研究空间图形的形状、大小和位置的相互关系的学科。

简析 巧用数学名词，贺数学老师新婚，既切题，又工巧。"三角"与"几何"，分别使用了它们的两个含义，透露着俏皮味儿，生动活泼。

此联用于贺数学老师新婚。

联语
握手初行平等礼
同心合唱自由歌

简析 "自由"和"平等"，是现代婚姻的基础和根本。"握手"和"同心"，也是现代婚礼不同于古代婚礼的表现。作者抓住本质和现象两个方面，用新词汇表达对新时代婚姻的祝福。

联语
蝶恋花蜜花恋蝶
鱼傍水流水傍鱼

简析 这是一副回文、拟人联。花与蝶相恋，鱼与水相傍，正如新婚夫妇的相依相伴，如胶似漆，甜蜜无比。

联语
日丽风和，门庭有喜
月圆花好，家室①咸宜②

【注解】❶家室：家庭；屋舍。典出《诗经·周南·桃夭》："之子于归，宜其家室。"❷咸宜：都合适。

简析 上、下联的第一个分句，都是写景；后一个分句则切婚事。从对仗方面看，几乎无一字不工。

联语

月下花前，十分美满
人间天上，一样团圆

简析 联语突出了"美满"和"团圆"，由此可见新婚夫妻的幸福。"月下花前"和"人间天上"，几个方位词用得恰如其分。

联语

相爱相亲，并肩齐创千秋业
互帮互学，合力同描四化[1]图

【注解】❶四化：指农业现代化、工业现代化、国防现代化和科学技术现代化。

简析 "相爱相亲"，"互帮互学"，是完全不同于旧时代的现代婚姻的典型表现。尤其是"四化"更是用新词写新事。

联语

恩爱夫妻，义重如山千载颂
征途伴侣，情深似海百年欢

简析 联语突出了夫妻之间的"义"和"情"。生活中的夫妻，事业上的伴侣，是以往任何时代的婚姻都无法比拟的。

2. 贺生育联

(1)通用贺生育联

联语 风暖兰阶① 花吐秀
雷惊竹院笋抽芽

【注解】❶兰阶:长满兰花的台阶。

简析 暖风吹来,惊雷响起,正是春季的特征。以“花吐秀”和“笋抽芽”来描写春季生育,形象生动,极为切题。

此联用于贺春季生育。

联语 秋月晚生丹桂①实
金风②新长紫兰③芽

【注解】❶丹桂:桂树的一种,叶如桂,皮赤。旧时以登科为折桂,因以“丹桂”比喻考试及第的人。❷金风:秋天的风。❸紫兰:紫色的兰花。

简析 以“秋”和“金风”点明季节,以丹桂生实、紫兰长芽比喻生育。“丹”和“紫”,为颜色词相对。

此联用于贺秋季生育。

联语 子种莲房①,多多益善
蔓延瓜瓞②,久久长绵

【注解】❶莲房：莲蓬，即莲实的外苞，以其分隔如房，故名。❷瓜瓞（dié）：瓜一代接一代生长，比喻子孙繁盛。

简析 这是一副传统的夏季生育对联，含“多子多福”的旧观念。下联所表达的祝愿，当好理解。“莲”与“瓜”，属小类工对。

此联用于贺夏季生育。

联语

玉产蓝田①，连城②异宝
珠生合浦③，照乘奇珍

【注解】❶蓝田：山名，在陕西蓝田东，骊山之南阜。因此山出美玉，故又名“玉山”。以山形如覆车，又名“覆车山”。❷连城：以价值连城形容物之贵重。❸合浦：县名，在广西，盛产珍珠。

简析 以蓝田玉和合浦珠比喻所生子女，极言其为“宝”、为“珍”。子女是父母的希望，是掌上“珍宝”。在这一点上，古今相同。

联语

瑞雪盈庭，石麟①降世
祥云护舍，玉燕投怀②

【注解】❶石麟：天上的石麒麟。比喻才智不凡的人。❷玉燕投怀：传说唐时张说（Yuè）的母亲梦玉燕飞投入怀，因此有孕，生张说。后为贺人生子的颂语。

简析 以“瑞雪”切冬季，以“降世”、“投怀”切生育。“石麟”和“玉燕”则表达了对人所生子女的祝颂。“石”和“玉”、“麟”和“燕”，均属小类工对。

此联用于贺冬季生育。

联语 蕙草兰林，门庭溢喜
桑弧蓬矢[1]，堂构[2]增辉

【注解】❶桑弧蓬矢：古时男子出生，以桑木作弓，蓬草为矢，使射人射天地四方，寓志在四方之意。❷堂构：立堂基，造屋宇。这里比喻祖先的遗业。

简析 上联写高雅的家庭，洋溢着喜气；下联直写这喜气的来源——生孩子。“蕙”与“兰”、“桑”与“蓬”，既是当句自对，又是上、下联相对，且同属一个小类。

联语 积德累仁[1]，先世栽培惟福善
降麟诞凤[2]，后昆光耀显门楣[3]

【注解】❶积德累仁：长期积德行善而累积起的仁爱。❷降麟诞凤：喻所生儿女如麟、凤一样富贵。❸门楣：门框上端的横木；指门第。

简析 上联写先辈，下联写后代，其中有着一定的因果联系：只有先辈积德，后代才会发达——这是有着悠久历史的中国传统观念。“德”与“仁”，“麟”与“凤”，分别为当句自对，对仗工整而讲究。

联语 瑞世有祥麟[1]，已为德门[2]露头角
丹山[3]翔彩凤，还从华阀[4]炫文章

【注解】❶祥麟：古以麒麟为瑞兽，故称“祥麟”。典出《宋史·礼乐志》：“兴国九年，岚州献祥麟。”❷德门：封建时代谓循守礼教之家。❸丹山：山名，在今湖北巴东西。典出晋袁山松《宜都记》：“郡西北四十里有丹山，山间时有赤气笼林，岭如丹色，因名丹山。”❹华阀：名门。

简析 从内容上看，这是一副已生有孩子、又生孩子的对联。已有“祥麟”，再降“彩凤”，将为名门更添光彩。

【提示】“露头角”与“炫文章”，应作互文来理解。

(2)贺生男联 ▶▶▶

联语
天上长庚[1]降
人间英物[2]啼

【注解】❶长庚：金星的别名，亦名“太白”、“启明”。以金星运行轨道所处方位不同而有长庚、启明之别，昏见者为长庚，旦见者为启明。《诗经·小雅·大东》：“东有启明，西有长庚。”❷英物：杰出的人物。典出《晋书·桓温传》：“生未期而太原温峤见之，曰：‘此儿有奇骨，可试使啼。’及闻其声，曰：‘真英物也！’”

简析 以天上的长庚星来比喻新生的婴儿，可见他不是凡人，是“英物”，以后一定能成就一番大事业。联语主要表达了对新生儿的美好祝愿。

联语
奇表[1]称犀角[2]
清声试凤雏[3]

【注解】❶奇表：外表奇特。❷犀角：额角骨。典出《战国策·中山》：“犀角偃月，处乃帝王之后，非诸侯之姬也。”❸凤雏：幼凤，旧题汉郭宪《洞冥记》：“东方朔再拜于帝前曰：臣东游万林之野，获九色凤雏。”比喻俊杰。

简析 从新生婴儿的外表和声音上，可以判断此儿的非凡。“犀”与“凤”，属小类工对。

联语 **室中已见祥云绕**
梦里犹闻王者香①

【注解】❶王者香：指兰，乐府诗集《兰操序》："琴操曰：猗兰操孔子所作，……自卫反鲁，隐谷之中，见香兰独茂，喟然叹曰：'兰当为王者香，今乃独茂，与众草为伍。'"

简析 联语从想象中来：室内祥云缭绕，梦中又闻到兰香。祥云之绕，兰花之香，都是因为家里添了人口。

联语 **英物①啼声惊四座**
德门②喜气洽三多③

【注解】❶英物：杰出的人物。典出《晋书·桓温传》："生未期而太原温峤见之，曰：'此儿有奇骨，可试使啼。'及闻其声，曰：'真英物也！'"❷德门：封建时代谓循守礼教之家。❸三多：多福、多寿、多男子，旧时流行的祝颂之词。语本《庄子·天地》："尧观乎华，华封人曰：'嘻，圣人！请祝圣人，使圣人寿。'尧曰：'辞。''使圣人富。'尧曰：'辞。''使圣人多男子。'尧曰：'辞'。"

简析 上联从听觉上以声夺人，"惊"字突出了小儿啼声之大。下联从视觉上感染人，喜气洋溢。

(3)贺生女联 ▸▸▸

联语 **中郎①有女传家业**
道蕴②能诗压弟昆③

【注解】❶中郎：即蔡邕，蔡文姬的父亲，东汉陈留人，字伯喈，为左中郎将，人称"蔡中郎"。蔡文姬少年博学，好辞章，精音律，善鼓琴，又工书画。❷道蕴：即谢道蕴，东晋大臣谢安的侄女，王凝之妻，聪慧有才思。❸弟昆：兄弟。

简析 上联说蔡文姬，下联说谢道蕴，二人都是古代诗人，著名才女。生女能如蔡、谢，还有何求？

联语

绕庭喜有临风玉①
照室欣看入掌珠②

【注解】❶临风玉：比喻姿貌秀美才干优异的人。❷掌珠：极言受珍爱。也说"掌中珠"、"掌上珠"、"掌上明珠"。

简析 上联以"玉"比喻女孩儿的美丽和天才，下联以"珠"比喻女孩儿受到家人的喜欢。

【提示】看，为平、仄两读字，这里读为平声。

联语

庭前兰吐芳春①玉
掌上珠②生子夜③光

【注解】❶芳春：春天。典出南朝梁元帝《纂要》："春曰青阳，亦曰发生、芳春、青春、阳春、三春、九春。"❷掌上珠：极言受珍爱。也说"掌珠"、"掌中珠"、"掌上明珠"。❸子夜：夜半子时，即夜里十一时至次晨一时。唐吕温《奉和张舍人阁中直夜》："凉生子夜后，月照禁垣深。"

简析 上、下联分别以"兰"和"珠"来比喻女孩儿，形象鲜明。"前"和"上"为方位词相对。

联语

随珠[1]夜光，焕若列宿[2]
兰林蕙草，集其清英[3]

【注解】❶随珠：传说中的宝珠。也作“随侯之珠”、“隋珠”。《淮南子·览冥》：“譬如隋侯之珠，和氏之璧，得之者富，失之者贫。”隋侯，汉东之国，姬姓诸侯，隋侯见大蛇伤断，以药敷之，后蛇于江口衔大珠以报之，因曰“随侯之珠”。❷列宿：众星宿。《史记·天官书》：“天有五星，地有五行；天则有列宿，地则有州域。”❸清英：精粹、精华。典出南朝梁萧统《文选·序》：“自非略其无秽，集其清英，盖欲兼功，太半难矣。”

简析 珠之光如星宿，极言其亮。兰、蕙的精华都集于女孩一身，赞其品格高雅。

(4)贺生双胞胎联 ▸▸▸

联语

琼枝[1]花并蒂
玉树[2]叶交柯[3]

【注解】❶琼枝：玉树之枝，比喻美好的人物。❷玉树：传说中的仙树。喻姿貌秀美、才干优异的人。❸交柯：交错的树枝。

简析 上、下联分别以“并蒂”之花和“交柯”之枝来比喻双胞胎，形象鲜明而美丽。对仗十分工整。

联语

玉种蓝田[1]征合璧[2]
月明沧海获双珠

【注解】❶蓝田：山名，在陕西蓝田东，骊山之南阜。因该山出美玉，故又名“玉山”。以山形如覆车，又名“覆车山”。❷合璧：指日、月、五星合聚，后来用以表示汇集精华之意。

简析 以“合璧”与“双珠”强调是生的双胞胎，并极言孩子之美、贵，赞其如玉如珠。

(5)贺生孙联 ▸▸▸

联语

月窟早培丹桂[1]子
云阶新毓[2]玉兰芽

【注解】❶丹桂：桂树的一种，叶如桂，皮赤。旧时以登科为折桂，因以“丹桂”比喻考试及第的人。❷毓(yù)：生育；养育。

简析 如丹桂之生子，如玉兰之发芽。巧用比喻，突出生孙的主旨。“月”与“云”，“桂”与“兰”，分别为小类工对。

联语

华堂益寿开饴座[1]
梓舍[2]承欢[3]进晬盘[4]

【注解】❶饴座：祖座。饴，即“含饴”，指“含饴弄孙”。即含着饴糖逗小孙子。《东观汉记·明德马皇后传》：“穰岁(丰年)之后，惟子之志(凭你的心意办事，)，吾但当含饴弄孙，不能复知(掌管)政事。”此代指祖母。饴，饴糖。❷梓舍：儿子的房舍。梓，指儿子。南朝梁萧统《文选·任昉〈王文宪集序〉》唐李善注引《尚书大传》：“伯禽(周公子)与康叔(周公弟)朝于成王，见乎周公，三见而三笞(chī，用鞭、杖或竹板打人)之。二子有骇色，乃问于商子曰：‘吾二子见于周公，三见而三笞之，何也？’商子曰：‘南山之阳有木名桥，南山之阴有木名梓，二子盍（hé，何不）往观焉！'于是二子如其言而往观之，见桥木仰而高，梓木晋（低）而俯。反（返）以告商子。商子曰：'桥者，父道也；梓者，子道也。'"后因称父为"桥"，称子为"梓"，称父子为"桥梓"。"三见而三笞之"是因见时不合于礼。二子听商子言，"明日复见，入门而趋（古代的一种礼节，以碎步疾行表示敬意），登堂而跪，周公迎拂（触到）其首而劳（慰劳）之曰：'汝安见君子乎？'二子以实对。公曰：'君子哉商子也！言王公有孝友之性，自天而成，岂惟见桥梓而成也！'"❸承欢：特指侍奉父母。意为随顺父母的欢心。❹晬（zuì）盘：旧俗于婴儿周岁之日，以盘盛纸笔刀剪等物，任其抓取，以占其将来之志趣，谓之"试儿"，也叫"试晬"、"抓周"。盛物之盘名"晬盘"。晬，周岁。

简析 上联写华丽的厅堂开祖座，祝母益寿延年。下联写儿子的房舍里又有小儿承欢，正在进晬盘让小儿抓周。"开"与"进"、"座"与"盘"为上下句相对。

(6)**贺生曾孙联**

联语
分杯汤饼[①]倍重庆[②]
拄杖桑榆[③]乐再孙[④]

【注解】❶汤饼：此指汤饼会，即小孩出生第三天或满月、满周岁时举行的庆贺宴会，因备有象征长寿的汤面，故称。清文康《儿女英雄传》第二八回："今之热汤儿面，即古之'汤饼'也。所以如今小儿洗三（生日洗儿）下面，古谓之'汤饼会'。"饼，宋黄朝英《缃素杂记·汤饼》："余谓凡以面为食具者，皆谓之饼，故火烧而食者呼为烧饼，水瀹（yuè，煮）而食者呼为汤饼，笼蒸而食者呼为蒸饼。"清文康《儿女英雄传》第二八回："羹汤者，有'汤饼'

之意存焉。古无‘面’字，凡面食一概都叫做‘饼’。”❷倍重庆：指庆生曾孙。❸桑榆：指晚年。古住宅旁多植桑榆。《太平御览》卷三引《淮南子》：“日西垂，景(日影)在树端，谓之桑榆。”因以桑榆指日暮，也用以喻晚年。南朝梁萧统《文选·曹植〈赠白马王彪〉》诗：“年在桑榆间，影响不能追。”唐李善注：“日在桑榆，以喻人之将老。”❹再孙：即曾孙。

简析 上联写为庆生曾孙举行汤饼会，大家分杯食汤面。下联写手拄拐杖的晚年因有了曾孙而快乐。“重”和“再”为上下句对。

贺乔迁联

1. 通用贺乔迁联

联语

择里[1]仁为美
安居德有邻[2]

【注解】❶择里：选择邻里。❷德有邻：有道德的邻居。

简析 这是一副传统的乔迁用对联，突出“仁”和“德”。从中可见中国古代的人们迁居是很讲究的，不仅仅是看自然环境的好坏，更重要的是选择有德的邻居。俗语“千金买宅，万金买邻”，正是这个道理。

联语

燕喜[1]开新第
莺迁[2]转上林[3]

【注解】❶燕喜：同“宴喜”，宴饮喜悦。❷莺迁：《诗经·小雅·伐木》：“伐木丁丁，鸟鸣嘤嘤。出自幽谷，还于乔木。”嘤，鸟鸣声。自唐以来，常以嘤鸣出谷之鸟为黄莺，以莺迁为升擢或迁居的颂词。❸上林：原指上林苑，秦汉时期宫苑名，范围极广，规模极大，方圆约三百里，离宫七十所，为帝王春秋游猎之地。汉司马相如写有《上林赋》。后代指皇宫深院。

简析 上联突出“新第”；下联则极言新居的豪华，可比皇家。“燕”与

“莺”的对仗，非常讲究。

联语 **万里风云骐骥[1]足 百年珠树[2]凤凰枝**

【注解】❶骐骥(qíjì)：好马、骏马，比喻贤能的人。❷珠树：神话传说中能结珠的树。

简析 上联说房屋主人前程远大，下联说住新居如栖“凤凰枝”。“骐骥”与“凤凰”，属联绵词相对。

联语 **让水廉泉[1]称乐土[2] 礼门义路[3]是安居**

【注解】❶让水廉泉：水名与泉名，在今陕西褒城县西南，一名海逊水，共源出于廉水，溉田之余，东南流至古廉水城侧。南朝宋范柏年语明帝：“臣乡(梁州)有廉泉、让水。”即指此。❷乐土：安乐之地。《诗经·魏风·硕鼠》：“乐土乐土，爰得我所。”❸礼门义路：义之所由，正义的道路。《孟子·万章》：“夫义，路也；礼，门也。惟君子能由是路出入是门也。”

简析 “让水廉泉”与“礼门义路”，极言所居之地的人们道德高尚。“让水”与“廉泉”，“礼门”与“义路”，分别为当句自对。

联语 **帘前燕子和云剪 砌[1]上桃花向日娇**

【注解】❶砌：台阶。

简析 撷取两个生活中的小画面，动(燕子)、静(桃花)结合，形象生动，突出了家居生活的和谐、幸福。

联语

莺声到此鸣金谷①
麟趾②于今步玉堂③

【注解】❶金谷：地名，也称“金谷涧”。在河南洛阳市西北，有水流经此，谓之“金谷水”。晋太康中石崇在这里筑园，即世传之金谷园。❷麟趾：颂扬宗室子弟之词，南齐王元长《三月三日曲水诗序》：“若夫族茂麟趾，宗固磐石，跨掩昌姬，韬轶炎汉。”❸玉堂：宫殿的美称。泛称富贵之宅或仙人所居的地方。

简析 联语突出了所居之地的雅致和高贵。“莺”与“麟”、“金”与“玉”，都属小类工对。

联语

安借高枝，何妨鹤寄①
春来乔木，大好莺迁②

【注解】❶鹤寄：像鹤一样暂时栖息。❷莺迁：《诗经·小雅·伐木》：“伐木丁丁，鸟鸣嘤嘤。出自幽谷，迁于乔木。”嘤，鸟鸣声。自唐以来，常以嘤鸣出谷之鸟为黄莺，以莺迁为升擢或迁居的颂词。

简析 上联说像鹤一样寄居于“高枝”；下联说像莺一样借明媚的春光迁于高大的乔木。“鹤”与“莺”的对仗，极为工整。

联语

移取春风，门栽桃李
蔚成大器①，材备栋梁

【注解】❶大器：犹大才。《管子·小匡》：“施伯谓鲁侯曰：‘……管仲者，大下之贤人也,大器也。'"

简析 以双关语写乔迁,寄寓了主人的远大理想和情怀。"桃李"与"栋梁",不但对得极工,又都用来比喻人才。

联语
何须玉宇琼楼①,方称杰构②
即此德门③仁里,便是安居

【注解】❶玉宇琼楼:形容瑰丽堂皇的建筑物,常用以指仙界楼台或月中宫殿。宋苏轼《水调歌头》:"我欲乘风归去,又恐琼楼玉宇,高处不胜寒。"❷杰构:出众、美好的居所。❸德门:封建时代谓循守礼教之家。

简析 不讲究房屋的高大与豪华,而满足于"德门仁里",要的是"安居"。用老百姓的话来说,就是不图虚面子,要的是实实在在过日子。"玉宇"与"琼楼","德门"与"仁里",分别为当句自对。

联语
祥瑞霭龙光①,居移气、养移体②
清香凝燕寝③,富润屋、德润身④

【注解】❶龙光:恩宠荣光,犹宠光。❷居移气、养移体:语出《孟子·尽心上》:"居移气,养移体,大哉居乎!"意思是地位改变气度,供养改变体质。指人随着地位待遇的变化而变化。❸燕寝:周制王有六寝,一是正寝,余五寝在后,通名"燕寝"。《周礼·天官·女御》:"掌御叙于王之燕寝。"❹富润屋、德润身:语出《礼记·大学》:"富润屋,德润身。"意思是富有的人,其家里必然辉煌夺目;品德高尚的人,可使其行为更美好。

简析 人的气度和体质会随着生活水平的提高而变化,但有"德"的人,只会使自己的行为更加高尚。与此相反,有的人生活富裕了,也仅仅会摆出阔气而已。引用儒家经典,富有浓浓的传统文化意味儿。

联语 **喜上华堂,瑞气氤氲[1]千事顺**
乐居新屋,祥光照耀万年昌

【注解】❶氤氲(yīnyūn):指天地阴阳之气的聚合;云烟弥漫的样子。

简析 这是普通老百姓对幸福生活的向往,希望自己的“新屋”如“华堂”一样,瑞气缭绕,祥光普照,事事顺心。“千事”是从横向说,“万年”是从纵向说,使得联语含蕴博大、深厚。

联语 **杰构地偏幽[1],水如碧玉山如黛**
高人[2]居不俗,风有苍梧鹤有松

【注解】❶幽:深远;僻静。❷高人:超世俗之人,多指隐士。

简析 此联突出的是所居之处的高雅不俗。有山有水为邻,有风有鹤为伴,的确是“高人”所居的地方。集古人成句,恰如其分,充满了诗意。

联语 **第宅[1]喜增辉,高梧[2]久待朝阳凤**
门楣新霭瑞,乔木初鸣出谷莺

【注解】❶第宅:指贵族的住宅。南朝梁萧统《文选·古诗十九首》:“长衢罗夹巷,王侯多第宅。”❷高梧:高大的梧桐树。《诗经·大雅·卷阿》:“梧桐生矣,于彼朝阳。”

简析 以“第宅”和“乔木”切乔迁新居,以“高梧”切新居之不俗。“第宅”和“门楣”,“凤”和“莺”的对仗,都极为工整而讲究。

联语 乔木莺迁[1]，结将孟氏芳邻[2]，卜云其吉
高枝鹤寄，[3]胜似杜陵广厦[4]，居之也安

【注解】❶莺迁：《诗经·小雅·伐木》：“伐木丁丁，鸟鸣嘤嘤。出自幽谷，还于乔木。”嘤，鸟鸣声。自唐以来，常以嘤鸣出谷之鸟为黄莺，以莺迁为升擢或迁居的颂词。❷孟氏芳邻：即孟母三迁的故事，相传孟子少时废学，孟母三迁居处，改变环境，孟子方得以卒业。❸鹤寄：像鹤一样暂时栖息。❹杜陵广厦：出自唐杜甫《茅屋为秋风所破歌》：“安得广厦千万间，大庇天下寒士俱欢颜。”

简析 善于运用典故，而且紧密切合主旨。不讲居室的豪华，但求德邻，“吉”和“安”胜过一切。

2. 名人贺乔迁联

联语 千顷太湖[1]，鸥与陶朱[2]同泛宅
二分明月[3]，鹤随何逊[4]共移家

清·曾国藩

【出处】此为曾国藩贺何绍基移家扬州的对联。

【注解】❶太湖：湖名，在江苏吴县西南，跨江苏、浙江二省，湖中小山甚多，东西二洞庭最著。❷陶朱：即陶朱公，春秋时范蠡。蠡既佐越王勾践灭吴，以越王为人不可共安乐，弃官远去。至陶，称“朱公”，以经商致富，十九年中三致千金，子孙经营繁息，遂至巨万。后以“陶朱公”称富者。❸二分明月：唐徐凝《忆扬州》诗：“天下三分明月夜，二分无赖是扬州。”说天下明月三分，扬州占了二分，比喻当日扬州的繁华。❹何逊：南朝梁诗人。

字仲言，东海郯（Tán）州（今山东郯城）人，何承天曾孙，官至尚书水部郎，后为庐陵王记室。诗与阴铿齐名，世号“阴何”；文与刘孝绰齐名，世称“何刘”。其诗善于将写景与抒情配合，语言简练，为杜甫所推许。原有集，已散佚，明人辑有《何记室集》。

简析 以“千顷太湖”和“二分明月”紧切扬州，不可移易。又以“陶朱”切泛舟湖上，以“何逊”切移家于扬州（迁居）。何逊住在扬州时，廨宇有梅花盛开，他便在树下吟咏。后居洛阳，苦思梅花却不得见，就请求再去扬州。既至，正好梅花盛发，他大开东阁，延请文士，笑谈终日。

联语

庄以愚名，千古文章师往哲[1]
地因人杰，一溪风月[2]属先生

范宋文

【出处】此为范宋文贺唐承绪迁居的对联。

【简介】**唐承绪**：湖南东安人，曾任湖南实业司司长。其子为北伐时期著名爱国将领唐生智。

【注解】❶往哲：前贤；先哲。南朝梁丘希范《与陈伯之书》：“失迷途知返，往哲是与；不远而复，先典攸高。”❷风月：清风明月，指美好的景色。

简析 上联紧切唐氏庄名“愚”，赞颂其文章。下联说因为有了“人”（即唐氏），而使地也沾了灵气。那么，这里的一切都属于先生您了。

联语

小筑[1]当水石[2]间，直以云霞为伴侣
大名在欧苏[3]上，尽收文藻[4]助江山

清·纪昀

【出处】此为纪昀贺法式善梧门新屋落成的对联。

【简介】**法式善**：清文学家。姓乌尔济氏，原名运昌，字开文，号时帆，蒙古正黄旗人。乾隆进士，官至侍讲学士。熟谙当时制度掌故，主盟文坛三十年，在文人中威望很高，有《存素堂诗集》、《清秘述闻》、《槐厅载笔》。

【注解】❶小筑：环境幽静的小建筑物，相当于后来的精舍、别墅之类。唐杜甫《畏人》诗："畏人成小筑，褊性合幽栖。"❷水石：山和水。❸欧苏：即宋文学家欧阳修和苏轼。❹文藻：词采；文采。唐骆宾王《帝京篇》："马卿辞蜀多文藻，扬雄仕汉乏良媒。"

简析 上联盛赞书屋构筑之美，下联称颂主人文才之高。当然，这种对联往往有褒奖过度的成分，为的是让对方高兴。"水"与"石"，"欧"与"苏"，分别为当句自对。

寿联

1. 男寿通用联

联语 云山风度
松柏精神

简析 祝颂寿星如云山之久远，如松柏之长青。

联语 元鹤[1]千年寿
苍松万古春

【注解】❶元鹤：旧时以鹤为长寿的象征。颂人长寿之词。元，通“玄”，黑色。

简析 以“元鹤”和“苍松”来比喻寿星，表达祝寿之意。

联语 愿奉南山寿[1]
先开北海[2]樽

【注解】❶南山寿：《诗经·小雅·天保》：“如南山之寿，不骞不崩。”后来沿用为祝寿的颂词。❷北海：古时泛指北方最远的地区。

简析 以北海之樽，祝南山之寿。“南山”与“北海”，堪称天然佳对。

联语 霄汉鹏程[1]腾九万[2]
锦堂鹤算[3]颂三千

【注解】❶鹏程：喻人前程远大。唐唐彦廉《鹿门集·留别》："鹏程三万里，别酒一千钟。"❷九万：即九万里。❸鹤算：古人以鹤为长寿的象征。后以"鹤算"、"鹤寿"为祝寿之词。宋韦骧《廷评庆寿词》："惟愿增高，龟年鹤算，鸿恩紫诏。"算，寿命。

简析 既祝前程，又颂长寿。"鹏"与"鹤"之对，"九万"与"三千"之对，都极为工整。

联语 甲子[1]重开，如山如阜[2]
春秋[3]不老，大德[4]大年[5]

【注解】❶甲子：用干支纪年或算岁数时，六十组干支轮一周叫一个"甲子"。❷如山如阜：语出《诗经·小雅·天保》："天保定尔，以莫不兴；如山如阜，如冈如陵，如川之方至，以莫不增……如月之恒，如日之升，如南山之寿，不骞不崩；如松柏之茂，无不尔或承。"后用为祝寿之词。❸春秋：春季和秋季，常用来表示整个一年，也泛指岁月。❹大德：指德行高尚的人。❺大年：指年寿长。《庄子·逍遥游》："小知（智）不及大知，小年不及大年。"

简析 用经典语言祝寿，恰当、贴切。既祝其长寿，又颂其道德高尚。

联语 海屋[1]云开，筹添[2]八百
琼林[3]雾霭，桃熟三千[4]

【注解】❶海屋、❷筹添：即海屋添筹。此用“海屋添筹”的典故。原意谓长寿，后用以为祝寿之词。筹添，即添筹，谓添寿算。❸琼林：苑名，即琼林苑，为皇帝赐宴新科进士之处。后多用以指考中进士。❹桃熟三千：传说天上仙桃有三千年方成熟者，故称“寿桃”。

简析 用典恰当，语言华美。“云”与“雾”的对仗，为小类工对。

联语 紫气[1]望东来，道德五千[2]庆秘授[3]
寿星[4]辉南极[5]，仙筹[6]八百看重添

【注解】❶紫气：祥瑞的光气，多附会为帝王、圣贤或宝物出现的先兆。此用“老子过函谷关”的典故。❷道德五千：即老子所著《道德经》。今本分上下篇，五千余字。主张自然无为。❸秘授：秘密授予。❹寿星：星名，即老人星，古人作为长寿老人的象征，后借以喻长寿的人。《史记·封禅书》“寿星祠”唐司马贞索隐：“寿星，盖南极老人星也，见则天下理安，故祠之以祈福寿也。”❺南极：星名，即南极老人星。《史记·天官书》：“曰南极老人。”唐张守节正义：“老人一星，在弧（古星名）南，一曰南极，为人主占寿命延长之应。”唐杜甫《赠韩谏议》诗：“周南留滞古所惜，南极老人应寿昌。”❻仙筹：此用“海屋添筹”的典故。原意谓长寿，后用以为祝寿之词。

简析 用一道、一仙的典故祝寿，贴切而充满文化味儿。“东”与“南”的对仗，非常工整、巧妙。

2. 女寿通用联

联语 春云霭瑞
宝婺[1]腾辉

【注解】❶宝婺：婺女星，借指为女神，诗文多用为颂扬贵妇人之词。

简析 有“宝婺”一词，写女性。“霭瑞”和“腾辉”，用语吉祥而雍容。

联语 玉树[1]盈阶秀
金萱[2]映日荣

【注解】❶玉树：传说中的仙树。喻姿貌秀美、才干优异的人。❷金萱(xuān)：母亲。萱，即萱草，代指母亲。《诗经·卫风·伯兮》：“焉得萱草，言树之背(指北堂。古人寝室之制为前堂后室。凡遇祭祀，主妇位居于北。故北堂为母亲所在处。而北堂常植萱草，故以萱草代称母亲。亦作‘萱堂’)。”

简析 联语充满家庭的温暖。“秀”与“荣”二字切祝寿之旨。“玉树”与“金萱”，对得极工。

联语 桃花[1]已发三层浪[2]
玉树[3]长含万里风[4]

【注解】❶桃花：指瑶池仙桃花。仙桃三千年一开花结实。(见《汉武帝内传》)❷三层浪：指沧桑变化多次。沧桑变化，说明年代久远。(见晋葛洪

《神仙传·王远》)此有祝长寿之意。❸玉树:传说中的仙树。喻姿貌秀美、才干优异的人。❹万里风:比喻人志向远大,气魄雄伟,能奋勇前进。

简析 上联说仙桃花已开多次,东海也已多次发生沧桑变化。下联赞子孙美好,都怀有大志。此联用以祝女长寿,赞其子孙有大志。

联语

天锡[①]昌期[②]垂母范[③]
人登寿域[④]瞻坤仪[⑤]

【注解】❶锡:与;赐给。❷昌期:昌盛兴隆的时期。唐卢照邻《幽忧子集》:“千年圣主应昌期,万国淳风王化基。”❸母范:人母的典范。《宋史·后妃传》:“昭宪杜后实生太祖、太宗,内助之贤,母范之正,盖有以开宋世之基业者焉。”❹寿域:指太平盛世。《汉书·礼乐志》:“驱一世之民,跻之仁寿之域。”唐杜甫《上韦左相二十韵》:“八荒开寿域,一气转洪钧。”❺坤仪:即母仪。多用来称颂帝后,说她可作为天下母亲的表率。

简析 既祝寿,更颂扬寿星的品德。“母范”与“坤仪”,则切女性。

联语

天护慈萱[①]春不老
云弥古树[②]岁长青

【注解】❶慈萱:慈母。萱,即萱草,代指母亲。《诗经·卫风·伯兮》:“焉得萱草,言树之背(背,指北堂。古人寝室之制为前堂后室。凡遇祭祀,主妇位居于北。故北堂为母亲所在处。而北堂常植萱草,故以萱草代称母亲。亦作‘萱堂’)。”❷古树:古老之树,谓时间长久。

简析 以“春不老”祝寿,以“古树”、“长青”比喻长寿,贴切而不可移易。

联语　玉露常凝萱草[1]翠
金风[2]远送桂花香

【注解】❶萱草：代指母亲。《诗经·卫风·伯兮》："焉得萱草，言树之背（背，指北堂。古人寝室之制为前堂后室。凡遇祭祀，主妇位居于北。故北堂为母亲所在处。而北堂常植萱草，故以萱草代称母亲。亦作'萱堂'）。"❷金风：秋风，西方为秋而主金，故秋风曰"金风"。晋张景阳《杂诗》："金风扇素节，丹霞启阴期。"

简析　"金风"、"桂花"，指秋季。这是一副秋季祝女寿所用的对联。对仗十分讲究、工整。

联语　蟠桃[1]已结瑶池[2]露
玉树[3]交联阆苑[4]花

【注解】❶蟠桃：神话中的仙桃，长寿之木。旧本题汉东方朔撰《海内十洲记》："东海有山名度索山，有大桃树屈盘数千里，曰蟠桃。"相传此树为西王母所种，三千年一结果。后人以此借指长寿，多作祝寿之词。❷瑶池：古代神话中神仙所居。《穆天子传》："乙丑天字觞西王母于瑶池之上，西王母为天子谣。"唐李商隐《瑶池》诗："瑶池阿母绮窗开，黄竹歌声动地哀。"❸玉树：传说中的仙树。喻姿貌秀美、才干优异的人。❹阆苑：阆风之苑，传说中的神仙住处，常代指宫苑。宋苏轼《次韵赵德麟雪中惜梅且饷柑酒》诗："阆苑千葩映玉宸，人间只有此花新。"

简析　以仙家的典故祝寿，并以"瑶池"切女性。

联语　蟠桃[1]子结三千岁
萱草[2]花开八百春

【注解】❶蟠桃：神话中的仙桃，长寿之木。旧本题汉东方朔撰《海内十洲记》："东海有山名度索山，有大桃树屈盘数千里，曰蟠桃。"相传此树为西王母所种，三千年一结果。后人以此借指长寿，多作祝寿之词。❷萱草：代指母亲。《诗经·卫风·伯兮》："焉得萱草，言树之背（背，指北堂。古人寝室之制为前堂后室。凡遇祭祀，主妇位居于北。故北堂为母亲所在处。而北堂常植萱草，故以萱草代称母亲。亦作'萱堂'）。"

简析 "三千岁"、"八百春"，以夸张的手法点明祝寿主旨，并以"萱草"切女性。

联语

宝帨①生辉，衣嬉莱子②
华堂开宴，酒晋③麻姑④

【注解】❶宝帨（shuì）：佩巾，古代妇女用帨以擦拭不洁，在家时挂在门右，外出时系在身左。❷莱子：即老莱子，春秋时楚国隐士，为避乱世，耕于蒙山下。70岁时，他身穿五彩斑斓的衣服，跌倒地上装小儿啼哭，为父母取乐。❸晋：进。《易·晋》："晋者，进也。"疏："古之昝字，即以进长为义。"❹麻姑：传说中的女仙名。此用"麻姑献寿"的典故（见晋葛洪《神仙传·王远》上载麻姑言历经沧桑变化事）。麻姑献寿，有使长者长寿如仙之意。

简析 上联说，母亲老来有福，身边有孝子。下联则把母亲比作仙人麻姑，得享祝寿酒宴。

3. 男女双寿通用联

联语 椿萱[1]欣并茂
日月庆双辉

【注解】❶椿萱：父母的代称。唐牟融《送徐浩》诗："知君此去情偏切，堂上椿萱雪满头。"椿，代指父亲。萱，萱草，代指母亲。《诗经·卫风·伯兮》："焉得萱草，言树之背（背，指北堂。古人寝室之制为前堂后室。凡遇祭祀，主妇位居于北。故北堂为母亲所在处。而北堂常植萱草，故以萱草代称母亲。亦作'萱堂'）。"

简析 父母双寿，如"椿"、"萱"的共同茂盛，如"日"、"月"的交相辉映。用典极为恰当、贴切。"椿"与"萱"，"日"与"月"，分别为当句自对。

联语 双星竞渡瑶池月
五桂[1]争开玉海[2]秋

【注解】❶五桂：喻兄弟五人，此处指有成就的众多子女。❷玉海：谓海碧澄如玉，喻博大精深。五经博士明山宾表荐异曰："……玉海千寻，窥映不测。"

简析 上联祝父母双寿，下联颂子女成才。子女多有成就，当然与父母的教养分不开。所含内容十分丰富。

联语 鸾笙[1]合奏华堂乐
鹤算[2]同添海屋筹[3]

【注解】❶鸾笙：对笙（管乐器名）的美称。❷鹤算：古人以鹤为长寿的象征。后以“鹤算”、“鹤寿”为祝寿之词。宋韦骧《廷评庆寿词》：“惟愿增高，龟年鹤算，鸿恩紫诏。”算，寿命。❸添海屋筹：此用“海屋添筹”的典故。原意谓长寿，后用以为祝寿之词。

简析 祝寿联中的“合奏”与“同添”，紧切双寿。“鸾”与“鹤”的对仗，堪称工巧。

联语
绕膝承欢[1]，图开家庆
齐眉[2]至乐，福备人间

【注解】❶绕膝承欢：喻生活幸福，儿孙满堂。承欢迎合人意，博取欢心。❷齐眉：比喻夫妇相敬相爱。

简析 有儿孙绕膝，正是一幅家庭幸福的图画；老夫妻相敬如宾，当是人间之“至乐”。“眉”与“膝”之对，属工对。

4. 分龄男寿联

(1)男五十寿联

联语

年齐大衍①经纶②富

学到知非③德器④纯⑤

【注解】❶大衍:出自《周易·系辞》:“大衍之数五十。”❷经纶:原为整理丝缕,经为理出丝绪,纶为编织成绳,统称经纶,后引申为筹析计策、治理国家,也喻指人的政治才能。❸知非:《淮南子·原道》:“故蘧(Qú)伯玉年五十,而知四十九年非。”指有所觉悟,而知昨日之非,后指五十岁为知非之年。❹德器:德是道德,器是度量。❺纯:忠厚笃实,纯洁真诚。

简析 两个典故,都直接切合五十岁,用在这里恰到好处。

(2)男六十寿联

联语

花开周甲①征②全福

星耀长庚祝大年

【注解】❶周甲:六十组干支轮一周叫一个“甲子”,谓六十年。❷征:象征。

简析 “周甲”,切六十岁;“长庚”,切男性。“甲”与“庚”之对,更是小类工对,同属天干名称。

(3)男七十寿联

联语 入国正宜鸠作杖[①]
历年方见鹤添筹[②]

【注解】❶鸠作杖:以杖头刻有鸠形的手杖为杖。《太平御览》卷九二一引汉应劭(Shào)《风俗通》:"俗说高祖与项羽战,败于京、索,遁蘩(cóng,丛生的草木)薄(草木丛生处)中,羽追求之,时鸠正鸣其上,追者以鸟在,无人,遂得脱。后及即位,异此鸟,故作鸠杖以赐老者。"一说鸠鸟不噎,赐鸠杖象征老人吃饭不噎。一说"鸠"为"聚"的意思。又说《周礼》罗氏(掌罗鸟的官)献鸠养老,因汉无罗氏,所以作鸠杖以扶老。❷添筹:此用"海屋添筹"的典故。原意谓长寿,后用以为祝寿之词。

简析 以"鸠作杖"切七十岁;以"鹤添筹"表示祝寿。用于为七十岁老寿星祝寿,十分恰当。

(4)男八十寿联

联语 杖朝[①]步履春秋永
钓渭[②]丝纶日月长

【注解】❶杖朝:古代大臣年老不告退,则赐杖,因此以"杖朝"指年老而继续在朝。《礼·王制》:"八十杖于朝。"❷钓渭:传说姜太公(子牙)八十岁钓于渭滨,钓竿直钩不设饵。

简析 一个古代礼制,一个传说典故,都切八十岁。对仗极为讲究,几乎无一字不工。

(5)男九十寿联 ▸▸▸

联语 人生五福[1]当推寿
天保九如[2]合献诗

【注解】❶五福:旧时所说的五种幸福。《书·洪范》:“五福:一曰寿,二曰富,三曰康宁,四曰攸好德,五曰考终命。”❷九如:祝颂之词。《诗经·小雅·天保》:“天保定尔,以莫不兴;如山如阜,如冈如陵,如川之方至,以莫不增……如月之恒,如日之升,如南山之寿,不骞不崩;如松柏之茂,无不尔或承。”

简析 人生“五福”中,长寿被推为第一。以“九如”之“九”,切九十岁。

(6)男百岁寿联 ▸▸▸

联语 人生不满[1]公今满
世上难逢我竟逢

【注解】❶人生不满:人的一生达不到。

简析 百岁人生,的确不易。能逢这种盛事,当是难得。一个“满”字,确切地表达了百岁的意思。

5. 分龄女寿联

(1)女五十寿联 ▶▶▶

联语 旋阁[①]萱[②]荣臻半百
瑶池[③]桃熟纪三千

【注解】❶旋阁：仙人所居的玉阁。❷萱：萱草，代指母亲。《诗经·卫风·伯兮》："焉得萱草，言树之背（背，指北堂。古人寝室之制为前堂后室。凡遇祭祀，主妇位居于北。故北堂为母亲所在处。而北堂常植萱草，故以萱草代称母亲。亦作'萱堂'）。"❸瑶池：古代神话中神仙所居。《穆天子传》："乙丑天字觞西王母于瑶池之上，西王母为天子谣。"唐李商隐《瑶池》诗："瑶池阿母绮窗开，黄竹歌声动地哀。"

简析 一个"萱"字，即确指是为女性祝寿。"半百"为实指，"三千"则是虚数，含祝福的意思。"璇"与"瑶"，"萱"与"桃"及几个数字，都对得十分工整。

【提示】熟，为古入声字。

(2)女六十寿联 ▶▶▶

联语 萱[①]花堂北荣周甲
桃实池西献吉辰[②]

【注解】❶萱：萱草，代指母亲。《诗经·卫风·伯兮》："焉得萱草，言树之背

（背，指北堂。古人寝室之制为前堂后室。凡遇祭祀，主妇位居于北。故北堂为母亲所在处。而北堂常植萱草，故以萱草代称母亲。亦作‘萱堂’）。”❷吉辰：吉日良辰。

简析 “萱”指母亲，“周甲”即六十岁。“北”与“西”，“萱”与“桃”，对仗工而巧。

（3）女七十寿联 ▸▸▸

联语

鹤筹添算[1]尊慈寿
兕[2]酒称觥祝古稀[3]

【注解】❶鹤筹添算：即鹤算添筹。鹤算，古人以鹤为长寿的象征。后以“鹤算”、“鹤寿”为祝寿之词。宋韦骧《廷评庆寿词》：“惟愿增高，龟年鹤算，鸿恩紫诏。”算，寿命。添筹，即海屋添筹。此用“海屋添筹”的典故。原意谓长寿，后用以为祝寿之词。❷兕（sì）、觥：酒器，腹椭圆或方形，圜足或四足，有盖，成带角兽头形，初用木头刻造，后用青铜铸造，盛行于商代、西周前期。❸古稀：七十岁的代称。唐杜甫《曲江二首》：“酒债寻常行处有，人生七十古来稀。”

简析 以“慈寿”切女性，以“古稀”切七十岁。

（4）女八十寿联 ▸▸▸

联语

东海龙王拜金母[1]
南天寿佛[2]望神州

【注解】❶金母：西王母。南朝梁陶弘景《真诰·甄命授》：“昔汉初有四五小儿，路上画地戏，一儿歌曰：'著青裙，入天门，揖金母，拜木公'，……所谓金母者，西王母也；木公者，东王公也。"❷南天寿佛：即佛教的无量寿佛。

简析 用宗教典故入寿联。"东海"与"南天"，对得工整而巧妙。

(5)**女九十寿联** ▸▸▸

联语
瑶池[1]果熟三千岁
海屋筹添[2]九十春

【注解】❶瑶池：古代神话中神仙所居。《穆天子传》："乙丑天子觞西王母于瑶池之上，西王母为天子谣。"唐李商隐《瑶池》诗："瑶池阿母绮窗开，黄竹歌声动地哀。"❷海屋筹添：即海屋添筹。此用"海屋添筹"的典故。原意谓长寿，后用以为祝寿之词。筹添，即添筹，谓添寿算。

简析 以"瑶池"切女性，以"九十"切九十寿。虚实相对，数字相对，都极为工整、贴切。

(6)**女百岁寿联** ▸▸▸

联语
百岁延龄留晷景[1]
九天华彩护慈云

【注解】❶晷(guǐ)景：光阴；时间。

简析 有"慈云"一词，即指女性。"百岁"更为切题。

6. 名人贺寿联

联语 形其量[1]者沧海
何以寿之名山[2]

张元济

【出处】此为张元济贺康有为寿的对联。

【简介】张元济：字菊生，浙江海盐人。光绪进士。官刑部主事、总理各国事务衙门章京。"戊戌变法"时被革职，出京赴沪，主持商务印书馆。1949年后曾任上海博物馆馆长。有《校史随笔》。

【注解】❶量：气度；气量；又指才能。❷名山：指可以传之不朽的藏书之所。指书府。古代多设在山中。《史记·太史公自序》："以拾遗补艺，成一家之言……藏之名山，副在京师，俟后世圣人君子。"

简析 上联称其人之"量"，下联贺其人之"寿"。此联用于康有为，是十分恰切的。

联语 东海苍龙，出为霖雨[1]
南岳[2]朱鸟[3]，上应列星

清·王闿运

【出处】此为王闿运贺吴大澂寿的对联。

【简介】吴大澂：字清卿，号恒轩，又号窸（kè）斋，江苏吴县（今苏州）人。同治进士，官至湖南巡抚。有《窸斋诗书集》、《说文古籀》、《字说》。

【注解】❶霖雨：犹甘霖。《书·说命》："若岁大旱，用汝作霖雨。"❷南岳：即衡山，五岳之一。❸朱鸟：一作"朱雀"，二十八宿中南方七宿的总名，七宿联起来像鸟形。朱，赤色，像火，南方属火，所以叫"朱鸟"。又称"南方之神”。

简析 以“东海”切吴的籍贯（江苏），以“南岳”切吴做官之地（湖南）。“霖雨”、“列星”，则是对吴的赞美。方位词、颜色词、动物名词和天文名词等，都对得十分工整、讲究。

联语 桃李增华，坐帐无鹤[1]
琴书作伴[2]，支床有龟

周恩来等

【出处】此为周恩来等贺马寅初六十岁寿的对联。

1940年12月6日，马寅初先生因反蒋而被宪兵逮捕，1941年马老六十大寿时，重庆各界进步人士齐集重庆大学为他祝寿，祝寿会上，寿星在押，无法到场。这个祝寿会，是一个没有寿星的祝寿会。周恩来、董必武、邓颖超联合送上了这副寿联。

【简介】**马寅初**：浙江嵊县人。留学美国。任北京大学教授。因反蒋被捕，系狱4年。1949年后，任浙江大学、北京大学校长。有《新人口论》。

【注解】❶坐帐无鹤、支床有龟：语出南北朝北周庾信《小园赋》，“坐帐无鹤”典出《神仙传》，指开祝寿会，寿翁却不在现场之意。“支床有龟”源于《史记·龟策传》，取祝愿马寅初健康长寿之意。❷作伴：做伴。

简析 上联是指马老未能出席祝寿会。下联是指马老在狱中的情况。“鹤”与“龟”之对，为小类工对。

联语 牧野[1]鹰扬[2]，百岁勋名才半纪
洛阳虎视[3]，八方风雨会中州[4]

康有为

【出处】此联为康有为贺吴佩孚五十岁寿的对联。1923年春，康有为专程

赴洛阳为吴佩孚祝寿。

【简介】**吴佩孚**：字子玉，山东蓬莱人。北洋军阀直系首领。曾把持北洋政府，造成"二七"惨案。后为北伐军所败，晚年居北京，因拒绝日伪的拉拢而被毒杀。曾任两湖巡阅使、直鲁豫巡阅使。

【注解】❶牧野：地名，在今河南淇(Qí)县西南。《书·牧誓》载，武王戎车三百辆，虎贲三百人，与商纣王战于牧野。❷鹰扬：鹰之奋扬，喻威武或大展雄才。《诗经·大雅·大明》："维师尚父，时维鹰扬。"❸虎视：形容威武之状。❹八方风雨会中州：出自唐代刘禹锡诗句。中州，古豫州地处九州之中，称为"中州"。今河南为古豫州地，故相沿称河南为"中州"。

简析 以"牧野"、"中州"切河南，以"洛阳"直接指明其地。"百岁"之"半纪"，正是五十岁。——每个词语都落到实处。其余则都是虚指，多为颂扬之词。"鹰扬"与"虎视"的对仗，堪称工巧。

联语

七夕是生辰，喜功名事业从心，处处带来天上巧

百花为寿域，羡玉树芝兰[1]绕膝，人人占却眼前春

清·李渔

【出处】此为李渔贺朱建三的对联。

此联系李渔为其亲友朱建三的生日而写。朱建三生于阴历七月七日，这一天民间叫做"乞巧节"，而其所住的地方恰好叫"百花巷"。

【简介】**朱建三**：清人，生于七月初七。住百花巷。

【注解】❶玉树芝兰：品貌优异的人。玉树，传说中的仙树。喻姿貌秀美、才干优异的人。芝兰，芝兰是两种香草名，比喻高尚的德行或美好的友情、环境等。

简析 李渔的这副贺寿联，从巧节中生出巧思，可谓巧对。

联语

述先圣[1]之玄意，整百家[2]之不齐，入此岁来，年七十矣
奉觞豆[3]于国叟[4]，至欢欣于春酒[5]，亲授业者，盖三千[6]焉

梁启超

【出处】此为梁启超贺康有为寿的对联。

【简介】梁启超：近代思想家、文学家、学者。字卓如，一字任甫，号任公、饮冰子，别署饮冰室主人，广东新会人。光绪举人。与其师康有为一起倡导变法维新，并称“康梁”。辛亥革命后曾先后出任北洋政府司法总长、财政总长等职。

【注解】❶先圣：本指古代所谓圣贤。❷百家：指先秦诸子，举成数而言。❸觞(shāng)豆：饮食的器具，“觞酒豆肉”的简称，泛指饮食。❹国叟：举国尊崇的长者。❺春酒：冬季酿制，春天始成，故称。也叫“冻醪”。《诗经·豳风·七月》：“为此春酒，以介(祈求)眉寿(长寿)。”长寿。古人认为眉毛长的人寿命长。❻三千：孔子曾有弟子三千。

简析 上联赞扬康有为在学业上的成就，下联直切祝寿之旨。“七十”与“三千”之对，尤其巧妙。

联语

推倒一世豪杰，拓开万古心胸，陈同甫[1]一流人物，如是如是
醉吟旧诗几篇，闲尝新酒数盏，白香山[2]六十岁时，仙乎仙乎

清·俞樾

【出处】此为俞樾贺金安清六十岁寿的对联。

【简介】**金安清**：浙江嘉兴人，曾任两淮盐运使，后因营私舞弊被革职。

【注解】❶陈同甫：宋词人陈亮。❷白香山：唐白居易，号香山居士。

简析　上联写金安清的为人同陈亮一样。陈亮是宋光宗时状元，著名思想家、文学家。一生以"推倒一世之智勇，开拓万古之心胸"自诩。下联写金安清六十岁时的生活——和白居易一样，吟诗、饮酒。"如是如是"和"仙乎仙乎"，极为生动活泼。

喜
联

7. 名人自寿联

联语　彩笔昔曾干气象[①]
流年[②]自[③]可数[④]期颐[⑤]

刘海粟

【出处】此为画家刘海粟的自寿联。撰于八十九岁寿辰之际。

上联语出唐杜甫《秋兴八首》之八，下联语出宋苏轼《次韵子由东亭》。

【注解】❶彩笔昔曾干气象：杜诗原句句意为过去我曾用辞藻华丽的文笔赋诗干主。彩笔，五彩之笔。用江淹少时梦受五色笔、晚年又梦被自称郭璞的人索还其五色笔的典故。指辞藻富丽的文笔。这里泛指画笔。干(gān)，冲犯。这里指求。气象，为"气冲星象表，词感帝王尊"(《留赠集贤院崔于二学士》)的"气象"，象征帝王。这里指画的气韵和风格。❷流年：原为算命看相先生称人一年的运气。此指如水般流逝的年华、光阴。❸自：自然；当然。❹数：寿数。❺期颐：一百岁。语出《礼记·曲礼上》："百年曰期，颐。"汉郑玄笺："期，犹要也；颐，养也。不知衣服食味，孝子要尽养道而已。"方氏悫(què)释"期"为"期限"："人生以百年为期，故百年以期名之。"

简析　过去我曾用五彩之笔力求表现出画的气韵和风格。此借用杜句来说明自己的画。算起如逝水的年华，我自然可以活到百岁之数。原整句为算命看相先生恭维人的话，含讽刺意。此借用苏句来表明自己对寿至期颐的自信。刘海粟生于1896年3月16日，卒于1994年8月7日，寿九十九。

【提示】此为集句联。

联语

常如作客，何问康宁？但使囊有余钱，瓮有余酿，釜有余粮，取数叶赏心旧纸[1]，放浪吟哦[2]，兴要阔，皮要顽，五官[3]灵动胜千官，过到六旬犹少

定欲成仙，空生烦恼！只令耳无俗声，眼无俗物，胸无俗事，将几枝随意新花，纵横穿插，睡得迟，起得早，一日清闲似两日，算来百岁已多

清·郑燮

【出处】此为郑燮(Xiè)六十岁的自寿联。

【注解】❶旧纸：以前的纸。❷吟哦：朗诵；推敲诗句。❸五官：指耳、目、鼻、口、舌，通常指脸部的器官。

简析　俗话说“文如其人”。这里可以用“联如其人”来评论郑板桥及其对联。只要有一口饭吃，就可以“放浪吟哦”，就可以敞开玩耍，那种愤世嫉俗的情操，洒脱不羁的性格，跃然纸上。作为“自由职业者”，一天到晚，“无丝竹之乱耳，无案牍之劳形”，清闲的日子，一日似两日。如此算来，早已过了百岁。当然，联语也流露出回避现实、独善其身的消极情绪。运用当句自对和排比，句式活泼，语言生动流畅。

挽联

挽联是哀悼死者的对联。其行文情调多悲伤、哀婉。挽联的写作时间,应当是逝世到召开追悼会等期间以及周年纪念日。其他时间所写用于祠堂、纪念馆堂的,当属名胜对联了。

像婚联、寿联一样,挽联也有现成的“套路”,人们可以就逝者的情况,逝世的时间,挽者的地位,选择适当的挽联。一般说来,这样的挽联规矩严谨,但缺少真情实感;而那些根据逝者实际情况和与作者特殊关系所创作的挽联,则有较高的艺术价值。有人认为,挽联是创作水平的标志。看一个人对联写得如何,首先看他挽联写得怎样。

挽联可分为他挽联和自挽联。如无特别注明,我们所说的挽联就是指他挽联;而自挽联是逝者生前为自己所写的挽联,这一类挽联,情感真实,别有意味,作者神态,跃然纸上,更值得欣赏和学习。

因此,要仔细体味所选名联的情感表达方式、词语运用手法、褒贬评价分寸,以及人物关系的巧妙显示,从而提高写作水平。而在鉴赏时,一定要了解人物的生平事迹,知道逝者一生中的重大业绩与事件,否则连读都很难读懂的。

挽名人、烈士联

联语 安危谁与共
风雨忆同舟

周恩来

【出处】此为周恩来挽张淮南的对联。

【简介】**张淮南**：名冲，浙江乐清人。曾与冯玉祥等人发起组织中苏文化协会，致力于中苏友好事业。抗日战争时期，他曾代表国民党与周恩来一起为国共合作共同相处长达五年之久，二人结下了深厚的友谊。

简析 上联说，我们亲密团结，共同为抗日工作，现在你去世了，我将和谁再共度安危呢？下联则是回忆二人风雨同舟的难忘经历。巧用"安危与共"、"风雨同舟"两个成语，恰当、贴切地概括了对方的功绩和两人的友谊，感情深沉，言有尽而意无穷。"安危"与"风雨"、"与共"、与"同舟"之对为上下联相对，工整而贴切。

联语 复生不复生矣
有为安有为哉

康有为

【出处】此为康有为挽谭嗣同的对联。时为维新派领袖的康有为，在"戊戌政变"发生后，写了此联。

简析 这副挽联别具一格。首先，联语两次嵌入双方名、字"复生"、"有为”，且对得天衣无缝。其次，后一名、字巧妙地转换了意义：上联说，谭嗣同不能复生；下联说，我又能有什么作为呢？感情真挚而深沉，有伤心、悲痛，又含有内疚、检讨和无奈。

联语 悲哉秋之为气
惨矣瑾[1]其可怀

【出处】 此为佚名挽秋瑾的对联。

【简介】 **秋瑾**：中国近代民主革命者，字璿卿，号竞雄，别署鉴湖女侠，浙江山阴（今绍兴）人。清末留学日本，先后加入光复会和同盟会。回国后，在上海发刊《中国女报》，提倡女权，宣传革命。后在绍兴主持大通学堂，组织光复军，积极策划起义。不幸被捕，英勇就义于绍兴轩亭口。在秋瑾被害的当天夜里，有人在轩亭贴了这一副挽联。

【注解】 ❶瑾：美玉。

简析 联语嵌入秋瑾之名，确切不移。上、下联以“悲哉”、“惨矣”开头，渲染了肃杀凄婉的气氛。“秋”字有几层含义：秋瑾临刑前，写下了“秋风秋雨愁煞人”的句子，表达了念念不忘民族苦难的襟怀，又表现了国内如秋风萧瑟的形势，还切合秋瑾就义的初秋时节。“瑾”字又有美玉之意，赞颂了烈士坚贞不屈的品格和气节。联语虽短，但一唱三叹，情辞并茂，令人过目难忘。

联语 未许落花生大地
不教灵雨洒空山

端木蕻良

【出处】 此为端木蕻良为许地山写的挽联。

【简介】 **端木蕻(Hóng)良**：作家。著有长篇小说《科尔沁旗草原》、《大地的海》,短篇小说《鸶鹭湖的忧郁》、《憎恨》。中华人民共和国成立后曾任作协北京分会副主席,作品有长篇小说《曹雪芹》及散文集、剧本集。**许地山**:现代小说家、散文家,名赞堃,笔名落花生,原籍台湾台南,寄籍福建龙溪(今漳州)。20 世纪 20 年代毕业于燕京大学,后留学美国和英国,又赴印度研究梵文和佛学。回国后先后任燕京大学、北京大学、清华大学等校教授。抗日战争前后在香港大学任教,并从事进步文化活动。40 年代初逝世。

简析 这是一副嵌名联,既嵌入了逝者名“许地山”、“落花生”,又嵌入了逝者的主要作品之一《空山灵雨》。联语的意思是:作家的逝世,未能使落花生播种、生长于大地,也就见不到根深叶茂、果实累累的大丰收;未能使“灵雨”遍洒“空山”,也就见不到青翠碧绿的满眼美景。此联既是对作家逝世的无限惋惜,也是对作家作品的高度评价。

挽联

联语
身经白刃头方贵
死葬黄花骨亦香

【出处】此为佚名挽黄花岗七十二烈士的对联。

1911 年 4 月,孙中山领导的同盟会在广州发动推翻清政府的武装起义,不幸失败,100 余人英勇牺牲。同盟会会员潘达微冒险奔走,收殓 72 人遗骸,葬于广州东郊白云山麓,后由华侨捐款建成墓园。

简析 这副挽联,形象鲜明,生动悲壮。上联写英雄生前,“身经白刃”,描述他们英勇激战的场面,如在眼前;一个“贵”字,表明了烈士生命的价值。下联写英雄死后,葬于“黄花”,点出地点;一个“香”字,突出了烈士虽死犹荣,表达了人民对烈士的怀念之情。“白”与“黄”、“头”与“骨”的对仗，极为恰当、贴切。

联语 **千秋青史[1]，不忍魂去**
寸草春晖[2]，难报恩来

【出处】此为佚名挽周恩来的对联。

【注解】❶青史：古代用竹简记事，故称史籍为“青史”。❷寸草春晖：语出唐孟郊《游子吟》：“谁言寸草心，报得三春晖。”意思是子女对母亲无论多么孝敬，也不能报答母亲对子女的爱。

简析 深受人民群众爱戴的周恩来总理1976年1月逝世后，全国各族人民无不沉浸在巨大的悲痛之中。上联说，尽管周总理的英名将永垂青史，千秋不朽，但是我们仍舍不得他离去。下联则把总理比作母亲，恰当地表达了人民对他的深切的爱。所嵌“恩来”二字，非常巧妙，“恩”字与前面的“寸草春晖”相配合，既贴切，又体现了人民对他的感恩戴德；“来”字又与上联的“去”构成借对，可谓巧妙之极。

联语 **敌乎友乎，余惟自问**
知我罪我，公[1]已无言

徐懋庸

【出处】此为徐懋庸挽鲁迅的对联。

鲁迅先生1936年逝世后，和他有师生之谊的徐懋庸，托好友曹聚仁送上这副挽联，表达了十分复杂的感情。鲁迅当年十分看重徐的才华，徐对鲁迅也非常敬重。但二人在一些问题上有严重的意见分歧，也有不少误会，鲁迅曾写文章严厉地抨击过他。徐懋庸一直希望能有机会向鲁迅作一番解释，以澄清事实，消除误会，但鲁迅的突然病逝，使他的这一愿望无法实现了。于是，他怀着内疚与哀伤的心情写了这副满含苦衷的挽联。

【简介】**徐懋庸**：作家。著有杂文集《不惊人集》、《打杂集》、《街头文谈》，译有《辩证理性批判》等。**鲁迅**：文学家、思想家和革命家。原名周树人，字豫才，浙江绍兴人。1936 年 10 月 19 日病逝于上海。有多种版本的《鲁迅全集》行世。

【注解】❶公：此指鲁迅。

简析 此联中，既有为自己当年冒犯师长的后悔，也有被自己所敬重的人误解的痛苦。联语不事雕琢，不见客套，也没有廉价的颂扬，字字发自内心深处，堪称“联为心声”。

联语

乐府[1]近凋零，学就成连[2]人已逝
吹台[3]遥怅望，化为精卫[4]客应归

【出处】此为挽聂耳的对联。

【简介】**聂耳**：作曲家。原名守信，字子义，云南玉溪人。出身于清寒医家，自幼爱好音乐，能演奏多种民族乐器。1933 年加入中国共产党，积极参加左翼音乐、戏剧、电影等工作，从事创作和艺术评论活动。1935 年拟赴苏联，取道日本，在海滨游泳时，不幸溺水逝世。作有歌曲《义勇军进行曲》、《前进歌》、《毕业歌》、《新女性》、《铁蹄下的歌女》等三十七首，表现了旧时中国人民大众的深重苦难和英勇反抗，以及九一八事变后中国人民抗日救国的坚强意志。另作有《金蛇狂舞》等民族音乐改编曲四首。有《聂耳全集》两卷。

【注解】❶乐府：古代音乐官署。❷成连：春秋时音乐家，俞伯牙的师傅。❸吹台：在今河南开封，相传春秋时音乐家师旷在此演奏。❹精卫：古代神话中的鸟名。相传炎帝的女儿在东海淹死，化为精卫鸟，每天衔西山木石来填东海。晋陶渊明《读山海经》诗:“精卫衔微木,将以填沧海”,即咏其事。

简析 上联意思是:国家的音乐人才很少。你已学有所成,却过早地去世了。下联意思是:我身在音乐界,为你而怅惘。料想你即使化为精卫,也该回来了。表达了对聂耳之死的无限惋惜。这副挽联的最大特点,就是用典贴切:“乐府”、“成连”和“吹台”,都与音乐有关;“精卫”则与聂耳之死切合(都死于大海),令人叫绝。

联语

江户①矢②丹忱,感君首赞同盟会
轩亭③流碧血,愧我今招侠女魂

孙中山

【出处】此为孙中山挽秋瑾的对联。辛亥革命后,绍兴人民用秋瑾就义前所写“秋风秋雨愁煞人”之意,建“风雨亭”来纪念她。孙中山先生对秋瑾十分敬佩,曾专程到绍兴祭奠她,并写了这副挽联。

【注解】❶江户:日本东京的旧称。❷矢:誓。❸轩亭:地名。在浙江绍兴城中心。秋瑾就义之处。1933年,“秋瑾烈士纪念碑”在轩亭口落成。中华人民共和国成立后,在纪念碑东侧,建有秋瑾纪念广场,汉白玉秋瑾立像后照壁上镌刻孙中山先生手迹“巾帼英雄”四字。

简析 上联记述秋瑾当年在日本时矢志革命事业,加入同盟会的往事;下联说秋瑾就义于绍兴轩亭,有感于革命尚未成功,孙中山先生认为他对不起抛头颅、洒热血的先烈们。联语不但感情深挚,用语也极为讲究,“丹忱”与“碧血”之对,“君”与“我”之对,都很工整、恰当、贴切。

联语

著述最谨严①,岂徒中国小说史②
遗言犹沉痛,莫做空头文学家

蔡元培

【出处】此为蔡元培挽鲁迅的对联。

【注解】❶谨严：即严谨。❷中国小说史：指鲁迅在北京大学讲授的《中国小说史略》。

简析 教育家蔡元培任北京大学校长时，曾聘鲁迅讲授《中国小说史略》。上联即由此生发，指出鲁迅平生著作“最谨严”，不仅仅是《中国小说史略》这一部书。下联说鲁迅的遗言意义深远，告诫孩子“万不可做空头文学家”，这也是对一切革命的文学艺术工作者的期望。联语高度概括了鲁迅一生的事业和留给后人的重大责任，耐人寻味。

联语

方悬四月，叠坠双星①，东亚西欧同陨泪
钦诵二心②，憾无一面，南天北地遍招魂③

郭沫若

【出处】此为郭沫若挽鲁迅的对联。

【注解】❶双星：指高尔基和鲁迅。❷二心：指鲁迅著作《二心集》。❸招魂：迷信指招回死者的魂，现多用于比喻。

简析 1936年6月，苏联作家高尔基逝世；10月，鲁迅逝世。郭沫若在这副挽联中，首先将这两位文化巨人比作“双星”，肯定了鲁迅在世界文学史上的崇高地位。下联说，我怀着钦敬的心情，拜读《二心集》，但遗憾的是“一次也没有得到晤面的机会，甚至连一次通讯也没有”（郭沫若《坠落》），只好到处“招魂”。联语不但感情真挚，对仗也非常工整、严谨；几个数字和几个方位词，都用得极为贴切、恰当。

联语

功在社稷，名满寰区，当代文人称哲嗣①
我游外邦，公归上界，遥瞻祖国吊英灵

周恩来

【出处】此为周恩来挽郭朝沛的对联。郭朝沛为人正直，乐善好施，在家乡四川乐山有很高声望。他1939年逝世后，当时的军政要员、各界名流纷纷致送挽联。当时正在苏联养伤的周恩来也送此联表示悼念。

【简介】**郭朝沛**：字膏如，郭沫若的父亲。

【注解】❶哲嗣：称别人儿子的敬辞。

简析 上联赞其“哲嗣”郭沫若，下联哀悼逝者本人。既合乎自己的身份，又紧切当时自己在国外的事实。以当句自对的手法很好地表达了主旨。

联语

四镇[1]多二心，两岛屯师，敢向东南争半壁
诸王无寸土，一隅抗志[2]，方知海外有孤忠[3]

清·康熙

【出处】此为康熙挽郑成功的对联。明末抗清名将、民族英雄郑成功，收复台湾后病逝。其遗体迁葬福建时，康熙皇帝派官员一路护送，并撰写了这副挽联。

【简介】**康熙**：清圣祖，即爱新觉罗·玄烨。清代皇帝，年号“康熙”。1661年—1722年在位。

【注解】❶四镇：镇守四方的将军。汉晋时，有镇东将军、镇南将军、镇西将军、镇北将军。❷抗志：高尚其志。❸孤忠：指忠贞自持的人。

简析 清兵入关后，明代的凤阳总督马士英在南京拥立福王。但他专权误国，与四镇总兵心怀二志，排斥史可法等人，而不为抵御清兵之计，致使弘光小朝廷顷刻覆亡。郑成功拒不降清，以厦门、金门二岛为根据地，挥师北伐，直至南京。失败后，率军收复被荷兰侵占了30余年的台湾，再图恢复。上联正是表现了郑成功反清复明的壮志。下联紧承上联，说明末的“诸王”都已没有“寸土”可守，只有郑成功在“一隅抗志”。康熙能客观评价郑成功，且有叹服、有褒扬。这是一个敌对王朝的帝王对他的尊崇，也表达了康熙统一祖国的雄心壮志。

联语

译著[①]尚未成书，惊闻陨星，中国何人领呐喊[②]
先生已经作古，痛忆旧雨[③]，文坛从此感彷徨[④]

姚克　斯诺

【出处】此为姚克、斯诺挽鲁迅的对联。

【简介】姚克：翻译家和剧作家。原名姚志伊、姚莘农，笔名姚克。祖籍安徽歙(Shè)县，生于福建厦门。20世纪30年代初致力于优秀外国文学作品的介绍和翻译。为向世界介绍中国的作家，翻译完成了鲁迅《短篇小说选集》的英译本，创作有《清宫怨》、《楚霸王》、《美人计》、《蝴蝶梦》、《西施》、《秦始皇》、《银海沧桑》、《热血五十年》等，有专著《怎样演出戏剧》等。**斯诺**：埃德加·帕克斯·斯诺，美国记者、作家。毕业于密苏里大学新闻学院。写过许多介绍中国的报道。病逝于日内瓦。按其遗嘱，部分骨灰于1937年移葬北京大学。著有《漫长的革命》、《大河彼岸》、《中国巨变》等。遗著编为《斯诺文集》。

【注解】❶译著：指鲁迅翻译的俄国作家果戈理的小说《死魂灵》。一说指姚克、斯诺编译的中国现代短篇小说选《活的中国》。❷呐喊：指鲁迅的作品《呐喊》。❸旧雨：老朋友。语本唐杜甫《秋述》：“常时车马之客，旧，雨来；今，雨不来。”是说旧时宾客遇雨也来，现在遇雨就不来了。后作为老朋友的代称。❹彷徨:指鲁迅的作品《彷徨》。

简析 联语巧用嵌字手法,嵌入鲁迅的两部作品名——《呐喊》、《彷徨》,不着一丝雕饰痕迹,且语含双关,意义深远,耐人寻味,感情真诚深挚。“呐喊”与“彷徨”之对,不但是书名对,同时又是偏旁对。

联语

六载固金汤[1],问何人忽坏长城[2],孤注竟教躬尽瘁

双忠同坎壈[3],闻异类[4]亦钦伟节[5],归魂相送面如生

清·林则徐

【出处】此为林则徐挽关天培、麦廷章的对联。关天培是鸦片战争时的爱国名将。他在广东水师提督任上,增修炮台,训练水师,积极防御。林则徐以钦差大臣身份到广州,他又坚决支持禁烟政策,出动水师,缴获鸦片,多次击退英国侵略军的进攻。后在靖远炮台迎击侵略军,由于总督琦善拒不增援,他孤军奋战,与麦廷章等壮烈牺牲。林则徐在离任途中闻此噩耗,面南仰天而哭,并写了这副挽联。

【简介】**关天培**:清末将领。字仲因,号滋圃,江苏山阳(今淮安)人。行伍出身。1834年任广东水师提督。1839年支持林则徐实行禁烟政策,操练水师,修筑炮台,多次击退英军进攻。1841年2月英军进攻虎门时,在靖远炮台率孤军奋战,英勇战死。有《筹海初集》。**麦廷章**:近代史上杰出的爱国将领。清末广东鹤山人。18岁从军,历任把总、千总、守备、都司等职。1841年初,随水师提督关天培扼守靖远炮台,重创敌军。2月,英军登陆,他率兵奋勇抵抗,弹尽力竭遇难。道光皇帝降旨封号“忠节”,并在虎门建专祠以表彰其节义。这里,林则徐把他和关天培并称为“双忠”。

【注解】❶金汤:金城汤池的略语。金属造的城墙,灌满滚水的护城河,形容坚固不易攻破的城池。❷长城：比喻国家所依赖的大将。语出《南史·檀道济传》："道济见收（被捕），愤怒气盛，目光如炬，俄尔间引饮一斛，乃脱帻（帽）投地曰：'乃坏汝万里长城！'"❸坎壈（lǎn）：困顿；不得志。❹异类：此指英国侵略者。❺伟节：壮且盛的气节。

简析 上联高度评价英雄的伟大功绩。"问何人"一句，直斥投降派。下联则说烈士生前的坎坷遭遇，但他们所表现的英勇气概，连敌人都表示钦佩。这更显得投降派的卑劣可耻。联语内涵丰厚，既挽烈士，表示惋惜；又斥投降派，表示愤慨。

联语

登百尺楼[1]，看大好江山，天若有情，应识四方思猛士
留一抔土[2]，以争光日月，人谁不死，独将千古让先生

黄兴

【出处】此为黄兴挽徐锡麟的对联。

【简介】徐锡麟：近代民主革命烈士。浙江山阴（今绍兴）人。清末光绪年间曾游历日本，后在上海参加光复会。1907年与秋瑾准备在皖、浙两省同时起义，他在安庆刺杀安徽巡抚恩铭，并印发《光复军告示》，失败被捕后英勇就义。近代民主革命家黄兴为他撰写了这副挽联。

【注解】❶百尺楼：泛指高楼。❷一抔（póu）土：一捧土。这里指坟墓。

简析 上联赞其为"猛士"，有递进的意味，更显得哀思绵长。下联说他将与日月争光，千古永存于人民心中。

此联采用了"四、五、四、七"句式。

联语

两卷新诗，廿年老友，相逢同是天涯，只为佳人难再得
一声河满[1]，九点齐烟[2]，化鹤[3]重归华表，应愁高处不胜寒

郁达夫

【出处】此为郁达夫挽徐志摩的对联。

【简介】徐志摩：现代著名诗人。曾留学英、美等国。回国后先后主编《诗刊》、《新月》，在北京、上海等地的大学任教。1931 年 11 月，因飞机空难逝世。他的好友、现代作家郁达夫为他写了这副挽联。

【注解】❶河满：河满子，唐教坊曲名。后用为词牌。唐张祜《宫词》："故国三千里，深宫二十年。一声何（河）满子，双泪落君前。"❷九点齐烟：指从高处俯视九州，如九点烟尘。唐李贺《梦天》诗："遥望齐州（即中州，中国）九点烟，一泓海水杯中泻。"❸化鹤：指死后成仙。后多用来代称死亡。典出晋陶潜《搜神后记》卷一："丁令威，本辽东人，学道于灵虚山，后化鹤归辽，集城门华表柱。"

简析 上联赞逝者的成就，点明两人的关系。"两卷新诗"指《志摩的诗》和《猛虎集》。"廿年老友"，写二人作为同乡、同学交情笃厚。"相逢"两句，是说他们有不少各地的好朋友，但已是不能再聚了。下联对对方的死表示哀悼，直切挽联之旨。"高处不胜寒"一语，借宋苏轼《水调歌头》词，巧妙地点出徐志摩死于空难。联语情文并茂，被人们广为传诵。

联语

仗剑从云[1]作干城[2]，忠心不易。军声在淮海，遗爱在江南。万庶尽衔哀。回望大好山河，永离赤县
挥戈挽日[3]接尊俎[4]，豪气犹存。无愧于平生，有功于天下。九泉应含笑。伫看重新世界，遍树红旗

张伯驹

【出处】此联为张伯驹挽陈毅的对联。无产阶级革命家、军事家陈毅于1972年1月在北京逝世，与他有着密切交往的书法家、收藏家张伯驹写了这副挽联以示悼念。

【简介】**张伯驹**：收藏鉴赏家、书画家、诗词学家、京剧艺术家。号丛碧，别号游春主人、好好先生。河南项城人，生于官宦世家，与张学良、溥侗、袁克文并称“民国四公子”。代表作有《丛碧词》、《春游词》、《秦游词》等。**陈毅**：中国无产阶级革命家、军事家，中国人民解放军的创建人和领导人。字仲弘，四川乐至人。1972年1月6日在北京逝世。遗著编为《陈毅诗稿》、《陈毅诗词选集》、《陈毅军事文选》。

【注解】❶从云：语出《易·乾》：“云从龙，风从虎，圣人作而万物睹。”这里指跟从领袖创业。❷干城：干（盾牌）和城都用于防御，比喻捍卫者。《诗经·周南·兔罝（jū，捕兔的网）》：“赳赳武夫，公侯干城。”❸挥戈挽日：语本《淮南子·览冥训》：“鲁阳公与韩构难，战酣，日暮，援戈而抝（huī 挥动）之，日为之反（返）三舍。”后多用为力挽危局的典故。❹尊俎（zǔ）：古代盛酒肉的器皿。此为“尊俎折冲”的略语。语本《晏子春秋·杂上十八》：“仲尼闻之曰：‘善哉！不出尊俎之间，而折冲于千里之外，晏子之谓也。’”比喻在宴席谈判中制胜对方。尊，盛酒器。俎，放置肉的几，常用为宴席的代称。

简析 上联先概述陈毅戎马一生的经历，突出其“忠心”和赫赫战功；又描述他的逝世使“万庶尽衔哀”。下联先写陈毅力挽危局的功绩，突出其“豪气”和光明磊落的一生；又表示坚信动乱的“阴霾”必然消退，他当“九泉”“含笑”。

联语饱含深情，且浩气凛然，对仗工整，又恰切自然，堪称是文质兼备的佳作。在陈毅的追悼会上，由于张伯驹身份的原因，这副用鸟篆书写的挽联被挂在了一个不起眼的角落里，可毛泽东主席一眼就看到了，上前低声吟诵，连声说“写得好，写得好”。当他了解到张伯驹的遭遇后，当场关照周恩来总理过问此事。可见联语的感染力之强。

通用挽联

联语

千秋遗范[1]
百世流芳[2]

【注解】❶遗范：指前人遗留下来可作楷模的法式、规范、标准等。❷流芳：流传美好的声誉。

简析 赞逝者的事迹、品德足以影响后人至“千秋”、“百代”，其美名将永远流传后世。

此联适用于挽德高望重者。

联语

花凝泪痕
水放悲声

简析 一人去世，众亲友都为之悲伤，甚至庭院中的花朵也饱含悲痛，门前的流水也放出悲声。联语用拟人手法，形象鲜明地渲染了悲痛的气氛。

联语

秋风鹤唳[1]
夜月鹃啼[2]

【注解】❶鹤唳：鹤鸣，形容凄清孤寂的景象。❷鹃啼：相传杜鹃啼声凄苦，故多用来形容人的思念之苦或悲痛之深。

简析 在肃杀的秋风中听到鹤唳，在凄清的夜月中听到鹃啼——两个画面，两组形象，都极为生动地描述了亲友去世时的悲苦氛围。“鹤”与“鹃”，属于名词小类工对。

联语
天不留耆宿[1]
人皆惜老成[2]

【注解】❶、❷耆宿、老成：均指年高有德的人。

简析 将“耆宿”之逝，归于“天不留”，呼天抢地之悲，极为感人。“老成”凋谢，人们无不感到万分惋惜。语言简练，内容丰富。

联语
人间未遂青云志[1]
天上先成白玉楼[2]

【注解】❶青云志：远大的志向。❷白玉楼：传说唐李贺大白天见到绯（红）衣人，说“帝成白玉楼，立召君为记。天上差乐，不苦也”，遂死去。后用为文人逝世的典故。

简析 上联对死者之逝表示无比的遗憾，应是“抑”；下联流露出些许的安慰（升天成仙），则是“扬”。

联语
大雅[1]云亡[2]梁木坏[3]
老成凋谢泰山颓[4]

【注解】❶大雅：德高而有大才的人。❷云亡：死亡。❸、❹梁木坏、泰山颓：比喻重要人物之死。语出《礼记·檀弓上》：“孔子蚤（早）作（起床），负手曳杖，逍遥于门，歌曰：‘泰山其颓乎？梁木其坏乎？哲人其萎乎？’既歌而入，当户而坐。子贡闻之，曰：'……夫子殆将病也。'"

简析 用典贴切，语言雅致，适用于挽重要人物。当然，所谓"重要"，也有一定的范围、场合之分。

联语 已建丰功垂史册
犹存大节[1]勖[2]人民

【注解】❶大节：高远宏大的志节。❷勖(xù)：勉励。

简析 上联是对死者生前功绩的评价，下联则是写死者身后对世人的影响。斯人已去，但其精神不死，时刻在鼓舞、激励着后人。

此联适用于对英雄模范人物的悼念。

联语 从今不复闻謦咳[1]
此后何堪忆笑容

【注解】❶謦欬(qǐngkài)：咳嗽，借指谈笑、谈吐。

简析 人已逝去，自然无法听到他的谈吐了——这是写实；今后也不忍心再回忆其笑容了——这是设想。悲痛之情，溢于言表。

联语 扶桑[1]此日骑鲸[2]去
华表[3]何年化鹤[4]来

【注解】❶扶桑：神话中的树名。❷骑鲸：典出南朝梁萧统《文选·扬雄〈羽猎赋〉》："乘巨鳞，骑京鱼。"唐李善注："京鱼，大鱼也，字或为'鲸'。鲸亦大鱼也。"后用来比喻游仙。❸华表：古代设在桥梁、宫殿、城垣或陵墓等前兼做装饰用的巨大柱子。在陵墓前的又名"墓表"。❹化鹤：指死后成仙。

后多用来代称死亡。典出晋陶潜《搜神后记》卷一:"丁令威,本辽东人,学道于灵虚山,后化鹤归辽,集城门华表柱。"

简析 此日"游仙"而去,何时"化鹤"归来?一反挽联的满腔悲痛,透出一种洒脱来,字里行间仍能让人感受到作者对逝世亲友的怀念。用典典雅、贴切,对仗工稳,文化意蕴丰厚。

联语

英灵已作蓬莱客①
德范②犹薰梓里③人

【注解】❶蓬莱客:蓬莱为传说中的神山名,蓬莱客则指仙人。❷德范:道德风范。❸梓里:故乡。古代家宅旁多种桑、梓,故常用来指家乡、故乡。

简析 这是一副流水对,其意为人虽已成"仙",但其道德风范仍影响着家乡的人们。此联是对死者的肯定,又是对活着的人的安慰。

联语

春风有恨垂疏柳
晓露含愁看早梅

简析 用拟人的修辞手法,赋予"春风"和"晓露"以生命,描写它们因人的去世而"有恨"、"含愁"。形象鲜明,语言生动。"风"、"露"之对,"柳"、"梅"之对,都非常工整。

此为适用于春季的挽联。

联语

星沉南极①行云黯
鹤唳中天②霁月③寒

【注解】❶南极:星名,即南极老人星。《史记·天官书》:"曰南极老人。"唐张守节正义："老人一星在弧(古星名)南，一曰南极，为人主占寿命延长之应。"❷中天：天空中。❸霁月：明月。

简析 联语用的是倒装句，即"南极星沉"、"中天鹤唳"的倒装。这是"因"，"行云黯"和"霁月寒"是"果"，描述了一种凄清的氛围。又，古人认为，每个人，都对应天上的一颗星。人一旦去世，星就落下。

联语 流水[1]夕阳[2]千古恨
凄风苦雨一天愁

【注解】❶流水：流逝的水。❷夕阳：比喻晚年。

简析 子在川上曰："逝者如斯夫！"上联以流逝的水比喻逝去的人，又表达了对这种情况的无奈。"恨"，意为憾，自古如此，所以说"千古恨"。下联则描写人去世后的凄凉环境，连风、雨都是凄苦的，颇具感染力。

联语 蓬门[1]日影高轩过[2]
蒿里[3]哀声白马[4]来

【注解】❶蓬门：以蓬草为门，指贫寒之家。❷高轩过：唐李贺七岁能写文章，韩愈、皇甫湜(shí)不相信，到他家里，让他写诗。李贺提笔立就，自题曰《高轩过》。两人十分惊奇，李贺因此出名。后用为敬辞，意思是大驾过访。❸蒿里：古代挽歌名。晋崔豹《古今注·音乐》："《薤(xiè)露》、《蒿里》，并丧歌也。出田横门人。横自杀，门人伤之，为之悲歌，言人命如薤(植物名)上之露，易晞(xī，晒)灭(指受日照而消失)也；亦谓人死，魂魄归于蒿里……至孝武时，李延年乃分为二曲，《薤露》送王公贵人，《蒿里》送士大夫庶人，使挽柩者歌之，世呼为挽歌。"❹白马：素车白马，古代办凶、丧之事时所用的白车、白马。《尸子》卷上:“汤之救旱也,乘素车白马,著(着)布衣,婴白茅,以身为牲,祷于桑林之野。”后用作送葬之词。

简析 因为有丧事,“蓬门”才引来“高轩”,这是自谦,又是对客人的尊重。下联则直接描写丧事的场面,哀声阵阵,白马素车。用典恰当、贴切,有丰富的文化内涵。“蓬门”与“蒿里”之对,堪称工对。

联语

想见音容云万里
思听教训月三更

简析 古人认为人去世后成仙,自然在天上。所以,想其“音容”只有在万里云端。人们在梦中常常会见到已去世的亲友,故要听其“教训”只好在三更月夜。语言朴实,感情深沉。

联语

大雅云亡风凄紫陌①
哲人其萎②雨泣青郊③

【注解】❶紫陌:指京师郊野的道路。❷哲人其萎:语出《礼记·檀弓上》。用于贤者病逝,也常用作慰唁之词。哲人,智慧卓越的人。❸青郊:指春天的郊野。

简析 人死后要送到郊外安葬,所以说“风凄紫陌”、“雨泣青郊”。语言雅致,形象生动。“风”与“雨”、“青”与“紫”的对仗,都非常工整。

此联用于挽重要人物。

联语

契合拟金兰①,情怀旧雨②
飘零悲玉树③,泪洒清风

【注解】❶金兰：指契合的友情；深交。语出《易·系辞上》："二人同心，其利断金；同心之言，其臭（嗅，气味）如兰。"❷旧雨：指老朋友。❸玉树：传说中的仙树。喻姿貌秀美、才干优异的人。

简析　为老朋友的去世感到伤怀，又为老友的父母、兄弟感到悲痛。情真意切，悲从中来。对仗工稳是此联的最大特色："金"与"玉"、"兰"与"树"、"雨"与"风"等之对，都极为讲究。

联语
月照寒空，幽谷深山徒泣泪
霜凝枯草，素车白马[1]更伤情

【注解】❶素车白马：古代办凶、丧之事时所用的白车、白马。《尸子》卷上："汤之救旱也，乘素车白马，著（着）布衣，婴白茅，以身为牲，祷于桑林之野。"后用作送葬之词。

简析　联语营造了一种十分悲伤的氛围，形象鲜明，语中含泪，令人动情。"幽谷"与"深山"、"素车"与"白马"，分别为当句自对。

联语
烟雨凄迷，万里春花沾碧血[1]
音容寂寞，千条秋水放悲声

【注解】❶碧血：语出《庄子·外物》："苌弘死于蜀，藏其血，三年而化为碧。"后用来称忠臣烈士所流之血。

简析　此人之死，使得"烟雨凄迷"，连"春花"上都沾满了碧血；由于其"音容寂寞"，连秋水都为之大放悲声。有外在的形象，更有内心的感情，十分动人。

自挽联

联语 以青蝇为吊客[1]
骑白鹤[2]返故乡

清·符兆纶

【出处】此为符兆纶的自挽联。

【简介】符兆纶:清词人。字雪樵,号卓峰居士,江西宜黄人。工诗词,有《梦梨云馆词钞》。

【注解】❶以青蝇为吊客:语出《三国志·吴志·虞翻传》:"又为《老子》、《论语》、《国语》训注,皆传于世。"唐裴松之注引《虞翻别传》:"自恨疏节,骨体不媚……使天下一人知己者,足以不恨。"后用为生前少知己,死后无吊客的典故。❷骑白鹤:成仙。死的婉辞。

简析 符兆纶长于诗词,以跌宕风流著称于世。罢官后闭门谢客。他自知生前少知己,故预想到死后也不会有吊客登门,只有自己一个人骑上白鹤返回故乡。

联语 浮沉宦海[1]为鸥鸟
生死书丛似蠹鱼[2]

清·纪昀

【出处】此为纪昀的自挽联。

【注解】❶宦海:指官场。因仕宦升沉无定,多风波险阻,如处海潮之中,故称。❷蠹鱼:虫名,即蟫(yín),又称"衣鱼",蛀蚀书籍衣服。又指啃书本的人。

简析 纪晓岚是当时的名臣，又是大学问家。他将自己对于官场、对于书本一生的体会，浓缩在这副对联中。“鸥鸟”与“蠹鱼”之对，“浮”与“沉”、“生”与“死”的当句自对，都非常工稳，可见对联大家的手笔。

联语

朝闻道夕死可矣[1]
今而后吾知免夫

清·翁同龢

【出处】上联语出《论语·里仁》。

此为翁同龢的自挽联。翁同龢以咸丰年间状元，先后任同治帝、光绪帝师傅，官至军机大臣兼总理各国事务衙门大臣。因辅佐光绪皇帝谋划新政，举荐康有为，“戊戌政变”后被革职，并“永不叙用”，且“交地方官严加管束”。晚年撰此挽联，并留遗嘱，委托其学生张謇代书。

【注解】❶朝闻道夕死可矣：意思是早晨得知真理，当天晚上死去都可以。

简析 上联仍表示对支持光绪帝实行新政的不悔，下联意思是从今往后我将彻底摆脱了。挽而不哀，反倒流露出一种洒脱。

联语

始笑人生，徒自苦耳
既知去处，亦复陶然[1]

清·言可樵

【出处】此为言可樵的自挽联。

【简介】言可樵：名朝标，字起霞，号可樵，江苏常熟人。乾隆进士。曾官柳州知府。

【注解】❶陶然：喜悦、快乐的样子。

简析 人到晚年，终于什么都明白了。这才想起来人生之“可笑”，大多是自找苦吃；现在既然知道了"去处"，反倒一身轻松，甚至是满腔喜悦。既对人生有所反思，又对死去看得很开。

联语

不忮[1]不求，年已七十矣
而今而后，舍其耒耜[2]哉

【出处】此为某农夫的自挽联。

【注解】❶忮（zhì）：害。❷耒耜（lěisì）：古代一种像犁的农具，也用作农具的统称。

简析 上联是对自己一生的概括：不害人，也不求人；下联是对以后的设想：终于可以舍弃农具了。此联最大的特点，当是极符合作者的身份，且只见乐观而不见哀伤。

联语

功名事业文章，他生未卜
嬉笑悲歌怒骂，到此皆休

清·鲍桂星

【出处】此为鲍桂星的自挽联。鲍氏才气为一时之冠，傲几凌人，且质直敢为，故为世人所嫉，曾因得罪权贵而罢官。他晚年写此挽联，并特意嘱咐后人悬挂于灵前。

【简介】**鲍桂星**：字双五，一字觉生，安徽歙（Shè）县人。嘉庆进士，历官工部右侍郎、编修、詹事。以文学见长。

简析 上联意思是，什么"功名事业文章"，此生就不顺利，"他生"就更不可预测了。下联意思是，我这一生的"嬉笑悲歌怒骂"，到这时就都没有了。如果说上联还有些委婉的话，下联则是坦率概括自己一生的特点，实话实说。

联语

帝道①真如，而今都成过去事
医民救国，继起自有后来人

杨　度

【出处】此为杨度的自挽联。

【简介】**杨度**：字皙子，湖南湘潭人。清末光绪年间留学日本，主张君主立宪。辛亥革命后，参与袁世凯恢复帝制活动。后向往革命，投向孙中山，曾多方营救被军阀张作霖逮捕的共产党人李大钊。晚年加入中国共产党，在白色恐怖下坚持党的工作。

【注解】❶帝道：帝王之学。

简析　上联追怀往事，反省自己当年曾参与袁世凯恢复帝制的活动；下联展望未来，相信共产党人能“医民救国”。联语坦诚而豁达，令人信服。

联语

这回来得忙，名心利心，毕竟糊涂到底
此番去甚好，诗债酒债，何曾亏负着谁

清・孙髯

【出处】此为孙髯的自挽联。

【简介】**孙髯**：字髯翁，号颐庵，陕西三原人。以诗文著称，终生未应科举。有《孙髯翁诗残抄本》、《滇西诗略》传流于世。其撰写的昆明大观楼长联闻名遐迩。

简析　孙髯翁以布衣终其一生，但有大观楼一副长联，足以不朽。这副自挽联，检讨自己的一生，因“名心利心”而“糊涂到底”，归咎于“来得忙”，诙谐风趣。好在没有“诗债酒债”“亏负”于人，所以“此番去”也就无牵无挂，轻松自在。幽默的语言，可见其达观的人生态度。

联语

百年一刹那，把等闲富贵功名，付之云散
再来成隔世，是这样夫妻儿女，切莫雷同

简析 此联横批为“这回不算”。上联回顾一生，无非是“富贵功名”，如今都要“付之云散”了。下联展望“隔世”，打算要撤换“夫妻儿女”，体验全新的家庭生活。构思奇特，语言活泼，令人忍俊不禁。“富贵功名”与“夫妻儿女”的当句自对、“云”与“雷”上下句之对，都极为工整。

联语

读书经世[1]即真儒，遑[2]问他一席名山[3]、千秋竹简[4]

学佛成仙皆幻象，终输我五湖明月、万树梅花

清·毕沅

【出处】此为毕沅的自挽联。

【简介】毕沅：字秋帆，自号灵岩山人，江苏太仓人。乾隆进士。官至湖广总督。治学范围广泛，由经史及小学、金石、地理，也能诗文，有《灵岩山人文集、诗集》等。晚年在江苏苏州邓尉山自营生圹（shēngkuàng，生前营造的墓穴；寿穴），并撰写此联。

【注解】❶经世：治理国事。❷遑（huáng）：闲暇。❸名山：指可以传之不朽的藏书之所。指书府。古代多设在山中。《史记·太史公自序》：“以拾遗补艺，成一家之言……藏之名山，副在京师，俟后世圣人君子。”❹竹简：战国至魏晋时代的书写材料（竹片）。

简析 作者认为，读书应该用于实际工作，而不该过多地考虑著作是否能流传后世。下联则是表示自己的生活态度，不学佛，不学道，而是亲近大自然。“五湖明月、万树梅花”切其埋葬之地苏州。这是他对自己 生的读书、生活的总结。不取媚于任何人，“走自己的路，让别人说去吧”。

联语

好副臭皮囊，为你忙着过九十年，而今可要交卸了

这般新世界，纵我活不到一百岁，及身已见太平来

张元济

【出处】此为张元济的自挽联。

简析 读此联，人们可从中看出两个词语：轻松、满足。轻松的是，如今要“交卸”这副“臭皮囊”了；满足的是，已经见到了太平新世界。自挽却没有悲伤，足见联作者豁达乐观的性格。语言通俗，明白如话。

联语

我愧无能，卅载功夫，可谓深焉，终难治贫者病根、富者钱癖

人死何知，五尺棺木，亦云足矣，更毋须经忏[1]损产、苫块[2]伤身

【出处】此为某医生的自挽联。

【注解】❶经忏：旧时人死后，请僧人或道士念经拜忏、祈福超生的仪式。❷苫(shàn)块：寝苫(草席)枕块(土块)。古礼，居父母之丧，孝子要以草荐为席、土块为枕。

简析 有着三十年功夫的老医师一辈子治病救人，却治不了“贫者病根、富者钱癖”，表示了对当时社会不平等的极大不满和无可奈何。下联嘱咐后人，丧事应从简，不要那些“损产”、“伤身”的仪式。可谓想得深，看得开。

联语

伤时有谐稿，讽世有随刊，借碧血[1]作贡献同胞，大呼寰宇人皆醒

清室无科名，民国无官职，以自身而笑骂当局，纵死阴司鬼亦雄

刘师亮

【出处】此为刘师亮的自挽联。

【简介】刘师亮：原名芹丰，晚年号谐庐、双龙池主人，四川内江人。曾做塾师、讼师，辛亥革命后到成都经商。工文章、诗词，尤其擅长对联，以幽默尖刻著名，有谐联大师之称。曾创办《师亮随刊》，著有《师亮谐稿》、《师亮对联》等。

【注解】❶碧血：语出《庄子·外物》："苌弘死于蜀，藏其血，三年而化为碧。"后用来称忠臣烈士所流的血。

简析 刘师亮生活于清末至民国年间，黑暗的社会、动乱的生活，促使他创作了大量以巧趣、讽刺为特色的对联作品。这副挽联，上联总结了自己所出书刊"伤时"、"讽世"的作用，并借来作为"碧血"贡献给同胞，以唤醒民众。下联回顾自己的一生，既"无科名"，又"无官职"，只凭"自身而笑骂当局"，即使死后到了"阴司"做鬼"亦雄"。联语特色突出，感染力极强。上、下联中的前两个分句，分别为当句自对。

联语

奴别良人[①]去矣！大丈夫何患无妻，愿后日重订婚姻，莫向生妻谈死妇

儿依严父艰哉！小孩子定仍有母，倘常时得蒙抚养，须知继母即亲娘

【出处】据清末梁恭辰《楹联四话》。这是福建光泽县妇女何氏临终前的一副自挽联。

【注解】❶良人：丈夫。

简析 上联别其夫，下联嘱其子，语言浅显，感情深挚，可见她胸怀之宽广，考虑之周全。对仗上，也很讲究；两个"妻"和两个"母"的重字，独具匠心。

联语

生无补乎时，死无关乎数，辛辛苦苦，著二百五十余卷书，流播四方，是亦足矣
仰不愧于天，俯不怍[1]于人，浩浩荡荡，数半生三十多年事，放怀一笑，吾其归乎

清·俞樾

【出处】此为俞樾的自挽联。

【注解】❶怍(zuò)：惭愧。

简析 上联总结自己一生的学术成果，有书二百五十余卷，已很知足了。下联自我评价道德修养，“不愧于天”，“不怍于人”，几十年坦坦荡荡，自可“放怀一笑”，告别人世。从中可见作者坦荡的襟怀和乐观的态度。联中重字的运用十分灵活：“辛辛苦苦”、“浩浩荡荡”是叠字，两个“乎”与两个“于”是异字同位，两个“十”是同字同位，均为有规律的重字，合乎对联要求。

联语

十余载劳苦奔波，秉春秋笔、执教士鞭，仗剑从军，矢忠为党，有志未能伸，此生空热心中血
一家人悲伤哭泣，求父母恕、劝弟妹忍，温言慰妻，负荷嘱子，含冤终可白，再世当为天下雄

熊亨翰

【出处】此为熊亨翰的自挽联。

【简介】**熊亨翰**：字骥才，湖南桃江人。早年参加民主革命运动，1926年加入中国共产党，次年在白色恐怖下坚持革命活动。1928年11月，在武汉被捕，不屈就义。

简析 上联概述自己“十余载”所做的工作，中心是“矢忠为党”，但遗憾的是“有志未能伸”而身先死。下联劝慰家人，并表示，“再世”还要做天下英雄。联语充分体现了无产阶级革命战士视死如归的浩然之气和对亲人的深厚感情。一个英雄、孝子，一个负责任的兄长、丈夫、父亲的形象，呈现在眼前。

联语

这回吃亏受苦，乃因入了孔氏牢门，坐冷板凳、作老猢狲，是只说限期弗满，竟挨到头童齿豁，两袖俱空，书呆子何足算也

此去喜地欢天，必须假得孟婆[1]村道，赏剑树[2]花、观刀山[3]瀑，方可称眼界别开，和这些酒鬼诗魔，一堂常聚，南面王[4]无以加之

清·姜宸英

【出处】此为姜宸英的自挽联。

【简介】**姜宸英**：字西溟，号湛园，浙江慈溪人。工诗文，精书法。70岁成进士，授编修。后在顺天考官任上，被舞弊案牵连，死于狱中。著有《湛园文稿》、《苇间诗集》等。

【注解】❶孟婆：传说中的风神。❷、❸剑树、刀山：佛教语，指地狱中的酷刑。❹南面王：泛指王侯、最高统治者。

简析 上联是对自己一生经历的回顾，将“吃亏受苦”，“坐冷板凳、作老猢狲”归结为“入了孔氏牢门”（走科举之路）。这是付出了极高代价后的反思，是对腐朽社会、腐败政治的控诉。下联是对死后的展望，设想到地狱后的种种奇遇，简直比做王侯还舒服。体会深刻，字字都饱含着血泪。

联语

三十年科举沉迷，自从知罪悔改以来，革过命，无党勋；作过官，无政绩；留过学，无文凭。才力总后人，唯一事功，尽瘁岭南至死

两半球舟车习惯，但以任务完成为乐，不私财，有日用；不养子，有众徒；不求名，有记述。灵魂乃真我，几多磨炼，荣归基督永生

钟荣光

【出处】此为钟荣光的自挽联。

【简介】钟荣光：近代著名教育家。广东香山人。早年加入兴中会，从事民主革命活动。1899 年创办岭南大学。

简析 上联概述自己一生的主要经历，其中的三个“无”字，表明他的自谦；而“唯一事功”，就是“尽瘁岭南”，说明他对教育事业的痴心。下联的三个“不”字和三个“有”字，以鲜明的对比，坦言自己不聚私财、没有子女、不图名利，却为社会培养了人才的无上光荣。语言通俗流畅，不事雕琢，真情感人。这样简练、明白、幽默的排比，是对联中的精彩之作。

联语

慨此日骑鲸西去，七尺躯委残荒草，满腔血洒向空林。问谁来歌蒿歌薤[1]，鼓琵琶[2]冢畔、挂宝剑[3]枝头，凭吊松楸魂魄，愤激千秋。纵教黄土埋予，应呼雄鬼

倘他年化鹤[4]东归，一瓣香祝成本性，三分月现出金身。愿从此为樵为渔，访鹿友山中、订鸥盟水上，消磨锦绣心肠，逍遥半世。唯恐苍天厄我，再做劳人

清·左宗棠

【出处】此为左宗棠的自挽联。

【注解】❶歌蒿歌薤(xiè):即唱丧歌。蒿,蒿里;薤,薤露。都是古代送葬时唱的挽歌。❷鼓琵琶:用"俞伯牙摔琴谢知音"的典故。❸挂宝剑:典出《史记·吴太伯世家》。春秋时,吴王寿梦少子季札出使路过徐国。徐国国君很喜欢他的宝剑,季札已心许,但准备出使回来再送给他。等到回来时,徐君已死,季札就把宝剑挂在徐君墓旁的树上,表示不能因为季札去世而违背自己许剑的心愿。后用作怀念亡友或对亡友守信的典故,也用来讳称朋友逝世。❹化鹤:指死后成仙。后多用来代称死亡。晋陶潜《搜神后记》卷一:"丁令威,本辽东人,学道于灵虚山,后化鹤归辽,集城门华表柱。"

简析 清末名将左宗棠,晚年写了这副长联以自挽,对自己的一生做了回顾和自我评价,并表达了要过隐居生活的愿望。

上联大意是,我如今要去世了,是否有知音朋友来凭吊祭奠呢?下联大意是,来世我愿做个樵子、渔夫,隐逸山林,过闲适逍遥的生活。但又怕天不遂人愿,还要我混迹官场,做那劳苦之人。从中可感受到他对人生的深切体会。

挽亲人、师长、同学、友人联

1. 挽祖辈联

联语 **英姿爽气归图画[1]**
壮志丹心留子孙

【注解】❶图画：画像。旧时没有照相技术，人多是画像，故说“图画”。

简析 上联写祖父生前的形象。下联写祖父去世后留给子孙的宝贵遗产“壮志丹心”——这比任何财宝都更有意义。

此联用于挽祖父。

联语 **懿德[1]传于乡里口**
贤慈报在子孙身

【注解】❶懿德：美德。《诗经·大雅·烝民》：“天生烝民，有物有则，民之秉彝，好是懿德。”特指妇女的美德。唐韩愈《贺册皇太后表》：“恭惟懿德，克配前芳。”

简析 上联从横向写祖母的良好品德对“乡里”的影响，下联从纵向写祖母的“贤慈”对子孙的影响。

此联用于挽祖母。

联语 痛伤心祖母乘鹤去
垂泪眼孙儿效鹃啼[1]

【注解】❶鹃啼：相传杜鹃啼声凄苦，因此多用来形容人的思念之苦或悲戚之深。

简析 上联写祖母去世，下联写孙儿悲伤，极为切题。“心”与“眼”、“鹤”与“鹃”的对仗，都是名词小类工对。

此联用于挽祖母。

联语 风起云飞，室内犹传诫子语
月昏云黯，堂前似听弄孙[1]声

【注解】❶弄孙：逗玩孙儿。形容老人自娱晚年，不问他事的乐趣。

简析 祖父的去世，使“风起云飞”、“月昏云黯”，环境也带有感情色彩。“诫子语”、“弄孙声”，让人感到声犹在耳，更为悲伤。

此联用于挽祖父。

【提示】听，这里读去声。

联语 萱幄[1]长春，视外孙如孙恩未报
莲台[2]仙去，随老母哭母泪难干

【注解】❶萱幄：即萱帏、萱闱、萱堂，指母亲。《诗经·卫风·伯兮》：“焉得萱草，言树之背。”是说北堂树萱，可以令人忘忧。古制，北堂为主妇居室。所以用“萱堂”指母亲的居室，并借以指母亲。❷莲台：莲花台，佛座。意思是人去世后成佛成仙。

简析 上联写外孙与外祖母的深厚感情，下联写外孙随母亲来哭外祖母的场面。“萱”与“莲”、“视外孙如孙”与“随老母哭母”的对仗，非常巧妙。

此联用于挽外祖母。

联语

曾随慈母来，听昔日教言犹在耳
痛悉外公去，忆当年德泽倍伤心

简析 联语直接点明“外公”，用于挽外祖父。有叙述，更有抒情。

此联用于挽外祖父。

联语

属纩[1]恨来迟，宅相[2]怀惭，音容符祖德
抚棺悲遽逝，孙行附忝，色笑慰娘恩

【注解】❶属纩（zhǔkuàng）：指用新绵置于死者鼻前，察其是否断气。语出《礼记·丧大记》：“疾病，男女易服，属纩以俟绝气。”也指临终。❷宅相：指住宅风水之相。典出《晋书·魏舒传》：“（魏舒）少孤，为外家宁氏所养。宁氏起宅，相宅者云：‘当出贵甥。’外祖母以魏氏小而慧，意谓应之。舒曰：‘当为外氏成此宅相。’”故用作外甥的代称。

简析 以“宅相”、“孙行”和“祖德”、“娘恩”，切合自己的身份。既吊死者，因“来迟”表示惭愧；又慰生者，以“色笑”来安慰母亲。

此联用于挽外祖母。

联语

岁已届成人，每当赴试游庠[1]，太君[2]尚挂千般虑
伤哉怀恨事，枉费愁肠望眼，此日难酬半点恩

【注解】❶赴试游庠(xiáng):应考、上学。赴试,赴考。游庠,明清时,儒生经考试入府、州、县学为生员,称为“游庠”。❷太君:古代官员母亲的封号,也用为对他人母亲的尊称。

简析 上联回忆当年祖母对孙子的亲情。即使已“成人”,出外求学时仍被老祖母牵挂。下联写今天孙子对祖母的愧疚,难以报答“半点恩”。“千般”,极言祖母恩之厚;“半点”,则极言孙子酬之薄。“赴试”、“游庠”和“愁肠”、“望眼”分别为当句自对。

此联用于挽祖母。

2. 挽父辈联

联语　忍别慈亲[1]去
还期仙鹤归

【注解】❶慈亲：慈爱的母亲。《吕氏春秋·慎大》："汤立为天子，夏民大说（悦），如得慈亲。"后多指母亲。

简析　联语中的"忍"，是不忍，不忍心母亲的去世；又有"忍痛"之意。既然母亲仙去，就期待着她老人家成仙化鹤再回家来。话语简短而情意深长。

此联用于挽母。

联语　春风南岸[1]留晖远
秋雨韶山洒泪多

毛泽东

【出处】此为毛泽东的挽母联。

1919年10月，毛泽东的母亲文七妹在韶山病逝。接到母亲病危的消息，他就急忙赶回家，写了长篇的《祭母文》和两副挽联，这是其中一副。

【简介】**毛泽东**：马克思列宁主义者，中国无产阶级革命家、政治家、军事家，中国共产党、中国人民解放军和中华人民共和国的主要缔造者和领袖，毛泽东思想的主要创立者。字润之，湖南湘潭韶山冲（今属韶山市）人。1976年9月9日，在北京逝世。《中共中央关于建国以来党的若干历史问题的决议》中说：就毛泽东的一生来看，他对中国革命的功绩远远大于他的过失，他的功绩是第一位的，错误是第二位的。他的主要著作收入《毛泽东选集》。

【注解】❶南岸：地名，在湖南湘潭韶山冲毛泽东故里。

简析 上联取唐孟郊《游子吟》"谁言寸草心，报得三春晖"诗意，说母亲的德泽之厚重。下联切时间，又以泪如秋水形容对母亲的哀悼，感情深沉真挚。

联语
泰岱[1]无云滋玉润
东床[2]有泪滴水清

【注解】❶泰岱：即泰山，指岳父。典出唐段成式《酉阳杂俎（zǔ）·语资》："明皇（唐玄宗）封泰山，张说为封禅使。说女婿郑镒，本九品官。旧例封禅后，自三公以下皆迁转一级，唯郑镒骤迁五品，兼赐绯服。因大脯次，玄宗见镒官位腾跃，怪而问之，镒无词以对。黄幡绰曰：'此乃泰山之力也。'"明陈继儒《群碎录》："又以泰山有丈人峰，故又呼丈人曰岳翁，亦曰泰山。"❷东床：指女婿。典出南朝宋刘义庆《世说新语·雅量》："郗（Xī）太傅在京口，遣门生与王丞相书，求女婿。丞相语郗曰：'君往东厢，任意选之。'门生归，白郗曰：'王家诸郎亦皆可嘉。闻来觅婿，咸自矜持；惟有一郎在东床上坦腹卧，如不闻。'郗公云：'正此好！'访之，乃是逸少（王羲之），因嫁女与焉。"

简析 "无云"，正是暗示人不在了；"有泪"，则是描述作为女婿的悲痛的表情。从侧面写出，显得委婉、含蓄。

此联用于挽岳父。

联语
惨目灵椿[1]生意老
伤心慈竹[2]泪痕多

【注解】❶灵椿：古代传说中的长寿之树。典出《庄子·逍遥游》："上古有大椿者，以八千岁为春，八千岁为秋。"用来比喻父亲。❷慈竹：竹名，又称"义竹"、"慈孝竹"、"子母竹"。丛生，一丛多至数十上百竿，根窠盘结，四时出笋。新竹旧竹密结，高低相依，故名。用来比喻母亲。

简析 父母去世，犹如"灵椿"枯萎，"慈竹"衰败。用典恰当、贴切，对仗工整讲究。"灵椿"与"慈竹"、"惨目"与"伤心"之对，为工对。

此联用于挽父母。

联语
慎终[1]不忘先严[2]志
追远[3]常存孝子心

【注解】❶、❸慎终、追远：指居父母丧，祭祀祖先，要依礼尽哀，要恭敬虔诚。终，指父母丧。远，指祖先。《论语·学而》："慎终追远，民德归厚矣。"三国魏何晏集解："慎终者，丧尽其哀；追远者，祭尽其敬。"❷先严：指亡父。

简析 主旨突出，并有丰厚的文化内涵，如居父母丧时的礼仪。对今天的读者来说，不但实用（现在仍提倡做孝子），更有着不可替代的认识价值。

此联用于挽父母。

联语
慈竹影寒甥馆[1]月
昙花[2]香杳佛堂云

【注解】❶甥馆：语本《孟子·万章下》："舜尚见帝（尧）。帝馆甥于贰室。"汉赵岐注："贰室，副宫也……《礼》谓妻父曰外舅。谓我舅者，吾谓之甥。尧以女妻舜，故谓舜甥。"后用来指女婿家或指女婿。❷昙花：指优昙钵华，梵语。这里的意思是人死后成佛成仙。

简析 用典确切。有“甥馆”一词，则“慈竹”自然指岳母。“竹”与“花”、“月”与“云”，之对均为名词小类工对。

此联用于挽岳母。

联语
画虎[①]当年，玉树[②]交亲叨厚爱
乘鸾[③]此日，竹林[④]挥泪有余悲

【注解】❶画虎：典出《东观汉记·马援传》：“与兄子严、敦书曰：‘学伯龙高不就，犹为谨饬之士，所谓刻鹄不成尚类鹜者。效杜季良而不成，陷为天下轻薄子，所谓画虎不成反类狗也。’”❷玉树：传说中的仙树，喻姿貌秀美、才干优异的人。❸乘鸾：典出汉刘向《列仙传》：传说春秋时秦国萧史善于吹箫，穆公女弄玉很是仰慕他，穆公便把弄玉嫁给了他。萧史教弄玉学吹箫作凤凰鸣声，后来凤凰飞到他们家，穆公为他们建了凤凰台。一日，夫妇一起乘凤凰升天而去。凤、鸾同类，即以“乘鸾”比喻升仙。❹竹林：魏晋之间“竹林七贤”中，有阮籍和他侄子阮咸，故以“竹林”作叔侄的代称。

简析 上联忆“当年”，下联看“此日”，从写信（画虎）到宴游（竹林），都极为切叔、侄关系。“玉树”则是写父亲和叔、伯们都是祖辈的佳子弟。“乘鸾”和“余悲”直切挽联之旨。用典恰当、贴切，内容丰富。

此联用于挽伯父、叔父。

联语
痛失慈萱[①]，花落竹林春去早
悲兴犹子[②]，光寒婺宿[③]夜来沉

【注解】❶慈萱：慈母。萱，即萱草。代指母亲。《诗经·卫风·伯兮》："焉得萱草，言树之背(指北堂。古人寝室之制为前堂后室。凡遇祭祀，主妇位居于北。故北堂为母亲所在处。而北堂常植萱草，故以萱草代称母亲。亦作'萱堂')。"❷犹子：侄子。《礼记·檀弓上》："丧服，兄弟之子，犹子也。盖(乃)引而进之(牵引使进，同于己子)也。"本指丧服而言，指己子为期(一年)服，兄弟之子也为期服。后因称兄弟之子为"犹子"。❸婺宿：即婺女星，星宿名。又名"务女"、"须女"。

简析 "慈萱"和"竹林"，切伯母、婶母；"痛失"和"花落"，切挽联。"光寒婺宿"一语，则是描写因为人去世而带来的沉重压抑的气氛。

此联用于挽伯母、婶母。

联语

谊属[1]先姑[2]，光耀门楣叨慈荫[3]
恩深犹子[4]，诗赓[5]萝茑[6]寄哀思

【注解】❶谊属：亲属。谊，情谊。❷先姑：称死去的姑母。❸慈荫：指尊长或神佛的荫庇。此指姑母的荫庇。荫，荫庇。比喻尊长照顾晚辈或祖宗保佑子孙。❹犹子：侄子。《礼记·檀弓上》："丧服，兄弟之子，犹子也。盖(乃)引而进之(牵引使进，同于己子)也。"本指丧服而言，指己子为期(一年)服，兄弟之子也为期服。后因称兄弟之子为"犹子"。❺赓(gēng)：继续。❻萝茑(niǎo)：女萝和茑，两种蔓生植物，常缘树而生，因此用以比喻亲戚关系，寓依附攀缘之意。《诗经·小雅·頍弁(頍 kuǐ，形容帽顶尖尖的样子。弁 biàn，一种贵族戴的皮帽子)》："茑与女萝，施(yì，延续，延伸)于松柏。"宋朱熹集传："此亦燕(宴)兄弟亲戚之诗……又言茑萝施于木上，以比兄弟缠绵依附之意。"

简析 以“先姑”确定哀挽对象，以“犹子”表明关系，以“寄哀思”表达挽联之旨。

此联用于挽姑母。

【提示】荫，读 yìn，仄声字。

联语
内侄昔来庭，只云玉体[1]违和[2]，岂意语声移薤露[3]
姑丈今谢世，自愧金丹[4]莫续，伤心泪雨滴榴花[5]

【注解】❶玉体：对别人身体敬称，犹言贵体。❷违和：因失调而致病，为言人病的敬辞。❸薤（xiè）露：指《薤露》挽歌。晋崔豹《古今注》卷中：“《薤露》、《蒿里》，并丧歌也。出田横门人。横自杀，门人伤之，为之悲歌，言人命如薤植物名上之露，易晞（xī，晒）灭（指受日照而消失）也，亦谓人死，魂魄归乎蒿里……至孝武时，李延年乃分为二曲，《薤露》送王公贵人，《蒿里》送士大夫庶人，使挽柩者歌之，世呼为挽歌。”❹金丹：古代方士炼金石为药，说是服之可以长生。❺伤心泪雨滴榴花：指看到姑父遗下的众多年少子女而伤心。《北史·魏收传》：“安德王延宗纳（娶）赵郡李祖收女为妃，后帝幸（封建时代称帝王亲临）李宅宴，而妃母宋氏荐（进献，送上）二石榴于帝前。问诸人莫知其意，帝投之。收曰：‘石榴房中多子，王新婚，妃母欲子孙众多。’帝大喜。”因石榴房中多子，故以“榴花”喻众多年少子女。

简析 “内侄”和“姑丈”，直切双方关系。有对“昔”的回忆，有对“今”的伤心。“薤露”和“榴花”的对仗，极工稳。

此联用于挽姑父。

3. 挽师长联

联语 圯[①]上罔闻呼小子
雪中[②]空望见先生

【注解】❶圯(yí)上:桥上。据《史记·留侯世家》记载,秦末张良在下邳(pī)(今江苏邳县南)圯上遇到一位老人,赠其《太公兵法》。❷雪中:据《宋史·道学传二·杨时》载,宋儒生杨时、游酢(Zuò)去拜见其师程颐,见程颐正瞑目而坐,二人侍立不去。待程颐醒来,门外积雪已一尺多深。后将"程门立雪"用作敬师的典故。

简析 用典确当,直切师生关系。"罔闻"、"空望",则表明是挽联。"上"与"中"为方位词相对,极工。

联语 当年幸立程门雪[①]
此日空怀马帐[②]风

【注解】❶程门雪:即程门立雪,为宋杨时、游酢(Zuò)拜见程颐的故事。❷马帐:《后汉书·马融传》:"(马)融才高博洽,为世通儒,教养诸生,常有千数……善鼓琴,好吹笛,达生任性,不拘儒者之节。居宇器服,多存侈饰。常坐高堂,施绛纱帐,前授生徒,后列女乐,弟子以次相传,鲜(少)有入其室者。"后用"马帐"指通儒的书斋或儒者传业授徒的地方。

简析 上联忆"当年",以曾为老师的弟子感到幸运;下联悲"此日",以师长的去世而"空怀"当年的师风。

联语 筑室未能如子赣[1]
丧心聊已学檀弓[2]

【出处】上联语出《史记·孔子世家》:"孔子葬鲁城北泗上,弟子皆服三年。……唯子贡庐(筑室)于冢上,凡六年,然后去。"

【注解】❶筑室未能如子赣:不能像子贡那样筑室守墓。筑室,修筑房屋。子赣,即子贡。❷檀弓:《礼记·檀弓》。杂记各种贵族礼制,以丧礼居多。

简析 上联指未能像子贡那样为老师筑室守墓六年。下联指自己姑且如《礼记·檀弓》所记,对业师心存哀悼而已。"未能"表示谦虚,"聊已"则表示懂得丧事礼仪。

联语 秋水蒹葭[1],溯回往哲[2]
春风桃李,想象斯文

【注解】❶秋水蒹葭:指在水边怀念故人。也指对景怀人。典出《诗经·秦风·蒹葭》:"蒹葭苍苍,白露为霜。所谓伊人,在水一方。"❷往哲:先哲;前贤。

简析 以"桃李"的身份怀念"往哲",点明是凭吊老师,用典贴切。对仗上,"秋水蒹葭"与"春风桃李"之对,无一字不工。

联语 为国育英才,手栽桃李三千[1]树
终生薄名利,坐守青毡[2]数十年

【注解】❶桃李三千:孔子有弟子三千人。❷青毡:指清寒贫困者。也指清寒贫困的生活。

简析 上联赞颂老师毕生的事业和功绩，下联描述老师一生的操守和生活。

联语

此老竟萧条[1]，幸有文章垂宇宙

平生怀志向，广栽桃李在人间

【注解】❶萧条：凋零。

简析 作为弟子，对师长的去世，有遗憾，也有悲伤；更有值得安慰的事：老师有“文章”，又有“桃李”。

联语

青灯黄卷[1]十年心，回首旧游，明月好寻蝴蝶梦[2]

白发红颜三代泪，怆怀此别，残魂应化杜鹃啼

【注解】❶青灯黄卷：光线青荧的油灯和纸张泛黄的书卷。借指清苦的读书生活。❷蝴蝶梦：典出《庄子·齐物论》，比喻虚幻之事，迷离之梦。这里指超然物外的心境。

简析 当年寒窗苦读，一生并无奢求，只在教书育人。如今永别人间，让三代人为之流泪。从侧面赞美老师。“青灯黄卷”与“白发红颜”之对，“蝴蝶”与“杜鹃”之对，都极为工整、巧妙。

4. 挽同学、友人联

联语 海内存知己
云间渺嗣音[1]

【出处】上联语出唐王勃《送杜少府之任蜀州》诗："海内存知己，天涯若比邻。"

【注解】❶嗣音：保持音信。

简析 以"知己"点明朋友关系。以"云间"表示朋友已逝，故没有了音信。"海内"与"云间"对得十分工整。

此联用于挽友人。

联语 万卷诗书我又读
一时风月[1]谁还谈

【注解】❶风月：指诗文。宋欧阳修《赠王介甫》诗："翰林风月三千首，吏部文章二百年。"又指闲适之事。

简析 "我又读"，表明当年曾和同学一起读书。但现在却没有人来和自己谈"风月"了，充满了感伤。"诗书"和"风月"，分别属于当句自对，也属上下联相对。

此联用于挽同学。

联语 竹影[1]仍偕身影在
墨花尽带泪花飞

【注解】❶竹影：用魏晋之间“竹林七贤”的典故。

简析 人已去，似乎身影还在，并且与往常一样，和朋友们在一起。为去世的友人写挽联时，“墨花”含着“泪花”一起迸飞。“影”和“花”的重字渲染了凝重的气氛。

此联用于挽友人。

联语 **学富雕龙①，文修天上②**
才雄倚马③，星陨人间④

【注解】❶雕龙：雕镂龙纹。比喻善于修饰文辞或刻意雕琢文字。❷文修天上：到天上写文章，指死。唐李商隐《李长吉小传》：“长吉（贺字）将死时，忽昼见一绯（fēi，红色）衣人驾赤虬（qiú，传说中的一种无角龙），持一版，书（字体、字形）若太古篆……长吉了（完全，皆）不能读。欻（xū，忽然）下榻叩头，言：‘阿奶（指母）老且病，贺不愿去。’绯衣人笑曰：‘帝成白玉楼，立召君为记……’少之，长吉气绝。”后遂以为文人逝世的典故。修，编纂书籍。❸倚马：靠在马身上。典出南朝宋刘义庆《世说新语·文学》：“桓宣武（温）北征，袁虎（宏）时从，被责免官。会（适逢）须露布文（军旅文书。此指征讨的檄文），唤袁倚马前令作。手不辍（chuò，停）笔，俄（一会儿）得七纸，殊（特别；格外）可观。”后即以“倚马”形容才思敏捷。❹星陨（yǔn）人间：意为人间的文星陨落了。星，文星，即文昌星，又名“文曲星”。相传此星主文才，后即以指有文才的人。陨，陨落。

简析 上联谓同学学问宏富，善于修饰文辞。如今像李贺一样到天上修文去了，指同学去世。下联谓同学才思敏捷，写文章倚马可待。现在人间的这颗文星陨落了。极力赞颂故人的学问、才思，并对“星陨人间”表示惋惜。"龙"、"马"之对，堪称工而巧。

此联用于挽同学、朋友中的文人。

联语 **廿载契何如，犹觉兰言[①]在耳**
三秋悲永诀，哪堪楚些[②]招魂

【注解】❶兰言：情投意合之言。典出《易·系辞上》。❷楚些（suò）：《楚辞·招魂》是沿用楚国民间流行的招魂词的形式写成的，句尾皆有"些"字。后以"楚些"指招魂歌。

简析 几十年的深交，情深义重，言犹在耳。如今"永诀"，让人怎忍心听到那凄楚的招魂歌？上联突出一个"契"字，下联突出一个"悲"字。因为有当年的"契"，才有今天的"悲"。

此联用于挽友人。

【提示】廿，可根据具体情况灵活改动，如"十"、"卅"、卌（xì）等。些，音 suò，不读 xiē。

联语 **我辈读书，正希望鹏程万里**
他山攻玉[①]，忽惊闻鹤唳九皋[②]

【注解】❶他山攻玉：指加工玉璞要借用他山之石。《诗经·小雅·鸿鹤》："他山之石，可以攻玉。"比喻以人之长，治己之短。❷九皋：曲折深远的沼泽。《诗经·小雅·鸿鹤》："鹤鸣于九皋，声闻于野。"后用来比喻隐士或贤人。

简析 我们正在读书，充满了希望，而且"我"正要向你学习，却传来噩耗，自然是令人惊心。"鹏"与"鹤"的对仗，堪称工巧。

此联用于挽同学。

联语 挂剑[1]若为情，黄菊花开人去后
思君在何处，白杨秋净月明时

【注解】❶挂剑：典出《史记·吴太伯世家》。春秋时，吴王寿梦少子季札出使路过徐国。徐国国君很喜欢他的宝剑，季札已心许，但准备出使回来再送给他。等到他回来时，徐君已死，季札就把宝剑挂在徐君墓旁的树上，表示不能因为季札去世就违背自己的心愿。后用作怀念亡友或对亡友守信的典故，也用来讳称朋友逝世。

简析 “挂剑”一语，直切挽友人之旨。“黄菊”与“白杨”两句，又以描写环境、渲染气氛见长。

此联用于挽友人。

5. 挽夫、挽妻联

联语
身归阆苑[1]丹丘上[2]
神在光风霁月[3]中

【注解】❶阆苑：传为神仙的住处。❷丹丘：传说中昼夜常明的神仙居处。❸光风霁(jì)月：雨过天晴时的风清月明的景象。霁月，明月。霁，明朗；晴朗。

简析 上联写丈夫去世，身归于阆苑丹丘之上了。下联写丈夫的神魂在光风霁月中游荡。指神魂升天，到了美好的境界之中。

此联用于挽夫。

联语
今宵杵捣蓝桥[1]去
何日箫吹白鹤[2]来

【注解】❶蓝桥：桥名，在陕西蓝田东南蓝溪上。相传其地有仙窟，为唐代裴航遇仙女云英处。裴航为长庆年间的秀才，下第后路经蓝桥，向一老妪讨水，喝着如琼浆一般。又见一女名云英，姿容绝世。裴航愿送聘礼娶她。老妪说：昨天有神仙送了一些药，须用玉杵臼来捣。要娶此女，必须以玉杵臼为聘礼。裴航求得玉杵臼，并为老妪捣药百日，终于娶了云英，一起仙去。❷白鹤：相传春秋时候，秦穆公为女儿弄玉、女婿萧史建了凤凰台，引来白鹤集于其庭院。后来，夫妻一起乘白鹤仙去。

简析 用典准确，既切夫妻关系，又切丈夫去世(成仙)。“蓝”与“白”的对仗，极为工整、巧妙。

此联用于挽夫。

联语

鸾飞镜里悲孤影
凤立钗头叹只身

简析 人们常以“鸾凤”比喻夫妻。丈夫去世，妻子再坐到梳妆台前时，就仅能剩下“孤影”、“只身”了，怎不叫人悲叹！“镜里”与“钗头”，极为形象。

此联用于挽夫。

联语

惨听秋风悲落叶
愁看夜月照空房

简析 人之去世，正如秋风吹落叶，这里又是气氛渲染。妻子去世，到夜晚时，丈夫只能面对“空房”。“惨”、“愁”二字，通俗而准确地反映了丈夫此时此地的心境。

此联用于挽妻。

联语

雁阵残斜孤月冷
箫声吹断白云愁

简析 上联说丈夫去世，如“雁阵”残缺。下联用萧史与弄玉的典故，说再也听不到箫声了。以“冷”和“愁”写人的感受，非常生动。

此联用于挽夫。

联语 夫妻恩，今世未全来世再
儿女债，两人共负一人完

何香凝

【出处】此为何香凝挽丈夫廖仲恺的对联。

【简介】**何香凝**：中国民主革命家、画家。原名谏，又名瑞谏，广东南海人，廖仲恺夫人。早年加入同盟会。辛亥革命后，参加讨袁护法运动。曾任中国国民党中央执行委员和妇女部长。新中国成立后，曾任全国人大常委会副委员长、全国政协副主席、全国妇联名誉主席、民革中央主席等。擅画山水、花卉，又能诗。有《何香凝诗画集》，与廖仲恺的著作合编为《双清文集》。**廖仲恺**：中国民主革命家。原名恩煦，又名夷白，广东归善(今惠阳)人。早年加入同盟会。辛亥革命后，任广东军政府总参议兼财政部副部长。后历任广东省财政厅长、广东省省长、国民党中央执行委员会常委等。1925年8月20日在广州被国民党右派暗杀。

简析 上联写夫妻间的恩爱，可见他们情深义重。下联写对子女的责任，有决心继承遗志，抚养子女成人。语言通俗，感情真挚。

联语 数十年相[1]予持家无可议也
二三子[2]为汝泣血[3]何忍闻之

【注解】❶相(xiàng)：辅助。❷二三子：指几个孩子。❸泣血：因指极度悲伤而流的眼泪。

简析 上联说数十年来妻辅助我持家是无可非议的。下联说几个孩子为你去世而泣血痛哭，我怎忍听到那哭声！抒发了自己和子女对逝者的思念之情。

此联用于挽妻。

联语

不合时宜，惟有朝云能识我[1]
独弹古调，每逢暮雨倍思卿

宋·苏轼

【出处】 此为苏轼挽妾朝云的对联。

【简介】 **苏轼**：宋文学家、书画家。字子瞻，号东坡居士，眉州眉山（今属四川）人，苏洵子。嘉祐进士，曾任祠部员外郎、杭州通判、翰林学士，官至礼部尚书。追谥文忠。其文汪洋恣肆，明白畅达；其诗清新雄健；其词开豪放一派，对后世颇有影响，为唐宋八大家之一。擅长行书、楷书，能画竹。诗文有《东坡七集》、存世书迹有《黄州寒食诗帖》等；画迹有《枯木怪石图》、《竹石图》等。**朝云**：苏轼之妾。随行于广东惠州贬所。后在惠州病故。

【注解】 ❶不合时宜，惟有朝云能识我：据载，一日苏轼扪着肚子问身边之人："我腹中有何物？"众说纷纭，朝云曰："皆是些不合时宜的牢骚。"苏轼听罢，认为只有朝云最了解他。

挽联

简析 上联写朝云能理解自己、懂自己。下联写对朝云的思念之情。全联情真而意切。"朝云"与"暮雨"之对、"识"与"思"之对、"我"与"卿"之对都十分工整、巧妙。

联语

亲老儿雏，乌哺[1]心情期你助
天寒夜永，牛衣[2]劝勉有谁怜

【注解】 ❶乌哺：旧时称乌鸟能反哺其母，故用来比喻人子奉养老人。❷牛衣：又称"牛被"。蓑衣之类的给牛御寒用的覆盖物。人用牛衣，说明贫寒。此用"涕泣对牛衣"之典。《汉书·王章传》载，王章出仕前，家里很穷。“章疾病，无被，卧牛衣中”，他自料必死，便哭着与妻子诀别。他妻子生气地说：京城里那些尊贵的人，谁能比得上你呢？“今疾病困戹（同‘厄’，困苦危难），不自激卬（áng，通‘昂’），乃反涕泣，何鄙（自轻）也！”

简析 上联写夫妻与家庭其他成员的密切关系，下联写夫妻之间的关系。流露出的亲情极为感人。“乌”与“牛”的对仗，十分工巧。

此联用于挽妻。

联语

涕泣对牛衣[1]，卌载[2]都成肠断[3]史
废残[4]难豹隐[5]，九泉[6]稍待[7]眼枯人[8]

陈寅恪

【出处】此为陈寅恪挽妻唐筼（Yún）的对联。“文化大革命”一开始，陈寅恪就受到了猛烈冲击。当时的他，双目失明，右腿骨折，生活无法自理。而妻子唐筼更是重病缠身。他二人一直认为，唐将先陈而去。这便是陈为爱妻预写的一副挽联。

【简介】陈寅恪：史学家，江西义宁（今修水）人。早年留学日本及欧美，先后就读于德国柏林大学等校、瑞士苏黎世大学、法国巴黎高等政治学校和美国哈佛大学。1925年起，先后在清华大学、西南联合大学、岭南大学任教授。中华人民共和国成立后，任中山大学教授、中央文史馆副馆长。对魏晋南北朝史、隋唐史、蒙古史，以及梵文、突厥文、西夏文等古文字和佛教经典均有很深的研究。著有《隋唐制度渊源略论稿》、《唐代政治史述论稿》等，并有《金明馆丛稿》论文数十篇。**唐筼**：又名唐家琇、唐晓莹，广西灌阳人。清末名将、曾任台湾巡抚的唐景崧的孙女。金陵女子学校体育专业毕业，先后在直隶省立第一女子师范学校和北京女子高等师范学校担任体育教员（学生有邓颖超、许广平等）。婚后，唐基本上在家中操持家务，追随陈寅恪颠沛流离，遭受了命运的一连串打击，以羸弱之躯支撑起陈寅恪生命的大半个天空。

【注解】❶涕泣对牛衣：卧在牛衣中对着妻子哭泣。《汉书·王章传》载，王章出仕前，家里很穷。“章疾病，无被，卧牛衣中”，他自料必死，便哭着与妻子诀别。他妻子生气地说：京城那些尊贵的人谁能比得上你呢？“今疾病困戹（同‘困厄’，困苦危难），不自激卬（áng，通‘昂’），乃反涕泣，何鄙（轻视）也！”涕泣，哭泣。对，指面对妻子。牛衣，又称“牛被”。蓑衣之类的给牛御寒的覆盖物。人用牛衣，说明贫寒。陈寅恪用此典，含双关意：一说明贫困，二暗寓自己“文化大革命”中被打成“牛鬼蛇神”，关进“牛棚”。1969年，80高龄的陈寅恪身患重病，自知不久于人世，便为重病缠身的爱妻预写了此挽联，不久即辞世。❷卌（xì）载：四十年。卌，数词，四十。《广韵·入缉》：“卌，《说文》云，数名，今直以为四十字。”此“卌载”指陈与其妻唐筼结婚以来的四十年。他们于1928年8月31日在清华燕园结婚。❸肠断：形容极度悲痛。❹废残：残废。陈寅恪晚年双目失明，右腿骨折，卧床不起。❺豹隐：汉刘向《列女传·陶答子妻》：“妾闻南山有玄豹（黑豹），雾雨七日而不下食者，何也？欲以泽其毛而成文章（花纹）也，故藏而远害。”后因以“豹隐”比喻洁身自好，隐居不仕。此用原义，指藏身避害。❻九泉：犹黄泉。地下的泉水。指人死后埋葬的地方，迷信的人指阴间。❼稍待：暂且等待。❽眼枯人：哭干眼泪的人。指自己。眼枯：谓泪水流尽。陈寅恪于1969年10月7日在中山大学西南区50号平房宿舍辞世。45天后，夫人唐筼料理完陈寅恪的后事，即悄然而逝。

简析 上联回忆夫妻40来年共同走过的生活道路。下联先说当时的处境，一个“废残”之人，连隐居的权利都被剥夺了；再切挽联之旨，要妻子

“九泉”下等着自己。不料，陈寅恪却先妻子一个多月而逝。联语流露出无限的辛酸、悲楚，十分感人。其中“牛”与“豹”之对，“肠”与“眼”之对，极为工整、贴切。

联语

同甘苦四十四年，何期万里偕来，不待归耕[1]先撒手
共生成三男三女，偏值诸儿在远，单看弱息[2]倍伤神

清·林则徐

【出处】 此为林则徐晚年在云贵总督任上，为夫人郑淑卿写的挽联。

【简介】 **郑淑卿**：晚年号绛红楼老人，善诗词、书法。其父郑大谟，乾隆进士，官河南永城知县。

【注解】 ❶归耕：辞官回乡。❷弱息：幼弱的子女。

简析 嘉庆年间，20 岁的林则徐参加乡试中举后，与 16 岁的郑淑卿结婚。上联概述夫妻一生“同甘共苦”的经历，又紧切夫人跟随他到西南任上而“撒手”的事实。下联回顾所生子女，又联系当时“诸儿在远”的情况，更增添了悲伤。联语从心头涌出，不事用典，语浅易而情深。

部门行业联

除了风景名胜(今属旅游业)对联之外,用于社会各行各业装潢门面或志喜庆的对联称为“行业联”,也叫“百业联”。行业联中,首先出现的是手工业作坊对联和书院对联,明末清初时,商业对联兴起并成为主导,近代工业和新兴行业的崛起,增大了行业联创作的空间。这些,都较为深刻地体现出文化繁荣与经济发展的必然联系。

本书着重精选了文化、教育、科技、体育、新闻等行业的对联,适当编选了工业交通、农林牧渔、商贸金融、医药卫生、饮食服务及机关单位、公用事业的对联,这是根据读者的特点考虑的。我们想,这些对联更贴近学生读者的实际。浏览、阅读这部分行业对联,将有助于我们了解社会,开阔眼界。

行业对联的最大特点是贴切,无论行业宽窄、分支多少、店铺大小,对联都很切合其发展历史、代表人物、自身特点、社会地位。同样是学校,小学、中学、大学、师范和各类专科学校的对联,都有明显的区别。这种贴切,还表现在使用行业用语方面,从而避免了一般化。特别是开掘出对某些行业的幽默感受,更有非同寻常的喜剧效果,比如理发店对联:“虽然毫末技艺,却是顶上功夫。”“大事业从头做起,好消息自耳得来。”“磨砺以须,问天下头颅有几;及锋而试,看老夫手段如何?”从语言学角度,仔细体味行业联中的精品,你将会有很大收获的。

机关部门、公用事业联

1. 党政机关联

(1)党委联

联语
高瞻远瞩,振业常怀鸿鹄志[1]
继往开来,兴邦喜有栋梁材
魏振扣

【注解】❶鸿鹄志:远大的志向。语出《史记·陈涉世家》:"陈涉少时,尝与人佣耕。辍耕之垄上,怅恨久之,曰:'苟富贵,无相忘。'庸者笑而应曰:'若为庸耕,何富贵也?'陈涉太息曰:'嗟乎,燕雀安知鸿鹄之志哉!'"

简析 上联首先提出一个"高瞻远瞩"的要求,为了振兴事业,党委要怀着鸿鹄般远大的志向。既要坚持宗旨又要坚持改革,既要稳定又要发展,所以下联作出一个"继往开来"的定位,党委这一"栋梁之材"必能担起兴邦的重任。上下联首四字两两自对,收尾处"鸿鹄"与"栋梁"亦属于自对形式。联语对仗工整,格调雅致,气势宏大。

(2)纪律检查委员会联

联语
杜渐防微[1],政洁廉风起
肃贪反腐,纪严正气升
平立滨

【注解】❶杜渐防微：指防患于未然。

简析 纪律检查委员会是负责党内监督的专门机关，应对党风廉政建设时时进行监督，以防微杜渐。政治清明了，党员干部的清廉之风便会盛行。而对于党内的贪污腐败分子，则必须严厉惩处。只有纪律严明了，才会邪气下降，正气上升。

(3)**党委组织部联**

联语 以德荐能，自有丹心慧眼[1]
抑恶扬善，甘为伯乐[2]人梯

廖奇才

【注解】❶慧眼：原是佛教用语，指能认识到过去未来的眼力，今泛指敏锐的眼力。❷伯乐：春秋秦穆公时人，以善相马著称，后来比喻善于发现和选用人才的人。

简析 组织部门是党内考察推荐干部的机关，这里的干部必须要拥有凡事出于公心的高尚品德，同时还要有一双善于发现人才的慧眼，这样才能把真正有才能的人推荐上来。要善于使用干部，抑制其品性中恶的方面，引导发扬其善的方面，而自己则甘当发现千里马的伯乐与支撑他人向上攀登的人梯。联语对党委组织部的职能和要求分析得细致入微。上下联的前后四字均为两两自对，工整中又含有变化。

(4)**人民政府联**

联语 国施善政[1]，江山锦绣千秋固
民步新程，事业光辉四季兴

【注解】❶善政：妥善的法则、政令。《左传·宣公二十年》："见可而进，知难而退，军之善政也。"

简析 政府是国家法律政令的执行机关，广施善政自会为江山添锦绣，为千秋大业打下好的根基；政府要善于引导民众走向文明和富裕，如此光辉的事业要持之以恒，四季长兴。

(5)人民代表大会联 ▶▶▶

联语 大业煌煌①，治国兴邦商大计
群英济济，集思广益②纳群言

李行敏

【注解】❶煌煌：炽盛。唐杜甫《北征》："煌煌太宗业，树立甚宏达。"❷集思广益：集合众人的智慧，广泛吸收有益的意见。

简析 各级人民代表大会，是宪法所规定的国家最高权力机关，是人民代表共商国是行使立法权力的殿堂。因为商定的是治国兴邦的大计，所以是煌煌大业。因为需要集思广益，吸纳群言，所以才聚集了济济群英。联语因为巧妙地重复了"大"和"群"字，所以使主题的表达得到了进一步的强化。

(6)政治协商会议联 ▶▶▶

联语 商政事，播廉风，赤胆忠心为改革
献良谋，呈谠论①，殚精竭虑②促腾飞

邹元生

【注解】❶谠(dǎng)论：谠议，正直的议论。❷殚(dān)精竭虑：用尽精力，费尽心思。

简析 各级政治协商会议是各民主党派及各界爱国人士参政议政的机构，“商政事”和“献良谋”即文武兼备，是指风雨同舟，共商大计；“播廉风”和“呈谠论”则是指荣辱与共，相互监督；而同心同德、“殚精竭虑”的目的则在于完成国家的改革开放大业，实现中华民族的腾飞。

(7)武装部联 ▸▸▸

联语

拥政爱民，心耿耿①深情如火
保家卫国，路迢迢②重任在肩

尹寿华

【注解】❶耿耿：形容刚直、忠诚。❷迢迢：形容路途遥远。

简析 拥护政府，爱护人民，是地方人民武装部的天职，所以说此心耿耿，此情如火；而人民武装部肩负的重任便是保卫家国的安全，虽征程遥远也在所不辞。

(8)公安局联 ▸▸▸

联语

文兼武备，警魂铸就英雄胆
秋肃春温①，铁血②浇开正义花

王　建

【注解】❶秋肃春温：秋天的肃杀之气与春天的和暖之气。❷铁血：武器和鲜血，这里指刚正不屈的精神。

简析 “文兼武备”即文武兼备，是指公安干警的过硬素质，“秋肃春温”

则说明了对于不法之徒与遵纪守法的公民两种不同的态度。

(9)检察院联 ▸▸▸

联语 天道[1]无私，唯崇正直
民心似镜，可鉴清廉

卢善求

【注解】❶天道：天理；天意。

简析 上联提出对于检察官的要求，就是要像苍天用阳光雨露滋润万物一样，不带任何的私心与杂念，只推崇正直的人格；下联换到民众的角度，说大家的心底像一面镜子一样，可以照鉴检察官的清廉。此联对仗工整，言简意赅，说理透彻。

(10)法院联 ▸▸▸

联语 法制如磐[1]，扶正祛邪安社稷[2]
国徽是镜，光风霁月[3]照人寰

莫敏武

【注解】❶磐(pán)：厚而大的石头。❷社稷：社，指土神；稷，指谷神。古代君王都祭社稷，后来用“社稷”代表国家。❸光风霁(jì)月：霁，雨后或雪后转晴。指雨过天晴时风清月明的景象，比喻开阔的胸襟和坦白的心地，也比喻太平清明的政治局面。

简析 以法治国的观念应该坚如磐石，不容半点扭曲。法院的职责在于严格以法律为准绳公平断案，扶正祛邪的含义在这里是保护守法的公民和惩处违法的罪犯，只能这样才能建成一个健全的法制社会。法庭上高悬的国徽如明镜一般闪耀着公平与正义的光芒，连同执法者人性的光辉一同照彻人寰，照彻迈向社会公正与社会和谐的征程。“扶正祛邪”与“光风霁月”都属于文中自对。

(11)司法局联 ▸▸▸

联语

法制赖宣传，唤醒群民扬正气
国家须稳定，岂容蟊贼[1]害黎元[2]

冷阳春

【注解】❶蟊(máo)贼：吃禾稼的害虫，比喻冒取民财的贪官污吏。❷黎元：即黎民百姓。《汉书·谷永传》：“使天下黎元咸安家乐业。”

简析 法制宣传要常抓不懈，这样才会唤醒民众的法治意识，使得社会上充满着正气；稳定是国家发展的基础，断不容贪官污吏扰乱民生、残害百姓。

(12)民政局联 ▸▸▸

联语

民为本，忧乐每关天下
政宜廉，慎勤常记心头

董一行

简析 上下联第一字嵌入“民政”二字，点明了主题。民政部门的工作当然要以民为本，所以个人的忧乐要与天下苍生的忧乐相联系。民政部门的工作联系民众最为密切，故民政工作者尤其要廉洁奉公，要把谨慎和勤奋常常记在心头。

(13)**财政局联** ▸▸▸

联语

依法理财，财源茂盛
洁身行政，政绩辉煌

张玉复

简析 这副对联采用顶针的手法，两嵌“财政”。后面分句的第一个字与前一分句尾字相重复，强调了前后分句的因果关系。

(14)**审计局联** ▸▸▸

联语

金睛火眼明真假
赤胆忠心论是非

李建业

简析 审计局是对各单位的经济数据进行监督审查的机构，所以每个审计工作者必须要有一双火眼金睛，这样才能明辨真伪。要抱着对事业的一片赤胆忠心，并以此作为评判各种是是非非的标准。

(15)**税务局联** ▸▸▸

联语

依法执征，为国敛财兴大业
秉廉治税，与民谋福见高风[1]

陈华峰

【注解】 ❶高风：高尚的风范。

简析 税收是国民经济的命脉，税务部门为国聚财是我们强国大业的支柱，所以上联特别强调了“依法”征税；下联强调了税务工作者应具备的自身素质，即要凭着自身的清廉来治税。取之于民用之于民是国家税收的宗旨，所以税收本身便是与民谋福。从另一个方面来说，税率并不是越高越好，要考虑到民众的利益，采取“放水养鱼”、“养鸡生蛋”的策略，这也是最直接的与民谋福。

(16)**工商行政管理局联**

联语

管理有方，强国富民兴百业
征收循法，尽心守责励千行

李轩才

简析 工商局的职责一是加强对市场秩序的监督管理，二是收取管理费用以用于市场的建设，尽心尽责地促进百业千行的繁荣，以达到强国富民的目的。上联突出了“有方”，强调只有正确的方法才能引导市场经济走向进一步的繁荣，下联突出了“循法”，强调只有按照工商行政法规来收取管理费用才能杜绝腐败的滋生，才能真正有利于市场的繁荣发展。

(17)**环保局联**

联语

保护自然，欲以真诚荣草木
平衡生态，不留遗憾愧儿孙

周广征

简析 上下联前四字都是说的环保工作者的职责，后半部分均用艺术的笔法深化了口号似的主题。如何保护自然？要用我们的真诚使山川草木欣欣向荣；生态失衡必将祸及子孙后代，而通过我们的努力保护了生态的平衡，则不会留下这种遗憾。

(18)**国土资源局联** ▸▸▸

联语 国土岂容分寸毁
资源要为子孙留

宋慈

简析 此联开头嵌入“国土资源”四字，“岂容分寸毁”强调了保护的重要性和紧迫性。这里所说的“毁”既包含了耕地面积的减少也包括了山林地的水土流失。下联“要为子孙留”形象地说明了要有计划地开发资源，以保持可持续发展。不可竭泽而渔，吃祖宗饭，砸子孙碗。“分”、“寸”与“子”、“孙”之对均为当句自对。以“分”对“寸”，以“子”对“孙”，不失整体对仗的工整。

(19)**计生委联** ▸▸▸

联语 推进计生依国策
平衡男女顺天然

肖克修

简析 计划生育是我国的一项基本国策，上联从国策的高度说明了各级计生部门推进计生工作的依据；下联则是针对计生工作中显露出的一个突出的社会问题，即男女比例失衡的问题，表示应该顺乎自然，达到男女比例的平衡。

(20)**史志办联** ▸▸▸

联语 撷古鉴今，春秋[1]续写昭青史
广征精取，功过直书启后人

冯广鉴

【注解】❶春秋：我国古代编年体的史书，相传鲁国的《春秋》经过孔子修订，后来常用为历史著作的名称。

简析 史志办公室是地方政府机构中负责收集、整理各类资料编写史志的部门。采撷古代史料一定会对今天有所借鉴，所以从孔子修订《春秋》起我国便有修史的优良传统。寓褒贬于曲折文笔之中的“春秋笔法”历来为修史者所推崇，所以下联提出要在广泛征集、去粗存精的基础之上，对于是非功过秉笔直书，以求对后人有所启迪。

(21)总工会联 ▸▸▸

联语
情系职工同苦乐
心连家国共腾飞

黄志豪

简析 总工会是“职工之家”，所以要情系职工，关心职工的疾苦。下联更是升华到了一个更高的层次，关心职工的目的是为了让他们更好的投入工作，为地方的经济建设、为祖国的腾飞建功立业。

(22)妇联联 ▸▸▸

联语
不让须眉[1]千里马[2]
敢撑世界半边天[3]

罗德华

【注解】❶须眉：胡须和眉毛，指男子。❷千里马：一日能行千里的骏马，后用以指优秀的人才。❸半边天：天空的一部分，比喻新社会妇女的巨大力量，也用来指新社会的妇女。

简析 俗话说“巾帼不让须眉”，妇女同样也能成为成就事业的千里马，也能撑起世界的半边天。对联以“千里马”与“半边天”两个固定的词组相对，尤觉工整、贴切。

2. 学校联

(1)旧学堂联

联语 将相本无种[1]
男儿当自强
宋·汪洙

【出处】上联语出《史记·陈涉世家》:"王侯将相宁有种乎?"联语摘自宋代汪洙的《神童诗》:"朝为田舍郎,暮登天子堂;将相本无种,男儿当自强。"

【简介】汪洙:宋学者。字德温,浙江鄞县(今宁波)人,元符三年进士,授明州府学教授,赠"正奉大夫"(正四品)。有《春秋训诂》。

【注解】❶无种:谓没有血统相传关系。

简析 上联说王侯将相并不是只有某一血统的世代相传,下联激励有志男儿们自强不息。

【提示】"将相"是并列结构的词,所以"男儿"在这里是"好儿男"的用法,不是"儿化"的用法。

联语 博我以文,约我以礼
仰之弥高,钻之弥坚

【出处】此为武昌文高学堂的对联。

联语出自《论语·子罕》:"颜渊喟然叹曰:'仰之弥高,钻之弥坚。瞻之在前,忽焉在后。夫子循循然善诱人,博我以文,约我以礼,欲罢不能。'"

简析 联语集《论语》中的句子。大意为：老师的学问越仰望越觉得高耸，越钻研越觉得深厚；看着就在前面，忽然却在后面。老师步步引导，用知识丰富我，用礼法约束我，想不学都不成。上联说老师对学生的要求，下联讲学生对老师的景仰，全联自然天成。

联语

揽湖海[1]英雄，力维时局
勖[2]沅湘[3]子弟，共赞[4]中兴

谭嗣同

【出处】此为谭嗣同题湖南长沙时务学堂的对联。

【简介】**时务学堂**：在湖南长沙。1887年由谭嗣同创办，梁启超任总教习，宣传变法思想。

【注解】❶湖海：五湖四海，代指全中国。❷勖（xù）：勉励。❸沅湘：沅江与湘江，代指湖南省。❹赞：这里是辅佐、佐助的意思。

简析 上联从全国的局势出发，说准备招揽国内的英杰尽力维持艰难的时局；下联落到长沙时务学堂所在的湖南本地，勉励湖南的子弟们共同辅佐国家的中兴。对联节奏铿锵有力，语气坚定决绝，颇有豪气。

联语

莫谓孤寒[1]，多是读书真种子[2]
欲求富贵，须从伏案下功夫

清·费丙章

【简介】**费丙章**：字会宣，号辛桥，浙江仁和（今杭州）人。嘉庆进士，官至河南布政使。

【注解】❶孤寒：谓出身寒微。❷读书种子：能读书做学问的人。

简析 上联是鼓励的语气：不要说你的出身孤苦和寒微，多是这种孩子可能成长为真正读书做学问的人。下联是劝导的意思：你要想求得荣华富贵，必须先从伏案刻苦读书上下功夫。整个联语晓之以理，动之以情，文字虽短，却敌得过一篇劝学的大文章。

联语

汇人间群书博览者，何其好也
集天下英才教育之，不亦乐乎[1]

何叔衡

【出处】此为何叔衡题船山学社的对联。

【简介】**何叔衡**：字玉衡，号琥璜，湖南宁乡人。曾参加中共“一大”，后任中华苏维埃中央执行委员兼工农检查人民委员、代理内务人民委员、最高法院院长。长征开始时被留在根据地工作，后在突围中牺牲。

船山学社：旧址在湖南长沙。初为曾国藩祠，后为纪念王船山，在此建船山学社。

【注解】❶不亦乐乎：不也是很快乐的吗？语出《论语·学而》：“有朋自远方来，不亦乐乎？”

简析 上联从学生的角度，称赞船山学社汇集人间群书以供博览这样的学习环境；下联则从教师的角度，表示对能够聚集天下英才并教育之而高兴。此联以轻松活泼的散文化的句式，表达了一种乐观向上的精神状态。

联语

我由辛苦此中来，忆当年灯影机声[1]**，莫忘慈母**
人以贫穷而发愤，期此后沉舟破釜[2]**，便是佳儿**

周松荪

【出处】此为周松荪题江苏如皋孤幼学堂的对联。

【简介】**如皋孤幼学堂**：如皋知县周松荪创办。首任主事为陈宓。

【注解】❶灯影机声：灯影，指古代妇女织布用的油灯。机声，指织布机发出的声音。❷沉舟破釜：即破釜沉舟，《孙子·九地》："焚舟破釜，若驱群羊而往，驱而来，莫知所之。"《史记·项羽本纪》："项羽乃悉引兵渡河，皆沉船，破斧甑，持三日粮，以示士卒必死，无一还心。"后以破釜沉舟比喻下定决心，不顾一切干到底。

简析 作者在上联中现身说法，以自己的亲身经历来劝导学生们读书莫畏辛苦；下联殷切希望学子们穷而后发愤，拿出破釜沉舟的勇气努力读书学习，只有这样才不愧为一个好孩子。联语曲折深沉，可谓语重心长。

(2)小学联 ▸▸▸

联语
世界是我们的
做事要大家来

毛泽东

【出处】 此为毛泽东题湖南第一师范附属小学的对联。

简析 此联以小学生也能看得懂的白话入联，旨在培育学生的主人翁意识及社会责任感。

联语
事同发轫[1]求初步
学似为山重始基

【注解】 ❶发轫(rèn)：拿掉支住车轮使不旋转的木头，使车前进。战国屈原《离骚》："朝发轫于苍梧兮，夕余至乎县圃。"后用以比喻事物的开端。

简析 入小学学习，就如同我们在长长的征途上走出第一步；学习就如同用土石来堆山一样，打好了基础，山才能堆得更高一些。联语反复强调了打基础的重要性。

联语

努力爱春华[1]，喜髫龄[2]识字读书，为求学前途基础

英才宏化育[3]，愿尔辈乐群敬业[4]，须留心此日弦歌[5]

【注解】❶努力爱春华：语出汉苏武《留别妻》："努力爱春华，莫忘欢乐时。"❷髫(tiáo)龄：童年。❸化育：滋养；养育。❹乐群敬业：指专心学习，和同学融洽相处。乐群，乐于与好朋友相处；敬业，专心于学业。❺弦歌：用琴瑟等弦乐器伴奏而歌唱，也指弦诵，古时学校读诗有时是用琴瑟等弦乐器配合歌唱的，后因以称学校教学。《论语·阳货》："子之武城，闻弦歌之声。"

简析 上联勉励小学生爱惜光阴，识字读书，为一生的前程打下坚实的基础；下联期望学子成长为敬业乐群的英才，牢记今日接受的教育。

(3)中学联

联语

术业[1]宜从勤学始

韶华[2]不为少年留

【出处】下联语出宋秦观《江城子》："韶华不为少年留，恨悠悠，几时休。"

【注解】❶术业：学业。❷韶华：美丽的春光。比喻美好的青年时代。

简析 上联讲只有靠勤奋学习才能在术业上有所成就；下联讲时光如水一刻也不会停留，勉励学子珍惜美好时光。联语简洁明快，特别是下联以前人词句入联，很能打动人心。

联语 **立品[1]定须成白璧**
读书毋忽[2]过青年

【注解】❶立品：树立崇高品德。❷毋忽：忽略；不经意。《韩非子·存韩》："愿陛下幸察愚臣之计，毋忽。"

简析 上联从德育的角度，要求培养像白玉一般无瑕的个人品德；下联教诲学生，不要轻易错过了青年时期这一读书学习的最佳光阴。

联语 **今是何时，蛟鳄[1]乘风争大陆**
既来此地，骅骝[2]开道著先鞭[3]

冯湖轩

【出处】此为冯湖轩题重庆忠县中学门的对联。

【注解】❶蛟鳄：这里暗指外国列强。❷骅骝（huáliú）：赤色的骏马，喻异才。唐杜甫《奉赠鲜于京兆二十韵》诗："骅骝开道路，雕鹗离风尘。"❸著先鞭：比喻先人一步，得志在前。

简析 上联描绘了旧中国列强环伺，竞相在我版图上争夺势力范围的社会现实；下联勉励学子通过努力学习而自强图存。联语以"蛟鳄"暗指外国列强，以"骅骝"喻我中华俊杰，对仗工整，意境高迈，催人奋进。

联语 **倾三江水，磨砺手中铁笔，今日小试利钝[1]**
吸五车书[2]，成就心里波澜，明朝大展宏图

【出处】此为某年湖南醴陵四中试场的对联。

【注解】❶利钝：锋利与不锐利。❷五车书：语出《庄子·天下》："惠施多方，其书五车。”后以学富五车称人之博学。

简析 上联以磨砺铁笔喻指学习，磨铁笔而需倾三江水，极言学习之刻苦。到了今天便到了检验学习成果的时候了。下联说经过苦读五车书，已经饱蕴了满腹的经纶，只待明日大展宏图了。后半部的对仗采用了交错对的形式，“铁笔”实际上是与“宏图”相对，“利钝”则是和“波澜”相对。“三江水”、“五东书”为上下句对仗，十分工巧。

(4)**大学联**

联语

鹏路扶摇[1]直上日
龙门[2]身价最高时

【注解】 ❶鹏路扶摇：鹏展翅盘旋而上，喻人奋发有为。❷龙门：古代科举试场的正门。后喻指会试得中为“登龙门”，如古诗：“桂树曾争折，龙门几共登。”

简析 考入大学接受高等教育，应该算是走向远大前程的转折点，故上联以鲲鹏开始振翅高飞的时刻来形容，下联以登上龙门这一人生最为辉煌的时刻来形容。

联语

攻难关，挟雷逐电[1]摘星月
追科学，倒海翻江锁蛟龙

【注解】 ❶挟雷逐电：挟持着雷声，追逐着闪电。

简析 此联以浪漫主义的笔调抒发刻苦攻关、发愤学习的豪情壮志，极有气势。

联语 学者当以天下国家为己任
我能拔尔抑塞磊落之奇才

清·张百熙

【出处】此为张百熙题北京京师大学堂的对联。上联语出《南史·孔休源传》:"休源风范强正,明练政体,常以天下为己任。"下联借用唐杜甫《短歌行》:"王郎酒酣拔剑斫地歌莫哀,我能拔尔抑塞磊落之奇才。"

【简介】**张百熙**:字野秋,号潜斋,清湖南善化(今长沙)人。同治进士,授编修。后迁内阁学士,管理京师大学堂事务。"戊戌政变"起,因奏荐康有为,被革职留任。官至邮传部尚书,卒谥文达。有《张氏退思集》。

京师大学堂:中国近代最早的大学。1898 年创立于北京。1900 年帝国主义武装侵占北京,被迫停办。1902 年复校。1912 年改名为北京大学。

简析 作者善于剪裁古人语句入联。因联语语句有散文化的倾向,所以此联在对仗上属于宽对的形式,其中"天下国家"和"抑塞磊落"各为句中自对。

联语 发挥无尽无穷之力量,以改造旧社会
培养更多更好的人材①,来建设新国家

【出处】此为福建厦门集美学村的对联。

【简介】**集美学村**:现为集美大学,由著名爱国华侨、教育家陈嘉庚先生于1913 年创办。是一处从小学到大学一应俱全且功能完备的教学基地,陈嘉庚先生去世后就葬于学村内的鳌园。

【注解】❶人材:人才。

简析 联语以白话的形式,阐释了学村创办人陈嘉庚先生教育救国的

初衷。

(5)师范院校联 ▶▶▶

联语
温故知新,可以为师矣
因材施教[1],其能就范[2]乎

【出处】上联语出《论语·为政》:“温故知新,可以为师矣。”意思是温习旧的知识,学习新的知识,便可以当老师了。

【注解】❶因材施教:教师根据每个学生的个体差异、不同特点采取不同的教育措施,对其进行相应的教育。❷就范:听从支配和控制。

简析 此联以“温故知新”的学习方法与“因材施教”的教学方法相对仗。上下联的后一分句自然地嵌入“师”、“范”二字,准确地表达了主题。

联语
强攻千重关,心怀报国
苦读万卷书,志在育人

简析 上联“千重关”既包含学业上的难关,也可以理解为生活方面的难关,强攻这些难关是因为心中装着报国的信念。在师范学校中苦读万卷书,是为了今后能做好教书育人的工作。

联语
学而时习之[1],少小诵此语
教亦多术矣[2],圣哲无常师[3]

【出处】此为广东南海(今广东佛山南海区)县立师范讲习所的对联。

【注解】❶学而时习之:语出《论语·学而》:“学而时习之,不亦说(悦)乎?”

意思是学习过的知识时常温习,不是很高兴吗?❷教亦多术矣:语出《孟子·告子下》"教亦多术矣"。术,方法,手段。❸圣哲无常师:语出韩愈《师说》"圣人无常师"。意思是高明的人不拘于某一位固定的老师。

简析 上下联前一分句以孔子"学而时习之"对孟子"教亦多术矣",天然、工整;后一分句"少小"与"圣哲"均为自对。

联语 言有坛宇[①],行有防表[②],学成师范[③]
正其衣冠,尊其瞻视[④],堂修仪容[⑤]
张謇

【出处】此为张謇题江苏南通通州师范学校的对联。

【简介】张謇(Jiǎn):字季直,号啬庵,别号季子,江苏通州(今南通)人。光绪状元,授修撰。光绪二十一年(1895年)从事实业活动。参与发起立宪运动,为立宪派首领之一。辛亥革命后,任江苏咨议局议长,袁世凯政府农林、工商总长兼水利局总裁,并组织统一党。有《张謇日记》、《张謇函稿》、《张季子九录》、《啬翁自订年谱》。

通州师范学校:在今江苏南通。光绪二十九年(1903年)由张謇所建。

【注解】❶坛宇:坛,堂基。宇,屋边。❷防表:防,堤防。表,标也。语出《荀子·儒效》:"君子言有坛宇,行有防表。"意为君子的言论有一定的界限,行为有一定的标准。❸师范:学习的榜样。典出《北史·扬播传论》:"恭德慎行,为世师范。"❹瞻视:《论语·尧曰》:"君子正其衣冠,尊其瞻视。"意为君子的衣帽穿戴注意、整齐,端庄地注视着前方。❺仪容:仪表;容貌。

简析 联为师范学校内所祀孔子像而题,描绘其"仪容",颂赞其"言行"。妙在联意双关,"学成师范",既指孔子是百世尊师,又指诸学子学有所成,也将为人师表。此联之意在于激励学生们以与圣贤豪杰争志气的胸襟气度，坚毅踏实地勇往直前，以便将来能勇挑振兴祖国的重任。

联语

认清问题，研究问题，解决问题，为好教育

发明工具，制造工具，运用工具，是真文明

陶行知

【出处】此为陶行知题江苏南京晓庄学校的对联。

【简介】晓庄学校：在江苏南京的晓庄（原名小庄）。1927 年开学。原名试验乡村师范，1928 年改称晓庄学校。为陶行知创办。

简析 此联突出了“问题”和“工具”，表达了理论和实践相结合的理念。上下联均连续运用了三个排比句式。上下联中最后一分句的节奏是“一、三”句式，以“好教育”对“真文明”。

3. 图书馆、文化馆、文化活动站(室)、博物馆、陈列馆(室)联

(1)图书馆联

联语

开卷有益[1]

温故知新[2]

【出处】上联语出晋陶潜《与子俨等疏》:“开卷有得,便欣然忘食。”下联语出《论语·为政》:“温故而知新,可以为师矣。”

【注解】❶开卷有益:读书总有好处。打开书本,指读书;益,好处。❷温故知新:温习旧的知识,得到新的理解和体会。温,温习。

简析 全联以两句成语自然相对,一说读书的重要性,一说读书的方法。此联言简意赅,很适合图书馆这一特定的对象。

联语

书山觅宝[1]

学海泛舟

【注解】❶宝:宝藏,这里指知识。

简析 上下联均用比喻的手法,把读书求知的过程比作在书山上寻宝、在学海里泛舟,催人奋进,引人向上。

联语

友古今善士[1]

读中外奇书[2]

【出处】此为湖南图书馆的对联。

【注解】❶善士：品行高尚的人。❷奇书：罕见、特殊的书。

简析 要与古往今来的高尚之士交朋友，如何做到这一点呢，当然只有读尽天下奇书了。在读书的过程中我们自然会与古时圣贤相神交。此联是“一、四”句式，“友”和“读”是领字。

联语 欲知千古事
须读五车书[1]

【注解】❶五车书：语出《庄子・天下》：“惠施多方，其书五车。”形容书很多。

简析 想知道千古以前的事情，必须要读五车书，只有多读书才能成为通古博今之士。此联为流水对，对偶工整，文辞古雅，意蕴深刻。

联语 常阅报刊开眼界
深研科技扩胸襟

简析 文史类的书刊能开人眼界，科技类的书刊能扩人胸襟，所以大家都应该以书刊为友。

此为用于图书馆报刊阅览室的对联。

联语 聚典籍精华，嘉惠[1]后进
汇中西学术，乐育新民

【注解】❶嘉惠：对他人所给予恩惠的敬称。

简析 馆藏各种典籍的精华，是为了给予后来人以帮助；汇集中国的及西方的学术，是为了给国家培育新型的公民。“聚”、“汇”之对，十分工整。

联语 文海放舟，健儿要敢顶风上
书山探宝，志士怎能空手归

简析 习文如同海上行舟，强健的人要敢于迎着风雨而上；读书似山中探宝，有志之士怎会甘心空手而归？联语以形象的语言引人入胜，勉励读书人发愤努力。读之，一种豪迈之气油然而生。

联语 上下几千年，瀚海[1]精华，尽藏书内
纵横数万里，神州春色，咸集[2]门中

【注解】❶瀚海：这里指知识面十分宽广。❷咸集：全部或纷纷聚集在一起，指人数之多或场面之大。晋王羲之《兰亭集序》有云：“群贤毕至，少长咸集。”

简析 从时间上来说，上下几千年学问的精华都藏在图书馆的书里；从空间上来说，纵横几万里神州大地的大好风光，全在图书馆的门中。“瀚海精华”与“神州春色”，既是当句自对，又为上下句相对，十分工巧。

(2)文化馆、文化活动站(室)联

联语 大地文风[1]布[2]
长空[3]墨气[4]存

【注解】❶文风：指风气。❷布：指遍布。❸长空：辽阔的天空。❹墨气：墨的香气，此指文化学习之风。

简析 联语中说大地遍布着使用语言文字的风气，天空中存有墨的香气。说明举国上下重视文化学习，民众的文化程度将得到普遍提高。

此联可用于文化馆、文化活动站(室)，也用于赞美文风之盛。

联语
土沃群芳[1]艳
国宁百艺[2]生

【注解】❶群芳：众多的花儿。❷百艺，各种技艺。百：极言其多。

简析 上联说土地肥沃，众多的花儿才能艳丽。比喻有好的条件才会有百花齐放、推陈出新的文艺局面。下联说国家安宁各种艺术才能产生、发展。

此联可用于文化馆、文化活动站(室)，也可用以说明国家安宁与各种技艺的关系。

联语
画印诗书娱[1]远志[2]
琴棋箫笛养[3]精神

【注解】❶娱：排遣；抒发。❷远志：远大的志向。❸养：保养；培养。

简析 上联说绘画、刻印、写诗、练书法能寄托远大的志向。下联说弹琴、下棋、弄箫、吹笛能长养精神。

此联可用于文化馆、文化活动站(室)，也可用以说明文学、艺术与人的志向、精神的密切关系。

联语
雅怀[1]深得花中趣
妙虑[2]时闻笔里香

【注解】❶雅怀：高雅的胸怀。❷妙虑：巧妙的考虑和构思。

简析 上联说文化馆、文化活动站(室)环境的优雅，下联说书画创作时的翰墨之香，也可理解为文艺创作中妙笔生花的香味。

联语
开卷有益，益入此境
寓教于乐[1]，乐在其中

【注解】❶寓教于乐：把教育包含于娱乐之中。

简析 此联运用了顶针的修辞手法，上下联前后分句的首尾字相重叠，增加了联语的趣味性。

联语
艺苑乐池，五光十色
歌台舞榭[1]，万紫千红

【注解】❶歌台舞榭：歌舞的楼台和厅堂，泛指歌舞场所。唐吕令问《云中古城赋》中有："歌台舞榭，月殿云堂。"

简析 上下联的前半分句罗列了文化馆的各项业务：文学艺术、音乐、歌曲和舞蹈；后半分句用了"五光十色"和"万紫千红"两个成语来写其繁荣的程度。

联语
可兴可观[1]，鸟兽草木资多识[2]
一觞一咏[3]，管弦丝竹[4]寄闲情

【出处】下联语出晋王羲之《兰亭集序》："虽无丝竹管弦之盛，一觞一咏，亦足以畅叙幽情。"

【注解】❶可兴可观：语出《论语·阳货》："诗，可以兴(联想)，可以观(观察)，可以群(合群)，可以怨(怨恨)。”古人认为读诗可以培养人的这四种能力。后泛指诗的社会功能。❷鸟兽草木资多识：语出《论语·阳货》：“诗……迩之事父，远之事君；多识于鸟兽草木之名。”❸一觞一咏：指文人饮酒赋诗的聚会。觞，古代盛酒器，借指饮酒。咏，吟诗。❹管弦丝竹：泛指各种乐器。

简析 此联剪裁古人语入联。上联以诗歌概指文学，下联以音乐概指艺术，全联构思巧妙，对偶工整，用典精当，格调典雅，意境高远。

联语

弹唱吹拉，豪情满怀歌盛世
诗联书画，壮志凝笔写春秋

简析 上联以戏曲上的术语“弹唱吹拉”来表示戏曲、声乐、器乐等文艺门类，最后以一个“歌”字来呼应；下联指诗歌、对联、书法及绘画等文艺形式，最后以一个“写”字来呼应。

(3)博物馆、陈列馆(室)联 ▶▶▶

联语

博览[1]古今事
物藏世代[2]珍

【注解】❶博览：广泛地阅览。❷世代：好几辈子。

简析 上联说在这里能广泛地阅览古今的事情。下联说这里收藏的文物有世代的珍品。

此联用于博物馆、陈列馆(室)，也用以赞博物馆、陈列馆(室)藏品的珍贵。

联语 文章[①]溯古迹
博物[②]寻原宗[③]

【注解】❶文章：此处指古代器物上的花纹色彩。❷博物：博识多知。《汉书·刘向传·赞》："皆博物洽闻，通达古今。"❸原宗：本原与正宗。

简析 此联以简短的文字，表明了通过博物馆、陈列馆（室）中的古代器物来了解古代文化的意思。

联语 设为庠序学校以教[①]
多识草木鸟兽之名[②]

张 謇

【出处】此为张謇题江苏南通博物苑的对联。上联语出《孟子·滕文公上》："设为庠序学校以教之。庠者养也，校者教也，序者射也。"后人通称庠序为乡学，亦以庠序概称学校或教育事业。下联语出《论语·阳货》："诗……迩之事父，远之事君；多识于鸟兽草木之名。"

【简介】**南通博物苑**：张謇建于光绪三十一年（1905）年，是中国第一座博物馆，收藏、陈列历史文物和自然标本，与张謇创立的通州师范学校相邻。

【注解】❶设为庠（xiáng）序学校以教：泛指学校。庠序，古代乡学，泛指学校。庠，古代的学校。❷多识草木鸟兽之名：这里指博物苑可以使人获得渊博的知识。

简析 张謇创立的这处中国第一座博物馆与他创建的通州师范学校相邻，于是他信手拈出古人的两句话。上联说学校，下联本意是指诗歌，但用在此处便转换成了助人博识的意思，联语妙趣天成，一举两得。

联语 考古证今，致用要关天下事
先忧后乐[①]，存心须在得意时

【注解】❶先忧后乐：事先深谋远虑，然后才能得安乐。语出宋范仲淹《岳阳楼记》："然则何时而乐耶？其必曰：先天下之忧而忧，后天下之乐而乐乎！"

简析 此联用于博物馆、陈列馆（室），而实际上说的却是要博物馆的研究人员不要单纯做学术。考古是为了证今，学问要实用，要关乎天下大事。下联更进一步引申出励志的内容，希望研究者以先忧后乐的胸怀，抓住有利时机刻苦用心，以成就事业。

联语

残碑遗墨①，流传至今成瑰宝

夏鼎商彝②，罗列博古属奇珍

【注解】❶残碑遗墨：残破的碑碣与古人留下来的书札字画等。❷夏鼎商彝：谓夏代的鼎，商代的彝器。泛指古董。

简析 此联描写了博物馆、陈列馆（室）的内景：古代的残碑和遗墨，流传到今天都成了瑰宝；夏代的鼎与商代的彝，摆放在博古架上，都是国家的奇珍。

联语

处万①国竞争世界，博古尤贵通今，搜索遍遐陬②，直同亲历全球，亚雨欧风③咸栉沐④

萃千秋述作⑤精华，物理⑥无非道妙⑦，文明开广厦，偶幸来游福地，贤关圣域⑧即琅嬛⑨

【出处】此为题山西博物馆的对联。

【注解】❶万：强调很多。❷遐陬（xiázōu）：边远之地。❸亚雨欧风：亚洲的雨、欧洲的风，比喻变幻的世界风云。❹栉（zhì）沐：梳洗，此指以风梳头，以雨洗发，形容奔波劳碌，不避风雨。❺述作：述，传承；作，创新。语出《礼记·乐记》："作者之谓圣，述者之谓明。明圣者，述作之谓也。"后用以指撰写著作，或指作品。❻物理：事物的道理、规律。❼道妙：大道的奥妙，一般指宗教学说的精义，也指文章。❽贤关圣域：贤士的途径与圣人的境界。❾琅嬛(lánghuán)：神话中天帝藏书的地方。这里借指仙境。

简析 上联站在世界文化的高度，指出这是一个万国竞争的世界。博古最好要与通今联系起来，因为馆中的藏品是遍搜了各地的所藏才得到的。在馆中鉴赏一回，就如同亲身游遍了全球，把亚欧的风雨全部经历了。下联指博物馆中汇集了古今学术的精华，是学习事物的道理与天地奥妙的地方，是一座容纳人类文化的广厦。有幸一游，真把这里当成了神话传说中的琅嬛福地。此联还含有一点小的技巧，即在上下联第二个分句的开头处嵌入了"博物"二字。

4. 报社、广电部门联

(1)报社联 ▸▸▸

联语 畅谈天下事
唤醒世间人

简析 报纸的功能在于及时传递和评述天下大事，同时还担负着开启民智，唤醒民众的重任。

联语 锐眼[①]观天下
妙笔写春秋[②]

【注解】❶锐眼：锐利的眼光。❷春秋：这里泛指历史。

简析 此联说的是报社记者，要用锐利的眼光观察天下的事物，然后以妙笔记录下历史。

联语 日试万言[①]无宿稿[②]
风行[③]四海尽新闻

【注解】❶日试万言：一日写上万字的文章。形容富有才华，思路敏捷。❷宿稿：隔夜的稿件。指旧稿件、过时的稿件。❸风行：流行；盛行。

简析 “日试万言”表现了记者才思的敏捷，“无宿稿”说明报纸发行的快捷、新闻的及时；“风行四海”说明报纸受大众欢迎的程度。

联语 发聋振聩[1]多机警
观俗采风[2]备见闻

【注解】❶发聋振聩(kuì):发出很大的响声,使耳聋的人也能听见。比喻用语言文字唤醒麻木的人。❷观俗采风:观察民俗、采集民风。这里指搜集新闻素材。

简析 写出发聋振聩的文章是因为作者对于事物有着敏锐的观察力,考察与收集风俗资料,记录下所见所闻。

联语 公月旦评[1],见闻悉备
执春秋笔[2],褒贬无私

【注解】❶月旦评:《后汉书·许劭传》:"初,劭与(从兄)靖俱有高名,好共核论乡党人物。每月辄更其品题。故汝南俗有'月旦评'焉。"后因称品评人物为"月旦评"。❷春秋笔:孔子写《春秋》的笔法,指通过曲折的文笔表达作者对事物的褒与贬。

简析 上联是说报纸的内容,及时公布对于人物和世事的评论,各种所见所闻都很齐备;下联说报社的记者,用春秋笔法,毫无私心地对事物作出公正、客观的评价。

(2)广播电台联 ▸▸▸

联语 言论自由,作一方之喉舌[1]
兴亡有责[2],藉[3]片言[4]以劝规[5]

【注解】❶喉舌：泛指说话的器官。多比喻代为发表言论的工具或人。❷兴亡有责：出自明末清初思想家顾炎武的名言："天下兴亡，匹夫有责。"❸藉(jiè)：借。❹片言：谓零散的语言材料。❺劝规：即规劝。

简析 上联说人民有言论的自由，而一方的广播电台便应成为这个地方民众的喉舌；下联说天下兴亡每个人都有责任，要用言简意赅的话语来规劝听众。"喉舌"和"片言"，都具有很强的针对性。

联语
放眼全球，编播[1]天下大事
立足本地，采录[2]乡土新闻

【注解】❶编播：编辑与播放。❷采录：采集与记录。

简析 上联从大的方面放眼，编辑播放国际时事；下联立足于本地，采集与记录本乡本地的新闻。

联语
眼观六路[1]，分析市场动态
耳听八方[2]，了解群众要求

【注解】❶、❷眼观六路、耳听八方：眼睛看到四面八方，耳朵同时察听来自各方面的声音。形容人很机警。这里形容机智灵活，遇事能多方观察，进行全面了解。

简析 广播电台对一个地方经济社会的发展负有一定的责任，所以要关心市场的动态与群众的要求。"眼"与"耳"、"六"与"八"，对得极为工整。

联语
喇叭置千家，新闻传递喉舌力
银线连四海，节目演播舞台功

简析 此联所说的“喇叭”和“银线”是指有线广播。传递时事新闻似喉舌之力，演播文艺节目有舞台之功。

联语 汇天下精华，为祖国振兴传佳音献妙计
扬独家优势，促城乡改革鼓实劲写新篇

简析 上联说广播电台汇集各类信息的精华，为祖国建设出力；下联说发扬广播电台的独家优势，为城乡的改革开放服务。联语用新鲜的语言表达新时代的主旨，可见对联这一传统文学形式的强大生命力。

(3)电影院联 ▸▸▸

联语 银幕生异彩
艺苑溢芬芳

简析 电影节目的精彩，使得艺术园地更加繁荣。

联语 舞台演出千家暖
银幕送来万户春

简析 一般电影院的舞台也可作戏剧演出之用，这种表演可为人们带来温暖，而电影的放映也可以为千家万户送来春光。“千家”、“万户”为上下句相对，十分工整。

联语 银幕荧屏，五光十色春意闹
文坛艺苑，万紫千红局面新

简析 此联表现了电影电视事业及文艺舞台的繁荣。两个含数字的成语用得非常生动、活泼。

联语 银幕不宽，能容下近水遥山、今人古事
镜头虽小，可变幻轻歌曼舞、喜气悲情

简析 此联从电影院内的银幕与放映镜头说起，以小见大，赞电影内容的丰富。

联语 采撷世间花卉，将万里风雨景搬上银幕
剪裁天宇霞光，把千秋盛衰事摄入镜头

简析 此联写电影的制作过程，以及电影艺术对横向的"万里风雨景"与纵向的"千秋盛衰事"的展现能力。

(4)**电视台联**

联语 图像生辉观四海
荧屏放彩乐万家

简析 生辉的图像展现出了大千世界，放彩的荧屏娱乐了万户千家。

联语 光彩鲜明，丝毫不爽[1]
神情活泼，巨细[2]无遗[3]

【注解】❶不爽：没有差失。《诗经·小雅·蓼萧》："其德不爽，寿考不忘。"❷巨细：大小。❸无遗：没有遗漏。

简析 此联主要赞电视图像的清晰与电视节目的丰富与精彩。

联语
音响悠扬，九州[1]称妙品
像图清晰，五色绽奇葩

【注解】❶九州：古代分中国为九州。后用作中国的代称。

简析 上联赞颂电视节目的音响效果，下联表现电视节目图像的清晰和色彩的丰富。

联语
一幅玉屏，托出雅丽千般景
几双紫燕，飞入寻常百姓家

【出处】下联语出唐刘禹锡《乌衣巷》诗："旧时王谢堂前燕，飞入寻常百姓家。"

简析 此联比喻精当，形象鲜明。上联把电视的荧屏比喻成一幅玉屏，其中不断变幻的是雅丽的千般景色；下联更是把电视机以及节目比成紫燕，同时引用古人诗句，说明它曾经只被贵族阶层享用，但现在已经进入平民百姓之家，强调了电视的普及。

联语
天线成林，刺穿乡野千年寂寞夜
荧屏如画，收尽神州万里沸腾春

简析 上联描写的电视发展早期，家家户户天线如林的情景，乡野中寂寞了千年的夜空都被这些天线刺破；下联表现了电视节目的精彩纷呈与丰富多彩。

5.科技馆、体育馆联

(1)科技馆联 ▸▸▸

联语 **雄心挟[1]雷电**
壮志卷风云

【注解】❶挟(xié):用胳膊夹住。

简析 比喻科技攻关的雄心壮志,可以挟持雷电、翻卷风云。语言精练,而气魄宏大。

联语 **天上星辰添异彩**
人间科技发奇光

简析 上联运用诗歌中“兴”的手法,先由天上星辰增添异彩来起兴,引出下联赞人间的科技发出奇异的光彩。

联语 **青云路[1]远雄心步**
科技峰高捷足[2]登

【注解】❶青云路:追求极高地位的途径,这里指科学上的成就。❷捷足:谓行动迅速、敏捷。

简析 取得科学成就的路途虽然遥远,有胸怀雄心便可以到达;科技的险峰很高,我们要用坚毅果断的步伐来攀登。

联语 科学通天前程远
知识为阶道路宽

简析 学习好科学，可以通往天一般远大的前程；掌握了知识作为阶梯，便使得生活的道路变得更加宽广。鼓励人学科学、用科学。

联语 追日月星辰，鹏飞万里
奔东西南北，志在八方

简析 此联描写的对象是需要进行大量野外工作的科技工作者，如地质、生物及环境科学等，表现了他们踏遍四海、志在八方的情怀。

联语 推崇科学，笑迎百花艳
倡导文明，喜看万象新

简析 推崇科学，才会在科学的春天里看到百花争艳；倡导文明，便会在文明的新风里看到万象更新。

联语 重科学，用科学，科学致富
知中华，爱中华，中华振兴

简析 重视科学，运用科学，便可以科学致富；了解中华，热爱中华，便能使中华振兴。

联语 卫星上天空，揭开宇宙奥秘
潜艇入水底，探索海洋珍藏

简析 此联通过卫星与潜艇这两项科技发展的成果，来说明科技所具有的上天入地、揭秘探珍的力量。

联语

天地有情，又铺原野千顷秀
儿女[1]无畏，敢攀科学万仞[2]峰

【注解】❶儿女：子女，联中指中华儿女。❷万仞(rèn)：古代以七尺或八尺为一仞，万仞谓极高或极深。

简析 上联展现了春的景色，下联表达了中华优秀儿女敢于攀登科技高峰的壮志豪情。

此也可作为用于科技工作者的春联。

联语

科学无坦途，敢上九天凌绝顶
青春怀壮志，誓为四化展奇才

简析 科学的发展虽然不会一帆风顺，但要有勇攀科学高峰的壮志，在青春年华里立下壮志，誓要为祖国的四个现代化建设施展才华。

(2)体育馆联 ▸▸▸

联语

神州竞飞跃
健将勇攀登

简析 神州大地上一片龙腾虎跃的景象，运动场上的健儿们正在勇敢地向新的高度攀登。

联语 田径场上龙腾虎跃
游泳池边燕舞鱼翔

简析 此联描写了两种体育项目——田径与游泳场里的景象。"龙腾虎跃"和"燕舞鱼翔",极为生动。

联语 闻鸡起舞[1],壮筋强骨
击剑练拳,益寿延年

【注解】❶闻鸡起舞:听到鸡叫就起来舞剑。后比喻有志报国的人及时奋起。语出《晋书·祖逖传》:"中夜闻荒鸡鸣蹴琨觉曰:'此非恶声也。'因起舞。"荒鸡,半夜啼的鸡。

简析 此联描写了体育馆中开展群众体育的情景,练剑与习拳者个个闻鸡起舞以增强体质,益寿延年。

联语 讲风格,比文明,喜满赛场内外
扬国威,增民气,功垂体坛春秋

简析 体育比赛中既要赛出水平,更要赛出风格,一场文明的比赛当然会使赛场内外充满欢声笑语;优秀的比赛成绩高扬了国威,增强了民气,必将功垂史册。

联语 历险境,闯难关,冲出亚洲酬壮志
经考验,战强手,走向世界振国威

简析 上下联前两个短句,描述的都是运动员在赛场上努力拼搏的情

景，尾句描述了赛事的结局。整个联语富有节奏感，语言铿锵有力。

联语 冰刀掣电，雪板穿云，儿女风流今胜昔
拦网倾山，投篮灌海，国歌雄壮慨而慷

简析 上联说的是滑冰、滑雪运动的场景，并描绘了中国在这些运动项目上已有了长足的进步；下联描写了排球、篮球运动的场景，并形象地表达了美好的愿望和祝福。

联语 夺铜牌、夺银牌、夺金牌，冲出亚洲争宝座
战小球[1]、战大球[2]、战全球，走向世界占鳌头

【注解】❶小球：指乒乓球等运动项目。❷大球：指篮球、排球等运动项目。

简析 上下联前一部分都连续使用了三个递进式的排比句式，节奏急迫，动感极强，最后分别以“冲出亚洲争宝座”和“走向世界占鳌头”作结，极具抒情效果。联中对“球”字的运用也非常有趣、巧妙。

联语 眼底江山，看老帅掌握兵戎[1]越界渡河，列炮横车争胜负
胸中甲胄[2]，有大将指挥士卒偃旗息鼓[3]，飞象走马决雌雄[4]

【注解】❶兵戎：指武器和军队，暗指棋子。❷甲胄(zhòu)：铠甲和头盔。❸偃旗息鼓：收卷军旗，停止击鼓。指秘密行军，不暴露目标。现多指停止战斗，也指停止批评、攻击等。❹决雌雄：决定胜负。《史记·项羽本

纪》:“愿与汉王挑战,决雌雄。”

简析 此联罗列了中国象棋中“将”、“帅”、“兵”、“卒”、“士”、“象”、“车”、“马”、“炮”等棋子名称,经巧妙组织嵌入联句中,极具气势。

行 业 联

1. 交通业联

(1)铁路业 ▸▸▸

联语
循轨遵时[①]凭两线[②]
风驰电掣[③]越千峰

【注解】❶循轨遵时：遵循轨道，遵守时间。❷两线：两条铁轨。❸风驰电掣(chè)：形容火车速度快，如同风吹过、电闪过一样。驰，奔跑。掣，闪过。

简析 火车遵循轨道，遵守时间，凭借的是两条长长的铁轨；像风一样奔驰，像闪电一样快捷。

【提示】掣，不读 zhì。

(2)航运业 ▸▸▸

联语
万里乘风湖海阔
双轮破浪沧溟[①]开

【注解】❶沧溟(míng)：指大海。南朝梁简文帝《昭明太子集序》："若夫嵩霍之峻，无以方其高；沧溟之深，不能比其大。"

简析 巨轮乘着万里长风，跨越了宽阔的湖海；一对螺旋桨驱动着轮船，划开大海的波浪驶向远方。

(3)航空业 ▶▶▶

联语

直入九霄，日月星辰，一一当头顶上
飞行万里，山川城郭[1]，历历在心目中

【注解】❶城郭：内城与外城，泛指城市。

简析 此联描述了乘客在飞机上所看到的情景，日月星辰在头上，山川城郭在脚下，一切皆历历在目，生动而形象。

(4)马车行 ▶▶▶

联语

万里风行，仗我骅骝[1]开道路
一鞭雨雪，看他龙马[2]显精神

清·钟耘舫

【注解】❶骅骝(huáliú)：赤色的骏马。❷龙马：传说中像龙的骏马。唐李郢《上裴晋公》诗："四朝忧国鬓如丝，龙马精神海鹤姿。"

简析 马车行是旧时代一种重要的交通工具，以"骅骝开道路"对"龙马显精神"，紧扣主题，意境宏大。古人论联有"写小事物从大处着笔"的论点，此联即是一成功的范例。下联"一鞭雨雪"四字，更是描写得细致入微，是典型的诗歌语言。

(5)公路局 ▸▸▸

联语　网织交通，省县乡一脉相贯
途皆平坦，人车货千里畅行

简析 “网织交通”是“织交通之网”的倒装句式，“省县乡”是三个行政级别的并列，与下联的“人车货”所涉及的三种事物的排列相对仗。

(6)公交运输业 ▸▸▸

联语　千里马行，望尘莫及[1]
一声虎啸，逐电如飞

【注解】❶望尘莫及：只望见走在前面的人带起的尘土而赶不上，比喻远远落后。

简析 现代客车的运行速度，当然会使千里马也望尘莫及；喇叭长鸣，如一声虎啸，转瞬之间汽车已经如闪电般开远了。

联语　电掣风驰，运行利便
通都大邑[1]，衔接往还

【注解】❶通都大邑：交通便利的大都市。典出唐韩愈《守戒》：“今之通都大邑，介于屈强之间而不知为之备，噫亦惑矣！”通都，四通八达的都市；大邑，古称王畿、侯国、大夫采地曰邑，尊称为大邑，后并为城市的泛称。

简析 汽车客运如电掣风驰般快捷和方便，连接了大大小小的城市并在它们之间来来往往。此联以古雅与通俗并用的风格来描绘现代交通工具，读来十分有趣。上下联前一分句均采用了句内自对的方式。

【提示】掣，不读 zhì。

联语

近悦远来[1]，转输百货

水程陆路，惠利群商

【注解】❶近悦远来：近居之民以政治清明而欢悦；远者之民闻风而附。后以“近悦远来”指清明之政。

简析 “近悦远来”与“水程陆路”均为句内自对，从“转输百货”和“惠利群商”来看，此联描写的是公路货运这一主题。

联语

送往迎来，愿生意十分兴旺

朝发夕至，祝好人一路平安

简析 这是一副客运站所用的对联，“送往迎来”是客运站的特征，“朝发夕至”是指车船等运行的时间。上下联的后一分句表达了对客商与旅客的美好祝愿。

联语

车窗似荧屏，摄进满眼诗情画意

公路如玉带[1]，牵来万里秀水青山

【注解】❶玉带：玉饰的腰带，比喻公路像玉带一样。

简析 这是一副描写公路客运的对联，采用比喻的手法，上联把明亮的车窗比成荧屏，屏中有一幅幅美好的景色一一闪过；下联把公路比成一条玉带，万里之外的秀水青山均被这条玉带一一牵来。“摄”和“牵”两个动词用在联中，对仗工整，且生动、传神。

2. 邮电业联

(1)邮政联 ▸▸▸

联语 万里远牵乡国[1]梦
一丝长系故人怀

【注解】❶乡国:家乡;故乡。

简析 上下联都描述了远在他乡的游子对故土及故人的怀念。上联用一个“牵”字,下联用一个“系”字,便点明了在游子与故乡及故人之间沟通、联系的纽带是邮政信使。

联语 千里春风[1]劳驿使[2]
三秋芳讯[3]寄邮人

【注解】❶千里春风:典出南朝宋盛弘之《荆州记》:“陆凯与范晔相善,自江南寄梅花一枝诣长安与晔,并赠花诗曰:‘折花逢驿使,寄予陇头人。江南无所有,聊赠一枝春。’”❷驿使:驿站传送文书的人。❸芳讯:美好的音问。晋陆机《演连珠》:“臣闻绝节高唱,非凡耳所悲;肆意芳讯,非庸艳所善。”

简析 上联巧用古人“驿寄梅花”的典故,整个联语文辞优美,意境清新,表达了对绿衣天使的赞颂。

联语 天涯雁寄回文锦[1]
水国鱼传尺素[2]书

【注解】❶回文锦：织有回文诗的锦。诗词句回旋往返，都能成义可诵的叫“回文”。锦，有彩色花纹的丝织品，古代曾用来写字。❷鱼传尺素：典出古乐府《饮马长城窟行》：“客从远方来，遗我双鲤鱼。呼儿烹鲤鱼，中有尺素书。”古代用绢帛书写，通常长一尺，因此称书信为尺素。宋秦观《踏莎行》：“驿寄梅花，鱼传尺素，砌成此恨无重数。”

简析 上下联分别化用“古人鱼雁传书”的传说，联文雅致工巧，令人赏心悦目。

联语 胜利消息劳远报
平安书信喜常通

简析 联语从两个方面表现了邮政对于我们生活的重要意义。上联指较为重大的事件，如胜利的捷报需要邮政信使来传递。下联则指平常的生活中，经常要通过邮政信使来向亲人报平安。

联语 梅寄春风[1]劳驿使[2]
葭怀秋水[3]达鸿邮

【注解】❶梅寄春风：典出南朝宋盛弘之《荆州记》：“陆凯与范晔相善，自江南寄梅花一枝诣长安与晔，并赠花诗曰：‘折花逢驿使，寄予陇头人。江南无所有，聊赠一枝春。’”❷驿使：驿站传送文书的人。❸葭怀秋水：《诗经·秦风·蒹葭》：“蒹葭苍苍，白露为霜，所谓伊人，在水一方。”本指在水边思念故人，后常用来表示对人怀念。葭（jiā），即芦苇。

简析 此联可以说是以邮政为主题的短联中的极品。联语用典雅致工巧。上联用南朝“梅寄春风”的典故，在表现对友人思念之情的同时也体现出对于驿使的赞许。下联化用《诗经》中的名句，希望“鸿邮”能够传达对于爱人的怀念之情。此联在对仗上极为工整，“梅”、“葭”为植物名相对，“驿”、“鸿”为动物名相对，“春风”与“秋水”更是铢两悉称。

(2)**电信联** ▶▶▶

联语

一言出口须臾[1]去
千里谈心咫尺[2]间

【注解】❶须臾：片刻。❷咫（zhǐ）尺：比喻很近的距离。咫，古代八寸曰“咫”。

简析 这是一副旧时电话局的对联，上联写电话传递语音之快，下联写电话拉近了时空距离。

联语

万家喜讯九天[1]至
千里深情一线牵

【注解】❶九天：极高的天空。

简析 上联写无线电话给千家万户传递喜讯，“九天”明指喜从天降，暗喻无线电信号在空中传播。下联写有线电话，套用古语“千里姻缘一线牵”，改“姻缘”为“深情”，于是语意变为“相隔千里的思念之情全靠一根电话线来牵连”。

联语 **科技高新织巨网**
信息灵便显神通

简析 用高新科技手段来编织一张巨大的网络，这里可以指电话线路构成的有形的网络，也可以看成无线电话所依靠的无形的网络；科技的神通使得信息的传递变得极为灵便。

联语 **只用耳提[①]，何须面命[②]**
吾闻其语，未见斯人[③]

【注解】❶、❷耳提、面命：即成语“耳提面命”。不仅是当面告诉他，而且是提着他的耳朵跟他讲。形容长辈教导时的热心、恳切。语出《诗经·大雅·抑》：“匪面命之，言提其耳。”❷吾闻其语，未见斯人：语出《论语·季氏》：“隐居以求其志，行义以达其道。吾闻其语矣，未见其人也。”

简析 这是清末民初电话刚传入中国时的一副写电话局的对联。对联巧用古语所产生的歧义来描写电话这一全新的事物，“耳提面命”原是长辈揪着晚辈的耳朵当面教导的意思，作者拆开“耳提”来表现提起电话放在耳边的意思，因为用电话通话是远距离的沟通而非面对面的教导，所以说“何须面命”。下联则全部化用《论语》中的句子，原意是“我只听见这样的话，可从未见过这样的人”。在联句中意义则转化为“我在电话里只能听到他的话，但却看不到他的人”。上下联各用前后分句自对的方式，工巧中含有谐趣。

联语 **四海[①]五湖，无远弗及[②]**
九州[③]万国，有线可通

【注解】❶四海：犹天下，泛指全国各地。❷无远弗及：没有不可以到达的远处。❸九州：古代分中国为九州。后用作中国的代称。

简析 这是一副描写有线电话的对联，“四海五湖”与“九州万国”均表示遥远的地方。联语说只要铺设了电话线路，再遥远的地方都可以联通。

3. 医药业联

(1)医院联

联语 杏林[1]春暖
橘井[2]泉香

【注解】❶杏林:传说三国时的董奉隐居匡山,为人治病不取钱,但重病愈者须植杏五株,轻者一株,积年竟得杏树十余万株,蔚然成林。后以此称颂医师的医术高明。❷橘井:晋葛洪《神仙传》载,汉苏仙公修仙得道。仙去前,对其母亲说:"明年天下疾疫,庭中井水一升,檐边橘叶一枚,可疗一人。"第二年果然发生疫病,其母依他的话医治病人,果然都痊愈了。橘井故址在今湖南郴州苏仙岭下。

简析 "杏林"与"橘井"是传统医疗行业联中最常用来相对仗的两则典故,尤其是上联配以"春暖"二字,更使人联想到"妙手回春"的医术。此联字数不多,但却使人感到意蕴丰富。

联语 但愿人皆健
何妨我独贫

程道洲

简析 这段内心独白表现了一位医师高尚的医德:人皆康健,则医师必然失去收入来源而生活困顿。但作者宁可自己独贫而不愿世人受病痛的折磨,这种舍己为人的品德值得敬佩。

联语

良医[1]同良相[2]
用药如用兵

【注解】❶良医：精于医术者。汉王充《论衡·别通》："医能治一病谓之巧，能治百病谓之良。是故良医服百病之方，治百人之疾。"❷良相：贤相。《史记·魏世家》："魏文侯谓李克曰：先生尝教寡人曰：'家贫则思良妻，国乱则思良相。'"

简析　中医用药讲究"君臣佐使"，良医需要调和药性以收到最大疗效，就如同调和百官的当朝宰相；中医理论源于"五行"的理论，所以用药就如同用兵打仗一样，讲究"虚实相生"。此联运用比喻和叠字的手法，简明扼要。

联语

药圃[1]无凡草
松窗[2]有秘书[3]

【注解】❶药圃：种药草的园地。❷松窗：临松之窗。多用以指别墅或书斋。❸秘书：即秘传药方。

简析　药圃中栽满了具有神奇疗效的药草，窗前摆放着记载有秘方的医书。联语使得一位身怀绝技、超凡脱俗的医者形象跃然纸上。

联语

术著岐黄二圣[1]业
心涵[2]胞与[3]万家春[4]

【注解】❶岐黄二圣：即岐伯与黄帝。相传为医家之祖。岐伯，古名医，相传为黄帝臣，黄帝曾和他论医。今所传《内经》，是战国秦汉时医家托名岐伯与黄帝论医之语。后以“岐黄”为中医学的代称。❷涵：包含；包容。❸胞与：即“民胞物与”的缩语，意指关心、泛爱一切人与物。语出北宋张载《西铭》：“民吾同胞，物吾与也。”与，用。❹春：比喻兴旺发达。

简析 从上下联的首字“心”和“术”来看，上联是说医者的技术，下联是说医者的品德。联语同时还表现了中医源远流长的历史以及济世活人的功用。

联语 常体[1]天地好生德[2]
独存圣贤济世心

【注解】❶体：体会；体味。❷天地好生德：即谚语所谓“上天有好生之德”。

简析 经常体会天地的好生之德，所以医者以救死扶伤为自己的天职；追求古时圣贤济世救民的用心，所以医者要有医遍世间疮痍的志向。

【提示】好，这里读 hào，不读 hǎo。

联语 术体天心，杏林[1]望[2]重
功侔[3]相[4]业，橘井[5]名高

【注解】❶杏林：传说三国时的董奉隐居匡山，为人治病不取钱，但重病愈者须植杏五株，轻者一株，积年竟得杏树十余万株，蔚然成林。后以此称颂医师的医术高明。❷望：名望；众望。❸侔：相等；齐。❹相：丞相；宰相。❺橘井：晋葛洪《神仙传》载，汉苏仙公修仙得道。仙去前，对其母亲说：“明年天下疾疫，庭中井水一升，檐边橘叶一枚，可疗一人。”第二年果然发生疫病，其母依他的话医治病人，果然都痊愈了。橘井故址在今湖南郴州苏仙岭下。

简析 心术体现了上天的好生之德，因为德高所以望重；与宰相调和百官的功业相当，所以名望甚高。联语从医德、医术的角度赞颂了医生这一高尚的职业。

联语

寿世良方，祛邪扶正[1]
回春[2]妙术，固本清源[3]

【注解】❶祛(qū)邪扶正：中医术语，指除去邪气，扶持正气。❷回春：使春天重返，比喻医生医术高明，能起死回生或比喻药材有奇效。❸固本清源：中医术语。指使人体的根本得到稳固、源头得到清理。

简析 联语用了两个中医术语。祛邪扶正，才是长寿的良方；固本清源，才能使病体得到康复。

联语

业擅岐黄[1]，利泽百年三世业
学参中外，流源一贯万家春[2]

【注解】❶岐黄：即岐伯及黄帝，相传为医家之祖。岐伯，古名医，相传为黄帝臣，黄帝曾和他论医。今所传《内经》，是战国秦汉时医家托名岐伯与黄帝论医之语。后以“岐黄”为中医学的代称。❷春：比喻兴旺发达。

简析 从对联语意上分析，这位擅长中医的医师已经是三代从医，利泽一方百姓已达百年之久，同时他还对西医有所借鉴，继承并很好地发展了祖国医学，妙手回春，造福万家。联语自述家世，展现抱负，胸襟宽阔，气度轩昂。

(2)药业联 ▸▸▸

联语 雨多芳草润
春到杏林[1]香

【注解】❶杏林:传说三国时的董奉隐居匡山,为人治病不取钱,但重病愈者须植杏五株,轻者一株,积年竟得杏树十余万株,蔚然成林。后以此称颂医师的医术高明。

简析 上联可以理解为春雨滋润着圃中的药草,还可以理解为医者高尚的医德与精湛的医术像雨水一样滋润着病人及其家属的心田。下联引用"杏林"的典故,而不露痕迹。

联语 百草[1]回春[2]争鹤寿[3]
千方着意[4]续松年[5]

高宝德

【出处】此为高宝德题北京鹤年堂药店的对联。

【注解】❶百草:泛指各种药草,传说神农曾尝百草以辨识药性。❷回春:使春天重返,比喻医生医术高明,能起死回生或比喻药材有奇效。❸鹤寿:旧时以鹤为长寿的仙禽。颂人长寿之词。❹着意:用心;随着心意。❺松年:因其经冬不凋,松龄长久,常以喻坚贞,祝人长寿。

简析 百种药草均有回春之效,千种药方均随人心意,最后都可达到"争鹤寿"与"续松年"之效。联语对仗工整,还巧妙地嵌入了药店名中的"鹤年"二字。

联语 但愿世间人无病
何愁架上药生尘

简析 宁可药材长久不用，上面落满灰尘，也不愿世人生病，这可以说是高尚医德的写照。此联与"但愿人皆健，何妨我独贫"一联立意相同，有异曲同工之妙。

联语 丸散胶丹[1]，无非良药
君臣佐使[2]，悉是妙材

【注解】❶丸散胶丹：即丸散膏丹，中药的四种剂型。丸散，药丸和药粉。古代治病以丸散为主，如汉华佗《中藏经》卷下万应圆等皆以丸散治疾而无汤药。胶丹，黏合在一起的药物。胶，指制成胶质的药品，如阿胶、龟板胶等。丹，原指用金、石药炼制的成药，后世把部分精制的丸、散、锭等也称为"丹"。❷君臣佐使：中医用药，药物起主治作用的为"君"，起辅佐作用的为"臣"，治疗兼症和起制约作用的为"佐"，引药直达病所者为"使"。《神农本草经》："上药一百二十种为君，主养命；中药一百二十种为臣，主养性；下药一百二十种为佐使，主治病，用药须合和君臣佐使。"

简析 从药品的剂形上看，可分为"丸"、"散"、"胶"、丹"数种，每一种均是治病良药；从药品的功效上看，可分为"君"、"臣"、"佐"、"使"数类，每一类尽是救人妙材。

联语 神州到处有亲人，不论生地[1]熟地[2]
春风来时尽著花[3]，但闻藿香[4]木香[5]

【注解】❶生地：中药名，即"地黄"。❷熟地：中药名，干地黄的别称。❸著花：着花。❹藿香：中药名，茎和叶有香气。❺木香：本名蜜香，多年生草本，根可入药；荼蘼花的别名。

简析 医生作为“白衣天使”，不是亲人胜似亲人，所以上联说“神州到处有亲人”；医者医术精湛，妙手回春，所以下联说“春风来时尽著花”。更为难得的是，上下联还巧用叠了字的两个中药名，进一步深化了上下联前一分句的内涵，联语在亲切感人的同时使人感到妙趣横生。

4. 金融业联

(1)旧钱庄联 ▸▸▸

联语 解用[①]何尝非俊物[②]
不谈[③]未必是清流[④]

【注解】❶解用:明白了使用方法。❷俊物:杰出的人物。❸不谈:不谈论钱,口不言钱字。南朝宋刘义庆《世说新语·规箴》载,王夷甫雅尚玄远,常嫉其妇贪浊,口未尝言钱字。妇欲试之,令婢以钱绕床不得行。夷甫晨起,见钱阂(hé,阻隔不通)行,呼婢曰:"举却阿堵物。"❹清流:旧时用以指负有时望的、不肯与权贵同流合污的士大夫。

简析 此联作为旧时代钱庄用联,从立意上一反历代知识分子口不言钱的清高做派,认为善于使用钱的人未尝不是杰出的人物,而只在口头上不谈钱的人未必全都是真正的清高之士。

(2)银行联 ▸▸▸

联语 辅导[①]商场[②],生财有道
流通经济,获利无穷

【注解】❶辅导:犹言指导。❷商场:犹言市场。

简析 在现代社会中,银行不仅仅是一个吸储放贷的机构,而是经济生

活的中枢，具有指导市场、调节市场的功能。银行在刺激了经济、活跃了市场的同时，自身也在获利。

联语

广辟财源创大业
巧用资金奔小康

简析 储蓄所是银行的分支机构，这副联的立意是站在银行的角度，对贷款客户巧用银行资金创业奔小康的成就进行了大力宣传。

(3)信托行联 ▸▸▸

联语

四海委托①存忠信
千里交游②感至诚

【注解】❶委托：将自己的事务嘱托他人代为处理，此处指客户把资金放在信托行进行投资管理，以求增值。❷交游：结交。

简析 四面八方的客户都把自己的资金交由信托行来管理，是因为信托行心存忠信。客户从千里之外前来委托业务，是有感于信托行待客的至诚。

(4)典当行联 ▸▸▸

联语

攘攘熙熙①，有无相济②
生生息息，尔我均安

【注解】❶攘(rǎng)攘熙熙：形容人来人往，非常热闹。语出《史记·货殖列传》:“天下熙熙,皆为利来;天下攘攘,皆为利往。”❷相济:相互帮助。

简析 “攘攘熙熙”明指典当行前生意的兴隆,暗喻均为求利而来;典当行有着充裕的资金,而客户均缺资金,故来此有无相济。“尔我均安”,意思是典当对双方都有益。

(5)保险公司联 ▶▶▶

联语
有保单可凭借[1],心安理得
化险阻为平夷[2],物阜[3]人康

【注解】❶凭借:依靠;恃赖。藉,借。❷平夷:平安;平坦。❸阜(fù):(物资)多。

简析 此保险公司联在第二字嵌入“保”、“险”二字,极有针对性且明确地说明了保险业的社会功用。

5. 商业联

(1)商业通用联 ▸▸▸

联语 一点公心平似水
十分生意稳如山

【简析】此联以流水对的形式，说明了买卖要讲公道、公平，只有这样做生意才能获得持久而稳定的收益。联语以“一点”对“十分”，以“平似水”对“稳如山”，对仗工整，比喻准确而形象。

联语 货有高低三等价[1]
客无远近一般[2]亲

【注解】❶三等价：指高低不等的价格。❷一般：一样。

简析 商品因质量的高低，存在着三六九等的价格，顾客无论远近，都用一样的亲情来对待。联语从货说到人，很恰当地表达了商家“和气生财”的主旨。

联语 经营[1]不让[2]陶朱[3]富
贸易长存管鲍风[4]

【注解】❶经营：筹划并管理。❷不让：不逊色。让，逊色；不及。❸陶朱：春秋时范蠡。蠡佐越王勾践灭吴后，以越王为人不可共安乐，弃官远去，至陶，称“朱公”，以经商致富，十九年中三致千金，子孙经营繁息，遂至巨万，后因以“陶朱公”称富者。❹管鲍风：指礼让、谅解的风格。管鲍，春秋时齐国大夫管仲与鲍叔牙。两人相知最深。曾共同经商，赚的钱管仲总是自己多分。叔牙不以为贪，知其家贫急需。管仲言：“生我者父母，知我者鲍子也！”后因称交谊深厚的朋友为“管鲍”。

简析 联语用商家的语气，上联说善于经营，可以与陶朱公比富；下联进一步表明在生意场上要长存“重义轻财”的管鲍之风。

(2)书店联 ▸▸▸

联语

大块文章[1]，百城富有
名山事业[2]，千古长留

【注解】❶大块文章：原指大自然锦绣般美好的景色，后用以称赞别人内容丰富的长篇文章。语出唐李白《春夜宴从弟桃李园序》：“况阳春召我以烟景，大块假我以文章。”大块，大地。❷名山事业：藏之名山的事业，指不朽的著述。名山，指可以传之不朽的藏书之所。指书府。古代多设在山中。《史记·太史公自序》：“以拾遗补艺，成一家之言……藏之名山，副在京师，俟后世圣人君子。”

简析 上联谓书中有大块文章，书店名副其实地有“百城”之富；下联从著书者的角度，说好书会藏之名山，传之后世。

(3)文房四宝联 ▸▸▸

联语

兔毫推赵国[1]
麟管锡张华[2]

【注解】❶兔毫推赵国：笔之好用，首推赵国的兔毫。清张英等《渊鉴类函·文学·笔三》引晋王羲之《笔经》："汉时诸郡献兔毫书鸿都门(在洛阳)，唯赵国毫中用。"兔毫，用兔毛制成的笔。也泛指毛笔。❷麟管锡张华：(晋武帝)以麟管赐给张华。笔管以麟管名贵。晋王嘉《拾遗记·晋时事》："(张华)造《博物志》四百卷奏于武帝……赐麟角笔。以麟角为笔管，此辽西国所献。"麟管，以麟角为笔管。锡，通"赐"，赐予。张华，晋时人，所藏之书十分丰富，且为世间稀有者。《晋书·张华传》："华雅(很、甚)爱书籍，身死之日，家无余财，惟有文中溢(充满)于几箧(qiè，箱)，尝(曾)徙居(迁居)，载书三十乘(shèng，车)……天下奇秘世所稀有者，悉(完全)在华所。"

简析 以两个典故赞其所售的毛笔好。"兔毫"与"麟管"的对仗十分工稳。

此为笔店联。

联语
乌玉[1]藏偏[2]好
黄金换未当[3]

【注解】❶乌玉：乌玉玦(jué)，墨的别名。❷偏：最；很；特别。❸当(dāng)：相称；相当。

简析 上联谓这里藏有特别好的乌玉玦。下联谓即使用黄金来换，价值也不相当。极言墨贵重，即便是黄金也不能换回。"乌玉"与"黄金"之对，十分工巧。

此为墨店联。

联语

囊底毛锥①惊脱颖②
怀中江管③梦生花④

【注解】❶毛锥：毛笔的别称。因其形如锥，束毛而成，故名。❷脱颖：语出《史记·平原君虞卿列传》："平原君曰：'夫贤士之处世也，譬若锥之处囊中，其末立见……'毛遂曰：'臣乃今日请处囊中耳。使遂蚤(早)得处囊中，乃颖脱而出，非特其末见而已。'"后因以"脱颖"比喻人的才能全部显示出来。❸江管：指六朝时江淹的笔。野史载江淹"幼时梦神人授五色笔，笔端生花，由是文藻日进"。❹梦生花：即梦笔生花，比喻写作能力大有进步；也形容文章写得很出色。语出五代后周王仁裕《开元天宝遗事·梦笔头生花》："李太白少时，梦所用之笔头上生花，后天才赡逸，名闻天下。"

简析 古时的笔店也就是毛笔店。上联由毛笔的别称"毛锥子"联想到春秋时毛遂以"颖脱而出"的锥子自喻的典故；下联继续围绕毛笔，写了江淹幼时梦笔生花而文藻大进的故事。全联在写笔的同时，还暗喻了对购买与用笔者的美好的祝愿。

此为笔店联。

联语

玉露①磨来浓雾起②
银笺③染④处淡云生⑤

【注解】❶玉露：秋露。美称磨墨用的水。❷浓雾起：磨墨时使砚中清水慢慢变黑的过程。❸银笺：洁白的笺纸。❹染：用笔书写。❺淡云生：犹出现云烟。喻指出现挥洒自如的墨迹。

简析 古时墨店所售多为锭状墨块，需在砚中加水研磨方可使用。上下联分别描写了在砚中磨墨及在白纸上创作书画时的情景。联语中“浓雾”与“淡云”对仗工整且描写细致入微；以“玉露”喻水，以“银笺”喻纸，辞藻华美。

此为墨店联。

联语 **窗下展开秦岭[1]月**
笔端题破[2]锦江春

【注解】❶秦岭：此指终南山。月上终南山，汉唐首都长安的人都能看见。故以为喻。❷题破：以笔墨题写。破，语助词。

简析 上联以秦岭月喻宣纸之洁白明亮，下联以锦江春喻宣纸之华美柔和，比喻奇特。用“展开”与“题破”来描写使用宣纸的过程，显得十分细致、生动、形象。

此为纸店联。

联语 **贮水养来青玉案[1]**
和烟磨出紫溪云

【注解】❶青玉案：古时贵重的食器。因砚多用玉石制成，故以青玉案来喻砚。

简析 好砚不用时亦需倒入清水以滋养，故上联说“贮水养来”；古时墨多为松烟所制，故下联说“和烟磨出”。以“紫溪云”喻初磨之墨，比之“玉露磨来浓雾起，银笺染处淡云生”一联中的“浓雾”一词似更觉生动。

此为砚店联。

联语 俪翠骈红[1]名高十样
硬黄[2]匀碧价重三都[3]

【注解】❶俪翠骈红：明杨慎《墐(jìn)户录·十样蛮笺》载，绿有深绿、浅绿，红有深红、粉红，因而说“俪翠骈红”。俪，双；两。骈，并列。❷硬黄：纸名。因用黄檗(bò)汁染以辟蠹(dù)、加浆(jiàng，同“糨”。糨糊)，所以黄而硬。宋赵希鹄(hú)《洞天清禄集·古翰墨真迹辨》：“硬黄纸，唐人用以书经(指佛、道经书)，染以黄檗，取其辟蠹，以其纸加浆，泽莹而滑，故善书者多取以作字。”❸三都：指西晋左思《三都赋》。

简析 上联谓十样蛮笺中，翠绿的纸和艳红的纸都不止一种，它们都是成双成对的，因而名声很大。下联谓硬黄纸、均匀的绿纸因争抄《三都赋》而价钱昂贵。盛赞纸的美好与贵重。“俪翠骈红”与“硬黄匀碧”，为当句自对。

此为纸店联。

联语 吴郡山中名标第一[1]
永嘉溪里价重千金[2]

【注解】❶吴郡山中名标第一：吴郡山中的砚名列第一。宋朱长文《吴郡图经续记》：“砚石山在吴县山西……其山出石，可以为砚，砚石之名不虚也。”标，显示。❷永嘉溪里价重千金：永嘉砚溪里的砚价值重于千金。清张英等《渊鉴类函·文学·砚三》引《永嘉郡记》：“砚溪一源中多石砚。”

简析 赞所卖之砚像吴郡山砚与永嘉溪砚那样名贵。

此为砚店联。

(4)古玩店联 ▶▶▶

联语 满座鼎彝[1]罗秦汉
一堂图画灿烟霞

【注解】❶鼎彝：鼎，古代的烹饪器；彝，古代宗庙中的礼器。古代常于其上刻铭功纪德的文字。

简析 上联指的是青铜器，下联指的是字画。古玩虽名目繁多，但以此两种最为典型。这里说“鼎彝”均为“秦汉”年代的，而古字画则灿若“烟霞”。“秦汉”与“烟霞”为句中自对。

(5)钟表店联 ▶▶▶

联语 分阴[1]宜爱惜
刻漏[2]逊精奇

【注解】❶分阴：极短的时间。《晋书·陶侃传》：“（陶侃）常语人曰：‘大禹圣者，乃惜寸阴；至于众人，当惜分阴。”❷刻漏：古代计时的器具，用铜铸成壶，壶底穿孔，壶内竖一支刻有度数的箭形浮标，壶中的水从孔漏出而逐渐减少，箭上的度数即依次显露，这样就可以知道时辰。

简析 上联谓钟表在时刻提醒着人们爱惜光阴，下联谓钟表比古时的刻漏更为精确奇特。联语以“分阴”对“刻漏”用典精当而对仗亲切，“爱惜”与“精奇”属于句中自对。

(6)眼镜店联 ▸▸▸

联语
胸中存灼见[①]
眼底辨秋毫[②]

【注解】❶胸中存灼(zhuó)见:透彻的见解。灼,明亮。❷秋毫:鸟兽在秋天新长的细毛。比喻微小的东西、微小的事情。

简析 上联谓人的心中存有透彻的见解;下联谓人戴上眼镜,眼底下能辨别微小的东西,赞所售眼镜质量好。“中”与“底”相对,十分工整。

联语
扫去尘氛[①],万卷诗书供赏鉴
拨开云雾[②],两轮日月[③]放光明

【注解】❶尘氛:尘俗的气氛。这里指环境。❷云雾:云和雾,多比喻遮蔽或障碍的东西。❸日月:这里比喻双眼。宋朱熹有联云“日月两轮天地眼,诗书万卷圣贤心”。

简析 上下联均言眼镜之功用。上联谓戴上眼镜可以远离尘俗的环境,去欣赏万卷诗书;下联谓使用眼镜后如同拨开了云雾,使人的两眼大放光明。

(7)衡器店联 ▸▸▸

联语
理贵持平,不卑不亢[①]
心能守正,无私无偏

【注解】❶不卑不亢(kàng):即不自卑,也不高傲,形容待人态度得体,分寸恰当。

简析 联语以拟人化的笔法写衡器，上联指称秤要“持平”，以“不卑不亢”来说秤杆不高不低；下联说天平的“守正”，不偏向任何一方。

(8)**刀剪店联**

联语
不历几番锤炼
怎成一段锋芒[1]

【注解】❶锋芒：刀剑的尖端，多比喻事物的尖利部分。也比喻显露出来的才干。

简析 对联写小的事物时贵从大处着笔。此联便是从普通的刀剪上悟出普遍通用的哲理。对联看似平白如话，却是对联中的上乘。联语采用的是流水对的形式，“锤炼”与“锋芒”也属于文中自对。

(9)**扇店联**

联语
清风归掌握
爽气满胸襟

简析 一扇在手，清风随我掌握，爽气充满了胸怀。“掌握”与“胸襟”的对仗，工整而巧妙。

(10)**陶瓷店联**

联语
光润同珠玉
调和若鼎铛[1]

【注解】❶鼎铛：鼎和铛，泛指煮东西的器物。

简析 上联夸耀了陶瓷的外观，光润如同珍珠美玉；下联介绍了陶瓷的功用：也可如鼎铛一样用于调和五味。

(11)竹器店联 ▸▸▸

联语
虚心①成大器②
劲节③见奇材

【注解】❶虚心：心无成见，不自满，能够接受别人的意见。❷大器：犹大才、宝器。❸劲节：坚贞不屈的节操；强劲的枝节。

简析 此联名为写竹实则喻人。通过“虚心”与“劲节”这些竹子的自然形态，表现的是人的精神修养及人生哲理。

(12)烟花爆竹店联 ▸▸▸

联语
裁来天上平安竹①
开出人间富贵花②

【注解】❶竹：爆竹，古时以火燃竹，毕剥有声，称为“爆竹”，迷信用以驱鬼祈祥。❷花：烟花。

简析 古人有“花开富贵，竹报平安”之说，此联更进一步将“竹”引申为爆竹，将“花”引申为烟花，很自然地切合了烟花爆竹店这一主题。

(13)**家具店联**

联语

雕刻成纹，材殊樗栎[①]
琢磨为器，品重檀梨[②]

【注解】❶材殊樗栎(chūlì)：材质不同于樗栎。樗栎，指两种做什么都不合适的木材。❷檀梨：指两种名贵木材。檀，指紫檀木，可做拍板、弓干、琵琶槽等。梨，指黄花梨，可做上好的家具等。

简析 联语说通过雕刻琢磨而精工制作的家具，使用的绝非樗栎之类的劣质木材，我们推重的是檀梨一类的高档材料。联语由材料通过赞所选材料的精良来强调家具的品质高。

(14)**灯具店联**

联语

珠玉光辉，琉璃[①]世界
天中皓月，海内明星

【注解】❶琉璃(liúlí)：用铝和钠的硅酸化合物烧制成的釉料，常见的有绿色和金黄色两种，多加在黏土的外层，烧制成缸、盆、砖瓦等。

简析 联语描绘了灯具店中晶莹闪亮、交相辉映的景象。上下联都采用了自对的方法，以“珠玉光辉”对“琉璃世界”，以“天中皓月”对“海内明星”。

(15)**油漆店联**

联语

金碧丹青[①]资色泽
门阁楹[②]桷[③]焕光华

【注解】❶金碧丹青：四种颜色。❷楹（yíng）：堂屋前部的柱子。❸桷（jué）：方形的椽（chuán）子。

简析 上联谓金碧丹青都是油漆可增添的色泽；下联罗列了建筑上的四个部位，谓它们使用油漆后便大放光华。

(16)镜子店联 ▸▸▸

联语
当窗尘不染
出匣月同明

简析 当窗而放，镜子一尘不染；从匣子中取出，镜子如同圆月一般明亮。分别从静态和动态两方面写镜子，言简意赅。

(17)化妆品店联 ▸▸▸

联语
淡浓随意着
深浅入时新

简析 此联写化妆品，用典于无形之中。上联的“淡浓”出自宋苏东坡《饮湖上初晴后雨》：“欲把西湖比西子，淡妆浓抹总相宜。”下联的“深浅”出自唐朱庆馀的《近试上张水部》：“妆罢低声问夫婿，画眉深浅入时无？”

(18)布料店联 ▸▸▸

联语
华章①凭裁剪
云霞任卷舒

【注解】❶华章：华美的花纹。章，这里指花纹。

简析 有着华美花纹的布料可任你裁剪，上好的布料如天边的云霞，随意舒卷。比喻十分巧妙。

联语 **瑞气盈门，凤吐经纶①成五彩**
祥光扑地，龙盘锦绣灿千山

樊明芳

【出处】此为樊明芳题北京瑞蚨祥的对联。

【简介】北京瑞蚨祥：瑞蚨祥是旧时山东周村孟氏家族经营的棉布绸缎商店。初设山东济南，后陆续在天津、烟台、北京等地设分店。1893年总店迁北京。民国初年，北京瑞蚨祥已成为北京最大的绸布店。

【注解】❶经纶：原指整理丝缕，引申为人的才能、本领。

简析 “瑞气”与“祥光”既指丝绸店前的自然景象，同时也暗喻了丝绸的美丽光泽。而后半部分“吐经纶”和“盘锦绣”均可理解为绸缎上的龙凤图案。联中巧妙地嵌入了绸布店“瑞蚨祥”中的“瑞”、“祥”二字。

(19)服装店联 ▸▸▸

联语 **夹克①添潇洒②**
西装带雅风③

【注解】❶夹克：英语音译，一种短上衣，翻领，对襟，多用暗扣或拉链，便于工作和活动。❷潇洒：指神情举止自然大方，不呆板、不拘束。❸雅风：高雅的风度。

简析 抓住事物本身的特点来写。上联说穿上这里出售的夹克能增添你的潇洒风度；下联说穿上此处出售的西装会使你带有高雅的风度，赞所售的服装质量好、品位高。“添”与“带”相对，工整而生动、传神。

联语 天上云霞服
人间锦绣衣

简析 联语夸赞店中的衣服绚丽如天上云霞，华美如人间锦绣。

(20)鞋帽店联 ▶▶▶

联语 看书狂欲脱①
得意②喜频弹③

【注解】❶狂欲脱：狂欲脱帽的略语。狂，狂热，即一时激起的极度热情。❷得意：得志，指志愿实现。❸喜频弹：喜频弹冠(guān)的略语。高兴地连续几次弹去帽上的灰尘，表示喜庆、高兴，比喻准备出仕。这里也用以形容豪放、无所检束。

简析 古人以脱帽形容豪放、无所检束，读书读到领会处便会“狂欲脱”。古人以弹冠表示庆贺之意，故一到得意处便会“喜频弹”。联语紧扣“帽子”这一主题，既文雅，又生动、风趣。

此为帽店联。

【提示】上联隐去了“帽”，下联隐去了“冠”，这种联语形式称为“隐字联”。

联语 由此登堂入室①
任君步月②凌云

【注解】❶登堂入室：登上厅堂，进入内室。比喻学问或技能从浅到深，达到很高的水平。❷步月：原谓月下散步或行走，这里与“凌云”并用，应指“步于月”，指走到月亮上去，赞鞋的轻便。

简析 “登堂入室”与“步月凌云”均离不开鞋子，联语暗中紧扣主题，同时还表达了对顾客的美好的祝愿。

此为鞋店联。

联语
足迹经过稳如凫舄①
脚跟立定永固鸿基②

【注解】❶凫舄（fúxì）：指仙人王乔乘双凫舄行路。（见《后汉书·方术传上·王乔》）凫，野鸭。舄，鞋。❷鸿基：宏大的基业。鸿，大。

简析 上联谓你穿上这里出售的鞋走路，就会平稳如穿上了王乔的双凫舄；下联谓你穿着此处出售的鞋，脚跟站立就会稳定，象征着你宏大的基业永远稳固，赞所售之鞋好。“足”和“脚”的对仗十分工整。

此为鞋店联。

联语
风落孟嘉①不防舍旧
雨逢郭泰②大好③更新

【注解】❶孟嘉：晋人，官至大司马桓温参军。《晋书·孟嘉传》：“九月九日，温（桓温）燕（通‘宴’）龙山，僚佐毕集。时佐吏并著戎服。有风至，吹嘉帽堕落，嘉不之觉。温使左右勿言，欲观其举止。嘉良久如（去）厕，温令取还之，命孙盛作文嘲嘉，著（zhuó 放；置）嘉坐处。嘉还见，即答之，其文甚美，四坐（座）嗟叹。”后以“孟嘉落帽”形容才子名士的儒雅洒脱、才思敏捷。这里店家只是借“孟嘉落帽”劝人要弃旧换新以兜生意。❷郭泰：字林宗，汉名士。《后汉书·郭太（也作“泰”）传》：“（郭太）尝于陈梁（皆地名）闲行（漫步）遇雨，巾（头巾，裹头的织品，四角，二系脑后，二系颔下）一角垫（下垂），时人乃故折（折叠）巾一角，以为‘林宗巾’。”❸大好：很好；极好。

简析 上联说风吹落了孟嘉的帽子，就不要拾它了。不妨舍弃旧的，换为新的；下联说郭泰遇雨头巾沾湿一角下垂，这是很好的机会，应赶快撤开旧头巾更换新帽子，鼓动人们来店买帽。“风”与“雨”相对，“孟嘉”与“郭泰”相对，十分工巧。

此为帽店联。

(21)针线店联 ▸▸▸

联语

要将铁杵[①]磨成器
好把金针[②]度与人

【出处】下联出自金元好问《遗山集·论诗》：“鸳鸯绣了从教看，莫把金针度与人。”

【注解】❶铁杵（chǔ）：铁棒。传说唐李白少年时读书于眉州象耳山。未成弃去。过小溪，逢一老妪，方磨铁杵，问之，答曰欲做针。白感其意，因还完成学业。今谚语有“只要功夫深，铁杵磨成针”。❷金针：黄金针，以刺绣喻做诗文者之别有巧妙。

简析 此联巧用两则与“针”有关的典故，自然贴切又内含哲理。

此为针店联。

联语

既解佳人穿针[①]意
常怀慈母缝衣[②]心

【注解】❶佳人穿针：古时逢七月七日，民间有女子以红丝线穿针以乞巧的风俗。❷慈母缝衣：典出唐孟郊《游子吟》："慈母手中线，游子身上衣。临行密密缝，意恐迟迟归。谁言寸草心，报得三春晖。"

简析 此联以"佳人穿针"暗含"引线"，以"慈母缝衣"暗含"慈母手中线"，联语字面并不出现"线"字，可谓构思巧妙。

此为线店联。

(22)旧货店联 ▸▸▸

联语

我岂肯得新忘旧
君何妨以有易无

简析 上联以店主人口吻，说自己经营旧货是出于不愿"得新忘旧"，语颇诙谐。下联以良言相劝的方式，说器物虽旧但总比没有要强，鼓动顾客购买。联语平易、诙谐中又透着真诚。

(23)茶叶店联 ▸▸▸

联语

瑞草抽芽分雀舌[①]
名花采蕊结龙团[②]

【注解】❶雀舌：茶名。以嫩芽焙(bèi 烘烤)制的上等茶。❷龙团：宋时贡茶名，饼状，上有龙纹。真宗咸平中，丁谓为福建漕，监御茶，进龙凤团。仁宗庆历中，蔡襄知建州，别择茶之精者为小龙团十斤以献，斤为十饼，龙团凤饼遂名冠天下。

简析 此联以华美的语言，极力炫耀了店内茶叶的名贵。联语对仗极为工整，“瑞草”与“名花”，为植物名相对；“雀舌”与“龙团”，为动物名相对，且用典贴切。

联语
凝成黄山云雾质
飘出九华[1]晨露香

【注解】❶九华：指九华英。唐时茶名，唐曹邺《故人寄茶》诗中云此茶产于四川。

简析 上联说黄山云雾茶是由黄山顶云雾之质凝聚而成的。清汪灏等《广群芳谱·茶谱一·茶一》：“《黄山志》：莲花庵旁就石缝养茶，多轻香冷韵（清幽的韵味）……谓之黄山云雾茶。”下联说飘出九华英茶带晨露的香气。赞美此处所售的茶好、茶香。“凝”与“飘”、“黄山”与“九华”、“雾”与“露”相对，十分工稳。

(24)**鱼店联** ▸▸▸

联语
烹鲜无待临渊羡[1]
食脍何须缘木求[2]

【注解】❶临渊羡：“临渊羡鱼”的略语。语出《汉书·董仲舒传》：“临渊羡鱼，不如退而结网。”❷缘木求：“缘木求鱼”的略语，爬到树上去找鱼。缘木，爬树。语出《孟子·梁惠王上》：“以若所为，求若所欲，犹缘木而求鱼也。”

简析 此联由“临渊羡鱼”和“缘木求鱼”两则与鱼有关的成语变化而来。

【提示】上下联均巧妙地隐去了"鱼"字，这种联语形式称为"隐字联"。

(25)肉店联 ▸▸▸

联语
过门容大嚼[1]
入社要平分[2]

【注解】❶大嚼：三国魏曹植《与吴质书》说："过屠门而大嚼，虽不得肉，贵且快意。"东汉桓谭《新论》也说："知肉味美，则对屠门而大嚼。"❷入社要平分：援引《汉书》载陈平为里社分肉时所说的话："嗟呼，使平宰天下，亦如此肉矣！"社，里社。古时里中供奉土地神的处所。后亦作乡里的代称。

简析 以店主人的口吻，上联活用典故而言所售之肉味美；下联所用典故原意是表达陈平欲主宰天下的抱负，联语则说明到我店买肉，公平而无欺。以典入联，既切合行业特点，又另寓新意，可谓妙语天成。

(26)粮店联 ▸▸▸

联语
谷乃国之宝
民以食为天[1]

【出处】下联语出《汉书·郦食其传》："王者以民为天，而民以食为天。"

【注解】❶天：这里比喻赖以生存的最重要的东西。

简析 此联借用古语，着重说明了粮食对于人民生活的重要性。联语的一个突出特点，便是多以虚字相对。

(27)**副食店联**

联语

酸甜苦辣咸，香浮四季
油盐酱醋茶，情系千家

简析 上联以“五味”代指各种副食品，但最后归结于一个“香”字，而且是香飘四季；下联则从俗语“开门七件事，柴米油盐酱醋茶”中截取了“油盐酱醋茶”这有代表性的五种副食品，最后站在商家的角度以“情系千家”作结，表达了关心并服务于人民生活的宗旨。

6. 饮食、服务业联

(1)饮食业联 ▶▶▶

联语 饭熟菜香春满座
窗明几净[1]客如云

【注解】❶窗明几净：窗户明亮，茶几干净，谓餐馆非常干净明亮。

简析 联语描写了餐馆可口的饭菜与整洁的环境。上联以“春满座”结尾，意即和气满堂；下联以“客如云”作结，意即生意兴隆。

此为餐馆联。

联语 到来尽是热心客
此去均为快意人

简析 此联巧用双关的修辞手法，“热心”在指“热心肠”的同时，也暗指天气的炎热。“快意”在指“愉快”的同时，还暗含了“凉快”之意。而所有这些都紧扣了“冷饮店”这一主题。

此为冷饮店联。

联语 玉碗光含仙掌露[1]
金芽香带玉溪[2]云

【注解】❶仙掌露：汉武帝为求仙，在建章宫神明台上造铜仙人，舒掌捧铜盘玉杯，以承接天上的仙露。❷玉溪：溪流的美称。

简析 玉碗，极言茶具之精美；金芽，极言茶叶之名贵，再加上用天上之甘露来沏泡，在玉溪的云雾中采摘的茶叶嫩芽便香气四溢了。联语对仗工整，辞藻典雅，很好地烘托了茶楼高雅、华贵的氛围。

此为茶楼联。

联语 绿蚁[1]斟来，且邀月饮
金貂[2]换去，好向花倾

【出处】 上下联尾句化用唐李白《月下独酌》："花间一壶酒，独酌无相亲。举杯邀明月，对影成三人。"

【注解】 ❶绿蚁：酒上浮起的绿色泡沫，古人常以绿蚁为酒的代称。唐刘禹锡《问刘十九》："绿蚁新醅酒，红泥小火炉。"❷金貂：此用金貂换酒的典故，《晋书·阮孚传》："尝以金貂换酒，复为所司弹劾，帝宥之。"金貂，汉以后皇帝左右侍臣的冠饰。取下金冠换美酒，比喻文人狂放不羁。

简析 此酒店联紧扣一个"酒"字，所以这里指主要卖酒的店，而非现代意义上的"酒店"。联语以"绿蚁"对"金貂"，以"邀月饮"对"向花倾"，对仗工整，语言工丽，用典贴切。

此为酒店联。

联语 宇内江山，如是包括[1]
人间骨肉，同此团圆

【出处】 此为汤圆铺联。北京草厂胡同有一家馄饨铺，兼卖汤圆，铺内悬挂了这副楹联。

【注解】❶包括：裹扎；包含。

简析 上联切馄饨，下联切汤圆，点明主人从业特点，而“包括”、“团圆”语意双关，用词极妙。联咏小物而从大处着笔，不同凡响。

(2)服务业联 ▶▶▶

联语 相逢皆萍水[1]
小住息风尘

【注解】❶萍水：喻偶然相遇。唐王勃《秋日登洪府滕王阁饯别序》：“关山难越，谁悲失路之人；萍水相逢，尽是他乡之客。”

简析 上联含人生漂泊不定之意。动之以情，很容易打动旅途中的客人。下联顺理成章地劝说客人不妨小住以歇息。联语立意高明，虽语言平易，感染力却很强。

此为宾馆联。

联语 六书[1]传四海
一刻值千金

【注解】❶六书：古人造字的六种方法，即指事、象形、形声、会意、转注、假借。

简析 下联本来是珍惜时光之意，但用在刻字店时，便有了“时刻”与“刻字”的双关含义，同时联语巧用数目字，读后给人以简洁明快、灵动工巧之感。

此为刻字店联。

联语 **虽云毫末[1]技艺**
却是顶上功夫

【注解】❶毫末:指头发梢。

简析 这是一副流传颇为广泛的理发店巧联。联语很巧妙地利用了“毫末”和“顶上”两词的双关含义,既有自谦之意,又含有巧妙的自夸,使人感到妙趣横生。

此为理发店联。

联语 **到此皆洁己[1]之士**
相对乃忘形[2]之交

【注解】❶洁己:清身洁己,谓保持自身节操,身体力行。❷忘形:语出《庄子·让王》:“养志者忘形。”谓忘记自己的形体,注重内在修养。后谓朋友相交,不拘形迹。

简析 联语利用了“洁己”和“忘形”两词的双关含义,诙谐生动中又含有对顾客的夸赞之意。

此为浴池联。

联语 **不教白发催人老**
更喜春风满面生

简析 上联说美发的功效。下联说美容的功效。上下联用递进的方式,从“不教”到“更喜”,反复说明了本店为顾客留住岁月,使顾客焕发青春的神奇效果。

此为美容美发厅联。

联语 **还我庐山真面目**
爱他秋水旧丰神[1]

【注解】❶丰神：风貌神情。

简析 此联以古典的语言及意境描写“摄影”这一新生的事物，“庐山真面目”出自宋苏轼《题西林壁》诗，作者在此用以说明照相术的惟妙惟肖。下联说丰神如秋水，更是夸赞了照片的传神。

此为照相馆联。

联语 **三尺冰弦**[1]**弹**[2]**夜月**
一天飞絮[3]**舞春风**

【注解】❶冰弦：弹花弓的铁弦。❷弹：弹棉花。旧时弹棉花均为手工，以巨大的月牙形的弹花弓在棉花表面敲击震动，以达到使棉花均匀松软的目的。❸飞絮：弹棉花时飞扬起来的棉絮。

简析 此联以优美的语言，把弹棉花这一枯燥的工作描写得诗意十足。上联字面意本为月下弹琴，下联字面意本为风舞柳絮的春景，但上下联合起来便成为弹花店里的工作场景，读后使人不禁会心一笑。

此为弹花店联。

联语 **法书**[1] **名画搜罗富**
宋锦吴绫采饰新

【注解】❶法书：指名家的书法。

简析 上联说店中所装裱的字画的名贵,下联则说明了装裱工艺和材料的精致。"法书"与"名画","宋锦"与"吴绫",分别为句中自对。

此为装裱店联。

联语

荡垢涤瑕[1],还我清白[2]
刷新换旧,焕乎文章

【注解】❶荡垢(gòu)涤瑕:清除缺点过失,清除污泥浊水。❷清白:纯洁;洁净,没有污点。

【简析】上联以拟人的手法描写衣服在清除了污垢之后还回了清白;下联更进一步说明在经过洗衣店的清洗之后,衣服的颜色花纹变得焕然一新。

此为洗衣店联。

联语

量体裁衣,匠心别具
穿针引线,妙手常新

简析 此联以写实的笔法对裁缝店(缝纫店)进行了正面的宣传。上联说"裁",下联说"缝"。分别用了"量体裁衣"和"穿针引线"两个与裁缝有关的成语,最后赞扬了裁缝的"匠心"与"巧手",语言平实,对仗工整。

此为裁缝店(缝纫店)联。

7. 工业、农业联

(1)纺织业联 ▶▶▶

联语

经纶[1]天下
衣被[2]苍生

清·张之洞

【出处】此为张之洞题织布局的对联。

【注解】❶经纶:原指整理丝缕,引申为人的才能、本领。❷衣被:养护;加惠。《荀子·礼论》:“乳母之饮食之者也,而三月;慈母衣被之者也,而九月。”

简析 联作贵在言简意赅,贵在有作者的情怀寄托。张之洞的这副题织布局联便是这方面的楷模。联语一方面字面上紧扣织布局这一主题,但语意博大高远,实际上是抒发了作者以天下为己任的远大抱负。

(2)建筑业联 ▶▶▶

联语

广厦[1]连云立
春风送暖来

【注解】❶广厦:高大的房屋。

简析 高楼大厦拔地而起,上接浮云。联想到唐杜甫“安得广厦千万间,大庇天下寒士俱欢颜”的诗句,使人感受到建筑业就如同给人间带来温暖的春风。

(3)**冶炼业联** ▶▶▶

联语
惟精诚所感,能开金石[1]
兴山泽之利[2]**,以致富强**

【注解】 ❶精诚所感,能开金石:即成语"精诚所至,金石为开"。人的诚心所到,能感动天地,使金石为之开裂。比喻只要专心诚意去做,什么疑难问题都能解决。语出《庄子·渔父》:"真者,精诚之至也,不精不诚,不能动人。"汉王充《论衡·感虚篇》:"精诚所至,金石为开。"❷山泽之利:山林与川泽的各种资源包括矿产的开采、利用。《国语·齐语》:"山泽各致其时,则民不苟。"

简析 上联借用"精诚所至,金石为开"的成语,但将本来"开裂"的意思转义为"开采",这样就很有针对性地用于冶炼业这一主题。古人所说的山泽之利,包括各类矿产资源的开采与冶炼,大兴山泽之利,则极有利于民富国强。

(4)**汽车业联** ▶▶▶

联语
造虽闭门,出而合辙[1]
用以行陆,疾于荡舟

【注解】 ❶合辙:车轨相合。

简析 这是一副早期写汽车业的对联。上联化用了"闭门造车,出门合辙”的古语。古人出行只有水路、旱路两种方式，常以“舟”、“车”相提并论，所以下联便用汽车与行舟相比较，说汽车要比舟船快。

(5)农业联 ▶▶▶

联语 农业大丰收，粮似金山棉似海
乡间新建设，车如流水马如龙[①]

【注解】❶车如流水马如龙：语出南唐李煜《望江南》：“还似旧时游上苑，车如流水马如龙；花月正春风！”

简析 这是一副描写新农村建设的对联。上联以“粮似金山棉似海”来表现农业丰收的情景。下联借用古人词句，形象地表现了田间村头车水马龙的繁忙景象。

(6)养殖业联 ▶▶▶

联语 牛马猪羊六畜旺
鱼虾莲藕一池香

简析 上联说牲畜饲养，下联说水产养殖，联语全面描绘了农村养殖业的兴盛。“六”、“一”数目字相对，十分工整。

(7)种植业联 ▶▶▶

联语 遍山粮果千里秀
满架豆瓜一院香

简析 作为经济作物，遍山种满了粮果。搞好庭院经济，一院结满了豆类和瓜类。联语表现了农村种植业一派欣欣向荣的景象。以“遍山粮果”对“满架豆瓜”，以“千里秀”对“一院香”，十分工整。

(8)**渔业联**

联语

碧海金波涌旭日
春风银网耀朱鳞[1]

【注解】❶朱鳞：红色的鳞片，这里代指鱼。

简析 此联以浓墨重彩描绘了一幅渔业丰收图：旭日照耀下的碧海涌动着金色的波浪。在阵阵春风中，渔民收拢的银网里，一尾尾红色鳞片的大鱼接连跃起。作者善用多种颜色词来营造“联中有画”的艺术效果。

(9)**花木业联**

联语

色香俱全，花草风度
文质兼备，松柏精神

简析 草色青青，花香阵阵，所以花木园里可谓是“色香俱全”。园中的苍松翠柏，既有挺拔的造型，又有丰富的精神内涵。

(10)**林业联**

联语

绿屏碧嶂遮风砾[1]
林海雪原育栋梁

【注解】❶风砾(lì):风沙及小石块。

简析 上联说到造林所具有的防风固沙的功效,下联则直接说到木材的生产。联中“绿屏”与“碧嶂”、“林海”与“雪原”是句中自对的关系。

名胜古迹联

名胜古迹对联就是为各地名胜古迹撰写的，是包括学生在内的广大读者很常见的一类对联。名胜古迹，是个很宽泛的概念。有的是自然风光，如珠穆朗玛峰，只能写对联而无法悬挂；有的是人文景观，如北京紫禁城，悬挂的对联极多。更多的是这二者的结合，如寺庙、道观、园林、馆舍，多为山水建筑，对联是其不可缺少的元素。

名胜古迹对联的分类，一般有两种办法，或者按名胜古迹所在地的直辖市、省、自治区划分，或按名胜古迹的性质归并。本辞典采用后一种分类，但不细分，仅取其特点相近而分成四组：山水、园林、关隘联；亭台、楼阁、桥洞联；馆堂、居室联；寺庙、墓祠、牌坊联。名胜古迹对联对于重温历史事件、点评古今人物、欣赏山水风景、介绍建设始末、阐明佛道法理、体味闲适雅兴，都有画龙点睛的作用。这种作用，体现出很高的文学性、哲理性和历史感，是其他诗文所不可替代的。如韩信庙联"生死一知己，存亡两妇人"，仅用十个字，以韩信与萧何、漂母、吕后之间关系为线索，极为概括地写足他的一生，体现了对联简练的特色。如武侯祠对联"能攻心则反侧自消，从古知兵非好战；不审势即宽严皆误，后来治蜀要深思"，深刻总结了诸葛亮政治、军事、外交斗争的经验，令人慨叹、反思，体现了对联警世的特色。至于云南昆明大观楼 180 字长联所营造的意境，秦皇岛孟姜女庙叠字联的语言技巧，也是人们津津乐道的。

经常阅读、理解、鉴赏并动手创作名胜古迹对联，是我们学习历史、学习地理、学习语言、学习社会的好机会，也是进行爱国主义教育的好形式。

山水、园林、关隘联

联语 青分楚豫[1]
气压嵩衡[2]

【出处】此为题鸡公山的对联。

【简介】**鸡公山**：在河南、湖北两省交界处。主峰报晓峰两侧，南有灵华峰，北有长岭，如雄鸡两翼，故名。峰奇谷幽，林茂水秀，是著名的避暑、旅游胜地。

【注解】❶楚豫：湖北、河南两省。❷嵩衡：中岳嵩山、南岳衡山。

简析 上联实写，突出其“青”，写景色、写位置；下联虚写，突出其“气”，写气势、写精神。

联语 昼夜不舍
天地同流

清·宁鹏年

【出处】此为宁鹏年题难老泉的对联。

【简介】**宁鹏年**：字寿祺，太原人。工书法，通医道。

难老泉：在今太原市南晋祠，有“晋阳第一泉”之称。难老，语出《诗经·鲁颂·泮水》：“在泮饮酒，永锡难老。”

简析 联语寓“子在川上曰：‘逝者如斯夫！不舍昼夜’”(《论语·子罕》)

中的哲理，又赞其与天地同在、长流不竭。

联语
云飞疑石走
霞敛觉山空

明·赵炳龙

【出处】此为赵炳龙题石宝山的对联。

【简介】**赵炳龙**：字文成，又字云升，云南剑川人，白族。曾任南明吏部文选司主事、户部员外郎。后归隐。有《居易轩诗遗钞》两卷。

石宝山：在今云南剑川县，有石钟寺、宝相寺和海云居三大景区，是县内最负盛名的旅游景点。

简析 联语用衬托、对比手法，写看石宝山的感觉：云和霞会飞、能敛（收），似乎石在“走”，山已“空”。简短，但很生动；读之，如身临其境。

【提示】石，为古入声字。

联语
目瞩高低石
亭延曲折廊

清·乾隆

【出处】此为乾隆题黄园的对联。

【简介】**黄园**：在今江苏扬州。

简析 上联写“石”，高低错落；下联写“廊”，曲折蜿蜒。能准确地抓住黄园的特点，以极为精练的语言表达出来，要言不烦。

联语
鱼乐人亦乐
泉清心共清

【出处】此为题西湖玉泉的对联。

上联语出:《庄子·秋水》:“庄子与惠子游于濠梁之上。庄子曰:‘鯈鱼出游从容,是鱼之乐也。’惠子曰:‘子非鱼,安知鱼之乐?’庄子曰:‘子非我,安知我不知鱼之乐?’惠子曰:‘我非子,固不知子矣;子固非鱼也,子之不知鱼之乐,全(很明显)矣。’庄子曰:‘请循其本。子曰“汝安知鱼乐”云者,既已知吾知之而问我,我知之濠上也。’”

【简介】 **西湖玉泉**:在浙江杭州。

简析 人与鱼同乐,心与泉共清。联语写得超脱、空灵。读之,心中有两个感受:一曰净,一曰静。联语虽短,仍用了复字手法,两个“乐”和两个“清”,非常巧妙。

【提示】 与此联相近的是清代宋荦沧浪亭联:“共知心似水,安见我非鱼。”

联语

禹门三级浪
平地一声雷

【出处】 此为题黄河禹门的对联。

【简介】 **黄河禹门**:即龙门,在山西河津西北、陕西韩城东北。相传为夏禹所开凿,故名。

简析 禹门有著名的黄河瀑布,联语正是对这瀑布的描绘。虽无风也常有“三级浪”,正如平地响起一声春雷。语言简练,极有气势,读之有如闻其声之感。

联语

送千年客去
移一个关来

于右任

【出处】 此为于右任题汉函谷关的对联。

【简介】**汉函谷关**：在今河南新安城东。汉杨仆平南越有功，敕封楼船将军，因耻为关外民，上书武帝，请求徙关，元鼎年间移函谷关于此。

简析 联语全用白描的写实手法写成。“送”、“移”二字，非常准确。

联语
境以沧江旷
山因真隐高
清·沈德潜

【出处】此为沈德潜题焦山的对联。

【简介】**沈德潜**：清诗人。字确士，号归愚，江苏长洲（今苏州）人。乾隆进士，曾任内阁学士兼礼部侍郎。有《沈归愚诗文全集》。

焦山：在江苏镇江东北长江中。汉末焦光隐居于此，故名。

简析 上联描写景物，突出其地之“旷”，即阔大；下联揭示境界，突出其地之“高”，即名望高、精神高。“旷”、“高”这两个字体现出该联提炼之精。

联语
十字水中分岛屿
数重花外见楼台
五代·王瑶

【出处】此为王瑶题百花潭的对联。

【简介】**王瑶**：五代时蜀人，蜀主孟昶的兵部尚书。

百花潭：在四川成都后蜀主孟昶宫中。

简析 有人说这是我国最早的一副名胜楹联，出现于五代时期。此联以写景物见长，水中的岛屿，花外的楼台，历历在目。艺术上，对仗之工，声律之谐，尽显早期对联的成熟。

联语
山到天台难识面
我非刘阮[①]也牵情
郁达夫

【出处】此为郁达夫题天台山的对联。

【简介】天台山:在浙江东南。

【注解】❶刘阮:汉时的刘晨、阮肇。相传永平年间,他二人到天台山采药迷路,遇到两个仙女,蹉跎半年才回家。时间已到了晋代,子孙已过七代。于是再入天台山,旧时踪迹已渺然无处寻访。

简析 以传说入联,增加了联语的趣味性。其主旨是表达对天台山的喜爱和眷恋。

联语 门外湖光十里碧
座中山色四围青

清·杨昌濬

【出处】此为杨昌濬题西湖的对联。

【简介】西湖:在今浙江杭州。

简析 写景,能抓住景物特点。上联写水,突出其"碧";下联写山,突出其"青"。"湖光"与"山色"相映,十分迷人。艺术上,上、下联分工明确,又紧密关联。

联语 无边晴雪天山出
不断风云地极[1]来

【出处】此为玉门关的对联。

【简介】玉门关:在甘肃敦煌西北。相传新疆和田玉由此入中原,故得名。

【注解】❶地极:指大地的极远之处。

简析 这里已接近新疆,故可遥望天山"晴雪";"风云"不断,从极远的地方而来。联语的地域特色极为突出。"雪"与"云"、"天"与"地"的对仗,工稳而巧妙。

联语
未许田文①轻策马
愿逢老子②再骑牛

【出处】此为题函谷关的对联。

【注解】❶田文：战国时齐国贵族孟尝君。曾入秦为相，秦昭王听信谗言要杀他。他买通昭王宠姬，连夜策马东奔函谷关，骗开关门逃走。❷老子：即老聃，姓李名耳，字伯阳，春秋楚国苦县（今河南鹿邑东）人。据说，一天，函谷关令尹喜一早登上城楼，远远望见空中一团紫气从东面而来，便认定有圣人将过关。不久，果然见老子骑青牛迤逦而来。令尹喜把他留下，老子就在这里写下了《老子》（即《道德经》）一书。

简析 联语虽短，但含义丰富，尤其是极为切合其地，不可移往他处。对仗工稳，字字贴切，特别是以“马”对“牛”，令人叫绝。

联语
平地忽堆三尺雪
四时常吼半空雷

【出处】此为题趵突泉的对联。

【简介】**趵突泉**：在山东济南西门桥南趵突泉公园内。有三股泉水上喷，浪花飞溅，有“天下第一泉”之称。

简析 上联描绘其形，“忽”字有出人意料之慨；下联描述其声，与黄河禹门联有异曲同工之妙。“堆”、“吼”相对，生动、形象，且十分工巧。“雪”与“雷”，属于名词小类工对。

联语 **华岳三峰[1]凭槛立**
黄河九曲抱关来

【出处】此为题潼关的对联。

【简介】**潼关**：在陕西，据陕西、河南、山西三省要冲，初设于东汉末。

【注解】❶华岳三峰：指华山三主峰落雁峰、朝阳峰、莲花峰。

简析 潼关依山傍水，地势险要。联语正是抓住这个特点，上联写山，下联写水。“三峰”与“九曲”之对，工整、巧妙。

联语 **两树梅花一潭水**
四时烟雨半山云

清·硕庆

【出处】此为硕庆题黑龙潭的对联。

【简介】**硕庆**：满洲人，嘉庆举人，官于云南。

黑龙潭：在今云南昆明市北郊。

简析 如果说上联“梅花”与“水”是实，那么下联“烟雨”和“云”则是虚。“两”、“一”、“四”、“半”几个数字，运用都极为恰当、贴切。

联语 **放鹤去寻三岛[1]客**
任人来看四时花

清·袁枚

【出处】此为袁枚题随园的对联。

【简介】**随园**：清袁枚筑于江宁(今南京)小仓山的园林。

【注解】❶三岛：指传说中的蓬莱、方丈、瀛洲三座海上仙山，也泛指仙境。

简析 与仙人来往、与鲜花相伴，一派闲适、幽雅。这正是一个辞去官职的人的生活，世外人的生活。“三岛”与“四时”之对，堪称工巧。

联语 **相赏有松石间意**
望之若神仙中人

清·桂馥

【出处】此为桂馥题狮子林的对联。

【简介】**桂馥**：清文字训诂学家。字冬卉，号未谷，山东曲阜人。乾隆进士，官至云南永平知县。研究语言文字之学，取《说文解字》与古代经籍文义相参校，撰《说文义证》五十卷。

狮子林：在今江苏苏州。原为元菩提正宗寺的一部分。天如禅师所建。狮子林即寺后花园，是一代表元代风格的园林。全园以假山为主，洞壑幽邃，盘曲迂回，叠奇峰异石，有的形如狮子，故名。

简析 上联写景，下联抒情。松树挺拔苍劲，石头孤傲绝俗，正寄寓了士大夫们清高的心志，追求神仙似的自由自在的生活情趣。联语句式别致，有赋体风格。

联语 **绕槛溪光供潋滟①**
隔江山色露嵯峨②

【出处】此为题东园的对联。

【简介】**东园**：即贺园，在江苏扬州，由贺君召始建于清初。

【注解】❶潋滟(liànyàn)：形容水波流动。❷嵯峨(cuó'é)：山势高峻。

简析 上联写近处(绕槛)、低处之水，下联写远处(隔江)、高处之山。水光潋滟，山色嵯峨。远近、高低，错落有致，呈现出一幅立体的画面。“潋滟”与“嵯峨”以偏旁字形相对，极为工巧。

联语

桂蕊飘香，美哉乐土
湖光增色，换了人间

郭沫若

【出处】此为郭沫若题四川新都桂湖的对联。

【简介】桂湖：在四川新都。明正德、嘉靖年间，著名学者杨慎在这里遍植桂树，兴建园林。

简析 冠顶嵌入“桂湖”二字，确切不移，说明是写桂湖。描绘景物，具有强烈的时代气息。“哉”和“了”两个虚词，使得句式轻松活泼，别具一格。

联语

二柳当门，家计逊陶潜[1]之半
双桃钥户，人谋虑方朔[2]而三

清·李渔

【出处】此为李渔题南京芥子园的对联。

【简介】芥子园：在金陵(今南京)，为李渔故居。

【注解】❶陶潜：晋陶渊明。其《五柳先生传》：“先生不知何许人也，亦不详其姓字。宅边有五柳树，因以为号焉。”❷方朔：汉文学家东方朔。武帝时为太中大夫，性格诙谐滑稽。汉班固《汉武故事》：“短人朔(指东方朔)语上(武帝)曰：‘西王母种桃，三千岁为子，此儿(我)已三过偷之矣。’”

简析 李渔的芥子园，“门外二柳，门内二桃，桃熟时人多窃取，故书此(这副对联)以谑文人”。从日常生活中发现情趣，与历史名人相比，语言幽默活泼，其诙谐滑稽，当不亚于东方朔。几个数字，用得尤其得当。

联语

白水如棉，不用弓弹花自散
红霞似锦，何须梭织天生成

【出处】此为题黄果树瀑布的对联。

【简介】**黄果树瀑布**:在贵州镇宁西南白水河上。因河床断落,形成九级瀑布,黄果树是其中最大的一级,宽约30米,落差60米。

简析 联语巧用比喻,生动地描述了黄果树瀑布壮观的自然景象。形容水如“棉”,但不用弓弹而浪花“自散”;形容霞似“锦”,更无须梭织,而是天然生成。“红”、“白”相对,极为工巧。

联语 此即濠间,非我非鱼皆乐境
恰来海上,在山在水有遗音

清·陶澍

【出处】此为陶澍题豫园的对联。

【简介】**豫园**:在上海旧城东北,兴建于明嘉靖年间,后陆续扩建,为江南名园之一。园主潘允端,字仲履,上海人。嘉靖进士,曾官四川右布政使。此园为其父(字子仁,官至左都御史)养老而建,园名取“豫(愉)悦老亲”之意。

简析 上联切景,用《庄子·秋水》典故,说这里的确是让人感到愉悦的地方;下联切人——即“我”,来到“海上”(指上海),在山水中都可以听到“遗音”(不绝之余音)。联语主旨鲜明,对仗上堪称工巧。

联语 且住为佳,何必园林穷盛事
集思广益,岂惟风月助清谈

清·俞樾

【出处】此为俞樾题曲园的对联。

【简介】**曲园**:在江苏苏州。清末同治年间,学者俞樾在大臣潘世恩旧宅西数亩废地上建造。

简析 这是一副言志联。上联就眼前园林表达自己对住宅的要求,不求奢华盛景，容膝自安；下联写自己治学的体会，多与友人切磋，表现了一个勤奋学者的生活情趣。

联语 **曲水崇山，雅集逾狮林虎阜**
莳花种竹，风流继文[1]画吴[2]诗

清·张之万

【出处】此为张之万题拙政园的对联。

【简介】**张之万**：字子青，直隶南皮（今属河北）人。道光进士。官至东阁大学士。名臣张之洞之兄。

拙政园：在今江苏、苏州。吴县人王献臣建于明嘉靖年间。王字敬止，弘治进士，官御史。因受东厂诬陷被降职，失意回乡。自比西晋潘岳，“政殆有拙于岳者”，取潘岳《闲居赋》“拙者之为政也”意，为园林命名。太平天国时期曾为忠王府后花园。

【注解】❶文：指文徵明。王献臣初建此园时，文徵明曾绘园中景物图三十一幅。❷吴：指吴伟业，清初诗人，字骏公，号梅村，有《咏拙政园山茶花》诗并引。

简析 上联写景，并说在此“雅集”，要超过狮子林和虎丘山；下联叙事并抒情，说如今的“风流”可继当年文氏的画和吴氏的诗。其旨在于歌咏文人的雅集之乐，大有东晋时会稽兰亭修禊的遗风。“狮林虎阜”和“文画吴诗”，分别为当句自对。

联语 **黄菊未残，招饮喜开彭泽[1]径**
缁尘[2]不染，咏归快挹舞雩[3]风

【出处】此为题汤山温泉的对联。

【简介】**汤山**：在南京市东麒麟门外，距城约30公里。温泉不受季节影响，平均水温44摄氏度。

【注解】❶彭泽：指东晋诗人陶渊明。陶曾任彭泽令。❷缁（zī）尘：晋陆机《为顾彦先赠妇》："京洛多风尘，素衣化为缁。"后即用来比喻世俗的污垢。缁，黑色。❸舞雩：典出《论语·先进》："莫（暮）春者，春服既成，冠者（成年人）五六人，童子（少年）六七人，浴乎沂，风乎舞雩（舞雩台，春秋时鲁国求雨的坛），咏而归。"

简析 上联用陶渊明的典故切其地，说这里远离闹市，是隐居的好地方；下联用《论语》的典故切其泉，说在此沐浴后"咏归"，正如在舞雩台上吹风一样舒畅。"黄"与"缁"的对仗，非常工巧。

联语 乔木[1]认前痕，劫后能酬经始[2]志
菁莪[3]期远荫，老来犹抱济时心

【出处】此为题鳌园的对联。

【简介】鳌园：在福建厦门集美区浔江之滨。原为鳌王宫，后毁于战火。新中国成立后，爱国华侨陈嘉庚为纪念集美镇解放而建鳌园。

【注解】❶乔木：典出《孟子·梁惠王下》："所谓故国者，非谓（并不是说）有乔木之谓也，有世臣（历代有功勋的旧臣）之谓也。"后用来形容故国或故里。❷经始：开始营建。❸菁莪（jīng'é）：典出《诗经·小雅·菁菁者莪》，指育材。陈嘉庚在故乡建了小学、中学、大学，非常重视培养人才。

简析 联语的意思是：故乡还记得您的功绩，战乱后终于得以实现了您建设的心愿。育材人期望着遥远地使子孙受到庇荫，到老还怀抱着济时之心。切地、切人、切事。

联语 好水好山，出东郭不半里而至
宜晴宜雨，比西湖第一楼如何

清·俞樾

【出处】此为俞樾题临海东湖的对联。

【简介】**临海东湖**：在浙江临海城东，后山山宫溪诸水在此汇合入灵江。北宋时郡守钱暄主持开拓成湖。

简析 上联先赞此地的山水，再写其地理位置——在城边；下联从侧面描述其地景致，说堪与杭州的"西湖第一楼"媲美。以赋体入联，用重字和当句自对手法，不事雕琢，语言通俗晓畅。

联语 海国旧传书，是英雄自怜儿女
湖山今入画，有忠信可涉风波

清·左宗棠

【出处】此为左宗棠题柳毅井的对联。

【简介】**柳毅井**：在湖南岳阳君山龙口内的龙舌的根部。相传是当年柳毅入洞庭龙宫时下水的地方。其故事源于唐李朝威的《柳毅传》：仪凤年间，书生柳毅赴京应试落第后，归经泾阳，遇满脸泪痕的牧羊女。经询问得知，她是洞庭龙君之女，因受泾阳君虐待至此。柳毅受龙女之托，送信到君山，从这口井下到龙宫，见到龙君，送上书信。龙君弟钱塘君化为百丈赤龙，去灭了泾阳君，接回龙女，又招柳毅为婿。

简析 上联从柳毅的故事中，概括出"英雄自怜儿女"（英雄救美）；下联则由此生发出"忠信"的价值和意义，有了"忠信"，自可无往而不至，"风波"自然不在话下。本联通过神话传说提炼出作品的思想性。

联语 爽气① 抱城来，拄笏② 看山宜此地
绿荫生昼静，凭栏觅句几闲人

清·卢禅普

【出处】此为卢禅普题陶然亭的对联。

【简介】**陶然亭**:在北京城南,右安门内。亭原在辽金古寺慈悲院内,清康熙年间,工部郎中江藻在其中西部建厅三间,取唐诗人白居易《与梦得沽酒闲饮且约后期》诗句“更待橘黄家酿熟,与君一醉一陶然”之意,命名为“陶然亭”。

【注解】❶、❷爽气、拄笏:典出南朝宋刘义庆《世说新语·简傲》:“王子猷作桓车骑参军。桓谓王曰:‘卿在府久,比当相料理。’初不答,直高视,以手版拄颊云:‘西山朝来,致有爽气。’”形容在官而有闲情雅致。

简析 陶然亭曾是北京人旧时仅有的几个去处之一,在此极目远望,西山雄姿尽收眼底,令人心旷神怡。上联正是写此。下联则近写陶然亭清雅幽静的环境和文人的活动,凭栏远望,寻觅诗句。

联语 **山水协清音,龙会八风[1]、凤调九奏**
宫商谐法曲,象德[2]流韵、燕乐[3]养和

【出处】此为题颐和园德和园的对联。

【简介】**颐和园**:位于北京西郊,是著名的皇家园林。德和园在东宫门内仁寿殿北,乾隆年间名“怡春堂”。被毁重修后,改今名,建有三层大戏台,是慈禧太后看戏的地方。

【注解】❶八风:八方之风。古时有八风舞。❷象德:佛教语,指佛祖之德。慈禧太后被称为“老佛爷”。❸燕乐:古乐名。一指祭祀宴享之乐,一指宫廷之乐。

简析 上联由颐和园的景物入手,继而描述戏台上的舞和乐;下联则直接描写音乐。联语与环境极为切合。用当句自对的手法遣词造句。

联语 **不必定有梅花，聊以志将军姓氏**
从此可通粤海，愿无忘宰相风流

【出处】此为题梅关的对联。

【简介】**梅关**：在广东南雄与江西大余之间的梅岭上。关因梅岭得名。岭之得名一说因西汉将军梅鋗在此筑城戍守而称“梅岭”，一说因岭上多梅，故山名“梅岭”。西汉元鼎年间，裨将庾胜在此筑城守卫，故又称“大庾岭”。唐张九龄开大庾岭路，宋时以砖砌路面，署表“梅关”二字。明朝在关口南侧建有关楼。其东有小梅关。

简析 上联写关名的来历，说以梅花得名，倒不如以“将军姓氏”为好；下联写其地理位置，并要人们“无忘宰相（张九龄）”。联语非常切题，“将军”与“宰相”，一武一文，也极为匹配。

联语 **过五岭、近月牙①，秀山花桥②竞秋色**
傍七星③、邻象鼻④，层峦叠彩占春光

王　力

【出处】此为王力题广西桂林叠彩山的对联。

【简介】**王力**：当代语言学家。字了一，广西博白人。曾就读于清华大学国学研究院，师事梁启超、王国维、赵元任。后留学法国，获巴黎大学文学博士学位。历任清华大学、广西大学、西南联大、中山大学、岭南大学、北京大学等校教授。一生从事汉语教学与研究工作，设“王力语言学奖”。擅诗文、翻译。其重要论著编入《王力文集》。

叠彩山：在广西桂林市区偏北。相传山多桂树，又称“桂山”。山层横断，重重相叠，如叠着的彩缎，故名。

【注解】❶月牙：月牙山，又名“月牙岩”，在广西桂林市东。❷花桥：在桂林市东小东江和灵剑江汇流处。初建于宋，原名“嘉熙桥”。元时被水冲垮。明景泰年间重建为木桥，嘉靖时改为石桥，更名为“花桥”。❸七星：七星岩，在桂林市区东普陀山西侧山腰。❹象鼻：象鼻山，在桂林市内阳江和漓江汇流处。

简析 桂林是我国著名的风景游览区，自古就有“桂林山水甲天下”之称。联语罗列桂林诸名胜（主要说山），而突出叠彩山。“竞秋色”与“占春光”，应作互文来理解。“牙”与“鼻”之对，极为工巧。

联语

仰之弥高、钻之弥坚①，可以语上也
出乎其类、拔乎其萃②，宜若登天然③

清·徐宗幹

【出处】此为徐宗幹题孔子崖的对联。

【简介】**徐宗幹**：字树人，江苏通州人。嘉庆进士。道光时任山东曲阜知县，同治时官福建巡抚。著有《斯未信斋文稿》。

孔子崖：在山东泰山。

【注解】❶仰之弥高、钻之弥坚：语出《论语·子罕》：“颜渊喟然叹曰：‘仰之弥高，钻之弥坚。瞻之在前，忽焉在后。’”意思是老师（孔子）的道德学问越抬头看越觉得高，越用力钻研越觉得深。❷出乎其类、拔乎其萃：语出《孟子·公孙丑上》：“圣人之于民也，亦类也。出于其类，拔乎其萃。自生民以来，未有盛于孔子也。”形容德才超越寻常。❸宜若登天然：语出《孟子·尽心上》：“公孙丑曰：‘道则高矣，美矣，宜若登天然，似不可及也。’”意思是像登天一样高不可攀。

简析 用当句自对手法，集经书语——尤其是评价孔子的话——成联，题于孔子崖，用来称颂孔子，再恰当不过了。

联语 诗酒生涯，把一卷吟风、一觞醉月
春秋佳日，趁重三[1]修禊[2]、重九[3]登高[4]

清·郁秾

【出处】此为郁秾题武进聊园的对联。

【简介】聊园：在江苏武进，清末诗人吴蔚元建，为当地诗人集会的地方。

【注解】❶重三：农历三月初三。❷修禊：古代习俗，于农历三月上巳日（魏晋以后定为三月初三）到水边嬉游，以消除不祥，称“修禊”。❸重九：农历九月初九。❹登高：古代习俗，农历九月初九登到高处，以躲避灾祸。《续齐谐记》：“汝南桓景随费长房游学累年。长房谓曰：‘九月九日汝家中当有灾，宜急去，令家人各做绛囊盛茱萸以系臂，登高饮菊花酒，此祸可除。’景如言，齐家登山。夕还，见鸡犬牛羊一时暴死。长房闻之，曰：‘此可代也。’今世人九日登高饮酒，妇人带茱萸囊，盖始于此。”

简析 上联写事，突出“诗”和“酒”；下联写时，突出“春”和“秋”。透出高雅、潇洒。“一卷”与“一觞”，“重三”与“重九”，非常工整、巧妙。

联语 三不朽[1]，曰立德立功立言，偶曾尝试
一得闲，便醉花醉诗醉酒，聊共神游

【出处】此为题三一园的对联。

【简介】三一园：在香港。

【注解】❶三不朽：即立德立功立言。典出《左传·襄公二十四年》：“大上（太上，最高）有立德（树立德业），其次有立功（建树功绩），其次有立言（著书立说）。”

简析 上下联第一字嵌“三”“一”。上联意思是，古人所说“三不朽”，我

也曾尝试过，言外之意是未能成功。下联则表达了园主人对花、对诗、对酒的喜好之情。那洒脱不羁的神态跃然纸上。语言雅致，颇值得玩味。

联语

小有园亭山水，种树养鱼，得少佳趣
虽无管弦丝竹，论文把酒，足叙幽情

黄宗仰

【出处】 此为黄宗仰题爱俪园的对联。

【简介】 **黄宗仰**：号乌目山僧，江苏常熟人。早年出家，民国后充江天寺首座，栖霞寺住持。

爱俪园：在上海静安寺路，又名“哈同花园”。

简析 联语突出了作者的“乐”：上联从正面写“种树养鱼”之乐，下联从反面写“论文把酒”之乐。用通俗的语言，表达了其不同凡俗的情趣。“园亭山水”和“管弦丝竹”，分别为当句自对。

联语

风风雨雨，暖暖寒寒，处处寻寻觅觅
燕燕莺莺，花花叶叶，卿卿暮暮朝朝

【出处】 此为题网师园的对联。

【简介】 **网师园**：在江苏苏州葑门，原为宋史正志万卷堂故址。清乾隆时，光禄寺少卿宋宗元重建。宋宗元自比渔人，又谐附近“王思巷”之音，故名。

简析 这是一副著名的叠字、回文巧联，集形、色、声、情于一体，描述了美妙艳冶、明媚秀丽的风光。全用叠字，已是一奇；回文时倒读（下联作上联，上联作下联），同样顺畅，又是一奇；不事用典，堪称平中见奇。

联语

有山有水，岂惟金谷①华林②，堪称胜境
可名可志，直媲醉翁③喜雨④，略假优游

【出处】此为题辉南公园的对联。

【简介】**辉南公园**：在吉林辉南城东北，建于民国初年。

【注解】❶金谷：即金谷园，西晋石崇在今河南洛阳市西北金谷涧中所筑的园馆，有池、台、水、花、果等，盛极一时。❷华林：即华林园。有三处：一为三国时吴建，故址在今江苏南京市鸡鸣山南古台城内。南朝宋扩建，其后齐、梁皇帝常在此宴集。一为东汉的芳林园，三国魏时建，因避齐王曹芳名讳，改名为"华林园"，故址在今河南洛阳市东洛阳故城。一为十六国时后赵石虎建，北齐高湛扩建，故址在今河北临漳西南古邺城北。❸醉翁：即醉翁亭，在今安徽滁州市西南琅琊山中。宋庆历年间，文学家欧阳修知滁州，与山僧智仙交游，智仙在酿泉旁建此亭，作为他们的游息之所。欧阳修登亭饮酒，自号"醉翁"，并以此命名该亭，又撰写了《醉翁亭记》。❹喜雨：即喜雨亭，故址在今陕西凤翔城北。宋嘉祐年间，文学家苏轼出任凤翔府签判，疏浚东湖之内湖。在建官舍时，又在堂北建亭，凿池引水，以为休息之所。因当年大旱后接连大雨，故命名为"喜雨亭"，并写了《喜雨亭记》。

简析 联语用联想、衬托手法，说这里"有山有水"，景致迷人，"可名可志（记）"，堪与历史上的名园、名亭相媲美。其自豪、欣喜之情溢于言表。

联语

酿五百斛[①]酒，读三十车书，于愿足矣
制千丈大裘[②]，营万间广厦[③]，何日能之

清·何栻

【出处】此为何栻题壶园的对联。

【简介】**何栻**（Shì）：字廉昉，号悔馀，江阴（今属江苏）人。道光进士，官至吉安知府。工古文，善书法，有《悔馀庵全集》。

壶园：在今江苏扬州，为清代何栻的别墅。

【注解】❶斛(hú)：旧量器，方形，口小，底大，容量本为十斗，后改为五斗。❷裘：大皮衣。唐白居易《新制绫袄成感而有咏》诗："争(怎)得大裘长万丈，与君都盖洛阳城。"❸广厦：高大的房屋。唐杜甫《茅屋为秋风所破歌》诗："安得广厦千万间，大庇天下寒士俱欢颜，风雨不动安如山！"

简析 联语道出了人生的知足处和不知足处。联作者认为：有酒喝，有书读，"于愿足矣"；但制造"大裘"，营建"广厦"，为天下穷苦人解难，"何日能之(什么时候才能办到)"？作为封建官吏，能有如此胸怀，的确难能可贵。

联语

沁雪贮寒泉，一片清虚，照彻大千世界
开山成宝相，十分圆满，想见丈六金身

【出处】此为题沁雪泉的对联。

【简介】沁雪泉：在浙江杭州北山大佛寺旁。

简析 联语一写泉，一写佛，极为切合其地特点。由泉之"清"，自然联想及"清虚"。联中多用佛家语，如"大千世界"、"宝相"、"金身"等。

联语

堂开绿野①，园辟华林②，俯仰千秋留胜迹
地接嫏嬛③，山临宛委④，师承百代起人文

李景明

【出处】此为李景明题莲花池的对联。

【简介】李景明：广东阳春人。

莲花池：在河北保定市区中心，为元初汝南王张柔开凿。清雍正年间，在其西北建有莲池书院。

【注解】❶绿野：唐宪宗时宰相裴度所建别墅，名为绿野堂。故址在今河南洛阳市南。❷华林：即华林园。有三处：一为三国时吴建，故址在今江苏南京市鸡鸣山南古台城内。南朝宋扩建，其后齐、梁皇帝常在此宴集。一为东汉的芳林园，三国魏时建，因避齐王曹芳名讳，改名为“华林园”，故址在今河南洛阳市东洛阳故城。一为十六国时后赵石虎建，北齐高湛扩建，故址在今河北临漳县西南古邺城北。❸嫏嬛（lánghuán）：即琅環。古代神话中天帝藏书的地方。❹宛委：即宛委山，会稽山之一峰，在今浙江绍兴东南。传说夏禹在此山得金简玉字之书。这里指莲池书院的藏书楼。

简析 上联写此处园林之盛，可与古代名园媲美；下联说附近有书院，可使人文教化延续百代。既切其景，又切其地。

联语

隐德[①]合潜龙[②]，际会[③]明时，应作苍生霖雨[④]
倦游似归鸟，相逢耆旧，只谈绿野桑麻

李鸿祥

【出处】此为李鸿祥题黑龙潭的对联。

【简介】**李鸿祥**：字仪廷，玉溪人。辛亥革命时云南重九起义将领。新中国成立后，任云南省军政委员会委员、省人民政府委员。著有《杯湖吟草》等。

黑龙潭：在云南玉溪市西北龙隐山麓，前有良江流过。

【注解】❶隐德：立志。❷潜龙：比喻贤才失时不遇。❸际会：机遇；时机。❹霖雨：甘雨；时雨。比喻济世泽民。

简析 由眼前黑龙潭之“龙”联想到“潜龙”，忆当年雄心壮志，意气风发，要为国为民作出一番大事业。遗憾的是未遇到“明时”。下联则写“倦游”

以后的感慨，见到老朋友，只谈生活琐事。“龙”与“鸟”、“苍”与“绿”之对，极为工巧。

联语

胜地足流传，直博得一代芳名、千秋艳说
赏心多乐事，且看此半湖烟水、十顷荷花

清·彭玉麟

【**出处**】此为彭玉麟题莫愁湖的对联。

【**简介**】**彭玉麟**：字雪琴，号退省庵老人，湖南衡阳人。行伍出身，曾随曾国藩创办湘军水师。官至巡阅长江水师，擢兵部尚书，辞未任，卒谥刚直。有《彭刚直公诗集》。

莫愁湖：在今江苏南京市水西门外。唐时叫“横塘”，原是秦淮河入江口的河槽，后淤塞成湖。相传南齐时候，洛阳女莫愁远嫁江东卢家，住在湖滨。

简析 上联紧切湖名，写莫愁之“芳名”及其“艳说”；下联则重在写景，突出其“烟水”和“荷花”。几个数字的运用，恰当、贴切而活泼。

联语

幽境访南城，是当年辋水[1]园林、平泉[2]花木
文光瞻北斗，留今日蕊宫香火、荷榭烟波

张荣培

【**出处**】此为张荣培题也是园的对联。

【**简介**】**张荣培**：字垫公，晚号铁瘦，江苏长洲（今苏州）人。诸生，以坐馆授学为业。希社社员。晚寓沪上，有《食破研斋诗存》、《惜馀春馆词钞》、《联语辑存》。

也是园：在上海银河路。园内有文昌阁，又名“蕊珠宫”。

【**注解**】❶辋水：即辋川，在陕西蓝田县南。唐代诗人王维曾在此置别业。

❷平泉：即平泉庄，在今河南洛阳。唐代宰相李德裕的别墅。

简析 上联写此处园林之美，可比辋川、平泉；下联则写园内的建筑文昌阁。切景、切地。“南”与“北”的对仗，极为巧妙。

联语

近四旁惟中央，统泰华恒衡[1]，四塞关河拱神岳
历九朝为都会，包伊洛瀍涧[2]，三台风雨作高山

清·吴慈鹤

【出处】此为吴慈鹤题嵩山的对联。

【简介】**吴慈鹤**：字韵皋，号巢松，江苏吴县人。嘉庆进士，官至翰林院侍读。

嵩山：古称“嵩高”、“崇山”、“中岳”，在河南登封市北。

【注解】❶泰华恒衡：指东岳泰山，西岳华山，北岳恒山，南岳衡山。❷伊洛瀍涧：洛阳附近四条水名。

简析 上联写嵩山与四岳的关系，突出一个“统”字和一个“拱”字；下联则写位于嵩山北麓的洛阳之历史和地理。由远而近，由山而水，由地理而历史，大气磅礴，极有气势。“泰华恒衡”与“伊洛瀍涧”之对，“关河”与“风雨”之对，无不工整。唯上联“四”字重出，下联无相应重出数字，待考。

联语

源溯白山[1]，幸相承七叶金貂[2]，哪敢问清风明月[3]
居邻紫禁，好位置廿年琴鹤[4]，愿常依舜日尧天[5]

清·麟庆

【出处】此为麟庆题半亩园的对联。

【简介】**麟庆**：字见亭，满族人。嘉庆进士，历任知府、巡抚、江南河道总督等。著有《黄运河口古今图说》、《鸿雪因缘图记》、《凝香室集》等。

半亩园:在北京紫禁城东北角,今米黄胡同。原为清初戏曲理论家李渔设计的著名私家园林,后归麟庆。

【注解】❶白山:即长白山,在东北。❷七叶金貂:即七叶貂。汉代时候,中常侍冠上插貂尾为饰。金日磾(Mìdī)一家自武帝至平帝七朝,世代任侍中,为内廷宠臣。后用来比喻世代显贵。❸清风明月:比喻高人雅士的风致。❹琴鹤:古人以琴和鹤相随,表示清高、廉洁。❺舜日尧天:指太平盛世。

简析 上联显然是在追忆自己的身世和经历,并表示我家世代操劳国事,从未息肩;下联则是写晚年的安居。“居邻紫禁”,直切其地理位置。对仗上,“白”与“紫”、“貂”与“鹤”、“清风明月”和“舜日尧天”之对,都极为工巧。

联语

五百年王气消沉,看渭水骊山,无限兴亡烟树里
十八所温泉宛在,问华池寝殿,几时歌舞美人来

清·余竹虚

【出处】此为余竹虚题华清池的对联。

【简介】**余竹虚**:安徽桐城人。曾任陕西临潼知县。

华池:即华清池。在陕西临潼县城南骊山北麓。相传秦始皇在骊山触怒神女,被唾一脸而发毒疮。他急忙请求宽恕,神女这才用温泉水为他洗好,因此称“神女汤”,又名“温泉汤”。汉扩建为离宫。唐太宗贞观年间,在此营建宫室楼阁,名为“汤泉宫”。玄宗天宝年间,又扩建为华清宫。玄宗每年携杨贵妃来此过冬,常在池中沐浴。唐白居易《长恨歌》“春寒赐浴华清池，温泉水滑洗凝脂”中的华清池即指此。

简析 上联由眼前景生发感慨，说当年不可一世的秦皇、汉武及大唐帝国的君主，如今安在？“兴亡”都在“烟树里”。下联由远及近，直接写华清池，说池水还在，那“歌舞美人”呢？寓评论于问句中，语言似轻松而俏皮，但其中却凝聚着沉重的沧桑感。

联语

吊明妃[1]墓，入雁门关，积雪满长空，塞外风云来鼓角

濯难老泉[2]，谒叔虞庙[3]，名园留片刻，眼中鸡犬亦神仙

香翰屏

【出处】此为香翰屏题雁门关的对联。

【简介】香翰屏：字墨井，广东合浦人。曾任国民党第九集团军代总司令、广州行辕副主任，1949年去香港。

雁门关：在山西代县城西北雁门山山腰，又名“西陉关”，与宁武关、偏关合称“外三关”。

【注解】❶明妃：即王昭君。其墓在今内蒙古呼和浩特市南。❷难老泉：在今山西太原市南晋祠。❸叔虞庙：在今山西侯马。

简析 联语似乎是作者从内蒙古向南一路走来而写成的，恰成一副流水对。由眼前景而联想到历代在这里的频繁征战。下联写到山西后的活动——游览名胜，突出名园的“灵气”。既切其地，又不限于一地，眼界开阔，语气浩大，堪与此关匹配。

联语

南连嵩岳，北接武山，天险厄西东，势压两河[1]鹰猎地[2]

汉拒楚兵，晋阻石众，征战历唐宋，古来三字虎牢关

【出处】此为题荥阳虎牢关的对联。

【简介】**虎牢关**：在河南荥阳。又名“武牢关”、“成皋关”，因周穆王曾畜虎于此而得名。

【注解】❶两河：唐代自“安史之乱”以后，称河南、河北两道为“两河”。❷鹰猎地：指征战之地。

简析 上联写虎牢关的地理位置，突出其“天险”的特点。下联承上联而来，正是由于其地理位置的特殊，才有其“征战”的历史。由地理至历史，几乎可作为一部《虎牢关志》来读。几个方位词和几个朝代名相对，“虎”与“鹰”相对，都非常准确、巧妙。

联语

是南来第一雄关，只有天在上头，许壮士生还、将军夜渡

作西蜀千年屏障，会当秋登绝顶，看滇池月小、黔岭云低

杨公石

【出处】此为杨公石题雪山关的对联。

【简介】**杨公石**：民国年间任四川古蔺县赤水分县县佐。

雪山关：在四川古蔺县摩泥区（今属叙永县），位于川、滇、黔三省交界处。民国初年，蔡锷、朱德率护国军由滇经黔入川时，曾经过这里。

简析 开篇即入题，称雪山关为“南来第一雄关”；因为上头有“天”，故许“壮士生还、将军夜渡”。下联侧重于写其地理位置，“屏障”一词极为准确。“南”与“西”之对，非常巧妙。两个领字“许”、“看”后的句子，分别为当句自对。

联语

旧雨[1]集名园，风前煎茗，琴酒留题。诸公回望燕云[2]，应喜清游同茂苑[3]

德星[4]临吴会[5]，花外停旌，桑麻闲课。笑我徒寻鸿雪[6]，竟无佳句续梅村[7]

清·朱福清

【出处】此为朱福清题拙政园的对联。

【简介】朱福清：临安(今浙江杭州)人。

【注解】❶旧雨：老朋友的代称。典出唐杜甫《秋述》："常时车马之客，旧，雨来；今，雨不来。"是说旧时宾客遇雨也来，而如今遇雨却不来了。❷燕云：五代时，后晋石敬瑭(táng)以燕云十六州割让给契丹。燕，指幽州；云，指云州。后泛指华北地区。❸茂苑：古苑名，又称"长洲苑"。故址在今江苏苏州吴县西南。❹德星：比喻贤士。古代以景星、岁星等为德星，认为国有道、有福或有贤人出现时，则德星现。❺吴会(Kuài)：秦、汉时，会稽郡治在吴县，县、郡连称为"吴会"。这里指苏州。❻鸿雪：鸿雁在雪泥上留下的爪印。比喻陈迹。宋苏轼《和子由渑池怀旧》："人生到处知何似？应似飞鸿踏雪泥。泥上偶然留指爪，鸿飞那复计东西。"❼梅村：清初诗人吴伟业，字骏公，号梅村，有《咏拙政园山茶花》诗。

简析 此联不以写景取胜，而是多写人在景中的活动。上联写老朋友从北方来苏州，在此"名园"雅集唱和之乐；下联写重游时的心态，俯仰今昔，风流将杳，流露出饱含惆怅的感慨。以"茂苑"、"吴会"切其地，对仗工稳而讲究，如"雨"与"星"、"燕云"与"鸿雪"等。

联语

大江东去，浪淘尽千古英雄。问楼外青山、山外白云，何处是唐宫汉阙

小苑春回，莺唤起一庭佳丽。看池边绿树、树边红雨，此间有舜日尧天[1]

清·钱谦益

【出处】此为钱谦益题瞻园的对联。

【简介】**钱谦益**：字受之，号牧斋，常熟人。万历进士，崇祯时官礼部侍郎。南明弘光时，谄事马士英，为礼部尚书。清兵南下，率先迎降，以礼部侍郎管枢密院事。其后又参加反清活动。诗、文在当时都负盛名。

瞻园：在江苏南京市内夫子庙西瞻园路。原为朱元璋称帝前的吴王府，明朝建立后，为中山王徐达府邸花园。清乾隆皇帝曾到此（现园门上仍嵌有其手书"瞻园"砖雕），后赐为布政使衙门的花园。太平天国定都南京，曾为东王杨秀清的王府和夏官副丞相赖汉英的衙署。现为太平天国历史博物馆。

【注解】❶舜日尧天：比喻太平盛世。

简析 上联从大处着眼，由南京北的长江着笔，引用宋苏轼《念奴娇·赤壁怀古》词句，突出"浪淘尽千古英雄"的主旨。下联把眼光收回，写眼前"小苑"之景，突出"舜日尧天"的主旨。构思巧妙，联想丰富。放得开，收得拢，又极切地域。"青山"与"绿树"、"白云"与"红雨"、"唐宫汉阙"与"舜日尧天"等之对，无不工整。

联语

此间原是帝王居，看天低翠柏、艳锁群芳，除却紫燕流莺，更有何人游禁苑

今日尚留宫殿在，喜月朗瀛台、波澄太液，睡醒黄粱春梦，来听渔鼓唱前朝

【出处】此为题中山公园的对联。

【简介】**中山公园**：在北京故宫西侧，辽、金时为兴国寺，元代为万寿兴国寺，明、清时为社稷坛。辛亥革命后辟为公园。1928年，为纪念孙中山改今名。

简析 上联写历史，“帝王居”一语，道出了其特殊性，领字“看”后主要是景物描写；下联写“今日”，领字“喜”后的景物描写，与上联相比，更具有典型意义。尤其写“瀛台”和“太液(池)”，让人有除却此间无此景的感慨。

联语

伯牙弹琴、子期听琴，琴台原不远，得三五知己，共此悠游，莫作古人谈风月

简斋随园①、荫甫曲园②，园圃本无他，有一二林泉，可以栖止，休教异地恋湖山

清・任桐

【出处】此为任桐题琴园的对联。

【简介】任桐：号琴父，浙江永嘉人。道光年间任道员。

琴园：在湖北武昌沙湖沟口，是清道光年间道员任桐(号琴父)仿《红楼梦》大观园所建的别墅。因任桐是浙江永嘉人，故该别墅又称“永嘉别墅”。

【注解】❶简斋随园：简斋，清袁枚的号。随园，袁枚筑于江宁(今南京)小仓山的园林。❷荫甫曲园：荫甫，清俞樾的字。曲园，俞樾以其号曲园命名的园林。

简析 上联以复字手法巧妙地嵌入“琴”字，又借用当地古迹琴台及“伯牙弹琴、子期听琴”的典故；下联用复字手法嵌入“园”字，又巧借两位历史名人袁枚(号简斋)、俞樾(字荫甫)的园林名“随园”和“曲园”，委婉地表达了自己的志趣和对园林的看法。从中可见他洒脱、散淡、与世无争的情怀，既切其地，更切其园。

联语

胜迹遍周遭，即汉朝浪井①、晋代庾楼②、唐季琵琶③、明时宝塔④，流传着几多佳话

名园诚不俗，让九派江声、一亭烟水、四间庐影、三面湖光，点缀得分外精神

徐声扬

【出处】此为徐声扬题甘棠湖公园的对联。

【简介】甘棠湖公园:在江西九江市中心,由庐山泉水注入而成湖。

【注解】❶浪井:又名"灌婴井"、"瑞井",在江西九江市北长江边。初为汉时名将灌婴在高祖时率兵驻扎九江时所凿。东汉末,孙权在九江命人凿井时,恰巧挖到原井,孙权以为祥瑞,故名"瑞井"。因在长江边,每当大风天气,井中也起浪,故名"浪井"。❷庾楼:在九江市北长江边,为晋代名将庾亮镇守九江时所建。❸琵琶:即琵琶亭,在九江市北长江边。唐元和年间,诗人白居易被贬为江州司马,曾送客湓浦(Pénpǔ)口,遇琵琶女,作《琵琶行》。后人在此建亭以纪念。❹宝塔:在九江市东北长江边,明万历年间所建。

简析 上联写九江的"胜迹",重点在人文景观,历数其井、楼、亭、塔,并概括其中有"几多佳话"。下联由"名园"而及九江的自然风光,突出其极有特色的"江声"、"烟水"、"庐影"、"湖光"。眼界开阔,远近兼备,不啻(chì)一部《九江风物志》。艺术上,主要用排比和当句自对手法,贴切而工整。

联语

迤逦出金阊,看青萝织屋、乔木干霄,好楼台旧址重新,尽堪邀子敬[①]清游、元之[②]醉饮

经营参画稿,邻郭外枫江、城中花坞,倚琴樽古怀高寄,犹想见寒山[③]诗客、吴会才人[④]

清·薛时雨

【出处】此为薛时雨题留园的对联。

【简介】薛时雨:字慰农,清安徽全椒人。咸丰年间与兄春藜同年中进士。历官嘉兴知县、杭州知府,后主讲崇文、尊经、惜阴书院。著有《藤香馆诗钞》等。

留园：在今江苏苏州。始建于明嘉靖年间。初为太仆寺卿徐泰的东园；清乾隆时归刘恕(蓉峰)，更名为“寒碧山庄”，人们称“刘园”；清末光绪时，盛康(旭人)得此园，因为太平天国以后，阊门外唯留此园，故改名“留园”。

【注解】 ❶子敬：晋书法家王献之，字子敬。书法与其父王羲之并称。❷元之：宋诗人王禹偁，字元之。雍熙年间曾在此任知县。❸寒山：唐僧人，诗人。❹吴会(Kuài)才人：指明吴中四才子唐寅、祝允明、文徵明、徐祯卿。吴会，秦汉、时，会稽郡治在吴县，县、郡联称为“吴会”。这里指苏州。

简析 上联写留园的位置及其景物，又设想邀请雅士、诗人来此游玩、饮酒；下联写留园附近的景物，又表示想一睹唐、宋诗人的风采。此联切地、切景，多用当句自对手法。

联语

丹崖皓月护千年，竟幻作莲花世界，听流泉漱石，响答鸣琴，苍翠亦留人，知此间固别有天地

南海慈云飞一片，赖重新竺国琳宫，况几杵梵钟，撞醒尘梦，光明原觉物，统斯民而再拜神仙

清·瞿鸿锡

【出处】 此为瞿鸿锡题飞云崖的对联。

【简介】 **瞿鸿锡**：湖南长沙人。曾任贵州黄平州知州。

飞云崖：在贵州黄平东坡山，有“黔南第一洞天”、“黔南第一胜景”、“贵州第一名胜”之誉。

简析 上联开头紧切“崖”，继而描述其石乳、流泉，称其“别有天地”。下联紧切崖名“飞云”，并将其比喻为“慈云”，继而将崖前、崖后的建筑比喻为“竺国琳宫”，由此联想及“梵钟”。描绘生动，联想丰富。

联语

丘壑现奇观，古往今来，世居娄水[①]。历数吴宫花草，顾辟疆[②]、刘寒碧[③]、徐拙政[④]、宋网师[⑤]，屈指细评量，大好楼台夸茂苑[⑥]

溪堂识真趣，地灵人杰，家孚殳山[⑦]。缅怀元代林园，前鹤市[⑧]、后鸿城[⑨]、近鸡陂[⑩]、远虎丘[⑪]，迎眸纵登眺，自然风光胜沧浪[⑫]

费德保

【出处】此为费德保题狮子林的对联。

【简介】费德保：字芝云，江苏苏州人。工诗善书。

【注解】❶娄水：即今江苏浏河，流经苏州市。❷顾辟疆：指明时顾宸的辟疆园。❸刘寒碧：指清刘恕（蓉峰）的寒碧山庄，即今留园。❹徐拙政：指明嘉靖年间徐泰任太仆寺卿时吴县人王献臣所建的拙政园。❺宋网师：指清宋宗元的网师园。❻茂苑：古苑名，又称“长洲苑”。故址在今江苏吴县西南。❼殳（Shū）山：在浙江，这里指园中的假山。❽鹤市：今苏州阊门一带。❾鸿城：即古越王城，在今苏州娄门外。❿鸡陂：战国时吴王养鸡处，在今苏州娄门外。⓫虎丘：在苏州市区西北，有“吴中第一名胜”之称。⓬沧浪：指苏州城南的沧浪亭。

简析 这是一副叙事、写景的对联。用排比、铺张和当句自对的手法，咏狮子林造园的历史、地理位置及其在苏州诸园林中的地位。“鹤市”、“鸿城”、“鸡陂”、“虎丘”之对，“屈指”与“迎眸”之对，都极为工稳而巧妙。

联语

盍归乎来？试著我席帽青衫，徜徉烟景。结可渔可樵之侣，当宜晴宜雨之天，倚槛听鱼、过桥题竹、临波招鹭、坐石吟松。把数十年车马劳劳，付诸云水苍茫，别开清境；更不须浮邱[1]接袂、洪涯[2]拍肩，俯仰自宽闲，妙共沙鸥盟息壤[3]

去古未远！且对此潭潋帘影，凭吊亭林。叩宋明理学所传，挹[4]晋魏风流所在，酒箴中圣、易窥奥义、琴韵通仙、笑声疑凤。问千百载溪谷落落，谁与泬寥[5]高旷，争涤尘襟；又何必巢许[6]同生、葛怀[7]重活，咏歌余慨想，长留春色驻蓬壶

徐世昌

【出处】此为徐世昌题百泉的对联。

【简介】**徐世昌**：字卜五，号菊人，直隶天津人，生于河南汲县(今卫辉)。光绪进士，曾协助袁世凯创办北洋军，历任东三省总督、邮传部尚书、军机大臣、袁世凯政府国务卿，曾被段祺瑞的“安福国会”选为“总统”。

百泉：在河南辉县西北苏门山南麓，因泉眼众多而得名。水入卫河，故有“卫源”之称。隋代始在此建卫源庙，以后陆续增建殿阁亭台、水榭石桥，成为湖光山色并美的旅游胜地。历代有诸多文人、名士来此游览、隐居、讲学。

【注解】❶、❷浮邱、洪涯：分别为古代传说中的仙人。❸息壤：战国秦邑名。秦武王使甘茂将兵伐宜阳。甘茂恐武王半途而废，三人乃盟于息壤。后甘茂攻宜阳，五月不拔。武王欲罢兵，甘茂曰：“息壤在彼。”武王曰：“有之。”因大举起兵，遂拔宜阳。后因以息壤代指盟誓。❹挹(yì)：舀。这里指取。❺泬寥(juéliáo)：空旷清朗貌。一说无云貌。《楚辞·九辩》：“泬寥兮天高而气清。”王逸注：“泬寥，旷荡空虚也。或曰，泬寥犹萧条。萧条，无云貌。”❻巢许：古代隐士巢父、许由。❼葛怀：三国时吴国方士葛玄、唐代僧人怀让。

简析 联语通过对这里的“亭林”的“凭吊”，表达了自己的“慨想”，抒发了要归隐林泉的情怀。不重写景，而重在抒情，也是名胜联常见的情况。此联在艺术手法上的最大特点，是运用排比和当句自对。

亭台、楼阁、桥、洞联

联语　别有天地
　　　不知岁时

【出处】此为题秦人古洞的对联。

【简介】**秦人古洞**：在湖南桃源县桃花源，为桃花源八景之一。相传打鱼人就是由此进入桃花源的。

简析　陶渊明《桃花源记》："武陵人……舍船从口入。初极狭，才通人。复行数十步，豁然开朗；土地平旷，屋舍俨然。"这正是此联上联中所描绘的意境。下联则从桃花源中人"不知有汉，无论魏晋"的答对中概括而来。紧切传说，要言不烦。

联语　碧水凝青涧
　　　奇峰插白云

【出处】此为题雁荡山观音洞的对联。

【简介】**雁荡山观音洞**：在浙江乐清灵峰，初名灵峰洞，为雁荡山第一大洞。依山岩建有九层楼台。

简析　上联写水，下联写山，描绘了雁湖风光和山峰奇景。"青"与"白"之对，工而巧。

联语

一洞凌虚佛自在
万方多难我重来

李宗仁

【出处】此为李宗仁题三游洞的对联。

【简介】**李宗仁**:字德邻,广西临桂人。早年加入同盟会。任国民政府第五战区司令长官兼安徽省政府主席、汉中行营主任。曾指挥徐州会战,获台儿庄大捷。抗战胜利后任北平行辕主任,1948年4月任国民党政府副总统,1949年1月任代总统,1949年12月去美国。1965年7月回到北京,并发表声明,决心为国家统一做出贡献。有《李宗仁回忆录》。

三游洞:在湖北宜昌长江西陵峡中灯影峡下游江北。唐元和年间,诗人白居易、元稹、白行简三人来此寻幽探胜,白居易撰写《三游洞序》(称"前三游"),洞由此得名。宋苏洵、苏轼、苏辙父子三人也曾来此游览(称"后三游")。

简析 上联写自然风光,下联则切社会现实。以佛的"自在",与我在"多难"中"重来"作对比。

联语

一窍有泉通地脉
四时无雨滴天浆

宋·朱熹

【出处】此为朱熹题狮岩洞的对联。

【简介】**狮岩洞**:在福建武平狮岩(因石似狮子而得名)。洞中甬道纵横,石笋悬吊,泉露滴淌。

简析 联语突出洞中的"泉",因其"通地脉",所以即使"无雨"也常年"滴天浆"。对仗非常讲究,尤以"有"与"无"、"地"与"天"之对为工。

联语 三人笑①处泉流石
一虎鸣②时月映山

【出处】此为题虎溪桥的对联。

【简介】**虎溪桥**:在江西庐山西北麓东林寺门前。晋太和年间,名僧慧远在此创办白莲社,倡导“弥陀净土法门”,被推为净土宗始祖。寺前虎溪上有石桥。

【注解】❶、❷三人笑、一虎鸣:相传慧远专心修行,身不出户,送客不过虎溪桥。一次,他送诗人陶渊明、道士陆修静出门,边谈边走,不觉已过了桥,“神虎”吼叫不止,三人相视大笑。“虎溪三笑”遂被传为文坛佳话。

简析 联语有叙事(“三人笑”、“一虎鸣”),又有描写(“泉流石”、“月映山”),生动而形象。

联语 玉宇琼楼天上下
方壶圆峤①水中央

清·赵翼

【出处】此为赵翼题北海金鳌玉蝀桥的对联。

【简介】**赵翼**:史学家、文学家。字云崧、耘松,号瓯北,江苏阳湖(今武进)人。乾隆进士,官至贵西兵备道。中年时即辞去官职,主讲安定书院,专心著述。著有《廿二史劄记》、《陔馀丛考》、《瓯北诗钞》、《瓯北诗话》等。

金鳌玉蝀桥:原名“金海桥”,又称“御河桥”。在北京北海南,横跨北海、中海水面。桥东、西原有明世宗时所建牌坊各一座,西为“金鳌”,东为“玉蝀”。

【注解】❶方壶圆峤:原指海上三神山,这里指太液池中的几个岛屿。

简析 突出桥的地理位置在京城,是神仙、天帝居住的地方。所用语言华美，非寻常之桥所能用。

联语 **潮来直涌千寻雪**
日落斜横百丈虹

【出处】 此为题万安桥的对联。

【简介】 **万安桥**：又称“洛阳桥”，在福建泉州东洛阳江上。建于宋皇祐年间，是我国古代著名梁式石桥。

简析 联语描绘了这里独有的壮观景象。将潮比作“雪”，将桥比作“虹”，想象奇特，描写生动。对仗上，无一字不工。

联语 **凤沼垂虹，南连越水**
仙源涌日，北接吴江

【出处】 此为题凤仙桥的对联。

【简介】 **凤仙桥**：在江苏吴江。

简析 联语首嵌“凤仙”，点明地点。联中突出了桥的地理特点：“南连越水”，“北接吴江”。“虹”与“日”、“南”与“北”、“越水”与“吴江”，都是名词小类工对。

联语 **过也如日月之食焉**
复其见天地之心乎
清·刘凤诰

【出处】 此为刘凤诰题过复亭的对联。

上联出自《论语·子张》：“君子之过也，如日月之食焉：过也，人皆见之；更也，人皆仰之。”下联出自《周易·复彖》。

【简介】刘凤诰：字丞牧，号金门，萍乡（今属江西）人。乾隆进士，官至吏部右侍郎。著有《存悔斋集》。

过复亭：在新疆伊犁原伊犁九城（清代乾隆年间所筑总兵、满营、绿营驻所）之一的惠远城。清代被充军、戍边的官吏，在此听候发落。充军时经此地，召还时还经此地，故亭名"过复"。

简析 这是一副集句联，联首巧嵌亭名"过复"二字。上联意为君子有过错时人们都看得见，改过后人们都更加敬仰他。下联"复"的意思是还、返回。这里有盼望贬谪的官员及早复返原官的意思。不但切其亭名，更切其主旨，对仗也很工稳，表现出联作者的功力和技巧。

联语
地到瀛洲，星河天上近
景分蓬岛，宫阙水边多

清·乾隆

【注解】此为乾隆题颐和园昆明湖玉带桥的对联。

【简介】玉带桥：在北京颐和园昆明湖。石桥高拱洁白、柔和，形似玉带，故名。

简析 "瀛洲"与"蓬岛"，"天上"与"宫阙"等词语，分明表示这是天子、帝王身边的桥。

联语
座上莲台，占断西湖六月景
瓶中杨柳，带来南海一枝春

【出处】此为题菩提洞的对联。

【简介】菩提洞：在宁夏固原城东的岳山，为一处佛教洞窟。

简析 这是一副常见的描写观世音形象的楹联。上联从大处写"莲台"，盛赞其美艳绝伦，"占断"了西湖"映日荷花别样红"的景色。下联从小处写瓶(净瓶)中的"杨柳"，能带来"南海一枝春"。联想丰富，对仗工整而贴切。

联语

堂上弦歌，七日不能容大道
庭前俎豆，千年犹自仰高山

【出处】此为题弦歌台的对联。

【简介】**弦歌台**：原名"厄台"，在河南淮阳城西南环城湖中。相传春秋时孔子周游列国至陈(今淮阳)，被困，绝粮七日，仍弦歌不绝。明成化年间在台上建祠，嘉靖时改称"弦歌台"。

简析 上联写孔子当年在这里的一段难忘的经历，下联写孔子对后世的影响。对联切其地、切其事、切其人。

联语

古今并入含茹，万象沧溟探大本[1]
礼乐仰承基绪，三江天汉导洪澜

清·乾隆

【出处】此为乾隆题文溯阁的对联。

【简介】**文溯阁**：在今辽宁沈阳故宫西北隅，是清代专门贮藏《四库全书》的藏书阁，乾隆年间建。

【注解】❶大本：根本。

简析 上联从纵之"古今"、横之"万象"两个方面盛赞《四库全书》搜罗之丰富；下联点明此书的意义和作用：以"礼乐"为手段来达到统治的目的。联语气象阔大，有高屋建瓴之势。

联语　洞口开自哪年？吞不尽潇湘奇气
岩腹藏些何物？怕莫是今古牢骚

清·蓝仙果

【出处】此为蓝仙果题空灵洞的对联。

【简介】蓝仙果：湖南醴陵人，武侠。

空灵洞：在湖南株洲空灵寺。

简析　上联由“洞口”发问，问得奇妙，既而由“口”联想及“吞”，答得也别致——这是从横的方面写。下联纵深至“岩腹”，再次发问，并以揣摩的口气回答，大抵是代“今古”之人表白——这是从纵的方面写。构思奇妙，问答更为空灵。

联语　溱洧[1]极苍茫，倘具大楫方舟以济
士女同搴涉[2]，尝为采兰赠药[3]之游

【出处】此为题新郑乐水亭的对联。

【简介】乐水亭：原在河南新郑双洎(jì)河岸边，今已不存。

【注解】❶溱(Zhēn)、洧(Wěi)：今河南中部二水名。❷搴(qiān)涉：撩起衣服过河。❸采兰赠药：古代风俗，农历三月上巳日，青年男女在溱、洧水边相会，互赠香草。

简析　上联描写水上之景，下联叙述人物活动，极具地域特色。“大楫”与“方舟”、“采兰”与“赠药”，分别为当句自对，贴切而工整。

联语　桥跨虎溪，三教[1]三源流，三人三笑语[2]
莲开僧舍，一花一世界，一叶一如来

清·唐英

【出处】此为唐英题三笑亭的对联。

【简介】唐英：字俊公，一字叔子，晚年号蜗寄老人，奉先(今沈阳)人，隶汉军正白旗。历官内务府员外郎，淮关、九江关、粤海关监督。工书画，有诗文集《陶人心语》。

三笑亭：在江西庐山虎溪。

【注解】❶三教：指儒、释(佛)、道。这里指陶渊明、慧远和道士陆修静。❷三人三笑语：相传慧远专心修行，身不出户，送客不过虎溪桥。一次他送诗人陶渊明、道士陆修静出门，边谈边走，不觉已过了桥，“神虎”吼叫不止，三人相视大笑。“虎溪三笑”遂被传为文坛佳话。三人三笑语即指此。

简析　上联由眼前的桥想到“三笑”的故事，又分析三人原来属于不同的“三教”。下联重点写三人中的主人慧远。此联切地、切人、切事，数字、重字也用得极巧。

联语　城外建高楼，吾民依险防维①，不惊风鹤②
　　　邑中得贤宰，他日巡边登眺，共印雪鸿③　　方大英

【出处】此为方大英题镇边楼的对联。

【简介】镇边楼：在吉林抚松县城东南山岭上。清末抚松县第一任县令由竹亭主持建造于民国初年。

【注解】❶防维：防备守护。❷风鹤：风声鹤唳，这里指战争的消息。❸雪鸿：雪泥鸿爪。

简析　上联开篇点题，主要写其楼的作用。下联写人，主要称颂“贤宰”由竹亭。切事，切人。对仗工稳而贴切，尤其以“风鹤”对“雪鸿”，令人叫绝。

联语

万古此崔嵬，杜当阳[1]沉碑汉水[2]，殊嫌多事
百年直瞬息，林处士[3]放鹤孤山[4]，颇觉可人

清·赵城

【出处】此为赵城题清凉台的对联。

【简介】**赵城**：字亘舆，晚年号存翁，云南通海人。康熙进士，历官江南道御史，陕西、甘肃提刑按察使，河南布政使等。晚年回归故里，以诗酒酬唱。著有《亘舆诗存》等。

清凉台：在云南通海城南隅的秀山上。宋开禧初年，大理国主段氏在此建启梓宫，其后又有续建。清凉台就是其中的一座建筑。

【注解】❶杜当阳：晋将领、学者杜预。字元凯，京兆杜陵（今陕西西安东南）人。曾任镇南大将军、都督荆州诸军事，因灭吴之功，封当阳县侯。❷沉碑汉水：据《晋书·杜预传》："（杜预）好为后世名，常言'高岸为谷，深谷为陵。'刻石为二碑，纪其勋绩，一沈（沉）万山之下，一立岘（xiàn）山之上，曰：'焉知此后不为陵、谷乎？'"意思是将来即使山陵变为谷地、谷地变为山陵，后人仍能看到他的纪功碑。❸林处士：指宋诗人林逋（Bū）。林字君复，钱塘（今浙江杭州）人。❹放鹤孤山：指林逋隐居西湖孤山，种梅养鹤，终身不仕、不娶，人称"梅妻鹤子"。

简析 上联由山的高大且"万古"，联想到杜预的作为，认为他"殊嫌多事"。下联由"百年"一"瞬息"生发感慨，对林处士之举，很是欣赏。由空间到时间，对比鲜明，有褒有贬。

联语

仙吏本蓬莱，夜雨名山，寻梦偶来香案地
江城似图画，春风绮陌，踏青遥见玉珂人[1]

张作相

【出处】此为张作相题玉皇阁的对联。

【简介】**张作相**：字辅臣，辽宁义县人，河北深州籍。任张作霖部总参议。张作霖死后，辅佐张学良掌握东北军政大权。

玉皇阁：在吉林北山东峰上，是这里规模最大的古代建筑，建于清初雍正年间。

【注解】⓯玉珂人：指高官显贵。

简析 这是一副描绘游人（主要是官吏）游山的楹联，人为景来，景因人活，情趣盎然。上联由人而及景，"夜雨"与"寻梦"相照应；下联由景而及人，"春风"与"踏青"也相照应。

联语

如此江山，对海碧天青，万里烟云归咫尺
莫辞樽酒，值蕉黄荔紫，一楼风雨话平生

清·丁汝昌

【出处】此为丁汝昌题镇海楼的对联。

【简介】**丁汝昌**：字禹廷，一字雨亭，安徽庐江人。早年曾参加太平军，后投湘军。同治年间，李鸿章筹办海军，他受命去英国购买军舰，回国后即统领北洋水师。光绪时任海军提督，后加尚书衔。中日甲午战争中，他在黄海带伤坚持督战，力战不胜，在刘公岛服毒自尽。

镇海楼：俗称"五层楼"，在广州市越秀山顶，建于明初洪武年间。当时，倭寇不断侵扰我国沿海，各地都在加强守备。此楼的建造和命名，就是取"雄镇海疆"之意。"镇海层楼"为清代羊城八景之一。

简析 联语紧切其地，以描写景物入手，最后抒发感情。上联从大处、远处勾画站在镇海楼上所见到的南海之景，又放开眼界，以至"万里烟云"。下联由远景（海碧、天青）而及近物（蕉黄、荔紫），独具中国南方特色。由酒而“话平生”，不难想象作者此时起伏难平的心境，所抒发的压抑、郁闷之情。联语气象阔大，与此特点极为相称。对仗上，“海碧天青”与“蕉黄荔紫”、“万里烟云”与“一楼风雨”之对，工整而巧妙。

联语

明月上高楼，最难忘胜地名贤、青灯滋味
奇香盈水面，还不负吾曹良相、白社[1]闲情

【出处】此为题香光楼的对联。

【简介】香光楼：在上海南汇，是清江苏华亭（今上海松江）人张照幼年读书的地方。县令胡志雄为纪念张照而建。张照，字得天，号泾南。康熙进士，雍正时官至刑部尚书。通法律，精音乐，尤工书法。

【注解】❶白社：古代地名。一在今河南洛阳东，一在今湖北荆门南。古代隐士所居，以白茅为屋，故名。

简析 上联忆昔，由“楼台”而追念“名贤”当年的“青灯滋味”（孤寂、清苦的读书生活）；下联写今，由其地的“奇香”而设想此地可作为隐居处。联语切地、切事，巧妙地嵌入“香”、“楼”二字。“青灯”与“白社”之对，可谓妙手天成。

联语

倚马[1]仰奇才，白兆山[2]高，西望欲呼前辈出
钓鳌[3]多巨手，碧霞台[3]近，东流依旧状元来

清・张道进

【出处】此为张道进题太白楼的对联。

【简介】张道进：字翼如，湖北安陆人。道光进士，官至徐淮兵备道。

太白楼：在今湖北安陆市。唐玄宗开元年间，李白出蜀东游至安陆，与高宗时宰相许圉师（安陆人）的孙女成婚，在此定居数年。明代万历中，知府朱之臣更新西城楼，为纪念李白，称其为“太白楼”。

【注解】❶倚马：靠在马身上。典出南朝宋刘义庆《世说新语·文学》。形容才思敏捷。❷白兆山：在安陆城西，山上有李白读书台。❸钓鳌：语出《列子·汤问》：“（渤海之东）五山之根，无所连著，常随潮波上下往还，不得暂峙焉。仙圣毒（苦）之，诉之于帝。帝恐流于西极，失群圣之居，乃明禺彊使巨鳌十五举首而戴之，迭为三番，六万岁一交焉，五山始峙。而龙伯之国有大人，举足不盈数步而暨（及）五山之所，一钓而连六鳌，合负而趣（趋）归其国，灼其骨以数焉。于是岱舆、员峤二山流于北极，沈（沉）于大海。”后用来比喻抱负远大或举止豪迈。❸碧霞台：在安陆城北，为当地名胜。明万历年间，提学葛亮寅在此建碧霞书院。

简析 上联由楼名的来历入手，写李白和与李白有关的名胜白兆山；下联写这里地灵人杰。仅北宋年间，这里就有王世则、宋庠（Xiáng）、郑獬（Xiè）三位状元。既切地域，又切史实。对仗也极为讲究，如“马”对“鳌”、“白”对“碧”、“西”对“东”，贴切工整，匠心独具。

联语

长揖傲夷齐[①]，看山外白云，招隐共诗崖[②]酒岛[③]

所居在廉让[④]，访洞中丹灶[⑤]，编书续高士神仙[⑥]

何雯

【出处】此为何雯题三高亭的对联。

【简介】何雯：清末民初人。

三高亭：在安徽潜山城西北天柱山麓三祖寺前。原是南朝齐、梁间当地人何氏三兄弟何求、何点、何胤故居。三兄弟博学高雅，贤而不仕，隐居这里，著述讲学，世称“何氏三高”。后世建亭以纪念他们。

【注解】❶夷齐：指商末孤竹君之子伯夷、叔齐兄弟。❷诗崖：三高亭前潜水南岸，有山崖千仞，名诗崖。下有深潭，其水激石如漱玉。“诗崖漱玉”为旧时潜山十景之一。❸酒岛：三高亭前潜水中有一石岛，石色如赤玉，取曲水流觞之义，名“酒岛”。早、晚泛舟水中，波映霞辉。“酒岛流霞”为旧时潜山十景之一。❹廉让：两水名，即廉泉、让水，在今陕西省。后用来称民风俗淳朴的地方。❺丹灶：天柱山有上、中、下三处炼丹遗址，相传是汉末左慈炼丹处。“丹灶苍烟”为旧时潜山十景之一。❻高士神仙：均为书名。分别指《高士传》、《神仙传》。

简析 联语既切其人，更切其地。于人，与“夷齐”相比；于地，仿佛“廉让”，都很恰当、贴切。“诗崖”与“酒岛”、“高士”与“神仙”，分别为当句自对。“山外白云”与“洞中丹灶”之对，既工且巧。

联语

地当水陆之冲，看南北舟车，千里奔来眼底

人是羲皇以上[①]，登神仙台阁，片云荡得胸间

清·刘福田

【出处】此为刘福田题三皇阁的对联。

【简介】刘福田：字代耕，天津静海人，举人。

三皇阁：在天津静海县南城楼上，俗称“南阁”，祀天皇、地皇、人皇。

【注解】❶羲皇以上：伏羲氏以前。古人以为那时的人过着无忧无虑、悠闲适意的生活。

简析 上联写三皇阁所处之“地”，突出其“水陆要冲”的特点；下联写登阁之“人”，突出闲适的意趣。既写建筑，又写人物；既有所见，又有所感。“眼底”与“胸间”之对，堪称工巧。

联语

胜地据淮南，看云影当空，与水平分秋一色
扁舟过桥下，闻箫声何处，有人吹到月三更

清·江峰青

【出处】此为江峰青题二十四桥的对联。

【简介】**江峰青**：字湘岚，江西婺源人。光绪进士，官至大学士。能诗善画，擅长制联。有《里居楹语录》。

二十四桥：在江苏扬州江都市西郊。唐杜牧《寄扬州韩绰判官》诗：“二十四桥明月夜，玉人何处教吹箫？”

简析 上联写桥所处之地及其自然景物；下联写与桥有关的人物的活动，尤其突出了杜牧诗中的意境。

联语

砥柱突横流，看楚尾吴头[①]，巨镇中分襟带[②]巩
钧天[③]张广乐[④]，听山鸣谷应，大江东去鼓钟来

【出处】此为题石钟山楼的对联。

【简介】**石钟山楼**：在江西湖口县城西鄱阳湖入江口长江南岸石钟山上。南滨鄱阳湖的为上石钟山，北临长江的为下石钟山，两山对峙，如双钟倒扣。宋元丰年间，文学家苏轼与长子苏迈泛舟夜泊绝壁之下，考察探访后，写下了著名的《石钟山记》。

【注解】❶楚尾吴头：古代豫章（今江西南昌）一带，为楚地下游、吴地上游，如首尾相衔接。❷襟带：指山川屏障环绕，如襟似带，比喻险要的地理形势。❸钧天：天的中央。古代神话传说中为天帝居住的地方。❹广乐：仙乐。

简析 上联写石钟山的地理位置(楚尾吴头)及其形状(襟带)；下联写石钟山“乐”的美妙，其石多孔窍，水冲击时，会发出钟鼓之声。全联紧扣题旨，不可移易。

联语

高处不胜寒，溯沙鸟风帆，七十二沽[1]丁字水[2]
夕阳无限好，对燕云蓟树[3]，百千万叠米家山[4]

清·程德润

【出处】此为程德润题通州河楼的对联。

【简介】**程德润**：字玉樵，嘉庆、道光时人，官至按察使。

通州河楼：在北京通州北运河口，又称“倚岸楼”。

【注解】❶七十二沽：指今河北境内的白河支流，相传有七十二沽。沽，古河名。❷丁字水：指沽河成丁字形的地方。❸燕云蓟树：燕地(古地名，今河北北部地区)、蓟地(古地名，今北京西南隅)的云和树。❹米家山：宋代米芾善于以水墨点染画山川岩石。其子友仁继承家学，并在山水技法上有所发展。世称该父子所画山水为“米家山”。

简析 上联写登上河楼“高处”所见之景物：河道纵横，船帆点点；下联写在河楼上所见夕阳中的景物，均如画一样美妙。此联切地、切时，值得称道。数字之对，也极为工切。

联语

灞桥自古有行人，问谁策马而驰，传名不朽

曹魏于今无寸土，赖此绨袍[1]之赠，遗像犹存

【出处】此为题灞陵桥的对联。

【简介】**灞陵桥**：在河南许昌市西。相传是关羽辞别曹操的地方。东汉建安年间，刘备为曹操所败，关羽被俘获，受到优待，被封为汉寿亭侯。但他心念旧主，要去寻找刘备，便于春秋楼挂印、封金后离开许昌。曹操追到灞陵桥为他饯行，并赠送锦袍一件。关羽恐其有诈，立马在桥头用青龙偃月刀把锦袍挑回，辞别曹操而去。

【注解】❶绨（tí）袍：用厚绸子做的袍子。战国时候，范雎为魏国大夫须贾做事，被须贾在魏相前毁谤，挨打致伤，后改名张禄，入秦为相。须贾出使秦国时，范雎扮成穷人去见他。须贾怜其贫寒，送一件绨袍。当他发现范雎为秦相时，即肉袒负荆前去请罪。范雎念他赠送绨袍，有故人之情，便不再追究。后以“绨袍”表示不忘旧情。绨，厚绸子。

简析 上联用对比手法，说自古以来灞桥上那么多的行人，只有关羽“传名不朽”；下联说“曹魏”虽然已“寸土”皆无，但凭着“绨袍之赠”一事，千古还流传着这段佳话。紧切其地、其事，不可移易。

联语

十五年生面独开，羽毂飙轮[1]，从此康庄通海屿

三百丈岩腰新辟，云梯石栈，居然人力胜天工

清·刘铭传

【出处】此为刘铭传题狮球岭隧道的对联。

【简介】**刘铭传**：字省三，号大潜山人，安徽合肥人，清末淮军将领。光绪年间，督办台湾军务，为首任台湾巡抚。积极加强防务，并开办铁路、煤矿，创办新式学校。

狮球岭隧道：在台湾基隆附近，清末光绪年间修筑台北至基隆铁路时开凿。

【注解】❶羽毂飙轮：生翅膀的轮子，御风而行的车。

简析 上联纪实，描述火车之快，贺铁路通车；下联写隧道开辟之艰难，充满了人定胜天的自豪感。“羽毂飙轮”和“云梯石栈”分别为当句自对，“面”与“腰”的对仗，更为巧妙。

联语

松风徐送，正荡胸怀，更看镜海[①]波光、莲峰[②]岚影

山雨欲来，且留脚步，遥听青洲[③]渔唱、妈阁[④]钟声

李供林

【出处】此为李供林题松山亭的对联。

【简介】**李供林**：字讳翰，广东中山人。好游历，曾畅游名山大川。善诗词、书法。其书法取法于王羲之，帖味甚浓。用笔凝练沉着，秀逸雅致，颇具清健气息，并自出面貌。著有《怡怡草堂游草》，并与其父李达庐、兄李仙根合著有诗词集《乔梓集》。

松山亭：又称“松山风雨亭”，在澳门半岛东部的松山（即东望洋山）上。因山上松林披翠，故名。山巅有远东最古老的灯塔，“灯塔松涛”为澳门八景之一。

【注解】❶镜海：指环绕澳门的大海。❷莲峰：即澳门北部的莲峰（花）山。❸青洲：原为澳门半岛西北部的一个离岛，现已与半岛连为一体。❹妈阁：指位于澳门西南的妈祖阁。始建于明弘治年间，是澳门最古老的庙宇，“妈阁紫烟”为澳门八景之一。

简析 这是一副以写景为主的嵌字对联。上、下联首字嵌入山名及亭名“松山”，确指松山亭。上联由“松”着笔，着重描写澳门的自然风光；下联由“山”入手，着重描写澳门的人文景观。此联切地、切景，语言清丽，对仗工稳。

联语

冠盖[1]且消停，听片刻松声、鸟声、水声，机心[2]顿息

林泉随俯仰，看四围天影、山影、树影，万象都含

李开仁

【出处】此为李开仁题大龙洞的对联。

【简介】李开仁：字乐山，云南昭通人。曾任四川同知，著有《白云山房诗文》。

大龙洞：在云南昭通城北龙洞山。

【注解】❶冠盖：礼帽和车盖，泛指官员的冠服和车子。❷机心：狡诈的用心。

简析 联语以纷纷扰扰的官场中人的身份着笔，说来到这里，哪怕是仅仅听到片刻自然界的声响，就会让人纯洁；看这大自然中，天地山树，无所不包。“片刻”是纵向的时间，“四围”则是横向的空间；有听觉的感受，又有视觉的想象，抒发了联作者无限的感慨。

联语

三百年方策[1]犹存，剩凫渚鸥汀，时有烟云入图画

四十里昆明[2]依旧，听菱歌渔唱，不须鼓角演楼船

清·薛时雨

【出处】此为薛时雨题玄武湖赏荷亭的对联。

【简介】赏荷亭：在江苏南京玄武门外玄武湖中梁洲上。

【注解】❶方策：明初年，在梁洲建有黄册库，贮藏全国户籍赋税档案。❷昆明：南朝宋孝武帝时，曾两次在玄武湖检阅水军，号称“昆明湖”。

简析 上联从纵的时间入手，写玄武湖“文”的遗迹和自然景观；下联从横的范围着笔，写玄武湖“武”的历史及人物活动。文武兼备，静动结合。“凫渚鸥汀”和“菱歌渔唱”又极具地域特征。对仗上，几乎无一字不工，足见作者功力。

联语

广厦集鸿宾，试看大启文明，金石千声、云霞万色
和风诣凤纬[1]，为问几多变化，古今一瞬、天地双眸

【出处】此为题广和楼的对联。

【简介】广和楼：在天津市和平区南市广益大街。是建于清末光绪年间的戏楼。

【注解】❶凤纬：能发出如凤鸣般声音的古筝上的弦。

简析 联语首嵌戏楼名“广和”，确指广和楼。上联写观众看戏，下联写演员演戏，有声有色，溶台上、台下于一联之中。“鸿宾”与“凤纬”之对，既工且巧。

联语

代裴公称一日主人，风月江山，与此老平分千古
坐石上问三生旧约[1]，宰官仙佛，想当年定许重来

明·郭都贤

【出处】此为郭都贤题裴公亭的对联。

【简介】郭都贤：字天门，湖南益阳人。天启年间进士，崇祯年间官至兵部侍郎。明亡后削发为僧。

裴公亭：在湖南益阳市资水南岸，是唐代宰相裴休读书的地方。裴休，字公美，河内济源（今属河南）人。穆宗长庆进士，宣宗时任宰相。为官宽厚，举止雍容大方，能文章，善书法。宣宗曾说："裴休，真儒者。"

【注解】❶三生旧约：典出唐袁郊《甘泽谣·圆观》。传说唐时李源与僧人圆观相友善。一次，两人同游三峡。见几位妇人汲水，圆观说："其中一位王姓的孕妇，是我的托身之所。"并约定十二年后的中秋之夜，二人在杭州的天竺寺相会。当天晚上，圆观果然死去，那孕妇产下一子。到了约定的日子，李源赶到杭州赴约，听到一个牧童在唱《竹枝词》："三生石上旧精魂，赏月吟风不要论。惭愧情人远相访，此身虽异性长存。"李源明白，他就是圆观的后身。

简析 联语构思巧妙，出口不凡，想象奇特，表现了联作者狂放的性格和不同寻常的情趣。既切其地、其事，又不局限于其地、其事，

联语

兵甲富胸中，纵教他虏骑横飞，也怕那范小老子①

忧乐②关天下，愿今人砥砺奋起，都学这秀才先生

冯玉祥

【出处】此为冯玉祥题范公亭的对联。

【简介】冯玉祥：字焕章，安徽巢县（今巢湖市）人。行伍出身。曾任北洋陆军旅长、师长，陕西、河南督军，陆军检阅使。后发动北京政变，驱逐废帝溥仪出宫。将所部改为国民军，任总司令兼第一军军长，又电邀孙中山北

上。"九一八"事变后，主张抗日。抗战胜利后，反对美国援蒋内战。

范公亭：在山东青州西门外阳河岸边。范公，指宋政治家、文学家范仲淹。庆历年间，范仲淹任青州知府。相传当时大旱，阳河畔忽然涌出澧(lǐ)泉，范仲淹建亭以纪其祥瑞，后人称"范公亭"。

【注解】 ❶范小老子：西夏人对范仲淹的尊称。并说他"腹中有数万甲兵"。❷忧乐：范仲淹《岳阳楼记》中有："先天下之忧而忧，后天下之乐而乐。"

简析 上联写范公的武略，下联写范公的为政、为文。宝元年间，西夏出兵进攻延州，范仲淹与韩琦同任陕西经略副使。他们积极防御，改革军制，巩固边防。他在参知政事任上时，曾建议十事，主张建立严密的任官制度，关注农桑，整顿武备，推行法制，减轻徭役。联语极为切合其人、其事，既纪念古人，又激励今人。

联语

泰山东峙、黄河西流，岳色涛声，凭栏把酒无限好

从台射书①、微乡②明志，地灵人杰，登楼怀古有余馨

孙桐峰

名胜古迹联

【出处】 此为孙桐峰题光岳楼的对联。

【简介】 **孙桐峰**：民国年间人，曾任山东聊城县长。

光岳楼：在今山东聊城市旧城中心。明洪武年间，为"远眺料敌与严更漏"，用修城余料所建，故名"余木楼"。弘治时，取其有光于岱岳(泰山)之意，改今名。

【注解】 ❶从台射书：典出《史记·鲁仲连邹阳列传》，战国时候，燕国攻下聊城，齐将田单围城一年多未能夺回。鲁仲连给守城的燕将写了封信，用箭射到城中，迫使燕将自杀，放弃聊城。❷微乡：即微，古地名，在今山东梁山西北、聊城南。商末，纣王的庶兄启被封于此，称微子。

简析 从自然风光，到历史故事，都极为切合其地。联语以当句自对见长。

联语

江水无情红，凭吊当年，谁识别子布[1]危言、兴霸[2]良策

湖山一望碧，遗留胜迹，犹怀想周郎[3]身价、陆弟[4]风徽

【出处】此为题翼江亭的对联。

【简介】翼江亭：在湖北赤壁市长江南岸赤壁山顶。赤壁山与铁山两脉，如鲲鹏之两翼，亭因此得名。相传汉末赤壁之战时，这里是周瑜和诸葛亮的哨所。

【注解】❶子布：即张昭，汉末彭城（今江苏徐州）人，字子布。任孙策长史、抚军中郎将，深得信任。孙策去世时，将弟弟孙权托付给他。孙权即位，任他为辅吴将军，封娄侯，对他极为敬重。赤壁之战前，他主张投降曹操，为孙权所不满。❷兴霸：即甘宁，汉末巴郡临江（今四川忠县）人，字兴霸。初依附刘表，后归孙权，跟随周瑜破曹操，因功任西陵太守、折冲将军。时称“江表虎臣”。❸周郎：即周瑜，字公瑾，庐江舒县（今安徽庐江西南）人。少年时与孙策为友，后任建威中郎将，帮助孙策建立江东政权。孙策死，他与张昭共同辅佐孙权，任前部大都督。与刘备、诸葛亮联合，在赤壁大破曹操。❹陆弟：即陆绩，字公纪，吴郡吴县（今属江苏）人。仕吴，官至郁林太守。通天文、历算，作《浑天图》、注《易》、撰《太玄经注》。

简析 联语从眼前景物着笔，由怀古生发感慨。由景及人，并未直接写赤壁之战，角度新颖。江水之“无情红”是想象，为虚写；湖山之“一望碧”则是写实，虚实相映。

联语

前不见古人，痛饮狂歌，争艳说北海壶觞、杜陵诗笔
此中有真意，洗心涤虑，好领略佛山倒影、湖水涵清

任奉刚

【出处】此为任奉刚题大明湖历下亭的对联。

【简介】**历下亭**：又名古历亭，在山东济南市大明湖中的小岛上，始建于北魏。历下为古邑名，因面对历山、城在山下，故名，亭名也由此而来。唐天宝年间，诗人杜甫游历至此，与书法家李邕（时任北海太守）相会，有《陪李北海宴历下亭》诗。

简析 上联写与此亭有关的历史名人韵事，想象着两位文化名人相会的场面。下联写历下亭附近的景物，并说景物对人的影响。能紧紧抓住其地的特点、事件，恰当、贴切地引用古人名句，对仗工整、巧妙。

联语

洞天标胜境，混元[①]有始、日月无终，自昔山林栖凤[②]爪
福地溯仙踪，娄景[③]开元、长春[④]启后，于今道派衍龙门

清·方玉润

【出处】此为方玉润题龙门洞的对联。

【简介】**方玉润**：清代陇州同知。

龙门洞：在陕西陇县县城西北，属于景福山。山洞在先秦时已具规模。金、元时，道教全真道北七真之一的丘处机与陕西咸阳人王吉一起传教，在此潜修，并形成“龙门派”。

【注解】❶混元：指天地元气，也指天地。❷凤：这里比喻有贤德的人。❸娄景：传说为西汉时的方士。❹长春：即丘处机，元世祖褒赠他“长春演道主教真人”封号。

简析 上、下联开头嵌入“洞天”、“福地”，紧切主旨。上联重在回忆往昔，下联重在描写今天。切地、切事，对仗工稳贴切。“凤”与“龙”之对，极为巧妙。

联语

下则为河岳，上则为日星[①]，万象在旁，放眼雄边成壮阔
前不见古人，后不见来者[②]，一杯相属，凭栏孤喟[③]落苍茫

许承尧

【出处】此为许承尧题俯仰楼的对联。

【简介】许承尧：字际唐，号疑庵，安徽歙（Shè）县人。光绪进士，官翰林院编修，兼国史馆协修。入民国，任甘凉道尹。晚年寓上海。有《集傅青主诗联》。

俯仰楼：在甘肃兰州市小蓬莱。

【注解】❶下则为河岳、上则为日星：出自宋文天祥《正气歌》：“天地有正气，杂然赋流形。下则为河岳，上则为日星。”❷前不见古人、后不见来者：出自唐诗人陈子昂《登幽州台歌》诗：“前不见古人，后不见来者。念天地之悠悠，独怆然而涕下。”❸喟（kuì）：叹气。

简析 上联从空间方位的角度描写景物，紧切“雄边”；下联从古今时间的角度抒发感慨。由写景而抒情，景象阔大，苍凉悲壮。引用古人成句，顺畅自然。上、下联前两句，分别为当句自对。

联语 有才人一序在上头，恨不将鹦鹉洲踢翻、黄鹤楼[①]槌碎
叹沧海横流无底止，慨然思班定远[②]投笔、终子云[③]请缨

清·江峰青

【出处】此为江峰青题滕王阁的对联。

【简介】滕王阁：在江西南昌市赣江边。唐初永徽年间，太宗李世民之弟、滕王李元婴都督洪州（治今南昌）时营建。上元间，洪州都督阎伯屿在阁上大宴宾客。王勃路过其间，参加宴会，即席写了《滕王阁序》，留下传诵千古的名篇。

【注解】❶黄鹤楼：在湖北武昌蛇山西端，相传始建于三国吴黄武年间。❷班定远：汉名将班超，字仲升，扶风安陵（今陕西咸阳东北）人，史学家、文学家班固的弟弟。投笔从戎，因战功封定远侯。❸终子云：汉终军，字子云，济南人。18岁被选为博士弟子，被武帝任为谒者给事中，迁谏大夫。请缨赴南越，被杀。

简析 上联盛赞王勃的《滕王阁序》。说有此一序，使滕王阁名扬天下，那么，鹦鹉洲、黄鹤楼便不在话下，甚至没有存在的必要了。下联则是登阁抒发感慨，很是羡慕汉代的班超和终军。既切其景，又借景抒怀，语气阔大，志向高远，读之令人心动。

联语 仙源何处重寻？庐舍依然，笑前度阮刘[①]，流水桃花真梦境
燕子似曾相识！空山无恙，叹旧时王谢[②]，斜阳门巷几人家

任可澄

【出处】此为任可澄题燕子洞的对联。

【简介】**任可澄**:字志青,贵州安顺人。清末举人,历任贵州都督府参赞、云南巡按使等。辛亥革命后,曾参加护国首义,任云南护国军参赞。

燕子洞:在云南建水城东群山环抱的峡谷间,因洞内有岩燕群居而得名。

【注解】❶阮刘:指汉阮肇、刘晨。传说二人入天台山采药迷路,遇仙女,被邀请至其家。半年后,他们回家,已进入晋代,子孙已历七世。❷王谢:指六朝望族王氏、谢氏。

简析 上联用反问句式入手,说这里就是“仙源”;而当年阮刘所到的地方,不过是梦境罢了。下联紧切燕子,又联想到“旧时王谢”,感叹世事变迁。意思是应珍惜这大好风光,尽情领略、享受。

联语

身世总浮虚,酾酒[1]临江,笑孙郎宫名避暑,霸业而今安在

江山真面目,登高作赋,独东坡亭称九曲,风流千古犹存

【出处】此为题九曲亭的对联。

【简介】**九曲亭**:在湖北鄂州市西山九曲岭,又名“怀甫亭”。原为东吴孙权遗迹,相传宋苏轼被贬黄州时,常来九曲岭休憩,重建此亭,并命名为“九曲亭”。

【注解】❶酾(shī,又音 shāi)酒:斟(酒)。

简析 联语由与西山有关的两位历史名人及其在这里的遗迹生发感慨。上、下联第一句为主旨。上联的“笑”字,引出下文,其语出宋苏轼《前赤壁赋》:“(曹操)酾酒临江,横槊(shuò,古代兵器,杆儿比较长的矛)赋诗,固一世之雄也,而今安在哉?”突出了“身世总浮虚”的评论。下联的“独”

字，表达了作者对苏轼一类人物“风流千古”的赞赏。写景点而联想及有关人物，对比鲜明，寓褒贬于评论之中。

联语

河上此高台，樽酒谈兵，汉武乡[1]驻师而还，尘世金戈[2]伤往事
曲中闻折柳[3]，斜阳满树，鄂文端[4]凯歌之后，谁家玉笛暗飞声

阮崇德

【出处】此为阮崇德题观风台的对联。

【简介】**阮崇德**：字仲明，贵州贵筑（今贵阳）人。

观风台：又名“观象台”。在今贵州贵阳市，下临南明河。

【注解】❶汉武乡：汉末诸葛亮，封武乡侯。❷金戈：指战争、战事。❸折柳：古代乐曲名，多用于惜别远怀。唐李白《春夜洛城闻笛》诗：“谁家玉笛暗飞声，散入春风满洛城。此夜曲中闻折柳，何人不起故园情！”❹鄂文端：清代鄂尔泰。诸葛亮、鄂尔泰两人先后都曾驻兵于此。

简析 联语紧切其地——河上的“高台”，凭吊历史遗迹，回忆古人业绩，又抒发心中感慨。“金戈”与“玉笛”之对，堪称工巧。

联语

黄鹤楼[1]头，曾居名胜，忆当年夕阳汉口、月夜江城，惯听梅花玉笛
白云阁上，又遇神仙，看今日翠耸西山、波澄卫水，想见芳草晴川

清·刘铭本

【出处】此为刘铭本题河南卫辉白云阁的对联。

【简介】**刘铭本**：字西园，湖北汉阳人。道光进士，曾任汲（Jí）县（今卫辉）知事。

白云阁：又名“吕祖阁”，在今河南卫辉市北，祀吕洞宾，建于清康熙年间。

【注解】❶黄鹤楼：在湖北武昌蛇山西端，相传始建于三国吴黄武年间。

简析 上联“忆当年”，写作者故乡的景物；下联“看今日”，写作者任职处汲县的风景。融两地之景和自己的经历于一联之中，别具一格。艺术上，“黄”与“白”、“楼”与“阁”、“梅花”与“芳草”之对，“夕阳汉口”与“月夜江城”、“翠耸西山”与“波澄卫水”的当句自对，讲究而无不工整。

联语

帝曰无双士，惭愧臣心，励此生古谊忠肝，窃比魏国书云[①]、元之应雨[②]

南来第一楼，潆洄[③]乡梦，对当前画桥驿路，更愿长卿题柱[④]、孟博登车[⑤]

袁嘉谷

【出处】此为袁嘉谷题聚奎楼的对联。

【简介】**袁嘉谷**：字树五，又字树圃，晚年号屏山居士，云南石屏人。光绪进士，中经济特科（为选拔“洞达中外时务”人员的科目）一等一名，授翰林院编修。派赴日本考察学务，归国后历任学部编译图书局局长、浙江提学使。辛亥革命后返回云南，当选为参议院议员，官云南盐运使。晚年潜心著述、讲学。

聚奎楼：原在云南昆明市拓东路东口。袁嘉谷取经济特科第一名后，曾改名为“状元楼”。

【注解】❶魏国书云：典出《宋史·韩琦传》。韩琦，北宋名相，封魏国公。他当年考中进士，名列第二，唱名时，太史奏：“日下五色云见（现）！”❷元之应雨：典出五代王仁裕《开元天宝遗事·步辇召学士》。唐玄宗要召见姚崇论时务，恰逢大雨滂沱，便命人抬步辇去请他。姚崇，本名姚元崇，改名元之，为避讳开元年号，又改名崇，唐代名相。❸潆洄（yínghuí）：水流回旋。❹长卿题柱：西汉司马相如（字长卿）初离蜀赴长安，在成都城北升仙桥题桥柱，自述志："不乘赤车（显贵者所乘红色的车）驷马，不过汝下也！"❺孟博登车：东汉汝南征羌（今河南郾城东南）人范滂，字孟博。当时冀州饥荒，盗贼群起，他奉命查办。"登车揽辔（挽住马缰），慨然有澄清天下之志"。

简析 联语开篇写自己在京城中经济特科一等一名之事，自比韩琦、姚崇，欣喜之情，溢于言表。下联由故乡的名楼，涌起思乡之情，继而表达了要干一番大事业的远大抱负。此联最突出的特点，当是用典恰当、贴切。

联语

九澧[1]此楼，点缀以洗墨池[2]、囊萤台[3]，更一部弦诵[4]声，大庇有万千间广厦

四郊多垒，经过了龙蛇[5]战、虫沙[6]劫，剩再来笠屐影，快登看八百里洞庭

吴恭亨

【出处】 此为吴恭亨题澧浦楼的对联。

【简介】 **澧浦楼**：在湖南澧县，又称"南楼"、"八方楼"，始建于宋代。

【注解】 ❶九澧：即九曲澧水。❷洗墨池：在澧县城内，相传是宋范仲淹读书处。❸囊萤台：在澧县新洲镇，相传是晋车胤囊萤读书处。❹弦诵：弦歌诵读，指诗礼教化或学校教育。❺龙蛇：此指矛戟等兵器。❻虫沙：比喻战死的兵卒。

简析 上联紧切楼，由眼前景物联想到万千广厦；下联描写内战、混乱的国内局势。选词对仗，也堪称道。"洗墨池"与"囊萤台"、"龙蛇战"与"虫沙劫"的当句自对，"楼"与"垒"、"声"与"影"、"厦"与"庭"的上下联之对，都极为工整。

联语

龙从何处飞来？看秀峰对峙、漓水前横，终当际会[1]风云，破浪不尝居此地
隐是伊谁偕汝？喜旁倚月牙、下临象鼻，莫使奔腾湖海，幽栖聊为寄闲身

刘德宜

【出处】此为刘德宜题广西桂林龙隐洞的对联。

【简介】刘德宜：康有为的弟子，维新派人士。

龙隐洞：在广西桂林市东七星山瑶光峰山脚下。

【注解】❶际会：际遇；遇合。

简析 联语首嵌“龙”、“隐”二字，直接点明其地。联作者将个人身世之感融入联中，耐人回味。全联由龙隐洞而及周围的山、水景物，如秀峰（独秀峰）、漓水（漓江）、月牙（月牙山）、象鼻（象鼻山）。又分别写“龙”，写“隐”，非常贴切。

联语

钟山东峙、长江西来，地势壮金陵。登斯楼也，喜政局楸枰[1]，一着棋高凭国手
雨花南屏、清凉北倚，大安悬紫塞。忆彼美兮，注波光云影，千秋旨胜重华封

刘隽甫

【出处】此为刘隽甫题江苏南京胜棋楼的对联。

【简介】胜棋楼：在南京市水西门外莫愁湖公园内，始建于明初洪武年间。相传明太祖朱元璋与大臣、中山王徐达在这里下棋，因徐达棋艺高超，朱元璋便把莫愁湖赏赐给了他。楼因此得名。

【注解】❶楸枰（qiūpíng）：古时多用楸木制棋盘，因称棋盘为“楸枰”。唐温庭筠《观棋》：“闲对楸枰倾一壶，黄华坪上几成卢。”

简析 联语由南京的地理形势入手，上联切胜棋楼，下联切莫愁女，又寄

寓着感慨。切地，切事，而又不局限于叙事，眼界开阔，对史实和传说都有自己的看法，难能可贵。“东”、“西”、“南”、“北”几个方位词的对仗，非常巧妙。

联语

登斯楼危乎危哉！敢存妄想，焉有妄为，能这般面壁十年，人定便成尊者相

到此处高则高矣！切莫自衿，也休自喜，忘不得悬崖万丈，临深长抱惕然[①]心

清·刘尔炘

【出处】此为刘尔炘题千佛阁的对联。

【简介】**刘尔炘**(xīn)：字晓岚，号果斋，又号五泉山人，甘肃皋兰(今兰州)人。光绪进士，官至翰林院编修。有《果斋前集》、《续集》、《别集》。

千佛阁：在甘肃兰州五泉山，建于清末同治年间。

【注解】❶惕然：忧惧。

简析

上联由楼之“危”生发联想，提醒来这里拜佛参禅的人；下联由楼之“高”生发联想，警示来这里游玩的人。写佛，更写人，饱含哲理，振聋发聩。古往今来，有多少心存“妄想”者，身在“高处”而“自衿”、“自喜”者，若能诵读此联，当不啻(chì)服用一剂“醒脑”良药。

联语

太白[①]诗中龙，讵让崔生[②]独步？看数百里洞庭江汉，如许奇观，教世人勿轻疥壁[③]

费仙[④]云外鹤，偶来氏[⑤]停骖。叹千余年城郭沧桑，几经浩劫，到今日依旧巍楼

清·郑敦祜

【出处】此为郑敦祜题黄鹤楼的对联。

【简介】**郑敦祜**：长沙人。

【注解】❶太白：唐诗人李白。❷崔生：唐代诗人崔颢。❸疥壁：指壁上所题书、画，如同疥癞一样令人厌恶。❹费仙：三国时费祎，字文伟，官至蜀汉丞相。相传死后成仙，曾在黄鹤楼休憩。❺辛氏：传说中在黄鹤楼卖酒者。

简析 联语紧切其地、其人、其事。有史实，又有传说；有叙述，又有议论；有劝诫，又有感慨。文字不是很多，但内容丰富，耐人咀嚼。上联"数百里"为横的空间，下联"千余年"为纵的时间，相对极妙。

联语

高阁俯平川，听菱歌渔笛，起沧波泠泠。
身世凭虚，后乐先忧，鄂渚楼台思范老[1]
新堤环曲沼，见树色烟光，迷远眺历历。
溪山罨画[2]，淡妆浓抹，西湖杨柳羡苏公[3]

明·孟养浩

【出处】此为孟养浩题永安楼的对联。

【简介】**孟养浩**：字义甫，号五岑，咸宁人。万历进士，官至南京刑部左侍郎。

永安楼：在湖北咸宁市，建于明万历年间。

【注解】❶范老：宋文学家范仲淹。❷罨(yǎn)画：色彩鲜明的绘画。❸苏公：宋文学家、书画家苏轼。他曾先后任杭州通判、杭州知州。

简析 联语从写景入手，进而借景来抒发情怀。"思范老"的"后乐先忧"，"羡苏公"的"淡妆浓抹"，表达了自己为民造福的愿望和抱负。"菱歌渔笛"和"堤环曲沼"等词语，极具地域特色。

联语

半面山楼、半面江楼，书画舫，容我掀髯大笑，邀几个赤松①、黄石②、白猿③，来一评今古
数声樵笛、数声渔笛，翠微天，尽他拍手高歌，听不真绿水、明月、清风，引万象空濛④

清·汪炳鳌

【出处】此为汪炳鳌题翠微阁的对联。

【简介】汪炳鳌：字仙圃，曾任贵阳知府。

翠微阁：在贵州贵阳市东南隅南明河畔，建于清乾隆年间。

【注解】❶赤松：即赤松子，相传为上古时神仙。❷黄石：即黄石公，又称“圯(Yí)上老人”。相传秦末张良在博浪沙刺杀秦始皇失败，逃至下邳(pī)，遇到黄石公，得其授《太公兵法》。❸白猿：即白猿公，传说中古代善剑术的人。❹空濛：即空蒙。形容景物迷茫。

简析 上联由楼景联想到仙人，下联由笛声联想到自然风光。描绘气概豪迈，且极为生动。艺术上，以当句自对为主。

联语

栋宇逼层霄，忆几番仙人解珮①、词客题襟。风日最佳时，坐倒金樽，却喜青山排闼②至
川原揽全省，看不尽鄂渚烟光、汉阳树色。楼台如画里，卧听玉笛，还随明月过江来

清·宋璜

【出处】此为宋璜题晴川阁的对联。

【简介】宋璜：江苏溧阳人，嘉庆至道光时在湖北任地方官。

晴川阁：在湖北汉阳龟山。建于明嘉靖年间，取崔颢《黄鹤楼》诗句

“晴川历历汉阳树”之意命名。

【注解】❶仙人解珮：典出汉刘向《列仙传·江妃二女》。相传有个叫郑交甫的人，在汉江边遇二女。郑对他的仆人说：“我要请她们解下她们身上的珮（饰物）来。”二女果然将其珮解下给了郑。他急忙揣在怀里，刚走出数十步，二女忽然不见了，怀中的饰物也没有了。❷排闼（tà）：推门，撞开门。闼，门，小门。

简析 上联“忆”人和事（包括传说和史实）；下联“看”眼前景，都极为切合地域。“仙人解珮”与“词客题襟”、“鄂渚烟光”与“汉阳树色”，分别为当句自对。“金樽”与“玉笛”、“青山”与“明月”之对为上下联相对，也非常工整。

联语

翁昔醉吟时，想溪山入画、禽鸟亲人。一官迁谪何妨，把酒临风，只范希文[1]素心可证

我来凭眺处，怅琴操[2]无声、梅魂[3]不返。十亩蒿莱重辟，扪碑剔藓，幸苏长公[4]墨迹犹存

清·薛时雨

【出处】此为薛时雨题醉翁亭的对联。

【简介】醉翁亭：在安徽滁州市西南琅琊山中。

【注解】❶范希文：即范仲淹。❷琴操：即《醉翁操》。本为琴曲，自宋苏轼、辛弃疾入词，便沿用为词牌。宋苏轼《〈醉翁操〉词序》：“琅琊幽谷，山水奇丽，泉鸣空涧，若中音会。醉翁喜之……”❸梅魂：醉翁亭附近有古梅一株，相传是宋欧阳修手植。❹苏长公：即苏轼。宋元祐年间，滁州知州王诏托人请苏轼书写《醉翁亭记》。苏轼与欧阳修有师生之谊（苏是欧阳修的门生），便用正、草书体写了两份，并加《跋》，正楷的一份送滁州刻石。

明天启年间，在醉翁亭西南方建宝宋斋来保护此碑。

简析 上联写醉翁当年的"醉吟"，说他的思想感情和范仲淹相通；下联写"我"今日的"凭眺"，有幸还能看到苏轼的墨迹。切地，切人，切事。用典含而不露，且贴切、准确。反复吟咏，韵味悠长。

联语

汉人昔越兰津[1]，中外咸通。遂使西南半辟[2]，车同轨、书同文、行同伦，象占得朋[3]，端借此桥远达

舆地今逾黑水[4]，圣明相继。久经震旦[5]诸蕃，赖其利、畏其神、用其教，民无病涉[6]，因将旧迹重新

清·王崧

【出处】此为王崧题星宿桥的对联。

【简介】王崧：字伯高，号乐山，云南洱源人。嘉庆进士，官至山西武乡知县。曾主纂《道光云南通志》，著有《说纬》、《乐山集》等。

星宿桥：在云南楚雄禄丰县城西，俗称"西门大桥"。横跨禄邑江上，因江水开阔，众石磊落，状如列星，桥名由此而来。初建于明万历年间，清初雍正时因水患和地震倒塌。清末道光时，肇庆知府杨安园致仕（交还官职，即辞官）回云南，倡导并捐资重建。

【注解】❶兰津：指澜沧江。❷半辟：即半壁。❸象占得朋：占卜的形象表示，会得到朋友。❹黑水：指澜沧江。❺震旦：古代印度人对中国的称呼。"中国"在佛教经籍中译为"震旦"。❻病涉：苦于涉水渡川。

简析 上联概述星宿桥的建设在西南所起的重大作用；下联描述西南各少数民族赖澜沧江之利，为顺畅地来往两岸，故重修此桥。联语由古至今，一一道来，表现了全国大统一、人民大团结的重大主旨。

联语

此巴蜀巨观，只一层楼，通八方气，撑半壁天。巫峡十二峰、嘉陵三百里，好山好水，都从眼底逢迎。洵[1]可乐也！洵可乐也

当风日清美，携几壶酒，约数友人，论两间[2]事。纵横廿四史、上下五千年，大嚼大啖[3]，浇尽胸中垒块。岂不快哉！岂不快哉

【出处】此为题楼外楼的对联。

【简介】**楼外楼**：在重庆市内，为全市最高处。

【注解】❶洵：诚然；实在。❷两间：指天地之间，即人间。❸啖（dàn）：吃。

简析 上联重在写景。先点出楼外楼所处的位置及其特点，继而选取重庆附近有代表性的好山（巫峡十二峰）好水（嘉陵三百里），最后写在楼上看景的感受。下联先设景，再借景抒情，最后仍写感受。紧切其地，语言洒脱，酣畅淋漓。尤其是上、下联末句的重复，读来不禁令人感到十分痛快、过瘾。

联语

一楼何奇？杜少陵五言绝唱[1]，范希文两字关情[2]，滕子京百废俱兴，吕纯阳[3]三过必醉。诗耶，儒也，吏耶，仙耶？前不见古人，使我怆然涕下

诸君试看：洞庭湖南极潇湘，扬子江北通巫峡，巴陵山西来爽气，岳州城东道岩疆。潴[4]者，流者，峙者，镇者。此中有真意，问谁领会得来

清·窦垿

【出处】此为窦垿（Xù）题岳阳楼的对联。

【简介】窦垿：字兰泉，云南罗平人。道光进士，官至贵州知府。

岳阳楼：在湖南岳阳市西城门楼上。相传原为三国时吴将鲁肃的阅兵台，唐时即建楼。宋庆历年间，滕子京由天章阁待制谪岳州，约请其同年、文学家范仲淹写《岳阳楼记》。

【注解】❶杜少陵五言绝唱：指杜甫的五律《登岳阳楼》。❷范希文两字关情：指范仲淹《岳阳楼记》中"先天下之忧而忧，后天下之乐而乐"中的"忧"、"乐"二字。❸吕纯阳：吕洞宾，传说他曾三醉岳阳楼。❹渚(zhū)：水积聚的地方。

简析 上联以设问引出与岳阳楼有关的四位历史名人及传说人物，最后抒发感慨。下联描述岳阳楼及洞庭湖四周的景物。用排比、铺陈和当句自对手法，由人及地，由古及今。联文的照应关系，贯穿始终：杜少陵为诗，范希文为儒，滕子京为吏，吕纯阳为仙；洞庭湖为渚，扬子江为流，巴陵山为峙，岳州城为镇。

联语

一件蓑衣，肮脏那朝中黼黻[①]。你有你的四海，我有我的千秋，天下已定，老子何必官耶？本朋友义不君臣，只可把富春山，长让与先生把钓

两只梦脚[②]，惊动了上界星辰。尊莫尊者帝王，高莫高者通德，此才弗用，寡人以为过耶？望严滩却思商皓[③]，纵然标豁过度，能屈他渔父同床

【出处】此为题严子陵钓台的对联。

【简介】严子陵钓台：在浙江桐庐县城西富春山。严子陵，名严光，字子陵，东汉初会稽余姚(今属浙江)人。曾与刘秀同学。刘秀即帝位后，他改名隐居。后被召到京城洛阳，任为谏议大夫，他不肯受，归隐于富春山。

【注解】❶黼黻（fǔfú）：古代礼服上所绣的花纹，又指绣有花纹的礼服。代指帝王或高官。❷两只梦脚：传说严光被召到京城后，刘秀去看望他，严光却横躺在床上不起身。两人谈了一会儿，就在同一张床上睡下。梦中，严光把自己的脚放在刘秀身上。第二天，太史上奏："有客星犯帝座，甚急！"刘秀笑着说："朕与故人严子陵共卧罢了！"❸商皓：商山四皓。西汉初商山的四位隐士，须眉皆白，故称。高祖刘邦曾征召他们入朝为官，不应。

简析 上联先以严光和刘秀相比，大有俗语所谓"桥归桥，路归路"之慨；下联从一段传说写起，把严光比作商山四皓。联语既切其人，又切其事。仿双方口吻，惟妙惟肖。融史实与传说入于一联，极为生动有趣。

联语

侍金銮[①]，谪夜郎[②]，他心中有何得失穷通？但随遇而安，说什么仙，说什么狂，说什么文章身价！上下数千年，只有楚屈平[③]、汉曼倩[④]、晋陶渊明，能仿佛一人胸次[⑤]

踞危矶，俯长江，这眼前更觉地天空阔！试凭栏远眺，不可无诗，不可无酒，不可无奇谈快论。流连四五日，岂惟牛渚[⑥]月、白纻[⑦]云、青山[⑧]烟雨，都收来百尺楼头

清·黄琴士

【出处】此为黄琴士题写太白楼的对联。

【简介】**黄琴士**：安徽泾县人，曾任采石矶翠螺书院主讲。

太白楼：又名"谪仙楼"，在安徽马鞍山市西南采石矶（原属当涂县境）。唐代诗人李白晚年寄寓当涂，曾多次来游，并有诗作。楼始建于唐末元和年间，现存为清代光绪时的建筑。

【注解】❶侍金銮：唐玄宗天宝初年，李白应召入京，受命待诏翰林。❷谪夜郎：天宝末年，"安史之乱"爆发，永王李璘（玄宗第十子）奉命镇守江陵，三次征召李白入幕。此时，太子李亨已即位（肃宗），令永王速回蜀中。永王不从，肃宗派兵前来讨伐。李白被俘，判长流夜郎，后被赦。❸楚屈平：战国时楚国诗人屈原，名平，字原。❹汉曼倩：汉文学家东方朔，字曼倩。❺胸次：胸怀。❻牛渚：相传古时这里有金牛出渚（水中间的小块陆地），故名"牛渚矶"。❼白纻（zhù）：山名，在今当涂县城东。❽青山：山名，又名"青林山"，在今当涂县城东南。

简析 上联概述李白的主要经历及其"胸次"，说他是屈原、东方朔、陶渊明一类的人物；下联写眼前景物，抒发感慨。切地、切人，语言活泼轻快，痛快淋漓，与主旨极为协调。联中所用排比句式，讲究变化。如用"晋陶潜"，则排比部分为"三三三"。这里作者用"晋陶渊明"，变"三三三"为"三三四"，有创新之意。

联语

甲天下名不虚传：奇似黄山，幽如青岛，雅同赤壁，佳拟紫金，高若鹫峰，穆方牯岭，妙逾雁荡，古比虎丘。激动着倜傥豪情：志奋鲲鹏，思存霄汉，目空培塿[1]，胸涤尘埃，心旷神怡消块垒

冠环球人皆向往：振衣独秀，探隐七星，寄傲伏波，放歌叠彩，泛舟象鼻，品茗月牙，赏雨花桥，赋诗芦笛。引起了联翩遐想：农甘陇亩，士乐缥缃[2]，工展宏图，商操胜算，河清海晏庆升平

王 力

【出处】此为王力题小广寒楼的对联。

【简介】小广寒楼：在广西桂林市七星公园月牙山月牙岩前，因“月”而得名（传说月中有广寒宫）。

【注解】❶培塿（pǒulǒu）：小山丘。❷缥缃（piǎoxiāng）：指书卷。缥，青白色；缃，浅黄色。古代常用青白、浅黄色的丝帛做书囊、书衣。

简析 上联借用“桂林山水甲天下”一语领起，将桂林山水与全国各地的名胜相比，称桂林山水众美兼备，具有奇、幽、雅、佳、高、穆、妙、古等特点，并能激起人们的“倜傥豪情”。下联列举桂林诸多胜景，如数家珍，似为导游，给人以目不暇接之感；并分别以振衣、探隐、寄傲、放歌、泛舟、品茗、赏雨、赋诗来描述游人的活动，更能让人体会到这些胜景的无穷魅力。由衷地抒发了爱家乡、爱祖国的深厚感情。情景交融，又富有时代气息。艺术特色十分突出，排比竟至八个，效果极佳。“同”的同义词，用了“似”、“如”、“同”、“拟”、“若”、“方”、“逾”、“比”，足见语言学、音韵学大师搜寻锤炼之深厚功力。

联语

五百里[①]滇池，奔来眼底。披襟岸帻[②]，喜茫茫空阔无边！看东骧[③]神骏[④]、西翥[⑤]灵仪[⑥]、北走蜿蜒[⑦]、南翔缟素[⑧]。高人韵士，何妨选胜登临。趁蟹屿螺洲[⑨]，梳裹就[⑩]风鬟雾鬓[⑪]；更蘋天苇地[⑫]，点缀些翠羽丹霞。莫辜负四围香稻、万顷晴沙、九夏芙蓉、三春杨柳

数千年往事，注到心头。把酒[⑬]凌虚[⑭]，叹滚滚[⑮]英雄谁在？想汉习楼船[⑯]、唐标铁柱[⑰]、宋挥玉斧[⑱]、元跨革囊[⑲]。伟烈[⑳]丰功，费尽移山气力。尽珠帘画栋，卷不及暮雨朝云；便断碣[㉑]残碑，都付于苍烟落照。只赢得几杵[㉒]疏钟[㉓]、半江渔火[㉔]、两行秋雁、一枕[㉕]清霜[㉖]

清·孙髯

【出处】此为孙髯题大观楼的对联。

【简介】大观楼：在云南昆明市西大观公园内。明时黔国公沐氏在附近建西园别墅。清康熙年间，湖北僧人乾印来此讲经，建观音寺。后在寺址建楼。咸丰时毁于火，现楼为同治年间重建。

【注解】❶五百里：指滇池方圆五百里。❷披襟岸帻：敞开衣襟，推起头巾。形容心情舒畅，举止洒脱。岸，指冠帽向上推，露出前额。帻(zé)，头巾。❸骧(xiāng)：马奔跑。❹神骏：指昆明东的金马山。❺翥(zhù)：向上飞。❻灵仪：指昆明西的碧鸡山。❼蜿蜒：指昆明北的蛇山。❽缟素：指昆明东南的白鹤山。❾蟹屿螺洲：形容滇池中的小岛如蟹似螺。❿就：成。⓫风鬟雾鬓：形容女子美丽的头发。此指堆烟般柔美的岸边垂柳。⓬蘋天苇地：形容蘋苇之多、所占面积之大。蘋，植物名，生在浅水中，也叫"田字草"。⓭把酒：手执酒杯。⓮虚：空际；天空。⓯滚滚：谓迅速消逝。⓰汉习楼船：汉朝习练水军的楼船。汉张骞曾向武帝建议，打通由四川经云南到印度的通道。为了操练水军，在长安修昆明池，用楼船演习。楼船，有楼的大船，用作战船。此代指水军。⓱唐标铁柱：指唐朝唐九征记功立的铁柱。唐中宗时，吐蕃向内地进犯，御史唐九征奉命讨伐，将吐蕃的势力限制在漾濞江与顺濞河西岸，恢复了唐在洱海地区的统治，遂在滇池建铁柱以记功。⓲宋挥玉斧：宋朝占地挥动的玉斧。北宋初年，王全斌率军平定四川后，向朝廷献地图，并建议乘势取云南。太祖赵匡胤手执玉斧(一种古玩)，沿地图上的大渡河一划，说："外此吾不有也！(指不取云南)"⓳元跨革囊：元人跨乘的革囊。宋淳祐末年，忽必烈攻云南，渡金沙江时，"乘革囊及筏"，收云南归其版图。革囊，用牛或羊的皮做的袋子。⓴伟烈：伟大的业绩。㉑碣：石碑。㉒杵：指敲钟的槌。㉓疏钟：稀疏的钟声。㉔渔火：渔船上的灯火。㉕一枕：犹言一卧。卧必以枕，故称。㉖清霜：寒霜；白霜。

简析 此联被誉为“天下第一长联”。上联写昆明之景，四周远、近之景和四季之景，包括山景、水景。写山，分别用“骧”、“翥”、“走”、“翔”几个拟人化的动词，生动准确。写水，秀丽，妩媚，景象开阔。下联写云南的“数千年”历史。列举汉、唐、宋、元各代有关云南的故事，极具特色。切地，切事。艺术上，多用排比和当句自对手法。内容丰富，语言讲究，句式参差，读来朗朗上口。反复吟咏，令人荡气回肠，回味无穷。

馆堂、居室联

联语 一椽得所
五桂[1]安居

孙中山

【出处】此为孙中山题翠亨村故居的对联。

【简介】**翠亨村**：在广东中山市，是伟大的革命先行者孙中山先生的诞生地。

【注解】❶五桂：山名，在翠亨村西，东临珠海。

简析 孙中山先生故居是中、西结合的一座二层楼房，是孙中山先生亲自设计的。短短一副四言联，生动地展示了一代伟人公而忘私、淡泊名利的崇高精神和宽广胸怀。

联语 山川异域
风月同天

【出处】此为题扬州鉴真纪念堂的对联。

【简介】**鉴真纪念堂**：在江苏扬州市西北。鉴真，俗姓淳于，扬州人，唐代高僧。为了传扬佛法教义和中国文化，在六年时间里，六次东渡日本。

简析 中日两国历来被称为"一衣带水"的邻邦，此联正是抓住这一点来写。虽然"山川"属"异域"，但是"风月"却"同天"，表现了中日两国人民由来已久的友谊。

联语 月色如故
江流有声

【出处】此为题二赋堂的对联。

【简介】二赋堂：在湖北黄冈城西东坡赤壁。因宋文学家、书法家苏轼写前、后《赤壁赋》而得名。

简析 宋苏轼《赤壁赋》有名句："惟江上之清风，与山间之明月，耳得之而为声，目遇之而成色。取之无禁，用之不竭，是造物者之无尽藏也。"联语由此入手，说我们今天所见到的"月色"和"江流"，依然如苏东坡时那样，能给人们留下无穷的遐想空间。

联语 六月六日[1]
秋雨秋风[2]

【出处】此为题秋瑾故居的对联。

【简介】秋瑾故居：在浙江绍兴市南和畅堂，其中有秋瑾生前从事革命活动所用的客堂、餐室、卧室。

【注解】❶六月六日：秋瑾就义的日期（1907 年 7 月 15 日，农历为六月初六）。❷秋雨秋风：秋瑾就义前有诗句："秋风秋雨愁煞人。"

简析 如果说烈士就义的日子是直接点明的话，那么下联所指则应含双关意，即自然界和社会的双重背景。让我们永远记住这个时间、这个气候吧！

联语 家无儋石[1]
气雄万夫

谭嗣同

【出处】此为谭嗣同题莽苍苍斋的对联。

【简介】**莽苍苍斋**:在北京宣武门外,谭嗣同故居。

【注解】❶儋(dàn)石:成担货物的计量单位。古人以两石为一儋。这里形容米粟为数不多。

简析 上、下联形成鲜明的对照:家境贫苦,但精神富有,"气雄万夫",要比家财万贯更为珍贵。可谓言简意赅。今天读来,仍不乏现实意义。

联语

冤沉六字[①]
泪洒千秋

潘基碩

【出处】此为潘基碩题刘少奇故居的对联。

【简介】**潘基碩**(zhì):湖南宁乡人,武汉大学毕业,曾任长沙市副市长。

刘少奇故居:在湖南宁乡市花明楼。

【注解】❶六字:指"文化大革命"中诬陷刘少奇为"叛徒、内奸、工贼"的六个字。

简析 刘少奇在"文化大革命"中被诬陷,最终被迫害致死,这应是天大的奇冤。人民群众的热泪(今天的,未来的)应为之倾洒千秋。短短一副四言联,概括了晚年刘少奇的经历和全国人民对刘少奇的怀念之情。

联语

鬼狐有性格
笑骂成文章

老舍

【出处】此为老舍题蒲松龄故居的对联。

【简介】**老舍**:原名舒庆春,字舍予,北京人,满族。当代小说家、剧作家。主要著作有《骆驼祥子》、《茶馆》、《龙须沟》等。

蒲松龄故居：在今山东淄博市。蒲松龄，字留仙，一字剑臣，别号柳泉居士，山东淄川（今属淄博）人，清文学家。用数十年时间，写成短篇小说集《聊斋志异》，主要用唐代传奇小说的文言体，通过谈狐说鬼的表现方式，对当时的社会、政治多有批判。

简析 上联突出蒲松龄小说的主要特点、主要贡献，即塑造了一批各有"性格"的鬼狐形象；下联则借用宋诗人、书法家黄庭坚赞扬苏轼"嬉笑怒骂，皆成文章"的话，称颂蒲松龄的艺术笔法。语言精练，概括全面。

联语

知足知不足
有为有弗为

清·谢子修

【**出处**】此为谢子修题居室的对联。

【**简介**】**谢子修**：福建长乐人，当代作家谢冰心的祖父。此联现存福州市冰心故居。

简析 冰心自己说：对联的意思是，对有些事要知足，如生活上；对有些事，则不能知足，如学问、事业上。有些事，一定要做，如爱国；有些事，则坚决不能做。联语充满了人生的辩证法。

联语

帝里衣冠聚
天涯骨肉亲

明·裴应章

【**出处**】此为裴应章题汀州新馆的对联。

【**简介**】**裴应章**：字元闇，福建清流人。隆庆年间进士，官至南京吏部尚书。著有《懒云居士集》。

汀州新馆：在北京长巷下二条。汀州，治今福建长汀。辛亥革命后废。

简析 上联以“帝里”切会馆所在之地，以“衣冠聚”写会馆的主要用途；下联表现乡亲们在会馆里的亲情。

联语

万卷编成群玉府[1]
一生修到大罗天[2]

清·梁同书

【出处】此为梁同书题纪昀阅微草堂的对联。

【简介】阅微草堂：原在北京珠市口西大街，是清文学家纪昀（晓岚）的书斋。

【注解】❶群玉府：即策府，古代帝王藏书的地方。❷大罗天：道教语，指三十六重天中最高的一重天。

简析 纪昀曾任《四库全书》馆总纂官，并纂定《四库全书总目提要》。联语正是抓住这一点，来突出纪昀为中国的历史文化事业所做出的重大贡献，极为切合其人、其事。

联语

世味须尝燕市[1]酒
乡情惟饮普山[2]茶

清·许希孔

【出处】此为许希孔题云南会馆的对联。

【简介】许希孔：字瞻鲁，昆明人。雍正年间进士，曾官工部右侍郎。

云南会馆：在北京。

【注解】❶燕市：燕京，即今北京市。❷普山：即普洱山，在云南，以盛产普洱茶闻名。

简析 上联切会馆所在之地，下联切来会馆之人。尤其难能可贵的是，通过联语，巧妙地让人体会到“世味”和“乡情”，语含深意，非同寻常。

联语 春王①正朔②颁千载
开国元勋第一家

【出处】此为题中山王徐府的对联。

【简介】中山王徐府：在今河南开封(现山陕会馆址)。为明初年徐达府第。徐达，字天德，濠州(治今安徽凤阳)人，明初名将。

【注解】❶春王：指正月。根据《春秋》体例，鲁国各国君的元年，都书“春王正月公即位”。❷正朔：指帝王新颁布的历法。

简析 上联写明代开国，以至要传之“千载”；下联以“第一家”极力推崇徐达为开国最大功臣。

【提示】这类对联，一般不能用于普通人家。

联语 城南室小邻韦杜①
湖上人来泛木兰②

清・陈海坪

【出处】此为陈海坪题莆田会馆的对联。

【简介】陈海坪：福建莆田人，擅撰联。

莆田会馆：在北京骡马市大街贾家胡同。

【注解】❶韦杜：唐韦氏、杜氏的并称。韦氏住韦曲，杜氏住杜曲，都在京城长安南，世代为望族。当时人称“城南韦杜，去天五尺”，指他们的府邸离帝都很近。❷木兰：指木兰溪，在福建。莆田位于木兰溪下游。

简析 上联切京城，下联切家乡莆田。用于北京莆田会馆，再恰切不过了。“南”与“上”为方位词相对，“杜”与“兰”为草木相对，非常工整。

【提示】形容词“小”与动词“来”相对，均为实词，属于宽对。

联语 韬略[1]终须建新国 奋飞还得读良书

郭沫若

【出处】此为郭沫若题韬奋纪念馆的对联。

【简介】**韬奋纪念馆**:在上海重庆南路万宜坊邹韬奋故居。邹韬奋,著名新闻记者、政论家、出版家,江西余江人。毕生从事新闻出版工作,先后在上海创办《生活》周刊、生活书店,在上海、香港主编《生活日报》、《生活星期刊》,在上海、汉口、重庆主编《抗战》、《全民抗战》等刊物。重要著作编有《韬奋文集》。

【注解】❶韬略:《三韬》和《六略》,古代兵书,后称用兵的谋略为"韬略"。

简析 联语以鹤顶格嵌入"韬"、"奋"二字,可谓确切不移。上联切邹韬奋的主要经历,下联切邹韬奋的主要业绩。联语对后人也寓激励之意。

联语 文重八家[1],名标三杰[2] 节持汉武[3],勋画凌烟[4]

【出处】此为题武功堂的对联。

【简介】**武功堂**:在台湾新竹县竹东镇,为苏氏祠堂,建于民国年间。武功,苏氏郡望。

【注解】❶八家:指唐宋八大家。❷三杰:指宋文学家苏洵、苏轼、苏辙。三人均在唐宋八大家中。❸节持汉武:指西汉苏武。❹凌烟:即凌烟阁,封建王朝为表彰功臣所建的绘有功臣图像的高阁。

简析 以历史名人事迹构联,用于姓氏祠堂,是极常见的一种做法。苏氏祠堂写历史上的苏氏名人,极为切题。整体结构为当句自对。

联语 世上疮痍，诗中圣哲
民间疾苦，笔底波澜

郭沫若

【出处】此为郭沫若题杜甫草堂的对联。

【简介】杜甫草堂：在四川成都西郊浣花溪畔，为唐诗人杜甫成都故宅旧址。杜甫于“安史之乱”后流寓成都，于浣花溪畔筑茅屋而居，历时近4年，写诗240余首。

简析 上联写杜甫所处的特殊时代（战乱频仍，满目疮痍）和诗人的伟大成就；下联赞颂杜甫的诗作广泛而深刻地反映了社会现实，尤其是能深切关注人民大众的疾苦。联语虽然简短，但是概括准确而全面。几个方位词“上”、“中”、“间”、“底”，形成了全联自对又相对的严谨格局。

联语 芝砌春光，兰池夏气
菊含秋馥，桂映冬荣①

【出处】此为题颐和园澄爽斋的对联。

【简介】澄爽斋：在北京颐和园万寿山东麓谐趣园（清末光绪时重建，为慈禧太后观鱼垂钓的地方）水池西侧。

【注解】❶冬荣：冬天的草。

简析 联语巧妙地嵌入“春”、“夏”、“秋”、“冬”四季和“芝”、“兰”、“菊”、“桂”四季花草，突出了皇家园林一年四季的独特景物。语言讲究，对仗工整。

联语 文起八代之衰，功同韩氏①
望负四推②之重，化洽江南

清·莫树椿

【出处】此为莫树椿题来禽馆的对联。

【简介】**莫树椿**：清末道光年间临邑知县。

来禽馆：在山东临邑县城西南，是明书法家邢侗早年读书的地方，建于明万历年间。邢侗，字子愿，山东临邑人。万历进士，官至行太仆寺少卿。善书法，兼能画兰、竹、石，又工诗文。刻有《来禽馆帖》，其中草书法帖《十七帖》最为著名。这原来是唐太宗所集藏晋代王羲之的草书书卷之一，邢侗极为喜爱，即取其中的"来禽"作为自己的馆名。

【注解】❶韩氏：指唐文学家、哲学家韩愈。宋苏轼《潮州韩文公庙碑》："文起八代之衰，而道济天下之溺。"❷四推：指明末四大书法家邢侗、董其昌、米万钟、张瑞图，邢侗被推为首位。

简析 上联赞颂邢侗的文章，是从纵向与古人（韩愈）相比；下联赞颂邢侗的书法，是从横向与其同时代的人相比。以赋体成联，别具一格。像"之"这样的同位重字，在这种风格的对联中并不鲜见。

联语 三疏[1]流传，枷锁[2]当年称义士
一官归去，锦衣此日愧先生

清·江春霖

【出处】此为江春霖题杨继盛故居的对联。

【简介】**江春霖**：字杏村，又号梅阳山人，福建莆田人。道光进士，历任检讨、御史。敢于直言，不避权贵。先后上奏章数十次，弹劾袁世凯、庆亲王奕劻父子、醇亲王载沣兄弟等十几位大臣。因此屡受斥责，遂称病归乡。

杨继盛故居：即松筠庵，原在北京达智桥。杨继盛，字仲芳，号椒山，明保定容城（今属河北）人。嘉靖进士，官兵部员外郎。有《江御史奏议》、《梅阳山人集》行世。

【注解】❶三疏：杨继盛曾三次上疏，弹劾权相严嵩十大罪状。❷枷锁：指严嵩设计陷害杨继盛入狱。

简析 上联写“当年”，盛赞杨继盛因“三疏”而被“枷锁”的事迹，以“义士”称之；下联写“此日”，说自己愧对杨继盛。二人都有弹劾权臣的经历，惺惺相惜。但江春霖得以活下来，而杨继盛却死于狱中，所以江感到有“愧”。

联语

与国咸休①，安富尊荣公府第
同天并老，文章道德圣人家

清·纪昀

【出处】此为纪昀题孔府的对联。

【简介】孔府：即衍圣公府，在山东曲阜市，是历代衍圣公的官府和私邸。

【注解】❶休：吉庆；欢乐。

简析 从汉开始，孔子所创立的儒家学说成为历代封建文化的正统，孔子也被尊称为“圣人”、“先师”，元代被封为“大成至圣先师文宣王”。说他们家“与国咸休”，并不夸张；“公府第”与“圣人家”也是写实，恐怕再也没有哪个家庭可用这样的对联了。

联语

山与堂平，千古高风传太守
我生公后，二分明月①梦扬州

【出处】此为题瘦西湖平山堂的对联。

【简介】平山堂：在江苏扬州瘦西湖畔蜀冈中峰上，为宋庆历年间文学家欧阳修任扬州太守时所建。因南望江南之远山，正与堂栏相平，故名。

【注解】❶二分明月：唐徐凝《忆扬州》诗：“天下三分明月夜，二分无赖是扬州。"

简析 上联从当年堂名的由来，赞颂"太守"欧阳修的"高风"；下联写如今"我"对扬州美好风光的眷恋。切地，切人，切事。"千"与"二"、"风"与"月"的对仗，极为工巧。"与"与"生"、"平"与"后"的对仗，虽词性不同，但特定语境中，有一定的相近性，体现了对联灵活的对仗技巧。

联语

丸泥①欲封，紫气②犹存关令尹③
凿坏④可乐，灞亭谁识故将军⑤

康有为

【出处】此为康有为题蛰庐的对联。

【简介】蛰庐：在河南新安城西铁门镇，为张钫(Fāng)故居。张钫，字伯英，号友石老人，河南新安人。清末卒业于保定军官学校，早年参加同盟会。辛亥革命时，为陕西新军起义的主要策动者之一。护法运动中，任陕西靖国军副总司令，后历任国民党军政要职，1949 年在成都起义。张钫在国民革命军二十路军总指挥兼河南省民政厅、建设厅厅长任上时，广为搜集墓志碑石，其中大多为唐代墓志，章太炎为之命名"千唐志斋"并书额、题联。康有为 1923 年秋游陕过豫，曾在此小住。这时，张钫暂时隐居于家乡。

【注解】❶丸泥：一丸泥。据《后汉书·隗嚣传》载，隗嚣占据陇西，其部将王元"请以一丸泥为大王东封函谷关"，是说函谷关形势险要，只需少数兵力就可以把守。西汉时，因楼船将军杨仆(今河南宜阳人)"耻为关外民"，武帝同意将秦函谷关(在今河南灵宝市北)东移至新安县，称"汉函谷关"。❷紫气：紫气东来。传说春秋时，函谷关令尹喜一早登上关楼，见空中有紫气从东而来，预料将有圣人过关。果然，不久，老子骑青牛前来。喜便请他写下了《道德经》。后人因以"紫气东来"表示祥端。❸令尹：指函谷令尹喜。❹凿坏：指隐居不仕。典出《淮南子·齐俗训》：鲁国国君请颜阖任相，他不肯。国君派人去他家，他竟捣毁自家后墙逃跑。坏，通“坯”，土坯。❺灞亭谁识故将军：《史记·李将军列传》载：汉飞将军李广闲居长安时，一次带一名随从出城，回城路过灞陵亭，亭尉以犯夜禁为由不予放行。随从说：“这位是故(过去的)将军。”尉答曰：“现任将军也不行！”

简析 联语紧切其地，特别是切其人、切其事，用典非常准确，均不可移易。对仗上，“泥”与“坏(坯)”、“令尹”与“将军”之对无不工整。

联语

问没渔樵，万世兴亡付伊水①
窝名安乐，一时寤寐②到羲皇③

【出处】此为题安乐窝的对联。

【简介】安乐窝：原在河南洛阳市南。最早是五代时后周大将安审琦故宅。宋嘉祐中，哲学家邵雍自百泉(在今河南辉县)迁居洛阳，洛阳尹王拱辰安排他住这里，邵雍仍沿用其旧居名“安乐窝”称之。

【注解】❶问没渔樵，万世兴亡付伊水：邵雍著有《渔樵问答》一书。该书以问答体裁阐明天地事物义理。没，出没。付伊水，暗用《国语·周语》中“昔伊洛竭而夏亡”之意。伊，流经洛阳的伊河。❷寤寐(wùmèi)：醒时与睡时，犹言日夜。❸羲皇：伏羲氏。据说那时的人们安居乐业，生活幸福。

简析 上联暗用邵雍之典故，说明哲人已逝、往事难寻，抒发“万事兴亡”的感慨；下联从邵雍隐居不仕的事生发，表现对淳朴民风的羡慕。联语以“伊水”、“安乐”紧切其地，以“渔樵”紧切其人。其主旨又与主人邵雍的思想极为贴近。

联语 缑岭[①]分踪，虽处天涯归静士
屿山[②]寄诵，独超尘界峙中流

清·何璟

【出处】此为何璟题鹿湖精舍的对联。

【简介】何璟：字小宋，清末广东香山（今中山）人。道光进士，历任编修、御史，光绪时至闽浙总督。

鹿湖精舍：初名“鹿湖洞”、“纯阳仙院”，在香港鹿湖山，广东罗浮山道士罗元一建于清末光绪年间，重修后用现名。

【注解】❶缑（Gōu）岭：即缑氏山，在今河南偃师南。相传周灵王太子晋好吹笙，作凤凰鸣，游伊洛之间。道士浮丘公把他接到嵩高山，后来乘白鹤成仙。所以“缑岭”多用来指修道成仙的地方。❷屿山：即大屿山，在今香港西南部。

简析 上联直指其人为道士，下联又直接点出其人修道的地方。“天涯”极言偏远，与下联“屿山”相呼应。

联语 春殿语从容，廿载家山，印心石在
大江流日夜，八州[①]子弟，翘首公归

清·左宗棠

【出处】此为左宗棠题印心石屋的对联。

道光年间陶澍回乡时，左宗棠写了此联。

【简介】**印心石屋**：在今湖南安化小淹镇，是清末名臣陶澍少年时读书的地方。镇旁资江江心，有一块形似印章的方石，叫“印心石”。陶澍，字子霖，号云汀，湖南安化人。嘉庆进士，道光时，历任安徽巡抚、江苏巡抚、两江总督，多有政绩。著有《印心石屋诗文集》等。

【注解】❶八州：晋名将陶侃，曾任荆、江二州刺史，都督八州诸军事。

简析 联语紧切陶澍以重臣、大员身份回乡这一主题，上联点出家乡具有标志性的景物“印心石”；下联切陶澍由水路回乡，又以陶侃的典故，暗切其姓氏。“心”与“首”之对，可谓工而巧。当时，陶澍见了此联，极为赞赏，马上通过地方官找来了左宗棠，召入幕府，待为上宾。

联语 得地领群峰，目极舜洞尧山[1]而外
登堂怀往哲，人在鸿轩凤举[2]之中

清·梁章钜

【出处】此为梁章钜题独秀峰五咏堂的对联。

【简介】五咏堂：原在广西桂林独秀峰东麓读书岩上。南朝宋文学家颜延之在此读书时，写有《五君咏》。宋时，郡守孙览建五咏堂。清道光年间，广西巡抚梁章钜重建。

【注解】❶舜洞尧山：桂林北虞山（又名“舜山”）建有虞帝庙、舜祠，山西麓有韶音洞。桂林东尧山原建有尧帝庙。❷鸿轩凤举：鸿雁、凤凰高飞。比喻举止不凡。南朝宋颜延之《五君咏·向常侍》：“交吕既鸿轩，攀嵇亦凤举。”

简析 上联写地，赞五咏堂所在之地，环境优美，统领桂林四周诸山峰，可以眺望很远；下联写堂，来此怀念已故的哲人（即《五君咏》所写“竹林七贤”中的阮籍、嵇康、刘伶、阮咸、向秀），不禁使人的举止都变得高尚不凡了。“舜洞”与“尧山”、“鸿轩”与“凤举”，分别为当句自对。

联语 大明湖畔、趵突泉边，故居在垂杨深处
漱玉集[1]中、金石录[2]里，文采有后主遗风

郭沫若

【出处】此为郭沫若题李清照纪念堂的对联。

【简介】李清照纪念堂：在济南市趵突泉公园内漱玉泉北，相传是李清照故

居旧址。李清照,号易安居士,济南人。

【注解】❶漱玉集:指后人所辑的李清照作品集《漱玉词》。❷金石录:指李清照丈夫赵明诚所著书之书名。赵明诚为金石考据学家,李清照曾协助丈夫致力于此书的整理。

简析 上联写李清照故居之地,紧切泉与杨。清刘鹗《老残游记》有对济南的描述:"家家泉水,户户垂杨。"下联写李清照的文采,赞其有南唐后主李煜的风格。几个方位词"畔"、"边"、"中"、"里",非常精准,且同时又标志着自对又相对的架构。

联语 烟雨楼台[1],革命萌生,此间曾著星星火[2]
风云世界,逢春蛰起,到处皆闻殷殷雷

董必武

【出处】此为董必武题南湖革命纪念馆的对联。

【简介】**董必武**:中国无产阶级革命家,中国共产党的创始人之一,中华人民共和国的领导人。湖北黄安(今红安)人。

南湖革命纪念馆:在浙江嘉兴市南湖。1921年7月,中国共产党第一次全国代表大会后期由沪转移到南湖的游船上继续举行。新中国成立后,在南湖的湖心岛建立了嘉兴南湖革命纪念馆。

【注解】❶烟雨楼台:南湖湖心岛上的烟雨楼,建于五代。❷星星火:取"星火燎原"之意。

简析 上联写南湖,写当年。"革命萌生"一语点出主旨,以"星星火"来肯定、赞扬党的"一大"的历史功绩和重要历史地位。下联写世界,写今天。如果说上联是"因",那么下联就是"果",再一次赞颂"一大"的历史性贡献。"烟雨"与"风云"、"楼台"与"世界"之对,无不恰当、贴切;以表示盛大的“殷殷”，对表示微小的“星星”，更显出了气势。

联语

继往开来，传尧舜禹汤文武[1]周[2]孔[3]之道
由仁居义，充恻隐[4]羞恶[5]恭敬是非之心

清·汤金钊

【出处】此为汤金钊题孟府的对联。

【简介】**孟府**：又称“亚圣府”。在今山东邹城市南关，东面与孟庙毗邻，是战国时思想家、政治家、教育家孟子的嫡系后裔居住的地方。元代至顺年间，封孟子为“邹国亚圣公”，故以后孟府又称“亚圣府”。

【注解】❶尧舜禹汤文武：分别为古代贤明的帝王。❷周：周公。❸孔：孔子。❹恻隐：同情；怜悯。❺羞恶（wù）：对自己或别人的坏处感到羞耻和厌恶。

简析 上联说孟子的思想在儒家学说上有“继往开来”之功，下联说孟子在道德上有“由仁居义”之德。可谓善于发现并能抓住人物的特点。艺术上，主要用铺张和当句自对的手法。

联语

坐卧一楼间，因病得闲，如此散材[1]天或恕
结交千载上，过时为学，庶几[2]炳烛[3]老犹明

清·林则徐

【出处】此为林则徐题其书楼的对联。

【简介】**林则徐书楼**：即今林则徐故居，在福州。林则徐当年在两广总督任上被革职后，“预撰”了这副对联，“有引疾归田之意”。

【注解】❶散材：如散木，无用之材。常用来比喻不为世所用的人。❷庶几

(shùjī):表示在上述情况下才能避免某种后果或实现某种希望。❸炳烛:点蜡烛。汉刘向《说苑·建本》:"晋平公问于师旷曰:'吾年七十,欲学恐已暮矣。'师旷曰:'何不炳烛乎? ……臣闻之:少而好学,如日出之阳;长而好学,如日中之光;老而好学,如炳烛之明。'"后用来比喻老而好学。炳,点燃。

简析 上联说"得闲",不再为世间的各种事务费神;下联说"为学",要与千载以上的古人结交,表示了作者当时对国事的无奈,也写出对自己以后生活的打算。但也并不见其消沉,而是要炳烛为学。

联语

异代不同时,问如此江山,龙蜷虎卧[1]几诗客

先生[2]亦流寓[3],有长留天地,月白风清一草堂

清·顾复初

【出处】此为顾复初题杜甫草堂的对联。

【简介】顾复初:字子远,号幼耕,江苏元和(今苏州)人。拔贡生,曾官光禄寺署正。咸丰年间,四川学政何绍基聘他来川帮助阅考卷,后留寓蜀中。

【注解】❶龙蜷虎卧:这里比喻人才不得发挥作用。❷先生:指杜甫。❸流寓:指流落他乡居住的人。

简析 这是一副凭吊草堂、怀念杜甫的楹联,同时又寄寓着作者吊古而伤今的感慨。上联引用杜甫的诗(《咏怀古迹五首》之二:"怅望千秋一洒泪,萧条异代不同时。"是杜甫悼念战国时诗人宋玉的作品),说自己和杜甫虽然生活在"异代",但却有着相同的遭遇。下联说杜甫还有个草堂"长留天地",可自己什么也没有。既表达了对前贤的惋惜,又含自己怀才不遇的心曲。“江山”与“天地”之对，“龙蜷虎卧”与“月白风清”的当句自对，都十分工整。

联语

前公山、后文山[①]，一气蜿蜒，知天地精华所萃

始小学[②]、终大学[③]，真源脉络，统圣贤体用[④]之全

【出处】 此为题朱熹故居的对联。

【简介】 **朱熹故居**：在福建尤溪。南宋建炎年间，徽州婺源（今属江西）人朱松在尤溪县尉任上时，生儿子朱熹。朱熹，南宋哲学家、教育家。字元晦，一字仲晦，号晦庵、晦翁，别称紫阳。卒谥文。后世称“朱文公”。

【注解】 ❶公山、文山：尤溪县城西北相对峙的两座山名。相传，原来两山草木青翠。朱熹出生时，忽然野火烧山，山形毕露，一座俨然如“文”字，一座俨然如“公”字，山名即由此而来。❷小学：汉代称文字学为小学。隋唐以后，范围扩大，成为文字学、训诂学、音韵学的总称。朱熹曾与刘子澄编有儿童教育课本《小学》。❸大学：儒家经典之一，原为《礼记》的一篇。宋代从中抽出，与《论语》、《孟子》、《中庸》相匹配。朱熹撰《四书章句集注》，成为“四书”之一。❹体用：本体和作用。中国古代哲学用来指事物的本体、本质和现象。

简析 上联写朱熹的出生，“天地精华所萃”，明写山，实则写人；下联赞颂朱熹的学问，说他继承并发展了二程的学说，而集理学之大成。紧切其地、其人，融入传说，使内容丰富而生动。对仗工整而贴切，“公山”与“文山”、“小学”与“大学”，分别为当句自对。

联语

祯命[1]养飞龙[2]，试自思南国之屏藩[3]，谁称杰士
中原争逐鹿[4]，果能掌北门之锁钥[5]，方算英雄

清·洪秀全

【出处】 此为洪秀全题张乐行故居的对联。

【简介】 **洪秀全**：太平天国领袖。原名仁坤，广东花县(今花都)人。

张乐行故居：在安徽阜阳涡阳县城北张老家村。张乐行，一作洛行。清末捻军首领。曾建大汉国，称“大汉永王”。后与太平军会师，并接受太平军领导，被任为征北主将，封渥王。同治初年，在蒙城被俘遇害。

【注解】 ❶祯命：即符命，上帝预示帝王受命的符兆。❷飞龙：语出《周易·乾》，比喻帝王。❸屏藩：屏风和藩篱。比喻卫国重臣。❹逐鹿：语出《史记·淮阴侯列传》，比喻争夺政权。❺北门之锁钥：典出《左传·僖公三十二年》，比喻军事要地或守御重任。

简析 上联褒奖张乐行起义的义举，点出他曾经建国称王。下联鼓励他再接再厉，挥师北上，为太平军防御北方清军。既切合张氏其人，又非常切合双方身份。“飞龙”与“逐鹿”之对，“南国”与“北门”之对，无不讲究、工稳。

联语

泉声倾万斛，源源时出无停，沛泽长流环海岱[1]
水势映三台[2]，滚滚上行不竭，清光位射动星辰

清·施天裔

【出处】 此为施天裔题泺源堂的对联。

【简介】 **施天裔**：字泰瞻，号松岩，山东泰安人。曾官广西巡抚。

泺源堂：在济南市西门桥南趵突泉公园内。因趵突泉为古泺水发源地，故名。北宋文学家曾巩任齐州(治今济南市)知州时建，元代文学家元好问改建为吕仙祠，清代重建，今复称“泺源堂”。

【注解】❶海岱：今山东渤海至泰山之间的地带。海，指渤海。岱，即泰山。❷三台：星名。

简析 上联紧切地域，从横向赞颂趵突泉为百姓带来的福祉和恩泽；下联从纵向描绘泉水滚滚上行，与空中的星辰相映。有声，有势，读之有身临其境的感受。

联语

未闻安石[1]弃东山，公能不有斯园，贤于古人远矣

漫说少陵[2]开广厦，彼仅空怀此愿，较之今日如何

清·李渔

【出处】此为李渔题山西乡馆的对联。

【简介】山西乡馆：在北京西草厂。原为贾氏园，清初巡抚贾胶侯所建。后改为乡馆，山西“名贤之客都(京城)门者，皆得寓焉”。

【注解】❶安石：即东晋谢安，字安石。陈郡阳夏(今河南太康)人，士族出身。隐居会稽(今浙江绍兴)东山，四十多岁才出仕，官至宰相。❷少陵：即唐代诗人杜甫。

简析 上联以东晋谢安与贾氏相比，盛赞贾氏之“贤”。能舍弃园子给乡亲们居住，的确比古人强。下联以杜甫与贾氏相比，称颂他能为人解难。杜甫《茅屋为秋风所破歌》有诗句：“安得广厦千万间，大庇天下寒士俱欢颜。”这里既称赞贾氏，又无对杜甫的诘责，非常得体。

联语

胜引[1]别西湖，到此间风景依旧，万里槎乘[2]真不负
新声传北里，看我辈冠裳[3]莅止，九天钧[4]奏且同听

孟筱藩

【出处】此为孟筱藩题浙江会馆的对联。

【简介】**浙江会馆**：在天津旧城户部街。清末光绪年间由浙江旅津同乡会建。

【注解】❶胜引：胜友高明的朋友；良友。❷槎(chá)乘：即乘槎，乘坐竹(木)筏。❸冠裳：指官吏的全套礼服。❹九天钧：即钧天曲，钧天广乐，天上的音乐，仙乐。

简析 上联以“西湖”切家乡浙江，又赞天津风景之美；下联以“北里”切北方，主要写当时官吏的生活。“西湖”与“北里”、“万里”与“九天”之对，都非常工整、恰当、贴切。

联语

形胜扼三韩[1]，云山四壁、烟火万家，瓯脱[2]几年成巨镇
江天归一览，凤岭[3]秋高、鸭江[4]春暖，金汤[5]终古系边陲

朱莲溪

【出处】此为朱莲溪题辽宁丹东听涛轩的对联。

【简介】**朱莲溪**：安徽寿州人。清朝末榜进士。曾任凤凰厅周知，为清朝最后一任同知。书法、文章皆佳。

听涛轩：在辽宁丹东市东北鸭绿江边元宝山公园内，建于清末宣统年间。

【注解】❶三韩：汉代时，朝鲜南部有马韩(西)、辰韩(东)、弁辰(南，三国时又称“弁韩”)。后用来称朝鲜。❷瓯脱:原为古代少数民族屯戍或守望的土室。这里指边地。❸凤岭:即凤凰山,在丹东市西。❹鸭江:即鸭绿江,为中朝两国界河。❺金汤:金城汤池的略语。金属造的城墙,灌满滚水的护城河,形容坚固不易攻破的城池。

简析 上联着重写这里的地理位置,以及站在元宝山上所见到的景物;下联着重写边地风景和边防之巩固。紧切其地,遣词造句准确而贴切。“云山四壁”与“烟火万家”、“凤岭秋高”与“鸭江春暖”的当句自对,堪称工巧,几乎无一字不工。

联语

三顿饭,数杯茗,一炉香,万卷书,何必向尘寰外求真仙佛
晓露花,午风竹,晚山霞,夜江月,都于无字句处寓大文章

清·陈维英

【出处】此为陈维英题太古巢的对联。

【简介】陈维英:号迂谷,台湾人,原籍福建同安。曾在台北主持仰山、学海两书院。

太古巢:在台湾台北市西北。为陈维英所建,今辟为圆山动物园。

简析 上联写在这里一天的生活,一天吃三顿饭,喝几杯茶,烧一炉香、读万卷书,已心满意足,何必再向世外寻仙求佛?下联写这里一天到晚的优美环境,清晨好花带露,中午翠竹迎风,傍晚山抹红霞,夜里月照江水,如此美景都在无字句处寄寓着“大文章”。联语中所表达的情趣,非常超脱。以数词和在时间上有连续性的时间名词“晓”、“午”、“晚”、“夜”,分别组成当句自对,别出心裁。

联语

此地萃渔盐大利、山海奇珍，读管子[1]轻重数篇，何必让西欧商学
故乡有蜃气楼台[2]、鲛人[3]邑里，忆坡公[4]离支[5]三百，慎勿忘南岭风流

【出处】此为题广东会馆的对联。

【简介】广东会馆：在山东青岛市，是旧时广东人设在青岛的联络办事机构。

【注解】❶管子：春秋初期政治家、经济学家管仲。由鲍叔牙推荐，被齐桓公任为相，辅佐齐桓公成为春秋第一霸主。《汉书·艺文志》道家著录有《管子》八十六篇，现存七十六篇，为后人依托之作，是我国最早较为系统的经济学著作。❷蜃气楼台：古人指蜃气变幻而形成的楼阁。蜃气，一种大气光学现象。光线通过不同密度的空气后发生显著折射，使远处景物显现在半空或地面上的奇异幻象。常发生在海上或沙漠地区。古人误以为是蜃（一种传说中的蛟属动物）吐气而成。❸鲛人：神话传说中的人鱼。晋张华《博物志》卷九说“南海外有鲛人”。❹坡公：指宋文学家、书画家苏轼。❺离支：即荔枝。苏轼《食荔支二首》：“日啖荔支（荔枝）三百颗，不辞长作岭南人。”

简析 上联写会馆所在地青岛，赞其资源之丰富，商业活动和商业理论之发达，如同管子所期待的那样，不比“西欧商学”逊色。下联写故乡广东，称颂其风景、物产之独特。紧扣两地的特点，巧妙构思。写两位历史名人及诗文也非常恰当。

联语

此地为羲轩[1]神圣所遗，客里乐清时，悔自成宦海浮鸥[2]、名场梦鹿[3]
我辈笃桑梓[4]敬恭之谊，人来问乡事，话不尽锦江[5]春色、玉垒[6]秋云

张鉴渊

【出处】此为张鉴渊题四川会馆的对联。

【简介】**四川会馆**:在甘肃兰州市内侯后街,建于清同治年间。

【注解】❶羲轩:即伏羲氏和轩辕氏。据说今甘肃的天水是伏羲故里。❷浮鸥:即鸥鸟,常比喻居所飘忽不定。❸梦鹿:典出《列子·周穆王》,说的是郑国有个人打柴时,打死了一头鹿,随即把它藏了起来。后来却找不到了,他以为自己只是做了个梦。夜里,他梦到了是某人取走了鹿,第二天去找,果然找到了。因为人家不愿还给他,于是告到了官府。讼官说:"如果开始你真的得到了鹿,就不要以为是梦;如果梦中得到鹿,就不要以为是真的。"后用来比喻人生变幻莫测。❹桑梓:桑和梓是古代家宅旁常种的树木,后用作故乡的代称。❺锦江:在四川,为岷江支流。❻玉垒:即玉垒山,在四川理县东南。

简析 上联切会馆所在之地,"客里"表明自己是在外地;又悔恨在"宦海"、"名场"中漂泊;下联切故乡四川,遇到乡人,说不完家乡的山山水水。切地,切事,用典确切,对仗工稳,尤其"宦海浮鸥"与"名场梦鹿","锦江春色"与"玉垒秋云"的当句自对,更见精妙。

联语

自滇池八百里而下,潇湘泛艇、岣嵝寻碑①,名迹访姜斋,风月湖山千古
孕衡岳七二峰之灵,挥麈②谈兵、植槐卜相③,雄才张楚国,文章经济一家

清·张之洞

【出处】此为张之洞题湘西草堂的对联。

【简介】**湘西草堂**:在湖南衡阳县城西,是明清之际思想家王夫之隐居读书的地方。王夫之,字而农,号姜斋,衡阳(今属湖南)人。晚年隐伏衡阳石船山,闭门著书达40年,对天文、历法、数学、地理都有研究,尤其精于经学、史学、文学。其著作经后人编为《船山遗书》。

【注解】❶岣嵝寻碑：岣嵝云密峰之碑，人称“禹碑”。凡七十七字，像缪篆，又像符篆，字形怪异难辨，后人附会为大禹治水时所制。岣嵝，衡山七十二峰之一，在湖南衡山县西。古来称为衡山的主峰，故衡山又名“岣嵝山”。❷挥麈(zhǔ)：挥动拂尘。麈，这里指麈尾。麈是鹿一类的动物，古人用它的尾做拂尘，就把这种用具叫“麈尾”。❸植槐卜相：北宋时，王祐(Yòu)在自家庭院中种植三棵槐树，并说：“我的子孙中一定有做到三公的。”后来，其次子王旦果然做了宰相。这里用来切王姓。

简析 上联写王夫之由南明桂王府行人(官名)任上返乡隐居事，下联写他“文章经济(经世济民)”的成就。紧切其地、其人、其事，用语确切，气象阔大，可见名家手笔。“潇湘泛艇”与“岣嵝寻碑”，“挥麈谈兵”与“植槐卜相”，分别为当句自对。

联语

读庾子山[①]小园赋，花柳争春，吟咏寄幽情，凭栏观映日芙蓉、临风薜荔[②]

绘王摩诘[③]辋川图[④]，楼台近水，壶觞[⑤]传盛事，满座聚餐英[⑥]高士、香车美人

李宝常

【出处】此为李宝常题餐英精舍的对联。

【简介】**李宝常**：字绩丞、寄尘。湖北荆州人。精于书法、鉴赏和诗词。

餐英精舍：在今湖北荆州市中山公园内。

【注解】❶庾子山：即北周文学家庾信。庾信字子山，南阳新野(今属河南)人。原在南朝梁做官，出使西魏，恰逢西魏灭梁，他因此被留。相继在西魏、北周任职，官至骠骑大将军、开府仪同三司，世称“庾开府”。因思念故乡，作《小园赋》，写景赋物，向往山林。❷薜荔：木本植物，又名“木莲”、

“木馒头”，茎蔓生，花小，隐于花托中，实形似莲房，可入药。❸王摩诘：即唐代诗人、画家王维。王维字摩诘，开元年间状元，历任给事中、尚书右丞等，世称“王右丞”。❹辋川图：王维中年后，居蓝田辋川别墅，过着亦官亦隐的生活。曾绘《辋川图》。❺壶觞：盛酒的器具，借指酒类。❻餐英：语出战国楚屈原《离骚》：“朝饮木兰之坠露兮，夕餐秋菊之落英。”隐喻高洁之意。

简析 上联写景抒情，由眼前的精舍联想到庾信的《小园赋》，从而寄托“幽情”；下联写景，并描述这美景中人之“盛事”。富于联想，用典恰当、贴切，具有丰富的文化内涵。其中“映日芙蓉”与“临风薜荔”，“餐英高士”与“香车美人”，分别为当句自对，不但贴切，也颇讲究。

联语

令彭泽[1]耻折腰，入莲社[2]欲攒眉。寄奴[3]何罪，慧远何功？名教[4]慨沦胥[5]，晋宋总非公世界

将抚琴苦无弦[6]，或摊书不求解[7]。松菊吾朋，羲皇吾侣。馨香昭奕祀[8]，子孙常恋旧柴桑

李锦焕

【出处】此为李锦焕题马回岭陶渊明故居的对联。

【简介】**李锦焕**：号斗垣，清末民初江西星子县人。曾执教于白鹿洞书院，著有《四书简注》、《对联集录》等。

陶渊明故居：在江西九江马回岭。东晋陶渊明去职归隐，居于柴桑栗里(今九江马回岭)。

【注解】❶令彭泽：陶渊明曾任彭泽令，因不肯“为五斗米折腰”，辞官归隐。❷入莲社：东晋时，庐山僧人慧远等人结白莲社，专修念佛法门。当时与陶渊明合称“浔阳三隐”的周续之、刘遗民都入了白莲社，但陶渊明未入。

莲社，白莲教，也叫“白莲杜”。混合有佛教、明教、弥勒教等内容的秘密宗教组织。❸寄奴：南朝宋武帝刘裕的小名。❹名教：指以正名定分为主的封建礼教。❺沧胥：沦丧。❻抚琴苦无弦：南朝梁萧统《陶靖节传》：“渊明不解音律，而蓄无弦琴一张，每酒适，辄抚弄以寄其意。”❼不求解：晋陶渊明《五柳先生传》：“好读书，不求甚解。每有会意，便欣然忘食。”❽奕祀：世代。

简析 上联写陶渊明做官和归隐的经历，说他既不愿为官，也不愿向佛，晋、宋都不适合他；下联写陶渊明归隐后的生活及后人对他的怀念。多引用史料和陶文中的语句，十分贴切。

联语

地邻飞骑桥[1]边，问当年一船筝笛、万队旌旗，弹指话沧桑，只安排水国逍遥，已是昆池[2]庄叟[3]境

春到听莺时节，看此夕对月歌诗、临风把酒，散怀忘泛梗[4]，且领略画图结构，俨然鹿柴[5]右丞[6]居

清·方浚颐

【出处】此为方浚颐题小辋川别墅的对联。

【简介】方浚颐：字子箴，安徽定远人。道光进士，官至四川按察使，著有《二知轩文集》。

小辋川别墅：在安徽合肥市逍遥津公园内，是清末官僚王育泉的别墅，建于道光年间。王很推崇唐代诗人、画家王维，故以王维的辋川别墅来命名自己的居处。

【注解】❶飞骑桥：故址在今逍遥津公园内。东汉末，孙权率军攻打合肥未成。还师时，被曹操守将张辽袭击。孙权退到这里，桥已被拆除，便策马飞跃淝水而脱险。桥因此而得名。❷昆池：指经过战乱的“水国”。❸庄叟：即战国时哲学家庄子。庄子被学者称为“逍遥之祖”。❹泛梗：即浮梗，漂流的桃梗。语出《战国策·齐策》，比喻漂泊无定。❺鹿柴（zhài）：地名，在王维的辋川别墅旁。❻右丞：即王维。

简析 上联由别墅所处之地着手，忆及“当年”而“话沧桑”，以为已达到了“庄叟”的境界。下联由“时节”入手，写“此夕”悠闲恬淡的生活。于其地、于其事，无不切合。此联用典恰当，用语讲究，对仗工稳。

寺庙、墓祠、牌坊联

联语 岘山[1]遗爱追羊子[2]
滁郡[3]流风并醉翁[4]

【出处】此为题戚公祠的对联。

【简介】戚公祠：在福建福州市于山。戚公，明代抗倭名将、军事家戚继光。戚继光字元敬，号南塘，山东登州（今蓬莱）人。先后两次在福建抗倭，终于解除了东南的倭患。他第一次取胜后，福州乡绅在于山平远台设宴饯别，并刻碑记其功，后人在台旁建祠以祀。原祠已废，民国时又重建。

【注解】❶岘(Xiàn)山：在今湖北襄阳南。❷羊子：西晋大臣羊祜(Hù)。他曾镇守襄阳，屯田，储粮，颇有惠政。后来，襄阳百姓为他立碑，见其碑者，莫不掉泪，人称"堕泪碑"。❸滁郡：即滁州。❹醉翁：指北宋文学家欧阳修。

简析 上联赞戚继光的"遗爱"如羊祜，下联说他的"流风"如欧阳修。于山戚公祠东怪石重叠，其中有一石如床榻，上面镌刻"醉石"，相传是当年戚继光在宴会上酒后醉卧之处。联语突出其抗倭之功，又描述他醉卧之事，其人豪爽动人之态，引人遐想。此联特点在于从侧面写人，更别致、更生动。

联语 翊[1]汉表神功，龙门[2]并峻
扶纲伸浩气，伊水[3]同流

清·乾隆

【出处】此为乾隆题关林的对联。

【简介】关林:在河南洛阳市南,相传是埋葬三国时蜀将关羽首级的地方。关羽在临沮(今湖北当阳东南)被孙权部将杀害后,孙权派人将关羽的头颅转送曹操,欲嫁祸于人。曹操刻制木身,以王侯之礼葬关羽的头颅于洛阳城南。其中建筑,全套帝王宫殿样式。

【注解】❶翊(yì):辅佐。❷龙门:即伊阙,在关林南,有龙门山和香山隔伊河夹峙如门,故名。❸伊水:水名,在洛阳城南。

简析 联语关羽的"神功"和"浩气"将与龙门并峻,与伊水同流,千古不灭。

【提示】此联的最大特点是切地域。关帝庙遍布全国各地,但这副对联只能用在洛阳,不可移易。

联语

云行雨施,不崇朝而遍天下①
理大物博,祖阳气之发东方②

清·汪由敦

【出处】此联为汪由敦题东岳庙的对联。

上联语出《周易·乾》:"云行雨施,品物流形(万物赖以流布成形)。"下联语出《礼记·礼器》:"德发扬,诩万物,大理物博。"《乡饮酒义》:"亨(烹)狗于东方,祖(效法)阳气之发于东方也……东方者春,春之为言蠢也,产万物者圣也。"

【简介】汪由敦:字师茗,号谨堂,安徽休宁人。雍正年间进士,乾隆时官至刑部尚书、协办大学士。善书法,又能文章,著有《松泉诗文集》。

东岳庙:在泰山南麓山东泰安市,是历代帝王封禅泰山时举行大典的地方。是著名的宫殿式建筑群。

【注解】❶云行雨施，不崇朝而遍天下：比喻广施恩泽。《左传·僖公三十一年》："不崇朝而遍雨乎天下者，惟泰山尔。"崇朝，即终朝，一个早晨，比喻时间短暂。❷理大物博，祖阳气之发东方：意思是王者抚有四海，应发扬其德，普遍而及万物，领理万物之事。意思是杀狗而烹之，而狗养宾阳之气，主养万物。

简析 上联说泰山之神可行云施雨，且能在短时间内润遍天下，滋养万物——借此来颂扬帝王的功德；下联说泰山之神管领万物，又萌生万物。用经书语写泰山，显出雍容华贵的皇家气象，与帝王封禅泰山之事极为协调。

联语 心在朝廷，原无论先主后主
名高天下，何必辨襄阳南阳

清·顾嘉蘅

【出处】此为顾嘉蘅题武侯祠的对联。

【简介】**顾嘉蘅**：湖北东湖（今宜昌）人，祖籍江苏昆山。道光时进士，道光至同治年间曾五任南阳知府。

武侯祠：在河南南阳市西南郊卧龙岗，相传汉末诸葛亮在这里隐居躬耕。唐代开始建祠。

简析 诸葛亮的隐居地是在襄阳，还是在南阳，看起来清代就已经开始争论了。顾嘉蘅是湖北人，在南阳做官，要让他做出评判，的确不易。联语说：诸葛亮一心为了"朝廷"，不论是对先主刘备，还是对后主刘禅，都一样忠心耿耿。他既然已"名高天下"，我们今天又何必去辨别他到底是在哪里隐居呢？——这不是和稀泥，而是站得高，看得远。

联语 心传古洞，严冬雪拥神光[①]膝
面接高峰，静夜风闻子晋[②]笙

【出处】此为题少林寺石坊的对联。

【简介】少林寺石坊：在河南登封市西北少室山麓的少林寺山门前，建于明代嘉靖年间。

【注解】❶神光：俗姓姬，北魏时洛阳人。博览群书，精于玄理。有一年冬天去少林寺向达摩求道，适逢大雪，他在达摩修行的山洞外侍立一夜，雪深没膝，达摩仍不为所动。神光用所佩的剑斩断自己的左臂献上，以示诚挚。达摩终于被感动而答应了他，赐法名“慧可”，又授以《楞迦经》并衣钵法器，慧可遂成为禅宗二祖。❷子晋：相传是周灵王太子，善吹笙作凤鸣，常游于伊河、洛河之间，后从嵩山西北的缑(Gōu)氏山乘鹤升仙。

简析 联语由“古洞”和“高峰”之景，分别引出与少林寺有关的一位历史人物及临近的一位传说人物，并高度概括了他们的事迹和传说。有实、有虚，引人入胜。遣词、对仗，也值得称道，如“心”对“面”、“洞”对“峰”、“雪”对“风”等，均为名词小类工对。

联语 起八代衰[①]，自昔文章尊北斗[②]
兴四门学[③]，即今俎豆[④]重东胶[⑤]

清·法式善

【出处】此为法式善题韩愈祠的对联。

【简介】法式善：文学家。姓乌尔济氏，字开文，号时帆，蒙古正黄旗人。乾隆进士，官至侍讲学士。

韩愈祠：在北京安定门成贤街国子监内。

【注解】❶起八代衰：出自宋苏轼《潮州韩文公庙碑》：“文起八代（指东汉、

魏、晋、宋、齐、梁、陈、隋)之衰,而道济天下之溺。"是说韩愈的文章振起了自东汉以来文章的衰微。❷北斗:语出《新唐书·韩愈传赞》:"自愈没,其学盛行,学者仰之如泰山北斗。"❸四门学:古代学校名。唐代四门学隶属于国子监,韩愈曾任四门博士。❹俎(zǔ)豆:俎和豆都是古代祭祀、设宴用的礼器。❺东胶:周代的大学。

简析 上联写昔日韩愈之"文章",下联写韩愈祠今日之"俎豆"。多用写韩愈的词语来写韩愈,再恰当、贴切不过了。"东胶"则紧切其地,可谓如铁铸般不可移易。

联语

鹫岭[1]云开,空界[2]自成清净[3]色
龙潭月皓,圆光[4]常现妙明心

清·雍正

【出处】此为雍正题潭柘(zhè)寺的对联。

【简介】雍正:清世宗,年号雍正,即爱新觉罗·胤禛,清代皇帝,圣祖第四子,1722—1735 年在位。

潭柘寺:在北京门头沟潭柘山山腰,因寺后有龙潭、山间有柘树而得名。

【注解】❶鹫岭:即鹫山,灵鹫山的省称,在古印度摩羯陀国王舍城东北。山中多鹫,或言山顶似鹫,故名。相传,释迦牟尼曾在这里居住和说法多年。因此,用来代称佛地,又用以称佛寺。❷空界:佛教语,空大。为六界(六大)之一。佛教认为:地大、水大、火大、风大、空大、识大为周遍一切法界的根本法则,是构成众生世界的六种要素。❸清净:佛教语,指远离恶行与烦恼。❹圆光:佛教语,指菩萨头顶上的圆轮金光。

简析 上联由佛而写景,下联由景而写佛。联语写佛寺自不待言。"龙潭”一词，又明确表明是写潭柘寺。“鹭”与“龙”、“岭”与“潭”、“云”与“月”等，都是名词小类工对。

联语

一览极苍茫，旧苑高台同万古
两间[1]容啸傲[2]，青天明月此三人

清・麟庆

【出处】此为麟庆题三贤祠的对联。

【简介】三贤祠：在河南开封市东南隅禹王台公园内，相传大禹治水时曾住这里。又传春秋时乐师师旷曾在此演奏，故又称“古吹台”。唐天宝年间，诗人李白、杜甫、高适在这里相遇，同登古吹台，饮酒赋诗，慷慨怀古。后人在台上建三贤祠以示纪念。

【注解】❶两间：指天地之间。❷啸傲：放歌长啸，傲然自得，形容放旷不受拘束。

简析 上联写在台上所见的景物及心中的感慨；下联为作者身处此地，设想当年三贤的豪放。切地，切人，切事。

联语

雄猛让一人，武善提戈文握管
精忠传万世，唐曾显姓宋留名

清・吴镇

【出处】此为吴镇题张桓侯庙的对联。

【简介】吴镇：字信辰，甘肃狄道（今临洮）人。

张桓侯庙：在重庆云阳县城外长江南岸的飞凤山麓。张桓侯，即三国时蜀汉大将张飞。初封西乡侯，卒谥桓。相传唐以前就有祠庙，历代有修葺。

简析 上联赞张飞生前之“雄猛”，且文武双全。下联颂张飞死后之精神长存,“英灵”不泯。在唐代曾显其姓(指张巡。传张巡为张飞之后),宋代曾显其名(指岳飞。传岳飞为张飞之后)。紧切其人、其事,联想丰富而奇特。艺术手法上,主要是当句自对,且字数不等(四字、三字),变化巧妙。

联语 甘露[1]洒诸天,现清净身、说平等法
慈航[2]超彼岸,以自在力、显大神通

清·长庚

【出处】此为长庚题灵岩寺的对联。

【简介】**长庚**:满族人,道光进士,同治时任山东布政使。

灵岩寺:在山东济南长清区灵岩山南麓。相传东晋时,天竺僧朗来这里说法。寺兴于北魏,盛于唐宋,与天台山国清寺、江陵玉泉寺、南京栖霞寺同称为天下寺院“四绝”。

【注解】❶甘露:佛教用以赞美其教义的比喻。《妙法莲华经·药草喻品》:“为大众说甘露净法。”❷慈航:佛教语,指佛、菩萨以慈悲之心度人,如航船之济众人。

简析 上联说,佛祖以“甘露”滋养众生,现身说法;下联说,菩萨普度一切生死苦海中的众生以达“彼岸”。用佛教语成联,用于佛寺,十分恰当、贴切。

联语 扬震旦[1]天声,前无古人、后无来者
做亚欧盟主,博我皇道、安我汉京[2]

【出处】此为题成吉思汗陵的对联。

【简介】**成吉思汗陵**:在内蒙古伊金霍洛旗。成吉思汗,即元太祖铁木真,古代蒙古首领、军事家和政治家。

【注解】❶震旦:古代印度人对中国的称呼。“中国”在佛教经籍中译为“震

旦”。❷博我皇道、安我汉京：出自汉班固《两都赋》：“博（广泛推行）我以皇道（帝王治国的法则），弘（恢宏；扩大）我以汉京（指汉代都城长安或洛阳，后泛指都城）。”

简析 上联称颂成吉思汗当年转战亚欧的伟大意义，下联写成吉思汗的宏愿。成吉思汗西征，得到了大片中亚、东欧的土地，分给了四个儿子，后来分别建立了钦察、察合台、窝阔台、伊利四大汗国。此联最突出的特点是大气，与所题写的对象帝王陵墓极为匹配。“做亚欧盟主”一语，恐怕非成吉思汗莫属了。

联语

泄造化之机缄[1]，万世文章开易象
规山川之形胜，千秋陵寝奠淮阳

清·王掌丝

【出处】此为王掌丝题太昊陵的对联。

【简介】**王掌丝**：清代地方官。

太昊陵：在河南淮阳县城北。太昊，也作“太皓”，传说中古代东夷族首领。风姓，居于陈（今河南淮阳）。一说，即伏羲氏，神话中人类的始祖。相传他在此用蓍（shī）草演八卦，成为《周易》的本源。春秋时已有陵墓。

【注解】❶机缄：机关开闭，指推动事物发生变化的力量。

简析 上联赞颂太昊伏羲氏演八卦的功绩，下联切太昊陵在淮阳。切人，切事，更切地，可谓确切不移。

联语

铁板铜琶[1]，继东坡高唱大江东去
美芹[2]悲黍[3]，冀南宋莫随鸿雁南飞

郭沫若

【出处】此为郭沫若题稼轩祠的对联。

【简介】**稼轩祠**：即辛弃疾纪念祠，在山东济南大明湖南岸。辛弃疾，字幼安，号稼轩，宋词人，历城（今济南）人。其词作抒发力图恢复国家统一的爱国热情，艺术风格以豪放为主，与宋苏轼并称"苏辛"。

【注解】❶铁板铜琶：形容豪迈激越的文学作品风格。人们说苏轼的词须"关西大汉执铁板，唱'大江东去'"。❷美芹：味美的水芹，典出《列子·杨朱》，比喻以微物献给别人。辛弃疾为抗击金兵，曾上奏折《美芹十论》。❸悲黍：典出《诗经·王风·黍离》，常作感慨亡国之词。

简析 上联称颂辛弃疾词作的成就，"继东坡高唱"非常恰当、贴切；下联赞扬辛弃疾主张抗金复国的爱国主义精神。能抓住人物最突出的方面。对仗工整，"东坡"之"东"与"大江东去"之"东"，"南宋"之"南"与"鸿雁南飞"之"南"，尤其令人击节，简直如天造地设一般。

联语 **蓬头垢面跪阶前，想想当年宰相**
端冕[①]垂旒[②]临座上，看看今日将军

清·刁承祖

【出处】此为刁承祖题岳飞庙前施全祠的对联。

【简介】**刁承祖**：雍正时任河南布政使。

岳飞庙、施金祠：又名"宋岳忠武王庙"、"精忠庙"，在河南汤阴县城内西南隅。岳飞，字鹏举，相州汤阴（今属河南）人，宋抗金名将。岳飞庙始建于明代初年，明、清、民国时多次修葺。这是悬挂于庙前施全祠的一副楹联。祠前有秦桧及其妻王氏、王俊、万俟卨（MòQí Xiè）、张俊五人铁铸跪像。施全，南宋钱塘人，绍兴年间为殿司小校。岳飞被害后，他挟利刃谋刺秦桧不中，被磔（zhé，古代分裂肢体的一种酷刑）于市。施全祠建于岳飞庙山门前，内奉施全铜像。

【注解】❶端冕：玄衣和大冠。古代帝王和贵族的礼服。❷垂旒(liú)：古代帝王、贵族冠冕前后的装饰。宋嘉定年间，追封岳飞为鄂王。

简析 上联写当年炙手可热的“宰相”秦桧，如今却“蓬头垢面”跪在阶前。下联写今日“将军”的威仪，“端冕垂旒”于座上。对比鲜明而强烈，给人以极深的印象。

联语

齐家治国平天下①，信斯言也②，布在方策③
率性修道致中和④，得其门者，譬之宫墙⑤

清·乾隆

【出处】此为乾隆题孔庙的对联。

【简介】孔庙：在山东曲阜市城内，东与孔府毗邻，是历代祭祀孔子的地方。

【注解】❶齐家治国平天下：出自《礼记·大学》：“古之欲明明德(显明其至德)于天下者，先治其国；欲治其国者，先齐(整治)其家；欲齐其家者，先修其身……身修而后家齐，家齐而后国治，国治而后天下平。”❷信斯言也：出自《孟子·万章上》，意思是相信这话。❸布在方策：出自《礼记·中庸》，意思是布列于方牍简策。❹率性修道致中和：出自《礼记·中庸》：“天命谓之性，率性(循自然之性)之谓道，修道之谓教……喜怒哀乐之未发，谓之中；发而皆中节，谓之和。中也者，天下之大本也；和也者，天下之达道也。致(至)中和，天地位(正)焉，万物育(生长)焉。”❺得其门者，譬之宫墙：出自《论语·子张》：“子贡曰：‘譬之宫墙，赐(我，端木赐)之墙也及肩，窥见室家之好。夫子(老师孔子)之墙数仞，不得其门而入，不见宗庙之美、百官之富。得其门者或寡矣。’”是说学问，拿房屋的围墙打比方，我的围墙与肩同高，人们可以在墙外看见里面的美好。我老师的围墙有几丈高，找不到大门进去，便看不到里面宗庙的美好和房舍的丰富。而能够找到大门的人并不多。

简析 用儒家经典中的语句组织成联来表现儒家的政治理想和孔子学说的博大精深，用于孔庙，非常恰当。乾隆皇帝是少数民族帝王中精通汉文化的佼佼者，从此联可见其对儒家经典的熟悉、对楹联艺术的把握之一斑。

联语 **两庑荐馨香，咸钦名相谟猷[1]、大儒学问**
六桥[2]揽风月，犹似川云宦绩[3]、烟雨家乡

【出处】此为题陆宣公祠的对联。

【简介】陆宣公祠：在重庆忠县，祀唐代大臣陆贽(zhì)。陆贽，字敬舆，苏州嘉兴(今属浙江)人。大历年间进士，官至中书侍郎、同中书门下平章事(宰相)，多有政绩。因为人所谗，被贬为忠州(今忠县)别驾，在这里度过了他人生的最后十年，卒谥宣。

【注解】❶谟猷(yóu)：谋略。❷六桥：在浙江杭州西湖外湖苏堤上。❸宦绩：做官的事迹、政绩。

简析 上联由祠而及其人，说凡是来这里的人，都十分钦佩陆贽的谋略和学问；下联则切其家乡及被贬忠州的经历，又肯定了他的政绩。切其人、切其事、切其地，对仗工整而讲究。

联语 **制治迈高傒[1]，蔚成九合一匡[2]，厥功甚伟**
荐贤为齐国，唯得私交公谊，其美两全

许敬涵

【出处】此为许敬涵题管鲍祠的对联。

【简介】许敬涵：清末民初颍上县人。

管鲍祠：又称“二贤祠”，在安徽颍上县城北管仲墩上，祀管仲和鲍叔牙。管仲、鲍叔牙均为此地人，同为春秋时齐国大夫。二人交谊很深，为世人所称颂。

【注解】 ❶高傒：又名敬仲，春秋时齐国的卿。当年，鲍叔牙向齐桓公推荐管仲为相时，说他治理政事之才，要超过高傒。❷九合一匡：即九合（多次会盟）诸侯，一匡天下（使天下得到匡正）。

简析 上联称颂管仲，说他辅佐齐桓公，功绩卓著；下联赞扬鲍叔牙，说他为齐国举荐贤才，不论“私交”，还是“公谊”，都得以两全。“九合”与“一匡”，“私交”与“公谊”，分别为当句自对。

联语

能攻心[1]则反侧[2]自消，从古知兵非好战
不审势[3]即宽严皆误，后来治蜀要深思

清·赵藩

【出处】 此为赵藩题武侯祠的对联。

【简介】 **武侯祠**：在四川成都城内，祀三国时蜀汉丞相诸葛亮（谥忠武侯）。西晋末年始建祠，与刘备昭烈庙为邻，明时并入昭烈庙，清代康熙年间重建。

【注解】 ❶攻心：指从心理上、精神上瓦解对方。❷反侧：不顺服。❸审势：审察形势。

简析 上联从正面谈“攻心”，讲的是诸葛亮的用兵之谋略。据《三国志·蜀志·诸葛亮传》南朝宋裴松之注引《汉晋春秋》，诸葛亮在征伐南方时，对豪强孟获七擒七纵，终于使他心悦诚服。下联从反面谈“审势”，讲的是诸葛亮的理政之道。或宽，或严，都是根据具体情况来决定的。怀古而能联系现实，且高瞻远瞩，实属难能可贵，无怪乎此联历来都受到人们的喜爱。

联语 **才与福难兼，贾傅[1]以来，文字潮[2]儋[3]同万里**
地因人始重，河东而外，江山永柳各千秋

清·杨季鸾

【出处】此为杨季鸾题柳侯祠的对联。

【简介】杨季鸾：字紫卿，宁远（今属湖南）人。国子监生，咸丰时举孝廉方正。

柳侯祠：在广西柳州市柳侯公园内，为纪念唐代文学家、哲学家柳宗元而建。柳宗元，字子厚，河东解（今山西运城西）人，世称“柳河东”。贞元进士，官至礼部员外郎。因参加王叔文集团主张革新失败，被贬为永州司马，后迁柳州刺史，故又称“柳柳州”。在这里，他革除弊政，兴办文教，破除迷信陋习，很受百姓拥戴。唐代长庆年间就建有庙宇，北宋徽宗追封柳宗元为文惠侯，遂改称“柳侯祠”。

【注解】❶贾傅：汉政论家、文学家贾谊。贾谊少年时就显露出才华，文帝召他为博士，又升太中大夫。后被老臣排挤，贬为长沙王太傅。❷潮：指唐代文学家、哲学家韩愈。因谏阻宪宗迎佛骨，由刑部侍郎被贬为潮州刺史。柳宗元与韩愈共同倡导古文运动，并称“韩柳”，同列“唐宋八大家”。❸儋：指宋文学家、书画家苏轼。晚年被贬谪儋州（今属海南）。

简析 上联称颂柳宗元之“才”，把他与贾谊、韩愈、苏轼相比，都因“文字”名扬“万里”；而又有着共同的遭遇“才与福难兼”。下联写柳宗元所经历之“地”，因为其人被看重，所以除了他家乡河东以外，永州、柳州也得以名传“千秋”。切人，切地。联作者善于发现几个人的共同特点并用以作比，思路独特而清晰。

联语

古寺纪乌尤，千载流名，俨如天竺灵鹫岭[1]

高台传尔雅[2]，四时聚秀，宛在金陵石燕矶

【出处】此为题乌尤寺的对联。

【简介】**乌尤寺**：在四川乐山市东沫水（大渡河）、若水（青衣江）、铜河（岷江）汇合处的乌尤山上，创建于唐代。寺内有尔雅台，相传是汉代犍为（今属四川）人郭舍人注释《尔雅》的地方。

【注解】❶鹫岭：即鹫山，灵鹫山的省称，在古印度摩羯陀国王舍城东北。山中多鹫，或言山顶似鹫，故名。相传，释迦牟尼曾在这里居住和说法多年。因此，用来代称佛地，又用以称佛寺。❷《尔雅》：我国最早解释词义的专著。

简析

上联赞乌尤寺为佛教圣地，就像是古印度的灵鹫岭一样。下联颂乌尤寺的人文景观和自然风光，说这里四季风景秀丽，如同南京的燕子矶。用联想、比拟手法，以“灵鹫岭”状乌尤山之神，以“石燕矶”状乌尤山之形，都非常恰当、贴切。“鹫岭”与“燕矶”之对，妙手天成。

联语

主辱臣忧，当在外从亡，一饭[1]已经肝胆碎

功成身退，问诸君食禄，千秋留得姓名无

王执中

【出处】此为王执中题介子推庙的对联。

【简介】**介子推庙**：在山西灵石县城南绵山（又名“介山”）。介子推，春秋时晋国贵族。晋公子重耳因内乱出亡，他与狐偃、赵衰等人随侍重耳流亡国外19年。重耳回国继任国君（即晋文公）后，赏赐群臣，却漏掉了介子推。

介子推与母亲隐居于绵山。相传晋文公要找他给予赏赐时，他坚决不下山。晋文公命人放火烧山想逼他出来，介子推宁死不出，他们母子竟被烧成焦骨。晋文公便以绵山作为他名义上的封田。旧时风俗，以清明节前一天(或两天)为寒食节，禁火冷食，相传就是为了纪念介子推。

【注解】❶一饭：指重耳一行出亡时，常常忍饥受寒。据说有一次，重耳饿得实在坚持不住了，介子推毫不犹豫地割下自己大腿上的肉，煮了给他吃。

简析 上联写当年主与臣流亡生活的艰辛，尤其提到“一饭”的典型事例，十分感人；下联写如今介子推的“功成身退”，与其他受封“食禄”的人形成鲜明的对比。一个“问”字，发人深省，反映了自古以来人们对名、利的价值取向的不同。

联语

哀郢[1]矢孤忠[2]，三百篇中，独宗变雅[3]开新路
怀沙[4]沉此地，两千年后，惟有滩声似旧时

清·郭嵩焘

【出处】此为郭嵩焘题屈子祠的对联。

【简介】郭嵩焘：字伯琛，号筠仙，湖南湘阴人。道光进士，光绪时官至兵部左侍郎，曾任驻英、法大使。

屈子祠：又名屈原庙，在湖南汨(Mì)罗市玉笥(sì)山上，为纪念伟大的爱国诗人屈原而建。屈原当年就是在玉笥山附近的汨罗江投水而死的。

【注解】❶哀郢：《楚辞·九章》篇名，是屈原离开楚国国都时抒发怀念家国忧愤心情的作品。❷孤忠：忠贞自持，不求人体察的节操。❸变雅：指《诗经》中《大雅》、《小雅》的部分内容，一般指反映周代政治衰乱的诗歌。❹怀沙：《楚辞·九章》篇名，屈原作，司马迁认为是他投江前的绝笔。

简析 上联写屈原的诗歌，继承《诗经》的传统又“开新路”。下联切屈原沉江而死之地，充满了惋惜、怀念之情，结句“惟有滩声似旧时”，十分深沉。

联语

辟佛累千言，雪冷蓝关①，从此儒风开岭峤②

到官才八月，潮平鳄渚③，于今香火遍瀛洲

【出处】此为题韩愈祠的对联。

【简介】**韩愈祠**：在广东潮州市东笔架山。唐宪宗元和年间，韩愈因谏阻宪宗迎取佛骨，被贬为潮州刺史。

【注解】❶雪冷蓝关：蓝关因下大雪而非常寒冷。语出韩愈《左迁至蓝关示侄孙湘》诗：“云横秦岭家何在？雪拥蓝关马不前。”蓝关，在今陕西蓝田东南。❷岭峤（jiào）：泛指五岭地区。❸潮平鳄渚：相传韩愈到潮州后，“问民疾苦”，得知当地“恶溪有鳄鱼，食民产且尽（几乎吃完了老百姓家里的家禽家畜）”。他命所属军事衙推秦济，将一头猪、一只羊投于恶溪喂鳄鱼，并亲自写了《祭鳄鱼文》，令鳄鱼最迟七日内“率丑类南徙于海，以避天子之命吏”。相传，当天晚上有暴风起于水中。“数日，水尽涸，西徙六十里。自是潮州无鳄鱼患”。

简析 上联写韩愈被贬的原因，以及他的到来给岭南带来的变化，使儒家的风尚影响到这里；下联选取韩愈在潮州的善政之一，表达了人民对他的怀念。切人，切事，切地，而非泛泛颂扬。

联语

嘉祐[1]溯贤臣，待制直声，济美乎富欧韩范[2]

庐阳留正气，阎罗威望，常昭于河岳日星[3]

清·沈祥煦

【出处】此为沈祥煦题包公祠的对联。

【简介】**沈祥煦**：贵州松桃(今松桃苗族自治县)人，道光时任合肥知县。

包公祠：全称包孝肃公祠，在安徽合肥包河公园香花墩，是当年包拯读书的地方。包拯，字希仁，北宋庐州合肥人。天圣进士，仁宗时历任监察御史、天章阁待制、龙图阁直学士，至枢密副使。为官刚正，执法严峻，人称“包青天”。

【注解】❶嘉祐：北宋仁宗年号。❷富欧韩范：指北宋名臣富弼、欧阳修、韩琪、范仲淹。❸河岳日星：指山川日月。语出南宋文天祥《正气歌》：“天地有正气，杂然赋流行。下则为河岳，上则为日星。”

简析 上联由包拯生活、做官的年代入手，赞其“贤臣”、“直声”；下联从包拯的故乡着笔，颂其“正气”、“威望”。“嘉祐”，切时；“待制”，切人；“庐阳”，切地。对仗讲究，几乎无一字不工。

联语

儒术岂虚谈，水利书[1]成，功在三江宜血食[2]

经师[3]偏晚达，专家论定，狂如七子[4]也心降[5]

清·林则徐

【出处】此为林则徐题归有光祠的对联。

【简介】**归有光祠**：又称“归震川祠”，在上海嘉定。归有光，字熙甫，昆山(今属江苏)人，明代散文家。曾徙居嘉定安亭江上，读书论道，弟子数百人，人称“震川先生”。中年以后进士及第，官至南京太仆寺丞。所作散文，朴素简洁，善于叙事，很受人们推重，为一代大家。

【注解】❶水利书：指归有光所著《三吴水利录》。❷血食：指享受祭品。古代杀牲取血来祭祀，故如此称。❸经师：原为汉代讲授经书的学官，后也泛指传授经书的大师或师长。❹七子：指汉末文学家、建安七子孔融、陈琳、王粲、徐幹、阮瑀（Yǔ）、应玚（Yīng Yáng）、刘桢（Zhēn）。❺心降：心服。

简析 上联说归有光的“儒术”是讲究实际的学问，并举出“水利书”为例，这样的人是应该享受祭祀的；下联称归有光为“经师”，又遗憾他的“晚达”。即使“狂如七子”，也让人服气。既切其人，又切其事。语言通俗晓畅，不事雕琢。

联语

吾乡司马相如，一样文心[①]，落落[②]宏才同汉庭
此地登龙[③]有幸，独开尘眼，茫茫巨浸[④]看河流[⑤]

清·王增祺

【出处】此为王增祺题司马迁祠的对联。

【简介】王增祺：字也樵，四川华阳（今并入双流）人。光绪时任韩城知县，曾主持维修司马迁祠、墓。

司马迁祠：在陕西韩城市南，祠中有司马迁衣冠冢。

【注解】❶文心：为文的用心。❷落落：高超；卓越。❸登龙：即登龙门，比喻得到有名望者的接待和援引而提高身价。汉时的李膺很有名望，读书人“有被其容接者，名为登龙门”。龙门，在韩城北。❹巨浸：大水。❺河流：指黄河。

简析 上联以四川人的身份以其同乡司马相如和司马迁相比，称他二人同在汉代文坛占有一席之地；下联写自己来韩城做官，感到荣幸。不从正面写其人、赞其事，构思巧妙，不落窠臼。对仗上，"登龙"对"司马"、"文心"对"尘眼"，堪称巧思。

联语

唐嗟末造[1]、宋恨偏安[2]，天地几人才？置之海外
道契前贤、教兴后学，乾坤有正气！在此楼中

清·潘存

【出处】此为潘存题五公祠的对联。

【简介】潘存：字仲模，别字存之，号孺初。广东文昌(今海南文昌市)人。为官时，秉性耿直，不附权贵。离开官场后，一心致力于兴学育才的教育实践活动。通经史，工诗词，书法尤妙。现存遗著有《克己集》、《论学十则》、《楷法溯源》等。

五公祠：在海南海口市西南。清末光绪十五年(1889年)，在这里建海南第一楼，纪念被贬来海南的唐代李德裕(武宗时宰相，宣宗时遭受打击被贬)、宋代胡铨(南宋时任枢密院编修官，因上疏请求杀秦桧被贬)、李光(南宋绍兴时任吏部尚书、参知政事，因反对秦桧与金议和被贬)、李纲(南宋初宰相，因多次上疏陈说抗金大计被贬)、赵鼎(南宋绍兴时两任宰相，曾举荐岳飞收复重镇襄阳，因力辟议和受秦桧排斥)五人，后遂称"五公祠"。

【注解】❶末造：末世。❷偏安：指封建王朝不能统治全国，而苟安于一隅。南宋在临安(今杭州)建都，北界仅至淮河、秦岭一带。

简析 上联对五人被贬海南表示"嗟"、"恨"。不仅是为唐的末造、宋的偏安，更是为天地间这难得的人才被"置之海外"感到惋惜。下联盛赞五人之“道”、之“教”体现了“乾坤”间的“正气”。紧切其地，概述其人。对仗贴切、工整。

联语

若韩[1]若彭[2]，最可怜伟绩丰功，一样都归蝴蝶梦[3]
即刘即项，亦只剩荒烟蔓草，千秋空有鹧鸪[4]啼

汪薌洲

【出处】此为汪薌洲题英布墓的对联。

【简介】汪薌洲：名嘉荃，字薌洲，清末民初六安人，“六安四才子”之首。

英布墓：在安徽六安市内武庙街。英布，秦末六县(今安徽六安东北)人。曾犯法被黥(qíng)面，故又称“黥布”。率骊山刑徒起义，属项羽，作战时常为先锋，封九江王。楚汉战争中，归汉，封淮南王。汉初，以彭越、韩信相继被刘邦所杀，英布举兵反汉，战败逃江南，被长沙王诱杀。

【注解】❶韩：指韩信。汉初军事家。初为项羽部将，后归刘邦，先后被封为齐王、楚王、淮阴侯。被人诬告谋反，为吕后所杀。❷彭：指彭越。秦末聚众起义。楚汉战争中，带兵数万归刘邦，封梁王。汉初被诬告谋反，为刘邦所杀。❸蝴蝶梦：典出《庄子·齐物论》，用来比喻虚幻之事。❹鹧鸪(zhègū)：鸟名。古人谐其鸣声为“行不得也哥哥”，常用来表示思念故乡。

简析 上联以英布与韩、彭相比，说他们的“伟绩丰功”，都如梦幻一样；下联意思更进一层，说即使是当年不可一世的刘邦、项羽，如今也“只剩荒烟蔓草”。联语未落入惋惜英雄被杀的窠臼，而是饱含历史的沧桑感，看得更为高远。

联语

彼可取而代也[1]！白眼[2]视秦皇，一时气盖人间世[3]
汉皆已得楚乎[4]？乌骓[5]嗟不逝，千古悲风垓下[6]歌

赵朴初

【出处】此为赵朴初题霸王祠的对联。

【简介】**霸王祠**：在安徽和县城东北凤凰山上，西北即乌江镇。秦末，项羽兵败垓下，逃奔到这里，自感“无颜见江东父老”，自刎而死。唐代始建祠以纪念。

【注解】❶彼可取而代也：出自《史记·项羽本纪》，是项羽说秦始皇的原话。❷白眼：露出白眼，表示鄙薄或厌恶。❸气盖人间世：《史记·项羽本纪》载，项羽临自杀前，有诗：“力拔山兮气盖世，时不利兮骓不逝(跑)……。”❹汉皆已得楚乎：出自《史记·项羽本纪》，是项羽在垓下被围困，听到四面楚歌时说的话。❺乌骓(zhuī)：项羽所骑的马。❻垓(Gāi)下：古地名，在今安徽灵璧东南。项羽在此被围兵败。

简析 上联赞扬项羽当年的雄心大志，下联感叹项羽失败的悲剧。由其始，至其终，写尽了项羽的一生。引用《史记》中的话，更为确切不移。“白眼”与“乌骓”之对，似乎信手拈来，实则足见作者独到之功夫。

联语

螺港[1]钟灵[2]，奇女子救父拯兄，惟孝悌亦惟忠信
鲘江[3]著迹，真圣人扶危济险，大慈悲即大英雄

【出处】此为题湄州妈祖庙的对联。

【简介】**湄州妈祖庙**：又名“天后宫”，在福建莆田市东南湄州岛。妈祖，原为北宋时湄州一位林姓女子，名默。平时急公好义，尤其热心扶危济困，深受人们敬重，后来为了救海难而捐躯。从南宋高宗到清代，历代皇帝数十次给妈祖叠加褒封，以至“天妃”、“天后”。北宋太宗时，妈祖在湄州“飞升”后，乡民就建了庙宇奉祀。这里是世界范围妈祖信仰的发祥地，全球数千座妈祖庙都尊奉湄州妈祖庙为“祖庙”。

【注解】 ❶螺港：旧时对湄州贤良港的别称。❷钟灵：汇聚灵秀之气的地方，泛指美丽的自然环境。❸鲚江：湄州岛的别称。

简析 上联赞扬妈祖身为“奇女子”“救父拯兄”的壮举，下联称颂妈祖“扶危济险”的义行。“螺港”和“鲚江”则确切地指明其地。

联语

鞠躬尽瘁，死而后已，比之殷有三仁[1]，同一肝胆
托孤寄命[2]，节不可夺，语云天无二日，铭诸腹心

【出处】 此为题广东新会三忠祠的对联。

【简介】 三忠祠：在广东新会市南崖山，为纪念南宋末文天祥、陆秀夫、张世杰而建。据《宋史・张世杰传》等载，南宋景炎末年，端宗病死后，陆秀夫、张世杰拥立其弟赵昺(Bǐng)为帝，迁于崖山，以为天险可以固守。半年后，元军大举进攻崖山，文天祥被俘，被押至大都(今北京)，不屈被杀；陆秀夫(时为宰相)背着赵昺跳海而死，南宋灭亡；张世杰兵败突围，在海上遇到台风，因船覆溺死。

【注解】 ❶三仁：指殷商的微子、箕子、比干。孔子称他们为“三仁”。❷托孤寄命：语出《论语・泰伯》：“可以托六尺之孤(把年幼的君主托付给他)，可以寄百里之命(把国家的命运寄托于他)。”

简析 上联盛赞三人忠于国家、至死不屈的崇高品质。称三人与殷商“三仁”具有同样的肝胆;下联称颂他们辅佐幼主,誓死保宋。切其地,切其事。“肝胆”与“腹心”之对,工整而巧妙。

联语

馨香[1]分郭外之田,夕膳晨馐,讵敢作拾尘[2]野祭[3]

展拜守家中之训,左昭右穆[4],何须翻争坐名书

吴 镇

【出处】此为吴镇题颜庙的对联。

【简介】颜庙:在山东曲阜市城内陋巷街,祀孔子弟子颜回。颜回,字子渊,春秋末鲁国人。以德行著称,家贫而不知忧,好学而不知倦。元代时被封为兖国复圣公。

【注解】❶馨香:指用作祭祀的黍稷。❷拾尘:据《孔子家语·颜回》载,孔子和弟子当年被困于陈、蔡之间,七日不得食。一次,由颜回和子路做饭。颜回见一块烟灰落到饭里,感到弄污的饭弃之可惜,就取来吃了。子贡从远处看见,以为他在偷食,便告诉孔子。孔子说,颜回不会干这种事。问明了情况后,孔子说:如果是我,也会这样做的。❸野祭:在野外祭祀。❹左昭右穆:古代祭祀时,子孙要根据宗法制度规定的排列行礼。

简析 紧扣庙宇说祭祀,用颜回的典故写颜庙联,十分恰当、贴切。“夕膳”与“晨馐”、“左昭”与“右穆”,分别为当句自对。

联语

东流西注,分去尽做安澜,神道[1]之至公,类如是也

南往北来,到此齐臻顺境,天地之无憾,其在斯乎

清·李渔

【出处】此为李渔题分水龙王庙的对联。

【简介】**分水龙王庙**：在山东汶上县南古运河上。明初永乐年间，筑坝截汶水出于南旺，又四分南流入淮泗、六分北流达漳卫，使水患得以治理，并在这里建庙。

【注解】❶神道：神明之道，指神鬼赐福或降灾的神秘莫测之道。

简析 以“安澜”写水，以“顺境”写船，紧扣分水后根绝水患的特点，叹“神道”和“天地”，其实是在赞颂人之力、民之功。以散文句式写对联，简短明快，句尾的几个虚词，活泼而生动。“东”、“西”、“南”、“北”几个方位词，“流”、“注”、“往”、“来”几个动词，无不工稳而恰当、贴切。虽然没用典故，但内涵仍极为丰富，可见对联大家的手笔。

联语

黄河东去、卫水南来，两派分流，昏垫[1]千秋存禹迹[2]

嵩岳西横、太行北矗，三峰[3]遥峙，登临四顾豁吟眸[4]

清·吴士湘

【出处】此为吴士湘题吕祖祠的对联。

【简介】**吴士湘**：清末大名（今属河北）知府。

吕祖祠：在河南浚（Xùn）县大伾（Pī）山。祠内有八卦楼、吕洞宾塑像等。

【注解】❶昏垫：陷溺。❷禹迹：大禹治水时，曾到过这里。《尚书·禹贡》：“（大禹）东过洛汭，至于大伾。”❸三峰：指嵩山、太行山和大伾山。❹吟眸：诗人的视野。眸（móu），眸子，本指瞳人，泛指眼睛。

简析 这是一副写景的对联。上联写水，下联写山。巧用方位词“东”、

“南”、“西”、“北”和动词“去”、“来”、“横”、“矗”，十分准确；“两派”与“三峰”，也极为恰当、贴切。“千秋”是从纵向的时间入手，“四顾”则是从横向的范围着笔，非常巧妙。

联语

心存西汉、魂附西川，请看庙貌全新，声教[1]直通西域[2]

法护南无[3]、名留南史[4]，若使边功同立，神威肯让南征[5]

【出处】此为题西藏自治区昌都关帝庙的对联。

【简介】昌都关帝庙：在西藏自治区东部的昌都市（旧名察木多）。

【注解】❶声教：声威教化。❷西域：这里泛指西方。❸南无（nāmó）：佛教用语，表示对佛尊敬或皈依。❹南史：春秋时齐国的史官，因直书著称。这里指史籍。❺南征：指诸葛亮征伐南方，直到现在的云南。

简析 上联写关羽生前的忠心和死后的影响。下联写关羽之“法”、之“名”。说如果有机会，他将与诸葛亮一样同立“边功”。紧切其人、其事，尤其切其地。“西汉”、“西川”与“西域”，“南无”、“南史”与“南征”，恰当、贴切而巧妙，可见联作者良苦之用心。

联语

东汉肇基、李唐分院，净域[1]喜重光，门外石桥[2]惊岁月

玄奘衍论、真际[3]传禅，慧灯[4]欣再耀，庭前柏子话沧桑

佛性

【出处】此为佛性题柏林寺的对联。

【简介】佛性：当代人，纽约正觉寺住持。

柏林寺：在河北赵县城内，建于东汉末。唐时玄奘曾来此参禅，高僧从谂(shěn)和尚曾任住持。

【注解】❶净域:佛教用语,原指弥陀所居的净土,后作为寺院的别称。❷石桥:这里指著名的赵州桥。❸真际:即从谂和尚,圆寂后谥真际禅师。❹慧灯:佛教用语,即慧炬,指无幽不照的智慧。

简析 上联写柏林寺悠久的历史,下联写与柏林寺相关的两位高僧。多用佛教语,且于地、于事、于人,均十分贴切。

联语

从岭海[1]间拥节[2]南来,每怀鹤观[3]游踪,画图笠屐[4]空千载

向纱縠[5]行驱车西去,喜挹蟆颐[6]秀气,忠义文章萃一门

清·马维骐

【出处】此为马维骐题三苏祠的对联。

【简介】马维骐:字介堂,云南阿迷(今开远)人。光绪年间官四川提督。

三苏祠:在四川眉山市西南隅,是纪念宋文学家苏洵、苏轼、苏辙父子的园林式建筑。原为苏氏故宅,明初改建为祠。马维毅有跋曰:"余提督粤东时,驻节惠州,尝谒苏文忠公(苏轼)庙。入蜀五年矣,今春于役嘉阳,归,过眉(山),访三苏祠。平生宦辙所经,恒得(总能够)拜公遗像,不可谓非厚幸云。"

【注解】❶岭海:即岭南。❷拥节:持符节,即出任一方。❸鹤观:即白鹤观,在广东惠州,苏轼被贬到那里,买白鹤观旧址建新宅。❹画图笠屐:即东坡笠屐图。苏轼在惠州仅仅生活了两三个月,又被贬至儋州(今属海南)。他与当地的黎族兄弟相处非常好。一次访友返回时,途中遇雨,便就近去农民家里借来斗笠和木屐回家。有人就此画了一幅画。❺纱縠(hú):三苏在眉山城内所居之地。❻蟆颐:山名,在眉山市城东,因山似蛤蟆颐而得名。

简析 联语从自己的“宦辙”(做官的行迹、经历)入手，自远而近，回忆苏轼及苏氏“一门”。切人，切地，尤其是从自己拜谒的角度来写，使人感到十分亲切。“南来”与“西去”，“鹤观”与“螟颐”，“千载”与“一门”等对仗，都极为工巧。

联语

铜雀[1]算老瞒[2]安乐窝，卖履晚无聊[3]，一世雄尽、美人亦尽

洞庭是夫婿战利品，埋香自有托，三分鼎[4]亡、抔土[5]不亡

吴恭亨

【出处】此为吴恭亨题小桥墓的对联。

【简介】小桥墓：在湖南岳阳市岳阳楼东北。东汉末年，庐江舒县(今安徽庐江西南)人周瑜，与吴郡富春(今浙江富阳)人孙策为友。孙策后来占据庐江郡，依靠周瑜、张昭等人，在江东建立孙氏政权。攻取皖城，得桥公二女，孙策娶大桥，周瑜娶小桥。小桥死后，葬在岳阳。小桥，一作“小乔”。后世传大桥、小桥为汉太尉乔玄二女。故“二桥”又称为“二乔”。

【注解】❶铜雀：即铜雀台，曹操所筑，在今河北临漳县西。唐杜牧《赤壁》：“东风不与周郎便，铜雀春深锁二乔。”❷老瞒：指曹操。曹操小名阿瞒。❸卖履晚无聊：曹操晚年生活无聊，常在铜雀台与姬使做“卖履”游戏。❹三分鼎：指三国时魏、蜀、吴鼎立的局面。❺抔(póu)土：一捧土，这里代指坟墓。

简析 上联从侧面以写曹操来反映小乔的命运，说曹操始终未能得到她；下联也是从侧面以写周瑜来衬托小乔。联语开阔而寓意深远，用衬托、对比手法，突出了主旨。

联语

开绝学①于胡叔心②、陈公甫③、王阳明④之前，享祀乃堪从孔孟
集大成⑤于西河氏⑥、太史公⑦、文中子⑧之后，诞灵⑨应不愧唐虞⑩

清·范彪西

【出处】 此为范彪西题薛瑄祠的对联。

【简介】 **范彪西**：字汉铭，山西洪洞人。康熙进士。创立孝贤书院。清代藏书家、理学家。著有《理学备考》、《广理学备考》等。

薛瑄祠：在山西河津市，建于清代。薛瑄，字德温，号敬轩，河津人。永乐进士，官至宰相。后辞官回乡，卒谥文清。著有《读书录》、《薛文清集》。

【注解】 ❶绝学：失传的学问。❷胡叔心：明代学者胡居仁，字叔心，号敬斋，余干（今属江西）人。明代程朱学派的主要代表人物之一。❸陈公甫：明代哲学家、教育家陈献章，字公甫，新会（今属广东）人，人称“活孟子”。❹王阳明：明代哲学家、教育家王守仁，字伯安，余姚（今属浙江）人。曾在家乡阳明洞筑室居住，世称“阳明先生”。其学说影响很大，明代中期以后，还流传到日本。❺集大成：指融会各家思想、学说、风格、技巧等，自成体系或自成一格。❻西河氏：孔子弟子子夏，春秋末晋国温（今河南温县西南）人，一说卫国人。卜氏，名商。曾在魏国西河讲学。相传《诗》、《春秋》等儒家经典是由他传授下来的。❼太史公：西汉史学家、文学家、思想家司马迁，字子长，夏阳（今陕西韩城南）人。❽文中子：隋代哲学家王通，字仲淹，门人私谥为文中子。绛州龙门（今山西河津）人。❾诞灵：佛教对高僧、佛祖诞生的敬称。❿唐虞：即唐叔，名虞，周成王弟。周公东征胜利后，分封诸侯，虞建都于翼（今山西翼城西），国号唐。

简析 上联赞薛瑄在胡居仁、陈献章、王守仁之前"开绝学"之功，下联颂薛瑄在子夏、司马迁、王通之后"集大成"之绩。切人、切地，极力称颂薛瑄的学问。

联语

正气足千秋，只今砥柱[1]中流，得力在惶恐滩[2]头、零丁洋[3]里

忠臣唯一死，壮此祟祠孤屿，触景到罗浮山[4]下、扬子江[5]心

清·黄惟诰

【出处】此为黄惟诰题浙江温州文天祥祠的对联。

【简介】黄惟诰：清人，曾任温州知府。

文天祥祠：在浙江温州市北瓯江的江心屿江心寺。文天祥当年曾经路过温州，并宿江心屿江心寺，明代成化年间开始建祠。

【注解】❶砥柱：即砥柱山，在河南三门峡北黄河中，屹立于黄河急流里。常以"中流砥柱"比喻能担当重任、支撑危局的人。❷惶恐滩：在今江西万安县境内，为赣江十八滩之一。文天祥曾在江西抵抗元军，失败后从惶恐滩南撤。❸零丁洋：即伶仃洋，在今广东珠江口外。文天祥被元军所执，经过这里。他的《过零丁洋》诗中有："惶恐滩头说惶恐，零丁洋里叹零丁。"❹罗浮山：在广东东江北岸。❺扬子江：长江在今江苏仪征、扬州一带，古称"扬子江"，因扬子津和扬子县而得名。文天祥当年以右丞相兼枢密使的身份，出使元军议和时被扣留，后于镇江脱险。

简析 上联赞文天祥的"正气"，称他为中流砥柱。下联称他为"忠臣"，切江心屿上的"祟祠"，又联想到文天祥在长江及广东的战斗经历。于其人、其事、其地，都极为恰当、贴切。几个地名和方位词的选用，可见作者之匠心。

联语

自有宇宙，便有此山，千年来陵谷变迁[1]，犹想见轻裘缓带[2]
每一登临，辄一堕泪[3]，三国中贤才辈出，讵多让羽扇纶巾[4]

【出处】此为题羊侯祠的对联。

【简介】羊侯祠：在湖北襄阳市南岘（Xiàn）山，祀西晋大臣羊祜（Hù）。羊祜，字叔子，泰山南城（今山东费县西南）人。泰始年间，以尚书左仆射都督荆州诸军事，镇守襄阳，多有惠政。

【注解】❶陵谷变迁：山陵与河谷的变化。比喻自然界或世事的巨变。❷轻裘缓带：轻暖的衣裘，宽缓的腰带。形容闲适从容。《晋书·羊祜传》载，“（羊祜）在军常轻裘缓带，身不被（披）甲……侍卫者不过十数人。”❸堕泪：羊祜死后，其部属在岘山他生前经常游息的地方建庙立碑。凡见此碑者，无不流泪。他的继任者杜预称此碑为“堕泪碑”。❹羽扇纶巾：羽毛扇子和缀有青丝带的头巾。这里用以指代诸葛亮。

简析 上联说，这里历史悠久，任凭“陵谷变迁”，人们也不会忘记羊祜的德政和功业；下联表示对羊祜的怀念，又认为他的政绩、名声不在诸葛亮之下。切地、切人，既有正面描述，又有侧面对比。“轻裘缓带”与“羽扇纶巾”之对，既工稳巧妙，又极为确当。

联语

郁满腔壮采奇情，挝鼓裸衣[1]，早目空老奸曹瞒[2]、俗物黄祖[3]
剩几辈词人墨客，访碑谒墓，犹指点洲前芳草、江上斜阳

田锡三

【出处】此为田锡三题祢衡墓的对联。

【简介】**祢(Mí)衡墓**:在湖北汉阳鹦鹉洲拦江堤外,相传东汉文学家祢衡死后葬在这里。祢衡曾作《鹦鹉赋》,后人便以“鹦鹉”为此洲命名。祢衡,字正平,平原般(今山东临邑东北)人。少年时就有才,能辩,善文章,性刚烈傲物。建安时到许昌,交往的只有孔融、杨修。他曾说:“大儿孔文举,小儿杨德祖。余子碌碌,莫足数也。”当权的曹操要见他,他自称狂病,不肯前往。曹操大宴宾客时,召他为鼓史(掌鼓的小吏),想当众侮辱他,不料反被他所辱。曹操怒其狂傲,派人把他送给荆州刘表。刘表又把他送给江夏太守黄祖。后祢衡被黄祖所杀。

【注解】❶挝(zhuā)鼓裸衣:祢衡应召为鼓史,在曹操大宴宾客时穿上鼓史的衣服,敲着《渔阳》(鼓曲名),声节悲壮,顿足跳跃而前,直到曹操面前,把衣服脱光,羞辱了曹操一番。❷曹瞒:指曹操。曹操小名阿瞒。❹黄祖:江夏太守。

简析 上联忆古,切人,写祢衡其人、其事,抓住他最具有代表性的特点——壮采奇情和事例——挝鼓裸衣。下联写今,切地,描绘“词人墨客”来这里凭吊的场景。

联语

居艮[1]位而践离[2]躔,溥[3]雷池[4]风穴[5]之功,柱镇天南[6]、斗横地北[7]

列三公[8]以配四岳[9],标月馆露台[10]之胜,帆随湘转[11]、雁到峰回[12]

【出处】此为题南岳古镇牌坊的对联。

【简介】**南岳古镇牌坊**:在湖南衡山南岳古镇入口处。

【注解】❶艮:《周易》卦名,八卦之一,也为六十四卦之一。象征山。❷离:《周易》卦名,八卦之一,也为六十四卦之一,象征火,又指南方。《南岳记》:“衡山下踞离宫,摄位火乡。”❸溥:布。❹雷池:比喻水。❺风穴:风洞,比喻风。❻柱镇天南:形容衡山如柱子支撑于南天。又,衡山有天柱峰。❼斗横地北:北斗星座与衡山遥遥相对,极言衡山之高。❽三公:星名。❾四岳:除衡山以外的四岳,东岳泰山、西岳华山、北岳恒山、中岳嵩山的总称。❿月馆露台:在南岳紫盖峰。相传舜帝曾将丹邱国进贡的玛瑙瓶置于峰上,以承甘露,故名“露台”。后在台下筑馆以望月,取名“月馆”。⓫帆随湘转:《古诗源》载古诗《湘中渔歌》:“帆随湘转,望衡九面。”意思是江中的船随着湘江的弯曲而改变方向,可以从多处望见衡山。⓬雁到峰回:南岳有回雁峰,相传大雁至此,便折转往回飞。

简析 上联写南岳的地理位置,下联概述南岳诸形胜。内容丰富、厚重,很有文化底蕴。艺术手法上,主要用当句自对。如“居艮位”与“践离躔”、“雷池”与“风穴”、“柱镇天南”与“斗横地北”、“列三公”与“配四岳”、“月馆”与“露台”、“帆随湘转”与“雁到峰回”,都极为恰当、贴切。

联语

斯人在羲皇以上①、怀葛②以前,问晋代衣冠,先生不知何许③

此地接彭蠡④之清、匡庐⑤之秀,溯西江宗派⑥,微公其谁与归⑦

清·周炳元

【出处】此为周炳元题陶公祠的对联。

【简介】**周炳元**:清末人。

陶公祠:在安徽东至县城西北牛头山上。今属东流镇,晋时属彭泽县。诗人陶渊明任彭泽令时,常来这里种菊并留宿,写下不少诗文和传说,后人在此建祠来纪念他。

【注解】❶人在羲皇以上:指羲皇上人。古人想象羲皇以上的人,无忧无虑,生活闲适，故隐逸之人以“羲皇上人”自称。晋陶渊明《与子俨等疏》：“常言五六月中，此窗下卧。遇凉风暂至，自谓是羲皇上人。”羲皇，指伏羲氏。❷怀葛：无怀氏、葛天氏的合称。古人以为那时风俗淳朴。晋陶渊明《五柳先生传》：“衔觞赋诗，以乐其志，无怀氏之民欤？葛天氏之民欤？”❸先生不知何许：晋陶渊明《五柳先生传》：“先生不知何许人也，亦不详其姓字。宅边有五柳树，因以为号焉。”❹彭蠡：古代泽薮（sǒu，生长着很多草的湖）名，即今江西鄱（Pó）阳湖。❺匡庐：指庐山。❻西江宗派：即江西诗派，宋代文学流派之一。❼微公其谁与归：宋范仲淹《岳阳楼记》：“噫！微斯人（指古代仁人）吾谁与归？”这里意思是，如果没有陶渊明，江西诗派中的人将无所归依，即言陶渊明才是江西诗派之祖。

简析 开头写陶渊明其人，接着写陶公祠其地，最后再写其人。多用陶渊明自己的话，更显得恰当、贴切。“羲皇以上、怀葛以前”，“彭蠡之清、匡庐之秀”，分别为当句自对。

联语

下车谒从祠，想御史铁面无私①，最难忘弦外琴音②、枝头鹤语③

怀古论诗客，知通判丹心有素，犹记取病中戍国④、梦里鏖兵⑤

【出处】 此为题赵陆公祠的对联。

【简介】 **赵陆公祠**：在四川成都市西崇州城内，为纪念北宋大臣赵抃（Biàn）、南宋诗人陆游而建。1982 年改建后称“陆游祠”。赵抃，字阅道，号知非子，衢州（今属浙江）人。曾任殿中御史、江源（今崇州）县令，神宗时官至参知政事。陆游，字务观，号放翁，越州山阴（今浙江绍兴）人。曾任蜀州通判。

【注解】❶御史铁面无私：赵抃任殿中御史时，弹劾不避权贵，人称“铁面御史”。❷、❸琴音、鹤语：赵抃来四川任职时，“匹马入蜀，以一琴一鹤自随，为政简易”。❹、❺病中戍国、梦里鏖兵：陆游一生致力于抗金复国。其写于成都的《病起书怀》诗中有：“位卑未敢忘忧国。”写于蜀州的《秋声》诗中有：“我亦奋迅起衰病，唾手便有擒胡功。”晚年的《十一月四日风雨大作》，更为历代人们所传诵：“僵卧孤村不自哀，尚思为国戍轮台。夜阑卧听风吹雨，铁马冰河入梦来。”

简析 上联写赵抃，下联写陆游。紧切二人故事，选取最有代表性的材料入联。对仗也极为讲究，几乎无一字不工，如“铁面”与“丹心”、“无私”与“有素”、“琴音”与“鹤语”、“戍国”与“鏖兵”，以及“外”、“头”、“中”、“里”几个方位词等。仔细揣摩，可见作者功力不凡。

联语

卅六滩[1]雪浪飞来，淘尽万里英雄，尚遗鸦阵神兵[2]，留传部曲[3]

廿八将云台[4]在否，幸有五溪祠庙，得与羊裘钓叟[5]，共占江山

易头甫

【出处】此为易实甫题马伏波祠的对联。

【简介】易实甫：湖南名士。

马伏波祠：在湖南沅陵县青浪滩，为纪念东汉初伏波将军马援而建。马援，字文渊，扶风茂陵（今陕西兴平东北）人，曾归刘秀，参加灭隗嚣的战争。先后任陇西太守、伏波将军，封新息侯。在进击武陵五溪蛮时，病死军中。

【注解】❶卅（Sà）六滩：指沅水的三十六滩，其中青浪滩最长、最急，被称为“四十里急滩”。卅，三十。❷鸦阵神兵：马援死后，留下三千鸦兵（指神出鬼没、来去无踪影的兵),保护过往船只。❸部曲:部下;部属。❹廿(Niàn)八将云台:东汉明帝时,为追念辅佐光武帝建立东汉政权的功臣,在南宫云台图画邓禹等二十八将,后以"云台"泛指纪念功臣名将的地方。廿,二十。❺羊裘钓叟:指东汉严光。

简析 上联写当年的英雄、神兵,下联写马援死后的荣誉及影响。于其人、其事,都十分贴切。遣词对仗,也很讲究,如"卅六"对"廿八"、"雪"对"云"、"鸦"对"羊"等,工整而又巧妙。

联语

紫服红罗[1]以往矣!剩荒烟几点、茅屋数椽,留作后人觞咏地

龙盘虎踞[2]尚存乎?望淮水东流、璃山[3]南峙,依然自古帝王州

王 廉

【出处】此为王廉题龙兴寺的对联。

【简介】王廉:清末民初祥符(今河南开封)人。

龙兴寺:在安徽凤阳县城北日精峰(原名"盛家山",朱元璋建立明朝后,改今名)下。朱元璋是凤阳人,少年时曾在皇觉寺出家为僧。他称帝后,原寺已毁。因其旧址与他父母的墓较近,便选现址重建,并赐名"大龙兴寺"。

【注解】❶紫服红罗:指帝王及高官的服装。❷龙盘虎踞:形容地势险要,宜作帝王之都。❸璃山:源自佛教故事。波罗奈国有慈童女,家贫,以卖柴供养老母。一天进山,见一座琉璃城,有四位玉女手擎如意相迎。后用来指佛山。龙兴寺西南有九华山,东南有琅琊山,都是佛教名山。琅琊山又是东晋开国皇帝司马睿的龙兴之地。

简析 上联写人而及其地,对眼前的衰败发出感慨;下联写地而及其人。

紧扣凤阳是明代开国皇帝朱元璋的故里来做文章，极切其地。

联语

三度入天台，揭寒山[1]袖、拍拾得[2]肩，是佛是仙，追往事都成幻梦
半生充隐吏，餐赤城[3]霞、饮皖江[4]水，一官一邑，待何年克遂皈依[5]

【出处】此为题国清寺的对联。

【简介】国清寺：在浙江天台县城北天台山麓，是我国佛教天台宗的发源地。隋代开皇年间，杨广秉承智者大师遗愿而创建。唐代贞元年间，日本僧人惠澄来此学习教规，回国后创立了以国清寺为祖庭的日本佛教天台宗。

【注解】❶寒山：即寒山子，唐代诗僧。居天台山的寒岩，常来国清寺，与寺中僧人拾得为友。二人志趣相投，都类似癫狂。这里，泛指天台山、国清寺中的僧人。❷拾得：唐代僧人。❸赤城：山名，在天台县北。❹皖江：长江下游流经安徽的一段。❺皈依：即三皈依，信仰佛教者的入教仪式。因表示对佛、法、僧三宝的依附，故如此称。

简析 上联追忆往事，写作者与天台山、国清寺及寺中僧人的关系；下联重在写自己的半生经历。虽然与这里关系密切，但是一个小官、一座县城，一时还放不下。写名胜而融入作者与名胜的关系，与仅仅客观地写名胜相比，多了一种亲切感。艺术上，以当句自对为主。

联语

当年有痛哭流涕文章[1]，问西京对策[2]谁优，惟董江都[3]后来居上
今日是长治久安天下，喜南楚敝庐无恙，与屈大夫终古相依

李篁仙

【出处】此为李篁(Huáng)仙题长沙屈贾二公祠的对联。

【简介】李篁仙：清末长沙名士。

屈贾二公祠：在长沙市太平街太傅里。原为西汉文学家贾谊任长沙王太傅时的旧居。开始祭祀贾谊，后增祀屈原。

【注解】❶痛哭流涕文章：贾谊透过汉文帝时表面的繁荣，看到汉王朝内部隐伏的不稳定因素，如边疆的匈奴之患，内部的藩王之乱，因此上疏，认为时事"可以痛哭者一，可为流涕者二，可为长太息（叹息）者六，若其他悖理而伤道者，难遍以疏举"（《陈政事疏》）。❷西京对策：在长安的对策。汉代应荐举、科举者对皇帝有关政治、经义的策问。❸董江都：即西汉哲学家董仲舒，曾任江都相。

简析　上联称赞当年贾谊的文章，说只有董仲舒可以"后来居上"；下联描写今日长沙贾谊故居，并提到"屈大夫"。既切其人，又切其地，可谓确切不移。

联语

当年多少英雄，功收歌舞，叹霎时响屧[1]成墟，把酒临风浇块垒

此地几番岁月，变历沧桑，寻佳话浣纱留胜，挥毫酹[2]月费平章[3]

【出处】此为题浙江诸暨西子祠的对联。

【简介】西子祠：在浙江诸暨城南苎萝山下、浣纱溪畔。西子，即西施，春秋时越国美女，名夷光。苎萝山下有施姓两村，夷光住西村，故称西施。越王勾践被吴王夫差击败，勾践和大夫范蠡作为人质入越国，范蠡把西施献给吴王。后来，越国经过"十年生聚"、"十年教训"，国力大增，一举灭了吴国。范蠡携西施泛游五湖而去（一说西施被沉入江底）。

【注解】❶响屧（xiè）：即响屧廊，春秋时吴王宫中的廊名。这里代指吴王的宫殿。❷酹(lèi):把酒浇在地上,表示祭奠或立誓。❸平章:品评。

简析 联语由追忆入手,感叹世事变迁,人们只能临风把酒,以浇自己心中的"块垒";或挥毫泼墨,发表自己的评论。切地,切人,切事。

联语

坠地是何代、是何年?马鸣[1]生周末,龙树[2]生秦初,略似片时昏旦[3]

入门无所惊、无所怖。文殊[4]即寒山[5],普贤[6]即拾得[7],原来今世弟兄

【出处】此为题西禅寺的对联。

【简介】西禅寺:在福建福州西郊怡山。

【注解】❶马鸣:古印度佛教理论家、佛教诗人。❷龙树:又译"龙胜"、"龙猛",古印度佛教哲学家,大乘佛教中观学派理论体系的建立者之一。❸昏旦:黄昏和早晨,这里是形容时间短暂。❹文殊:释迦牟尼佛的左协侍,其塑像多骑狮子,专司"智慧"。❺寒山:即寒山子,唐代诗僧。❻普贤:释迦牟尼佛的右协侍,其塑像多骑白象,专司"理德"。❼拾得:唐代僧人。

简析 这是一副写佛教东传、中外佛教融合的对联。"文殊即寒山,普贤即拾得",原来他们(中、外高僧)如弟兄一般。主要用当句自对手法,语言通俗而生动。

联语

谪粤同时亦有人,缘何定国[1]宾州、淮海[2]横州,不及先生绵俎豆[3]

作神此地原非偶,恰似龙城柳子[4]、潮阳韩子[5],能令边徼[6]化诗书

【出处】此为题黄山谷祠的对联。

【简介】**黄山谷祠**：在广西河池宜州区，建于明代。黄山谷，宋诗人、书法家，字鲁直，号山谷道人、涪翁，洪州分宁（今江西修水）人。治平进士，以校书郎为《神宗实录》检讨官，迁著作佐郎，官至起居舍人。后受权臣章惇（Dūn）、蔡卞诬陷，以修实录不实的罪名，被贬为涪州别驾，徽宗时又谪宜州（今广西宜山），死于任上。

【注解】❶定国：宋王巩，字定国，真宗时宰相王旦的孙子。有才，能诗，追随苏轼。苏轼被贬，他也被流放到宾州（今广西宾阳）。但豪气不减，傲然独行。❷淮海：宋词人秦观，字少游，号淮海居士。青少年时就慷慨而能文，曾任秘书省正字，兼国史院编修。因被认为是"旧党"，屡遭贬谪，曾到横州（今广西横县）。❸俎（zǔ）、豆：俎和豆都是古代祭祀、设宴用的礼器。❹龙城柳子：即唐代文学家、哲学家柳宗元，曾被贬为柳州（宋代称龙城）刺史。❺潮阳韩子：指唐代文学家、哲学家韩愈，曾被贬为潮州刺史。❼边徼（jiào）：边境；边塞。

简析 上联以黄庭坚与同时被贬谪到南方的王巩、秦观相比，说他们二人都不如黄庭坚享受祭祀长久。下联以黄庭坚与柳宗元、韩愈相比，说他们三人同样能凭文化影响边境地区。善于发现人物的共同点（被贬谪的文学家），寓评价、赞颂于比较之中。

联语

汴梁自古繁华，溯信陵卜宅、天保建寺，唐宋迄今，香火因缘历劫盛

佛法西来微妙，算白马驮经[①]、达磨面壁[②]，东南遥望，金轮辉映万家春

真禅

【出处】此为真禅题相国寺的对联。

【简介】**真禅**：当代僧人。

相国寺：在河南开封市内。原为战国魏公子信陵君故宅。北齐天保年间，在这里创立建国寺，后毁于兵火。唐高宗李治第八子、武则天的小儿子李旦(后为唐睿宗)封相王时，重建寺院，更名为“大相国寺”。习称“相国寺”。

【注解】❶白马驮经：相传东汉永平年间，蔡愔(Yīn)、秦景去西域求佛经，在月氏(Yuèzhī，西域古国名)遇到来自天竺的僧人迦叶摩腾和竺法兰，便用白马驮经，迎回京城洛阳。佛教传入我国后所建的第一所寺院白马寺即据此命名。❷达磨面壁：南北朝时印度僧人菩提达摩到嵩山，面壁九年，首创禅宗。达磨，即达摩。

简析 上联从纵的角度写相国寺的历史；下联从横的角度写佛法由西方来，并经高僧发扬光大的史实。于相国寺之地，于佛教之事，都极为切合。“信陵卜宅、天保建寺”，“白马驮经、达磨面壁”，分别为当句自对。

联语

巍巍冠盖日纵横，景其美兮，景其淑兮，景其灵兮，晋阳[①]焜耀[②]无双地
混混[③]原泉时潋滟，清且涟猗[④]，清且直猗，清且沦猗，山右[⑤]声名第一区

卧虎山人

【出处】此为卧虎山人题晋祠的对联。

【简介】卧虎山人：刘大鹏，字友凤，号卧虎山人，清末举人。

晋祠：在太原市西南悬瓮山下晋水发源处。始建于北魏前，为纪念周武王次子叔虞而建。叔虞封于唐，子燮因晋水更国号为晋，后人即以此为祠命名。

【注解】❶晋阳：古邑名。北宋时移并州于阳曲(今太原市)，并晋阳、太原两县为一。❷焜(kūn)耀：光明照耀。❸混混：同“滚滚”。❹猗(yī)：与“兮

(xī)”同，跟现代的“啊”相似。❺山右：山的右侧，特指山西。因在太行山之右(西)，故称。

简析 上联从大处泛写此地的景物，以如云的官宦都来游览，来衬托这里景物之“美”、“淑”、“灵”；下联从晋水的源头具体写这里的泉，以《诗经·魏风·伐檀》的词语“涟猗”、“直猗”、“沦猗”，来赞美泉之清。内容丰富，形象饱满，写出了晋祠的秀美景色。

联语

良知心学[1]、主静心学，并为理学真传，怅今兹逝水悠悠，不见古人来者[2]

富春钓台[3]、江门钓台[4]，都道楼台胜处，想当日斯竿籊籊[5]，依然霁月光风[6]

梁少亭

【出处】此为梁少亭题陈白沙祠的对联。

【简介】**陈白沙祠**：在广东江门市郊白沙村，在陈白沙故居碧玉楼基础上扩建。始建于明代万历年间，后有重修。陈白沙，明代哲学家、教育家陈献章，字公甫，新会(今属广东)白沙里人，世称“白沙先生”。正统举人，曾任翰林院检讨，不久就回了家。后屡次受举荐，但都未赴任。著作有《白沙集》。

【注解】❶心学：陈白沙毕生所致力的学问。他重心性之学，开明代心学之先声。❷不见古人来者：出自唐陈子昂《登幽州台歌》。❸富春钓台：在今浙江桐庐县南，相传是东汉严光隐居垂钓之处。❹江门钓台：在今江门市长堤钓鱼台路口，为陈白沙所筑，是他闲暇时钓鱼的地方。❺籊(tì)籊：长而尖的样子。《诗经·卫风·竹竿》：“籊籊竹竿，以钓于淇。”❻霁月光风：指雨过天晴时的明净景象，常用来比喻人的品格高尚，胸襟开阔。

简析 上联称颂陈白沙先生的学问，尤其突出其心学成就。下联推许白沙先生的隐居，拿他与东汉严光相比。切其人，切其事，切其地。重复“心学”和“钓台”，强调了陈白沙最值得人们怀念与崇敬之处。

联语

青眼[①]识英雄，寒素[②]何嫌？忆当年北虏[③]鸱张[④]，桴鼓亲操[⑤]，半壁山河延宋祚[⑥]

红颜摧大敌，须眉有愧！看此日东风浩荡，崇祠重整，千秋令誉仰淮圩[⑦]

【出处】 此为题梁红玉祠的对联。

【简介】 **梁红玉祠**：在江苏淮安，建于明代。梁红玉，楚州（今江苏淮安）人，南宋女将。贫苦家庭出身，结识名将韩世忠，与之结为夫妻，被封为安国夫人（后改为杨国夫人），史称梁夫人。曾协助韩世忠与金兵作战。在韩世忠创立军府时，她亲手织帘箔相助，与士卒同力役，起到了鼓舞士气的作用。

【注解】 ❶青眼：指对人的喜爱或器重。❷寒素：门第寒微，地位卑下。❸北虏：指入侵的金兵，❹鸱（chī）张：像鸱鹰张翼一样，比喻嚣张、凶暴。❺桴（fú）鼓亲操：南宋建炎年间，韩世忠在黄天荡（今长江在南京东北的一段）阻击金兵，梁夫人击鼓助战。桴鼓，用鼓槌击鼓。❻宋祚（zuò）：宋朝的皇位，国统。祚，君主的位置。❼淮圩：淮河边的集市，此指淮安。

简析 上联先赞梁夫人嫁韩世忠之事，又颂她在前线击鼓助战的英勇无畏的精神；下联称颂她作为女子在战场的英雄气概，继而叙述在淮安重建其祠之事。先反问“何嫌”，后说男人“有愧”，情感真挚、热烈。

联语

治天下须用诗书①，若论一经道德②、四本慈悲③，因当时救世立言分宗派
最上乘莫如忠孝，便作羽士④摄生、桑门⑤受戒，较流俗忘身殉义判愚贤

清·张之洞

【出处】此为张之洞题焦山寺的对联。

【简介】焦山寺：在河北南皮县城东，其中的三圣殿祀如来佛（中）、老君（左）、孔子（右）。

【注解】❶诗书：指儒家经典，儒家学说。❷、❸道德、慈悲：分别指道教、佛教。❹羽士：道士的别称。❺桑门："沙门"的异译，即僧侣。

简析　联语以尊儒抑佛排道为主旨，鲜明地提出"诗书"和"忠孝"。说至于"道德"、"慈悲"，不过是为了"救世立言"所分出的"宗派"罢了。按作者之言，不难判定："忘身殉义"为贤，而"羽士摄生、桑门受戒"为愚。紧扣"三圣"，涉及对儒、释、道三家的评论，反映了作者的观点和态度。

联语

大哉为君①，举禹②稷契③皋④益⑤，以水官、土官、木官、金官、火官⑥，时亮天功⑦，功归元首
粤若稽古⑧，历虞夏商周秦，而西汉、东汉、南汉、北汉⑨、蜀汉⑩，皆承帝祚⑪，祚锡⑫万年

吴小岩

【出处】此为吴小岩题尧庙的对联。

【简介】尧庙：在山西临汾市南，为纪念尧（传说中的上古帝王名）而建。相传尧建都于平阳（今临汾），有功于民。庙始建于晋代，历代多有重修。

【注解】❶大哉为君：出自《孟子·滕文公上》："孔子曰：'大哉尧之为君！惟天为大，惟尧则之。'"意思是只有上天可称为"大"，只有尧能则法上天。

❷禹：古代部落联盟首领，舜的继承者，夏代的建立者。❸稷、契：都是唐虞时代的贤臣。❹皋：即皋陶（yáo），传说是虞舜时的司法官。❺益：即伯益，被舜任为虞，掌管草木鸟兽，为禹所重用，曾辅佐大禹治水有功。❻水官、土官、木官、金官、火官：传说中的上古五行官。❼天功：指天的职司。❽粤若稽古：出自《尚书·尧典》："曰（同'粤'）若稽古，帝尧曰'放勋（帝尧名）'。"粤若，发语词。稽古，考察古代的事。❾南汉、北汉：均为五代时十国之一。❿蜀汉：三国蜀政权。⓫帝祚（zuò）：帝王、国家的福运。祚，福。⓬锡：同"赐"。

简析 上联以"大哉为君"的感叹着笔，从横向历数尧举贤荐能来辅佐治国的事迹；下联从"粤若稽古"入手，从纵向写历史演进，认为都是尧帝的后裔。紧切尧帝其人，洋洋洒洒，内容丰富、厚重。"大哉为君"与"粤若稽古"，引用经书语，十分恰当、贴切。

联语

上乘[1]希佛，上界[2]希仙，上域[3]希圣。庶民无一上一希，我只得仰天问来鸿去雁

达道[4]立德[5]，达智[6]立言[7]，达人[8]立功[9]。君子有三达三立，谁又能着地便造极登峰

破门和尚

【出处】此为破门和尚题雁峰寺的对联。

【简介】**破门和尚**：雁峰寺住持。

雁峰寺：在湖南衡阳市南衡山回雁峰上，唐代天宝初年建。

【注解】❶上乘：上品的（和尚）。❷上界：上等的（修仙者）。❸上域：居高位的（读书人）。❹达道：明白、彻悟事理的人。❻达智：通晓事理、见识高明的人。❽达人：通达事理的人。❺、❼、❾立德、立言、立功：出自《左

传·襄公二十四年》:“大(太)上有立德(树立德业),其次有立功(建立功绩),其次有立言(著书立说)。虽久不废,此之谓不朽。”

简析 上联分别描述不同的人有不同心态,而“我”对这些社会现实问题也解释不清,只好去“问来鸿去雁”。下联说“君子”所谓“三立三达”,精神固然可嘉,但须脚踏实地去做工作,而不能图侥幸以求成功。佛界中人题佛寺联,能跳出佛界,当属难能可贵。联语主要用当句自对手法,巧妙地以“雁足格”嵌入寺名“雁峰”,确切不移。

联语

成三字狱,冤比岳司空[1]。最何忍黄口女、白头亲,远戍闽疆[2],两地山川埋怨骨

挽六军心,忠先史阁部[3]。终博得紫泥封[4]、丹荔酒,荣施梓里,千秋俎豆[5]奠羁魂

清·仲振履

【出处】此为仲振履题袁崇焕祠的对联。

【简介】**仲振履**:字仲拓。嘉庆进士,曾为番禺令。工曲。著有《双鸳祠传奇》等。

袁崇焕祠:在广东东莞市。袁崇焕,字元素,广东东莞人,明代军事家。万历进士,天启时任兵部主事。曾单骑出关考察,回京后自请守辽。筑宁远(今辽宁兴城)等城,屡次击退金(清)军的进攻,先后获得宁远大捷、宁锦大捷,升为辽东巡抚、兵部尚书。崇祯时,后金军绕道自古北口入长城,进围北京,他星夜驰援。崇祯帝中反间计,以为他与后金军有约,杀之。

【注解】❶岳司空:指宋岳飞。❷闽疆:指福建边疆。袁崇焕曾任福建邵武知县。“慷慨负胆略,好谈兵,以边才(治理边疆的人才)自许”。❸史阁部：指明史可法。❹紫泥封：即紫泥书，皇帝的诏书。古人用泥封书信，泥上盖印。皇帝诏书用紫泥。❺俎(zǔ)豆：俎和豆都是古代祭祀、设宴用的礼器。

简析 上联把袁崇焕之“冤”比作岳飞之冤，下联把他的“忠”比作史可法之忠，又以“梓里”切其故乡。“黄”、“白”与“紫”、“丹”之对，可谓妙手天成。

联语

君德难回，当此众叛亲离，若但如微子[1]去、箕子[2]奴，无以激亿万人忠贞之气

臣心不死，即兹魂飞血溅，犹将以周日兴、殷日衰，上诉诸六七王陟降[3]之灵

【出处】 此为题比干庙的对联。

【简介】 **比干庙**：在河南卫辉市北。比干，商代贵族，纣王的叔父，官少师。据《史记·殷本纪》载，因纣王无道，比干强谏，被剖心而死。后来，周武王为他封墓，北魏孝文帝时因墓立庙。

【注解】 ❶微子：名启，纣王庶兄，封于微(今山东梁山西北)，因见殷商将亡，数谏纣王，不听，遂出走。❷箕子：纣王诸父(伯父、叔父的统称)，官太师，封于箕(今山西太谷东北)，曾劝谏纣王，不被采纳，便佯狂为奴，被囚禁起来。❸陟(zhì)降：升降，上下，用作祖宗神灵暗中保护的词语。

简析 上联赞扬比干强谏而勇于献身的精神，下联是在肯定比干之死的影响。紧切其人、其事。此联句式活泼，独具特色。在对仗上，以当句自对为主。

联语

治春秋比壮缪侯[1]，上表章比诸葛侯[2]，百战振军声，马蹀旗枭[3]，恨未痛饮黄龙府[4]

前祠有钱王武肃[5]，后墓有于公忠肃[6]，万年崇祀典，苹馨藻洁，各分片席金牛湖[7]

马鸿烈

【出处】此为马鸿烈题岳王庙的对联。

【简介】岳王庙:在杭州西湖栖霞岭下。南宋隆兴初年,孝宗即位后,抗金名将岳飞之冤得以昭雪,其遗骸被改葬在这里。嘉定年间,又改北山智果院为祠庙。

【注解】❶壮缪侯:三国时蜀汉大将关羽,曾被曹操封为汉寿亭侯,死后追谥为壮缪。❷诸葛侯:三国时蜀汉政治家、军事家诸葛亮,被封武乡侯。❸马蹀(dié)旗枭(xiāo):马蹄顿踏,军旗搅扰。❹黄龙府:治今吉林农安县,指金国大本营。岳飞曾发誓:"直抵黄龙府,与诸君痛饮尔!"❺钱王武肃:指五代时吴越武肃王钱镠(Liú)。杭州清波门北有钱王祠。❻于公忠肃:指明时于谦。于谦墓在杭州三台山。❼金牛湖:即杭州西湖。

简析 上联写岳飞生前,说他兼有关羽、诸葛亮两人的特点,既能文,又能武;下联写岳飞死后,说他的墓、庙前有钱王祠,后有于谦墓,和他们一起得以万年享受祭祀。联语以类比和当句自对见长。

联语

五贤祠集贤人之最:清标颜①鲁②、经传辕固③、忠称武侯、才推东坡,道德文章名盖世

锦秋湖挹湖山之胜:东接平州④、西临鹅鸭⑤、南望马公⑥、北枕清河⑦,菰蒲藕稻碧连天

【出处】此为题五贤祠的对联。

【简介】五贤祠:在山东桓台县锦秋湖,祀颜斶(Chù)、鲁仲连、辕固、诸葛亮、苏轼。

【注解】❶颜:即颜斶,战国时齐国处士。据《战国策·齐策四》载,齐宣王召见他时说:"斶前(颜斶,往前边来)!"他却说:"王前(齐王,往我前边来)!"

齐宣王很不高兴。他说:“我到您面前去,是趋炎附势;您到我面前来,是礼贤下士。两相权衡,不如让您礼贤下士。”齐宣王高兴了,并请求做他的弟子,他却再拜而辞去。❷鲁:即鲁仲连。战国时齐国人。善于谋划,常周游各国,为人排难解纷。❸辕固:西汉时齐人。研究《诗》(即《诗经》),是西汉今文诗学“齐诗学”的开创者。❹平州:即平州城,在锦秋湖东。❺鹅鸭:即鹅鸭城,在锦秋湖西。❻马公:即马公山,在锦秋湖南。❼清河:即今小清河,流经今桓台县北。

简析 上联写人,点出“五贤”其人以及他们的品格特点,并以“道德文章名盖世”来赞颂他们。下联写景,点出锦秋湖周围的山、水之胜。于人、于地,可谓十分恰当。上联写五个人,用四个分句,将特点相同的颜、鲁二人并列,显得恰当而紧凑。“东”、“西”、“南”、“北”和“清”、“经”、“忠”、“才”,用在联中显得工整、贴切而巧妙。

联语

昔年未读五车[①]书,雅量清心,温如玉、冷如冰,是大将亦是大儒,使天下讲道论文人愧死

此日竟成千载业,忠肝义胆,重于山[②]、坚于石[③],忘吾身不忘吾主,任世间寡廉鲜耻[④]辈偷生

清·熊一本

【出处】此为熊一本题陈化成祠的对联。

【简介】**熊一本**:号介臣,六安州(今安徽六安市)人,嘉庆进士。曾任台湾知府、台湾道台兼提学使。

陈化成祠:在上海市内。陈化成,字莲峰,福建同安人。鸦片战争爆发后,他由福建水师提督调任江南提督,在吴淞积极防御。英舰进犯吴淞口时,反对两江总督牛鉴畏敌求和,率领所部猛烈发炮,击伤英舰多艘。

牛鉴逃跑后，英舰从后路抄袭西炮台。他孤军奋战，与所属官兵英勇战死。

【注解】❶五车书：出自《庄子·天下》："惠施多方，其书五车。"后用来形容读书多，学问大。❷重于山：重于泰山，比喻重大的或有价值的事物。汉司马迁《报任安书》："人固有一死。死，或重于泰山，或轻于鸿毛，用之所趋异也。"❸坚于石：像磐石一样坚固。石，磐石，厚而大的石头。❹寡廉鲜耻：没有操守，不知羞耻。

简析 上联欲扬先抑，说陈化成"未读五车书"，既而一转，称其"是大将，亦是大儒"；下联盛赞他的"忠肝义胆"，说他的死重于泰山。那些"讲道论文人"、"寡廉鲜耻辈"与陈相比，就该"愧死"。作者善于运用对比手法，既称颂卫国的英雄，又鞭挞贪生怕死之徒。对仗上，"雅量清心"与"忠肝义胆"、"愧死"与"偷生"的上、下联之对，"温如玉"与"冷如冰"、"重于山"与"坚于石"的当句自对，都非常工巧。

联语

我居白河[1]水东，与南阳原系毗邻。知当日避难躬耕，人号卧龙[2]、自况管乐[3]，未出茅庐即名士

公葬定军山下，为汉水留此胜迹。寿终时对众遗命，地卜嘶马[4]、墓勿丘垅[5]，能禁樵牧是佳城[6]

王恒鉴

【出处】此为王恒鉴题武侯墓的对联。

【简介】**王恒鉴**：清末民初唐县（今河南唐河）人。

武侯墓：在陕西勉县城南定军山下。据《三国志·蜀志·诸葛亮传》："（诸葛）亮遗命葬汉中定军山，因山为坟，冢葬于此。"

【注解】❶白河：汉江支流，在河南省西南部。❷卧龙：比喻隐居或尚未崭露头角的杰出人才。《三国志·蜀志·诸葛亮传》:“(徐庶)谓先主(刘备)曰:‘诸葛孔明者,卧龙也。将军岂愿见之乎?’”❸管、乐:指春秋时齐国名相管仲,战国时燕国名将乐毅。❹、❻嘶马、佳城:典出晋葛洪《西京杂记》卷四:“滕公驾至东都门,马鸣跼不肯前,以足跑(刨)地久之。滕公使士卒掘马所跑地,入三尺所,得石椁。滕公以烛照之,有铭焉……曰:‘佳城郁郁,三千年,见白日,吁嗟滕公居此室。’滕公曰:‘嗟乎天也!吾死其即安此乎?’死遂葬焉。”嘶马,喻战场地。佳城,喻指好的墓地。❺丘垅(lǒng):坟墓。垅,同“垄”。

简析 上联写当年的诸葛亮,由“我”的居处着笔,与隐居躬耕的诸葛亮“拉上”“毗邻”关系,透出亲切。下联写今天的武侯墓,已成为当地的“胜迹”。联中还提到他的“遗命”,意在赞其高风亮节。切地,切人。“水”与“山”、“龙”与“马”之对,更见巧妙。

联语

读大观楼长联,脍炙人口久矣!就蘋天苇地,濡染笔墨生辉。布衣有何能,几历昆池劫灰[1],常图不磨文字

出揭爽门[2]半里,追绕马鬣[3]依然!叹断碣残碑,灭没名流不少。吾侪非好事,一存滇南傲骨,以昭先正[4]典型

清·王晓云

【出处】 此为王晓云题孙髯翁墓的对联。

【简介】 **王晓云**:云南弥勒市人,清末贡生。

孙髯翁墓:在云南弥勒市城西。孙髯翁以作昆明大观楼长联而蜚声海内。晚年居弥勒市,卒后葬于城西。清末知州胡国瑞为其修墓,并撰墓志铭。

【注解】 ❶昆池劫灰:劫火的余灰。后指战乱。典出南朝梁慧皎《高僧

传·译经上·竺法兰》。其上说当年汉武帝在昆明池底得黑灰，问东方朔，东方朔让他问西域胡人。后来，竺法兰说：“世界终尽，劫火洞烧，此灰是也。”❷挹(Yì)爽门：弥勒县城西门。❸马鬣(liè)：即马鬣封，坟墓封土的一种形式。指坟墓。❹先正：指前代贤臣。

简析 上联开门见山，直写孙髯翁的代表性作品大观楼长联，以“脍炙人口”赞之。说即使再经历几次“劫灰”，这文字也不会磨灭。下联则写其墓地，以“傲骨”、“先正”称孙氏。切人，切事，尤其切其墓，主旨非常鲜明。

集联

集字联与集句联采用了一种特殊的创作方法，名胜、喜庆、哀挽、酬赠各类对联，都可以用“集”的办法来做。所谓“集”，就是把前人用过的的字或句，经过构思，根据内容需要，重新收集、组合起来，以表达相同、相近或相反的意思。如果用碑、帖上的文字组合成的对联，叫“集字联”。集字联以集汉碑帖的为多，也有集隋碑、唐碑的。集字一定要临摹所集的碑、帖，否则就失去了集字的本意。如果用前人诗、词、文中的句子组合成的对联，叫“集句联”。集句联以集唐诗宋词的为多。集句，一般应在不同作者或同一作者的不同篇目中选取。如“风景这边独好，江山如此多娇”，分别源于毛泽东的《清平乐·会昌》和《沁园春·雪》。而“四海翻腾云水怒，五洲震荡风雷激”，是用了毛泽东《满江红·和郭沫若同志》中现成的句子，不是集句，只能叫“摘句”。集句有一个集者“再创作”的过程，而摘句没有。摘句组成的对联叫“摘句联”。

对联与建筑、印刷，尤其是书法、碑刻，结成姊妹艺术，并长期以书法为最生动的载体，与早期的诗歌、文赋、唐诗、宋词、元曲，都有密不可分、互相影响的关系，因此，出现集字、集句对联，绝非偶然。这就是宋代有了集联后，这种创作方法长盛不衰的根本原因。至于如今集联不甚发达，则主要是和诗词的传播与继承有关：熟悉诗词的人越来越少，做集句联的人又怎么会越来越多呢？

还需注意的是：集联，尤其是集诗、词、文的集句联，不能用十分严格的尺子去衡量它们每一个字的对仗与平仄，一定要看多数字和总体上的把握。

集碑帖字联

联语

古人所重在大节[1]
君子于学无常师

清·俞樾

【出处】此为俞樾集《樊敏碑》中的字所撰的对联。

【简介】樊敏碑:全称《汉巴郡太守樊敏碑》,石工刘玉良刻。宋代出土,篆额首尾完好,为汉碑所罕见,在今四川芦山县南。

【注解】❶大节:指品德操守的主要方面;临难不苟的节操。

简析 上联说古人看重的是道德情操的主要方面,特别是在生死存亡的重大关头的表现;下联说君子对于学习来说,并没有一个固定的教师,贤者都可以为师。

联语

有三尺地身可坐
到五更时心自清

清·何绍基

【出处】此为何绍基集《争座位帖》中的字所撰的对联。

【简介】争座位帖:法帖名,唐颜真卿书,凡七纸。

简析 有三尺大的地方,便足以容我安坐;静坐至五更天时,自然感到气爽心清。上联有随遇而安之意,下联有心无挂碍之意。

联语

闲时坐听水流竹
静极不知人在山

清·何绍基

【出处】此为何绍基集《兰亭序》中的字所撰的对联。

【简介】**兰亭序**：又名《兰亭宴集序》、《兰亭集序》、《临河序》、《禊序》、《禊帖》。著名行书法帖。晋王羲之于穆帝永和九年三月三日同谢安等四十余人会于会稽山阴之兰亭，修祓禊之礼。王羲之作《兰亭序》，用蚕茧纸、鼠须笔书，凡二十八行，三百二十四字，有重文者，字体悉异。

简析 上联说闲暇时坐下来，听听竹林间流水的声音；下联说寂静之极的山中，好像没有人的踪迹。

联语

儒者承家先孝弟[1]
学人报国在文章

清·俞樾

【出处】此为俞樾集《曹全碑》中的字所撰的对联。

【简介】**曹全碑**：全称《郃（Hé，今作“合”）阳令曹全碑》，汉灵帝中平二年立，明万历初在陕西郃阳出土，不久即断裂，现存西安市碑林。

【注解】❶孝弟：即孝悌。孝顺父母，敬爱兄长。《论语·学而》：“其为人也孝弟。”宋朱熹注：“善事父母为孝，善事兄长为弟。”弟，悌。指敬爱哥哥。

简析 上联说作为一个孔子学说的信徒，治家之道首先要做到孝顺父母，敬爱兄长；下联说对于一个知识分子来说，报效国家的最好方式，是用自己的笔写出有益于世事的文章。

联语

清气若兰，虚怀当竹
乐情在水，静趣同山

【出处】此为集《兰亭序》中的字所撰的对联。

简析 上联说清新的气息如同兰花，谦虚的胸怀可比竹子；下联说欢乐的情绪像奔流的溪水，入静的趣味如厚重的大山。

联语 **治国若鱼，不扰为福**
养民如马，有害斯除

清·俞樾

【出处】此为俞樾集《曹全碑》中的字所撰的对联。

简析 上联说治理国家就像养鱼一样，鱼会以不受扰动为幸福；下联说管理民众就像牧马一样，有了害群之马必须马上除掉。联语中有封建君主观念的印记，与现代民主社会的理念有所不同。了解过去的时代的东西，有一定的认识价值。

联语 **人生得一知己足矣**
斯世当以同怀①视之

明·何溱

【出处】此为何溱集《兰亭序》中的字所撰的对联。

【简介】**何溱**，字方谷，号瓦琴，浙江钱塘（今杭州）人。工金石篆刻，擅集联，著有《益寿馆吉金图》。

兰亭序：又名《兰亭宴集序》、《兰亭集序》、《临河序》、《禊序》、《禊帖》。著名行书法帖。晋王羲之于穆帝永和九年三月三日同谢安等四十余人会于会稽山阴之兰亭，修祓禊之礼。王羲之作《兰亭序》，用蚕茧纸、鼠须笔书，凡二十八行，三百二十四字，有重文者，字体悉异。

【注解】❶同怀：指志趣相合者或指同胞兄弟姐妹。

简析 人生中能遇到一个知己便够了，今生今世会把他当作同胞兄弟来看待。联语表现了对知心朋友的深厚友情，后来鲁迅先生曾书写此联赠给瞿秋白。

集楚辞句联

联语 望崦嵫[1]而勿迫[2]
恐鹈鴂[3]之先鸣

鲁 迅

【出处】此为鲁迅集《离骚》句所题的对联。

鲁迅书写《离骚》中的这两句作为对联悬挂于其在北京的书房以自勉。

【注解】❶崦嵫(Yānzī):山名,在甘肃天水西,古代神话中说是日入之处。❷迫:逼近。❸鹈鴂(tíjué):即杜鹃,常在春分时节鸣叫。

简析 上联说希望向着崦嵫山落下的太阳停下脚步,不然的话一天的时光又将逝去;下联说唯恐听到杜鹃鸟儿的叫声,因为那表明春天已再一次降临。联语表现了一种留恋时光、珍惜年华的情感。

联语 集芙蓉[1]以为裳[2],又树蕙[3]之百亩
帅云霓[4]而来御[5],将往观乎四荒[6]

郭沫若

【出处】此为郭沫若集屈原《离骚》中的句子题屈原祠的对联。

【注解】❶芙蓉:荷花的别名,其实名"莲"。❷裳:下衣,古人穿的遮蔽下体的衣裙。❸蕙:草本植物,叶子丛生,初夏开花,黄绿色,有香味,生在山野。❹云霓(ní):指云和虹。❺御(yà):迎接;迎迓(yà)。❻四荒:四方荒远之地。

简析 上联说将洁白的莲花缀成下裙，又栽种了上百亩的蕙兰；下联说大风率领着云霓来迎接我，我将去观赏四方荒远之地。此联集《离骚》诗句，表现了屈原性情高洁、志向远大的完美形象。下联显得气势非凡且个性十足。

【提示】 御，此处读 yà，不读 yù。

集诗句联

联语 丈夫志四海
古人惜寸阴[1]

【出处】此为集陶渊明诗所撰的对联。上联出自陶渊明《杂诗十二首之四》，下联出自陶渊明《杂诗十二首之五》。

【注解】❶惜寸阴：极言珍惜时间。语出《淮南子·原道训》："故圣人不贵尺之璧，而重寸之阴，时难得而易失也。"

简析 上联说大丈夫胸怀四海，志在八方；下联说古人珍惜每一寸光阴。

联语 怀抱[1]观古今
恪勤[2]在朝夕[3]

清·乾隆

【出处】此为乾隆集谢灵运、曹植诗句所撰的对联。上联出自晋谢灵运诗句，下联出自三国曹植诗句。

【简介】**谢灵运**：诗人。南朝宋人，谢玄之孙。晋时封康乐公，故称"谢康乐"。曾任永嘉太守、侍中、临川内史等职。原有集，已散佚，明人辑有《谢康乐集》。**曹植**：字子建，沛国谯县（今安徽亳州）人，曹操子。封陈王，谥思，世称"陈思王"。富于才学，工诗，也善辞赋、散文，其《洛神赋》尤为著名。原有集，已散佚。宋人辑有《曹子建集》。

【注解】❶怀抱：胸怀。❷恪(kè)勤：恭谨勤恳。《国语·周语上》："不敢怠业，时序其德，纂修其绪，修其训典。朝夕恪勤，守以敦笃，奉以忠信。奕世载德，不忝前人。”❸朝夕：犹言从早到晚，整天。形容长时间。

简析 在心中纵观古往今来之事，从早到晚都保持着恭谨勤恳的精神。联语表达了其人的胸怀和处事的态度。

联语

六宫粉黛[1]无颜色
万国衣冠[2]拜冕旒[3]

【出处】 此为则天庙集唐诗的对联。上联出自唐白居易《长恨歌》，下联出自唐王维《和贾志舍人早朝大明宫之作》。

【简介】 **则天庙**：在山西文水县城北。原建于唐代，现存正殿为金代皇统五年（1145年）重建。

【注解】 ❶粉黛：借喻美女。❷衣冠：士大夫的穿戴。借指士大夫、官绅。❸冕旒（miǎnliú）：古代天子的礼帽和礼帽前后的玉串。

简析 六宫的美女都失去了她们的美貌，万国的士绅都来朝拜天子的仪仗。上联夸赞武则天的美貌，下联赞颂武则天的文治武功。

联语

日暮乡关[1]何处是
古来征战几人回

清·左宗棠

【出处】 此为左宗棠集唐诗题昭忠祠的对联。上联出自唐崔颢《黄鹤楼》，下联出自唐王翰《凉州词》。

【简介】 **昭忠祠**：在今新疆乌鲁木齐市前进路。为纪念收复新疆的阵亡将士而建。

【注解】 ❶乡关：指故乡。

简析 在天地苍茫的落日时分，故乡在哪个方向呢？从古至今，参战的士兵们有几个人能平安返回呢？所集诗句既切合乌鲁木齐这样的地理人文环境，又切合纪念战死军人的昭忠祠。

联语

劝君更进一杯酒
与尔同销万古愁

清·黄莘田

【出处】此为黄莘田集唐诗诗句题甘肃酒泉的对联。上联出自唐王维《送元二使安西》；下联出自唐李白《将进酒》。

【简介】**黄莘田**：即黄任，字莘田，号于莘，福建永福（今永泰）人。康熙举人，官至广东四会知县。有《香草斋集》。

简析 联题酒泉，当然要以酒为主题。劝您再喝了这一杯酒吧，我要与您共同除尽这万古的忧愁。此联对仗可谓天衣无缝，语气自然连贯，堪称集句联的最高境界。

联语

世事沧桑[1]心事定
胸中海岳[2]梦中飞

冰　心

【出处】此为冰心集龚自珍诗句的自题联。上联出自清龚自珍《乙亥杂诗之一四九》，下联出自龚自珍《乙亥杂诗之三三》。

【简介】**冰心**：当代文学大师。原名谢婉莹，福建福州人。燕京大学毕业，留学美国。1946 年赴日，任东京大学讲师。1951 年回国，任中国文联副主席。有《冰心文集》。

【注解】❶沧桑："沧海桑田"的略语，即大海变成农田，农田变成大海，比喻世事变化很大。❷海岳：四海五岳。

简析 上联说任凭世事沧桑变幻，我的心境已经入定，不再随外界的变化而波动；下联说胸中的高山和大海，在我的梦中飞舞。

联语 我书意造本无法
此老胸中常有诗

清·梁同书

【出处】 此为梁同书集苏轼、陆游诗所撰的对联。上联出自宋苏轼《石苍舒醉墨堂》，下联出自宋陆游《湖山寻梅》。

简析 上联说我的字只是率意而写，本来没有什么法度；下联说这位老先生的胸中，常常涌动着诗情。

联语 枫叶荻花[1]秋瑟瑟
闲云潭影日悠悠

【出处】 此为南昌百花洲集古诗的对联。上联出自唐白居易《琵琶行》，下联出自唐王勃《滕王阁序》。

【简介】 **百花洲**：在江西南昌东湖。东湖之中三座小岛，合成百花洲。自唐以来，东湖即为著名风景湖。历史上的东湖书院、东湖书画会、南昌行营都设在这里。

【注解】 ❶荻(dí)花：荻，植物名，禾本科，多年生草本，秋季抽生草黄色扇形圆锥花序，秆可做造纸和人造丝原料，也可编席等。

简析 上联写枫叶和荻花在秋风中瑟瑟作响，下联写闲云的影子倒映在深潭的水面上，太阳悠然自得地悬在天空。此联涵盖了地上、天上之景，意境阔大。

联语

侧身天地更怀古
独立苍茫自咏诗

谢无量

【出处】此为谢无量集杜甫诗题杜甫草堂的对联。上联出自唐杜甫《将赴草堂途中有作》,下联出自杜甫《乐游原歌》。

【简介】**谢无量**:近代著名学者、书法家、诗人。原名蒙,又名沉,号希范,以字行,生于安徽芜湖,四川乐至籍。就读于上海南洋公学,任《京报》主笔,1949年后,任中国人民大学教授、中央文史馆副馆长。著有《中国大文学史》、《中国哲学史》等。

简析 上联说置身在悠悠的天地之间,生发出思古之幽情;下联说独立在茫茫的暮色之中,吟咏着新写的诗篇。集杜诗题杜甫草堂,内容更切合杜甫的经历,不但工整,也更为巧妙。

联语

泥上偶然留指爪[1]
故乡无此好湖山

清·华瑞璜

【出处】此为华瑞璜集苏轼诗题苏公祠的对联。上联出自宋苏轼《和子由渑池怀旧》,下联出自苏轼《六月二十七日望湖楼醉书五绝之五》。

【简介】**华瑞璜**:字秋槎,江苏无锡人。监生,嘉庆初官浙江临海知县。

苏公祠:在浙江杭州。

【注解】❶指爪:鸟爪留下的印记。

简析 上联说泥上留下飞鸿指爪的印记,如同我偶然经过此地一样;下联说这里河山秀美,是我的故乡所没有的。

联语

借得奇书且勤读
忽逢佳士[1]喜同游

清·李彦章

【出处】上联出自宋陆游《寓叹》，下联出自宋黄庭坚《次韵黄斌老晚游池亭二首》。

【简介】李彦章：字兰卿，号榕园居士，福建侯官人。嘉庆进士，官至山东盐运使。有《榕园文钞》、《榕园楹帖》。

【注解】❶佳士：品行或才学俱佳的人。

简析 上联写借到一本好书，马上手不释卷勤奋攻读；下联写忽然遇到一位品学兼优的人，很高兴地同他共同游历。

联语 欲把西湖比西子
从来佳茗似佳人

【出处】此为藕香居茶室集宋苏轼诗句的对联。上联出自苏轼《饮湖上初晴后雨》，下联出自苏轼《次韵曹辅寄壑源试焙新茶》。

【简介】藕香居茶室：在浙江杭州。

简析 上联写想把西湖比作美丽的西施姑娘，下联写上好的茗茶就如同美貌的佳人。两个“西”、两个“佳”，由物及人，妙趣天成。

联语 清风明月本无价
近水远山皆有情

清·梁章钜

【出处】此为梁章钜集宋诗题沧浪亭的对联。上联出自宋欧阳修《沧浪亭》，下联出自苏舜饮《过苏州》。

【简介】沧浪亭：在苏州城南三元坊。原为五代吴越广陵王钱元璙的花园。后苏舜钦在园内临水筑亭。该园为苏州大型园林之一，具有宋代造园风格，是写意山水园的范例。

简析 上联说清风与明月没有什么价，可以任人享用；下联说近处的水和远处的山，似乎全都脉脉含情。用拟人手法写景，极为生动。

联语
新鬼烦冤[1]旧鬼哭
他生未卜[2]此生休

【出处】此为集唐诗嘲庸医的对联。上联出自唐杜甫《兵车行》，下联出自唐李商隐《马嵬之二》。

【注解】❶烦冤：烦躁愤懑（mèn）。❷未卜：没有卜占。引申为不知、难料。

简析 （被庸医治死的）新鬼还在那儿满怀烦躁、愤懑，老鬼只能是无奈地哭泣了；来生来世不可预料，反正这辈子是完了！语言犀利，入木三分。

联语
愿得此身长报国
每逢佳节倍思亲

【出处】此为集唐诗的对联。上联出自唐戴叔伦《塞上曲》，下联出自唐王维《九月九日忆山东兄弟》。

简析 上联说愿将此身永远地报效国家，下联说每当佳节来临之际就倍加思念远方的亲人。

联语
藏书万卷可教子
买地十亩皆种松

清·蔡佛田

【出处】此为蔡佛田的集句联。上联出自宋黄庭坚《题胡逸老致虚庵》，下联出自宋梅尧臣《无题》。

【简介】**蔡佛田**：为官清正，擅为联语。

简析 上联说家藏万卷诗书，可以教育子孙；下联说买下十亩空地，全部种上松树。教子与种树，都是为了后世子孙。

联语 冠盖[1]满京华，斯人独憔悴[2]
江山留胜迹，我辈复登临

清·张仲炘

【出处】此为张仲炘的集句联。上联出自唐杜甫《梦李白二首》，下联出自唐孟浩然《与诸子登岘(Xiàn)山》。

【简介】张仲炘，字慕京，号次珊，湖北江夏(今武昌)人。光绪进士，官至江南道监察御史。1913 年在武昌办《文史杂志》，任社长。有《湖北金石志》等。

【注解】❶冠盖：冠礼帽，盖车盖，官吏的服饰和车乘，借指官吏。❷憔悴(qiáocuì)：形容人瘦弱，面色不好看。

简析 满京城都是得意扬扬的官吏，唯有这个人因失意而独自憔悴。江山留下了有名的古迹，我们是沿着古人的足迹再度登临。

联语 我本楚狂人[1]，五岳寻仙不辞远
地犹邹氏邑[2]，万方多难此登临

清·彭玉麟

【出处】此为彭玉麟集唐诗题万仙楼的对联。上联出自唐李白《庐山谣寄卢侍御虚舟》，下联出自唐玄宗《经鲁祭孔子而叹之》、杜甫《登楼》。

【简介】万仙楼：在山东泰山红门宫北，又名“望仙楼”。是跨道门楼式建筑，明万历年间建。原供祀王母，后来祀奉碧霞元君。传为泰山群仙聚会、议事讲经的地方。明清时多次重修，新中国成立后，多次维修。

【注解】❶楚狂人：指春秋时楚国人接舆，因楚昭王政令无常，乃披发佯狂不

仕，时人称之为楚狂。❷邹氏邑：春秋时鲁地，在曲阜东南，孔子出生于此，后迁曲阜。

简析 我就像那楚狂人接舆，去三山五岳寻访仙人不怕路途遥远；这个地方还是孔子出生的邹氏邑，在国家多灾多难之际我来此独自登临。这是作者借泰山抒发自己感慨的一副对联。上联第一句切彭是湖南人；下联第一句切泰山，第二句切清末的局势。

联语 我辈复登临，昔人已乘黄鹤去
大江流日夜，此心吾与白鸥盟①

清·端方

【出处】此为端方集古诗题黄鹤楼的对联。上联出自唐孟浩然《与诸子登岘（Xiàn）山》、崔颢《黄鹤楼》，下联出自南朝齐谢朓《暂使下都夜发新林至京邑赠西府同僚》、宋黄庭坚《登快阁》。

【简介】端方：托忒克氏，字午桥，号匋斋，满洲正白旗人。光绪时举人，官至直隶总督，因贪暴被劾罢。复官后，受命为川汉、粤汉铁路督办大臣，率军入川镇压保路运动，在资州（今四川资中）被起义士兵杀死。卒谥忠敏。有《端忠敏公奏稿》、《匋斋吉金录》等。

【注解】❶白鸥盟：典出《列子·黄帝》，相传海上有好鸥者，每日从鸥鸟游，鸥鸟至者以百数。其父云："吾闻鸥鸟皆从汝游，汝取来，吾玩之。"次日此人至海上，鸥鸟舞而不下。

简析 上联说我们又登临此地，但从前的仙人已经乘着黄鹤飞去了；下联说眼前的长江日夜不停地流淌着，我与白鸥交朋友，心中没有一丝杂念。"黄鹤"与"白鸥"之对，极为工巧。

集词句联

联语 春欲暮，思无穷，应笑我早生华发
语已多，情未了，问何人会解连环①

梁启超

【出处】此为梁启超的集句联。上联出自唐温庭筠《更漏子》、宋苏轼《念奴娇》，下联出自五代牛希济《生查子》、宋辛弃疾《汉宫春》。

【注解】❶解连环：比喻解决难题。语出《战国策·齐策六》："秦始皇尝使使者遗君王后玉连环，曰：'齐多智，而解此环不？'君王后以示群臣，群臣不知解。君王后引椎椎破之，谢秦使曰：'谨以解矣！'"

简析 上联说春天快要过去，思绪却无穷无尽，应该笑我因此长出了满头的白发；下联说话已说了很多了，但情绪却久久不能平息，这感情的难题问何人能解决啊？

联语 临流可奈清癯①，第四桥边，呼棹过环碧②
此意平生飞动③，海棠影下，吹笛到天明

梁启超

【出处】此为梁启超集句赠徐志摩的对联。上联出自宋吴文英《高阳台》、宋姜夔《点绛唇》、宋陈允平《秋霁》，下联出自宋李祁《西江月》、宋洪咨夔《眼儿媚》、宋陈与义《临江仙》。

【注解】❶清癯(qú)：清瘦。❷环碧：曲折回旋的碧水。❸飞动：飘逸生动。

简析 上联写站在水边看着自己清癯的影子，在第四桥边招呼小船划过曲折回环的碧水;下联说这片心意在平生飘逸飞动,在海棠花下吹笛吹到天亮。梁启超说:“此联极能表出志摩的性格,还带着记他的故事。他曾陪泰戈尔游西湖,别有会心。又尝在海棠花下,做诗做个通宵。”

集文句联

联语　行己有耻
　　　博学以文
　　　　　　　　　　清·顾炎武

【出处】此为顾炎武集句题其故居联。上联出自《论语·子路》，说的是立身行事要有羞耻之心。下联出自《论语·颜渊》。

【简介】**顾炎武**：思想家、学者。初名绛，字宁人。曾参加昆山、嘉定一带人民的抗清起义。学问渊博，在国家典制、天文仪象、经史百家、音韵训诂等方面，都有研究。著作有《日知录》、《天下郡国利病书》等。

顾炎武故居：在江苏昆山。

简析　意思是学问要广博。从立身、治学两方面自勉，由此可了解顾氏之人品与文品。

联语　仰之弥高，钻之弥坚，可以语上也
　　　出乎其类，拔乎其萃，宜若登天然
　　　　　　　　　　清·徐宗幹

【出处】此为徐宗幹集句题山东泰山孔子崖联。上联出自《论语》，下联出自《孟子》。

【简介】**徐宗幹**：字树人，一字伯桢，江苏通州（今南通）人。嘉庆进士，官至福建巡抚，卒谥清惠。有《斯未信斋集》。

孔子崖：在天街东首路北山岗上。传说孔子与弟子颜子登泰山到了这里，孔子向东南而望，看见吴国都城门下的一匹白马，于是此处就叫“孔子崖”。孔子崖下有孔子庙。

简析 （对于老师的教诲）愈仰望愈觉得其崇高，越用力钻研越觉得精深，便可以告诉他高深的道理了。要达到出类拔萃的高度，那就像登天那样不容易啊！

联语

衔远山，吞长江，其西南诸峰，林壑[1]尤美
送夕阳，迎素月，当春夏之交，草木际天

清·伊秉绶

【出处】此为伊秉绶集句题平山堂联。上联出自宋范仲淹《岳阳楼记》、欧阳修《醉翁亭记》，下联出自宋王禹偁《黄冈竹楼记》、苏轼《放鹤亭记》。

【简介】伊秉绶：字组似，号墨卿，又号默庵，福建宁化人。乾隆进士，曾官扬州知府。工书，尤擅隶书，擅画山水、梅竹。有《留春草堂诗草》。

【注解】❶林壑：山林与涧谷，指景物幽深之境。

简析 联作者从四篇古文中摘取了四段相互对仗工整的句子来描绘平山堂的美丽景色，信手拾掇却似妙语天成。

联语

清风徐来，水波不兴，少焉月出于东山之上
霜露既降，木叶尽脱，遥有鹤鸣掠予舟而西

清·樊增祥

【出处】此为樊增祥题赤壁联。上句出自宋苏轼《前赤壁赋》，下句出自苏轼《后赤壁赋》。

【简介】樊增祥：字嘉父，号云门，别号樊山，湖北恩施人。光绪进士，官至江宁布政使、护理两江总督。有《樊山全集》。

赤壁：说法不一。一说在湖北武汉赤矶山。一说在湖北黄冈西北江滨，一名赤鼻矶。宋苏轼游此，写有前、后《赤壁赋》和《赤壁怀古·念奴娇》一词。

简析 清风慢慢吹来，水面上没有一点波纹，稍待一会儿见月亮升起在东山之上；经过了严霜和露水，树叶全部落了，远处有只鹤鸣叫着掠过我的小舟向西飞去。作者以苏轼前、后《赤壁赋》中的句子来描绘赤壁的景色，可谓匠心独具。

巧趣联

巧趣联，也称“巧联”、“妙联”、“奇联”、“巧妙联”，总之，因巧而奇、而趣，以至于绝妙。我们常说，对联能显示汉语的魅力，各类对联中最具魅力的当属巧对。众所周知，汉语修辞有很高的技巧，据文字形、音、义的变化，据词汇或短语的排列、摹状、显隐的变化，据数字、方位词、颜色词的特殊用法，演变成许多辞格。在各种文体中，对联最善于利用各种辞格，来丰富自己的表现力。可以说，几乎每一种辞格都能举出对联作品的例子。下面选入对联所用的辞格，仅是其中有代表性的几种。

这类对联充分利用汉字功能，以各种技巧显示了中国人的智慧。如将这类对联说成是“文字游戏”，是以偏概全，或者说是一种误解。退一步讲，就算是游戏，世界上又有哪种语言能做出如此多的游戏来呢？除了对联，又有那种文体能这样淋漓尽致地做汉字游戏呢？巧趣联不是“文章小游戏”，而是“游戏大文章”。

由于对联的普及程度不如古代，很容易产生另一种误解：当代人做巧联不如古人。今人的幽默感和驾驭汉字的能力，未必逊于古人。比起古代“三光日月星，四诗风雅颂”这样的数字冠顶对联，华罗庚先生的“三强韩赵魏，九章勾股弦”更是技高一筹！古人留下过至今无人难对完满的“绝对”，如“月照纱窗，格格孔明诸葛亮”；今人的“绝对”也依然在孤独地寻找偶句，如“山大王大山”。

技巧联

1. 人名联

联语

伊尹[1]

阮元[2]

【注解】❶伊尹：商朝大臣。❷阮元：字伯元，号芸台，江苏仪征人，乾隆进士，官至体仁阁大学士。在杭州及广州创建诂经书舍、学海堂，提倡仆学，罗致学者从事编书刊印工作，校刻《十三经注疏》，汇刻《皇清经解》，卒谥文达。有《研经室集》。

简析 这副巧对，巧在两个人姓的右边部分恰好分别是其名，且两人官阶身份也大致相当。

联语

孙行者[1]

胡適之[2]

【出处】上联为陈寅恪出的出句，下联为周祖谟的对句。

【注解】❶孙行者：孙悟空。《西游记》中的人物。❷胡適之：即胡適，原名洪骍（Xīng），字適之，安徽绩溪人，中国公学肄业，留学美国，曾任北京大学教授、《新青年》杂志编辑、中国公学校长、驻美大使、北京大学校长等职，1948年后，长期居住美国，后去中国台湾，有《胡適文存》。

简析 1932年，清华大学新生入学考试，国文试题附有陈寅恪所出的对对子小题，上联“孙行者”，求对句。当时全场仅一人对出，所对为“胡适之”。此对天机超逸，流转自然，且带有当时青年人之调侃气息，作对者即周祖谟先生。当时陈寅恪亦为之叹服，还说，有这三个字，入清华哪个系都行。陈寅恪的标准答案，一说为“祖冲之”，一说为“王引之”。

联语
云间①陆士龙
日下②荀鸣鹤

【出处】《晋书·陆机传》载，陆云（字士龙）华亭人，未识荀隐，张华使其相互介绍而不作常语，“云因抗手曰：‘云间陆士龙。’荀曰：‘日下荀鸣鹤。’”

【注解】❶云间：今上海松江区（古华亭）的古称。❷日下：指首都。因荀隐为颍川郡人，与洛阳相近，故而作此语。

简析 二人在互相报出籍贯姓名的同时，字面意义还巧妙地表现出“云海之上的一条游龙”与“太阳之下的一只鸣鹤”两种形象。气势上势均力敌，后被当成名对广为传扬。

联语
碧野田间牛得草
金山林里马识途①

【出处】上联为1982年中央电视台迎春征联出句，下联为评出的最佳对句。

【注解】❶碧野、田间、牛得草、金山、林里、马识途：均为当代作家及演艺界人士的名字。

简析 此出句与对句以两组人名相对，从内容上说，上下联的人名串组成了一幅和谐的图画，意境十分优美；就词性结构而言，以“金”对“碧”、

"野"对"山"、"田"对"林"、"牛"对"马",都是工整到极致的对仗,"间"与"里"均为方位词,"得草"与"识途"同为动宾结构。所以此对句与出句可谓是珠联璧合、天造地设。

联语

骑青牛,过函谷,老子[1]姓李
斩白蛇,入武关,高祖[2]是刘

【出处】此联传为一李姓人士与另一刘姓人士互报姓氏时答对而成。

【注解】❶老子:姓李名耳,字聃,号伯阳,我国古代伟大的思想家,道家学说的开创人。古人传说老子曾骑青牛西行,过函谷关时著《道德经》。❷高祖:指汉高祖刘邦,史载刘邦曾斩白蛇起兵,入武关推翻了秦朝的暴政。

简析 上联李姓人士在简述老聃的生平后,以"老子姓李"报出自己的姓氏,此"老子"一指老聃,同时也戏谑性地指父辈;下联刘姓人士则在简述刘邦生平后,以"高祖是刘"来报自己的姓氏,此"高祖"一指汉高祖刘邦,二来当然也暗含了祖辈的意思。

联语

马伏波[1]以马革裹尸,死而后已
李伯阳[2]指李树为姓,生有自来

【注解】❶马伏波:马援,字文渊,扶风茂陵(今陕西平陵西)人,东汉光武帝时为伏波将军,屡有战功,曾说:"男儿要当死于边野,以马革裹尸还葬耳。"成语"马革裹尸"即源于此。❷李伯阳:即老子,传说老子出生即能言,指李树为自己的姓氏。

简析 上下联以马伏波、李伯阳之名紧扣马革、李树,然后结合二人生平事迹衍生成文,饶有情趣。

联语 蔺相如[1]、司马相如[2]，名相如，实不相如
魏无忌[3]、长孙无忌[4]，彼无忌，此亦无忌

【出处】此为考生李梦阳对督学李梦阳的对联。

【注解】❶蔺相如：战国时期赵国人。与之有关的故事有“完璧归赵”及“将相和”。❷司马相如：西汉辞赋家，字长卿，蜀郡成都（今四川成都）人，有《子虚赋》、《上林赋》等。❸魏无忌：战国时魏国的贵族，是魏昭王的小儿子，魏安釐王的弟弟。❹长孙无忌：字辅机，唐初人，祖籍河南洛阳，唐太宗文德皇后之兄。

简析 督学见有考生与自己同名，心中不悦，竟为老不尊地编了这么一个上联想贬低考生，不想考生却是才思敏捷，脱口对出下联，回敬了督学，文辞显得非常得体。上下联罗列四位古人，单姓对单姓，复姓对复姓，连后面的“名”、“实”和“彼”、“此”都自对得非常工整。

联语 左舜生[1]姓左不左，易君左名左不左，二君胡適[2]，其于右任[3]乎
梅兰芳[4]伶梅之梅，陈玉梅[5]影梅之梅，双玉徐来[6]，是言菊朋[7]也

【出处】此为熊一鸥应《大公报》征联所撰的对联。

【注解】❶左舜生：民国时期著名民主人士。名学训，字舜生，湖南长沙人。❷胡適：原名洪骍（Xīng），字适之，安徽绩溪人，中国公学肄业，留学美国，曾任北京大学教授、《新青年》杂志编辑、中国公学校长、驻美大使、北京大学校长等职，1948年后，长期居住美国，后去中国台湾，有《胡適文存》。❸于右任：中国国民党元老，书法家。原名伯循，字右任，陕西泾阳人，曾

任国民政府审计院院长、监察院院长等。❹梅兰芳：我国最杰出的京剧表演艺术家。名澜，字畹华，祖籍江苏泰州。❺陈玉梅：20 世纪 30 年代著名电影演员。❻徐来：20 世纪 30 年代电影演员。❼言菊朋：著名京剧表演艺术家，京剧“言派”创始人。原名锡，北京人。

简析 上下联用了八位同时代的政坛及文艺界名人的姓名，运用了叠字、自对（“左”对“右”，“梅”对“菊”等）等技巧，是一副很难得的人名巧对。

2. 方位联

联语 大小姐吃东西，坐南朝北
老童生[1]看春秋，自夏至冬

【注解】❶老童生：明清科举，凡未考取生员（秀才）资格以前，无论年龄老幼，皆称童生。

简析 联语嵌入“东”、“南”、“西”、“北”四个方位和“春”、“夏”、“秋”、“冬”四个季节，其中“东西”又指物品，“春秋”又指古籍名。另外此联“大小”与“老童”均取相反词义。

联语 水部火灾，金司空[1]大兴土木
北人南相，中书[2]令什么东西

【出处】此为纪昀对某官的对联。

【注解】❶司空：古代官名，西周时主管建筑工程、制造车服器械、监督手工业奴隶的官，为六卿之一。❷中书：官名，清沿明制，于内阁置中书若干人，掌撰拟、记载、翻译、缮写。或由举人考授，或由特赐，进士经朝考后以内阁中书任用者，并可充乡试主考差，官阶为从七品。

简析 上联巧妙地嵌入“金”、“木”、“水”、“火”、“土”五行，下联巧妙地嵌入“东”、“南”、“西”、“北”、“中”五个方位。上联是一真实的事件，下联则是一个真实的人。收尾虽涉粗口，但就字句的对仗而言则无懈可击。

联语　北雁南飞，双翅东西分上下
前车后辙，两轮左右走高低

简析　上、下联中嵌入“南”、“北”、“东”、“西”、“上”、“下”、“前”、“后”、“左”、“右”、“高”、“低”十二个方位字。上联描绘雁飞，下联描写车行，均细致、形象。

联语　冬夜灯前，夏侯[①]氏读春秋[②]传
东门楼上，南京人唱北西厢[③]

【出处】梁章钜《巧对录》引《痂留编》载，有才士偶出一对云：“冬夜灯前，夏侯氏读《春秋》传。”久未有对，后请乩，仙对云：“东门楼上，南京人唱《北西厢》。”适逢其事，遂成巧对。

【注解】❶夏侯：复姓。❷春秋：古籍名，为编年体史书，相传由孔子据鲁史修订而成。❸北西厢：即《西厢记》，因后来李日华作《南西厢记》，便有人称王实甫所作为《北西厢》。

简析　上联巧嵌“春”、“夏”、“秋”、“冬”四季，下联巧嵌“东”、“南”、“西”、“北”四方。

联语　说南道北，吃西瓜面朝东坐
思前想后，读左传[①]书向右翻

【注解】❶左传：书名，编年体春秋史，也称《春秋左氏传》或《左氏春秋》，相传为春秋时鲁国左丘明所撰。

简析　上联嵌入“东”、“南”、“西”、“北”，下联嵌入“前”、“后”、“左”、

“右”。巧妙而顺畅、自然。

联语　南通州[1]、北通州[2]、南北通州通南北
东当铺、西当铺、东西当铺当东西

【出处】此为纪昀对乾隆的对联。

【注解】❶南通州：即今江苏南通通州区。❷北通州：即今北京通州区。

简析　这是一副流传甚广的巧对，上联三次重复“南”、“北”，下联则三次重复“东”、“西”。

【提示】联中最后一个“南北”和“东西”，与前面两个意义有别。

联语　黑铁落红炉，打短钉，钉长船，游南北
弯竹剖直篾[1]，扎圆箍，箍扁桶，装东西

【注解】❶篾（miè）：竹子劈成的薄片，也泛指苇子或高粱秆上劈下的皮。

简析　上联除嵌“南”、“北”外，还嵌入了“黑”、“红”和“短”、“长”两对反义词，下联除嵌“东”、“西”外，还嵌入了“弯”、“直”和“圆”、“扁”两对反义词。

【提示】与前几副巧联一样，此处嵌入的“东西”一词并不是直指方位，而是口语中“物品”的代称。

联语　东启明，西长庚，南箕北斗，朕乃摘星手
春牡丹，夏芍药，秋菊冬梅，臣为探花[1]郎

【注解】❶探花：科举时代称殿试一甲第三名。

简析　上联嵌入“东”、“西”、“南”、“北”，所列均为星斗，故以“摘星手”作

结；下联嵌入“春”、“夏”、“秋”、“冬”，所述均为花木，故巧以“探花郎”相对。

联语 鸡狼毫[1]写红鸾笺[2]，雁足传书，南来北往
马蹄刀割黄牛皮，猪鬃引线，东扯西拉

【出处】 此为某鞋匠对某小姐的对联。

【注解】 ❶鸡狼毫：用小黄鼠狼尾毛、紫毫毛，或山羊毛掺在一起制成笔头的中心笔柱，然后用短细的鸡毛做披毛，所制成的一种名笔。❷红鸾笺：有鸾凤底纹的精美信笺。

简析 小姐的出句极文雅，情调极浪漫；而鞋匠对句极粗鄙，情景极生活化。但上下联动物对动物，颜色对颜色，方位对方位，却又极其工整。强烈的反差，使人忍俊不禁。

3. 双关联

联语

有条有理
无法无天

简析 有“金条”便有理，无“法币”(指1935年以后国民党政府发行的纸币)便无天理，活脱脱一个“衙门八字向南开，有钱无理莫进来”的翻版。联语以双关形式妙用成语，简短而有力。

联语

李东阳气暖
柳下惠[1]风和

【出处】 此为李西涯对某文士的对联。

【简介】 **李西涯**：即李东阳。字宾之，号西涯，湖广茶陵(今属湖南)人，天顺进士，官至吏部尚书、华盖殿大学士。正德年间告归，卒谥文正，有《怀麓堂集》。

【注解】 ❶柳下惠：即春秋鲁国大夫展禽，鲁僖公时人，又字季，因食邑柳下，谥惠，故称，任士师时，三次被黜，与伯夷并称“夷惠”。

简析 联语将“李东阳”和“柳下惠”两个名字衍文而变成“李树东边的阳气温暖”和“柳树之下的惠风清和”，可谓才思敏捷。

联语

云锁高山，哪个尖峰敢出
日穿漏壁，这条光棍[1]难拿

【出处】此为某人对某县令的对联。

【注解】❶光棍：常谓单身汉，未结婚的男子，这里有刁顽不羁之意。

简析 县令问"哪个尖峰敢出"，颇有恫吓之意。对句者却针锋相对，公然声称"这条光棍难拿"。此"光棍"双关，一指自然之光柱，二是指不畏强势的自己。

联语
月里嫦娥，周年为坐月女①
花间蝴蝶，终日做探花郎②

【注解】❶坐月女：一指嫦娥天天在月中坐着，暗指人间的产妇。坐月，即坐月子。❷探花郎：一指花丛中飞来飞去的蝴蝶，暗指科举考试的第三名。探花，科举时称殿试一甲第三名。

简析 此对联中，"月里"与"花间"、"嫦娥"与"蝴蝶"、"周年"与"终日"、"坐月"与"探花"及"女"与"郎"之对，都极为工整。

联语
早登鸡子①之山，危如累卵
夜宿丈人之馆，安若泰山

【出处】此为宋某官吏对辽使(某官吏)的对联。

【注解】❶鸡子：鸡卵；鸡蛋。

简析 上联用"累卵"呼应前面的"鸡子(鸡蛋)"。丈人即岳父，泰山为岳父的别称，故"安若泰山"在这里是一语双关。

联语
眼前一簇园林，谁家庄子①
壁上几行文字，哪个汉书②

【注解】❶庄子：书名，《汉书·艺文志》著录《庄子》五十二篇，今存者三十三篇，计内篇七篇，外篇十五篇，杂篇十一篇，相传内篇为庄子撰，外篇等为其弟子及后来道家所作。又，民间口语称村庄为“庄子”。❷汉书：东汉班固撰。固父班彪，以《史记》自武帝太初以后，阙而不录，于是作后传六十五篇。固以其父所续未详，又缀集所闻，整理补充，以撰《汉书》。

简析 联语从《庄子》和《汉书》两个书名里挖掘出新的“意义”，“谁家庄子”意谓“谁家的庄园”？“哪个汉书”便成了“哪个汉子所写之书”。

联语

船尾拔钉，孔子生于舟末①
云间闪电，霍光②出自汉③中

【出处】此为解缙对友人的对联。

【简介】解缙：江西吉水人。字大绅，明洪武进士。授中书庶吉士，曾任翰林学士，主持纂修《永乐大典》。著有《解文毅公集》、《春雨杂述》等。

【注解】❶舟末：指船尾，暗喻周朝末期。❷霍光：汉代河东平阳人，字子孟，霍去病异母弟，武帝时为奉车都尉，昭帝八岁即位，霍光以大司马大将军受遗诏辅政，封博陆侯，卒谥宣成。❸汉：指银汉，同时暗喻汉代。

简析 上联谓“孔子生于舟末”，暗喻“孔丘生于周末”，下联“霍光出自汉中”亦双关。

联语

翠屏山①有巧云方显石秀②
清风寨③逢时雨立现花荣④

【注解】❶翠屏山：即《水浒传》中的翠屏山，在今天的天津蓟（Jì）县境内。❷石秀：即《水浒传》中的拼命三郎石秀。❸清风寨：即《水浒传》中的清风寨，在今天山东青州境内，❹花荣：即《水浒传》中的小李广花荣。

简析 此联粗看是一副精致的写景联，但明白了联中的翠屏山、清风寨，明白了潘巧云、石秀、及时雨、花荣均出自《水浒》，而且和故事情节寓意双关后，马上会为作者的巧思而叫绝。

联语 天气大寒[①]，霜降[②]屋檐成小雪[③]
日光端午[④]，清明[⑤]水底见重阳[⑥]

【注解】❶、❷、❸、❹、❺、❻大寒、霜降、小雪、端午、清明、重阳：均为节气名。

简析 此为节令巧联。联语用六个节气名的字面义，构成了一幅鲜明的风景画。

联语 摇破彩舟一片帆，皆因浪荡[①]
烧残银烛两行泪，只为风流[②]

【注解】❶浪荡：浪游游荡。❷风流：风韵、风情；有才学而不拘礼法。

简析 联语旨在讽人生活太“浪荡”和“风流”，应该是皆含贬义。但作者不直接道出，而是用了“彩舟因为浪而摇荡、银烛因为风而流泪”这样的隐语，用笔可谓曲尽其妙。

联语 眼珠子，鼻孔子，珠子[①]还在孔子[②]上
眉先生[③]，须后生[④]，后生更比先生长

【出处】此为汪可受对石昆玉的对联。

【注解】❶珠子：在眼珠子的字面意思之外，还暗指南宋朱熹。朱熹，南宋哲

学家、教育家。字元晦，一字仲晦，号晦庵、晦翁，别称“紫阳”。卒谥文。后世称“朱文公”。❷孔子：字面为鼻孔子，同时暗指孔丘。❸、❹先生、后生：字面意为先出生、后出生，同时还暗指老师、年轻人。

简析 上联对“论资排辈”的做法，多少有些抱怨的口气，下联则针锋相对说明了“青出于蓝而胜于蓝”的道理。

联语
虞美人①穿红绣鞋②，月下行来步步娇③
水仙子④持碧玉箫⑤，风前吹出声声慢⑥

【出处】此为高季迪、姚广孝以曲牌名撰的对联。

【注解】❶、❷、❸、❹、❺、❻虞美人、红绣鞋、步步娇、水仙子、碧玉箫、声声慢：均为曲牌名。

简析 这副对联恰到好处地嵌入六个曲牌名，而且用拟人手法赋予具体形象，可谓是妙趣横生。

4. 回文联

联语 山空罩雾松堤曲
浦远笼烟柳径前

简析 此联可以倒读成："前径柳烟笼远浦，曲堤松雾罩空山。"

联语 无锡[1]锡山山无锡
平湖[2]湖水水平湖

朱 琦

【出处】此为朱琦题锡山的对联。

此联见梁章钜《巧对补录》："无锡锡山山无锡"之句，久无属对。朱兰坡先生以"平湖湖水水平湖"对之。

【注解】❶无锡：今江苏无锡市，有山名锡山，相传周秦之际曾产过铅锡，到了秦末，锡被挖尽，"无锡"因此得名。❷平湖：今浙江省有平湖市。

简析 此联语言明白、晓畅、平易近人，显得文从而字顺。

联语 乐同乐而寿同寿
智见智而仁见仁[1]

乾 隆

【出处】此为乾隆题故宫乐寿堂的对联。下联语出《周易·系辞上》："仁者见之谓之仁，智者见之谓之智。"

【注解】❶智见智而仁见仁：比喻对同一个问题，不同的人从不同的立场或角度去看会有不同的看法。有成语"仁者见仁，智者见智"。

简析 上联用横嵌法以“乐”、“寿”重复而嵌乐寿堂名，同时体现了“与民同乐，与民同寿”的主旨（对同一地点作者另一副联有“寿与万方同”之句）。下联化用《易经》句。全联不论正读、倒念，都显得回环往复而又文从字顺，起到了强化联意的作用。

联语
秀山轻雨青山秀
香柏谷风[1]古柏香

【注解】❶谷风：东风。《尔雅·释天》：“东风谓之谷风。”宋邢昺疏引三国魏孙炎曰：“谷之言榖；榖，生也。谷风者生长之风也。”

简析 此景物联在读音上回文，上联“轻”与“青”，下联“谷”与“古”同音而不同字。

联语
我爱邻居邻爱我
鱼傍活水水傍鱼

简析 这是一副当代有名的回文联，上联直说“邻里亲爱”的主题，下联则以恰当的比喻来说明之。

联语
画上荷花和尚画
书临汉字翰林[1]书

【注解】❶翰林：官名，指翰林学士。

简析 这是一副著名的谐音回文联，字面对仗工整，正读、倒读均同音。

联语
雾锁山头山锁雾
天连水尾水连天

【出处】此为题福建厦门鼓浪屿鱼腹浦的对联。

简析 这是一副写景的回文联。在这里，运用回文的技巧为表现与强化主题起到了很好的作用，读者可以真切地感受到那种水天相连、山雾相连且连绵无尽的壮观景象。

联语

客上天然居，居然天上客
僧游云隐寺，寺隐云游僧

【出处】上联传为纪昀所出。

简析 出句之回文自然流畅，无丝毫拼凑的痕迹，所以长久以来一直被视为“绝对”。此对联中的对句是公认较好的对句，行文基本通畅，但个别字词上也不甚工整。曾有人以“人中柳如是，是如柳中人”相对，但也还是存在着一些遗憾之处。

联语

九曲桥下湖空，空壶下桥取酒
陶宅院前酣醉，醉汉前院摘桃

简析 此联上下联均由两部分组成，后半部分是前半部分回文的谐音。此联还有一个特色，就是前半部分句子甚雅，而后半部分内容则很俗，半雅半俗这样不伦不类地放在一起，很有些现代“无厘头”的感觉。

联语

八十君王，处处十八公①，道旁介寿②
九重③天子，年年重九节④，塞上称觞⑤

【出处】此为乾隆八十岁时，在去木兰围场打猎的路上，臣子纪昀、彭元瑞所对的对联。

【注解】❶十八公：即松。“松”字可拆成“十”、“八”、“公”三部分。❷介寿：祝寿。《诗经·豳风·七月》：“八月剥枣，十月获稻，为此春酒，以介眉寿。”汉郑玄笺：“介，助也。”后来称祝寿为“介寿”。❸九重：指天，传说天有九层，极言其高。❹重九节：重阳节，因在农历九月九日，故称“重九节”。❺称觞：举杯祝酒。南朝齐谢朓《三日侍华光殿曲水宴代人应诏》：“降席连緌(ruí)，称觞接武。”

简析 虽然内容充满了对皇上的献媚，但在制联上还是有着很高的技巧的，难点在于“八十”与“十八”、“九重”与“重九”四个词的颠倒使用。

5. 拟声联

联语 地冻马蹄声得得
天寒驴嘴气腾腾

【出处】此为李西涯对杨一清的对联。

【简介】杨一清：字应宁，号邃庵，明时镇江丹徒(今属江苏)人，云南安宁籍，成化进士，官至华盖殿大学士。追谥文襄，有《石淙类稿》。

简析 二人在冬天上早朝前，杨一清见李西涯冻得以脚跺地以取暖，于是想出上联；李西涯见杨一清以口呵手，冒出团团白汽，于是以下联回敬。“得得”取马蹄踏地的声音。

联语 一盏灯四个字：酒酒酒酒
二更鼓两面锣：汤汤汤汤

简析 此联描绘的是古时酒馆夜半的场景。上联指酒馆的商招，下联指两个打更的走过。二更天每人打了两下，便是拟声的“汤汤汤汤”。联作的缘由，一说是某次主人请客，只顾上菜上酒，喝个没完，有客人对出下联，善意提醒主人该上汤以结束这场酒席了。

联语 母鸡下蛋，谷多谷多，只有一个
小鸟上树，酒醉酒醉，并无半杯

简析 “谷多谷多”是模拟母鸡下蛋后的叫声，“酒醉酒醉”也是模拟一种鸟的叫声。

联语

普天同庆，本晋颂谰言，料想斗笠岩[1]畔、毗条河边，也来参加同庆？那么庆庆庆、当庆[2]庆、当庆当庆当当庆

举国若狂，表全民热烈，为问沈阳城中、山海关外，未必依然若狂？这才狂狂狂、懂狂[3]狂、懂狂懂狂懂懂狂

刘师亮

【出处】 此为刘师亮题1933年“双十节”的对联。

【注解】 ❶斗笠岩，为军阀刘湘与刘文辉交战之处。毗条河，即毗河，军阀刘文辉与邓锡侯交战之处。❷当庆：拟声词。为四川一带端公道师招魂时敲打乐器时乐器发出的声音。❸懂狂：拟声词。也作“咚哐”。敲打锣鼓时发出的声音。

简析 1933年(中华民国二十二年)秋，刘湘打败刘文辉，进驻成都，执掌川政。“双十节”时举行隆重的庆贺会。刘师亮在《师亮随刊》上发表了《民国二十二年昌福馆“双十”联》，讽刺四川军阀不抵抗日本侵略，却丧心病狂地打内战。

6. 拆合联

联语 二人土上坐
一月日边明

【出处】此为李妃对金章宗的对联。

【简介】**李妃**:名李师儿,"性聪慧,善迎圣意",颇得章宗宠爱。**章宗**:即完颜璟。女真族,金朝皇帝。

简析 上联是金章宗的出句,把"坐"字拆成两个"人"和一个"土",内容则可能是现场的写真。李妃将"明"字拆成"日"和"月",谦逊地把自己当成太阳旁边的"月",对得极为得体。

联语 议论吞天口
功名志士心

【出处】此为林大钦的应对。

【简介】**林大钦**:字敬夫,号东莆,广东海阳(今广东潮州)人,嘉靖年间进士第一。

简析 上联拆"吞"为"天"、"口"两字;下联拆"志"为"士"、"心"两字。

联语 鸿是江边鸟
蚕为天下虫

【出处】此为杨一清对某学士的对联。

简析 鸿是大雁，多宿江边，而"鸿"字又可拆成"江"、"鸟"；蚕能吐丝，可衣被天下，而"蚕"字亦可拆成"天"、"虫"。此联不只拆字精巧，难得的是文理亦合乎逻辑。

联语

一木焉能支大厦
欠金何必建茅亭

【出处】道光年间，程本钦主讲于岳麓书院，拟集资修造一亭子。众学生以罢课相抵制，皆不愿出资。一学生书此联以相嘲。

简析 联语采用了拆字技巧，将"本"拆为"一"、"木"，"欽"（"钦"的繁体字）拆为"欠"、"金"。对程本钦进行了嘲讽，程知情后，无奈取消了这项营建计划。

联语

少目岂能第文字
欠金切莫问科名

【出处】清乾隆年间，直隶学士吴省钦主持乡试，贪赃受贿，录取不才。落第生员愤而在试场门口贴出此联。

简析 此联嘲吴省钦典试江西。上联暗嵌"省"字（"少"、"目"合而为"省"），下联暗嵌"欽"字（"欠"、"金"合而为"钦"的繁体字"欽"），横批"口大欺天"，暗嵌"吴"字。联语使吴省钦的劣迹昭然若揭，声名狼藉，引起全城轰动。

联语

立足宜防岩下石
保身须避利旁刀

简析 上联“岩”字下有一“石”字，下联“利”为立刀旁，“防岩下石”和“避利旁刀”反映的均为古人明哲保身的思想。

联语
有水有田方有米
添人添口便添丁

【出处】此为纪昀贺潘、何两家通婚的对联。

简析 作者此婚联紧扣双方姓氏，“潘”（古有写作“潘”者）可拆分出“氵”（水）、“田”、“米”，“何”可拆分成“人”、“口”、“丁”。上联是祝愿新婚家庭生活富足，下联是预祝新婚家庭人丁兴旺。

联语
此木为柴山山出
因火成烟夕夕多

简析 此析字巧联的上联将“柴”拆为“此”、“木”，将“出”拆为“山”、“山”；下联将“烟”拆为“因”、“火”，将“多”拆为“夕”、“夕”。

联语
闵先生门里[1]文字
吴学士天上口才

【出处】此为闵举子对吴翰林的对联。

【注解】❶门里：行当之内，即“内行”的意思，如“门里出身”便是指出身于具有某种专业或技术传统的家庭或行业。

简析 上联将“闵”析为“门里”、“文”，下联将“吴”析为“天上”、“口”。

联语

陈亚[1]有心终是恶
蔡襄[2]无口便成衰

【出处】此联传为陈亚、蔡襄互以对方名字相戏谑的对联。

【注解】❶、❷陈亚、蔡襄：均为宋代官员。

简析 “亚”字加上“心”便为“恶”，“襄”字去了中间的(两个)“口”，便为“衰”。

联语

妙人兒[1]倪家少女
搞长弓张府高才

【出处】此为华罗庚对旧句的对联。

【简介】华罗庚：当代数学家。江苏金坛人。曾任中科院数学研究所、应用数学研究所所长，中国科学院副院长。其数学方面的研究成果被命名为“华氏定理”，有《堆垒素数论》等。

【注解】❶兒：“儿”的繁体字。

简析 上联拆“妙”为“少”、“女”，拆“倪”为“人”、“兒”(“儿”的繁体字)；下联拆“搞”为“高”、“才”，拆“张”为“长”、“弓”。

联语

品泉茶三口白水
竺仙庵二个山人

简析 上联拆“品”为“三”、“口”，拆“泉”为“白”、“水”；下联拆“竺”为“二”、“个”，拆“仙”为“山”、“人”。

联语 **哥哥街上迎双月**
妹妹堂上捉半凬

【出处】此传为苏小妹对兄苏轼的对联。

【简介】苏小妹：中国文学故事中的人物。相传为苏洵之女，苏轼之妹。与秦少游新婚之夜故意以诗歌、联语考少游，后由东坡暗助，少游始得完卷。历史上，实无少游娶苏小妹事，苏洵女也早卒。

简析 双“月”为“朋”字，半“凬”（“风”的繁体字）为“虱”字。

联语 **进古泉连饮十口白水**
登重岳纵览千里丘山

简析 上联拆“古”、“泉”为“十”、“口”、“白”、“水”，下联拆“重”、“岳”为“千”、“里”、“丘”、“山”。此外，上联的“连”字扣“古”、“泉”二字相连，下联的“纵”字扣“重”、“岳”二字竖着拆分。

联语 **人曾为僧，人弗可以成佛**
女卑称婢，女又不妨作奴

【出处】此相传为佛印对苏小妹的对联。

【简介】佛印：即了元，俗姓林，字觉志，北宋饶州浮梁（今江西景德镇）人。云门偃公五世法裔，熙宁间任建昌云居山真如寺住持四十余年，神宗赐号佛印，有语录行世。

简析 民间传说巧联。上联合“人”、“曾”二字为“僧”，合“人”、“弗”二字为“佛”；下联合“女”、“卑”二字为“婢”，合“女”、“又”二字为“奴”。

联语

大雨沉沉，沈二缩头不出
居官下下，卞三革顶而回

【出处】此为沈某对卞某的对联。

简析 二人互以姓氏取笑，“沈”字不出头（“缩头”）便为“沉”，“卞”字去掉上面一点（“革顶”）便为“下”。

联语

冻雨洒窗，东二点西三点
切瓜分片，上七刀下八刀

【出处】此为蒋焘对的对联。

简析 上联拆“冻”为“东二点”，拆“洒”为“西”、“三点”；下联拆“切”为“七”、“刀”，拆“分”为“八”、“刀”。

联语

和尚和尚书詩[1]，因詩言寺
上将上将军位，以位立人

【出处】此为某僧对某尚书的对联。

【注解】❶詩：“诗”的繁体字。

简析 上联拆“詩”字为“言”、“寺”，下联拆“位”字为“立”、“人”。另外，上联“和尚”中的“和”读 hé，第二个“和”字读 hè，第二个“尚”与“书”构成“尚书”一词；下联“上将”的“将”读 jiàng，第二个“将”读 jiāng，与“军”构成“将军”一词。

联语

十口心思，思国思君思社稷
八目尚賞[1]，賞风賞月賞秋香

【注解】❶賞:"赏的"繁体字。

简析 上联合"十"、"口"、"心"三字为"思"字,下联合"八"、"目"、"尚"三字为"賞"("赏"的繁体字)字。

联语
牛不出头,辜负牧童寻到午
鬼能踢斗,显达才子占高魁

简析 上联用"牛不出头"来扣后面的"午"字,下联则合"鬼"、"斗"二字为"魁"字。

联语
长巾帐中女子好,少女尤妙
山石岩前古木枯,此木为柴

简析 上联合"长"、"巾"为"帐",合"女"、"子"为"好",合"少"、"女"为"妙";下联合"山"、"石"为"岩",合"古"、"木"为"枯",合"此"、"木"为"柴"。

联语
四口同圖①,内口皆从外口管
五人共傘②,小人全仗大人遮

【出处】此为杨溥对某县令的对联。

【简介】杨溥:字弘济,湖广石首(今属湖北)人,明建文年间进士。英宗时,官至武英殿大学士。卒谥文定。

【注解】❶圖:"图"的繁体字。❷傘:"伞"的繁体字。

简析 上联的"圖"字可拆出四个"口"字,下联的"傘"字可以拆出五个

"人"字。

联语 四口兴工造嚣[①]成，口多工少
二人抬木归來[②]晚，人短木长

【出处】此为丁逊学对吴文泰的对联。

【简介】吴文泰，字文度，江苏吴县(今苏州)人，洪武中涿州同知，有《愚庵集》。

【注解】❶嚣："器"的异体字。❷來："来"的繁体字。

简析 此联系吴文泰与丁逊学各以身边实物、事实相谑。上联四个"口"加上"工"字合成"嚣"字，所以称"口多工少"；下联二个"人"字加上"木"字合成"來"字，此字形中"人短木长"。

联语 鸟不如人，只少胸中一点墨
军无斗志，都因偏了半边心

【出处】此为嘲乌、恽二考官的对联。

简析 以"鸟"字"少胸中一点"而扣"乌"姓，以"军"字"偏了半边心"来扣"恽"姓，从而对乌、恽二人进行了嘲讽。

联语 因火生烟，若不撇开终是苦
舍官为舘[①]，人能知返便成人

【注解】❶舘："馆"的繁体字。

简析 上联合"因"、"火"二字为"烟"字；下联合"舍"、"官"二字为"舘"字。另外，上联的"若"字中间一撇"不撇开"的话，便成了"苦"字；下联

"人"字"能知返(即转过头来)"的话,便成了一个"人"字。联中嵌入了"烟""馆"二字,此为讥讽抽鸦片者的对联。

联语 或入圜[①]中,拖出老袁还我國[②]
余临道上,不堪回首问前途

【出处】袁世凯称帝时,京城有人出上联"或入圜中,拖出老袁还我國"。

【注解】❶圜:"园"的繁体字。❷國:"国"的繁体字。

简析 这是拆字联,语意双关。"圜"字去"袁",加进"或"字即成"國"字,其意是打倒袁世凯,还我民国。有人对出的下联是:"余临道上,不堪回首话前途。""道"字去掉"首",加上"余"便为"途"字,语意暗喻袁氏的"洪宪帝国"已是日暮途穷。果然,袁世凯只当了83天皇帝便一命呜呼了。

联语 海晏河清,王有四方当作国
天寒地冻,水无一点不成冰

简析 上联"王"字加上"四方"便合成"国"字,下联"水"字若加上"一点"的话,也就成了"冰"字。

联语 日出东,月出西,天上生成明字
子居左,女居右,世间配定好人

【出处】此为万安对某客的对联。

简析 上联合"日"、"月"为"明"字,下联合"子"、"女"为"好"字。

联语 冯二马，驯三马，冯驯[1]五马诸侯
伊有人，尹无人，伊尹[2]一人元宰

【注解】❶冯驯：明朝知府。❷伊尹：商朝大臣。

简析 有一童善对，一客指知府冯驯语之曰："冯二马，驯三马，冯驯五马诸侯。"童对曰："伊有人，尹无人，伊尹一人元宰。"按：前人有以"陈东"对"伊尹"者，取其下字即上一字之偏旁也。

联语 乔女自然娇，深恶胭脂胶俏脸
止戈才是武，何劳铜铁铸镖锋

【出处】此为薛觉先出对的对联。

1934年，薛觉先排演《乔小姐三气周瑜》，出上联征下联。收下联2000余条，此为他选择的三副中的一副。

【简介】薛觉先：原名作梅，字平恺，广东顺德人，香港圣保罗戏院肄业。以文武生著称，又能反串女角，兼演红生，人称"万能老倌"，有《南游旨趣》。

简析 上联合"乔"、"女"为"娇"字，下联合"止"、"戈"为"武"字。此外，上联后五字皆含"月"字，下联后五字皆含"金（钅）"字。

联语 信是人言，苟欲取信于人，必也言而有信
烟乃火因，常见抽烟起火，应该因此戒烟

【出处】此为于万杰对彭更的对联。

简析 上联先拆"信"字为"人"、"言"，后合"人"、"言"二字为"信"；下联

先拆"烟"字为"火"、"因",后合"火"、"因"二字为"烟"。上下联在注重技巧的同时,还各自表达了其中所蕴含的哲理。

联语

寸土为寺,寺旁言詩[1],詩曰:明月送僧归古寺

双木成林,林下示禁,禁云:斧斤以时入山林

【注解】❶詩:"诗"的繁体字。

简析 此联是一副著名的传统技巧联。上联合"寸"、"土"为"寺"字,再合"寺"、"言"为"詩"字,下联合双"木"为"林"字,再合"林"、"示"为"禁"字。同时此联还运用了顶真的技巧,上一分句句尾与下一分句句头叠字。上下联的最后一分句相对,分别为集前人之句。"明月送僧归古寺"是集唐人诗句,"斧斤以时入山林"则出自《孟子·梁惠王上》,这两句的尾字又和第一分句的尾字相重叠。

联语

騎[1]奇馬[2],張[3]長[4]弓,琴瑟琵琶八大王,王王在上,單[5]戈成戰[6]

僞[7]爲[8]人,襲[9]龍[10]衣,魑魅魍魎四小鬼,鬼鬼犯邊[11],合手即拿

【注解】❶騎:"骑"的繁体字。❷馬:"马"的繁体字。❸張:"张"的繁体字。❹長:"长"的繁体字。❺單:"单"的繁体字。❻戰:"战"的繁体字。❼僞:"伪"的繁体字。❽爲:"为"的繁体字。❾襲:"袭"的繁体字。❿龍:"龙"的繁体字。⓫邊:"边"的繁体字。

简析 此联中,上联中拆"騎"字为"奇"、"馬",拆"張"字为"長"、"弓",

"琴"、"瑟"、"琵"、"琶"中可拆出八个"王"字，最后合"單"、"戈"为"戰"字；下联拆"偽"字为"為"、"人"，拆"襲"字为"龍"、"衣"，"魑"、"魅"、"魍"、"魉"中可拆出四个"鬼"字，最后合"合"、"手"为"拿"字。

7. 药名联

联语

起病六君子[1]
送命二陈汤[2]

【注解】❶、❷六君子、二陈汤：均为中药汤头名。

简析 上联说1915年袁世凯称帝前，杨度、刘师培等六人（史称“六君子”）组成“筹安会”，拥立袁世凯做皇帝，暗讽袁世凯得了想当皇帝的病。下联说袁世凯称帝后，遭到了举国上下的一致反对，连当时捧袁世凯称帝的军阀陈树藩和陈宧、汤芗铭（联中的“二陈汤”即指此二人）都见风使舵，先后宣布独立了，袁世凯见大势已去，最终忧惧而死。

联语

一阵乳香知母到
半窗故纸防风来

简析 联语中嵌入四味中药名：“乳香”、“知母”、“故纸”、“防风”。药名有机地嵌入联中，“乳香”紧扣“知母”，“故纸”紧扣“防风”。

联语

栀子牵牛犁熟地
灵芝背母入常山

简析 联语中嵌入六味中药名：“栀子”、“牵牛”、“熟地”、“灵芝”、“背母”、“常山。”此七言联嵌入六个药名，且文理基本通顺，可谓不易，足见构思之巧。

联语

生地人参，附子当归熟地
枣仁南枣，吴萸打马茴香

简析 联语中嵌十味中药：“生地”、“人参”、“附子”、“当归”、“熟地”、“枣仁”、“南枣”、“吴萸”、“打马”、“茴香”。谐音为“生地人生，父子当归熟地；找人难找，毋如打马回乡”。

联语

白头翁牵牛过常山，遇滑石跌断牛膝
黄花女炙草堆熟地，失防风烧成草乌

简析 联语中巧妙地嵌入了十味中药：“白头翁”、“牵牛”、“常山”、“滑石”、“牛膝”、“黄花女”、“炙草”、“熟地”、“防风”、“草乌”。上联中重复“牛”字，下联中重复“草”字。

联语

白头翁持大戟，跨海马，与木贼草寇战百合，旋复回朝，不愧将军国老
红娘子插金簪，戴银花，比牡丹芍药胜五倍，从容出阁，宛若云母天仙

简析 联语中巧妙地嵌入了十八味中药：“白头翁”、“大戟”、“海马”、“木贼”、“草寇”、“百合”、“旋复”、“将军”、“国老”、“红娘子”、“金簪”、“银花”、“牡丹”、“芍药”、“五倍”、“从容”、“云母”、“天仙”。上下联各罗列九种中药名，组成各自的场景和故事。尤其以上联的故事更为曲折生动，可谓是引人入胜。

8. 重叠联

联语
朝官[1]朝朝朝
处士[2]处处处

【出处】此为唐顺之对日本国王的对联。

【注解】❶朝(cháo)官:朝廷的官员。❷处(chǔ)士:古时称有德才,但不愿做官而隐居的人。后来泛指没有做过官的读书人。

简析 上联后三字中,前两个"朝"字念 zhāo,是每天早晨的意思,后一"朝"念 cháo,动词,指上朝;下联后三字中,前两个"处"念 chù,指每一个地方,后一"处"念 chǔ,是为人处世的意思。

联语
长长长长长长长
长长长长长长长

【出处】此为豆芽铺的对联。

简析 "长"字的读音可分为动词的 zhǎng 和形容词的 cháng。

上联的读音为:cháng zhǎng cháng zhǎng cháng cháng zhǎng;下联的读音为:zhǎng cháng zhǎng cháng zhǎng zhǎng cháng。

联语
见见见见见见见
齐齐齐齐齐齐齐

【出处】此为台北贡寮西灵岩联的对联。

简析 上联“见”第一、三、五、六字读 jiàn，指看见。第二、四、七字读 xiàn，指显现。下联“齐”第一、三、五、六字读 qí，指一齐。第二、四、七字读 zhāi，指斋戒。

联语
行行行行行且止
坐坐坐坐坐何妨

【出处】此为浙江奉化溪口休休亭的对联。

简析 此七言联系三、四节奏，即“行行行，行行且止；坐坐坐，坐坐何妨”。

联语
好读书，不好读书
好读书，不好读书

【出处】此为徐渭对的对联。

简析 上联第一个“好”读 hǎo，第二个“好”读 hào；下联第一个“好”读 hào，第二个“好”读 hǎo。这是一副劝学的对联，上联说在正好读书的时光，却总不爱读书；下联说到了喜爱读书的时候，却又因年龄、身体等原因，不怎么适合读书了。

联语
表弟非表兄表子
丈人是丈母丈夫

【简介】此为女婿对岳父的对联。

简析 上联重复使用了三个“表”字，下联重复使用了三个“丈”字。

联语 朝朝朝朝朝朝夕
长长长长长长消

【出处】此为福州罗星山七娘塔的对联。

【简介】七娘塔：即罗星塔，俗称“磨心塔”，位于福州马尾港罗星山。相传为宋代柳士娘为死去的丈夫祈福而建。明代万历年间倒塌，天启年间重建。游客登塔凭栏远眺，两山夹峙，三江争流，蔚为壮观。

简析 此联利用了汉字的一字多义和同音假借的特点，使同一个词的词性发生变化，用字奇巧，结构独特。初看令人费解，细品却妙趣横生。上联读音为：朝朝潮，朝潮朝汐；下联读音为：长长涨，长涨长消。

联语 长长长长长长长
朝朝朝朝朝朝朝

【出处】此为许翰题山东日照鱼骨庙的对联。

简析 上联读音为：长涨长涨长长涨；下联读音为：朝潮朝潮朝朝潮。

联语 三分分茶[1]，解解解元[2]之渴
一朝朝罢，行行行院[3]之家

【出处】此为解缙对某人的对联。

【注解】❶分茶：烹茶待客之礼。亦指宋元时煎茶之法，注汤后用箸搅茶乳，使汤水波纹幻变成种种形状。❷解（jiè）元：科举时，乡试第一名称为“解元”，也称“解首”，因乡试本称解试，故名。❸行（háng）院：元、明时代对戏剧演员的俗称，也借称“戏班”。

简析 上联第一个"分"读 fèn；第一个"解"读 jiě，动词，解渴之意；第二个"解"读 Xiè，姓氏；后一个"解"读 jiè，即解元。下联第一个"朝"读 zhāo，早晨之意，第二个"朝"读 cháo，"朝罢"，即上朝结束；前两个"行"读 xíng，行走之意；后一个"行"读 háng，"行院"的"行"。

联语
上盘山，走盘路，盘桓[1]数日
游热河，饮热酒，热闹几天

【注解】❶盘桓：逗留；徘徊。

简析 上联重叠了三个"盘"字，下联重叠了三个"热"字。

联语
水水山山，处处明明秀秀
晴晴雨雨，时时好好奇奇
黄文中

【出处】此为黄文中题杭州西湖天下景亭的对联。

【简介】黄文中：甘肃临洮人，民国初留学日本，同盟会会员，抗日战争期间积极主张抗战，译有《日本民权发达史》。

简析 这副杭州西湖"天下景亭"联，全联采用叠字手法，生动表现出了西湖如诗如画的秀丽景色。此联在广泛流传中，还衍生出了多种读法。

联语
父戊子，子戊子，父子戊子[1]
师司徒，徒司徒，师徒司徒[2]

【出处】此为纪昀对某客的对联。

【注解】❶戊子：干支纪年。❷司徒：官职名。

简析 某父子均在戊子年中举，又有师徒二人均担任司徒者，故而以此成对。联语中“父子”与“戊子”谐音,“师徒”与“司徒”谐音。

联语 **耆老[1]着棋,着着着成好着**
巨儒联句,联联联出佳联

【出处】此为刘昌对某族人的对联。

【注解】❶耆(qí)老:老人,特指受人尊重的老者。《国语·吴语》:“有父母耆老而无昆弟者以告。”《注》:“六十曰耆,七十曰老。”

简析 上联重复了五个“着”字,其中第一个与第三个作动词,即下棋的意思,其余均为名词,即下棋的着数。下联五个“联”字亦与之对应。另外,“耆”与“棋”,“巨”与“句”系谐音关系。

联语 **海水朝,朝朝朝,朝朝朝落**
浮云长,长长长,长长长消。

【出处】此为题孟姜女庙的对联。

传说孟姜女跳海后,海中马上浮现出两块岩石。高的是墓碑,低的是孟姜女的坟。又传一位状元站在庙前,远眺海中姜女坟。只见大海波涛滚滚,时起时伏;遥望蓝天,只见浮云悠悠,时聚时散。于是即景生情,挥毫写下此联。

【简介】**孟姜女庙**:在河北山海关东。又叫“贞女庙”。庙面对大海,掩映于青松翠柏之中。

简析 对联根据传说故事和自然景物,利用转品(汉字同音假借的修辞手法)和叠字手法,在“朝”和“长”字上巧做文章,读之妙趣横生、耐人寻味。朝,可读作“朝”(zhāo),指早晨;也可读作“潮”(cháo),指潮水。长,可读作“涨”(zhǎng),指产生、增长;也可读作“常”(cháng),指常常。如在读音和断句上稍作变化即可有多种读法。如:“海水潮,朝朝潮,朝潮朝落。浮云涨,长长涨,长涨长消。”也可读为:“海水潮,朝潮朝潮,朝朝落。浮云涨,长涨长涨,长长消。”

联语 翠翠红红,处处莺莺燕燕
风风雨雨,年年暮暮朝朝

吴中纲

【出处】此为吴中纲题花神庙的对联。

【简介】**花神庙**:在杭州金沙港。

简析 此联与杭州西湖天下亭联相类似,也是通体使用叠字,以产生强化语言意境的效果。

联语 开关迟,关关早,阻过客过关
出对易,对对难,请先生先对

【出处】此为某生对老师的对联。

简析 上联“关”字重复四次,其中“关关”一为动词,一为名词;下联“对”字重复四次,其中“对对”一为动词,一为名词。另外,上联“过”字、下联“先”字为重复使用。

联语 水车车水水随车,车停水止
风扇扇风风出扇,扇动风生

简析 上联四个“车”、四个“水”字,其中第二个“车”字为动词,其余为名词;下联四个“扇”、四个“风”字,其中第二个“扇”字为动词,读音为 shān,

其余为名词，读 shàn。

联语 **月月月明，八月月明明分外**
山山山秀，巫山山秀秀非常

简析 上联重复了五个“月”字和三个“明”字，其中前两个“月”及第四个“月”为“月份”之“月”，其余为“月亮”之“月”。下联亦重复了五个“山”及三个“秀”字。

联语 **竹影徐摇，心影[1]误疑云影过**
杨花乱落，眼花错认雪花飞

【注解】 ❶心影：心里恍惚。

简析 上联重复了三个“影”字，其中一、三为“影子”之“影”，第二个“影”为指心里产生错觉的土语；下联重复了三个“花”字，意思各不相同。

联语 **松下围棋，松子每随棋子落**
柳边把钓，柳丝常伴钓丝悬

简析 上联由“松下围棋”，联想到“松子”与“棋子”同落；下联由“柳边把钓”，联想到“柳丝”与“钓丝”并悬。联语反复运用叠字的技巧，强化了悠然自得之意境的营造。

联语 **船载石头，石重船轻轻载重**
杖量地面，地长杖短短量长

【出处】 此为董玘（Qǐ）对某御史的对联。

【简介】董玘：字文玉，号中峰，浙江会稽(今绍兴)人。弘治进士，官至吏部左侍郎。卒谥文简。有《中峰文选》。

简析 上下联分别从“船载石头”与“杖量地面”的现实事物，联想到了“轻载重”与“短量长”的抽象道理，联中文字大多采用了重复使用的方法。

联语

灯明月明，灯月长明，大明一统
君乐民乐，君民同乐，永乐万年

【出处】此为某秀才对明成祖的对联。

【简介】明成祖：即朱棣，太祖第四子，公元1402—1424年在位。年号永乐，卒谥孝文皇帝，庙号成祖。命解缙等编纂《永乐大典》，保存了大量古代文化典籍。

简析 上联重复使用了四个“明”字，在用前三个“明亮”之“明”进行铺垫之后，第四个“明”字转义到“大明朝”的意思；下联重复使用了四个“乐”字，前三个均为“欢乐”之“乐”，第四个则转到朱棣年号“永乐”之“乐”。

联语

驼子①驼子，来观对子，对子对子
书生书生，请问先生，先生先生

【注解】❶驼子：驼背的人。

简析 上联第一个“驼子”指驼背者，第二个“驼子”则指“驼着儿子”，驼为动词，收尾“对子对子”系“对着儿子对对子”的意思；下联第一个书生为名词，第二个“书生”指“对书很生疏”，收尾“先生先生”指“老师却先生疏了”。

联语　风风雨雨，暖暖寒寒，处处寻寻觅觅
莺莺燕燕，花花叶叶，卿卿暮暮朝朝

【出处】此为题网师园的对联。

简析　这是苏州网师园的一副叠字楹联，上联化用李清照词《声声慢》，使联语独具特色。全联从纵和横的角度描写了该园山重水复、鸟语花香的美景和游客流连忘返、恋人们卿卿我我的境况。该联读来声韵铿锵，语句含义丰富深长，为游人增添了无限情趣。

联语　金水河边金线柳，金线柳穿金鱼口
玉栏干①外玉兰花，玉兰花插玉人头

【出处】此为解缙对胡子祺的对联。

【简介】**胡子祺**：名寿昌，以字行，江西吉水人。洪武中，以文学选为御史，官至延平知府。卒于任。

【注解】❶栏干：栏杆。

简析　上联罗列出的“金水河”、“金线柳”、“金鱼”三个名词中均含“金”字，下联罗列出的“玉栏干”、“玉兰花”、“玉人”中均含“玉”字。联语妙在描写的基本是同一个场景，内容连贯，意境和谐。

联语　朝霞似锦，晚霞似锦，东川①锦、西川②锦
新月如弓，残月如弓，上弦③弓、下弦④弓

【注解】❶、❷东川、西川：原四川曾分为东川与西川。❸上弦：农历每月初七或初八，在地球上看到的月亮呈D形，这种月相叫“上弦”，这时的月亮叫

"上弦月"。下弦:农历每月二十二日或二十三日,在地球上看到的月亮呈◐形,这种月相叫"下弦",这时的月亮叫"下弦月"。

简析 上联连用四个"锦"字,下联连用四个"弓"字,且两两自对,堪称工巧。

联语
天上月圆,人间月半,月月月圆逢月半
今朝年尾,明日年头,年年年尾接年头

简析 这是一副很著名的叠字巧联,上联用了六个"月"字,下联用了六个"年"字。上联第一个及第五个"月"字是"月亮"之"月",其余均为"年月"之"月"。

联语
铁钉亦为铁,铁锥亦为铁,风箱长拖铁打铁
台上也是人,台下也是人,锣鼓一响人看人

简析 此为以铁店对戏台的对联。上联重复六个"铁"字,下联重复六个"人"字。联语虽无深意,但能找出两种相类似的事物来相对,亦属不易。

联语
老秀士,穷秀士,老当益壮,穷且益坚①,老壮穷坚秀士
大世兄,小世兄,大则以王,小则以霸②,大小王霸世兄

【出处】此为某秀才对某公子的对联。

【注解】❶老当益壮,穷且益坚:处境越穷困,意志应当越坚定;年纪虽大而

志气更旺盛,干劲更足。语出《后汉书·马援传》:“丈夫为志,穷当益坚,老当益壮。”❷大则以王,小则以霸:大的称王,小的称霸。语出《孟子》:“不见诸侯,宜若小然;今一见之,大则以王,小则以霸。”

简析 此联虽为戏谑之作,但却有十分工整、巧妙之处。上下联三次重复“老”、“穷”和“大”、“小”,两次重复“穷”、“坚”和“王”、“霸”。其次,中间两句四言自对,一出于经,一出于史,相对极为工整、贴切。最后,下联收句“大小王霸”谐音“大小王八”,因而在机巧上又胜过上联。

联语

望江楼①,望江流,望江楼上望江流,江楼千古,江流千古

印月井②,印月影,印月井中印月影,月井万年,月影万年

【出处】此为李吉玉对旧句的对联。

【简介】李吉玉:四川什邡人。

【注解】❶望江楼:成都名胜,又称“崇丽阁”。❷印月井:在四川什邡市。

简析 上联重复出现了四个“望”字、六个“江”字、三个“楼”字、三个“流”字、两个“千古”、两个“万年”。下联在上联重复字的对应处,用了同数重复字来对仗,堪称千古绝唱!

联语

笑古笑今,笑东笑西,笑南笑北,笑来笑去,笑自己原来无知无识

观事观物,观天观地,观日观月,观上观下,观他人总是有高有低

【出处】此联系四川乐山凌云山大佛寺中的一副题大肚弥勒佛的对联。

简析 联语虽近于白话，但对人生的暗喻和劝诫全在于此，且很有一番哲理，耐人深思。

联语

曲曲弯弯，前前后后，花花叶叶，水水山山，人人喜喜欢欢，处处寻寻觅觅
年年岁岁，暮暮朝朝，雨雨风风，莺莺燕燕，想想来来往往，常常翠翠红红

慕寿祺

【出处】 此为慕寿祺题仰园的对联。

【简介】 **慕寿祺**：字少堂（一作“棠”）。甘肃镇原人。曾任甘肃省议会议长，有《续楹联丛话》。

仰园：在甘肃兰州。

简析 这是一副通体使用叠字的对联。联语虽是描写景物，但景中含情且摹写入微，使读者在读此联时不禁会对联中所写的园林风光心驰神往。

9. 音韵联

联语 **鸡饥争豆斗**
鼠暑上梁凉

简析 上联“鸡”、“饥”与“豆”、“斗”都为同音字，下联“鼠”、“暑”与“梁”、“凉”都为同音字。联中的动物十分形象、有趣。

联语 **屋北[1]鹿独宿**
溪西鸡齐啼

【出处】此为徐晞（Xī）对某太守的对联。

【简介】徐晞：字孟初，直隶江阴（今属江苏）人。永乐中以吏员进身，正统间官至兵部尚书。

【注解】❶北：按苏杭一带的读音，“北”读作 bú，与“屋”、“鹿”、“独”、“宿”同韵。

简析 此联系由同韵部的字组成的联语。上联字均属入声部“一屋”（“北”字按方言读音），下联字均属上平声部“八齐”。故读起来别有一番妙趣。

联语 **娃挖蛙出瓦**
妈骂马踏麻

简析 相传古时有一个按察官，少时喜在野外戏青蛙，曾吟出一上联：

"娃挖蛙出瓦。"但一时难续下联。二十年后的一天，他骑马外出时，不小心踏倒了路旁的几棵麻，遭到一位农妇的斥责，按察官灵感顿发，终于续出了下联："妈骂马踏麻。"联语基本全由同韵母的字组成，语出自然，妙趣横生。

联语

点燈[1]登阁各攻书
移椅倚桐同玩月

【注解】❶燈："灯"的繁体字。

简析 上联是一个连环谐音句，不但"灯"同"登"、"阁"同"各"是同音字，前一字分别是后一字加偏旁(或笔画)而成，而且"点"、"燈"二字还是双声(即两个字的声母相同)。下联亦是一个连环谐音句，"椅"和"倚"、"桐"和"同"是同音字，前一字分别是后一字加偏旁(或笔画)而成，"移"、"椅"也是双声。

联语

嫂扫乱柴呼叔束
姨移破桶叫姑箍

【出处】此为某友人对唐寅的对联。

简析 此联写的是生活中的两件琐事。联中的"嫂扫"、"叔束"、"姨移"、"姑箍"皆为双声兼叠韵相间出现于联语中，从而生发出奇趣，使联语的娱乐性和趣味性油然而生。

联语

围棋赌酒，一着一酌
坐漏读书，五更[1]五经

【出处】此为陆粲对某客的对联。

【简介】陆粲：字子馀，一字浚明，号贞山，江苏长洲（今苏州）人。明嘉靖进士，授给事中。有《陆子馀集》。

【注解】❶五更（jīng）：旧时分一夜为甲、乙、丙、丁、戊五段，谓之"五更"。

简析 这是一副谐音妙联。上联中"着"与"酌"同音，下联中"更"与"经"同音，用"五更五经"对"一着一酌"可谓妙趣横生。

【提示】更，这里不读 gèng。

联语
天心阁，阁落鸽，鸽飞阁未飞
水陆洲，洲停舟，舟行洲不行

简析 这副楹联中的"阁"与"鸽"、"洲"与"舟"同音异字相间使用，使此联产生出回环反复的妙趣来。

联语
书童磨墨，墨抹书童一脉墨
梅香添煤，煤爆梅香两眉煤

【出处】此联出自刘宝瑞相声《解学士》。

简析 上联"磨"、"抹"、"脉"与"墨"谐音，下联"梅"、"眉"与"煤"谐音。

联语
鹤渴抢浆，命仆将锵惊渴鹤
鸡饥吃食，呼童拾石逐饥鸡

【出处】此为刘攽（Bān）对客的对联。

【简介】刘攽：字贡义，号公非先生，临江新喻（今属江西）人。宋庆历进士。仕州县20年，哲宗时召拜中书舍人。有《东汉刊误》、《公非先生集》。

简析 此联巧用谐音，上联第一、二、十、十一字同韵，三、四、七、八字同韵。对句亦同。同时，上下联首尾处两字均为颠倒使用。

联语
暑鼠凉梁，笔壁描猫惊暑鼠
饥鸡拾食，童桶翻饭喜饥鸡

简析 这副对联构思精巧，情趣盎然，特别是上下联中除“惊”和“喜”之外，所有文字均由两字一组的同音字组成，字义各异，对仗工稳，且上下联首尾处两字均为颠倒使用。是一副绝妙的同音异字对联。

联语
蒲叶桃叶葡萄叶，草本木本
梅花桂花玫瑰花，春香秋香

【出处】此为解缙对的对联。

简析 上联和下联中，第一字跟第五字同音，第二字跟第六字同音。此外，香蒲是草本植物，桃树是木本植物；梅花在初春开放，桂花则在秋天开放。谐音巧妙而不露雕琢痕迹，可谓大家手笔。

联语
白云峰，峰上枫，风吹枫动峰不动
青丝路，路边鹭，露打鹭飞路未飞

简析 上联“峰”、“枫”、“风”同音，下联“路”、“鹭”、“露”同音。对仗工稳，语言晓畅。

联语
树上桐子、树下童子，童子打桐子，桐子落、童子乐
屋前园外、屋内员外，员外扫园外，园外净、员外静

简析 上联“桐”与“童”同音，“桐子”与“童子”各重复使用三次，“落”与“乐”亦同音；下联亦然。此联系对“童子打桐子，桐子落、童子乐”这一老联的扩充，此联原有“丫头啃鸭头，鸭头咸、丫头嫌”等对句。

10. 偏旁联

联语 烟锁池塘柳
炮镇海城楼

简析 此联为著名的五行偏旁对。上联五字偏旁分别为“火”、“金”、“水”、“土”、“木”，下联偏旁分别为“火”、“金”、“水”、“土”、“木”。

联语 王老者一身土气
朱先生半截牛形

简析 上联“王”、“老”、“者”三字中均含有一个“土”字，所以称“一身土气”；下联“朱”、“先”、“生”三字的上半部分均同“牛”字的上半部分，故称“半截牛形”。

联语 阮元[①]何故无双耳
伊尹[②]从来只一人

【出处】 此为阮元对某人的对联。

【简介】 **阮元**：字伯元，号芸台，江苏仪征人。乾隆进士，官至体仁阁大学士。在杭州及广州创建诂经书舍、学海堂，提倡朴学，罗致学者从事编书刊印工作，校刻《十三经注疏》，汇刻《皇清经解》。卒谥文达。有《研经室集》。

【注解】 ❶阮元：见上。❷伊尹：商朝大臣。

简析 阮元名字中只有“阮”字有一“阝(在左)”，故有上联“阮元何故无双耳”的设问。对句中“伊尹”中同样只有“伊”字有一单人旁，故阮元有“伊尹从来只一人”的下联，回答中充满了一种自负的口吻，故从气势上讲下联似胜于上联。

联语 纺纱细线缝绫缎
江浦波涛浸沙洲

简析 上联七字全带“纟”旁，下联七字全带“氵”旁，给人以整齐、统一的美感。

联语 逢迎远近逍遥过
进退连还运道通

简析 此联上下联中的十四个字全带“辶”旁，且对仗十分工整，甚是难得。

联语 氷凉酒一点两点三点
丁香花百头千头萬头

简析 上联“氷”字为“水”字加一点，“凉”为两点水，“酒”为三点水，故说“一点两点三点”；下联“丁”字的上端与“百”字的上端相同，“香”字的上端与“千”字的上端相同，“花”字的上端与“萬”字的上端相同，故说“百头千头万头”。同时下联的妙处还在于“头”还是花卉的量词。

联语 河汉汪洋，江湖滔滔波浪涌
雲霄雷電，霹雳震震霈雨霖

【出处】此为题龙王殿的对联。

【简介】龙王殿：在湖北利州天成观中。

简析 上联所有字均带“氵”旁，下联所有的字均带“雨”字头，用以表现龙王行云布雨的情景，形式上极具震撼力。

联语 琴瑟琵琶八大王，一般头面
魑魅魍魉[①]四小鬼，各自肚肠

【出处】此为唐皋对朝鲜国王的对联。

【简介】唐皋：字守之，直隶歙(Shè)县(今属安徽)人。明正德进士第一，授修撰，赐一品服充朝鲜正使，进侍讲学士。有《心庵集》。

【注解】❶魑魅魍魉：魑，山神；魅，怪物；魍魉，水神。比喻各种各样的坏人。

简析 此联巧在上联中“琴瑟琵琶”四个字里共有八个“王”字，下联中“魑魅魍魉”四个字里包含四个“鬼”字。“头面”与“肚肠”，属于小类工对。

联语 寂寞寸寒窗，寡室宁容客寄寓
逍遥达远道，迷途邂逅遇逢迎

简析 此联上联中十二个字的偏旁全为“宀”，下联中十二个字的偏旁全为“辶”，上下联对仗大致整齐，文理基本通畅。可以看出写的应是一位寡居的女子拒绝客人投宿的故事，作者可谓是煞费心思了。

11. 谐音联

联语　因荷而得藕
有杏不需梅

【出处】此为程敏政对李贤的对联。

相传程敏政因一段奇特的姻缘而成为大学士李贤的乘龙快婿。婚礼上，李贤指着院中荷池吟出上联。程敏政急中生智，指桌上果盘中的杏对出下联。

【简介】程敏政：字克勤，休宁（今属安徽）人。成化进士，官至礼部右侍郎，忧愤而死。有《宋遗民录》、《篁墩集》。

简析　"荷"谐音"何"，"藕"谐音"偶"，"杏"谐音"幸"，"梅"谐音"媒"。上联谐音"因何而得偶"。下联谐音"有幸不需媒"。

联语　莲子心中苦
梨儿腹内酸

清·金圣叹

【出处】此为金圣叹临刑前所吟的对联。

相传金圣叹因哭庙案被问斩，刑前其子前来诀别，金圣叹感伤不已，对子吟出上联。其子无以为对，金圣叹便自己对出下联。

【简介】金圣叹：本名采，字若采，江苏吴县人，诸生，明亡，改名人瑞，字圣叹，入清，绝意仕进，以著述为务，顺治帝死，以哭庙案被杀。有《沉吟楼诗选》。

简析 “莲”谐音“怜”，“梨”谐音“离”。上联谐音“怜子心中苦”。下联谐音“离儿腹内酸”。

联语
一担重泥拦子路①
两堤夫子笑颜回②

【注解】❶子路：仲氏，名由，也字季路。春秋时鲁国卞人（今山东泗水）人。孔子的学生。❷颜回：即颜渊。名回，字子渊。春秋时鲁国人。孔子的学生。

简析 上联“重泥”谐音“仲尼”，与下联的“夫子”均指孔丘。联语中还嵌入了子路、颜回这两个孔夫子弟子的字和名。

联语
无山得似巫山①耸
何叶能如荷叶圆

【出处】此为苏轼对佛印的对联。

【注解】❶巫山：山名，即巫峡。在今重庆巫山县东。

简析 上联“无山”与“巫山”谐音，下联“何叶”与“荷叶”谐音。苏辙对佛印句为“何水能如河水清”。也有人以“孰道能如蜀道难”来相对。

联语
闲人免进贤人进
盗者休来道者来

简析 上联“闲”与“贤”谐音，下联“盗”与“道”谐音，联语从“闲人免进”这一常见警示语展开构思，给人以轻快诙谐之感。

联语 独览梅花扫腊雪
细睨山势舞流溪

简析 粗看此联只是一副写景的对联，但读出来之后，才发现上联竟是音乐简谱中的7个音阶“1、2、3、4、5、6、7”，而下联却是浙江方言中阿拉伯数字1、2、3、4、5、6、7的读音，体会到这一妙处之后，几乎所有读者都会会心一笑。

联语 贾岛[1]醉来非假倒
刘伶[2]饮尽不留零

【注解】❶贾岛：字浪仙，范阳人，遣词造句刻意求工，为中唐著名的苦吟诗人，与孟郊齐名。❷刘伶：字伯伦，西晋沛国（今安徽宿县西北）人，竹林七贤之一。

简析 这是一副酒馆楹联。上联“贾岛”与“假倒”谐音，喻指贾岛真的被醉倒了；下联“刘伶”与“留零”谐音，喻指刘伶贪恋这里的好酒，饮得一滴也不剩。

联语 水里打桩，进一寸、浸一寸
风前点烛，留半边、流半边

简析 上联“进”与“浸”谐音，下联“留”与“流”谐音，联语妙在对特定场景的设置，极为形象、传神。

联语 双艇并行，橹速不如帆快
八音齐奏，笛清难比箫和

【出处】此为陈洽对其父的对联。

【简介】**陈洽**：明武进(今江苏常州)人，洪武间官至兵部尚书。卒谥节愍。

简析 上联“橹速”谐音“鲁肃”，“帆快”谐音“樊哙”；下联“笛清”谐音“狄青”，“箫和”谐音“萧何”，四人皆为汉末人。联语在谐巧中对历史人物进行品评，极具巧思。

联语
指挥[1]烧纸，纸灰飞上指挥头
修撰[2]进馐[3]，馐馔[4]饱充修撰腹

【出处】此为某指挥对李西涯的对联。

【注解】❶指挥：官名，明朝内外诸卫皆置指挥使等官，并建都指挥使司。❷修撰：官名，明、清科举制度进士试一甲第一名(状元)即授翰林院修撰。明制，翰林院修撰、编修、检讨，列为史官，故俗称“太史”，自状元例授修撰一职以后，又称状元为殿撰。❸馐(xiū)：滋味好的食物。❹馔(zhuàn)：饭食。

简析 上联“指挥”与“纸灰”谐音，下联“修撰”与“馐馔”谐音。特别是“指挥”与“修撰”分别是出句者与应对者所担任的官职，所以更显出此联的巧思。

联语
两猿断木于山中，小猴子也能对锯
一马失足于泥内，老畜生怎得出蹄

【出处】此为陈震对陆容的对联。

【简介】**陈震**：字启东，明江苏长洲(今苏州)人。官至分水训导。**陆容**：字文量，号式斋，明太仓(今属江苏)人。成化进士，官至浙江右参政，以忤权贵罢归。有《菽园杂记》等。

简析 这是一副较为著名的谐音巧联，曾被附会到多位名人身上，“对锯”谐音“对句”，“出蹄”谐音“出题”。联语虽语涉粗俗，但也颇具巧思。

12. 隐字联

联语

二三四五
六七八九

简析 旧中国人民生活困苦不堪，没有吃没有穿。有一年，一户人家就在大门上贴了这副对联。联中缺“一”和“十”，隐喻这家人缺一（衣）少十（食）。横批“南北”隐喻“没有东西”。

联语

士为知己
卿本佳人

【出处】 此为鄂人骂污吏士卿的对联。上联出自《战国策》“士为知己者死”句。下联取自《北史》“卿本佳人，奈何作（做）贼”。上联隐去了“死”字。下联隐去了“作（做）贼”二字。

简析 初看此联是褒扬，实则是在咒骂其为“死贼”。体悟之后，让人感到痛快的同时也会由衷钦佩作者手法的高明。

联语

未必逢凶化
何曾起死回

【出处】 此为嘲庸医吉生的对联。

简析 从前有一庸医名吉生，贻误不少病人。有人就撰一联送他：“未必逢凶化；何曾起死回？”“逢凶化吉”、“起死回生”都是成语，在这里隐去了

"吉"和"生",暗合该医生的名,讥讽辛辣、妙趣横生。

联语 与尔同销万古
问君能有几多

【出处】20世纪50年代,香港著名女影星莫愁自杀,易君左先生撰写了此隐字挽联。上联出自唐李白《将进酒》:"呼儿将出换美酒,与尔同销万古愁。"下联出自五代南唐后主李煜《虞美人》:"问君能有几多愁,恰似一江春水向东流。"

【简介】易君左:名家钺,号意园,以字行,湖南汉寿人,顺鼎子,留学日本,曾任湖南省清乡司令部少将处长、国民党宣传部专员。1949年后,往来于港、台之间,卒于台北。有《中国政治史》。

简析 上下联都在末尾隐掉一个"愁"字。联语不仅委婉含蓄,寓意缠绵,而且对仗工整,不愧为隐字联中的上乘之作。

联语 国家将亡必有
老而不死是为

章炳麟

【出处】此为章太炎嘲康有为的对联。上联出自《礼记·中庸》:"国之将亡必有妖孽。"下联出自《论语·宪问》:"老而不死是为贼"。

【简介】章炳麟:初名学乘,字枚叔,后改名绛,号太炎,浙江余杭人,早年任上海《时务报》撰述,与蔡元培组织爱国学社。《苏报》案发,被清廷监禁三年。1934年迁居苏州,设国学讲习会,对文学、史学、语言学有很深的研究,世称"国学大师",有《章氏丛书》、《国学概论》、《章太炎先生国学讲演集》。

简析 此联上联隐去了"妖孽"两字,下联隐去了"贼"字。上下联所隐去的“妖孽”与“贼”实际上是对康有为不出声的痛骂。末字嵌“有为”，集句的同时还能嵌名，构思极为奇特。

联语 断送一生惟有
破除万事无如

宋·黄庭坚

【出处】此为黄庭坚撰的对联。上联出自唐韩愈《遣兴》诗，下联出韩愈《赠郑兵曹》诗。

【简介】黄庭坚：宋诗人、书法家。字鲁直，号山谷道人，洪州分宁(今江西修水)人。治平进士，官至著作佐郎，新党执政，累遭贬谪。崇宁初，除名羁管宣州，卒于贬所。他出于苏轼门下而与苏轼齐名，世称“苏黄”。其诗多写个人生活。艺术形式上，讲求修辞造句，追求奇拗瘦硬的风格，开创了江西诗派。能词。兼擅行、草书，为“宋四家”之一。有《山谷集》。自选其诗文名《山谷精华录》，词集名《山谷情趣外编》。书迹有《华严疏》等。

简析 上下联都集自韩愈的诗句，并且末尾都隐去了一个“酒”字。联语对仗工整，语意深刻，对酒的功用有贬有褒，寓爱恨交织之意，实为巧构。

联语 君子之交淡如
醉翁之意不在

【出处】明朝冯梦龙编撰的《古今谭概》中，记载有一则歇后联的故事：“一士人家贫，与友人寿，无从得酒，乃持水一瓶称觞曰：‘君子之交淡如。’友应声曰：‘醉翁之意不在。’二人相与尽欢。”

上联出自《庄子·山木》：“君子之交淡如水，小人之交甘若醴。”下联出自北宋欧阳修《醉翁亭记》：“醉翁之意不在酒，在乎山水之间也。”

简析 上联隐去"水"字、下联隐去"酒"字，风趣而幽默地表达了二人各自的心曲，可谓巧妙。

联语 一心只念波罗蜜①
三祝②难忘福寿男

清·朱昌颐

【出处】此为朱昌颐撰的对联。

【简介】朱昌颐：字吉求，号正甫，又号朵山，浙江海盐人。道光进士第一，官至给事中。晚年主持敷文书院。有《鹤天鲸海稿》。

【注解】❶波罗蜜：指佛教的《般若波罗蜜多心经》。❷三祝：语出《庄子·天地》，说的是华封人对尧帝的三个祝福："多福、多寿、多男子。"

简析 上联将波罗蜜多隐去了一个"多"字，下联在"福寿男"前面也隐去了一个"多"字，全联隐去"多多"二字。

联语 绣阁①团圞②同望月
香闺③静好④对弹琴

清·纪昀

【出处】此为纪昀贺牛姓婚的对联。

【注解】❶绣阁：犹绣房，妇女之华丽居室。典出宋周邦彦《片玉集·风流子》词："绣阁凤帏深几许，曾听得理丝簧。"❷团圞（luán）：团聚。形容月圆。典出唐杜荀鹤《乱后山中作》诗："兄弟团圞乐，羁孤远近归。"❸香闺：旧称女子内室。典出唐陶翰《柳陌听早莺》诗："乍使香闺静，偏伤远客情。"❹静好：安乐美好。典出《诗经·郑风·女曰鸡鸣》："琴瑟在御，莫不静好。"

简析 上联所描绘的美好画面，其实隐藏了"犀牛望月"这个成语；下联同样隐藏了“对牛弹琴”这个成语。能想到用隐藏两个含有牛的典故的喜联，去祝贺姓牛的人家结婚，作者纪晓岚不愧为一代幽默大师了。

联语

黑不是，白不是，红黄更不是，和狐狼猫狗仿佛，既非家畜，又非野兽
诗也有，词也有，论语上也有，对东西南北模糊，虽是短品，亦是妙文。

清·纪昀

【出处】此为纪昀撰的谜联。

简析 在这则字谜联的上联中，作者先用排除法从“黑白红黄青”这五色中提取“青”这个字素，再用“和狐狼猫狗仿佛，既非家畜，又非野兽”来暗示“犭(犬旁)”，然后用“青”、“犭”合起来扣一个“猜”字；在下联里，作者则先用“包含法”从“诗也有，词也有，《论语》上也有”这句话中析出“诗”、“词”、“论”、“语”四个字中都有的“言”，再以“对东南西北模糊”会意出一个“迷”字，而“言”、“迷”相合扣一“谜”字，其后的“虽是短品，也是妙文”八个字更是点明“谜”这种文学形式虽然篇幅短小却也是妙趣横生这一特点。就这样，作者采用析字、隐目等手法将“猜谜”一词巧妙地隐于一副对联内，读来颇耐人寻味。

13. 数字联

联语

三强韩赵魏[1]

九章[2]勾股弦

华罗庚

【出处】此为华罗庚自出自对的对联。

【注解】❶三强韩赵魏：战国七雄中的三个，故称“三强”。❷九章，指我国古代数学著作《九章算术》。该书中最早提出了“勾三股四弦五”的勾股定理。

简析 此联为我国著名数学家华罗庚自出自对，上联“三强”字面是指战国七雄中的三强，但暗含了我国著名物理学家钱三强的名字；下联“九章”字面是指我国古代数学著作《九章算术》，但又暗含了我国大气物理学家赵九章之名。

联语

四诗[1]风雅颂

三光日月星

【出处】此为苏轼对辽使的对联。

【注解】❶四诗：《诗经》分风、雅、颂三个部分，其中“雅”又分为大雅和小雅，故称“四诗”。

简析 传说辽国使臣出对挑衅宋朝，上联为“三光日月星”，扬言宋朝若对上了即为上邦，否则便为下邦，天子传旨有能对者则加官晋爵，满朝文武百官都默不作声。正无可奈何之时，苏轼对出下联，辽使听了哑口无言，扫兴而去。

联语 **半夜二更半**
中秋八月中

【出处】此联传为清金圣叹在某庙宇中听长老出上联，久不能成对，值金因哭庙案于中秋问斩前，金才想起对句。

简析 一夜分为五更，故言"半夜二更半"，中秋节为旧历八月十五，故言"中秋八月中"。

联语 **一对二表三分鼎**
六出七纵八阵图①

【出处】此为题诸葛庙的对联。

【简介】诸葛庙：在陕西岐山五丈原

【注解】❶八阵图：是指以"天"、"地"、"风"、"云"、"龙"、"虎"、"鸟"、"蛇"等为名称的战斗队列。诸葛亮所设的八阵图，相传有四处：一是在陕西勉县境内，一是在四川新都境内；另两处在重庆奉节，一是在城东江边的水八阵，一是白帝城东北草堂附近的旱八阵。

简析 此联巧用"一"、"二"、"三"、"六"、"七"、"八"六个数字来概括诸葛亮一生的主要业绩，"一对"为《隆中对》，"二表"为前、后《出师表》，"三分鼎"即成就了三分天下的事业，"六出"即为伐魏而六出祁山，"七纵"即七擒七纵孟获以安定南方，"八阵图"即指孔明所设之八阵。

联语 **十里春风，长安两路**
千年晓月，永定一桥

【出处】上联为某年春节中央电视台迎春征联的出句，下联为一等奖作品。

简析 “长安”、“永定”均为北京地名，前者为天安门广场与天安门城楼之间的街名，分东西两条，故曰“长安两路”；后者指流经北京西南的河名叫“永定河”，河上有一座始建于金大定年间的石桥——卢沟桥。“长安”对“永定”，“路”对“桥”，“风”对“月”，均属名词相对；“两”对“一”，“十”对“千”，数词相对，非常工整。

联语 双峰隐隐，七层四面八方
孤掌摇摇，五指三长两短

【出处】此联曾被附会到多位名人身上。故事梗概一般为某人出上联求对，某名士伸出一手摇摇。正当对方讥笑名士对不出下联时，名士便解释说伸出手掌摇摇便已对出了下联。

简析 上联含数字“双”、“七”、“四”、“八”，下联含数字“孤”、“五”、“三”、“两”，对仗十分工稳。

联语 七里山塘，行到半塘三里半
九溪蛮洞，经过中洞五溪中

【出处】此上联传为王安石三难苏东坡的第二个出句。下联为唐寅所对。

简析 苏州金阊门外到虎丘山下有段长七里的路，当地人称之为“山塘”，中间有个地名叫“半塘”，据《唐伯虎纪事》载，下联系托名扶乩而对出，“九溪蛮洞”亦确有其地，“半塘”与“中洞”当然分别就是“三里半”和“五溪中”了。

联语 **万瓦千砖，百匠修成十佛寺**
一舟二橹，三人摇过四通桥

简析 上联嵌入数字“万”、“千”、“百”、“十”，为降序排列，下联嵌入数字“一”、“二”、“三”、“四”，为升序排列。

联语 **孤舟两桨片帆，游遍五湖四海**
一塔七层八面，观尽万水千山

【出处】 此为沈周对祝允明的对联。

【简介】 **沈周**：字启南，号石田，又号白石翁，江苏长洲(今苏州)人。吴门画派始祖。有《石田集》。

简析 上联嵌入“孤”、“两”、“片”、“五”、“四”五个数字，下联嵌入“一”、“七”、“八”、“万”、“千”五个数字。舟远行则遍五湖四海，塔高耸故能观万水千山，联语形式工整，文理通顺。

联语 **一岁二春双八月，人间两度春秋**
六旬花甲再周天，世上重逢甲子

【出处】 上联传为王安石三难苏轼的第一个出句。下联为苏东坡所对。

【简介】 **王安石**：北宋政治家、思想家、文学家。唐宋八大家之一。字介甫，号半山，抚州临川(今属江西)人。庆历进士，官至宰相。主张改革变法。有《王临川集》、《临川集拾遗》存世。

简析 当年系闰八月，且年头年尾有两次立春，故言“两度春秋”。据说当年是甲子年，而王安石正好六十岁。因六十年后又逢甲子，故苏东坡以此为对。

联语 **五百罗汉渡江，岸畔波心千佛子**
一个美人对月，人间天上两婵娟

【出处】据梁章钜《巧对录》载，有一释子与一妓同舟渡江，释子出对云："一个美人对月，人间天上两婵娟。"妓对云："五百罗汉渡江，岸畔波心千佛子。"后来此故事被附会到苏小妹及佛印身上。梁章钜的按语说："以上四条，原本皆作苏东坡、秦少游、佛印及苏小妹事，殊属无稽。今并削其名，而姑存其语。"

简析 上联岸上五百罗汉，水面又映出五百罗汉，故说"千佛子"；下联对月一美人，月中嫦娥又一美人，故说"两婵娟"。

联语 **四万里皇图，伊古以来，从无一朝一统四万里**
五十年圣寿，自今而后，尚有九千九百五十年

清·纪昀

【出处】此为纪昀贺乾隆五十寿辰的对联。

简析 上联说清朝地域广大，广袤四万里，旷古未有；下联说皇帝是"万岁"今年才到五十岁，还要再活九千九百五十岁。此联虽为巧妙的拍马之作，但联语气魄之宏大，构思之精巧，不能不使人佩服。

联语 **一阳[1]初动，二姓克谐，庆三多[2]，具四美[3]，五世其昌征凤卜**
六礼[4]既成，七贤毕集，奏八音[5]，歌九如[6]，十全无缺羡鸾和

【注解】❶一阳：古人称农历十一月冬至一阳生。❷三多：指多福、多寿、多男子。旧时流行的祝颂之词。语本《庄子·天地》："尧观乎华，华封人曰：'嘻，圣人！请祝圣人，使圣人寿。'尧曰：'辞'。'使圣人富。'尧曰：'辞'。'使圣人多男子。'尧曰：'辞'。"❸四美：四种美好之事，指良辰、美景、赏心、乐事。典出南朝宋谢灵运《拟魏太子邺中集诗序》："天下良辰、美景、赏心、乐事，四者难并。"❹六礼：古代在确立婚姻过程中的六种礼仪，即纳采、问名、纳吉、纳征、请期、亲迎。❺八音：中国古代根据制作材料对乐器的分类。指金、石、土、革、丝、木、匏、竹八类。❻九如：语出《诗经·小雅·天保》："天保定尔，以莫不兴。如山如阜，如冈如陵，如川之方至，以莫不增……如月之恒，如日之升。如南山之寿，不骞不崩。如松柏之茂，无不尔或承。"连用九个"如"字，祝颂福寿绵长。后遂以"九如"为颂词。

简析 此贺婚联巧用"一"、"二"、"三"、"四"、"五"、"六"、"七"、"八"、"九"、"十"这十个数字且按顺序排列，以最吉祥的词汇表达了最美好的祝愿。

联语

八千为春，八千为秋[1]，八方向化，八风和庆，圣寿八旬逢八月

五数合天，五数合地[2]，五世同堂，五福[3]备至，嵩期五十有五年

清·纪昀

【出处】此联为纪昀贺乾隆八十寿辰的对联。

【注解】❶八千为春，八千为秋：语出《庄子·逍遥游》："上古有大椿者，以八千岁为春，以八千岁为秋。"❷五数合天，五数合地：出自《易经系辞上》："天一地二，天三地四，天五地六，天七地八，天九地十。天数五、地数五。

五位相得而各有合，天数二十有五，地数三十。”❸五福：旧时所说的五种幸福。《尚书·洪范》：“五福：一曰寿，二曰富，三曰康宁，四曰攸好德，五曰考终命。”

简析 乾隆八十寿辰时，正是其在位五十五年，此贺联紧紧抓住“八”和“五”两个数字大做文章，引经据典，罗列吉语，“八”、“五”两个数字出现了六次，竟字字妥帖，为了讨好皇帝，作者可谓挖空了心思。

联语

四水江第一，四时夏第二，先生来江夏[1]，谁是第一，谁是第二

三教[2]儒在先，三才[3]人在后，小子本儒人，何敢在先，何敢在后

【出处】此为梁启超对张之洞的对联。

【注解】❶江夏：地名，即今天湖北武昌。❷三教：指儒、释、道三教。❸三才：指天、地、人三才。

简析 上联拆开地名“江夏”，长江在众水中称第一，夏天在季节中排第二，于是提出了“先生来江夏，谁是第一，谁是第二”的问题；下联针锋相对拆开“儒人”二字，得出了“何敢在先，何敢在后”的答复，不卑不亢，极为得体。

联语

一生惟谨慎，七擒南渡，六出北征，何期五丈崩摧，九代志能遵教受

十倍荷褒荣，八阵名成，两川福被，所合四方精锐，三分功定属元勋

【出处】此为题武侯祠的对联。

简析 此联以一至十这十个数字交错使用，很巧妙地勾勒出诸葛亮一生的功业，数字的使用使联语平添了许多趣味性。

联语
收二州，排八阵，七擒六出，五丈原头点四十九盏星灯，一心只望酬三顾
取西蜀，立南蛮，东和北拒，中军帐里变金木土革爻卦，水面偏能用火攻

简析 此联是一副著名的数字联。其奇特之处在于，上联使用了从一到十这十个数字，下联却以五方“东南西北中”和五行“金木水火土”与之相对，全联概括了诸葛亮一生的事迹，构思巧妙，给人以极强的艺术感染力。

联语
洛水灵龟[1]双献瑞，天数五，地数五，五五二十五数，数合乎道，道定元始天尊，一诚有感
丹山彩凤[2]两呈祥，雌声六，雄声六，六六三十六声，声闻于天，天生嘉靖皇帝，万寿无疆

【出处】此为贺嘉靖皇帝寿的对联。

【注解】❶洛水灵龟：即儒家关于《尚书·洪范》“九畴”创作过程的传说。《易·系辞上》：“河出图，洛出书，圣人则之。”洛，洛水。据汉儒解说：夏禹治水时有神龟出于洛水，背上有裂纹，纹如文字，禹取法而作《尚书·洪范》“九畴”。古代认为出现“河图洛书”是帝王圣者受命之祥瑞。❷丹山彩凤：传说四川峨眉山之东，有丹山者，乃凤凰朝立之处。今全国各地有多处“丹山风景区”。

简析 此联巧用数字，尤其是多次重复“五”和“六”，当为词臣为贺嘉靖

皇帝五十六岁(或说六十五岁)生日所撰。联语除首尾句外还使用了顶真的手法,联语用典精当,节奏紧凑,虽为弄臣献媚之作,收句尤近于直呼“万岁”,但其形式之精巧,令人感叹。

14. 颜色联

联语 **一味黑时犹有骨**
十分红处便成灰

简析 此咏炭联以“黑”和“红”来形容炭平时与燃烧时的两种形态。言外含有讽劝之意，即过于红则易乐极生悲。

联语 **白云白鸟飞来去**
青史青山自古今

简析 上联叠用两个“白”字，下联叠用两个“青”字，整个联语给人以历史的沧桑感和超然世外指点江山的超脱感。

联语 **白店白鸡啼白昼**
黄村黄犬吠黄昏

【出处】 此为戴叔伦对师的对联。

【简介】 **戴叔伦**：唐诗人。字幼公（一字次公）。润州金坛（今江苏）人。曾任新城令、东阳令、抚州刺史等。原有集，已散佚，明人辑有《戴叔伦集》，但其中掺入宋元及明初人诗颇多。

简析 上联连用三个“白”字，下联连用三个“黄”字，“白店”、“黄村”亦当确有其地，所以愈见联作的工巧。

联语 炭黑火红灰似雪
谷黄米白饭如霜

【出处】此为杨慎对弘治的对联。

【简介】**杨慎**:字用修,号升庵,四川新都人。明正德年间进士第一,官至翰林修撰。天启初,追谥文宪。后人辑其重要的为《升庵集》。散曲有《陶情乐府》。另有对句专集《谢华启秀》。**弘治**:明孝宗朱祐樘。

简析 上下联分别用三种颜色形容两种事物的不同阶段,“雪”与“霜”其实都是白颜色的代称。

联语 史君子[1]花朝白午红暮紫
虞美人草春青夏绿秋黄

【出处】此为江苏镇江金山寺某小沙弥对某知府的对联。

清赵翼《檐曝杂记》载,金山寺有一小和尚善对。知府出对曰:“史君子花,朝白午红暮紫。”小和尚答道:“虞美人草,春青夏绿秋黄。”

【注解】❶史君子:也可称“使君子”。相传古时潘州郭使君善用此植物的果实来为小儿治病,后人为感念他,乃以其名作为此植物之名。

简析 上下联中各含有三种颜色,全联共含有六种颜色。“史君子”与“虞美人”为嵌名。

联语 沼内种莲,藕白花红叶绿
田中插稻,秧青苗翠谷黄

【出处】此为沈周对祝允明的对联。

简析 上联以“白”、“红”、“绿”来形容“莲”不同部位的颜色，下联用“青”、“翠”、“黄”来形容“稻”在不同时期、不同状态下的颜色。

联语
白发摇葵[1]，几阵风吹残雪白
青眉对镜，一轮月照远山青

【注解】❶葵：指蒲葵，常绿乔木。叶大，可做蒲扇。

简析 下联“残雪白”即句首所谓“白发”，下联“远山青”也即句首“青眉”，颜色词重复使用。因“葵”可生风，故说“几阵风吹”，因“镜”圆如月，故说“一轮月照”，也是前后照应。

联语
青蒂石榴，两手劈开红玛瑙[1]
紫皮甘蔗，一刀削出玉琅玕[2]

【注解】❶玛瑙(mǎnǎo)：一种玉石，主要成分是二氧化硅，有各种颜色，质地坚硬，可用作磨具、仪表轴承等，也用来做贵重的装饰品。❷琅玕(lánggān)：像珠子的美石。

简析 上下联分别使用了“青”、“红”、“紫”、“玉”四种颜色词，使得联语所描绘的形象更为鲜明生动。“玉”即玉白色，如同以“金”代称金黄色。

联语
乌龙皂角斑须驾紫云，腾出碧波潭水
黄犬黑头白项朝红日，卧向青草池塘

【出处】此为沈周对祝允明的对联。

简析 上联用了“乌”、“皂”、“斑”、“紫”、“碧”五种颜色，下联用了“黄”、

“黑”、“白”、“红”、“青”五种颜色，使得上下联分别描写的“龙”及“犬”鲜明生动，活灵活现。

联语

绿水搅黄泥，红火黑烟，烧出青砖白瓦
翠湖凌紫阁，丹梁碧栋，俨浮玉殿金宫

简析 上联以六种颜色来描写砖瓦的烧制过程，“绿水”、“黄泥”、“红火”、“黑烟”、“青砖”、“白瓦”虽为刻意组织，但却都是写实；下联以“翠”、“紫”、“丹”、“碧”、“玉”、“金”六种颜色来描绘利用砖瓦所构建的依水建筑，美轮美奂，如在眼前。

联语

泪酸血咸，悔不该手辣口甜，只道世间无苦海
金黄银白，但见了眼红心黑，哪知头上有青天

【出处】此为城隍庙中的对联。

【简介】城隍庙：在安徽定远县。

简析 此联劝诫世人弃恶从善。上联用了“酸”、“咸”、“辣”、“甜”、“苦”五味，下联则以“黄”、“白”、“红”、“黑”、“青”五色与之相对。整个联语犀利畅快，不同于简单的道德说教，给人以醍醐灌顶之感。

联语

痛恨绿林头，假称白日青天，黑夜沉沉埋赤子
克复黄安县，试看碧云紫气，苍生济济拥红军

吴兰阶

【出处】此为吴兰阶题黄安起义大会的对联。

简析 上联嵌入“绿”、“白”、“青”、“黑”、“赤”五种颜色，下联嵌入“黄”、“碧”、“紫”、“苍”、“红”五种颜色，鲜明的色彩如鲜明的态度，表达了作者对黑暗制度的憎恶以及对光明的向往之情。

联语

省曰黔省[1]，江曰乌江[2]，神曰黑神[3]，缘何地近南天，却占了北方正气[4]

崖称红崖，水称赤水，寨称丹寨，只因人怀古国，就留为今代嘉名

【注解】❶黔省：即贵州别称。❷乌江：一称“黔江”。长江上游支流。❸黑神：贵州少数民族信奉的神，又称“黑帝”。传说中的五天帝之一，主北方之神，名“叶光纪”。❹北方正气：中国古代神语中称北方之神为“玄武”，塑像为龟或龟蛇合体，后又称“真(玄)武大帝”，黑色是其代表。

简析 此为咏贵州的对联。上联连用了“黔”、“乌”、“黑”三个黑颜色的代称，因北方之神为黑色，故提出了一个“缘何地近南天，却占了北方正气”的问题。下联“红”、“赤”、“丹”同样也都是红颜色的代称。

机 敏 联

联语 以父作马
望子成龙

【出处】此为林则徐对某私塾老师的对联。

简析 相传作者小时候由父亲背着进私塾学习，塾师见状出了上联，作者顺口以成语作答。塾师听了，叹为奇才。

联语 一弯西子臂
七窍比干心[1]

【出处】此为某农夫对朱元璋咏藕的对联。

【简介】朱元璋：明太祖，明朝的建立者。1368—1398年在位。

【注解】❶七窍比干心：见《史记·殷记》："比干强谏。纣怒，曰：'吾闻圣人心有七窍。'剖比干，观其心。"

简析 联语巧用两位古人的典故，上联以"西子臂"来形容鲜藕的外观形象，下联以"比干心"象形藕的内部结构。一为美女，一为名臣，对得极为工巧。

联语 雪消狮子瘦
月满兔儿肥

简析 门前石狮子上落满了雪，所以等雪化时好像狮子“瘦”了许多。月满之时，皎洁、明亮。月光照在白兔身上，好像兔子增“肥”了许多。下联还含有另一层意义，即传说月中有捣药的白兔，故有时以“兔”来代指“月”，月满了当然也就“兔儿肥”了。

联语

龙呵气而成云
蚕吐丝以自缚

【出处】 此为黄遵宪对其祖父的对联。

简析 黄的祖父又抽起烟来，过足烟瘾之余，得意地吟出上联，黄应声以下联相对，以期劝祖父戒烟。

联语

千年古树为衣架
万里长江做浴盆

【出处】 此为杨慎少时对某县令的对联。

简析 这是一副广为流传的神童妙对。杨慎幼年时在河中嬉戏，某县令指着挂在树上的衣服出了上联，杨慎应声对出了下联。一个小孩子竟有这等气魄，这使县令大为惊奇。

联语

马过木桥蹄打鼓
鸡啄铜盆嘴敲锣

简析 马走过木桥发出打鼓般的声音，鸡啄食铜盆发出敲锣的声音。马本无意以蹄“打鼓”，行路而已，鸡也无意以嘴“敲锣”，吃食而已，读来十分有趣。

联语 **水月寺鱼游兔走**
山海关虎啸龙吟

【出处】此为彭俊对某长老的对联。

简析 上联之“水月寺”，以“鱼”扣“水”，以“兔”扣“月”；下联之“山海关”，以“虎”扣“山”，以“龙”扣“海”。上下联势均力敌，极为工整。

联语 **牛头喜得生龙角**
狗嘴何曾吐象牙

【出处】此为于谦对某僧的对联。

【简介】于谦：字廷益，浙江钱塘（今杭州）人。永乐进士，曾任监察御史、尚书、加少保。卒谥忠肃，有《于忠肃集》。

简析 相传于谦儿时头上留着双髻，如同两只角一样，某僧见了，出上联以嘲笑他，于应声答出下联，某僧讨了个没趣，灰溜溜走了。下联化用俗话“狗嘴里吐不出象牙”而来。

联语 **风吹马尾千条线**
日照龙鳞万点金

【出处】此为明成祖朱棣对朱元璋的对联。

简析 相传明太祖朱元璋与皇孙朱允炆及燕王朱棣对句，朱元璋出句：“风吹马尾千条线。”朱允炆对云：“雨打羊毛一片毡。”朱棣对云：“日照龙鳞万点金。”朱允炆与朱棣的对句都十分工整，但后者气象更为不凡。后来朱允炆的皇位为朱棣所夺。

联语 风吹不响铃儿草[1]
雨打无声鼓子花[2]

【出处】此为马驿对师的对联。

【注解】❶铃儿草：即沙参，以花形似铃，故名。❷鼓子花：即旋花，蔓生，叶狭长，花红白色，形似鼓，根入药。

简析 铃儿本应在风吹过时"叮咚"作响，但"铃儿草"却在风中不出声响；鼓子本应在雨点敲击时发出咚咚的响声，但"鼓子花"却在雨中无声无息。联语以两种花草的名称作对，妙趣天成。

联语 池中荷叶鱼儿伞
梁上蛛丝燕子帘

【出处】此为沈周对祝允明的对联。

简析 鱼在荷叶下游来游去，把荷叶当成了遮风挡雨的伞了；燕子在梁间飞来飞去，梁上的蛛丝被燕子当成帘幕了。联语清新明快，情趣盎然。

联语 两头是路穿心店
三面临江吊脚楼[1]

【出处】此为刘师亮对某先生的对联。

【注解】❶吊脚楼：西南少数民族地区的一种独特的建筑，临水而建，一般二至三层。

简析 联语以西南少数民族地区的实景相对，字字工整。以"穿心店"对

"吊脚楼",十分巧妙。

联语 **画竹终无生笋日**
灯草也有结花时

【出处】此为某生对师的对联。

简析 画竹非真竹,故绝无生竹笋之日;灯草虽非真草,却竟有结灯花的时候。联语想象奇特却合乎常理,可谓构思巧妙。

联语 **画里仙桃摘不下**
笔中花朵[1]梦将来

【出处】此为陶庵对舅的对联。

【注解】❶笔中花朵:即梦笔生花的故事。喻指才思俊逸,遽成佳作。五代后周王仁裕《开元天宝遗事·梦笔头生花》:"李太白少时,梦所用之笔头上生花,后天才赡逸,名闻天下。"

简析 出句虽平平,但隐含不要好高骛远之意。对句则反其道而行之,直接抒发了少年郎远大的志向。

联语 **雪压竹枝头点地**
风吹荷叶背朝天

【出处】此为熊廷弼对客的对联。

【简介】熊廷弼:字飞百,湖广江夏(今湖北武昌)人,明万历进士,官至兵部右侍郎,天启时被冤杀,谥襄愍。有《熊襄愍公集》。

简析 上下联以拟人的手法,把雪压竹枝的情景描述成"头点地",把风吹荷叶的一瞬描写成“背朝天”，语言十分形象、传神。

联语
鸭母无鞋空洗脚
鸡公有髻①不梳头

【出处】此为林则徐对某私塾老师的对联。

【注解】❶髻(jì)：在头顶或脑后盘成各种形状的头发，这里指公鸡的鸡冠。

简析 此联的想象天真烂漫，充满了童趣，对仗上则十分工整。“鸭母”对“鸡公”以方言相对，尤为亲切。

联语
谁谓犬能欺得虎
焉知鱼不化为龙

【出处】此为丘濬对某客的对联。

相传丘濬儿时因语言相冲撞，得罪了某客。某客怒而吟上联，以自己为“虎”而以丘为“犬”。丘濬当即对出下联，劝某客不要小看了自己，某客听了顿时消了气。

【简介】丘濬(Jùn)：字仲深，号琼台，广东琼山(今海南海口)人。明景泰进士。孝宗时，累官文渊阁大学士，参与机务。卒谥文庄。有《琼台会稿》、小说《钟情丽集》、传奇《五伦全备》。

联语
铜盆冻冰金镶玉
荷叶洒雨翠叠珠

简析 铜盆似金，白冰似玉，故称“金镶玉”；荷叶如翠，雨点如珠，故称“翠叠珠”。

联语 稻草扎秧父抱子
竹篮装笋母怀儿

【出处】此为熊廷弼对某友的对联。

简析 稻草是收获了稻谷后剩下的秸秆，用其捆扎水稻的秧苗，好比是“父抱子”；竹篮是用老竹子编织成的，用以盛装竹笋，如同是“母怀儿”。联语思路奇巧且极富情趣。

联语 鹤步沙滩攒竹叶
虎行雪地点梅花

简析 因鹤的脚印呈竹叶状，故走在沙滩上便是“攒竹叶”了；老虎的足迹与梅花相仿佛，所以行走于雪地上，便如同“点梅花”了。

联语 鹦鹉能言难似凤
蜘蛛虽巧不如蚕

【出处】此为王禹偁对某太守的对联。

简析 鹦鹉能言，却是人云亦云，所以永远比不了百鸟之王的凤凰；蜘蛛虽能巧妙地吐丝织网，但总不如蚕吐的丝能衣被天下苍生。联语从平常的两种小动物身上挖掘出了不平常的哲理。

联语 衡门①稚子璠玙②器
翰苑③仙人锦绣肠

【出处】此为孙觌对苏轼的对联。

据《韵语阳秋》载，苏轼从海南回到宜兴，见到了年幼的孙觌。于是，问其所习何艺，孙答说学对句。苏轼便以“璠玙”两种宝玉为喻，出上联“衡门稚子璠玙器”，孙觌当即以“翰苑仙人锦绣肠”相对。苏轼听了，便连声称赞。

【简介】 **孙觌**(Dí)：字仲益，号鸿庆居士，江苏常州人。大观进士，绍兴初曾任临安知府。有《鸿庆居士集》。

【注解】 ❶衡门：横木为门，喻简陋的房屋，后借指隐者所居。❷璠玙(fányú)：美玉。此处比喻美好的事物。❸翰苑：文翰荟萃之处，犹言翰林。

简析 此联上下联对仗都十分工整。

联语

满地苔钱①，尚云穷巷
一庭柳絮，仍是寒家

【出处】 此为某士子对友人的对联。

【注解】 ❶苔钱：苔点形圆如钱，故称。

简析 “苔钱”非“金钱”，虽然满地都是，但还是个“穷巷”；“柳絮”非“棉絮”，虽然满庭皆是，但终究还是个“寒家”。

联语

绿水本无忧，因风皱面
青山原不老，为雪白头

【出处】 此为沈义甫对客的对联。

【简介】 **沈义甫**：甫，一作父，字伯时，吴江(今属江苏)人。宋亡，隐居不仕，有《乐府指迷》。

简析 此联以拟人的手法，把风吹水面的波纹想象成因为忧愁而皱起的脸，把积雪不化的山顶想象成因为苍老而白的头。

联语 藕入泥中，玉管通地理
荷出水面，朱笔点天文

简析 莲藕形如玉管，因扎入泥中，便称之为“通地理”；荷苞形似朱笔，因其遥指天空，于是便称之为“点天文”。联语字字工整。读之，似能感受到联作者那一脸自负的神情。

联语 一行朔雁，避风雨而南来
万古阳乌，破烟云而东出

【出处】此为陈韡(Wěi)对朱熹的对联。

【简介】陈韡：号抑斋，福州侯官(今福建闽侯)人。南宋开禧进士，累官参知事兼同知枢密院事，后为龙图阁学士。卒谥忠肃。

简析 据梁章鉅《巧对补录》载，吾乡宋时陈北山先生子韡，年十一，器度英伟。朱晦翁过访北山，韡侍侧，晦翁令属对，曰：“一行朔雁，避风雨而南来。”韡应声云：“万古阳乌，破烟云而东出。”晦翁大奇之，谓此子气象不凡，异日名位不可量也。

联语 书生袖里携花，暗藏春色
太守堂前秉鉴，明察秋毫

【出处】此为某书生对某太守的对联。

相传古时某太守去学校视察，见一学生袖中藏有花朵，知其逃课春游，于是出了上联让学生对，学生当即对出下联。

简析 联语以"明察秋毫"对"暗藏春色",的确工整之至,且其中还含有对太守的吹捧之意。

联语

和尚撑船,篙打江心罗汉
尼姑汲水,绳牵潭底观音

【出处】 此为王尔烈对某僧的对联。

【简介】 **王尔烈**:字君武,号瑶峰,奉天辽阳(今属辽宁)人。清乾隆进士,官至大理寺少卿。有《瑶峰集》。

简析 和尚江上撑船,篙必然会打到其在江中的倒影,故称"打江心罗汉";尼姑潭中汲水,绳索必然会连着潭底的倒影,故称"牵潭底观音"。此联对仗十分工稳、贴切,且生动、形象、有趣。

联语

眼皮堕地,难观孔子之书
呵欠连天,要做周公之梦

【出处】 此为徐广文对唐万阳的对联。

某日在私塾里,先生唐万阳讲得起劲,几个学生却听得昏昏入睡。先生敲醒了坐在前排的徐广文,出了上联。徐广文揉揉眼睛,随口应对。

简析 上下联一问一答,妙趣横生。

联语

鲈鱼四鳃,一尾独占松江
螃蟹八足,两螯横行天下

【出处】 此为某御史巧对松江知府的对联。

传说有御史微服至松江,遇到知府时问其为何人。知府素来霸道,于是以上联作为自我介绍，御史当即以自己的身份对出下联，知府听了知其大有来头，马上派人打探，才知道是御史大人驾到。

【简介】**松江**：水名，即吴淞江。又府、县名，元至元十五年，改原华亭府为松江府，治华亭，清属江苏省。1912年废府，并娄县入华亭县。1914年，改华亭县为松江县，仍属江苏省，今属上海市。

简析 上下联对仗工整，且出联与对联者的神情、心理也如在眼前。

联语 新月初悬，没线金钩钓海
晚霞高挂，无烟野火烧空

【出处】此为张扆(Yǐ)对其父的对联。

简析 新月如钩悬于海上，使人想象到是“没线金钩钓海”，晚霞似火挂天边，使人联想到是“无烟野火烧空”。联语想象奇特，对偶工整、贴切。

联语 天为棋盘星为子，何人能下
地作琵琶路作弦，哪个敢弹

【出处】此传为刘基对朱元璋的对联。

【简介】**刘基**：字伯温，明初青田县(今浙江文成县)人。元末进士。曾任江西高安县丞、江浙儒学副提举、处州总管府判。明初任御史中丞兼太史令，封诚意伯。曾辅佐朱元璋完成帝业、开创明朝。通经史、晓天文、精兵法、善文章。有《诚意伯文集》等。

简析 此联为流传很广的古代巧联，故事有多种版本，作者也曾附会到多位名人身上。出句想象奇瑰，气势宏大，对句虽稍弱，但却很是工整。或许如此露拙也是刘伯温足智多谋的一种表现吧。

联语 天近山头，行到山腰天更远
月浮水面，捞将水底月还沉

简析 在山下看起来，天好像很贴近山头，但行到山腰却发现天在更高、更远处；月亮映在水面之上，但一旦水中捞月时却搅动了水面使月影消失了，好似沉入了水底。

联语 仙子吹箫，枯竹节边生玉笋
佳人张伞，新荷叶底露金莲

【出处】此为解缙对其父的对联。

简析 上联“枯竹节”指竹箫，而“玉笋”则是指吹箫仙子的玉指；下联“新荷叶”指伞，而“金莲”则为佳人玉足的古称。上联“竹”与“笋”同类，下联“荷”与“莲”同类，此为其工巧之处。

联语 出水蛙儿穿绿袄，美目盼兮①
落汤虾子着红袍，鞠躬如也②

【出处】此为高则诚对客的对联。

【简介】高则诚：名明，以字行，号菜根道人，元末明初浙江平阳人。至正进士，历处州录事、福建行省都事，所作南戏《琵琶记》影响较大。

【注解】❶美目盼兮：语出《诗经·卫风·硕人》：“手如柔荑，肤如凝脂，领如蝤蛴，齿如瓠犀，螓首蛾眉，巧笑倩兮！美目盼兮！”❷鞠躬如也：语出《论语·乡党第十》：“入公门，鞠躬如也，如不容。立不中门，行不履阈。过位，色勃如也，足躩如也，其言似不足者。摄齐升堂，鞠躬如也，屏气似不息者。”

简析 青蛙出水，似着绿袄；蛙目凸出故云“美目盼兮”。虾遇热水则变红色，似着“红袍”，虾腰弯似弓，故云“鞠躬如也”。上下联尾句以经语对经语，尤觉工稳。

联语
吴下门风，户户尽吹单孔笛
云间[1]胜景，家家皆弹独弦琴

【出处】此为王鏊对徐阶的对联。

松江人徐阶到吴县王鏊的家乡，见吴县百姓用竹筒吹火，于是出上联相戏。后来王到了徐的家乡，见乡民家家弹棉花，便作下联戏答。

【简介】王鏊：字济之，晚号震泽先生，江苏吴县（今苏州）人。明正德年间官至宰相。徐阶：字子升，松江华亭（今上海松江）人，明朝内阁大学士，官至内阁首辅。

【注解】❶云间：今上海松江区（古华亭）的旧称。

简析 联中把吹火筒称为“单孔笛”，把弹花弓称为“独弦琴”，既形象又十分风趣。

联语
杨花就地滚成团，春风蹴鞠[1]
梅影当窗横作画，夜月丹青[2]

【出处】此为施槃（Pán）对师的对联。

【注解】❶蹴鞠（cù jū）：古代的一种球。❷丹青：泛指绘画用的颜色，后指绘画艺术。

简析 此联将春风与夜月拟人化。上联写看见地上的杨花滚动成一团，便想到是春风在玩蹴鞠，下联写看见梅树的影子落在窗子上如同一幅画，便想到是夜月在作丹青。此联想象奇特，且十分生动有趣。

联语 杨柳花飞，平地上滚将春去
梧桐叶落，半空中撒下秋来

【出处】此为张泰对陆静逸的对联。

【简介】**张泰**：字亨父，号沧州，江苏太仓人。明天顺进士，官至翰林院修撰。有《沧州集》。**陆静逸**：字鼎仪，江苏昆山人。明天顺进士，授编修，历修撰，擢太常少卿，兼侍读，少与张泰、陆容齐名，号“娄东三凤”。有《春雨堂稿》。

简析 作为季节的“春”与“秋”本无具体的形象可言，此联却化无形为有形。暮春时才见杨花柳絮，所以作者想象成是满地翻卷的杨柳花“滚”走了春天；秋天来时片片梧桐叶落下，于是作者想象成秋天是随着树叶的飘飞而从半空中撒落下来。

联语 鸡犬过霜桥，一路梅花竹叶
燕莺穿绣幕，半窗玉剪金梭

简析 鸡的脚印如竹叶，犬的脚印如梅花。鸡犬一同从下了霜的桥上经过，于是留下了“一路梅花竹叶”；燕尾如玉剪，莺身如金梭，它们飞越绣幕时，便看到了“半窗玉剪金梭”。

联语 雪积观音，日出化身归南海
云堆罗汉，风吹漫步到西天

【出处】此为王尔烈对某僧的对联。

简析 把雪堆成观音，日出雪化，则随流水归南海；天边云彩聚成罗汉状，风吹云飘，便到了西天。南海为观音的居所，西天则为罗汉们的住处，联语环环相扣，文思缜密。

联语
驼背桃树倒开花，黄蜂仰采
瘦脚莲蓬歪结子，白鹭斜观

【出处】此为张之洞对某馆师的对联。

简析 桃树“驼背”，使本应朝天开放的花变成了向下开放，于是采花蜜的黄蜂只好仰面向上而采；莲蓬“脚瘦”，使所结莲子歪向一旁，引得白鹭也扭着脖子斜观。联语所描绘的形象独特而生动，极富生活情趣。

联语
柳线莺梭，织就江南三月景
云笺雁字，传来塞北九秋书

【出处】此为顾鼎臣对其父的对联。

【简介】**顾鼎臣**：字九和，号未斋。明苏州昆山（今属江苏）人。弘治进士，官至礼部尚书。有《未斋集》。

简析 联中以柳丝为线，以莺鸟为梭，织成了江南三月的锦绣景色；一片白云为纸，一行大雁如字，在深秋时节传来了塞北的书信。联语以“线”、“梭”紧扣“织”、“景”，以“笺”、“字”紧扣“传”、“书”，形式与内容都非常工切。

联语
桃李花开，一树胭脂一树粉
橘柑果熟，满枝翡翠满枝金

简析 上联“一树胭脂”是指红红的桃花，“一树粉”则是指白色的李花；下联“满枝翡翠”是指青皮的橘子，“满枝金”则是指金黄色的柑子。

联语
雏凤学飞，万里风云从此始
潜龙奋起，九天雷雨及时来

【出处】此为张居正对顾璘的对联。

【简介】张居正：明政治家。字叔大，号太岳，湖广江陵（今湖北荆州）人。嘉靖进士。穆宗时，与高拱并为相。神宗时，代为首辅。卒谥文忠。有《张文忠公全集》。 **顾璘：**字华玉，号东桥，吴县（今江苏苏州）人。明弘治进士，官至刑部尚书。有《浮湘集》等。

简析 此联出句对句均气魄宏大，出口不凡。上联含有前辈对于后辈的期许，下联则充满了志士的自信与豪迈。

联语
醉汉骑驴，频频点头算酒账
艄公摇橹，深深作揖讨船钱

【出处】此为秦观对苏轼的对联。

【简介】秦观：北宋词人。字少游、太虚，号淮海居士，高邮（今属江苏）人。曾任秘书省正字，兼国史院编修官等职。文辞为苏轼所赏识，是“苏门四学士”之一。

简析 “醉汉骑驴”，则会随着驴身的摇晃而一步一点头；“艄公摇橹”，则会每摇一下躬一次腰。联语作者把醉汉的点头附会成了“算酒账”，把艄公的躬腰摇橹附会成了“作揖讨船钱”，可谓善作戏谑之语。

联语 树影倒池塘，鸟宿水中鱼上树
枝柯蔽云日，荫笼地上马登枝

简析 树影倒映入池塘中，枝头的小鸟也被倒映入水底；水底的鱼儿则游入树枝的倒影之中仿佛上了树一般。枝柯高蔽云日，树荫笼在地上，路过的马儿踩在树影上，好似登上了枝头。此联妙用空间的错位，很有趣味性。

联语 羲之[1]写笔阵[2]图，砚为城也墨为甲
李白号钓鳌客，虹作丝兮月作钩[3]

【出处】下联语出宋赵令畤(zhì)《侯鲭(zhēng)录》。

【简介】赵令畤：宋词人。字景贶，又字德麟，自号聊复翁。宋太祖次子燕王德昭玄孙。元祐中签书颍州公事，时苏轼为知州，荐其才于朝。后坐元祐党籍，被废。后袭封安定郡王，迁宁远军承宣使。著有《侯鲭录》八卷，赵万里为辑《聊复集》词一卷。

【注解】❶羲之：即王羲之，字逸少，东晋书法家。琅琊人，居会稽山阴，官至右军将军，习称“王右军”，曾从卫夫人学书，草、隶、正、行，皆博采众长，自成一家，世称“书圣”。❷笔阵：比喻书法。谓作书运笔如排兵布阵。❸李白号钓鳌客，虹作丝兮月作钩：语出赵令畤(zhì)《侯鲭录》。该书载李白开元中谒宰相，封一版，上题曰“海上钓鳌客李白”。相问曰：“先生临沧海，钓巨鳌，以何物为钓线？”白曰：“以风浪逸其情，乾坤纵其志；以虹霓为丝，明月为钩。”又问：“何以为饵？”曰：“以天下无义丈夫为饵。”时相悚然。

简析 此联妙用典故，“写笔阵图”则“砚为城”、“墨为甲”，“号钓鳌客”则

“虹作丝”、“月作钩”。联语思路奇特，意境高远。

联语 **元宵不见月，点几盏灯，为山河添彩**
惊蛰未闻雷，击数声鼓，代天地宣威

【出处】此为阂鹗元对客的对联。

【简介】**阂鹗元：**字峙庭，浙江归安（今吴兴）人。清乾隆进士，官至江苏巡抚。

简析 上联以元宵来扣月亮。不见月，则以几盏灯代之。灯有光，故云“为山河添彩”。下联以惊蛰来扣惊雷。不闻雷，则击数声鼓代之。鼓有声，故云“代天地宣威”。

嘲讽联

嘲讽联是具有嘲笑、戏谑、幽默、讽刺作用的对联。这类对联，最能体现文学正视社会矛盾、干预社会生活的功能。难能可贵的是，它们不是标语口号，而是充分运用独特的对联技巧，达到出神入化、入木三分、回味无穷的境地。

嘲讽联的范围非常广泛，各类对联都可以有冷嘲热讽的内容，运用起来非常灵活。可以嘲讽历史事件（如慈禧做寿），可以嘲讽社会现象（如拜金主义），也可以针对特定人物讽贪刺虐；或者就事论事，或者借题发挥，或者明目张胆，或者隐语设谜。有的义愤填膺，骂得痛快淋漓；有的平常语义，需要一番别解；有的举重若轻，图个会心一笑，有时奇兵斜出，令人击节称绝。

嘲讽联一般有两个来源。一是根据社会的实际情况，由懂得幽默的当事者和好事者，自由创作；一是以现成的巧妙对联为基础，加工创作。无论哪种情况，都应把嘲讽对象选准，注意区分矛盾性质，正确使用感情、语言，认真选择汉语辞格。这样，才会有益于嘲讽联的发展。

中华民国以前的嘲讽联

联语　望洋兴叹[1]
　　　与鬼为邻

清·那桐

【出处】此为那桐的自嘲联。

【简介】那桐：叶赫那拉氏，字琴轩，满洲镶黄旗人，光绪举人。光绪二十六年(1900年)八国联军侵占北京，受命为留京办事大臣与联军议和。后任外务部会办、大臣，授体仁阁大学士，升军机大臣等。

【注解】❶望洋兴叹：出自《庄子·秋水》："望洋向若而叹。"原指看到人家的伟大，才感到自己的渺小。后来人们用它比喻做事力量不够或条件不充分而感到无可奈何。

简析　此联"洋"字暗指"洋人"，与下联的"鬼"字共同嵌入对当时各国列强的蔑称——"洋鬼子"。因作者受命办理外交事务，所以要天天"望洋兴叹"、"与鬼为邻"，大有无可奈何的味道。

联语　不明才主弃
　　　多故病人疏

清·纪昀

【出处】此为纪昀嘲庸医的对联。

联语出自唐孟浩然《岁暮归南山》："不才明主弃，多病故人疏。"

简析　原诗意为因自己缺乏才干，才不为圣明的朝廷所用；又因为长期体弱多病，使得朋友也渐渐疏远了。但通过纪晓岚的巧思，仅分别将两个字的位置对调，便形成了对庸医的绝妙嘲讽：是因为医术不高明，才遭到才（通“财”）主们的纷纷遗弃；因为医疗中老出事故，所以才被病人们疏远。

联语 妹妹我思之
哥哥你错了

【出处】清代一次科试中，以《书·秦誓》中的一句“昧昧我思之”为题，有一考生视力不佳，写成了“妹妹我思之”。阅卷官见了，哑然失笑，提笔批了“哥哥你错了”五字。

简析 阅卷官看似不经意提笔批的五个字与“妹妹我思之”恰成一副巧妙的对联，读之令人忍俊不禁。

联语 代如夫人①洗脚
赐同进士出身②

【出处】此为某友对曾国藩的对联。

曾国藩探访友人，正逢友人为小妾洗脚。曾出上联嘲友，友以下联反嘲之。曾国藩为三甲检讨出身，非真正的进士及第，故终生以此为憾。

【注解】❶如夫人：原意谓同于夫人，后即以称别人之妾。❷同进士出身：清代每科考毕，录取人数自一百至四百余名不等，分为三甲。头甲三人，即状元、榜眼和探花，赐进士及第；二甲诸人，赐进士出身；三甲人数最多，赐同进士出身。

简析 “脚”与“身”，同为形体名词，属小类工对。

联语 君恩深似海矣
臣节重如山乎

【出处】钱谦益为明朝大臣时，曾悬“君恩深似海，臣节重如山”对联于中堂。降清后，钱的中堂仍然悬挂着这副对联。有人在上下联后各加一字，成为一副嘲讽联。

简析 上联用感叹句肯定，下联则用反问句嘲讽。

联语 内翰拜时须扫地
相公坐处幕遮天

【出处】宋时翰林学士杨大年美髯。一日朝罢，至都堂，宰相丁谓以上联戏之。杨想到丁谓独揽朝纲，乃答以下联。

简析 “天”与“地”的对仗，极为工整。

联语 头上有钱飘翠羽[1]
胸中无策退红毛[2]

【出处】此为嘲因国难捐输得花翎者的对联。

捐输是封建社会的一种捐纳制度。通常由政府把各类官职定出价格，公开向有钱人出售。晚清时期，清政府为弥补财政不足，大肆卖官，造成满街都是红顶花翎的怪现象。因这些花钱买官的人大多不学无术，在列强入侵之时，当然也拿不出什么退敌之策，有人便撰此联以嘲讽之。

【注解】❶翠羽：清代官员官帽上的顶戴花翎。❷红毛：晚清时对帝国主义列强的戏称。

简析 “头上”与“胸中”，“翠羽”与“红毛”，对仗工整而巧妙。

联语

早去一天天有眼
再留此地地无皮[1]

【注解】 ❶地无皮：民间称贪官大肆搜刮民脂民膏为“刮地皮”。这里指此地已被贪官们搜刮得干干净净，连地皮都没有了。

简析 早一天把这个贪官调走，算是老天爷睁开眼了。要再让他留在此地，恐怕连地也让他刮得没有皮了。用“地”作参照物，比起正面写搜刮百姓，更入木三分。

联语

曲礼[1]**一篇无母狗**
春秋三传[2]**有公羊**[3]

【出处】 此为韩慕庐对某名士的对联。

据梁章钜《巧对录》载，韩慕庐在长洲（今苏州）私塾当先生。这家主人虽然识字不多却喜卖弄，经常替韩慕庐上课以炫耀自己的学问。有一天，这家的主人替韩慕庐教学生读《曲礼》一篇时，竟将“临财毋苟得”一句，读成了“临财母狗得”。此时正巧一位饱学之士从学堂窗前经过，听后感到好笑，便在窗外高声诵出“曲礼一篇无母狗”的上联借以嘲笑。正好外出归来的韩慕庐一听，知道是冲他来的，便应声对出“春秋三传有公羊”的下联。那人听后，方知韩慕庐先生不是凡俗之辈，于是登门求见。二人见面一谈，才知念“母狗”者不是韩慕庐。

【简介】 **韩慕庐**：字元少，清江苏长洲（今苏州）人。早年落魄不遇，后得大司寇徐乾学赏识。官至礼部尚书。

【注解】❶曲礼：《礼记》中的一篇。❷春秋三传：指解释《春秋》的三传——《左传》、《公羊传》、《穀梁传》。❸公羊：指《公羊传》。

简析 对方由纠正“毋苟”为“母狗”的错误出联，韩慕庐以《春秋》中的《公羊传》为对，对语熨帖，极为风趣。那位学士将错就错地利用飞白的修辞方法将“母狗”直接替代了“毋苟”，下联则以“公羊”对“母狗”，更是妙语惊人。

联语

杨三[①]已死无苏丑[②]
李二先生[③]是汉奸

【出处】苏昆名丑杨三在演《白蛇传》时，因讽刺了李鸿章的卖国行为，后被迫害致死。观众十分气愤，于是有人写了这样一副对联来表达愤怒之情。

【注解】❶杨三：杨鸣玉，昆曲名丑。❷苏丑：苏昆丑角。因昆曲发源于苏州，故又称“苏昆”。❸李二先生：指李鸿章。李鸿章排行第二，故称“李二先生”。

简析 对联采用无情对的形式，每字均工整相对。上下联内容看似不相关联，但下联在突兀之中道出真相，使嘲讽的意味更显得淋漓尽致，可谓嬉笑怒骂，皆成文章。

联语

园中阵阵催花雨
席上常常撒酒疯[①]

【出处】此为某生巧对老师的对联。

某私塾老师嗜酒，并且总爱喝醉后发酒疯。在一个花开满园的季节，恰逢急雨，老师便出了这副写景的上联让学生来对，学生以下联应对。老师看了面露愧容。

【注解】❶撒酒风：即发酒疯，借酒发疯。

简析 上下联虽内容毫不相干，但字字对仗工整。

【提示】上下联内容不相干却对仗工整的对联，称为“无情对”。

联语 宰相合肥天下瘦
司农常熟世间荒

【出处】此为讽翁同龢、李鸿章的对联。

简析 清朝末年的这副对联流传甚广。上联说的是合肥人李鸿章。李鸿章以淮军发迹，很快便跻身督抚高位。他的后半生执掌国家外交大权三十余年，在为国家办事的同时，也为自己聚敛了巨大的财富。身为大学士，即宰相的他倒是肥了，而天下百姓却都瘦了。下联说的是翁同龢。翁为江苏常熟人，官居户部尚书。户部尚书古时称为大司农。意思是司农家中常年丰收，而农村的田却荒芜了，百姓受难。联中“宰相”与“司农”、“合肥”与“常熟”、“天下”与“世间”、“瘦”与“荒”之对都十分工整。

联语 谋生梦好鸡常破
索债人多狗不闲

【出处】此为钟耘舫的自嘲联。

简析 正做着挣钱谋生的好梦，却被窗外的鸡叫声给惊醒了；前来讨债的人接连不断，看家的狗咬个不停，一会儿也闲不住。联语以巧妙的构思、幽默的笔法描写了自己的贫困状况。“鸡”、“狗”之对，堪称工巧。

联语 万寿无疆，普天同庆
三军败绩[1]，割地求和

【出处】清末时民生凋敝，内外交困，慈禧太后却诏令全国为她庆六十大寿，有人便写了这副寿联以讽之。

【注解】❶败绩：指军队的溃败。

简析 上联是当时流行的为慈禧祝寿用的词句，下联却笔锋一转写出了国难当头的实情。

联语 实事求非[1]，集思广损[2]
励精图乱[3]，发愤为雌[4]

【注解】❶实事求非：改成语“实事求是”而来。❷集思广损：改成语“集思广益”而来。❸励精图乱：改成语“励精图治”而来。❹发愤为雌：改成语“发愤为雄”而来。

简析 四个褒义的成语被各改一字后，完全成了相反的意义。特别是把“雄”改“雌”，汉语“雌雄”具有“胜负”、“高下”之意，将“雄”换成“雌”，不仅意义相反，同时又暗含了慈禧女性的身份，尤具讽刺意味。

联语 王好货[1]，不论金银铜铁
寅属虎，全需鸡犬牛羊

【注解】❶王好货：语出《孟子·梁惠王下》：“王如好货，与百姓同之。”原意指齐宣王贪财。好(hào)，嘉好。

简析 联语嵌入被讽刺者的姓名。上联引用典故直接说明其贪得无厌；

下联通过十二生肖的“寅虎”，引申出贪官猛于虎，而百姓只是虎口中的鸡犬、牛羊。

联语

垂帘[1]廿余年，年年割地
尊号十六字[2]，字字欺天

【出处】此为章炳麟讽慈禧的对联。

【注解】❶垂帘：即垂帘听政，指皇太后辅幼主临朝听政。❷尊号十六字：慈禧六十大寿时为自己加的尊号，共十六个字，即“慈禧端佑康颐昭豫庄诚寿恭钦献崇熙”。

简析 上联指慈禧垂帘听政累计二十余年，在对外交往中丧权辱国，几乎年年割地赔款；下联嘲讽慈禧用世上最美好的字眼为自己加的十六字的尊号，其实是字字欺天。

联语

不读书以超儒，士心皆冷
未通文而登选，人谓有钱

【出处】晚清时，贵州冷超儒、钱登选二人不学无术，但都因贿赂而得官，后来贪赃枉法，激起民愤，有人便撰了此联以嘲之。

简析 联语巧妙地嵌入了二人的姓名，对他们的丑行进行了辛辣的讽刺。联语的意思为：不读书却超过了儒生，读书人的心全冷了；文理不通的人却登第入选，人家说是因为他有钱。

联语

行年八秩[1]尚称童[2]，可云寿考[3]
到老五经[4]犹未熟，不愧书生[5]

【注解】❶八秩：八十岁。❷童：指童生。明清两代称没有考秀才或没有考取秀才的读书人。❸寿考：年高；长寿。❹五经：指《诗》、《书》、《礼》、《易》、《春秋》五部儒家经典。❺书生：本指读书人。但此处的“生”暗含“夹生、不熟”的意思。

简析 都八十岁了还称为“童”，真可以说是“长寿”了；到老来对五经还不够熟悉，真不愧叫“书生”——对书本太生疏了！此联巧借“童生”二字做文章，构思、组句，都堪称巧妙。

联语

墙上芦苇，头重脚轻根底浅
山间竹笋，嘴尖皮厚腹中空

明·解缙

【出处】此为解缙嘲学识浅薄、爱随大流者的对联。

简析 芦苇生墙上，无疑扎根很浅，风吹过时肯定头重脚轻，摇摆不定，以此比喻人，便是指那种学识浅薄、爱随大流者，就如俗话所讲：“墙头草，随风倒。”山中新生的竹笋，具有“嘴尖皮厚”的特点，而且中间还是空心的，用以比喻人，便是那种说话夸夸其谈，脸皮很厚且没有什么真才实学的人。“芦苇”与“竹笋”之对，“头”、“脚”与“嘴”、“皮”之对，都极为工整。

联语

咳！仆本丧心[1]，有贤妻何至若是
啐！妇虽长舌[2]，非老贼不到今朝

【出处】此为阮元讽秦桧夫妇的对联。

【简介】秦桧：宋江宁（治今南京）人。主张投降。曾以“莫须有”的罪名杀害岳飞。

【注解】❶丧心：丧失理智，丧尽天良。❷长舌：语出《诗经·大雅·瞻卬》：

“妇有长舌，维厉之阶。”后因称好说闲话、爱搬弄是非的女人为“长舌妇”。

简析 对联以假设秦桧夫妇对话的形式，对他们陷害忠良弄权误国的恶行进行了讽刺。上联是秦桧的口吻：我虽然丧尽了天良，但若是有个贤妻的话，也不至于落到这种地步。下联以秦桧之妻王氏的口气反驳道：我这妇人家虽然长舌，但不是因为你老贼的话，也落不到今天的下场。惟妙惟肖，诙谐生动。

联语

爱民若子——金子银子皆吾子也
执法如山——钱山靠山岂尔山乎

简析 某贪官贪赃枉法的劣行尽人皆知，他却在官府门前贴出了“爱民若子　执法如山”的对联。有人连夜在对联下面各续了八个字，对原联的“子”与“山”进行了诠释：原来贪官所爱之子只是“金子银子”，所谓“山”也只是“钱山靠山”而已。

联语

季子[1]自命为高，与吾意见大相左[2]
藩侯以身许国，笑他功烈亦何曾

【出处】此为曾国藩、左宗棠的互嘲联。

曾国藩与左宗棠并为清朝重臣，但因对政事兵略，两人所见常殊。且两人的关系也不够融洽。据传有这样一则故事：两人论事相忤，曾国藩先谑之曰：“季子自命为高，与吾意见大相左。”左宗棠立即回应道：“藩侯以身许国，笑他功烈亦何曾？”

【注解】❶季子：原意为少子，此处指左宗棠，同时分别嵌入“左”、“季”、“高”三字。“季高”系左宗棠的字。下联亦分别嵌入“曾”、“国”、藩”三字。❷相左：不一致。

简析 联中短短的两句话，各嵌入了彼此的姓名，可见两人皆才思敏捷，机智过人。有关此事的联语流传甚广，有各种版本，文字也有所不同。如上联为：季子敢鸣高，与予意见大相左。下联为：藩臣徒误国，问他经济有何曾？

联语 与祖宗呼吸相通，方是香烟一脉①
叹子孙诗书未读，也知灯火三更②

【注解】❶香烟一脉：原指家族世代香火相传，此处用以指鸦片烟。❷灯火三更：原意为挑三更灯火勤奋读书，此处指用来点鸦片的烟灯。

简析 对联巧用了“香烟一脉”和“灯火三更”的双关含义嘲讽嗜鸦片烟者。原本应该是用祭祖时的香火与祖宗“呼吸相通”，但烟鬼点的却是鸦片烟。祖宗原是期望子孙挑着三更灯火刻苦读书，但烟鬼挑的三更灯火却是为了抽鸦片。因正、反含义之间反差极大，所以造成了使人忍俊不禁的诙谐效果。

联语 妖道恶僧，三令牌①击退风云雷雨
贪官污吏，九叩首拜出日月星辰

【注解】❶令牌：僧道设道场举行祈雨仪式时的道具。

简析 祈雨为我国古代农业社会的一项重要的活动。活动种类花样繁多，且经久成俗。遇旱灾时或由民众自行组织，或由地方官员主持，有时请僧人、道士作法。因为祈雨不灵验，所以祈雨的主角往往招致百姓的嘲弄。作法的道士、僧人被称为“妖道恶僧”，主持的官吏则被称作“贪官污

吏”，可想而知这些人平时在民众心目中的形象。

联语

任凭尔能说能行，到此大瘾[1]发时，还有力否
须知我不赊不欠，只把长枪[2]放下，快数钱来

【注解】❶大瘾：指鸦片烟瘾。❷长枪：指抽鸦片的烟枪。

简析 此联模仿鸦片烟馆老板的口吻，对嗜烟者的一副可怜相进行了充满诙谐意味的嘲讽。

联语

我若有灵，也不至灰土处处堆，筋骨块块落
汝休妄想，须知道勤俭般般有，懒惰件件无

【出处】此为题某土地庙的对联。

【简介】土地庙：祭祀土地神的小庙。土地，迷信传说中指管理一个小地区的神，即古代的“社神”。

简析 此联以一座破败的庙宇中一尊缺胳膊少腿的土地神像的口吻，对那些不思勤劳持家，却幻想依靠求神拜佛而求得富贵的人，进行了善意的嘲讽和规劝。

联语

弘德殿、宣德楼，德业无疆，且喜词人工词曲
进春方、献春策，春光有限，可怜天子出天花

【出处】此为嘲同治患天花的对联。

此联所说的故事背景是：同治皇帝微服在宣德楼戏园听戏时，认识了翰林王庆祺。此人精通唱曲玩乐，受到同治的青睐，擢至侍讲，供职同治帝读书之所弘德殿。下联写同治帝得到一个风月场中老手做导游，恣意嫖妓，患了梅毒。御医为了掩饰，竟当作天花来医，结果回天无术，同治一命呜呼。

【简介】同治：清穆宗。即爱新觉罗·载淳。清代皇帝，年号“同治”。1862—1874年在位。

简析 此联较好地运用了叠字的技巧，上下联前半部分三次出现“德”与“春”字，后半部分两次出现“词”和“天”字，在强化语气的同时也使得上下联语一气呵成。上联正话反说，下联收尾点明主题，使得整个联语平添了几分冷嘲的气息。

嘲讽联

联语

太尊翁，尊翁在上，上至三千里灵霄，玉皇盖楼，您在楼头做寿

愚晚生，晚生在下，下至十八层地狱，龙王淘井，我在井底挖泥

【出处】某书生为某官员之父做寿时，尊称对方为“太尊翁”而自称为“愚晚生”，于是在这两个称谓上做起了文章。上联把对方一再抬高，一直抬高到玉皇大帝的楼顶；下联则一味把自己贬低，最后贬低到十八层地狱的“井底”。

简析 此副褒贬谐联通过采用极度夸张的笔法，使得整个对联充满了调侃与恶作剧的意味。

联语

大老爷做生，金也要、银也要、铜钱也要，红黑[1]一把抓，不分南北
小百姓该死，稻未熟、麦未熟、高粱未熟，青黄两不接[2]，哪有东西

【出处】此为讽贪官做寿的对联。

【注解】❶红黑：红黑帽，旧时地方官府的衙役戴红帽和黑帽，因用作衙役的代称。❷青黄两不接：旧粮已经吃完，新粮尚未接上。也比喻人才或物力前后接不上。青，田里的青苗。黄，成熟的谷物。

简析 此联讽贪官做寿。贪官做寿时强令百姓送礼，地无论南北，家里的金银铜钱皆被衙役们一把抓去。可怜百姓正当青黄不接的季节，生活困苦，家里没有什么东西。“红黑”与“青黄”、“南北”与“东西”，都对得十分工整、巧妙。

中华民国时期的嘲讽联

联语 **见机而作[1]**
入土为安[2]

陈寅恪

【出处】此为陈寅恪作于抗战期间的对联。

抗战期间日军曾多次对重庆等大后方进行轰炸，军民死伤甚众，但每当空袭警报响起时，各类大小官员们总是最先躲进事先挖好的防空洞内，陈寅恪教授有感在某防空洞前题写了这副联。

【注解】❶见机而作：看到适当时机立即行动。语出《周易·系辞下》："君子见几而作，不俟终日。"几，后作"机"。❷入土为安：旧时土葬，人死后埋入土中，死者方得其所，家属方觉心安。

简析 对联以两句成语相对并巧用其中的歧义，上联的"机"字面义为"时机"，这里又可意会为"轰炸机"；下联的"入土"本义指人死后的土葬，这里同时又指躲入防空洞中求得安全。写重大题材，却幽默风趣。

联语 **民国万税**
天下太贫

刘师亮

【出处】此联为刘师亮改当时四川流行的春联"民国万岁，天下太平"而成，用以讽捐税。

简析 作者巧借当时颇为流行的"民国万岁"、"天下太平"两句口号，采用谐音双关的手法，把“万岁”改为“万税”，把“太平”改为“太贫”，对军阀政权横征暴敛以及社会下层民不聊生的现实进行了无情的揭露。

联语
起病六君子①
送命二陈汤②

【注解】❶六君子：中药名。实指率先拥护袁世凯称帝的“筹安会”六君子——杨度、孙毓筠、刘师培、李燮和、严复、胡瑛。❷二陈汤：中药名。实指督理四川军务的陈宧、陕西督军陈树藩和湖南督军汤芗铭。

简析 陈宧、陈树藩、汤芗铭三人本是袁世凯的心腹干将，后因见大势已去，先后宣布独立。据说袁世凯接到陈宧、陈树藩及汤芗铭的独立电报后病情加重，不久即一命呜呼。此联妙处在于以相关重要人物的称号及姓氏组成两副中药名。联语一语双关，于戏谑之中表达了人们对袁世凯的痛恨及讽刺之意。

联语
咦，哪里放炮
哦，他们过年

【出处】此为题某土地庙联的对联。

简析 此联模仿土地庙中土地公公与土地婆婆对话的口吻，表现出下层民众因为极度贫困，对于“过年”的概念已经十分淡漠。当有钱人家放起过年的鞭炮时，土地婆婆以惊奇的口气问：咦，哪里在放炮呀？土地公公稍思片刻后作恍然大悟状：哦，原来又到了他们有钱人家过年的时候了啊！

联语 **自古未闻粪有税**
而今只剩屁无捐

刘师亮

简析 这是一副讽刺四川军阀政府巧立名目、盘剥百姓的对联，虽然文字看似粗俗，却尖锐地道出了时弊。联中的“粪有税”意指税种之繁多，因而思来想去也只有“屁无捐”了。此联表达了民众不堪苛捐杂税盘剥的激愤心情。

联语 **曲率半径处处相等**[1]
摩擦系数点点为零[2]

【注解】❶曲率半径处处相等：曲率半径是一条曲线的各点的一个参数。曲线上的点的曲率半径越接近，这条曲线就越接近于圆弧，如果处处相等，就完全是一个圆了。❷摩擦系数点点为零：摩擦系数是一个物理概念，越小表示一个平面越光滑。摩擦系数都是零，就完全没有摩擦力了，便是滑到了极点。

简析 此嘲讽圆滑处世者的对联是一副谜联，谜底便是“圆滑”。

联语 **拍马吹牛，是真类狗**
攀龙附凤，不如养鸡

张难先

【出处】作者痛恨旧时官场“拍马吹牛”、“攀龙附凤”的恶习。有一年春节，他在家里的狗窝和鸡笼边贴了这副春联，横批是“满目禽兽”。

【简介】**张难先**：名辉澧，字义痴，湖北仙桃人。1911 年参加武昌起义。曾任国民政府铨叙部部长、浙江省政府主席。抗日战争期间任国民参政会参政员、国民党湖北省政府委员兼民政厅厅长。中华人民共和国成立后，曾任中南军政委员会副主席、全国人大常委会委员。工诗词，擅书画，著有《湖北革命知之录》。

简析 这副对联以六种动物名称相对，不仅对仗工巧、比喻贴切，而且讽刺辛辣，骂得痛快。

联语
各照[1]衣物，此日域中君子少
休谈国事[2]，当今世上鬼狐[3]多

【注解】 ❶照：照看。❷休谈国事：旧中国政府对人民的言论自由严加控制，茶馆等公共场合的经营者为避免招惹是非，多在墙上贴有“休谈国事”之类的字样。❸鬼狐：这里的鬼狐可以理解为到处监视人民的密探、特务，也可以理解为反动官僚及帝国主义列强。

简析 这副茶馆讽联首先善意提醒顾客各自照顾好衣物，因为现在真正的正人君子很少，要提防“梁上君子”这样的小偷小摸。下联笔锋一转，告诫顾客莫谈国事，因为当今世上的鬼狐太多了。

联语
民房已拆尽，问将军何时滚蛋
马路全筑成，愿督办[1]早日开车

【出处】 杨森任重庆商埠督办期间，见修马路既可笼络人心，为自己树碑立传，又能借修马路为名，大量搜刮民财，中饱私囊，于是派兵强拆民房修建马路，居民苦不堪言，有人便写了此联以嘲讽之。

【简介】 **杨森**：四川广安人。他经历了辛亥革命、护国战争、军阀混战、抗日战争等历史时期。曾讨袁护国，勾结吴佩孚破坏革命，制造“平江惨案”，积极追随蒋介石打内战。

【注解】❶督办:1921年7月,四川各军总司令刘湘在重庆就省长职,以重庆为省政府所在地,刘湘委任杨森为重庆商埠督办,专办重庆市政事宜。

简析 此为讽刺四川军阀杨森的对联。联语浅显、直白之中带有诙谐的意味。以"滚蛋"与"开车"表达了老百姓盼望杨森早日离开此地的愿望。

联语 民犹是也,国犹是也,何分南北
总而言之,统而言之,不是东西

清·王闿运

【出处】袁世凯称帝后,孙中山在南方组织"二次革命",造成民国南北分裂。作者身为国史馆馆长,有感于时事,写了这副讽刺联。

简析 上联嵌入"民国"二字,讽刺民国南北分裂;下联嵌入"总统"二字,痛斥袁世凯"不是东西"。联语似信手拈来,对成语与俗语的运用非常娴熟,给人以浑然天成之感。属对工稳,亦庄亦谐,含意深刻。

联语 熟视无睹[1],诸君尽管贪污作弊
有口难开,我辈何须民主自由

【出处】民国期间,面对贪污腐败横行的专制政府,一家盲哑学校贴出了此联。

【注解】❶熟视无睹:看惯了就像没看见一样。也指看到某种现象但不关心,只当没有看见。熟视,经常看到,看惯;无睹,没有看见。

简析 上联借用成语"熟视无睹",说的是反正我们盲人什么也看不见,所以请贪官们尽管放开胆子贪污作弊;下联的"有口难开"表面指聋哑人有口也难以说话,实则指专制政府不让人民有言论自由,所以最后以一句激愤语“我辈何须民主自由”来收尾。

联语 一桌子点心，半桌子水果，哪知民间疾苦
两点钟开会，四点钟到齐，岂是革命精神

冯玉祥

【出处】此联载于《冯玉祥自传》。自传中说：各机关团体依旧不脱旧时散漫拖沓的恶习。比如开会，仅是十几个人的一个会议，召集起来也不容易，往往规定两点钟开会，四点钟还不能到齐。会桌上水果点心摆得满满的，西洋点心、美国橙子，一切都是穷奢极华，旧官僚的习气全都学会了。他们从未想及自己正在干的是什么事，人民百姓过的什么日子，前线上拼血肉的弟兄们吃的什么？……我忍耐不住，因编一副对子，给他写好送去……对联而外，再加一张横批，是“官僚旧样”四个字。这虽未免过于刻薄，但确实是当时官僚习气的写实。

【简介】冯玉祥：国民党爱国将领。字焕章，安徽巢县（今巢湖市）人。民国初年曾反对袁世凯称帝，讨伐张勋复辟，推翻曹锟政府，驱逐清逊帝溥仪出宫。1926 年 9 月，在绥远五原誓师，宣布脱离北洋军阀，响应北伐。1927 年 5 月，任国民革命军第二集团军总司令。1928 年任国民政府行政院副院长兼军政部长。抗日战争爆发后，相继任第三、第六战区司令长官。1948 年 7 月，启程回国准备参加新政治协商会议。9 月 1 日经黑海时，因所搭轮船失火遇难。

简析 此联平易近人，明白如话，反映了联作者对官僚习气的不满。

联语 曹操[①]云毋人负我，宁我负人，惟公能体斯意
桓温[②]谓不能流芳，亦当遗臭，后世自有定评

【注解】❶曹操：东汉末年政治家、军事家、文学家。字孟德，安徽亳州人。曾有“宁我负天下人，不让天下人负我”之语。❷桓温：东晋大将，字元子，安徽怀远人，拜驸马都尉，曾率军三次北伐，志在收复中原。曾有“大丈夫不能流芳百世，也应遗臭万年”之语。

简析 此联以历史上的曹操、桓温来比拟袁世凯。上联说只有袁世凯才能体会出曹操说的“宁我负天下人，不让天下人负我”这句话的含义，这其实是在讽刺袁世凯当年出卖康、梁及“戊戌六君子”的旧事；下联说对于桓温“大丈夫不能流芳百世，也应遗臭万年”这句话，袁世凯是“流芳”还是“遗臭”，后世自会有定评。

联语

尽敲诈假充公用，遍设关税、卡税、田税、屋税、丁头税，税到民不聊生将腹税

竭搜罗大饱私囊，勤抽盐捐、米捐、猪捐、柴捐、屎尿捐，捐得人无活路把躯捐

简析 此为讽刺旧中国时的税务局的对联。当时的税务局假借公共事业的名义到处敲诈，设下名目繁多的税种，把百姓盘剥到民不聊生；为了中饱私囊而大肆搜罗，开设不胜其烦的捐项，逼得人无活路，只能不顾生命铤而走险。

联语

卖康梁而宠幸位[1]，抚山东、督保定、直入内阁，十数年立地顶天，居然豪杰，谁不说龙腾沧海

抗孙黄[2]以做总统，先临时、后正式、旋改国号，一片心称皇呼帝，忽焉取消，我也笑鳖入紫泥[3]

崔九

【出处】袁世凯死后，报上登出大量以嘲讽的口气写的“挽联”。此为山东临淄崔九撰的对联。据说崔九还专门捉了一只鳖挂在挽幛上，上书“好大鳖种”四字。

【简介】崔九：中华民国时期山东临淄人。

【注解】❶卖康梁而宠幸位：指袁世凯靠出卖康、梁及“戊戌六君子”而得到慈禧的恩宠。康、梁，康有为与梁启超。❷孙黄：孙中山与黄兴。中华民国成立时孙中山任临时大总统，黄兴任陆军总长，南北议和后孙黄先后去职。❸入紫泥：山东方言中骂人的话。紫泥，指污水池底的臭泥。

简析 联语历数袁世凯“发迹”的经过，嬉笑怒骂，令人拍手称快。

故事联

中国民间口头文学的主要形式，是讲故事。如果讲的是关于一副、一组、一处对联的故事或关于一个人的对联的故事，称为“故事联”。同巧趣联、集句联一样，故事联涵盖了所有联类，雅俗悲喜，色彩纷呈而又各有特色。

故事联可以分成两大类，一类是有真实的故事，正史上有记载，或者在野史、笔记上可以查到。此类一般是比较可靠的。比如有关苏轼、于谦、解缙、林则徐的一些故事。另一类是虚拟的故事，或者把一副巧对，敷衍成某位名人的“轶事”，或者是猜想某位名人应该有写对联的“轶事”，便找几副对联算在他的名下。当然，还有极个别的人和对联都是编造的情况。

本书的编者始终强调，要将对联故事进行一番正本清源的梳理，分清真假。因此，本书所选择的故事联，都尽可能做到有根有据，不让年轻的读者们受到误导。不过在学习这些故事联时，对那些虚拟的故事，也要具体分析：有的是流传久远的故事，不同地区有不同的版本，甚至不同的主人公，这也是民间文学中固有的现象；将有些故事联荒诞不经的外衣脱去，那副对联本身可能有较高的文学性和艺术性，也还值得学习与研究。

联语 杨三变 薛万回

【故事】宋时洛阳人杨畏，字子安，不但钻研经学，还特别留心权术。元祐初年，吕大防、刘挚为宰相，与杨畏关系都很好。杨畏当了侍御史后，帮助吕攻击刘。刘罢相后，苏颂继任，他又攻击苏颂。苏颂下台，杨畏以为苏辙要当宰相，便及早拉拢苏辙。不料，苏辙没当上宰相，杨畏又上书诋毁他。后来，杨畏还曾举荐过奸臣章惇（Dūn）、蔡京为相。他如此反复，巧于趋避，故人们称他为“杨三变”。

当时有个杭州人，叫薛昂，崇宁初年任太学博士、给事中。他一贯谄附奸臣蔡京，全家为之避讳（为表示尊敬，不提“蔡京”二字）。谁口误说到“京”字，就要用鞭子抽；他自己也说漏过嘴，便自己打自己的脸颊。在《和驾幸蔡京第》这首拍马诗中，竟有“拜赐应须更万回”的句子，意思是请您允许我成千上万次地来拜见吧！于是，太学中有人称他为“薛万回”。

有一次，薛昂在洛阳设席请客，恰巧只到了杨畏一人。他问手下人：“今日为何没有其他客人？”答曰：“客人容易请，只是难得如此好对。”

简析 此讽杨畏和薛昂的对联语言平易，言简而意赅。

联语 糊涂[①]三乐[②] 疙瘩[③]四忧[④]

【注解】❶糊涂：谐音“瑚图”，指瑚图礼。❷三乐：出自《孟子·尽心上》：“君子有三乐……父母俱存，兄弟无故，一乐也；仰不愧于天，俯不怍于人，二乐也；得天下英才而教育之，三乐也。”❸疙瘩：指汪廷珍，因为他脖子上长了个瘿（yǐng，生长在脖子上的一种囊状的瘤子），人们称他“汪疙瘩”。❹四忧：指《论语·述而》中孔子说的话："德之不修（道德不培养），学之不讲（学问不讲习），闻义不能徙（听到义不去实施），不善不能改，是吾忧也。"

【故事】 清乾隆年间，江苏山阳人汪廷珍与满洲人瑚图礼同时任国子祭酒。瑚图礼的首课题目是《得天下英才而教育之》，汪廷珍的首课题目是《德之不修》。当时，国子监的学生写了这副短联嘲讽二人。

简析 联语虽然短，但极有趣味，既切人，又分别切其课题。"糊涂"与"疙瘩"之对，尤其令人捧腹。

联语

户封七县
家给[1]千兵

宋·游琏

【注解】 ❶给（jǐ）：养。

【故事】 宋代有个叫游琏的人，善于嘲讽别人。他在袁州巡辖任上时，与一位王知县因酒桌上的口角翻了脸。有一年的除夕，他在大门前写了这副对联。刚入夜，他就到王知县家去贺岁，希望王能在回拜时看到这对联。五更时分，王知县果然来拜年，见到大门上的对联，笑着问他："这不是《千字文》里的一联吗？"游琏回答："是。"王又问："将'八县'写成'七县'，这是为何？"游琏冷笑道："你是应该知道的，其中一县被地方官搞坏了。"王知县听了，尴尬地离开了。

简析 《千字文》中有这么两句："户封八县，家给千兵。"意思是家家都有广大的封地，户户养着上千侍卫。联语中将《千字文》中的"八县"改为"七县"，是对王知县的讽刺。

联语

殷鉴不远[1]
周德既衰[2]

【出处】上联出自《诗经·大雅·荡》，下联出自《左传·宣公三年》。

【注解】❶殷鉴不远：出自《诗经·大雅·荡》："殷鉴不远，在夏后之世。"意思是殷人灭夏，殷的子孙应以夏的灭亡作为借鉴。❷周德既衰：出自《左传·宣公三年》："周德虽衰，天命未改。"

【故事】清末，浙江某年乡试，主考姓殷，副主考姓周，因录取不公，有人集句撰成这副短联以讽刺他们。

简析 此讽殷姓、周姓主考的对联中上联点出"殷"，下联点出"周"，直指他们两人。上联意思是，殷某人的作为足可以让人引以为借鉴。下联改"虽"为"既"，意思是周某人的道德已经衰败了。

联语 朝中无宰相
湖上有平章

【故事】宋时台州人贾似道，字师宪，宋理宗贾妃的弟弟。少年时是个酒色之徒，后因贾妃受宠，他得以任正六品的军器监。度宗时候，官至平章军国重事，位在丞相之上，这使他更为放纵，常常带着妓女在西湖饮酒作乐。而当时的丞相叶梦鼎不过占个位子而已。凡朝中大事，必须贾似道说了算。平时，贾似道就住在西湖葛岭皇帝赐给他的宅第里，很多天也不到朝堂去一次。有重要公文需要他批阅时，朝中就派人送到他家，他也就是签个名而已。当时，有人便写了这副对联来进行嘲讽。

简析 联中"朝中"与"湖上"、"无"与"有"、"宰相"与"平章"之对，非常工稳。

联语 焚香取进士
撤幕待明经①

【注解】❶明经:即明经科,古代科举考试的一种。

【故事】此联是讲考进士要设焚香之礼,考明经要在棘院(考试的试院,为防止传递作弊,便在围墙上插满了荆棘,故名)中监守。

简析 北宋初年,皇帝亲自把持科举考试的大权,所以进士被称为“天子门生”。考中进士者,很快就能飞黄腾达。而其他科目则远远等而下之,如明经科,不过录取一些学究而已。并且,不同科目考试的形式也有很大差别。此联对这种科举考试的现象进行了嘲讽,明确表达了人们的不满情绪。

联语 父贵因茶白①
子荣为草朱②

【注解】❶茶白:指白茶“龙团胜雪”。❷草朱:即当时的名茶“朱草”。

【故事】宋徽宗赵佶虽然在政事上无所作为,但善书法,工绘画,能诗词,足可以称“家”。除此之外,他还嗜茶。既然皇帝有这雅趣,宫廷中一时盛行斗茶之风,地方上的贡茶数量更大,品种更多,制作更精,甚至有因此得官、升官者。

宣和年间,漕臣郑可简始创银丝水芽,制成一种新茶。因这种团茶洁白如雪,故取名“龙团胜雪”。徽宗品尝后,果然“龙颜”大悦,提拔郑可简做了福建路转运使。郑因此更为贡茶费尽心血。他命侄子郑待问不惜代价,到各地采集名茶,果然得到了“朱草”(茶名),郑待问竟也因此而得官。当时有人撰联讥讽此事。

简析 此讽郑可简及其侄子的对联联语虽短,但道出了实情,且对仗巧妙,无一字不工。

联语 绵[①]编三阁老 泥塑六尚书

【注解】❶绵：同“棉”。

【故事】明弘治年间，朝中有三位宰相：眉州人万安，字循吉，正统进士，成化年间结交宦官，以礼部左侍郎入内阁。寿光人刘珝（Xǔ），字叔温，正统进士，成化年间以吏部左侍郎入内阁。博野人刘吉，字祐之，正统进士，成化年间以户部尚书入内阁。三人中，万安贪婪而又狡诈，刘吉阴险而又狠毒，只有刘珝稍好一点。特别是刘吉，投机钻营，结党营私，为相十八年，数次被弹劾，但仍安然无恙，人称“刘绵花”，因为耐“弹”。三位宰相朋比为奸，但各部尚书却都默默无语。所以，当时有人写了这么一副短联来讽刺他们。

简析 联中“绵编”与“泥塑”、“三”与“六”、“阁老”与“尚书”之对，十分工稳。

联语 天上台星[①]少 人间宣干[②]多

【注解】❶台星：三台星。喻指宰辅（宰相）。❷宣干：指宣抚使、宣谕使属下的干办官员。

【故事】宋宁宗开禧年间，邓友龙、程松分别任宣抚使、宣谕使，手下有许多“宣干”。而当时朝中只有陈自强一人任宰相。有人就此写了副对联，嘲讽这种官员过多、人浮于事的现象。

简析 此联语言浅显，对仗工稳。

联语 斗筲何足算也[1] 才难不其然乎[2]

【出处】上联出自《论语·子路》，下联出自《论语·泰伯》。

【注解】❶斗筲(shāo)何足算也：出自《论语·子路》，子贡问："今之从政者何如？"孔子说："噫！斗筲之人，何足算也！"意思是才短识浅、器识狭小的人，算得了什么呀！斗和筲都是容量不大的容器。比喻气量狭小和才识短浅。筲，水桶，多用竹子或木头制成。❷才难不其然乎：出自《论语·泰伯》："舜有五人而天下治。武王曰：'予有乱臣(治理天下的臣子)十人。'孔子曰：'才难，不其然乎？'"才难，人才难得。这里显然是反意。其，难道，岂。

【故事】清代有个叫左斗才的人，曾在湖南益阳做官。有一次，不知道是谁在他的衙署门前贴了这么一副对联，并有横批"所恶于左"。

简析 此讽左斗才的对联是一副集句联。横批出自《礼记·大学》。恶，厌恶。联语嵌其名"斗才"，横批嵌其姓"左"。既有正面贬斥(斗筲之人)，又有反语讥讽(人才难得)，更有横批直接表达百姓对他的厌恶、憎恨之情。——这官做得如何，已经十分清楚了。

联语 太傅扁舟东下 丞相只履西归

【故事】宋时的宦官梁师成很得徽宗信任，官至太尉。他为人阴毒，善于逢迎，大收贿赂，出卖官职，专横跋扈，甚至奸相蔡京父子也谄附他，当时被称为"隐相"。钦宗即位后，太学生陈东等人极力上疏，弹劾他的罪行。梁师成被贬为彰化军节度副使，在路上被杀。他离开京城时，只乘了一叶扁舟。

当时的宰相李邦彦，字士美，怀州（今河南沁阳）人。文思敏捷，善作词曲，会玩蹴鞠(cùjū)，号称“李浪子”。因其在位期间，无所作为，故人们又称其为“浪子宰相”。金兵围困京城时，李邦彦极力主张割地求和，致使钦宗罢免了主战派首领李纲。太学生陈东等人上书，斥责李邦彦等大臣是“社稷之贼”，要求恢复李纲的职务，京城里数万军民赶来声援，正好遇到退朝的李邦彦。大家历数他的罪状，还有人向他投掷砖瓦。他狼狈地逃回了家，连鞋子都丢了一只。后来钦宗迫于压力，只得罢免了他的宰相职务。

当时有人便撰了此联嘲讽梁师成、李邦彦二人。

简析 联语十分简洁，对仗也非常工稳。

联语
逸居无教则近[①]
老而不死是为[②]

【出处】 上联出自《孟子·滕文公上》，下联出自《论语·宪问》。

【注解】 ❶逸居无教则近：出自《孟子·滕文公上》：“逸居而无教，则近于禽兽。”联语中省略了“于禽兽”。❷老而不死是为：出自《论语·宪问》：“老而不死，是为贼。”联语中省略了“是为贼”。

【故事】 钱谦益以明朝官员降清，又在清朝做官，当时就为人所不齿。而他又觍颜自称“遗民”，称自己的住所为“遗光堂”，表示自己是明朝的人，更引起人们对他的反感。有人便在他的门前贴了这副对联讽刺他。

简析 这是一副集句、嵌字、歇后巧联。以“鹤顶格”嵌入“遗老”二字，确切不可移易。然后又骂他为“禽兽”、“贼”，可谓痛快淋漓。

联语　园日涉以成趣　门虽设而常关

清·何逢禧

【出处】联语出自晋陶渊明《归去来兮辞》。

【简介】何逢禧：福建侯官人，官至刑、吏部右侍郎。

【故事】清乾隆年间，某京官请了一位塾师为儿子授课。在宅院里另辟精室，并开一门，任由塾师出入。谁知，这位塾师是个戏迷，几乎天天都要去戏园听戏。有人来访，十次竟有九次均不得相见。

有一年春节前，京官的宅院里里外外要写新春联。当时任吏部左侍郎的福建人何逢禧听说了塾师的事，便写了这副对联让那京官贴在塾馆门口。联语语出晋代诗人陶渊明的《归去来兮辞》。原意是天天在花园、园林中散步，趣味自生；虽然有门，但因为少有来客，所以常常关着。这里意思却是：塾师每天去戏园，自有趣味；虽有门，但屋里没人，所以常关着。那塾师一见这对联，羞愧得无地自容，当天就走了。

简析　一副对联竟成了逐客令，也算是一趣。

联语　状元乃无心过　试官少有眼人

清·乾隆

【故事】清代江宁（今江苏南京）人秦大士，字涧泉，号秋田老人，乾隆年间状元。入翰林院庶常馆（庶吉士学习的地方）学习期满考试时，题目是《松柏有心赋》，限定用“心”字韵，但是他却忽略了这个要求。而阅卷大臣竟然也疏忽大意，仅看文字好便列为高等，呈皇帝御览。清高宗看出了问题，指责阅卷大臣：“你们阅卷，难道不用眼看吗？”几位大臣惊恐地急忙叩头请罪，自称“瞎眼”，并请皇上发落。高宗说：“这样吧，我出个句子，你们若能对得上，朕就不再深究了。”他接着出句道：“状元乃无心过。”阅卷大臣们还在惊恐中，一时竟谁也对不上。高宗说：“我代你们对吧：‘试官少有眼人。’以后多留意就是了！”

简析 联语中的“无心”为双关，一指秦大士答卷没押“心”字韵，一指他也是无意中答错了。下联用“有眼”来对，极为得当。

联语

陈良之徒与其弟[1]

杨氏为我是无君[2]

【出处】上联出自《孟子·滕文公上》，下联出自《孟子·滕文公下》。

【注解】❶陈良之徒与其弟：出自《孟子·滕文公上》：“陈良之徒陈相，与其弟辛，负耒耜而自宋之滕。”说的是儒者陈良的徒弟陈相，和他弟弟陈辛，背负着农具从宋国到滕国。这里扣“陈”姓，把陈姓主考兄弟比作陈相、陈辛兄弟同去做事。❷杨氏为我是无君：出自《孟子·滕文公下》：“杨氏为我，是无君也。”意思是杨朱学派的人主张一切为了自己，这是无视君主。这里是斥责杨姓副主考一贯肥私的丑行。

【故事】清代，某省某科乡试。主考官陈某抱病入场，把他弟弟带去替他阅卷；而副主考杨某曾两次任主考官，素有受贿、代人私通关节的劣迹。当时，有人集《孟子》中的句子成为一副对联来讽刺他们。

简析 此联巧借古语中的姓和事，拿来讽刺当今的人和事，毫不牵强。

联语

祁山事业怜诸葛[1]

博浪[2]功名笑子房[3]

【注解】❶诸葛：指诸葛亮。❷博浪：即博浪沙。在今河南原阳。今县城南古有博浪城。传为张良遣力士椎击秦始皇处。❸子房:指张良。

【故事】清代的读书人热衷于科举考试,因为这是当时能出人头地的唯一选择。清末有个秀才连续参加六次乡试,仅得个副榜。副榜又称“备榜”,是科举考试中的一种附加榜示,即在录取正卷以外,另取若干名。乡试录取者为副贡,不能与举人同赴会试,但下一科仍可以参加乡试;会试的副榜也不能参加廷试,但下一科可以参加会试。该秀才就这事写了此联以自嘲。

简析 此自嘲联上联借三国时诸葛亮六出祁山伐魏,终未取胜的典故,切他六次参加乡试未中。下联借秦末张良(字子房)结交刺客,在博浪沙椎击秦始皇未果的典故,切他未能考中。以古代名人事迹作比,以武拟文,既嘲且谑,读来颇有趣味。联中也透露出联作者的些许无奈。

联语

螬食尚留井上果①
鸮声啼杀墓门花②

【出处】上联出自《孟子·滕文公下》,下联出自《诗经·陈风·墓门》。

【注解】❶螬(cáo)食尚留井上果:此典故出自《孟子·滕文公下》:“井上有李(李子),螬食实者过半矣。”是说井上的李子被蛴(qí)螬吃去了一大半。这里指梅姓僚属当了李申甫一多半的家。螬,蛴螬,金龟子的幼虫。❷鸮(xiāo)声啼杀墓门花:典故出自《诗经·陈风·墓门》:“墓门(春秋时陈国都城的东门)有梅,有鸮萃止。”是说东门的梅树上,栖止着恶鸟。比喻当时恶人陈佗在统治着陈国。这里是在揭露梅姓僚属凭着李申甫的宠信,实际在行使着布政使的权力。鸮,鸱(chī)鸮,猫头鹰。

【故事】清代有个叫李申甫的,他在湖南布政使任上时,非常宠信一个姓梅的僚属。当时，有人写了这么一副对联嘲讽他们。后来，这副对联不知怎么传到了朝廷，李申甫因此被罢了官。梅某人赖以乘凉的“大树”倒了，其下场也就可想而知。

简析 此讽李申甫及梅姓僚属的对联的特点在一“巧”字。上联指责李而隐去“李”，下联揭露梅而隐去“梅”，这是一巧；由李子而李姓，由梅树而梅姓，联想开阔，这是二巧。

联语 冯尔康不过尔尔[1]
戴彬元未必彬彬[2]

【注解】❶冯尔康不过尔尔：冯尔康不过是个唯唯诺诺的人罢了，冯尔康不过如此。尔尔，如此。❷戴彬元未必彬彬：出自《论语·雍也》：“质胜文则野，文胜质则史。文质彬彬，然后君子。”这里是说戴彬元未必是个“文质彬彬”的“君子”。彬彬，指文质兼备的样子。后用来形容文雅。

【故事】清末，某省某科乡试的主考官为冯尔康，副主考官为戴彬元二人。当时，有人以他们的名字写了这副对联。

简析 此讽冯尔康、戴彬元的对联巧用人名作联，又能恰如其分地反映其特点，实属不易。

联语 阁老心高高似阁
天官[1]胆大大如天

明·嘉靖

【简介】嘉靖：明世宗，即朱厚熜（cōng）。明代皇帝，年号“嘉靖”。1507—1566年在位。

【注解】❶天官：唐代武则天光宅初年，曾改吏部为天官，其尚书即为天官尚书。

【故事】明嘉靖年间，大学士（宰相）严嵩、吏部尚书熊浃同一天被皇帝召见，恰巧二人进宫都迟了。嘉靖皇帝出句调笑，让他们对：“阁老心高高似阁。”此句意在讽刺严嵩心高气傲，目中无人，连皇帝召见也敢怠慢。这两位平日里不可一世的重臣，这时吓得匍匐在地，惊惧惶恐，哪里还有答对的词！嘉靖帝见两人的样子，心中也好笑，便劝慰道：“朕已经代你们对出来了：‘天官胆大大如天。’”这一句则是对熊浃说的。

简析 “心高”与“胆大”之对，极为工稳。

联语 三品功名丢马尾
一生艳福仗蛾眉

【故事】清末直隶丰润（今属河北）人张佩纶，字幼樵。同治进士，光绪时任都察院左副都御史。与宝廷、吴大澂、陈宝琛等人评议朝政，号称“清流派”。中法战争时，赴福建督办海疆事务。当法国军舰侵入马尾港后，他仍寄希望于议和而不加戒备，致使福建海军被击溃，马尾船厂及炮台也被击毁，他本人匆匆逃走。事后，他受到革职充军处分。获释后，他到李鸿章手下任幕僚，颇受重用。

一天，李鸿章透露出选女婿的事。张佩纶问有什么标准，李说：“能如你的学识也就足够了。”这时，张佩纶的夫人已死。他听李鸿章这么说，低头就拜，口称“小婿叩拜岳父大人”。李鸿章万分惊愕，不知该如何回答。张佩纶离开李府，立即备酒宴请同僚们。于是，大家都知道了；李鸿章不得已答应了婚事。李夫人却认为张比自己女儿的年龄大一倍，故而整日唠叨不休。但木已成舟，也无可奈何。张佩纶晚年虽然官运不济，但拥有年轻的娇妻，也颇自得地生活于南京，直至终老。

张死后，有孙某以此联戏挽。

简析 此戏挽张佩纶的对联可谓精当地概括了张佩纶一生中的两件大事。“马尾”与“蛾眉”之对，信手拈来，有天然巧趣。

联语 输我腰间三寸白
多君头上两重青

【故事】古代官员出门，除车、马、轿以外，仪仗、伞盖都很讲究，有严格的规矩。例如，京官一般不用伞，只有考官入场、状元归第等场合才可以用。明代后期，南京的官员有的试着用伞，以表示显贵，但也只是用两檐青伞而已。

一次，南京、北京的两位官员相戏。北京的官员说：“输我腰间三寸白。”意思是，我在北京做官，常上朝见皇帝，腰里经常挂三寸长的牙牌，而你们则没有。南京的官员对道：“多君头上两重青。”意思是，你们在北京皇帝身边做官又如何，连伞都不敢用，而我们则敢用两檐青伞。

简析 虽然是信手拈来，但其中“腰间”与“头上”相对，极为恰当、贴切。数量词“三寸”与“两重”、颜色词“白”与“青”相对，也都非常巧妙。

联语 四野桑麻春雨足
一庭鸟雀落花间

【故事】某少尹（官名）为人平易随和，喜欢结交朋友，公务之余，常约一些知己、好友到他那装饰得精美高雅的斋舍里清谈。有一段时间，少尹因病未到那斋舍中去。他侄子却约了一群狐朋狗友在那里一天到晚玩麻雀（麻将)牌赌博。一位与少尹很好的朋友见了,很反感,就写了这副对联让人送到少尹府上。少尹仔细审视这副对联,产生疑问,莫非有人在那会客的斋舍中打“麻雀”牌?他问了仆人,才知道了真相。于是,痛斥了侄子,又向那位朋友道歉并致谢。

简析 少尹的好友原以为赌博之事是经少尹同意的,不好直接说出来,便在对联中巧妙地嵌入了“麻”、“雀”二字,又有“一庭”、“落花间”等语,托词讽劝少尹。

联语 陶使再来天有眼
薛公不去地无皮[1]

【注解】❶地无皮:民间称贪官大肆搜刮民脂民膏为“刮地皮”。这里指此地已被薛大昉(fǎng)等贪官搜刮得干干净净,连地皮都被刮干净了。

【故事】明洪武年间,福建按察使陶铸弹劾左布政使薛大昉搜刮民财,贪得无厌。薛大昉又反咬一口,诽谤陶铸。明太祖朱元璋下旨,令二人一同进京,到都察院接受调查。结果,陶铸反映属实,薛大昉被撤职查办,而陶铸仍回福建任职。当时,福建百姓为此撰联,欢庆陶铸返闽;又庆幸薛大昉离开福建,不然再搜刮下去,地就要没皮了。

简析 联语对仗之工,值得称道。

联语 题纸[1]发来九五扣
门包退换两三回

【注解】❶题纸:科举考试的专用纸。

【故事】清同治年间四川的一次乡试,某将军临时被差遣去监考,结果闹得笑话百出。头场发试题时，每百张只有九十五张，经考生一阵阵喧哗后，这才一一补发。按照惯例，监考的门包银为一千两，但因为成色不足，以至于再三退换。当时，有人写了这副对联来嘲讽。

简析 此讽四川乡试的对联语言通俗，幽默风趣，而又一针见血。连考试用的“题纸”都想打折扣，给监考的银子竟然成色不足，可见当时管理混乱、世风不正。

联语 天之将丧斯文也
吾其能与许[1]争乎

【出处】上联出自《论语·子罕》，下联出自《左传·隐公十一年》。

【简介】❶许：指春秋时的许国。此实指许某。

【故事】清末某省某科乡试，主考官为仁和(今浙江杭州)人许某。此人不通文理，却又刚愎自用，听不进不同意见。每选中一份试卷，副主考总是要和他反复辩论，但许某往往固执己见。无可奈何的副主考集句撰了这副对联，嘲讽许某，也是自嘲。

简析 此联上联意思是上天要消灭这些文化。不难想象，如此不通文理的人任主考官，会选拔出什么样的人才？长此以往，文化还不丧失殆尽？下联的意思是，我怎么能和他(许姓主考)争辩哪！作者的无奈之情，溢于言表。“许”字借指，可谓天造地设。

联语 秃子[1]并吞双御史
黻翁[2]倒挂老中堂

【注解】❶秃子：这里指乔树枏(nán)。❷黻(Fú)翁：这里指孟庆荣。

【故事】清光绪时，协办大学士荣庆兼任新设的学部尚书。他的下属有左丞乔树枏，绰号“乔秃子”；右丞孟庆荣，号黻臣。当时，朝中还有高枏、高树两位御史。有人以他们几位的名字戏撰了这副对联。

简析 此联的上联是说乔树枏一人占了两位御史的名字“树”、“枏”，故称“并吞”。下联说孟庆荣的名字“庆荣”恰巧是“荣庆”中堂名字的颠倒，故曰“倒挂”。联语充满了奇思妙想，趣味横生。

联语

未得之乎一字力
只因而已十年闲

宋·洪咨夔

【简介】洪咨夔(kuí)：字舜俞，号平斋，南宋嘉定年间进士。

【故事】宋时洪咨夔及第后，给当权的某大臣上书，自宰相以至州、县官一概加以贬斥。大意是：古代的宰相端坐在大堂上，以工作需要和个人能力来任免百官；今天的宰相却只知招权纳贿，倚势作威而已。历数各级官员，都用这个格式，而且句末均有“而已”二字。当权宰相见了，大为恼火，十年未提升他的职务。洪咨夔有感而写了这副对联以自嘲。

简析 联中巧用几个文言虚词，抒发了联作者无奈的感慨。

联语

胸中乌黑嘴明白
腰际鹅黄顶暗蓝

【故事】清代某宗室，居四品官衔，对于世事不甚了了，但口才颇好，善于言辞狡辩。有人嘲讽他“胸中乌黑嘴明白”。文学家、楹联家梁章鉅对了这么一句“腰际鹅黄顶暗蓝”，恰巧成了一副妙联。

简析 上联写此人的能耐：“胸中乌黑”是说此人心中无数，处事昏庸；而

"嘴明白"是指此人口齿伶俐，能说会道。下联写此人的装束："腰际鹅黄"指清代宗室的腰带，"顶暗蓝"指清代四品官的顶戴。联语从内到外，勾画出一个金玉其外、败絮其中的八旗子弟形象。全联虽然没用一个动词，但形体词、颜色词、禽鸟名一一相对，无不恰当贴切，惟妙惟肖。

联语 学士家移和尚寺
会元[1]妻卧老僧房

【注解】❶会元：古代科举考试，会试第一名称"会元"。

【故事】明时南海人霍韬，字渭先，号渭崖。正德年间进士，官至礼部尚书兼掌詹府事。有一次，他看中了一座寺庙的地址，想在那里建造私宅，请当地县令把僧人赶走。僧人无奈，只得迁走。离开的时候，在寺庙墙上写了这副对联。霍韬看到这一对联，感到十分羞愧，便打消了这个念头。

简析 联语既是写实，更有尖锐辛辣的讽刺。

联语 庸庸碌碌曹丞相
哭哭啼啼董太师

【故事】清嘉庆年间，河北、河南、山东农民起义首领、北京大兴人林清派数百人潜入北京，由信教的太监接应，攻入皇宫。

当时，嘉庆皇帝正在热河（今河北承德）。听到这个消息，有近臣建议皇帝暂时驻跸（zhùbì，皇帝出行时停留暂住）热河。而随行的大学士（丞相）、太子太师董诰极力请求嘉庆帝回京，因劝说无效，竟涕泣交流。另一位大学士曹振镛当时在京，庸碌无为。

有人写了这副对联来嘲讽他们。

简析 联语抓住两人的特点进行讽刺。对联所指，并非仅此一件事。曹振镛一贯曲意逢迎，曾向门生传授做官诀窍："多磕头，少说话。"此联还巧在极易让人联想到汉末的曹操和董卓。据说二人听到此联后，曾无可奈何地相视苦笑道："贱姓均不佳。"

联语

虞侯[1]为夫人割股
大卿与丞相放生

【注解】❶虞侯：侍卫亲军中的高级军官。

【故事】宋王安石任宰相的时候，每到生日，朝中大臣往往献诗为他祝寿。有一年，光禄卿（官名）巩申却用笼子装着鸽子、麻雀来到王府，恭恭敬敬地打开笼子放生，每放飞一只鸽子、一只麻雀，就祝愿道："愿宰相大人活到一百二十岁！"当时，边疆某元帅的夫人病了，军中的虞侯竟割下自己大腿上的肉献上，让元帅夫人养身体。

有人以上面两件事为题材写了这副对联。

简析 从此联可知当时的朝中文官、边疆武将上、下级关系之一斑，为了讨好、巴结上司，什么招都使得出来。

联语

造成东倒西歪屋
用尽贪赃枉法钱

【故事】清代有个叫蒋伯生的县令，罢官回到故里，建了一处庄园。他弟弟向来与他不睦，很看不起这个曾做过县令的哥哥。庄园落成时，他在哥哥的新居大门上题写了这副对联。当时，蒋伯生见了，也只有干笑几声而已。连弟弟也来揭哥哥的老底，将其暴露在光天化日之下。当时官员的不得人心，于此也可见一斑。

联语 **招徕不解开东阁[1]**
燮理[2]只能闭北门

【注解】❶东阁：向东的小门。❷燮(xiè)理：协调治理。燮，调和。出自《尚书·周官》："兹唯三公，论道经邦，燮理阴阳。"

【故事】唐中宗景龙年间，因宫中内乱不止，真正的贤才根本无法得到重用。当时有人说："招徕不解开东阁。"意思是很多人靠"走后门"当官。恰巧当年洛阳大雨一连下了百余日，宰相下令关闭街市的北门。于是，有人对上了前面的句子："燮理只能闭北门。"是说宰相面对大雨，也无计可施。

简析 此为讽唐代官场的对联。"开"与"闭"、"东"与"北"反义词之对，极为工巧。

联语 **终朝事业惟跑腿**
毕世功名只站班

清·许虎

【简介】许虎：河南灵宝人，曾任湖北某县县令。

【故事】旧时，上级官员所到之处，僚属无不先去伺候着，名为"站班"。所以，地方官员疲于应付，几乎没有闲暇的时候。当时，京城翰林院有两句口号："一年事业惟跑路，毕世功名只站班。"许虎即把它改为一副讽刺官场的对联。同时，又戏作一联："古庙站班，一身明月；寒城跑路，满面风尘。"

简析 此讽官场的对联是纪实之作，写出了当时地方官员的惶恐和无奈。

联语

庄梦未知何日醒
鞠花[1]从此不需开

【注解】❶鞠花：这里指菊花。

【故事】清乾隆年间，浙江的一次乡试中，有两位主考。一姓庄，为人处世糊涂而不明事理；一姓鞠，大大咧咧，从来不会谨慎小心。有人便集诗为联嘲讽此二人。

乡试结束回到北京，鞠姓主考对一位叫陈勾山的官员说："杭州人真没文化，'鞠'如何通'菊'？"陈慢条斯理地说："我想起了《礼记・月令》中的一句话'鞠有黄花'……"鞠某听了，惭愧得无地自容。原来，《礼记》属于《十三经》之一，是当时读书人的必读书目。连这都不熟悉，还有何资格去当乡试主考官呢？

简析 联语简短，语言也较为平易，但读之却耐人寻味。上联用庄周梦蝶的典故，意思是他何时才能不糊涂啊！下联以菊花不再开表示他这种人以后不能再用了。

联语

兹有心为生民[1]害
甫开口非仁者言

【注解】❶生民：人民。

【故事】清光绪年间，湖北夏口厅（治今湖北汉口）有个府同知胡慈圃，依仗权势，胡作非为。当时，有人送他这副对联（横批为"古月朦胧"）。

简析 这是一副析字妙联。上联拆"慈"字为"兹"和"心"，说他专门危害老百姓。下联拆"圃"字为"甫"和"口"，说他一张嘴都不是"仁者"之言。

横批则拆其姓"胡"字为"古"、"月",并斥责他"朦胧"(即不清)。从其姓名的字入手,不仅是文字游戏,更是借此对他予以揭露、抨击。字析得巧,对仗也非常工稳。

联语 自惭无地栽桃李
到处逢人说竹林[1]

【简介】❶竹林:汉末"竹林七贤"中有阮元、阮咸叔侄二人,后用"竹林"指叔侄二人。

【故事】清末甘肃某县令家财丰饶,虽文墨不通,却又喜欢与文人结交。凡是有举人进京参加进士大考,只要找到他,他都会厚赠钱物。所以,当地举人都纷纷找上门来,以门人(学生)自称。有客人来访,问他:"您家的桃李为何如此繁盛?"他想了半天,答道:"我家园子里只种了几株梅花,并没有种桃李。先生记错了吧?"他竟把客人所说的"桃李"(比喻所栽培的后学和举荐的人才)当成了桃树和李树。又一次,此县令邀请客人作樗(Chū)蒲戏(古代的一种博戏)。客人中有叔侄二人,因有事未到,友人代为写一封短信,说"某某竹林,恰巧家中有事"。事后,县令遇到其侄,竟直呼"竹林",以为那人以"竹林"为号,而不知其典。

有人据此写了这副对联来嘲讽该县令。

简析 联语明白、晓畅,对县令进行了嘲讽。

联语 宗室[1]八旗才子草
江山九姓美人麻

【注解】❶宗室:旧时皇帝族人。

【故事】清宗室宝廷,字竹坡,同治进士,光绪时候官至礼部侍郎。工诗,刊有《偶斋诗草》内、外集，有“才子”之誉。

有一年，他去福建督学，归途中经过浙江，乘坐江山船，纳了一位船家九姓女子为妾。回京后，被弹劾而罢官。原来，相传元代末年，陈友谅兵败后，其部属九姓逃到浙东，以捕鱼为业，不与他姓通婚。他们的船号称“江山船”，也称“九姓渔船”。当时，有人写了这副对联来讽刺他。

简析 上联指他被称为“才子”，及其诗集《偶斋诗草》。下联则是说他在浙江纳妾的事，原来，这“九姓美女”是个麻子脸。“才子”与“美人”之对，“草”与“麻”之对，十分恰当，读来令人忍俊不禁。借“九姓”九的数字意义与“八旗”对，亦及巧妙。

联语 尊姓本来貂不足
大名倒转豕而啼

【故事】清道光年间，林则徐在江苏巡抚任上时，有个叫续立人的苏州府同知，有一天怒气冲冲地找来，说有人往他的车子里投了一副对联，请林则徐查一查是谁干的。林则徐看了对联，笑着对他说：“自苏州设同知以来，不知有几百、上千人任这职务了，可现在能说出名字的有几个？得这雅谑，你足可不朽了，又有什么可恼的呢？”

简析 此讽续立人的对联中，上联的“貂不足”隐同知的姓“续”字。语出《晋书·赵王伦传》：“貂不足，狗尾续。”本指官爵太滥。因为古代的近侍官员以貂尾为冠饰，官太多时，貂尾不足，就用狗尾来代替。于是，就有了成语“狗尾续貂”，意思是以坏续好，前后不相称。下联则隐其名“立人”。“豕而啼”出自《左传·庄公八年》：“豕人立而啼。”是说野猪像人一样站起来叫。对联隐去了原句中的“人立”并说明“倒转”，这样“人立”就成了“立人”。联语巧用古语，隐射人的姓名，如谜语一般，极为有趣。

联语 半野屯其田，空劳碌碌
一江都是水，回顾茫茫

【故事】明嘉靖年间，屯田郎中（官名）劳半野和都水郎（官名）顾一江是同科进士，二人常常互相调笑。有一年，很多地方都遭了水灾，田地被淹，四野茫茫。顾一江以当时的水灾为题材，出句戏劳：“半野屯其田，空劳碌碌。”意思是水那么大，你还要到野外去屯田，不是白白地劳碌吗？劳半野毫不含糊，应声对道：“一江都是水，回顾茫茫。”同样取材于水，意思是一江大水，看上去茫茫一片。

简析 上联巧嵌对方的姓“劳”和号“半野”。下联巧嵌对方的姓“顾”和名“一江”。

联语 礼部六尚书，一员黄老[1]
翰林十学士，五个白丁

【注解】❶黄老：黄帝和老子。道家尊二人为始祖，故用来称道家或道士。

【故事】明代旧例，翰林学士只一人，最多三四人。弘治年间，宰相刘健为了显示自己的恩德，在《会典》修成后，一下子升了十个学士。而其中的倪进贤等五人，是被宰相万安私下里照顾安排的。他们实际上读书不多，根本谈不上写文章，如果遇到非写不可时，则请别人代笔。同时，礼部尚书多达六名，又加一个道士，一时成为笑谈。当时，京城里流传着这样的说法：“礼部六尚书，一员黄老。”礼部尚书崔志端怀疑这话出自翰林院，极为恼怒，说：“我来对：‘翰林十学士，五个白丁。’”

简析 联语不但讽刺辛辣，对仗也非常工巧。联中官署相对，官职相对。至于数字相对、颜色相对，更是无懈可击。

联语

命纸[1]糊灯笼，火星照命
头巾顶皇历[2]，太岁[3]当头

【注解】❶命纸：上面写有皇帝颁发的命令等文件的纸张。❷皇历：即历书，也作“黄历”。❸太岁：星名，即木星，旧历纪年所用值岁干支的别名。如逢甲子年，“甲子”就是太岁。

【故事】清朝时云南人赵某非常喜欢对对子。他在湖广某地知府任上时，有一年的元宵节，看到衙役们在用命纸糊灯笼，便即景吟道：“命纸糊灯笼，火星照命。”由于是随口吟咏，想了想，恰巧首尾含两个“命”字，竟一时找不出对句来。一直到了年底，有位老人高捧时宪书（即历书，因避清高宗弘历名讳改称“时宪书”），叩头献给他。赵某一见，忽然来了灵感，有了对句：“头巾顶皇历，太岁当头。”

简析 “太岁”为木星，与“火星”相对，简直是天造地设；首尾还各用一个“头”字，也极为恰当、贴切。

联语

八座[1]春官[2]府，三朝亮采[3]臣
八座春官府，一员秋石[4]臣

【注解】❶八座：封建社会中央政府的八种高级官员。历代所指不同，清代用作对六部尚书的称呼。❷春官：唐代武则天光宅年间，曾改礼部为春官。故以“春官”为礼部的别称。❸亮采：辅佐政事。❹秋石：道教及方士所传服食的药物名。用童男童女的尿提炼而成，服食者认为服食后可以延年益寿。

【故事】明弘治年间，无锡人顾可学考中进士后，凭着献秋石方得以升官，直至礼部尚书。他献的药方，经奸相严嵩献给了明世宗，于是，他们二人都得到了重用。有一年春节前，顾可学在他家的大门上贴了一副春联："八座春官府，三朝亮采臣。"

当时，有个叫陆果的人，认为顾某凭这拿不上台面的手段升官，实在配不上"亮采"二字。于是，乘除夕夜深人静之时，撕去其下联，换成了"一员秋石臣"，毫不留情地揭了他的老底。

节日期间，凡是经过顾家门前的人看到这春联，无不感到奇怪。而顾某本人三天后才发现，虽然急忙改回来，但全京城已经笑传开来了。

简析 以"秋"对"春"，比原联对得更为工整。

联语 **鲈鱼[1]四腮一尾，独占淞江**
螃蟹八足两螯，横行天下

【注解】❶鲈鱼：此指松江鲈鱼。又叫"四腮鲈鱼"。眼睛稍小，位于头的侧上方。鳃孔前每边各生有一个凹陷，与鳃孔形状相似，颜色一样，称为"假鳃"，因此鲈鱼又俗称"四鳃鲈鱼"。

【故事】明代有个御史，一次到淞江(今上海松江)公干。当地太守是他的老朋友，邀请他饮酒。御史看见桌上的鱼，出句请太守对。以"鲈鱼"作比喻，讽太守在当地可称雄一方，"独占淞江"。太守用桌上的螃蟹来对，称御史奉朝廷之命，巡视四方，如螃蟹一样，"横行天下"。

简析 联语嘲讽之意十分明显，对仗工稳、贴切。

联语 能者多劳，跑断四条腿子
凴空[①]作祟，费尽一片心机

【简介】❶凴空：凭空。凴，“凭”的繁体字。

【故事】清朝末年，某官署有两位幕僚，一个姓熊，一个姓冯。熊某喜欢为长官奔走效劳，冯某则善于颠倒黑白，二人的口碑均不佳。当时，有人根据他们的姓氏写了这副对联来嘲讽这二人。

简析 此讽熊、冯二幕僚的对联中，上联讽熊某，拆“熊”字为“能”和“四条腿子”。说他由于奔走多而跑断了腿，正像“熊”字下面互不相连的四点，非常形象。下联嘲冯某，因为他要颠倒是非，必然是“凴(凭)空作祟”，“馮”(冯)字正如悬在空中；“费尽心机”，也极为准确，去了“心”字，正是“馮”(冯)字。该联不仅对二人姓氏巧妙析字，尤其能针对他们的“专长”遣词造句，更为难得。

联语 学正[①]不正，诸生[②]皆以为歪
相公[③]言公，百姓自然无讼

【注解】❶学正：地方学校学官。掌握教育所属生员。❷诸生：明、清两代称已入学的生员。❸相公：对官吏的泛称，这里指县令。

【故事】某学正与家乡的一位秀才争产业，在当地县衙打起了官司。县令听了二人的陈述，认为学正无理。但他并不急着判决，而是先出了个句子：“学正不正，诸生皆以为歪。”秀才听了，脱口对道：“相公言公，百姓自然无讼。”

简析 上联借学正的“正”，指责学正的“不正”，又合“不”、“正”二字为

"歪"。下联借相公的"公",称颂县令"言公"(说话公道),又合"言"、"公"二字为"讼"。县令和秀才用的都是析字法。此联堪称妙联。

联语 至圣至神,中乾坤而立极[1]
允文允武[2],并日月以常新

【注解】❶立极:神话传说中指支撑天的四方尽头,后指王朝树立纲纪。❷允文允武:指文事与武功兼备。

【故事】明天启年间,一个巡按(由朝中派出到各地考查吏治的监察御史)为了拍马屁,竟然为弄权作奸的宦官建造生祠(为活人建的祠庙),并题写了这副对联。

当时,任秉笔太监又兼管东厂的宦官魏忠贤权势正盛,专断国政,大兴党狱,自称"九千岁"。有人把这副对联抄给他看,谁知他文化有限,读了以后并不理解其意,特别是见了"立极"二字,便问左右:"因为何事说到黄阁老?"原来,当时朝中有个魏忠贤的同乡,叫黄立极,万历年间进士,因为沾了魏忠贤的光,官至首辅。左右人回话说:"某御史要与爷作对呀!"

魏忠贤听了,脸色大变,厉声喝道:"多大御史,敢与我作对!"并马上下令要去抓人。左右人怕事情弄假成真,收不了场,便急忙再三解释,魏忠贤这才转怒为喜。

简析 联作在联中对其为之建生祠的宦官竭力吹捧、奉承。

联语 大道生财,财连银汉三千丈
遵古炮制,制死山阳百万家

【故事】民国初年,河南新野人路大遵在陕西山阳县当县长,既贪财又蛮横。他上任不久,当地人便叫苦连天。省政府派员到山阳视察。有人趁此机悄悄在县政府门前贴了这副对联。横批为“路断人稀”。省政府大员见了对联，当即深入了解了情况，果然如对联所说。于是，路大遵很快被撤职，山阳人无不拍手称快。

后来，路大遵回到家乡，重新做人。修水利，办学校，也为父老乡亲做了些好事。

简析 此讽路大遵的对联，横批和上、下联的第一个字嵌入“路大遵”三字，直指其人。上联说他在县长任上“生财”，并极言其人贪财之多；下联说山阳全县百姓都无法活下去了。横批则夸张地形容他来山阳当县长后的社会状况。

联语 洪水横流，淹没汉满蒙回藏
宪章文武[1]，尽是公侯伯子男

【注解】 ❶宪章文武：出自《礼记·中庸》：“仲尼（孔子）祖述尧舜，宪章（效法）文武（周文王、周武王）。”

【故事】 1915年年底，袁世凯冒天下之大不韪，公然宣布次年改为洪宪元年，准备称帝。为了笼络各级有权力、有兵力的官员，便广为封爵，一时获封公、侯、伯、子、男五等爵位的官员达数百人之多。当时，有人写了这副对联来嘲讽他。

简析 此讽袁世凯的对联中，上联说袁世凯称帝，如洪水一般，使全国各族人民都陷入水深火热之中，深受其害，使辛亥革命推翻帝制的丰功伟绩毁于一旦。下联说袁世凯效仿周初分封诸侯的做法，以致各等爵位泛滥。上、下联的第一个字嵌入了“洪”、“宪”二字。

联语 八面威风，转个弯私心一点
尸居余气，钩入去有口难言

【故事】清末、民国初年，许多地方设立公局来管理钱粮赋税，维护地方治安。其实，公局里的人员，利用这一职权盘剥敲诈百姓比土豪劣绅更甚。广东有人写了这副对联讽刺这类公局。

简析 此讽公局的对联是一副析字联。上联拆“公”为“八”和“私”字的右半边，活画出公局中的人威风凛凛却是为了中饱私囊的嘴脸。下联拆“局”字为“尸”、“钩(𠃌)”和“口”字，说老百姓被他们抓进去以后所受的苦，又“有口难言”，所以只得乖乖就范。构思奇特，析字巧妙，针对性极强。

联语 倒栽杨柳，光棍① 无根生枝叶
横吹管笛，眼子② 有气发声音

【注解】❶光棍：方言，指精明的人，当地比较有名气的人。❷眼子：方言，与“光棍”相对，指容易受欺负的、老实巴交的人。

【故事】民国年间，河南泌阳有个讼士叫李益三，专打抱不平，为受冤屈的人出主意告状，颇得百姓信赖。有一天，县长程云鹏把李益三请到县政府，对他说：“你常常替人出主意打官司。今天我出个上联，请你当即对出来。如对不上，以后就不许你替人家告状了。”李益三爽快地说：“请出吧！”程云鹏提笔写出了上联：“倒栽杨柳，光棍无根生枝叶。”称李益三是“光棍”，“生枝叶”则含有无事生非——替别人打官司的意思。李益三稍加思索，挥毫写道：“横吹管笛，眼子有气发声音。”针锋相对，不卑不亢地回答了县长的指责：不平则鸣，处于社会底层的贫苦百姓，遇到委屈，总应该有人替他们出这口气。程云鹏看了，也不禁连声叫好。

简析 对句中，借“管笛”“有气发声音”，表达了自己为民申冤而奔走的志向。整个下联，与上联对得字字工稳。所用比兴，也丝丝入扣，且入情入理。

联语
伏其几[1]而袭[2]其裳，岂为孔子
学彼书并戴彼帽，未是苏公

【注解】❶几：案。❷袭：穿。

【故事】有一次，宋文学家、书画家苏轼(字子瞻)出了个题目让门人写作：《人不易物赋》。根据这个题旨，有人戏作了这副对联。意思是伏在孔子的几案上，又穿上他的衣服，哪里就是孔子了？学苏轼的书法，且戴上他的帽子，也不是苏轼。原来，当时的士大夫因苏轼的名气大，纷纷仿效他的样子，戴上高檐短帽，美其名曰“子瞻样”。

苏轼的门生、文学家李豸把这副对联告诉苏轼。苏轼笑了笑说：最近，我陪皇上去醴泉观看了一场戏。戏中的角色互相自夸文章写得如何如何好，其中一位说：“我的文章，你们谁也赶不上！”众人问：“为什么呢？”那人答道：“你们没看见我头上的‘子瞻’(子瞻帽)吗？”皇上听了，开颜大笑，还频频回头看了我很久。

简析 联语语言晓畅，言简意赅。

联语
开封府开印大吉，封印大吉
候补县候缺无期，补缺无期

【故事】清末，一位开封知府于某年春节大宴僚属。席间，知府来了兴致，出了个句子让大家来对：“开封府开印大吉，封印大吉。”旧时官府于年底封印，次年正月开封取印，正常办公。他巧借地名“开封”来表达希望来年吉祥如意的愿望。当时，在座的有个候补县令，已经候缺多年，应声道：“候补县候缺无期，补缺无期。”巧借“候补”二字，在这喜庆的公开场合为自己叫屈。在场的人听了，无不哑然失笑。知府也感到这人的确可怜。于是，节后上班，马上给了他一个差事，也算解嘲吧。

简析 上联嵌入了“开”“封”二字，下联中嵌入了“候”、“补”二字。

联语 辇辈并车，夫夫竟作非非想

究宄[1]同盖，九九难将八八除

【注解】❶宄（guǐ）：坏人。

【故事】晚清时候，某人以谄事当权者得以留学东洋，而实际上胸中墨水不多。有一次，这位被称为“洋翰林”的留学生给朝中一位叫胡秋辇的官员写信，讨论宪法研究会的事。他在信中把“辇”字写成“辈”字，把“究”字写成“宄”字。有人便写了这副对联嘲讽他。

简析 此讽某留洋学生的对联是一副析字巧联。上联说，“辇”字和“辈”字都含“车”字，“辇”字上边的两个“夫”字却写成了“非”字而成了“辈”。由此联想到的“非非想”最为奇妙。“非非想”原指佛经里所说的“非想非非想处”，指非一般思维可以了解的一种境界，后比喻人脱离实际而幻想不能做到的事情为“想入非非”。下联说，“究”字和“宄”字同含宝盖头，但“究”中的“八”漏掉便成了“宄”字，恰巧二字下面都是“九”，故巧妙地联想到“九九难将八八除”。近代楹联家吴恭亨评论此联说：“神妙欲到，心灵之巧，真不可防（人所不能及）。”

联语

鸟不如人，胸中只少半点墨
军无斗志，身边常倚一条枪

【故事】清末某年浙江乡试，由尚书乌达峰、学士恽次远主持。乌达峰才疏学浅，恽次远则有烟癖。当时，有人以他二人的姓撰了这副对联。

简析 此讽乌达峰、恽次远的对联中，上联隐射“乌”字。因为他文化不多，故与“鸟”相比，少了“半点墨”。下联隐射“恽”字，因为他嗜烟成癖，烟枪不离身，“军”加烟枪（竖心旁的形状似烟枪）恰成“恽”字。此联由二人的姓氏联想到他们的“特长”，而字面上并未露出某姓某人，如谜语一般，颇有巧趣。

联语

土产有三，驴子臭虫候补道
制军无二，杀人见客绝代[1]公

【注解】❶绝代：冠绝当代，举世无双。

【故事】清末湘军将领刘坤一，湖南新宁人，廪生出身。咸丰年间，曾率团练对抗太平军。后历任广西布政使、江西巡抚、两广总督、两江总督兼南洋通商大臣等。他在南京任上的时候，多有暮气，有人写了这副对联嘲讽他。

简析 此为讽刘坤一的对联。上联的“驴子”、“臭虫”、“候补道”，是当地一直存在的，极具“地方特色”。下联则切其本人喜欢杀人。

联语

吴祭酒[1]脱帽谈诗，斯文扫地
阮太史[2]居丧观乐，不孝通天

【注解】❶吴祭酒：吴锡麟。任祭酒。❷阮太史：阮元。字伯元，号芸台，江苏仪征人。乾隆进士，官至体仁阁大学士。在杭州及广州创建诂经书舍、学海堂，提倡朴学，罗致学者从事编书刊印工作，校刻《十三经注疏》，汇刻《皇清经解》。卒谥文达。有《研经室集》。

【故事】清代学者阮元，在任编修时，因丧家居。一次，他参加当地官府的一个宴会，与祭酒吴锡麒坐在一起，讨论起诗词来。谈论中，吴锡麒的帽子忽然掉到地上，阮元打趣道："吴祭酒脱帽谈诗，斯文扫地。""斯文扫地"，本指文化或文人没有地位，得不到尊重；也指文人自甘堕落。这里是说，祭酒当是"斯文"的代表，你的帽子落地，这不是"斯文扫地"吗？吴锡麒听了，应声对道："阮太史居丧观乐，不孝通天。"因为古人居丧守制，是很悲痛、很严肃的事。一般是三年中谢绝应酬，不得婚嫁、不得应考、不得参与娱乐活动，现任官员则必须离职。这里是说阮元在居丧期间参加宴会，当然是"不孝通天"了。

简析 该联以眼前景联系各人的身份调笑，恰当、贴切且十分自然。"扫地"对"通天"，可谓天造地设。

联语

学政[1]秉公，公子公孙皆入学
童生怨恨，恨爷恨祖不为官

【简介】❶学政：学官名。"提督学政"的简称。清雍正年间始设，每省一人，按期到所属各府、厅考试童生及生员。后改提学使。辛亥革命后废。

【故事】某省学政在主持童生考试后，录取新生员入学时，不讲文章优劣，只论门第高低。凡是门阀世家子弟，文章即使很差，也予以录取；但寒士平民，纵然字字珠玑、行行金玉，也不得入学。

当时，有人写了这副对联来嘲讽他。

简析 此讽某学政的对联中，上联巧用别解，说“学政秉公”，似乎是褒奖的话，但是此“公”并非公平、公正之“公”，而是“公子公孙”之“公”。下联则是写实，未被录取的童生满腹“怨恨”，当然好理解。但下一句又出乎人们意料，怨恨的不是当权的学政，却是自己的父、祖：正是因为你们“不为官”，才连累了我不得入学。联语对当时的社会状况进行了讽刺。

联语 之乎者也矣焉哉，先生文字
一二三四五六七，学校星期

【故事】1932年，经扶县（今河南新县）创办“国民小学”，要从私塾先生中选拔教师到那里任教。面试时，县长胡光禄出句，让塾师们答对：“之乎者也矣焉哉，先生文字。”众塾师一听，多数人愣得目瞪口呆。当时在场的晚清秀才肖继池随口对道：“一二三四五六七，学校星期。”

简析 此对联的出句列举出古文中几个常见的文言虚词，对私塾先生来说，并不生疏。但排列出来后没有任何意义，仅仅概括为“先生（的）文字”。肖继池的对句则列出新学中实行的星期制，巧妙地与出句相对。以新学对旧塾，当然无可挑剔。

联语 荣光争设站，求荣反辱面无光
胜保妄谈兵，未胜先骄身莫保①

【注解】❶胜保妄谈兵，未胜先骄身莫保：胜保是清末将领，满洲镶白旗人。咸丰末年，在通州八里桥抵抗英法侵略军失败。同治时曾调陕西镇压回民起义。后以“拥兵纵寇”等罪名，被责令自杀。故说他“身莫保”。

【故事】清末侍读学士荣光，因争设津浦铁路车站，闹得沸沸扬扬，终于被撤职。当时，天津的一家报纸就此事撰句，公开征对："荣光争设站，求荣反辱面无光。"由于有赠彩（奖品），尤其是针对热门话题，所以一时应对者纷纷投稿。其中，比较好的对句是："胜保妄谈兵，未胜先骄身莫保。"

简析 对联的上下联的首句中分别嵌入了"荣光"和"胜保"二字。上联中后一句"求荣反辱面无光"还藏有"荣光"二字，下联后一句中"未胜先骄身莫保"也藏有"胜保"二字。该联巧妙地对二人进行了讽刺。

联语
谁谓进士难，小儿取之如拾芥[1]
莫道秀才易，老夫望之若登山

【注解】❶拾芥：即拾地芥，比喻取之十分容易。

【故事】清末华亭（今上海松江）有个姓吴的青年人，在朝中任翰林。他少年时就进士及第，但父亲还未考中秀才。当他考中进士，喜报送到家里的时候，贺客盈门，十分热闹。他父亲颇有感慨，写了这副对联。

简析 此自嘲联中，一"难"一"易"，对比鲜明。读之亦不免让人有些心酸。

联语
一去本无奇，多少头颅抛塞北
再来真不值，有何面目见江东

【故事】清末江苏吴县人吴大澂，字清卿，号恒轩。同治进士。他在湖南巡抚任上时，讲究武备，喜欢谈兵，曾戴着近视眼镜放洋枪，能于百步外命中目标。于是，他沾沾自喜，以为古代的名将都比不上他。中日甲午战争时，他主动请缨，督湘军出关御敌，结果一战即溃。由于大臣翁同龢（hé）

（江苏常熟人）当政，为他多方周旋，终于让他又回到湖南任上。当时，有人写了这副对联讽刺他。

简析 此讽吴大澂的对联用项羽无颜见江东父老的典故，斥责他应该没脸再到湖南任职。“头颅”与“面目”、“塞北”与“江东”，用词自然，对仗工整。

联语
柴也愚[1]，无罪而就死地，是谓过矣[2]
德之贼，不仁而在高位[3]，亦曰殆哉[4]

【注解】❶柴也愚：出自《论语·先进》，说的是孔子的弟子高柴（字子羔）愚笨。❷是谓过矣：出自《论语·卫灵公》。是说有错误而不改正，才是真正的错误。❸不仁而在高位：出自《孟子·离娄上》，意思是不实行仁政却做高官。❹亦曰殆哉：出自《礼记·大学》意思是（这）也是非常危险的啊！殆，危险。

【故事】清代的时候，贵州人柴桢由湖南常德知府升任浙江盐运司（即盐运使，其官阶略低于按察使、高于道员）。他本来就有贤能的声誉，却被盐政（以总督、巡抚兼任，除掌管征课、调剂盐价外，还负责纠察官员）常德构陷，被处以死刑。

当时，有人便集“四书”句撰写了这副对联。

简析 此咏柴桢、常德的对联中上联说柴桢“愚笨”，不善于逢迎，所以无辜被处死刑，还是你的“过”。下联骂常德为贼人，指出他将不得好死。读此联可知当时官场之险恶。

联语
卖国求荣，早知曹瞒[1]遗种碑无字[2]
倾心媚外，不期章惇[3]余孽死有头

【注解】❶曹瞒：即汉末曹操，小字阿瞒，历史上多称其为“奸相”。❷碑无字：指无字碑，旧时因功业重大或德行败坏而难以用文字来表达者，常立无字碑。❸章惇（Dūn）：字子厚，北宋哲宗时宰相。引荐蔡京、蔡卞等人，结党营私，打击旧臣，并广为株连，徽宗时被罢免。

【故事】曹汝霖，字润田，上海人。早年留学日本，曾任清政府外务部副大臣、袁世凯政府外交次长。1915 年与日本签订了丧权辱国的“二十一条”。后任北洋政府交通总长、财政总长。章宗祥，字仲和，浙江吴兴（今湖州）人。日本东京帝国大学毕业，曾在清政府民政部任职。后历任袁世凯政府秘书，北洋政府司法总长、农商总长，驻日公使，在段祺瑞指使下出卖国家主权，向日本大量借款，激起全国人民的愤怒。在反对帝国主义和封建主义的五四运动中，游行示威的爱国学生曾制作这么一副巨幅对联，款署“曹汝霖、章宗祥千古”，“北京学界同挽”。不久，曹、章两人都被罢免，章宗祥甚至还被学生痛打了一顿。

简析 此联巧借二人的姓氏曹、章做文章，说曹汝霖是曹操的“遗种”，说章宗祥如章惇一样死有余孽。全联气势磅礴，读之有大解心头之恨的快感。

联语
逆不靖，威不扬，两将军难兄难弟
波未宁，海未定，一中丞忧国忧民

【故事】清道光年间，英国侵略军发动鸦片战争。林则徐被革职，关天培战死，琦善被罢免，朝廷派宗室大臣奕山为“靖逆将军”到广东主持军事。他执行的却是“防民甚于防寇”的方针。英军进攻广州时，其军队立即逃散，奕山急忙乞降求和，许以赔烟款六百万两白银。

几乎同时，英国侵略军又向浙江进犯。定海、镇海相继失守后，道光皇帝派皇侄奕经以“扬威将军”之名赴浙江应战。他一路勒索供应，酗酒作乐，浙江巡抚刘韵珂则千方百计为之筹“饷”。谁知奕经刚到绍兴，与英军一接触，立刻败下阵来。

当时，有人写了这副对联嘲笑奕山、奕经。

简析 此为讽奕山、奕经的对联。上联嵌入“靖逆”、“扬威”，而此二人却是“逆不靖”、“威不扬”，可见这两位宗室将军的战功如何了。下联嵌入“宁波”、“定海”两处要塞名，但“波未宁”、“海未定”，侵略军更加耀武扬威。四个与本故事人物有关的专用名词，加以“不”、“未”，作否定处理，同时又改变词序，制作十分精巧。

联语

师弟[1]惜分离，不升他太常卿也罢
君臣幸际会，便除我大学士何妨

【注解】❶师弟：师生。弟，徒弟。

【故事】明正德年间，莆田(今属福建)人陈师召被提升为南京太常寺卿，他的门生设宴为他饯行。席间，有人因师生分别而伤心。当时任礼部尚书兼文渊阁大学士的文学家李东阳开玩笑说：“师弟惜分离，不升他太常卿也罢。”陈师召听了，应声对道：“君臣幸际会，便除我大学士何妨。”彼此互嘲但不伤和气，一时被传为佳话。

简析 联语语言平易，有互嘲但又不伤和气。对仗也较为工稳。

联语

苏荫培、方祖培，培出培入天有眼
广东人、安徽人，人来人往地无皮[1]

【注解】❶地无皮：民间称贪官大肆搜刮民脂民膏为“刮地皮”。这里指此地已被苏荫培、方祖培等贪官搜刮得干干净净，连地皮都被刮干净了。

【故事】浙江湖州的南浔，是浙北蚕桑业的中心市镇之一。清末，这里的巡检官苏荫培（广东人）因卑劣、贪财被弹劾罢官。来继任的，是安徽人方祖培。不料此人之恶行，比苏某更甚，更为无耻。从乡绅到百姓，无不对他恨之入骨。

当时，有人大书此对联，贴到巡检官署的大门口。

简析 此讽苏荫培、方祖培的对联巧用人名、地名做文章，以“天有眼”对“地无皮”，天然成对，工整、贴切。

联语

王司马[1]、王观察[2]、王廉访[3]，平升三级

一条弄、一只船、一坑粪，遗臭万年

【注解】❶司马：称府同知，为地方的副长官。❷观察：清代对道员的尊称。❸廉访：按察使的俗称。

【故事】清代有个姓王的官员，由同知升为道员，再升至按察使。他精于算计，在任时竟创立“粪捐”，遭到老百姓的怨恨。当时，有人写了这副对联来嘲讽他。

简析 此讽王姓官员的对联中，上联写王姓官员一级一级往上升，下联则写他从弄堂、船头，以至从粪坑中搜刮钱财。“平升三级”是叙述，“遗臭万年”则是诅咒，可见他如何不得人心。读此联时，可以想象：此类能创立“粪捐”的官员，还有什么不能榨出油来？

联语

吾之修书，亦可谓猢狲入布袋[1]矣

君于仕宦，又何异鲶鱼上竹竿[2]耶

【注解】❶猢狲入布袋：比喻放荡的习性受到约束。出自宋道原《景德传灯录》。❷鲶鱼上竹竿：古代俗语。说鲶鱼上竹竿，因其黏滑无鳞，爬起来是很困难的。比喻上升艰难。

【故事】宋诗人梅尧臣，字圣俞，宣州宣城（今安徽宣城）人。晚年奉命参与修《唐书》。他曾对妻子刁氏说："吾之修书，亦可谓猢狲入布袋矣。"因为他前半生漂泊不定，所以极少受约束。而这一次是皇帝亲自布置的工作，故如此说。刁氏笑着说："君于仕宦，又何异鲶鱼上竹竿耶。"刁氏意思是梅尧臣半生坎坷，做官不易，升迁更不易，如同鲶鱼上竹竿一样难。

简析 夫妻间的对话，有感于官场而发，本为自嘲，又恰巧成了妙对，也是一趣。

联语
大中丞遇事包容，见面未碰丁一个
内监试多方挑剔，关心惟在亥三斤

清·汪蘅舫

【简介】汪蘅舫：清末光绪时为南昌县令。

【故事】清末光绪时，朝中一个叫德晓峰的中丞到江西任乡试主考官。按照惯例，考场要设供给所，由首县（省治所在县，这里即指南昌）县令负责督办。有一天，场内监试处发现供给的猪肉少了二斤。管事的人便写了张条子，要求南昌县衙补上。因为江西市场常把猪肉写成"亥"字（大约是从地支与属相相配的"亥猪"而来），于是写成"亥三斤"。当时，南昌县令汪蘅舫就此事写了这副对联，一时成为笑谈。

简析 这是一副讽场内监试处的对联，联语中的"丁"对"亥"，尤其巧妙。

联语
读什么四书五经①，五句书中讹②四句
看近来千军万马，万名饷内扣千名

【注解】❶四书五经：四书指《大学》、《中庸》、《论语》、《孟子》的合称。五经，指《诗》、《书》、《礼》、《易》、《春秋》五部儒家经典。❷讹：错误。

【故事】某武官和某塾师很要好，二人在一起，常常互相打趣调笑。有一次，武官对塾师说："读什么四书五经，五句书中讹四句。"嘲笑对方肚子里其实没有多少墨水，教学生只会误人子弟。巧在"四"和"五"分别两次出现。塾师听了，反唇相讥道："看近来千军万马，万名饷内扣千名。"揭露对方靠山吃山，克扣军饷。

有人说：这样的塾师已是很不错的塾师，这样的武官已是很有操守的武官了。如果要真的揭露，塾师和武官恐怕得是："四句书先讹五句，万名粮扣剩千名。"

简析 联语用夸张手法，极力抨击当时塾师之"学问"、武官之贪婪。五句讹四句，恐怕少有；万名扣千名，或许常见。从中可见当时官场之腐败。

联语 **佛时是西域经文，宣圣悲啼弥勒笑**
贞观系东京年号，唐宗错愕汉皇惊

【故事】清代有位对经书一知半解的先生被派去判礼闱（即礼部试，在京城举行的会试）的考卷。一位考生的考卷中有"佛时仔肩"一句，这位先生批道："'佛'字系梵语，不可入文内。"又一位考生的考卷中有"贞观"一词，这先生又批道："'贞观'系汉代年号，不可入文内。"其实，"佛（bì，通'弼'）时仔肩"语出《诗经·周颂·敬之》，"佛"的意思是辅佐。"贞观"本是《周易》中的词语，唐太宗用作年号。

当时，有人写了这副对联来嘲讽这位判卷先生。

简析 "宣圣"指孔子（孔子曾被封为文宣王），因孔子曾删订《诗》（后来被称为《诗经》)。这位先生认为"佛"字是"梵语",所以联语说"宣圣悲啼弥勒笑"。此阅卷官不但不熟悉《周易》中的"贞观"一词,并且连"贞观"这一年号也由唐代错为"汉代",所以联语说"唐宗错愕汉皇惊"。对联巧用该先生判卷中的话,又以丰富的想象,描绘出孔子、弥勒、唐宗、汉皇听到判卷语的反应,生动、形象而又十分有趣。联语对这种科举考试中的荒唐事,讽刺尖锐而辛辣。不知当时这位先生看到这副对联,该作何感想?

联语 为名忙,为利忙,忙里偷闲,饮杯茶去
劳心苦,劳力苦,苦中寻乐,拿壶酒来

【故事】 传说广州一家茶楼开业的当天,店老板为增加热闹的气氛以招揽生意,便在店门右侧的柱子上贴出一上联:"为名忙,为利忙,忙里偷闲,饮杯茶去。"上联一出,前来试对的文人墨客以及来看热闹的人络绎不绝。茶楼顿时热闹非凡,生意因此也非常兴隆。但在众多应征的下联中却始终没有佳作,店门左侧贴下联的柱子始终空着,老板的生意也渐渐冷清了。过了几个月,一位在码头当装卸工的人路过茶楼,见了上联,若有所思,对出了下联:"劳心苦,劳力苦,苦中寻乐,拿壶酒来。"此联被老板采用,贴在店门左侧的柱子上。此联一出,轰动了全城,茶楼的生意也格外兴隆了。

简析 下联同上联一样,不加雕饰,显得非常朴实自然,表达了装卸工劳苦之后借酒浇愁的真实心理和生活状况,富有浓郁的生活气息。

联语 用之则行,舍之则藏,惟我与尔有是夫[①]
危而不持,颠而不扶,则将焉用彼相矣[②]

【出处】 上联为钱谦益刻在手杖上的铭文,出自《论语·述而》。下联为他人所对,出自《论语·季氏》。

【注解】❶用之则行，舍之则藏，惟我与尔有是夫：出自《论语·述而》，是孔子对弟子颜渊说的话。意思是（国家）用我，我就出来干；不用我，就先隐起来。只有你和我有这种态度吧？❷危而不持，颠而不扶，则将焉用彼相矣：出自《论语·季氏》，意思是盲人走路遇到危险而不去扶持，将要摔倒了也不去搀扶，那又何必要助手呢？

【故事】明末清初常熟人钱谦益，明万历年间进士，崇祯初年官礼部侍郎，因与温体仁争权失败被革职。南明弘光时，谄事权臣马士英，任礼部尚书。清兵南下，他率先迎降，以礼部侍郎管枢密院事。

相传，钱谦益有一根随身携带的手杖，杖上刻有铭文："用之则行，舍之则藏，惟我与尔有是夫。"后来，这手杖不知何时丢了。进入清朝后，又忽然失而复得。只见那铭文的一侧有人对了一句："危而不持，颠而不扶，则将焉用彼相矣。"当然，这句话用于手杖也非常合适。但是，这里显然是别有用意：明代在"危"（危急）和"颠"（覆亡）的关头，身为明代官员的钱谦益，不去救亡，反而投降，要你有何用？钱谦益降清，在当时乃至后世，一直为人所不齿。

简析 此联集经书成句，用于手杖，十分确切。更妙的是，由于手杖进而嘲讽手杖的主人。

联语

议贵议功，一言活昭信中堂[1]，难逃青史
伪仁伪义，三品留江苏巡抚，无补苍生

【注解】❶中堂：唐代在中书省设政事堂，由宰相领其事，后称宰相为"中堂"。明、清大学士也沿用这个称呼。

【故事】清代的闵鹗元任江苏巡抚时，恰好朝中要议相国李昭信的罪行。闵鹗元探听到皇帝本意要保李昭信的消息，便不议其罪，反议其功。后来，李昭信果然平安无事。不久，闵鹗元却因受弟弟牵连被处分，降三品顶戴。有个江苏人写了这副对联来讽刺他。

原来，他在安徽巡抚任上时，就一贯矫情伪饰，文学家袁枚就曾说他"贻害苍生"，到江苏仍然如此，可谓本性难移。

简析 此讽闵鹗元的对联就事而论，多写实。"一言"与"三品"、"青史"与"苍生"，则简直就是事情本身的巧对，其中的数词与颜色词的使用更是妙不可言。此联集经书成句，用于手杖，十分确切。更妙的是，由手杖进而嘲讽手杖的主人。

联语

百两送朱提[1]，狗尾乞怜，莫怪人嫌分润少

三年成白顶，蛾眉构衅，反教我做丈夫难

清·端方

【注解】❶朱提(shí)：古县名，治今云南昭通。境内有朱提山，产银，后用为银子的代称。

【故事】清末山西人何乃莹，由翰林院经考试任某部司官，备受夫人斥责，甚至在家里下跪。不得已，他带上一百两银子，去拜某执政大臣为师。不料，这大臣却嫌礼轻，加之何背后遭人议论，这大臣不愿认他为门生，更不用说提拔他了。大臣端方为此写了这副对联嘲笑他，并配有一横批"何苦乃尔"。

简析 此端方嘲何乃莹的对联，上联说他送一百两银子给执政大臣，实在是太少了，怪不得人家不理你。下联仿何乃莹自己的口吻诉苦，说在翰林院三年，只落个白色顶戴，老婆找事，教我这做丈夫的真难哪！横批则巧借成句，直指其姓其人。联语诙谐轻松，读之令人哭笑不得。尤其“狗尾”与“蛾眉”之对，工稳而巧妙。

联语

其死也荣，其生也哀，天华千古，稚华千古
载[1]寝之地，载衣之裼[2]，新化一人，善化一人

【注解】❶载：文言虚词。❷裼(xī)：敞开或脱去上衣，露出身体的一部分。

【故事】近代民主革命家陈天华，字星台，号思黄，湖南新化人。因在日本参加抗议《清国留学生取缔规则》的斗争，愤而投海自杀。他的灵柩运回国内后，大家公议葬于长沙城西岳麓山，但被禁止。经了解，原来禁葬的主谋是某学校监督，善化(今长沙)人俞稚华。一天，有人看到俞稚华在妓院饮酒，便召集学生、市民上千人去抓他。人们把俞和妓女捆绑在一起，上街游行，连军警也无可奈何。

当时，有人写了这副对联。

简析 此吊陈天华、讽俞稚华的对联中，上、下联中的一、三句都是吊陈天华，二、四句都是讽俞稚华。也是事有凑巧：两人一死一生，一名“天华”，一名“稚华”；一为新化人，一为善化人；一人要安葬，一人却被扒去了上衣；一被颂扬，一被耻笑，形成鲜明的对照。近代楹联家吴恭亨评论此联说：“滑稽语如铸生铁。”意思是构思巧妙，用语贴切，不可移往他处。

联语

四面灯，单层纸，辉辉煌煌照遍东南西北
一年学，八吊钱，辛辛苦苦历尽春夏秋冬

【故事】清朝的郑板桥当县官时，一位教书的老先生来县衙告状说："我为主人教其公子读书，双方议定每年酬金是八吊钱。如今我已教满一年，主人却分文不给，说我不会教书。求大人为我做主索回酬金。"郑板桥说："你可能才疏学浅，误人子弟。否则，主人怎么会不给你酬金呢？让我考考你吧。"郑板桥便随手指着挂在大堂上的灯笼为题，出了个上联："四面灯，单层纸，辉辉煌煌照遍东南西北。"那老先生片刻就对出了下联："一年学，八吊钱，辛辛苦苦历尽春夏秋冬。"郑板桥由此推断出这老先生确实有真才实学，便责令那个赖账的人家加倍付了老先生的酬金，并且还请老先生到县衙来给自己当助手。

简析 下联同上联一样语言非常平易、上口，但对得却非常工稳，还以简要的语言把自己一年来教书生涯的不易也说得清清楚楚的。

联语

文告尽空言，尸位素餐①，何曾念哀鸿②四野

鼎爻③占覆餗④，及时行乐，还要叉麻雀⑤八圈

【注解】❶尸位素餐：意思是在其位食其禄而不尽其职。❷哀鸿：比喻流离失所的灾民。❸鼎爻：鼎卦（六十四卦之一）的爻。❹覆餗（sù）：语出《易·鼎》："鼎足折，覆公餗（鼎中的食品）。"是说鼎足坏了，食物从鼎中倒出来。后用"鼎餗"来比喻政事，"覆餗"比喻因力不胜任而坏事。❺麻雀：即麻雀牌、麻将牌。

【故事】清朝末年，有个叫杨文鼎的在湖南巡抚任上时，从不把政事放在心上。老百姓生活在水深火热之中，他视而不见。其主要"公务"，似乎就是玩。

当时，有人写了这副对联来讽刺杨文鼎。

简析 此讽杨文鼎的对联以鹤顶格嵌入杨文鼎的名字“文鼎”，明确地指明对象。上联说他除了出几张满纸“空言”的文告外，什么正事也不干；下联说他“及时行乐”，有时间就打麻将。联语针对其人其行，将其批驳得体无完肤。以“哀鸿”对“麻雀”，工整而又俏皮，更含有老百姓的无奈和对此类官员的痛恨。

联语

争看陆地小游仙，忽堕尘寰，三万人同时拍手

莫羡天家长乐老[1]，总持国务，四五月便许抽身

【注解】 ❶长乐老：借指依靠阿谀奉承而长保官位的官员。五代时，宰相冯道一生历仕唐、晋、汉、周四朝，先后任六位皇帝的宰相，自称“长乐老”。

【故事】 清朝末年，朝廷曾效仿西方国家，实行责任内阁制，由宗室庆亲王出任总理。但是，遭到了全国上下普遍的反对。不久，他便自行辞职。

当时，美国有个叫环龙的飞行家，在上海试行飞艇。恰巧飞到跑马厅空旷的地方，因机械故障坠地，当场便毙命了。

有人就以上两件事写了这副对联。

简析 此为嘲庆亲王的对联。上联写环龙“游仙”——飞行家堕地被摔死，下联写庆亲王任总理仅仅几个月便“抽身”而走。对联选题新颖，一个外国人，一个中国人；一个从天上摔下来，一个从总理位子上“跌”下来。把本不相干的事汇于一联之中，收到了很好的讽刺效果。

联语

省长卷款，督军弃城，这才算文官要钱、武官怕死
敌来则逃，兵溃则抢，大都是下水思命、上水思财

【故事】民国年间，在反对袁世凯的护国运动中，云南、贵州、广西相继宣布独立，护国军仍在北上，湖南、广东等省形势十分紧张，湖南省的主要官员傅佐良、周肇祥匆忙中丢了长沙，仓皇出逃。于是，兵、匪入城，合伙抢掠，以至市场一空。

当时，天津的《时报》刊载了这副对联来嘲讽这种现象。

简析 此联上、下联的前两个分句均属纪实，生动形象地描绘了战乱中官员的作为和长沙城的遭遇。后一个分句是评论。南宋民族英雄岳飞有名言："文官不爱钱，武官不惜死，不患天下不太平。"这里，正好与岳飞的话形成鲜明的对比："文官要钱、武官怕死。""下水思命、上水思财"，活画出当时文武官员和兵、匪第一要保命、第二要捞钱的丑态。

联语

由城而陂[1]，由陂而河，由河而海，四总统[2]愈趋愈下
自皖[3]之奉[4]，自奉之直[5]，自直之湖[6]，三巡阅[7]越闹越凶

【注解】❶陂(bēi)：池塘。❷四总统：这里指袁世凯、黎元洪、冯国璋、徐世昌四人。袁世凯，河南项城人；黎元洪，湖北黄陂人；冯国璋，直隶河间人；徐世昌，江苏东海人。❸皖：指北洋皖系军阀首领段祺瑞。❹奉：指奉系军阀首领张作霖。❺直：指直系军阀首领曹锟。❻湖：指直系军阀首领吴佩孚，吴曾任两湖巡阅使。❼三巡阅：这里指张作霖（曾任东三省巡阅使），曹锟（曾任直鲁豫三省巡阅使），吴佩孚（曾任两湖巡阅使、直鲁豫巡阅使）。

【故事】民国年间，军阀混战，总统更换频繁。当时，有人写了这副对联讽刺此事。

简析 此讽民国总统、军阀的对联中，上联说四位总统。联语巧借他们的籍贯，而转意为"城"、"陂"、"河"、"海"，从高到低，从上到下，极为巧妙，简直是天造地设。下联说几位军阀。从皖系到奉系、到直系、到直系军阀首领、到两湖巡阅使以及三巡阅"越闹越凶"，形象而准确地概括了当时乱糟糟的局面：你方唱罢我登场，各领风骚不几天。

联语

以酒为缘，以色为缘，十二时买笑追欢，永夕永朝酣大梦

诚心看戏，诚意听戏，四九旦[①]登场夺锦，双麟[②]双凤[③]共销魂

【注解】❶四九旦、❷双麟、❸双凤：均为当时江西的名伶。

【故事】清朝末年，江西巡抚德馨酷爱戏剧，他的官署中几乎一年到头笙歌不断。为了他的这个雅好，新建县令汪以诚专门主办此事，而县衙的事务则全都委派他人治理，所以汪以诚有"戏提调"之称。提调，清代指在非常设机构中负责处理内部事务的职员。

当时，有人写了这副对联来嘲讽他们，并配了横批："汪洋欲海"。

简析 此讽德馨、汪以诚的对联中，上、下联两次嵌入县令名"以诚"，横批又嵌其姓"汪"。联中的"十二时"、"永夕永朝"，极言德馨一年从头到尾、每天从早到晚都以戏为伴。

联语

门面有税，膏捐有税，烟酒糖有税，画策[1]无遗，求[2]也可使治赋

左右曰贤，国人曰贤，诸大夫曰贤，盖棺论定，今之所谓良臣

【注解】❶画策：同“划策”。出主意，筹谋计策。❷求：冉求，字子有，孔子的学生，曾任鲁国贵族季氏的家臣。这里实指某膏捐局委员。

【故事】清末时有人在湖北任膏捐局委员，捞了不少钱。后来，此人又创设门面捐和烟、酒、糖等各种名目的捐，把湖北人害得苦不堪言。

此人死了以后，有人写了这副挽联讽刺他。

简析 此为戏挽某膏捐局委员的对联。上联是说，此人千方百计开辟税源，以至“画策无遗”，凡是能抽捐抽税的项目，他几乎全都想到了。“求也可使治赋”，是套用《论语·雍也》中的话。季康子问孔子：“求也可使从政也与？”孔子回答：“求也艺（他多才多艺），于从政乎何有（管理政事有什么困难呢）？”这里的意思是，此人如此有“才华”，让他管理赋税是“合适”的。下联的“贤”，显然是反语。最后一句出自《孟子·告子下》：“今之所谓良臣，古之所谓民贼也。”明确无误地斥责他为“民贼”。

联语有写实，有对比，活画出一个“治赋”“良臣”的嘴脸。

联语

前七月初八，后七月初八，笑他接印同期，未见得文光射斗

去一个木头，来一个木头，只是爱财若命，都恐怕旦子[1]难挑

【注解】❶旦子：即担子。

【故事】清末查光华、李文斛二人，先后任安徽某县县令。此二人都是爱财如命之徒。事有凑巧:他们都是七月初八到任。

县里有人为他们写了这副对联。

简析 此讽查光华、李文斛的对联中,“前七月初八,后七月初八”是就查光华、李文斛二人先后于七月初八到任而言,而“查”、“李”二字中都含“木”字,所以有下联这一天然对句。“文光射斗”,巧借成语嵌入两人名中各一个字;而“旦”、“子”又分别是“查”、“李”二字的下半部分。联语制作十分精巧,读来也觉得颇为有趣。

联语

奉化梗化,是局员司事丁役每奉行不善,化导无方,酿成此患

宁波生波,凡提镇道府厅县祝宁静长占,波澜永息,各保其官

【故事】 清末光绪年间,浙江奉化的濠河厘卡(旧时征收厘金即商业税的机构,一般设于通商要道,除正卡外又有分卡、巡卡等)官员私自加重厘金标准和范围,甚至船上所用的扫帚、马桶也有抽厘。鸡蛋每个抽一文,若卖不出去带回来,再抽一文。时间不长,老百姓便不堪忍受,终于促成事变。开始是破坏厘卡设施,后来又进城闹事,聚众万余人,摇旗呐喊,甚至捣毁官府。从省到县,官员都慌了手脚,急忙从外地调集两千精兵来弹压。

事后,《申报》登出了这副对联。

简析 此为《申报》讽浙江奉化濠河厘卡的对联。上联借地名“奉化”,说因闹事而“梗化”。究其原因,是“局员司事丁役”等大小官吏为非作歹造成的。“奉行不善,化导无方”,再用“奉化”二字。下联借地名“宁波”,追究“生波”的“提镇道府厅县”各级官衙的官员们无所事事,仅仅为了保住自己的官位。“宁静长占，波澜永息”，再用“宁波”二字。联中巧用地名，极有针对性。

联语

南管北关、北管南关，一过手再过手，受尽四方八面商商贾贾[1]，辛苦东西

前掌后门、后掌前门，千磕头万磕头，叫了几声万岁爷爷娘娘，站立左右

【注解】❶商商贾(gǔ)贾：商贾，经商之人。

【故事】明嘉靖年间，一个太监奉命到浙江办公事。在接待他的酒宴中有管理北关的南户曹(管理民户的官)、管理南关的北工曹两位地方官。这位太监仗着自己是从京城皇帝身边来的，看不起这些地方小官，便借着酒劲出句，想侮辱他们一下。“东西”二字，在这里以双关骂人。既指他们收受商贾的礼，又指他们是受尽辛苦的“东西”。两位地方小官说：“我们有对句，不过公公您千万别生气。”在对句中活灵活现地描画了太监在宫中的十足的奴才相。这位太监本想侮辱两位地方官，结果反倒自取其辱。太监听了，好像是被人揭了疮疤一样，恼羞成怒，暴跳如雷，甚至说要自杀。两位地方官急忙好言相劝，安慰了一番，这才了事。

联语

保甲为当务之急，定要先裁，加厘金于廿九卡中，出新花头，未免刚愎自用

督销乃食言而肥[1]，岂容中饱，拨赈款[2]抽六十万足，敲大竹杠，居然毅力能坚

清·王剑云

【简介】王剑云：清人。

【注解】❶食言而肥：形容只顾自己占便宜而说话不算数，不守信用。语本《左传·哀公二十五年》：“是食言多矣，能无肥乎？”❷赈(zhèn)款：救济款。

【故事】清末满洲正白旗人刚毅，字子良，光绪年间官至军机大臣、吏部尚书、协办大学士（宰相）。他顽固守旧，百般阻挠维新变法，极力主张废去支持变法的光绪皇帝，因此深得慈禧太后的宠信。有一年，刚毅以筹饷练兵、清理财政为名，到江南大肆搜刮，中饱私囊，遭到上下一致怨恨。

王剑云便写了这副对联讽刺刚毅。

简析 此讽刚毅的对联上联嵌入了“刚”字，下联嵌入了“毅”字，直指其人。历数他在江南搜刮民财的种种手段，用“出新花头”，“敲大竹杠”，将其丑行暴露在光天化日之下。联语语言铿锵有力，文笔十分犀利，读来有酣畅淋漓之感。

联语

初降同知[1]，再贬县尉[2]，容容易易，变成了八品微员，可笑亦可怜，贞干而今何所干

三权臬篆[3]，两绾盐纲[4]，烈烈轰轰，算做过一场春梦，无财又无势，豫生从此不聊生

【注解】❶同知：官名，知府、知州的佐官。分掌督粮、缉捕、海防、江防、水利等，分驻指定的地点。❷县尉：官名，县令的佐官。明朝时已废，这里是指在县里与县尉职责相当的小官。❸臬篆：指按察使。❹绾盐纲：指掌管盐务。

【故事】清末时浙江有个候补道员许贞干，字豫生。他到浙江后，颇受重用，历任按察使属下的各种重要职务，最终却因飞扬跋扈被参劾，降职离开。

当时，有人写了这副长联讽刺许贞干。

简析 此讽许贞干的对联，上联写他遭贬的经过，后巧用其名“贞干”发问:你如今在干什么呢？下联回顾他当年的风光,现在看来不过是“一场春梦”,后巧借其字“豫生”感叹“豫生从此不聊生”。联语的对比色彩极为鲜明,以许贞干当年的风光和今日的狼狈对比,颇有一些喜剧效果。

主要参考书及资料

江忍庵.分类楹联宝库.上海:广益书局,1927.

中央电视台《文化生活》编辑部.迎春征联集萃(第二辑).北京:新华出版社,1984.

顾平旦,常江,曾保泉.北京名胜楹联.北京:中国民间文艺出版社,1985.

常江,苏民生.台湾名胜楹联.北京:中国民间文艺出版社,1985.

林从龙,李文郑.河南名胜楹联.郑州:河南人民出版社,1986.

顾平旦,常江,曾保泉主编.名联鉴赏词典.合肥:黄山书社,1988.

邹光忠主编.实用对联大全.北京:中国物资出版社,1989.

郭怨舟.晋祠楹联.太原:山西人民出版社,1990.

裴国昌主编.中国楹联大辞典.南京:江苏科学技术出版社,1991.

李文郑.最新四时百业实用对联.郑州:河南人民出版社,1991.

曹林娣.苏州园林匾额楹联鉴赏.北京:华夏出版社,1991.

陈健,刘福铸.福寿财喜实用对联.福州:海峡文艺出版社,1992.

李文郑.林则徐楹联辑注.郑州:中州古籍出版社,1993.

刘茂林,王庆新,叶芮.山东名胜楹联.济南:山东人民出版社,1993.

常江.中国名胜对联大典.北京:国际文化出版公司,1993.

唐意诚.毛泽东楹联辑注.1993.(内部印行)

武德光,周立仁主编.富强杯全国征联集锦.1994.(内部印行)

谷向阳主编.中国对联大典.北京:学苑出版社,1998.

李文郑.农村实用对联集锦.郑州:河南人民出版社,1999.

王兴麒.云南风景名胜楹联选.昆明:云南美术出版社,1999.

朱恪超,李文郑等.中国对联库.郑州:中州古籍出版社,2000.

郑暄.河北名胜古迹对联选.北京:中国文联出版社,2000.

李文郑.官场对联故事.北京:中州古籍出版社,2002.

陈炬.古今自挽联荟萃.香港:天马图书有限公司,2003.

李文郑.中国名胜名联鉴赏.郑州:中州古籍出版社,2003.

张设华,肖明达编著.绘图学生对联故事词典.成都:四川出版集团·四川辞书出版社,2004.

王友平编著.对联小辞典.成都:四川出版集团·四川辞书出版社,2007.

丁荣凡.中华对联辞典.成都:四川出版集团·四川辞书出版社,2008.

注:①以上按主要参考书及资料出现的时间由远及近安排顺序。②谨在此向以上参考书及资料的作者表示诚挚的谢意。